1937 年冬至 1938 年，王火
随父在香港时留影。

香港"六国饭店"面对大海，王火曾随父住此。这楼于 1987 年炸
掉重建高楼，香港女作家小思特拍赠此照片给王火。

王洪溥(王火)在 1944 年

1944 年在四川江津高中毕业
考入复旦大学时的王火

王火 1942 年一人由沪到大后方，在四川江津投奔堂兄王洪江和
嫂嫂凌伯平得到照顾，考入国立九中高二攻读（图为兄嫂照片）。

道向虛中得文從寶處

互凌空一飄上赴凌百

川東氣骨真當勉規模

不必同人生易衰老君

等多忽々　書贈

先永學友　王洪溥於九中　卅三三．

1944年3月，高中毕业前，王火曾赠同班好友王先永字一幅，互相勉励，先永保存七十年，复印一张寄来，令人感动。

1944 年大学时结识了
中共南方局组织部的陈展
同志

1999 年，成都当年国立九中的同学在王兆民、陆务滋、况荣舒、金河、
孙舜华、邓敬苏等努力下，成立了校友会。

第八卷

王火文集

失去了的黄金时代 风云花絮 启示录

四川文艺出版社

图书在版编目（CIP）数据

王火文集. 第八卷，失去了的黄金时代 风云花絮 启示录 / 王火著.
—成都：四川文艺出版社，2017.4
ISBN 978-7-5411-4630-5

Ⅰ. ①王… Ⅱ. ①王… Ⅲ. ①中国文学－当代文学－作品综合集
②新闻特写－作品集－中国－当代 Ⅳ. ①I217.2

中国版本图书馆 CIP 数据核字（2017）第 067489 号

王火文集 ｜ 第八卷

SHIQULE DE HUANGJIN SHIDAI FENGYUN HUAXU QISHILU
失去了的黄金时代 风云花絮 启示录

王 火 著

责任编辑 周 轶
编辑统筹 周 轶 彭 炜
封面设计 叶 茂
版式设计 史小燕
责任校对 汪 平
责任印制 唐 茵等

出版发行 四川文艺出版社（成都市槐树街 2 号）
网　址 www.scwys.com
电　话 028-86259287（发行部）　028-86259303（编辑部）
传　真 028-86259306

邮购地址 成都市槐树街 2 号四川文艺出版社邮购部　610031
排　版 四川胜翔数码印务设计有限公司
印　刷 成都东江印务有限公司
成品尺寸 149mm×210mm　1/32
印　张 21.75　　　　　　　字　数 570 千
版　次 2017 年 6 月第一版　　印　次 2017 年 6 月第一次印刷
书　号 ISBN 978-7-5411-4630-5
定　价 172.00 元

目 录

启示录

失去了的黄金时代

复杂的五味瓶
（自序）

我爱读真实的人物传记。尤其是自传，只要真实，就是平凡人的经历也会给我不平凡的感觉。那比掺了假的小说要更吸引我、更容易引起我的共鸣。

过去，曾将自己的部分经历讲给人听，听的人津津有味。有人就劝我写一写。1983 年 5 月，我在《收获》上发表了一部中篇小说《白下旧梦》，里面确有我童年的一些生活和心态。事后有出版社和刊物来约稿，要我写一写童年。工作一忙，拖过去了。但我一直在斟酌着写不写自传和回忆录的问题。现在算是下了决心，从童年写起。

这本《失去了的黄金时代》，是童年生活的追忆。我不想通过这些真实、独特的生活来讲什么大道理，只想用自己的经历使读者知道：曾经有这么一个人，他的童年是这样的既富裕而又贫穷；既有快乐也有辛酸；他的人生道路既平坦而又崎岖；他个人的命运又同整个时代及国家民族的命运纠缠在一起，他从小就懂得什么是情感的折磨，什么是弱小民族的耻辱，他在寂寞和压抑中度过童年。人们说童年是一个人的"黄金时代"，他对"黄金时代"的记忆常有怅惘和哀逝。但他终于从自己的人生经历中解悟到了人生的真谛。

一个童年时牢记在心里的故事是这样的：

有一棵小树，跟着大树长在一起。有一天，来了两个人抬了锯子来锯小树身边的大树。小树哭了，说："呀！大树！你的命真苦，我的命也真苦！我们都要死了！就是不死，剩下我多寂寞呀！"但是大树摇头说："不！小树！你的生命刚开始，我的生命也不是结束。你想过没有？我虽然被锯断要抬走了，但是我去了能被用来盖房子、做家具、做桥梁，那多好呀！你不要太难过！要好好笔直地长大！"

这故事，我那时有点懂，又不太懂，终于后来好像是懂了，就像那棵小树似的挺直了身子昂起了头，吸收着水分、空气和阳光，努力使自己长高、长大……

啊！光阴似水，时光飞逝。如今双鬓泛霜，回首当年，无穷的感慨很难用文字表述。童年时那些幼稚可笑的顽童行径，那些混沌朦胧的单纯情趣，已经这样遥远，留在心底里的就不仅是笑意而是复杂的五味瓶了！有一位名人说过："儿童是人类最珍贵的天然资源。"又有一位哲人说过："我常想如果没有儿童这世界将会变得怎样抑郁。"那么，记录下一个儿童的遭遇，看看孩子的启示，我想它并不多余。

孩子每每不问天有好高，地有好宽；孩子每每能抛开人世间的烦恼与困扰，只想摘下天上的星月，采集彩色的鲜花，铺一条光明的道路，织一顶美丽的花环。流着眼泪会突然嬉笑，挨了打骂会依然亲昵，淋着雨浑身湿透仍在玩着游戏。看到他们那种开朗的心境、光彩的面孔、愉快的微笑以及充满情爱的温柔的心，那么，情感的超脱、灵魂的升华，也许是毋庸多说的了。我愿童心永存，永存在每个人的身上，永存在许许多多人的身上。

在写这本书的时候，我就觉得消逝了的童年岁月，又翩然回来了，虽不失妍丽，却似花瓣已经谢落，在随风飘飞。我想用记忆之网将所有散碎的花瓣与绿叶罗织起来，尽管花香扑鼻，却难以使瓣瓣残花串成朵朵。那，怎么办？愿我尚存的童心能像魔杖，点到的地方，又能有似锦的繁花、如茵的绿草地。

俗话说："童年的时候，日短年长；年老的时候，年短日长。"我已记不清童年时是否确有日短年长的感觉，但我现在却每每有年短日也短的体会。过去了的岁月和时光只能从记忆中回来，又只有在现实中把握。这点我已经懂得，这点我也正在"实践"。

王　火

1991 年 8 月在成都

最初留存的印象和记忆

回忆往日，有快乐，也有悲伤。

快乐是与悲伤并存的，人们没有哭，便不会有笑。谁如果不先了解悲哀，便不会了解快乐。我的幼年和童年就是在快乐与悲伤交杂中度过的。记忆早已支离破碎，像那风化岩壁上从久远时代遗留下来的壁画，模糊、散落。但也有清晰可辨的部分，构成图案。镌刻在我脑海中的这些图案，只要闭上眼，就会呈现在眼前，带来欢乐，也带来感伤。

留在我记忆中的最初的一件事是：睡觉醒来，妈妈抱着我，她嘴里"呵呵"地哼唱，我却暴躁地放声大哭。后来妈妈把我从房里抱上了阳台，在阳台上继续抚慰。我仍旧放声大哭……据说我那时候——大约两岁多，每天睡午觉醒来总要这样大哭的，直到现在，只要想起幼年时这个印象，那种哭闹时心中的抑郁和烦躁的感觉依然可以体会到。

计算时间，我两岁多，该是1927年，这该算是我从懂事起留存着的最早的幼年时的一个印象了！

长大后，据母亲告诉我：那时候我们住在上海小东门裕福里，是一楼一底的弄堂房子，邻居有著名学者章太炎，也有音乐家黎锦晖和他的女儿黎明辉，都常来往。

我是老二，哥哥宏济比我大三岁，母亲生下我后没有奶，为我雇的奶母是苏州人，大家就叫她"苏州奶妈"。"苏州奶妈"有一张慈善带笑的圆脸，胖胖的中等个儿，她名字早已不知道了，男人名叫范鸿钧，原来在苏州一家爆竹店干伙计，是个瘦削矮小不太有"能耐"的人，只好让妻子做奶母。奶母的奶水足，所以我小时候不像哥哥宏济秀气，我长得白白胖胖。还记得逐渐大了以后，"苏州奶妈"就离去了。但爸爸妈妈还常常玩笑地诓骗我，说我是从苏州别人家里抱来的，又说我就是"苏州奶妈"的孩子。当我吵闹不乖时，爸爸就说："要再这样，就叫'苏州奶妈'把你抱回去了！"以至在我后来上小学时，有一次跟父亲到苏州去游览，爸爸突然笑着说："哈哈，范鸿钧家就在苏州阊门里。"我心里就不禁吓得蹦蹦跳。同"苏州奶妈"后来很少见面。最后一次见面是在抗日战争时期已沦为"孤岛"的上海。那时，我已十八岁了，妈妈早已改嫁，父亲早已去世，我寄住在妈妈处，正打算离开沦陷了的上海独自到大后方去继续上学。有一天，"苏州奶妈"来了，只知道她在日寇占领下的苏州生活得很艰辛，人已又瘦又老，皮肤很黄，早已不是当年的模样。她是来找妈妈借钱的。当她叫着我的小名问起"宝宝在哪里"时，妈妈当我的面诓她，故意开玩笑说："宝宝出去了，一会儿就回来。"她坐在那里，同妈妈谈心，不断用眼睛瞅我。我则故意拿着一本书在看，最后，大家都忍不住了，几乎同时来拆穿了这个西洋镜。妈妈说："这就是宝宝呀！"她"哎哎呀呀"地说："是呀，我是越看越像宝宝呀！"我则连忙恭敬地叫她："奶妈。"……以后，我离开沦陷区启程到大后方四川上高中。在四川江津接到妈妈的信，说："苏州奶妈最近又来借过一次钱，但回去以后就病故了，听说是心脏病……"我记得很清楚：那是 1942 年。这位曾用乳汁哺育过我的奶母，迄今想起她时，我依然能感到幼年时在她怀抱中吸奶时的温馨，但如今存在我脑海中的全部印象也就只有这么寥寥的一点点了！

在我最初印象里的，还有关于我一个大妹妹的记忆。她很小就死了，我却记得与哥哥宏济同她在一起的一点景象。是冬天在房里的火炉旁，我同哥哥玩耍，她却独自坐在一边不跟我们玩，穿的花洋布衣。

她长得什么样已想不起来，我长大后听说她很漂亮，只是脾气孤僻。那时，我们家住到菜市路附近的成裕里了。她病故后，爸妈十分伤心，将她葬在妈妈家乡上海宝山县罗店镇北川沙海边。墓很讲究，立着石碑，有矮小的围墙和黑色拱门。

那时，外公外婆带着舅舅住在北川沙。大约五岁时，妈妈带我回娘家，坐的独轮车，吱吱叽叽由人推着走在崎岖的小路上，颠得屁股疼。在北川沙看到了大海，广阔苍黄汹涌无边的海使我充满了恐惧和幻想。

孩子总是贪嘴的，吃的事总还记得。那次随妈妈回去，我一路吃着水果糖，到外公外婆家吃过很多甜芦粟。这是一种当地特产的甘蔗似的东西，比甘蔗细，甜甜的，皮锋利得像刀片，一不小心划破了手指就要出血。总是妈妈用嘴把皮撕去后把芯子递给我嚼。外公外婆务农，外公还做过蜜饯生意，但1932年"一·二八"淞沪抗战时，房屋财产全毁于日本侵略军的炮火，后来家道破落，外公也病故了。他留给我的印象只是一个干瘦小老头，爱喝酒，挺和气的。他爱吃酒酿饼，有一次，买了一大堆酒酿饼带来。哥哥宏济和我在每只饼上咬了一口。我们大约是想吃饼里的糖馅，咬了一口不见有糖就再咬另一只。他后来要吃饼时，发现每只饼上有一个小缺口，好像他哈哈大笑，也没责怪谁。我们长大后，妈妈还常拿这件事当笑话讲。

外婆姐妹三人：大姐嫁在浏河，我们叫她"浏河好婆"，是个胖大有雀斑的女人；外婆行二；她妹妹嫁在罗店，我们叫她"罗店好婆"。"罗店好婆"又瘦又黑，但为人特别善良和蔼。外婆和"罗店好婆"都长寿，活到九十多岁时才去世，去世前眼不花耳不聋。妈妈是在1969年2月1日"文革"期间患肝癌病故的，73岁。那时外婆仍住在川沙乡下，舅父和孙辈都是农村干部。妈妈去世的事是瞒着外婆的。我们给外婆寄钱就诓说是妈妈给她寄的。她和"罗店好婆"都活到70年代中后期才去世。

我们的家应该是很幸福的，实际却因为爸爸和妈妈的吵闹龃龉变得十分糟糕。那使他们都很不幸，使我的幼年和童年，以至后来很久很久，也很不幸。这使我从小时候起，就似乎懂得一个道理：人的不幸常常都是自己造成的！爸爸和妈妈在我印象和记忆中都是很好的人。当他们笑着的时候，爱抚着我的时候，是那样可亲。他们生活得比较富裕，比较体面，都是有教养很能干的人。爸爸仪表不凡、身材修伟，他的朋友都尊敬他；妈妈人都说她漂亮，说她是美人。可是他们在性格上不合。在我记事以后，他们间的吵闹几乎是家常便饭。这使我小小的心灵从很小就留下了难以治愈的创伤。我最怕他们打架了！五十多年后——1983年，我在《收获》杂志上发表的中篇小说《白下旧梦》中有这样一段叙述，基本是真实的：

"爸爸跟妈妈老是吵架，后来又开始互相动手了。好几次，半夜里，我躺在小铁床上，从甜蜜的睡梦中被他们的打架声吓醒。只见电灯亮灿灿，妈妈哭泣着；爸爸嘴里指责着。他们其实还是克制住的，都并不大声吼叫，似乎还是怕被周围邻居听见难为情。但摔打东西的声音总是'哐当'、'乒乓'透过墙壁飞传出去。地板上，碎了的热水瓶胆银子似的晶闪闪……"

"碎了的热水瓶胆银子似的晶闪闪"以后是常在我思想屏幕上出现的。它每一出现，我心头就泛上苦味，当年幼小时看到爸妈打架摔东西时我放声号啕大哭的那种痛苦情绪又会回到身上。在一切不幸当中，家庭生活的不幸恐怕是最旷日持久折磨人的了。父母不和给子女的刺激和创痕不啻毒药的为害和匕首的宰割。给孩子造成心灵上的恶劣影响是难以估量的。

此外，有一些早年的印象，我已经弄不清是在几岁时留下的了！都是幼年时的事是无疑的。

我头顶心上到今天还有一个寸许长的伤疤。据说我三岁左右时，爬上一只方凳，用小手去抓桌上的一把剪刀。谁知刚抓到剪刀，凳子翻了，我跌在地上，自己手里的剪刀插在自己的头上，马上家里将我送到医院。伤疤本来不算太长，随着人长大伤疤也变大了。伤疤上从此不长头发。

我小时候常常闯祸、常常跌跤。大约四五岁的时候，后来据妈妈告诉我是我过生日的那天——农历七月十七日，全家正高高兴兴要吃晚饭，我却独自溜出后门去耍，一跤栽在弄堂里的墙角上，将右额撞了一个大口子，留下了又一处伤疤。

小时候顽皮之外，我又特别倔强。为这，爸爸从来没有打过我一下，因为他特别疼爱我，妈妈却总是打我。她打我的印象一直不能消失。所以父母打孩子，看来决不是一种好的教育方法，反倒会造成孩子对父母的隔阂，也会造成孩子的对抗和反感。

刚交六岁，发生过一件事：弄不清自己是犯了什么错误，在被妈妈打了一顿后，将我反锁在一间小房间里。那天，非常热，我感到委屈，但门敲不开。我踩着椅子爬到窗口高喊："放我出来！"妈妈不理，我挥舞着小拳头高叫："不让我出来，我要打碎玻璃了！"仍旧无人理睬。结果，"乒"的一声，窗玻璃碎了，我满手鲜血给抱到医院去。……许多年后，回想起这件事，我觉得自己的倔强有了改变，但这种"说到做到"的性格却保留着。

再，留下的最后一个印象就是唱"打倒列强"的歌了！这可能是我会唱的第一支歌吧？

"打倒列强！打倒列强！除军阀！除军阀！国民革命成功！国民革命成功！齐欢唱！齐欢唱！"

父亲三十岁才结婚，他三十四岁时母亲生我。我诞生在 1924 年，从那开始到 1927 年 4 月正是国民革命的兴起和北洋军阀统治倾覆的时期。所以，"打倒列强"这支歌是流传很广的。据说，我小时候，爸爸问我长大后想干什么，我的回答总是"当兵！"但后来，"打倒列强"这支歌的歌词被改了，改为：

"大饼油条！大饼油条，脆麻花！脆麻花！三个铜板一副！三个铜板一条！真好吃！真好吃！"

当时，虽然年幼，在弄堂里和邻家的小孩一同唱起来觉得很有趣。岁月流淌，童年飘远了！长大后回想这段事情联系历史思索时，才明白，唱"打倒列强"时正是北伐时期，唱"大饼油条"时已是历史倒退时期了！那时，国民党在南京建立了"国民政府"，内部派系纷争，接着是新军阀的混战以及日本帝国主义不断侵华。我那稚弱的幼年已经过去，思想也从完全蒙昧走向混沌初开，对人间滋味的体会自然深了一步。我的家庭，在这时也发生了变故。对比起以后，我那昏昏的幼年，应当说是幸福的。接下去的童年，则要辛酸得多了！

到南京去唱《可怜的秋香》

　　六岁那年，我们家住在上海法租界辣斐德路一所面街的楼房中，我进了家里附近的敦仁小学幼稚园。这不是一个著名小学，后来大约也就没有了。我进小学幼稚园不久，学会了唱《可怜的秋香》。歌词是："暖和的太阳，太阳！太阳它记得：照过金姐的脸，照过银姐的衣裳，也照过可怜的秋香。秋香，她爸爸呢？秋香，她妈妈呢？她呀，每天都在草场上，牧羊！牧羊！……"

　　歌是当时很出名的音乐家黎锦晖作的，据后来长大后知道。我们家在上海最初住在小东门裕福里，隔壁是黎锦晖家。黎锦晖的女儿黎明辉当时是有名的歌舞明星。名学者章太炎家也是邻居。当时我们家与章、黎两家过往甚密。哥哥宏济和我都是在这个弄堂里出生的。由于同黎家来往多，哥哥宏济曾经过继给黎锦晖做干儿子。当时黎作曲的歌《小小画家》等都十分流行。这支《可怜的秋香》，我年纪虽小，一唱就同情起秋香来了！觉得秋香真是可怜。但何尝想到自己也会变得那么可怜呢？

　　那一年，是民国十九年（1930 年），好像是初秋时分。一天，我正在幼稚园里上唱游课，女老师弹着风琴，我和几个小朋友手挽手一面表演一面唱："飞飞飞，飞到花园里，这里的风景真美丽……"忽然堂兄洪江来了。他是我二伯父的儿子，大学法科的毕业生，是我父亲疼爱、培养的一个侄子。

歌没唱完，他就把我接了出去。他非常和蔼地对我说："宝宝，你爸爸跟你妈妈离婚了，要带你到南京去。你要乖，要听话，以后要懂事。……"他没说完，我急了，马上插嘴说："我要妈妈！"他将我抱起来，也不搭理我。我就糊糊涂涂跟他回到家里。

什么叫"离婚"，我是似懂非懂的。但这话我听得可不少。爸爸跟妈妈打架吵闹时，有时，爸爸会恨恨地对妈妈说："离婚！一定离婚!"有时，妈妈也会先说："离婚！明天上法院！"我想：什么是"离婚"呢？一定是一种很不好的东西！什么叫法院呢？一定是一处很可怕的地方！终于，逐渐有些明白了："离婚"就是爸爸和妈妈不再在一起了，两人分开！"法院"就是下命令叫爸爸和妈妈分开的地方。我怕他们"离婚"，谁料到他们真的会离婚了呢！

搬家公司的大卡车停在门口，家里乱得一塌糊涂，我不见妈妈，也不见爸爸；只见有几个不认识的人在搬东西，家具都在往卡车上搬。我想找哥哥宏济，看不到他。这时，我已有大妹宏洛和二妹宏淡了。他们也不在。我哭了！想起《可怜的秋香》那支歌，想起有一次在街边见到一个"小瘪三"，穿得又破又烂，头发乱蓬蓬，垫着破报纸睡在水门汀的地上。我问妈妈："他怎么啦?"妈妈放了些铜板在他身边，对我说："他是孤儿，没有妈妈，也没有爸爸！"这时候，我突然感到：我也变成孤儿了！我放声"哇哇"大哭，哭得十分伤心。洪江劝我也劝不住，直到爸爸来了，抱起了我，我才止住了哭。

后来，我才明白，法院判离婚时，将两个男孩：哥哥宏济和我判给了爸爸；将两个女孩：宏洛和二妹宏淡判给了妈妈。妈妈这时怀着三妹李淑尚未分娩，三妹当然也归妈妈。但哥哥宏济对妈妈感情特别深，妈妈也特别喜欢他。他哭着要跟妈妈，不肯跟爸爸。爸爸同意哥哥先跟妈妈，等哥哥大些以后再到南京跟着爸爸生活。

就在那夜，我被爸爸带到了南京。

爸爸那时早已在南京做法官惩戒委员会秘书长了。离婚前的一个阶段，他家安在上海，自己在南京办公。上海南京之间，坐火车来往很方便，坐夜车在卧铺上睡一夜第二天清晨就到了。离婚后，他决定把家安在南京。其实，所谓"家"，仅他带着我一共两个人。那夜，他带着我坐卧车到南京去。火车"乞卡乞卡"行得飞快，车窗外漆黑墨乌，车厢像摇篮般晃动。黑暗中，我迷迷蒙蒙半睡半醒，心里说不出的压抑、伤心。老觉得妈妈在身边，老觉得哥哥妹妹在身边。醒来睁眼见他们都不在，我就哭了。爸爸哄着我说，"爸爸喜欢你！你妈妈你就当她没有了，以后再也不要想她！"我不敢作声，心里难过极了，想：怎么行呢？我喜欢妈妈！虽然她要打我！……我想妈妈想得老是皱眉头，但妈妈在哪里呢？

跟爸爸到南京以后，住在秦淮河边的贡院东街。爸爸租了房子。那房子很有趣，靠近夫子庙，是一种"河房"。临窗可以看到下面是潺潺绿水的秦淮河。秦淮河两岸，河房林立，我们住的"河房"，铺着地板，最里面的一间像座湖心亭似的，下边全是用木柱撑持的。那一带，周围环境不好，都是些茶园、酒肆，秦淮河上也可以看到画舫上夜晚悬着红绿灯，灯影桨声，吹拉弹唱。

我住在"河房"里，环境新鲜有趣，常常无聊地能倚窗眺望很久很久。爸爸每天要去办公，他有个年岁大些的胖秘书叫周公望，有个年轻的秘书叫张景春，他让张景春来带领我。我就学爸爸的样子叫他："景春！"

景春是个宁波人，黑瘦黑瘦的，总是穿一套不很挺拔的西装。他还没结婚，就住在我们家。从这开始，他成了我童年时代的老师、朋友和保护人，直到抗战开始，我们才在武汉分离。平时，他连我穿衣穿鞋都照顾，教我念字，陪我做伴，订王人路编的《小朋友》《儿童世界》杂志，将上面的故事讲给我听。陪我看电影，当时正演《火烧红莲寺》，后来还看过中国第一部有声电影《歌女红牡丹》，是胡蝶主演的。《歌女红牡丹》是怎么一个故事我当时就没看懂，也不爱看。只是感到影片上的人会说话挺有趣，才留下印象。《火烧红莲寺》却使我着迷。羡慕影片中的金罗汉有两只大老鹰可以骑着飞上天，羡慕胡蝶饰演的女侠红姑在银幕上能徐徐飞行十分潇洒。影片一共十八集，我看了其中不少集。其实影片是有毒素的。只是我年岁小，不少地方都看不懂，懂的只是好人打坏人和一些神奇热闹的场面。这些对我发展想象力，明辨一点是非，倒是也有那么一点作用的。所以，事隔数十年后，想起我在文学上的启蒙竟是由蹩脚的武侠片开始的，不禁倒有点好笑了。

秦淮河上的"河房"住了不久，爸爸嫌环境太坏，决定搬家。《火烧红莲寺》那样的影片，爸爸认为不好，不许景春带我再看，就也同我告别（虽然有时景春仍偷偷带我看过）。爸爸带我搬到了张府园去住。

"张府园"是条巷名，也是从前做过宰相的张家辖有的一处园林的名称。

姓张的人家祖上做了大官儿，本来很有钱，这时破落了。张府园里房子很大很多，一进一进的好几进院子，大部分都卖给人了。我们住的一个院子和一进房屋是向张家租的，他们自己搬到附近几间破旧的小瓦屋里去了。张府园真大啊！有长廊、假山石、亭台楼阁，有高得穿天盖地的大梧桐树，有各种各样的花木：夹竹桃、石榴、丁香、茉莉……花坛里栽满了鸡冠花、凤仙花、兰草……我夜里睡着，听着风吹梧桐叶瑟瑟响，总带些害怕的感觉。半夜睡了以后，也不能把心上的惆怅抹去，总是梦见妈妈。有时，我梦见了妈妈，觉得身上冷，说："妈妈，抱抱我！"妈妈抱住我，亲我，问我想不想她，我就伤心得哭了。有时，妈妈突然甩下我走了，我叫着："妈妈，你别走呀！你别走呀！"也就哭了！我会坐起来大哭，怎么也止不住，像受了惊吓似的，手足冰凉，把爸爸吓得不知怎么办才好。开头几乎夜夜如此，后来两三天也要来上一次。

爸爸带我看医生，那个白胡子的老中医把着我的脉说了些我不懂的话，说我这是一种病，叫作"发魇"！又说吃了他的药能治好。我就跟药罐子交上朋友了！爸爸天天逼我喝药水。我常背着爸爸偷偷将苦水泼洒掉。我虽然小，心里很亮堂：你要是把妈妈还我，我夜里就不发魇了！不然，我这病怎么好得了呢？

在张府园的初期，每晚总是爸爸带着我睡。白天，爸爸去机关办公了，景春也跟爸爸去办公了，家里只剩下我。那旧式的非常宽大的厅堂式的房屋，阴森可怕。只要天晴，我总喜欢在院子里游玩。院子里像花园，我在假石山里钻进钻出，在涂釉的大荷花缸里看养着的大尾巴水泡眼金鱼游动，摘凤仙花上结的籽儿玩——籽儿有拇指大，成熟了一碰会"啪"的爆炸。墙上爬有山药藤，地上开着百合花，我顽皮地将猫赶上屋顶，顽皮地采山药、挖百合，用嘴咬了尝尝是什么滋味。草里有蚂蚱、蟋蟀、金铃子，我就捉来用小盒子装着。门背后潮湿，有一种驼背的虫会跳得很高，我抓了许多扣在一只碗里放桌上。景春回家掀起碗来，惊叫："呀！骆驼虫！脏得很，怎么扣在碗里？"

家里雇了个老太太办饭、洗衣、打扫房间。爸爸又托张府园房东张家的老太太照顾我。张家老太太头发灰白，脸上带着苦相，手里总捻着一串发了黑的佛珠，咕噜咕噜念着佛，念的是"南无阿弥陀佛……"，"救苦救难观世音菩萨……"有时她唠唠叨叨地告诉我：她命苦，儿子败家不争气……说着说着就掏手绢拭眼泪。她儿子个儿很高，留西装分头，穿绸大褂子，是个白脸的中年人，一直在外面吃喝嫖赌乱花钱。有一次，给警察局抓去了，听说是偷了人家的东西，张家老太太哭着来找爸爸帮忙。爸爸叫景春拿了他的名片到警察局去把张家老太太的儿子领了回来。张家老太太千恩万谢，但他的儿子以后仍旧在外边不干好事。张家老太太对我亲热，总是对我说："宏溥，长大可要学好！不要像我儿子那样没出息！……"又总是说："我心里可苦啦！你看我可怜不可怜？"

其实，我心里也苦，我觉得我才可怜哪！我常常独自唱《可怜的秋香》，唱着唱着就流泪了，觉得我比秋香还可怜，我老觉得自己丧魂落魄少了什么，当然就是少了妈妈，少了哥哥和妹妹。

寂寞时，我在月亮门里转进转出，我爬树，上假山，假山迂回曲折，有时钻进去就找不到出路。我在草丛里捉蚱蜢，在砖堆里逮蟋蟀，在墙根上刮墨绿的苔藓，用竹竿从树上打下金黄的梧桐子，自己拾一堆枯叶将梧桐子烧熟后剥了皮当瓜子吃。四合院的白粉墙上有山药豆的藤萝，山药豆摘下来也可以烧了吃……

这是我到今天仍深刻留下的关于张府园的印象。没有什么人管我。顶多那管烧饭洗衣的老太太（我已经记不得她叫什么名字，甚至连面貌都模糊了）见我拿火柴会吆喝一声："不准玩火！"自由倒是自由，一种孤单的寂寞却总像影子似的紧跟着我。

很奇怪，年岁那么小的我，有一天下午，竟寂寞得想到了死。我虽小，觉得树上摇晃着被风吹下的枯叶像我。梧桐树下那些死掉了的知了也像我。我想：妈妈，你好忍心呀！就真丢开我永远不见面了吗？你知道不知道，我多么想你呀！你在哪里呢？像我这样一个没妈妈的孤儿，活着太没有意思了，太痛苦了，不如死了算了！幸亏，我还不懂什么叫自杀！只是那天夜里我没吃饭就睡了。夜里，又发了魇！

这样，我的身体当然不会好。我变得多病了，脸颊下部颈上淋巴腺老是发炎。一连开了几次刀。我还记得景春带我到医生那里开刀的情景。一进医生的诊所，闻到那刺鼻的药水味，我料到要开刀，马上拔腿逃跑，结果，景春和医生、护士一起追捕，抓到后，揿住我的手脚将我按在雪白的手术床上打麻药针开刀。左脸颊下，留下了深深的长长的刀疤。在家里，每天我也吃药吃得不停，有苦水中药，也有糖衣裹着的西药丸。

七岁，我进了卢妃巷小学。报名时，景春将"王宏溥"，写成了"王洪溥"，从此，我的名字就将错就错了。这是个设备简陋办得不怎么样的小学。每天是景春送我去上学，又接我回家。上了学以后不久，有一天回家，发现家里起了变化。爸爸不住在我们原来住的这个四合院里了，原来的房子由景春和堂兄洪海、洪法带着我住。堂兄洪海是我大伯伯的儿子，年龄只比爸爸略小。他在家乡做医生，是到南京来看望爸爸的。他为人忠厚，只是太爱喝酒，几乎是一天到晚都在一点一点喝酒，就用三个铜板一包的花生米、两个铜板一块的豆腐干下酒。堂兄洪法是我三伯父的三儿，也即我前面提到过的堂兄洪江的三弟，洪江是老二。洪法是到南京来上中学的。爸爸弟兄七个，他排行第六。他离开家乡在外工作，很注意培养弟兄们的孩子。洪法就是这么由家乡如东来南京上学的。爸爸不同我们住在一起，也不带我睡，改由洪法和洪海带着我睡，这是什么原因呢？他搬到哪里去住了呢？一连好多天，见不到爸爸。

原来，爸爸结婚了！他同新婚的妈妈住到张府园最后一进花园中的一溜漂亮的新房子里去了。那房子有许许多多扇玻璃窗，有大玻璃门，在花园中央，环境很美。我从景春和堂兄们的口里知道爸爸结婚了！新来的妈妈叫吴德芳，是北平人，大学毕业的，非常漂亮……听到爸爸结婚的事，我有说不出的难过。年纪小，什么事情都说不清，但明白地感到我好像被爸爸抛弃了！又感到妈妈是被抛弃了！我马上又想到了《可怜的秋香》那支歌，感到我真的比秋香更加可怜得多。只要轻轻哼着《可怜的秋香》，就会落泪。

一天，爸爸来了！笑着对我说："洪溥，走，我带你去看看你的新妈妈！她比你原来的妈妈好得多，她会喜欢你的！"

我心里不高兴，也有些害怕，带着好奇，被爸爸牵着手走到最后一进院子里去。走上花园中央那一溜有着玻璃窗和玻璃门房子的台阶时，我看到房里全新的摆设十分漂亮。更引起我注意的是我看到一个年轻、美丽的女人，皮肤很白，头发墨黑，戴一副金丝边眼镜，穿件素色的旗袍，笑着上来挽着我的手，让我去坐在她的身边。她身上一种好闻的香味马上传进我的鼻内。她给我的印象极好，使我的害怕心理顿时消失了。本来，用人和景春他们讲过些关于后娘的故事给我听，是些把后娘说得十分可怕的故事，不外是说后娘怎么怎么凶恶，对待前妻留下的孩子，不给吃不给穿等等。把后娘说得像青面獠牙的妖怪。可是眼面前的这个后娘，却笑得和善可亲，笑时脸上的酒窝很好看。她是真的这样还是假装的呢？我又产生了戒心。而且，不知为什么，又想起妈妈来了。听到爸爸说："洪溥，叫妈妈!"我虽叫了一声"妈妈"，忽然流泪抽搐起来了。

吴德芳用她的手绢给我擦泪，手绢也是香的，又笑着拿水果和葡萄干给我吃。葡萄干是美国货，红色盒子装的，好像是"太阳牌"，我吃过。我不肯吃，她对着我说了些很亲切的话。我就停止哭泣感到自然些了，也开始吃葡萄干了。吴德芳说一口北平话，很好听，她对爸爸说："启黄（这是爸爸的字），这孩子长得真好看!"她用手撸拂着我的头发，说："要是个女孩子就更好了!"

后来，记不清是怎的了。好像是我捧了许多吃食回到原来住的那进院子里，接受了堂兄洪海、洪法以及景春的询问。又后来，吴德芳给我买了不少新衣服，却都是适合女孩子穿的。有一顶紫花的绒帽，上面还有两个小球球。她让我把头发留长了不要剪短，又亲自给我用粗绒线打了一件女式的上衣，要把我完全打扮成一个女孩子。但我不愿意。衣服有的勉强穿了，那顶紫花的女孩子戴的绒帽我最害怕了，怎么也不戴，尽管冬天严寒，耳朵冻得红肿疼痛，那顶帽子我也坚决不戴。景春硬要给我戴上，我干脆从头上摘下扔在地上。这事情最后被吴德芳知道了，有一天，她对我说："洪溥，以后买帽子让你自己挑一顶!那顶女孩的帽你不爱就不戴，好吗？"但她确实喜欢女孩子，偶尔给我梳头，就会遗憾地说："头发留长一点，给你梳两个小辫子该多好看!"

从那，离爸爸就远了！我上小学，有时间爱缠着洪海、洪法和景春讲故事。《西游记》《三国演义》《水浒传》《封神演义》这些书上的故事，都由洪海他们讲给我听。洪海吸香烟，是"大联珠牌"和"美丽牌"的，每盒烟里有一张香烟牌子，他都送给我留着玩，香烟牌子上都画着一个《水浒传》或《三国演义》上的人物像：鲁智深、武松、林冲……关羽、张飞、赵云……再加上一些连环画所画出来的《西游记》等的故事，使我熟悉了古典文学名著中的一些人物，丰富了想象力，初步了解了善与恶、美与丑等的浅显道理。我还记得清楚。当时房里有一张写字台，洪海用笔写了《西游记》上孙悟空住的水帘洞门口的那副对联给我贴在写字台桌洞两边："花果山福地，水帘洞洞天。"他嫌我吵闹时，对我说："你不是要做孙猴子吗？孙猴子是要整天坐在洞里修行的！哪能这么顽皮！快进洞里去蹲着！"为了要做孙悟空，我只好老老实实地钻进写字台的桌洞里不出来。

也不知是哪一天，像天上降下奇迹似的，我忽然看见分别已久的哥哥宏济出现在我的面前。哥哥比分别时长高了，他笑着告诉我：爸爸把他从上海母亲处接到南京来读书了！然后，告诉我：妈妈怎么想我，妹妹们又怎样……有了哥哥，我高兴起来了。哥哥进的是南京女中实小，在中正街，是个比较好的小学，只是离张府园远一些，哥哥宏济是小学四年级就去住校了。我随景春有时到那学校去看他。哥哥住在学校里一处楼上的一间房里，居住条件不差。他还用一只玻璃瓶放上水摘了些紫色、白色的野花养在瓶里放在桌上。他吃饭就到附近堂兄洪江家里去吃。堂兄洪江这时开业做律师，每天都要做几样可口的菜招待他：像瓢儿菜炒笋片，荬儿菜炒肉丝，盐水鸭，烧鸭丝炒绿豆芽……后来，我才知道：哥哥去住校，是因为他不肯叫吴德芳"妈妈"。他一心想着在上海的妈妈，爸爸要他叫吴德芳"妈妈"，他怎么样也闭口不叫。而且，他不愿意在家住。爸爸只好想办法去让他住校了，有时，还让景春去陪他住。

我同宏济不能天天见面。我仍旧上卢妃巷小学，每天走在那条很整洁的用青石板铺成的街面上到学校里去。卢妃巷得名于明朝一个皇帝的妃子的名字，据说这条街本来破烂崎岖人人摇头。清朝时，一天，有个乡下人抱一只鸡来要卖给巷子里的一家米店，鸡绳断了，鸡跑到米店养的一群鸡里，店老板想吞没这只鸡翻脸不认账。恰逢江宁府的知府经过，审理这个案子。知府问乡下人："你认得自己的鸡吗？喂的是什么？"乡下人答："认得，喂的是麦子！"知府又问店老板同样的问题。店老板答："养的鸡多，不能一一识别，喂的则是碎米。"知府叫乡下人到鸡群里把自己的那只鸡找出来，当众杀了，剖开鸡嗉子，全是麦子。店主只好认罪，被罚捐钱修路，并赔乡下人的母鸡。这样，卢妃巷那条破烂崎岖的街面就变成整洁的青石板路面了。

卢妃巷小学里的老师和同学，大部分在我记忆中都已消失，只有一个张老师印象很深。他是一个浓眉大眼和善的老师，身子挺拔，声音沙哑，对我很好。曾带着我和同学们在太阳光下吹肥皂泡，告诉我们太阳的七色在肥皂泡上都能反映出来。那天，起大风，皂泡刚吹出来就被风卷走，"啪"、"啪"的炸光了。大家有点泄气，叫嚷："没法吹了！""吹出来就没有了！"

他笑着说："别怕风大！吹吧！不要泄气！干什么事都别泄气！……"

那天的景象比放焰火、挂彩灯都美。几十个蹦蹦跳跳的男孩女孩兴高采烈地被自己不断吹出来的七彩皂泡缠着身，是一种梦境似的美妙场面，我上卢妃巷小学留下的最深的印象就是这件事。

我在卢妃巷小学上学的阶段常同哥哥宏济在一起，他什么东西都喜欢拆开看，研究研究，连钟表都要拆，一把锁也会在手里折腾研究半天，跟他在一起，常能得到一些知识听到一些故事。也从他那里学到一些新歌。到今天，他在南京女中实验小学唱的"校歌"，我还记得，那歌词有这样的句子：

"故乡，故乡，故乡，远忆我故乡。看白云茫茫，林树苍苍……"

当时，我同宏济常一起唱这支歌。长大后，在回忆往事时也曾经又想起这支歌。只要一唱，当年的种种情景和心绪就又都飞回来了。

民国二十年，南京发过一次可怕的大水。有些街上出现了用木盆当船划的景象。水没到人的大腿，宏济上的小学附近水很大，路旁边的人家都进了水。那是南京历史上有名的一次大水，不过，水退得也很快。水退后，我同宏济合坐一辆黄包车到堂兄洪江家里去的情景，现在还有印象。街上很脏，污水、泥泞和垃圾冒着臭气，路两边一些被淹了水的小户人家都在晒被服和物件。许多灾民扶老携幼满街乞讨。

同宏济相处这段日子比较幸福。我也不唱《可怜的秋香》了，可是好景不长，宏济因为想念妈妈，坚持要回上海到妈妈处去。爸爸答应了他的要求。他丢下我又走了。我只好在张府园里继续度过那种伶仃、寂寞的生活。我开始在景春帮助下学着写信，当然是不成其为信的信，是写给在上海的妈妈和哥哥宏济的。一封信仅仅不过是一个称呼："母亲大人膝下敬禀者……"下面加上一二句"儿想念大人想念济兄"之类的话。说实话，对"膝下敬禀者"并不懂，而且"膝"、"禀"这两个字可能也是写错了笔画的。好在景春一定仅仅不过是为了哄骗我，写好了的信他说是为我拿去寄发，我却从来收不到回信。因此，当我后来读到契诃夫的名篇《万卡》的时候，共鸣特别厉害。孤苦伶仃的万卡，给遥远的亲人写信，但没有地址的信投入邮筒永远是寄不到的。万卡那种心情，我是完全理解体会到的。我在南京张府园那古老的园林建筑里住着，心头始终荡漾着淡淡的忧愁。正如台湾诗人余光中那首著名的小诗《乡愁》中所写的：

小时候
乡愁是一枚小小的邮票
我在这头
母亲在那头

第一次读到这诗时，我已年近花甲，诗使我引起伤感，童年时的愁绪烟云般的笼罩心头，集聚难散。

带着寂寞的心北去南归

南京是一座历史名城，古代又名金陵、建邺、秣陵、白下，建城将近二千五百年，是六朝胜地，十代古都。它的地理形势曾被诸葛亮誉为"龙盘虎踞"，唐朝李白、刘禹锡，宋朝王安石，元朝萨都剌等，都有著名的诗词讴歌这座名城吟唱历史寄发感慨。它是山水秀丽雄伟的胜地，名胜古迹汇萃的文物旧邦。辛亥革命以后，南京又是孙中山就任临时大总统的首都。孙中山逝世后，中山陵在南京。到过南京的人都知道那里有风景优美的玄武湖、莫愁湖、明孝陵、灵谷寺、雨花台、鸡鸣寺、北极阁、秦淮河、紫金山以及燕子矶、汤山温泉……游览的人在那里流连忘返、赞不绝口。

爸爸爱好游山玩水。"读万卷书，行万里路"的话，我就是从他那里听来的。同德芳妈妈结婚以后，每到星期天，他俩常常出去在名胜古迹处消磨假日，有时也带上我去。但由于年岁小，许多印象都淡漠了，只有别致一些的事还记得。

在秦淮河里坐灯船，是在夏季夜晚，爸爸和德芳妈妈带我和景春在夫子庙上"画舫"，船很大，装饰得很漂亮，船首篷角上都挂着红亮的明角灯。船舱里放着藤躺椅，藤躺椅上铺垫着雪白的大毛巾。船舱里的桌子上泡着香茶，摆着瓜子、花生仁和藕、莲蓬、西瓜等吃食。船尾是掌舵摇橹的船夫，船头是个女人撑篙。船在秦淮河里徐徐驶动，河水当时比后来要清冽些，月光下像银子似的闪亮，常听到邻船上有胡琴声和卖唱的歌女在引吭高歌。这件事为什么印象深？可能是感到新鲜，又在秦淮河边的"河房"里住过，对灯船既陌生又不陌生。后来在上学时，课本上读到过朱自清的《桨声灯影里的秦淮河》一文，里面有这样的形容："夜幕垂垂地下来时，大小船上都点起灯火，从两重玻璃里映出那辐射着的黄黄的散光。反晕出一片朦胧的烟霭，透过这烟霭在黯黯的水波里，又逗起缕缕的明漪。在这薄霭的微漪里，听着那悠然的间歇的桨声，谁能不被引入他的美梦去呢？"这美丽的散文，使我好像重温了一次童年的旧梦。正如长大后看屠格涅夫的《前夜》时，读到意大利水城威尼斯夜晚的灯船，也触发过童年在秦淮河上泛舟的记忆。记忆像灯船篷角上的红灯，被火星一点燃就会灿灿发光，映出当时的情景和氛围来了！

　　农历正月里，到古色古香的夫子庙看灯会。南京的灯节十分隆重，正月里常有"提灯会"，连机关里的人都出来提灯游行，夫子庙灯市的大街小巷、庙前广场上都挤满了买灯卖灯的人群，小摊子上摆满了各种土特产和民间玩具。上市的花灯品种多极了：狮子灯、鲤鱼灯、兔子灯、荷花灯、蛤蟆灯、飞机灯……有的是纸灯，有的是绢灯，还有玻璃灯，色彩斑斓，惹人喜爱。卖灯的一条扁担上排着百十只彩灯，走起来只见花灯移，不见人影动。爸爸和德芳妈妈带了我买些彩灯，又到奇芳阁里喝茶，吃干丝、豆腐花、烫面饺等风味小吃。夫子庙的泮宫，颇像上海的城隍庙，三教九流走江湖的都集中在这里，十分热闹，使我留下很深的印象。

　　游燕子矶也留下了记忆。它兀立在滔滔的大江一侧，像一只要振翅飞走的燕子，气象万千，险峻雄伟，是古代兵家争夺的战略要地。我们去的那天正是阴云密布像要降雨，爸爸却说："这种天气来玩燕子矶最好了！"他讲话时的神态今天我还记得。长大体味，爸爸的意思一定是说这种天气来看燕子矶更能看到它威风凛凛的气势。那时候，燕子矶给人一种衰草荒烟饱经沧桑的感觉。燕子矶头凌空突出在浩瀚的江上，这里是那些因为生活艰难厌世的人或因失恋消极的人自杀的场所，所以，矶头上竖着一块大木牌，上面写的是："想一想，跳不得！"那时候，这点字我已认识。看到牌子听到爸爸同德芳妈妈谈到有人在此地跳下去自杀的事，在瑟瑟的大风里，我朝矶下张望，想到自杀的人跳下去就是万丈深渊，不寒而栗。

燕子矶有个观音阁，里边有老尼姑。我们去后，老尼姑招待得很热情。燕子矶这一带，三国时的孙权，曾在此地训练过水军。观音阁后的峭壁高处据说遗有当年孙权水军系舟用的铁索，这里又叫"九练八挂洲"，爸爸给了香火钱以后，老尼姑用钥匙开了一扇通往后边峭壁下的通道，用手指着高处约百余米地方崖壁上的断铁索。断铁索已经生锈，风大时它会轻轻晃动，老尼姑说："这是三国时留下的铁链！那时江水的水面就有那么高！"我对这很感兴趣。三国的故事我已比较熟悉，能亲眼看到三国时留下的系战船用的铁链，不禁使我想起了周瑜、鲁肃……但爸爸认为这铁索的事可信也不可信，可能是尼姑用这吸引游客收取香火钱的。可是谁有本事爬上那么高那么险的峭壁安上这根断铁索呢？

我们在燕子矶的一家小馆子里吃刀鱼。刀鱼是江里的特产，我是第一次吃刀鱼，味道鲜美，刺却多得无数，我还给一根小刺卡了一下，大口吞咽了许多的饭团才把刺带下去。刀鱼的美味和咽喉的刺痛同时留下了记忆。

其他的游览印象就几乎没有了。我并不爱跟爸爸和德芳妈妈出去。他们很亲热地谈话，我却总是感到孤单。大人和孩子的兴趣也不同。他们到哪里总爱坐着喝茶，我是喜欢跑跑跳跳的；他们见到一块石碑要摇头晃脑的看半天，我却感到腻烦。跟他们出去玩，还不如让景春陪我去看一场电影。当时，堂兄洪海已经回家乡如皋掘港北坎镇去了。他走，我很舍不得。他对我总是和颜悦色的，常讲故事给我听。因为我顽皮，他还有治我的一套办法。有时候，他说他是"观世音菩萨"，叫我做"红孩儿"乖乖地听他的话。有时候，他说他是"岳飞"，要我做"双枪陆文龙"，一切要按他的将令办事。有时候，他又变成了"唐僧"，要我做"孙悟空"，别调皮捣蛋。他如果不是我所尊敬的什么"观世音菩萨"、"岳飞"、"唐僧"，我是不会听他的话的。他如果不让我做一个我所崇拜的对象如"红孩儿"、"双枪陆文龙"或"孙悟空"，我也是不肯干的。由于他摸到了我的心理，我给他收拾得服服帖帖。他走了，少了个讲故事的长辈似的堂兄，我老像又缺了什么。洪海后来再也没同我见面。他是哪年过世的我也弄不清。他是个好人，由于免费行医在家乡颇得好评。几十年来，我已绝少忆起这位儿时做过伴的堂兄了，只有在偶然想起童年在张府园的生活时会念起他，当然，想起他时是充满感情的。

洪海走了，洪法住校去了，景春白天要办公，只有晚上陪我。爸爸和德芳妈妈住在后园连吃饭也是单独开了送去的，我夜晚又总是发魇，半夜要醒来哭一场闹一闹，嘴里胡言乱语说些人家听不懂的话。据说，有一次我老是哭不停，景春问我为什么，我神智昏迷地答："上海的人没有鱼吃！"这当然是说的胡话，原因应该是寂寞和压抑。我有时拿一张报纸能看上一小时，看不大懂，又不是完全不懂，比如对日本侵略欺侮中国，就是从那开始由报纸上知道的。那时，大人们谈天，也总是谈日本侵略中国的事。回想起来，1931 年 9 月 18 日，日本驻东北境内的军队，袭击沈阳，在短短两三个月的时间内占领了东北全境。"九一八"三个字也是在那阶段镌入脑内的。我知道了有一个小国叫日本，在地图上可以看到。它用武力要吞吃中国。那时报上和街上都有过漫画：中国的地图像一张桑叶，日本帝国主义像一条蚕，蚕正在啃吃着桑叶；一个日本人，踩着木屐，穿着和服，凶恶地用刀叉在吃一块肥肉，切割下的那块肥肉上写着"东三省"……一种初步萌生的爱国思想在我幼小的心灵上植根，是从这时期开始的。

"九一八"以后，接着到了第二年（1932 年）1 月 28 日夜，日本帝国主义的军队在上海举行了新的进攻，企图夺取上海，作为它殖民地化中国的另一个在南方的基地。驻守上海的十九路军在上海人民支援下，同日寇英勇作战，报上常登大幅的十九路军抗日的照片。不久，南京"国民政府"宣布迁到河南洛阳办公。爸爸没有去洛阳，但对上海十九路军的抗战不断取得胜利显得很高兴。他平日从办公地点回来总是又同德芳妈妈一起外出应酬，或者同德芳妈妈在后园房里会客或谈话。这时，有的晚上就到我和景春住的这个院子里来，同景春谈上海的战局，谈到十九路军打了胜仗，高兴时朗朗大笑，笑声至今好像还萦绕在我耳边。

记得是学校放寒假的时候。一天，爸爸突然宣布，他同德芳妈妈要带我到北平，去德芳妈妈家过年。

对这件事，我无所谓，既不高兴，也不是不高兴。反正心里寂寞，留在南京同去北平对我来说似乎无可无不可。我当然只有乖乖地跟爸爸和德芳妈妈去。

德芳妈妈是北平人。她父亲年岁已大，原先做过县长，早已赋闲。德芳妈妈的母亲早逝，父亲续弦。德芳妈妈的后母生了一个女儿，那是德芳妈妈的妹妹，我叫她"小姨"。她父亲家住在东安市场后面一条胡同里，胡同的名字早遗忘，无从询问。她家的门口有两个小石狮子，当门有个照壁墙。进去是个四合院，明窗净几，不像什么富贵人家，但也不寒碜贫穷。1953年我从上海调到北京工作过九年，其间屡次想寻找一下这房子。有一次，我曾将东安市场后边的几条胡同都跑遍了，默默去找那个童年时留过印象的大门，结果却肯定不了是在哪里。当年我们到北京住在那个陌生的四合院里，爸爸和德芳妈妈住一间朝南的宽敞的北房，我另住一间小房。那个要我叫他"外公"的老头——德芳妈妈的父亲个儿挺高，穿的长袍马褂，有点小胡子。那个"外婆"，蹲在房里很少出来，只记得还是小脚，别的也都记不得了。只有"小姨"，是个打大辫子的姑娘，明锐的眼睛含着笑意。当时在我眼里觉得她极好，讲一口脆亮的道地京白，好像在上学，是高中学生还是大学生就记不起来了，她对我挺亲热，常在门口买羊头肉和青皮红心的甜萝卜给我吃，间或带些糖炒良乡栗子往我兜里塞，给我留下亲切的好印象。

她家养了一条大狗。是白底深土黄花斑的。狗真是高大，却无比柔顺，不吠也不咬人，脾气特好，要是摸它的头它马上高兴得摇尾巴，吃饭时它在桌旁蹲坐着，等候主人丢肉骨头给它。我一到北平就爱上了这条大狗，同它做了朋友。

记得到北平后当夜起了呼呼的大风，风把院子里的大枣树吹得枝枒摇晃整夜呻吟。第二天醒来，看到雪白的窗户纸统统都变黄了，映得房里也黄黄的。夜里风声呼啸，使我有些害怕，早上醒来，又觉得寒冷。躺在被窝里听到院子里有人扫地，扫把"唰唰"地响，一下又一下。起身出房，掀开棉帘，看到德芳妈妈打大辫子的妹妹正在扫地，地上的黄沙细得像粉，却扫聚成一堆堆的，够好几簸箕。北京的风沙，是北京给我童年留下的第一个印象。

以后，爸爸和德芳妈妈带我逛过东安市场，吃冰糖葫芦、豌豆黄和糖渍红果，也带我逛厂甸，都是些人头拥挤极其热闹的地方。给我买了不少风筝、假面具、木头刀枪、兔王爷泥塑、风车等玩具。我也跟爸爸和德芳妈妈游过故宫、北海，吃仿膳。故宫给我的印象特深，皇帝登位的殿堂和宝座使我产生遐想。清朝的皇帝小宣统在这上面坐过，也是从这里被革命赶跑的。当时在北京还看得到那种留长辫的遗老，我虽是小孩，却受家庭和社会的影响，用鄙视和讽刺的眼光看他们。

爸爸和德芳妈妈大多数时间出外应酬和玩耍，我就被丢在家里。在冬日阴冷的四合院里，无所事事，听着门外胡同里小贩悠长深远的叫卖声："硬面饽饽——"或"磨剪刀锵菜刀——"。有时手里拿着木头刀剑骑在那匹大狗的背上，把它当作一匹战马。大狗倒也不拒绝，我骑着它两脚刚好着地，在门口呆呆张望。也有时干脆骑在门口的石狮子上，看着偶尔来来往往的男女行人消遣。在这种时候，我总是想哭。"外公"、"外婆"照例是蹲在房里烤火取暖不出来也不叫我进去。他们当然知道我不是德芳妈妈生的孩子，冷漠得很。我回到房里，房里冰冷，躺在床上，呆呆地望着雪白的纸糊的顶篷。顶篷上面有一些纤细的蛛丝，微微地在飘动，飘动，是掸尘时剩下的，我觉得自己太像这蛛丝了！那么孤零零，那么无依无靠……

有两三次，爸爸和德芳妈妈到马相伯家去竟带了我去。马相伯是江苏丹徒人，名叫马良，曾经创办上海的震旦学院和复旦公学。辛亥革命后，做过北京大学校长。他住一幢很漂亮的西式洋房，我们去时，监察院院长于右任在他家，是住在他家还是到他家去玩已记不清了。于右任在震旦书院读过书，后来，他曾参加筹办复旦公学。1905年马相伯创办复旦公学时，于右任在其中法文班学习。于右任当时是法官惩戒委员会委员长和国民政府监察院院长。爸爸是法官惩戒委员会的秘书长。关系当然是亲密的。我去的那天，马相伯病了。马相伯的女儿是主持家务的人，她穿得很素净，听爸爸和德芳妈妈讲她的男人死了她守着寡。她有个儿子，也就是马相伯的外孙，比我约莫大两三岁，穿件灰色长袍罩衫，里面是件棉袍，马相伯很喜欢这个外孙。马相伯家都信天主教。在他家里，看到耶稣在十字架上的彩画等，很使我好奇。马相伯的女儿忙着磨碎咖啡豆去煮了招待客人，咖啡很香，香味迄今也似乎可以嗅到。

大人们都在马相伯的卧室里坐在沙发上谈天，有时谈到日本就慷慨激昂，谈的话很多我都不懂。但长大后知道当时马相伯和于右任都是主张抗日的人，那时"一·二八"后淞沪之战正在进行。他们的谈话自然不能不涉及时事吧？

我同马相伯的外孙一起在院子里放风筝。他用来放风筝绕线送线的设备很讲究。风筝很大，有的比我人都高，是孙悟空、哪吒的彩像。

还有大蝴蝶、大老鹰。那天有风，风筝飞得很高，我们玩得十分高兴。后来，喊我们去喝牛奶咖啡，马相伯的女儿让他儿子和我同于右任合拍一张照片。于右任捋着大胡子笑着坐在门口一张藤椅上，我立在他左边，马相伯的外孙立在他右边。拍照时，于右任双手扶在两膝上，马相伯的外孙背着手，黑发覆盖在额上，我显得有点拘谨，规规矩矩地立正着，头发长长的有点像女孩子，上身穿的是德芳妈妈为我打的一件对襟式的毛线衣。这张照片后来爸爸在背后题了字："民国二十一年洪溥与徐××（名字忘了）合侍三原于公于北京马相伯先生宅前。"照片我一直保存到1949年上海解放，才由我亲手丢弃。当时我认为一个旧时代已经结束，人民共和国诞生了！这些附属于旧时代的东西可以让它跟旧时代一起丢弃了！

北平的印象剩余的主要就是这些。接着，我们又回到了南京。

这时，爸爸离开了法官惩戒委员会，改任中央公务员惩戒委员会专任委员。法官惩戒委员会在城南办公，所以我们原先都住在南京的城南。中央公务员惩戒委员会在城北干河沿，在司法院一幢奶黄色的西式大厦里办公。从城南到城北路太远，家里就在城北高楼门租了一幢洋房居住，地址是高楼门99号。

关于父亲，在这以前的事我知道得很少。以后，由于我年岁渐大，知道的事日益增加。近几年，北京、南京和家乡一些报刊和书籍上先后刊登过不少记叙父亲事迹的文章，增加了我对他的进一步了解。《江苏文史资料》上刊登他的传略，前一部分有这样的介绍：

> 王开疆，字启黄，生于清光绪十六年（1890年），如皋县（今如东县）北坎镇人。父王继贤业中医，精针灸、推拿之术，悬壶问世，赖以为生。对贫苦患者，则为之治病而不取诊金，深得桑梓父老称颂。母亲马老夫人，勤劳贤惠，亦为乡里称道。王开疆幼年时，家遭火灾，一家生活面临绝境，其父不得已，将他送往

南通西亭镇某商店当学徒。他因受不了店主的虐待，奋起反抗，半年后被辞退回家，在长兄所设的私塾读书。每逢赶集演戏时，常提篮小卖补贴家用。

王开疆少年时代即萌救国救民之志愿。十五岁时，毅然离乡背井，只身外出，步行至南通。时南通城之一代名流张謇把实业、教育称为"富强之大本"。王开疆自写名帖要求晋见，张氏见来者字迹挺秀，是一气宇轩昂之贫穷少年，问："找我何事?"王答："我要读书救国，家贫无法如愿，想请先生帮助，愿拜先生为师。"张謇赐坐与之交谈，发现他气度不凡，谈吐渊博，上进心强，笑道："好好好，我收下你做学生，帮助你上进。"未几，委王开疆为南通县渔团团练之职，团部设在南通城之东北王藻祠内。王开疆当时年仅十六岁。

嗣后，张謇兴办垦牧公司，规模宏大，范围遍及数县，意欲调王开疆到公司任职，但他关心祖国命运心切，决定去沪报考大学。

王开疆剪辫去沪，考入中国公学法律系。因家境清寒，入学后就请求校方批准半工半读。读书期间，王开疆结识了社会名流及革命人士，如章太炎、马相伯、于右任、邵力子、王宠惠等，深受启迪，后遂拥护并参加了辛亥革命运动。

王开疆于中国公学毕业后，即先后设立律师事务所于南京贡院街、苏州瓣莲巷、上海南洋桥等地，为我国最早创设的律师事务所之一。他精通法理，所承办之案件，则常以胜诉闻于沪宁一带，声名大振。

1915 年，袁世凯卖国投靠日本帝国主义，并在日本帝国主义支持下，冒天下之大不韪，妄图恢复帝制。全国人民义愤填膺，群起而攻之，于是有讨袁之役，当时称之谓"二次革命"。王开疆慨然参加讨袁行列，一夜，返家时，遭袁的爪牙暗杀，王险遭毒手，但反袁意志更坚，转入地下继续从事秘密反袁斗争。在上海险遭军阀和帝国主义的逮捕杀害。当时上海街头巷尾，曾出现悬赏捉拿王开疆的通缉令。一次他与同志们秘密开会，被探捕得知，前来包围捉拿。时值炎夏，他机智地脱去外衣，仅剩一短裤，趿上拖鞋，赤膊摇扇，从容不迫地由楼梯上阳台爬至邻家，走出弄堂，使探捕未能识其真面目，遂得脱险。

王开疆脱险后即东渡日本，入东京早稻田大学法政科攻读，毕业后，回国定居上海，仍执行律师事务，主持正义，维护革命党人的活动。与此同时，他致力于政法教育事业，与友人共同恢复富有革命传统的中国公学，推选于右任为校长。他先后在该校和南方大学任商科主任、法律系主任，并兼任上海大学、暨南大学等校教授。他继又协同友人创办上海法政大学，自任校董兼任法律教授。上海法科大学成立，章太炎为校长，他任教务主任，后一度担任该校校长，在南京任职时又与友人创立了文化学院，校址在南京清凉山脚下。他桃李满天下，如上海法政大学高才生，后称为"七君子"之一的史良，及瞿秋白夫人杨之华，均曾受过他的教诲。

王开疆借执行律师事务和应邀至大学讲学的机会，对青年学生进行民主思想的灌输，公余之暇，则以"拓公"等笔名撰文宣传孙中山先生的革命理论，刊登于各报。邵力子在上海创办《国民日报》，由于鼓吹革命思想，常遭租界帝国主义当局横蛮干涉，甚至被迫停刊。王开疆数次以律师身份与租界当局理直气壮地在法庭上进行抗争，终于使《国民日报》得以复刊。

1926年北伐战争胜利，国民党政府定都南京，于右任出任监察院院长，并提请任命王开疆为法官惩戒委员会秘书长，后又被任命为中央公务员惩戒委员会专任委员。任职期间，王开疆守正不阿，以廉洁无私著称……

父亲做的这种"官"应当是很有权的。公务员犯了罪，由"监察院"的监察委员提出弹劾，移付中央公务员惩戒委员会的惩戒委员来惩戒，但实际被惩戒的几乎没有大官，多数只是县长和地方法院院长之流。惩戒委员会的主任委员是居正，常听爸爸在家里同景春谈话时，说居正把司法院办成了"湖北同乡会"，任用同乡。又慨叹阿谀奉承、拍马奉迎的人太多。居正，字觉生，住在和平门板桥附近。有次爸爸带我去他家，进客厅后，爸爸和居正谈起一件不知什么事，竟由争论而吵闹起来。吵得很凶，爸爸一气带着我就出来了，居正送他出来，他理也不理，头也不回。从那，爸爸再也没有到过居正家去。他常说："上头那些人简直太腐败了！"又说："我的这个委员不好当！"常听他说："我还是去办教育、当律师的好！"由于不买"上头"的账，爸爸工作并不顺心。听说开会时爸爸气得拍过桌子。

高楼门 96 号到 100 号是五幢形式完全相同的红砖洋房，二层楼的。每幢附有一个不很小的花园。我们住的是 99 号那一幢，离傅厚岗很近。记得在附近住的有中央党部秘书长叶楚伧，有外交部次长徐谟，还有南京国民党市党部的负责人彭尔康，在傅厚岗还有在中央大学艺术系任教的名画家徐悲鸿等。戴眼镜的叶楚伧每天坐汽车上下班时我常看到他，徐谟的太太是德国人，常在他们家的阳台上露面。彭尔康夫妇有时来家里坐坐，彭尔康会驾驶摩托车带着他太太进出。徐悲鸿常去国外，我从来没看到过他。但他那座新建的两层小楼我仍有印象。

在高楼门 99 号安家以后，我不能再在卢妃巷上小学了，就改在附近百子亭一个高岗上的一所乡村师范小学上学。这小学离家很近，条件简陋，学校招收的全是附近农家子弟。几间教室破破烂烂，桌椅板凳也都残缺不全高矮各异。卢妃巷小学已经很蹩脚，这个乡村师范小学更可怜。一个年轻的男老师有时赤着膊给我们上课。他愿意上课就上，不愿意上课就说"今天放假！"到这学校以后，玩的时间倒是多了，有几个同班的农家子弟带了我东跑西窜，有时到田地里摘生黄瓜、生豌豆吃，有时到附近的古台城上去比赛跑；有时到北极阁、鸡鸣寺抓蟋蟀逮鬼脸蝴蝶。我跟他们去爬树，能爬到很大很高的树顶上去掏鸟窠。我还跟他们学会了辨别各种草的名称，懂得菟丝能缠死豆子，毛莨草有毒，荠菜和金花菜可以食用……我的衣着比他们讲究，他们夏天时总是赤脚、赤膊就一条破裤头来上学。我也就光着上身赤了脚同他们一起玩。同他们在一起玩使我高兴，感到减少了不少寂寞。这伙同学的面貌和姓名早就遗忘。因为不久以后爸爸和德芳妈妈发现我每天去"上学"主要是同一伙农村的孩子在到处"顽皮"，而且有一天我连书包也玩丢了，鞋也不见了，又知道这个学校一点也不"正规"，决定让我转学去中大实校。听说那是个"贵族学校"，"中央要人"的子女绝大多数都在那里，小学的老师都是大学毕业生，校长是由中央大学的校长罗家伦兼任。暑假里，我就参加了转学考试。

还清晰记得参加转学考试的那天，是德芳妈妈陪我去的。长期以来，她对我不错，从未虐待过我或打骂过我。可是我同她之间心的距离是很远很远的。她并不很关心我，更很少给我一种母亲的温暖。她同我很少见面、说话。可是从这天开始，她陪我去考中大实校以后，她似乎变得比较关心我了。

一路上，她给我讲了应当要好好读书的道理，鼓励我考试时不要害怕。我都点头答应了。后来，到了大石桥中大实校，一看那有朱红漆柱的漂亮校门，又通过长长的走廊弯到里边，见到许许多多穿制服、穿童子军服的大大小小男女同学，以及高大的教室楼房和宽广的操场，我简直目迷五色了：一方面因为将要进这样的好学校心里高兴，一方面又怕自己考不取。一个打扮得很时髦的女老师名叫徐杏龄的，口试了我，然后拿出国文、算术、常识考卷让我单独坐在她办公室里做题。我不时朝窗外张望，看看德芳妈妈在不在，她在就使我胆壮一些，她不在我就有点慌乱。她本来站在窗外不远处，可是过了一会竟不见了。

题目不难，等我做好出来，没有看见德芳妈妈，我找她又找不到，就独自回家了。由大石桥到高楼门约有两华里，出校门后经过测量总局门口进入石婆婆巷，然后经过宝泰街越过小铁路才到高楼门。我一人回去是出乎德芳妈妈意料的，她因为遇到一个熟人被人邀去坐一会，出来不见了我，到处找我也找不到，终于估计我是独自回家了。打电话回家询问，果然我已到家。她赶回家来看到了我，笑着说："啊呀！你可把我吓坏了！"她这话发自真心，使我感到温暖。

中大实校的入学考试及格了，暑假后我就可以成为这所著名学校的学生了！为这，爸爸答应星期六晚上陪我出去看电影。可是，到了星期六的晚上，我等着，爸爸却在楼上不下来。忽然，淅淅沥沥，有雨滴打到玻璃窗上的索索声。我张眼看看窗外，天，下起雨来了！烦人的天气啊！我最怕夜晚下雨了。夜晚下雨，我独自一人睡在床上，听着雨打芭蕉，心里更加寂寞。今晚下雨，看电影的事恐怕也吹了！我心里懊恼，真想哭一场。只要我心里寂寞、不开心的时候，妈妈和哥哥的面容就会浮现在我眼前，尤其是妈妈，如果这时候妈妈在，她会怎么呢？她也许会说："宝宝，来，妈妈带你去看电影！"我哭起来了，既是想妈妈，也是怨怪爸爸失信，这些感情糅在一起，泪水就潺潺止不住了。

厨师万春出现在房门口，叫我："开饭了！快吃饭吧！"万春姓金，是家乡人，烧得一手好菜，连酒席都会办。这时候他和车夫阿大都在家里帮工。万春是麻子，个儿高大，为人忠实。后来他离开我们家后到上海当厨师，最后自己开过一个包饭作。给人办席并包饭，但一直不太得意。他是一个讲情义的人。巧的是上海解放后，1952年，我在上海结婚，那时他还在开包饭作，只是生意十分清淡。在街上遇到了妈妈，知道我结婚的事后，他竟突然带了一个下手亲自挑了一桌筵席来我家，并且说了些吉祥祝贺的话。但以后我调北京工作，据说他不久也病故了。我觉得我没有回报给予过他什么，所以只要想起他来，对他就有一种欠了什么似的歉疚。

听万春叫我吃饭，我走到了吃饭间里。灯光雪亮，爸爸和德芳妈妈坐在桌上等我。这是一条规矩，人到齐了才动筷子。一只方桌四面摆了四副碗筷，景春今晚有事不回来，他的一方空着。我一到，刚坐下，爸爸就开口了："怎么小孩子吃饭还要人请？"我不敢开口，端着米饭看着桌上的四菜一汤，心里并不想吃。偷偷瞄了德芳妈妈一眼，她脸上平静，也很温和，对我说："洪溥，快吃吧！"她一定发现我哭过了，朝我的眼睛看了一眼，我忙将头低了下去，用筷子扒饭，谁知道爸爸也看到了，忽然问："为什么哭了？"声音透着威严，叫我害怕。我心里委屈。你讲了带我看电影，看来现在全忘了！竟还问我！我不敢回答。爸爸却高声逼着问："为什么哭啊？哭得眼睛红成这样子？"爸爸平时也不总是这样凶的！他一定在外边有什么不顺心的事。可是这一吼，我感到委屈，更伤心了，"呜呜"哭了起来，回嘴说："你答应了今天带我去看电影，说话算不算数?！"爸爸火又上来了，说："电影今天不看有什么不可以？还非看不可吗？为这哭，太没出息！"我干脆趴在桌上哭起来。爸爸好像又要严厉地讲些什么，只听到德芳妈妈的声音封住了他的嘴，德芳妈妈说："启黄，不要再说孩子了！原来是这么一回事！孩子没有错。孩子要求说话守信用是对的，应当培养孩子这种好品德。做任何事说任何话都要算数，你不该批评孩子，应该表扬孩子这一点。"她的话说得又慢又轻又温柔，话说到我心里去了，我正是希望大人这样理解我呀！听了她的话，我心头的乌云散了，疙瘩解开了。谁想到她又说："今晚星期六，还有九点一场的夜电影。我们陪孩子去看，不要失信于孩子！"爸爸最初没作声，稍停，看看窗外，说："下雨！"德芳妈妈看看黑黝黝的窗外，听听雨声，说："雨不大！可以去！说了今晚去，还是今晚去的好！"说着，她又亲切地对我说："洪溥，快吃吧，吃完就走！"爸爸也点头改口说："快吃吧，时间不早了！"

我当时停止了哭泣，倒不是为了仍能去看电影，我觉得心上除了得到了理解，还像得到了一种神圣的东西。那晚，看着德芳妈妈，我觉得她好美丽。美是人自己从灵魂深处创造出来的，德芳妈妈当时的言行、心灵，使我觉得她更美丽了，并不奇怪。转眼若干年过去了，那晚看的电影是什么也记不清了，那晚德芳妈妈的形象和她的一些话却深深镌在我心上。我确知从那以后，我直到今天始终是个守信、守时、说了话要算数的人。答应了人的事我总一定要办，三点钟开会一定在三点钟之前到。"一诺千金"、"君子一言，驷马难追"成了我做人的信条之一。一些年后，我知道德芳妈妈是北师大教育系毕业的。从20世纪60年代初开始，我曾在一所山东省属重点中学做校长工作。我记得在工作中我曾一次又一次忆起过这件事和德芳妈妈的话以及她的做法。那曾激励我更深入地了解学生的心理，那曾激励我更好地以一个教育工作者的身份在身教和言教上起示范作用。

德芳妈妈那时还有一件事叫我难忘。

有一次，不知为什么事我在流泪，她知道后，为了使我高兴，说："洪溥，我来做鸡蛋糕给你吃！"我停止流泪后，她带我到厨房，要我看她做鸡蛋糕。我见她将两个鸡蛋"啪""啪"打入碗中，用筷子"擢擢"调匀，放入钢精锅里用水去蒸，心想：这是什么鸡蛋糕呀？这不是蒸鸡蛋吗？等她把一碗蒸鸡蛋放到我面前，我不满地说："这是蒸鸡蛋，不是鸡蛋糕！"她微微笑了，说："这我一直都叫鸡蛋糕！"我本来以为她是骗我的，以后才知北方人确是把蒸鸡蛋叫作鸡蛋糕的！那天，她对我的那种母爱和笑容，我始终没有忘记，直到今天。

不过，那个阶段，德芳妈妈虽然有过这两件使我难忘的事，她平时除了吃饭，很少下楼，也很少想到来看看我或同我谈谈。我的心情同《白下旧梦》中写的一样：

"夜里睡觉，仍旧爱做梦。梦里也仍旧常见到妈妈。但我却不再发魔了。我的梦也逐渐变得复杂起来。我做过许许多多的梦，可怕的和幸福的；欢乐的和悲哀的；稀奇古怪的和平淡无奇的；过去的和将来的。……梦做完醒来，留给我的总是空虚、怅惘。……我不能摆脱刺心的寂寞。寂寞养成了我孤僻的脾气。"

啊！我那没有母爱的、心情萧索冷落的童年哟！

《爱的教育》与恨的潮汐

高楼门 96 号到 100 号五幢红砖洋房的房主名叫严觉之，是个光头肥胖戴眼镜挺着大肚子走路很有架势的山西人，做过县长。盖了这五幢洋房收房租度日。他自己住的是另外一幢西式青砖平房，在南边。我们是在北边。严觉之家养了一条恶狗，脸像叭儿狗，身材异常肥壮，谁经过他家门口，狗总是吠个不停，乞丐常有被这恶狗咬伤的。严觉之有个十几岁的小儿子，说也奇怪，脸长得跟这条狗一样。我们家的车夫阿大，是海门人，说这是"报应"！阿大有一次也差点被那条恶狗咬伤。但阿大自有"报应"的办法。严家门前有个清水塘，里面鱼很多。阿大带我去钓过，我们将炒香了的米撒下去引诱鱼来，刚刚垂钓，严觉之跑出来大骂，恶狗也出来"汪汪"乱叫。这样，钓鱼只能到玄武湖去。可是，在阿大差点被那条恶狗咬伤以后，第二天早上我在上学前，阿大狡猾地对我挤挤眼睛，说："跟我走！"叫我到厨房里去看看严觉之的"报应"。去一看，哈，阿大用粗铁丝自己捶打了一把三股叉，绑在一根竹竿上，在黎明鲢鱼刚浮头露出水面成群嬉戏时，他一口气已经叉了十几尾尺把长的鲢鱼放在一只洋铁桶里了！阿大说："像严觉之这种做县长的没好人！地皮不知给他刮了几尺深！吃他几条鱼让他报应报应！"我也跟着哈哈哈，非常开心。事被爸爸知道后，将阿大训了一顿！告诫他：以后切不可再干！

阿大是江苏海门人，讲话近似上海口音。个儿高大健壮，眼神有点狡猾，鼻子有点鹰钩。听景春说："有这种鼻子的人厉害！"可阿大给我的印象并不坏，童年时在高楼门这段时间，他是我的朋友之一。夏天的夜晚，他指着天上的星星告诉我：哪是北斗，哪是牵牛，哪是织女……平日里，他教我钓鱼，教我种花——我沿着花园的竹篱种茑萝，使竹篱上爬满了碧绿多姿的藤蔓；开放着红色、白色星星似的美丽小花。后来，又教我种玉米、南瓜，喂养小鸡、小鸭。他讲许多故事给我听，有时是讲聪明人怎么作弄县太爷的，也讲鬼怪和狐狸的故事，间或也教我些民谣。有一次，我当着爸爸面嘴里数落："二大毛，跑跑跑，跑上河，跌下桥，有人看，没人捞……"爸爸突然注意到了，问："谁教你的？""阿大！""为什么人跌到水里不去捞呢？他怎么教你这些污七八糟的东西？"爸爸以后讲些故事给我听，我听了，说："你的故事没有阿大讲的好听！"他就只好偶尔选些《聊斋》故事讲给我听，叮嘱阿大不准"乱讲"、"乱教"我什么。阿大却仍偷偷讲故事给我听，不过，狡猾地吩咐我："你老子问，你可别卖出我来！"我爱缠着阿大讲故事，对他有感情。阿大穷，一直没结婚，在这以后一年不到，他同一个他结识的女人出走了，带走了家里一些东西，我却对他有一种说不出的同情，后来，听说他潦倒成为乞丐，病死在上海码头上。我年龄虽小，知道了却一直心里很难过。

使我怀念阿大，恐怕同那条棕色的洋狗"贾克"是分不开的。自从在北京德芳妈妈家同那条善良驯服的大狗玩耍过一段以后，我老是想有一条狗。当然，严觉之家常爱咬人的大哈巴狗我是不爱的，太凶，也太丑。聪明的阿大一天不知从哪里带回一条棕色的皮毛滑滑闪亮、身材挺拔而且外形逗人喜爱的洋狗回来了。据阿大说：这条狗跟着他走，一直走到家，喂了它饭和牛肉吃，狗就不走了。一定是条无主的狗！狗的颈项里套有皮圈，只是缺了铜牌，说明的确是有人喂养的，只是哪家喂养的则无从查考了。我高兴地赞成把狗喂养着。爸爸知道了，询问阿大狗是哪里来的，认为不像是无主的狗。最后，阿大强调这条狗赶它也赶不走，只好让它留下。其实，我知道，阿大并没有赶它走，而且还很怕它逃走，不让它出门。这条狗后来是真的不走了。我的另一位堂兄洪治本来在南通进崇进中学的，因为参加学潮，被学校开除了。爸爸写信叫他到南京来住。他是我大伯父的小儿子，也就是洪海的弟弟，是个身材很高一表人才的能干人。他一来，我就十分喜欢他。他主张给狗起个响亮的名字，因为这是洋狗，于是"贾克"的名字就叫开了。我放学回来，总在园子里逗贾克玩。将我自己吃的饼干省给它吃，训练它衔东西，将纸团丢到远处它马上去衔回来，训练它举起两条前腿站起，训练它跑或趴下都听从吩咐。阿大用木板连锯带敲打给贾克做了一个狗屋，就在我睡的房间的窗户外面。夜里有时醒来，可以听到贾克奔跑来往的窸窸窣窣脚步声和喘息声。

是不是由于阿大给我讲那些鬼和狐狸精的故事引起的呢？我已记不清了。反正，德芳妈妈有一天突然拿来了一本厚厚的书——封面上有长着翅膀的安琪儿和心形的图案，颜色是赭红和苍黄的，开明书局出版，夏丏尊翻译的意大利阿米契斯写的《爱的教育》。她对我说："洪溥，这本书非常好，我把它当故事讲给你听！"

说实话，我当时听了这书名，看了书的封面，对这本书毫无兴趣。万万想不到后来竟会爱上这本书，更想不到这本书会对我的为人产生巨大的影响。记得有一年，美国的一位唐斯博士曾列举了十六本"改变世界的书"，包括马基雅维利的《君主论》、哥白尼的《天体运行论》、牛顿的《数学原理》、马尔萨斯的《人口论》、索罗的《不服从论》、史陀夫人的《黑奴吁天录》（即《汤姆叔叔的小屋》）、马克思的《资本论》、爱因斯坦的《相对论》、希特勒的《我的奋斗》等，对这些"改变世界的巨著"，也许你会有也可以有不同的意见。但它们中的任何一本对世界发生的影响或好或坏确实是不可忽视的。书对人类思想行为产生的作用，尤其在人们年幼、年少时产生的作用，难以估量。

《爱的教育》是意大利作家阿米契斯1886年创作的一本轰动意大利

及至全欧洲的名著。作者在书中以一个小学生日记的方式描述了小学生一年中的学习和生活，反映了学生与学生、学生与老师、学生与父母、老师与家长之间的深厚情谊。全书贯穿了爱国主义、劳动神圣、热爱生活、尊师敬老、奋发向上、严于律己、舍己为人的崇高品德。书中穿插了九篇故事，都很感人。这本书自然有它的局限性，例如"忠君"等等，应当扬弃，这同作者所处的时代有关。但整本书中的内容，总的说都是会在潜移默化之间给小学生好影响的。德芳妈妈曾把书中的故事讲给我听，引起我的兴趣。《爱的教育》文字通俗，内容并不深奥，我已有能力可以自己来阅读了。我没有要德芳妈妈慢慢地讲，自己抢先把书读完了。德芳妈妈知道后，微笑着夸我说："你真好！"使我很高兴。这是一本滚热火烫的书。阿米契斯那带有感伤笔调所描绘的学生生活，使我的心灵震颤。它像待哺中的奶汁，夜行路上的灯火，给我以营养和指导。书中一些爱国故事特别使我激动。比如一个少年鼓手为了保卫祖国，奉命爬到高处侦察敌情，被敌人打伤截去了大腿，他英雄地坚持完成任务的行动使我钦佩。我最爱书中的一个好学生卡隆了。他主持正义，有很强的是非感，同情弱者，尊敬师长，为人正直而诚实，使人难忘。"书籍是幼年人的导师"这句西洋格言，是很正确的。这当然指的是好书。《爱的教育》在我读后，使我童稚的心灵作了反省。它像一位和蔼的教师，既不用戒尺，也不用怒言恶语，引导我自觉自愿地去思考，使我心里变得快乐而纯洁起来。爱国的观念，是这本书使我进一步启蒙的。我一直把《爱的教育》作为影响我人生的第一本书。

纪念和感谢德芳妈妈，特别是在两件事上，一是她鼓励并且肯定了我守信守时；一是她给了我《爱的教育》这本书，使我愿意做一棵向上直长的小树。而也正是由于这本书的启发，以后，书成了我的老师，我的好朋友。我热爱书了，开始大量阅读，广泛阅读，不但读那些我能懂的《小朋友》、《儿童世界》、《格林童话集》、《安徒生童话集》、《鲁滨逊漂流记》、《黑奴魂》（实际就是《黑奴吁天录》的通俗改写本）、《瑞士家庭鲁滨逊》……而且自己去翻爸爸的书橱、书架，将上面的《西游记》《三国演义》《水浒传》也拿下来啃。好在一些人物和故事本来已有一定的熟悉，现在看时，看得懂的就看，看不懂的就跳过去。书本给我展示了许多闻所未闻、见所未见的人物、感情、思想和环境，在我眼前打开了一扇扇窗户，让我看到了一个复杂的世界，像智慧的钥匙似的使我开窍，像养料似的使我成长。有了书做知识的源泉，我的寂寞与无聊得到了一定的解脱。书所展开在我面前的世界，是丰富多彩的，是多棱多角的，是在号召着我用勇气和毅力坚强地去开创、战斗的。自从较多地接触书本后，我寂寞时呆呆观看天上云彩的变幻，按照想象，海里的帆船，能看到宫殿里的王子和公主，能看到北冰洋上的白熊……常常想得有多美就有多美。一站就能呆呆地站上半天。我的种种想象力就是依靠开始了的广泛阅读造成的。而书自从在那时候成为我的好朋友以后，直到今天，依然是我离不开的好朋友。

那个时候，日本帝国主义始终在处心积虑地侵略、欺凌中国。在我阅读的书籍中，岳飞、文天祥、史可法等这些民族英雄的故事书使我不但大感兴趣，而且读后总是激动得热血沸腾。尽管读了《爱的教育》懂得了爱，却同时也在阅读中和生活中懂得了恨，对侵略中国的日本帝国主义的恨，即使在那样小的时候，那种恨也是非常深的！

当时，洪治学英文，有时还请德芳妈妈教他。景春却学日文，早晚都在自学："卡几可开苛，玛米摸美莫……"、"王迪，个仄伊玛司"……我喜欢景春偏偏不喜欢景春学日文。他说："中国受日本侵略，将来一定要打仗，打起仗来抓到了日本俘虏，不懂日本话不行！学了日文，将来准有用处。"所以，他有了空，早上晚上独自像吃生蚕豆似的读日文，学日语会话。我很反感，想：日本鬼子欺侮中国，你是中国人，还去学日文真不应该！在我心目中，觉得学日文简直是汉奸才会干的事。但，有一次听德芳妈妈对景春说："中国同日本是邻居，日本又欺侮中国，中国需要一批会日文的人才能对付日本……"她勉励景春好好学日文。我想想倒也是，不过，要我学日文我仍是不愿意的。

德芳妈妈当时身体还比较好。晚上常同爸爸出去访友应酬。她打扮起来很漂亮，衣着很时髦，衣服讲究质地好、式样好，颜色也都配得很协调。我见她把裁缝叫到家里来量尺寸做旗袍，十分讲究的衣料，她十分讲究的要做工，腰围、胸围都要合身。打扮起来，是雍容华贵的贵夫人。她对我在衣着饮食上有时有点适当的关心。比如对景春说："洪溥脚上的鞋子不行了，带他去买双皮鞋吧！""裤子短了，带他去买吧！""问问他想吃点什么，买点给他！"……只是，她从未亲自带我去买点衣服或鞋子甚至吃食。她有时到新街口中央商场买了大批吃食回来，遇见我也会留一些在楼下，但我认为主要是她买给自己吃的，她极会花钱，手面阔绰，对用人不刻薄，对堂兄和景春等也相当客气，来客她都热情招待，所以用人们，堂兄和景春，爸爸的朋友、同事们都说她好。我也觉得她不错，只是总亲热不起来。觉得她同我之间有距离，距离很大，怎么也填补不了。人，即使是小孩，难道只需要衣暖饭饱就会满足吗？不！生活即使在吃和穿上很富足，心灵上和精神、感情上却像沙漠，一样是十分痛苦、十分贫穷的。谁能把妈妈的爱给我呢？我要妈妈，我要妈妈来爱我！可是我却没有呀！

德芳妈妈有时对我好像也不见外，她自然是个当时属于新派的人物，爸爸也是日本留学生，思想是不守旧的。秋深以后的一个星期天，爸爸和德芳妈妈要到汤山去洗澡，通知我随他们一同去。对洗澡我是没有兴趣的。但平时他们去玩并不总是带我去的，这次要我同去，我心里满意，就跟他们去了。

汤山温泉离南京城东中山门外大约八九十华里。山水之间林木郁郁苍苍，风景优美。有平坦的柏油公路通往汤山温泉。温泉水温达摄氏六七十度。水里含硫黄等矿物质，可以治疗皮肤病、肠胃病、关节炎等多种疾病。当时南京的中央要人假日多数都来这里沐浴休息。有个军政部俱乐部专门招待当时的中枢文武官员。我们坐小轿车去到那里以后，在军政俱乐部洗澡。三人合用一个家庭浴池，外间是躺卧休息的房间，内间是一个很大的浴池，浴池里是热气腾腾的绿泱泱的一池温泉。有石级可以走下池去，池水有深有浅，是斜坡状的。深处可以到大人的胸部，浅处只到我的膝盖。爸爸说："日本的浴池叫'风吕'，男女老少都在一起洗澡，谁也不觉得不方便。"他又说："这汤山温泉就是戴传贤（当时国民政府考试院院长）他们一些在日本留过学的人主张修建的。"当时，戴传贤等在汤山都有别墅。听说蒋介石来洗澡，一般都在星期六，沿途都有宪兵站岗放哨。

爸爸和德芳妈妈都下水去洗澡了！我却感到不好意思进去。他们催我，我才脱了衣进入池内。水气氤氲，像雾气淡淡缠绕。看到德芳妈妈站在水中，清澈透明的池中绿水映着她洁白如玉的身躯，她的黑发披洒在肩上，整个的她就像一尊塑像。我心中无邪，当时对男性女性这些问题根本不懂，只觉得她美极了！也不知什么原因，想到她不是我的亲生妈妈，我竟不敢用眼看她，却又感到她肯让我在一起同浴，是把我看作是她的孩子的一种表示，这使我感到亲切，一下子竟感到同她缩短了距离。男子的赤裸身躯我看到不少，但从未感到美；女子的赤裸身躯只看到过德芳妈妈这一次，我却感到有一种无法形容的美。

我在浴池的浅水处洗了澡，不愿在水里多泡，借口要出去玩，擦干了身子出外更衣。跑远路来汤山只是为了洗一个澡，我感到很没意思。但这次洗澡的印象却再也忘不了！德芳妈妈在那次洗澡中给我留下的印象就像童话中那种在美丽的湖里或海里沐浴的仙女一样的形象。我小学有个同班同学吴增菲，他爸爸是当时有名的教育家吴研因。吴增菲有一天就告诉我：他妈妈洗澡时总是带他一起洗。因为他妈妈说：不要把男人女人这种事看得大惊小怪。我听了，想：爸爸和德芳妈妈带我洗澡，恐怕也是这个原因吧？但我没有把汤山洗澡这回事告诉吴增菲，因为我觉得德芳妈妈不是我的亲生母亲，我这个心上的创伤，随时随地总要使我发生疼痛和感受刺激的!

我记得很清楚:从汤山洗澡回去的那个晚上,有个人从安徽当涂来,带了两大蒲包的鱼虾。鱼有的还是活的,都是新鲜的大鲫鱼,有的像筷子那么长,真是少见的大鲫鱼。水灵灵透明的河虾,活蹦乱跳,只只有两寸长,可爱极了!原来这是我的周阿姨派人特地送来给我吃的。周阿姨是妈妈的亲妹妹,我妈妈还有两个弟弟,大弟(也就是我大舅)务农,小弟名叫李守愚,由我妈妈资助他在上海读师范,但读完师范也回家结婚在家务农了。周阿姨嫁给我的姨夫周咏经。周咏经是个忠厚好脾气的人,曾去苏联在领事馆任职,也到过朝鲜在领事馆任职。他是学医的,我只记得他有一张瘦瘦的总是带点微笑的脸,爱喝酒,鼻子有点红,听大人说喝酒时他最爱吃鸡屁股和鸭屁股。此时,他在当涂的一家军医医院里做院长。

当时,知道是这么一种关系,只见德芳妈妈拿了五块钱或是十块钱赏来送鱼虾的那个勤务兵。记得阿大说:"这鱼虾也不值这么多钱呀!"事后听德芳妈妈说:"这是洪溥的姨妈和姨夫送来的,多给勤务兵赏钱是尊重他们!"我听洪治和景春后来在背下里都夸德芳妈妈会做人。德芳妈妈采取了这种友好态度,后来周阿姨常派人从当涂送吃的来给我。每次,德芳妈妈都用热情的态度对待来人,并且也每次都给高的赏钱。

我觉得我对德芳妈妈感情渐渐深了。但总觉得她既像是我的妈妈,又不像是我的妈妈。在我幼时的记忆中,妈妈抱我,亲我,妈妈拿脸贴着我的脸,用手抚摸我的头。我虽然长大了,仍渴望着这样的母爱。从德芳妈妈处是得不到这种母爱的,我同她很少接近。像两座山一样,经常看到对方,也可能看到对方有秀丽的山峰、飞溅的瀑布,却似乎永远不可能相抱在一起。

周姨母从当涂派人送来鱼虾以后,一连许多天,我特别想念妈妈。妈妈也许忘掉了我,我却怎么能忘掉她?妈妈现在怎样了呢?她在哪里呢？现在没有谁再谈起她，也没有谁告诉过我她的情况。有一天晚上，我实在太想妈妈了，曾又悄悄写了一封信想寄给妈妈，信上说："亲爱的母亲大人膝下敬禀者，儿想您，儿要您！母忘了儿了吗？为什么不来看儿？……"信没有写完，因为我有许许多多话想写却写不出来。就是写完了，也不知该往哪儿寄，问景春和洪治，都说不知道，我只好伤心地将信撕了。见我趴在床上哭，景春关心地来安慰我，坐在床边说："有件事你一直不知道，其实应该让你知道：你爸爸结了婚，你妈妈也结了婚了！"我脸不知怎的马上红了，生着气骂他："你放屁！胡说！"我感到羞耻，也感到难过。

景春那张黑瘦的脸上一本正经，板着脸说："怎么骂人呀？谁骗你！早就结婚啦！真的！上海报纸上登了你妈妈跟人结婚的启事，男的姓赵！真的！……"

我的泪水像断线珍珠似的挂得满腮都是，伤心极了！景春的样子不像胡扯。我心里暗暗相信了，怪不得妈妈无音无讯呀！你忘掉我了！你不要我了！我伤心起来，抽泣着，孤僻地对景春说："你走吧！我要睡了！……"

景春的房间在我隔壁。堂兄洪治也在那房里和他同住。窗外，呜呜呼呼地刮着大风，我夜里乱梦颠倒，又梦见了妈妈，妈妈仍旧那么美丽。她不理睬我，把背对着我，叫她，她忽然不见了。我又"发魇"了！堂兄洪治和景春披衣起床跑到我房里来，问我为什么哭，我说："想妈妈！"他们劝慰了我一番，景春回去睡了，洪治仍在我床边坐着陪我。陪了我很久。我从梦魇中醒来，因为刚刚哭过，心里还堵得难受。洪治学起劳莱、哈台和韩兰根、殷秀岑的表情来逗我笑。劳莱和哈台是美国电影明星，演的《从军乐》等电影滑稽得很；韩兰根和殷秀岑也是一瘦一胖的中国滑稽明星，我很爱看这些滑稽影片。洪治三逗两逗，逗得我笑了，不过我心里仍旧是又酸又苦。以后多少天，我常做同样的梦：妈妈仍旧那么美丽，她不理睬我，把背对着我，叫她，她忽然不见了……

　　我想知道究竟：妈妈是不是真的结婚了？她难道真的不要我了？姓赵的是个什么人？随着年龄的增长，我的思想逐渐变得比爸爸和妈妈离婚那时复杂些了，想得多一些也深一些了！我想探究爸爸妈妈为什么离婚？是爸爸不好还是妈妈不好？在感情上我接近爸爸，因为从小爸爸没有打过我，而且爸爸同妈妈离婚后，我一直跟着爸爸，在爸爸同德芳妈妈结婚以前，爸爸几乎天天同我在一起，晚上常带着我睡，星期日常带我出去玩耍，爸爸抱我，关心我的冷暖，人们都尊敬他……而妈妈在我小时候常常打我，有时因为我顽皮她打我打得很凶很疼。在我感觉上妈妈爱哥哥胜过于爱我，在同爸爸离婚后，妈妈就好像抛弃我了，渺无音讯。现在，却传出了妈妈重新又同人家结婚的消息，哥哥和妹妹们都跟着妈妈，妈妈不要的只是我！我为什么这样可怜呢？一种恨和怨的情绪油然涌上我的心头，对谁我也没有说，但我心里恨妈妈，也怨妈妈！既然不要我，为什么要生我？既然你是我的妈妈，为什么你要再结婚？同时，我对德芳妈妈的那点爱也像冰雪遇到阳光似的融解了！你为什么要同我爸爸结婚呢？因为你同爸爸结婚，爸爸对我就不像以前那样亲密爱抚了！因为你同爸爸结婚，哥哥宏济就不肯来南京同我在一起了！因为你同爸爸结婚，占有了爸爸，所以妈妈才不能再同爸爸在一起而同别人去一起生活的吧……别看我年岁小，这些想法都像潮汐涌来，充满胸臆，难以摆脱。

　　忍了好几天，有一天晚上，爸爸难得地到我房里来看我。这时候，我听到堂兄洪治和景春说：近来，德芳妈妈同爸爸虽然没有吵架，但处得不愉快。德芳妈妈把那一头美丽的黑发也剪掉了，剪成短短的男式分头。原因是：德芳妈妈比爸爸年轻十多岁，两人脾气、爱好、兴趣都不完全一样。德芳妈妈也许是看爸爸有地位、有钱才同爸爸结婚的，可是结婚后，她很寂寞，爸爸上班，她只好在楼上房里蹲着。她要想出外工作，爸爸不同意，两个人就不和睦了。我想：怪不得这些天德芳妈妈有时不下楼来吃饭，让用人给她把饭送上楼去。我见过有时收碗筷下来时，放在盘盆里的鸡腿和鸡汤动也没有动。有时她下楼吃饭，见到她脸色惨白，闷闷叹气。她饭吃得少，不大见她笑，也不大见她同爸爸说话。爸爸也似乎并不那么高兴。有一次，爸爸在饭桌上说："德芳，你要去就去吧！我不反对！……"第二天，我上学回家，发现德芳妈妈不在了，一问，才知她去中央政校受训去了！她剪去长长的黑发就为的这，受训后毕业了，才可以分配工作。只不过，她去受训不久，就回来了，她身体不好，医生发现她有肺病。每到下午，她就有热度，两颊总泛出红色，像桃花似的。有位医生名叫狄昼三的，是名医，专替中央一些要人治病的，常来家里给德芳妈妈治病。德芳妈妈讲究卫生，吃饭同我们分开碗筷。从此不下楼吃饭，总是让人把饭给她送上去，我也就更少见到她了。爸爸这晚上来楼下我房里看我，是很久没有过的事了，我看得出他心里苦恼，老纠着双眉，明白他同德芳妈妈处得不快活。但我不知道说什么好，只好默默低头玩弄我收集了贴在本子上的外国邮票。

爸爸用他的大手抚摸我的头发，问问我的功课学得怎么样，老是叹气。他想说些什么，我不知道。我憋不住了，突然问他："爸爸，你知道吗？妈妈是不是在上海同一个姓赵的结婚了？"

爸爸突然像一惊，问："谁告诉你的？"

我不敢讲是景春说的，怕爸爸骂他，我未回答，又问："是吗？是结婚了吗？"

爸爸在我桌边的椅上坐下，叹口气点头："是的！"又说："正是因为你妈妈跟人家结婚了，我才又结婚的！唉！李苏这个人！……"李苏是妈妈的名字，妈妈名叫李苏，又叫李蕙华。

我突然伤心地哭了！多少天来，想证实的事得到了证实。原来妈妈真的结婚了！而且爸爸说"正是因为你妈妈跟人家结婚了，我才又结婚的"。一切罪过不都是在妈妈身上吗？我"啊"地哭了，抽搐着，心里的积聚着的痛苦得到了发泄，反倒痛快了！啊，妈妈早结婚了，我还蒙在鼓里呢！……

爸爸拍着我的肩膀，摸着我的头要我别哭，苦闷地摸出香烟来吸（他没有烟瘾，是极少吸烟的），纠着眉说："上海报上登了你妈妈同一个名叫赵慰祖的结了婚，我是见到了报上他们的结婚启事，才决定同吴德芳结婚的！……"

我出乎他意外地问："爸爸，你同妈妈离婚是谁不好？"

爸爸喷着烟摇头，他那严峻的面貌我到今天仍清晰地印刻在脑海中，说："唉，李荪这个人！……"又说："你是小孩子，别管这些！同你说你也不懂！反正，你要好好读书，将来争口气！"爸爸将一支烟大口大口吸完，叹着气，最后，揿灭了烟蒂，踏着沉重的步伐上楼去了。他说的话不多，我却明显地感到在爸爸妈妈离婚和双方又结婚的问题上，主要是妈妈不好。我有点同情爸爸。感到他也很可怜。那夜，我心中掀起了暴风雨，恨的潮汐拍打着心扉，泪水润湿了枕头，痛苦像蛇蝎一样啃咬着我的神经，我有点恨妈妈，也恨那个突然闯进我生活中陌生的姓赵的。我又想：哥哥宏济和妹妹们不知怎样了？他们一定非常不幸！……

其后，若干年过去了，我听妈妈叙述她同爸爸离婚后又再同赵慰祖结婚的往事时说过："那时，我在报上，看到你爸爸同吴德芳结婚的大幅结婚启事，好像是向我示威似的，这以后我才结婚的……"唉，爸爸说妈妈离婚后先结婚的，妈妈的说法却相反！事情真是说不清也弄不明了！我小的时候确实弄不懂，我大了以后又觉得根本无需去弄明白。男女之间离婚、结婚的事每每有许许多多就是永远说不清也弄不明的，对于他们的下辈来说，在蒙受了难以忍受的心灵创伤和人间痛苦以后，更无需去像考古似的寻觅谁是谁非，那已没有什么现实意义，何况，不幸的婚姻自有其各种不同的不幸，做父母的不需要子女去做法官判定谁是谁非。也是在若干年后，当爸爸谈起妈妈同赵慰祖结婚的事时，曾用宽容的口吻说过："听说你妈妈和他是同乡，都是宝山人，两家上辈是好友，未生你妈妈时上辈曾指腹为婚的。"爸爸死于1940年，爸爸死后，我也多次听到妈妈用宽容甚至带有悼念和怀想的语气说过："你爸爸可是个好人，袋里有钱，谁找他帮忙他都会把钱掏给人家。""你爸爸那个人重感情，正直，心地好，就是性子急，脾气差些。"我觉得她不可能对爸爸没有感情。但离婚的错误已经铸成，像一只美好的祭红瓷瓶已经打成碎片，一切都太晚了！

爸爸和妈妈之间的事，恐怕只有他们自己心里明白，或者甚至他们自己也理不清。爸爸和妈妈，都对我说："唉，孩子，你不懂！同你说你也不懂，等你长大了也许将来能懂！……"是的，我后来长大了，似乎懂一些了，实际也并不懂。我懂的只是这种事非常复杂，但作为他们的孩子，深深体会到做父母的离婚，子女得到的苦果是难以下咽的。建立家庭是一种责任，做了父母的人绝不能任性地只图自己的痛快而背弃了自己对社会、对下一代应负的责任！

酸甜苦辣咸交杂，是什么滋味呢？

　　知道妈妈结婚以后，我的心情恶劣透了，像丢失了什么最宝贵的东西，又觉得脸上很不光彩。学校里的同学们都有自己亲生的妈妈，每到放学时，总能看到不少妈妈来接自己的孩子，那么亲热，那么幸福，不少同学都喜欢谈自己的妈妈，我却不敢谈。我不愿意让同学知道妈妈离婚的事，不敢让同学知道我有后娘，现在，当然更不敢告诉人我的妈妈改嫁了！

　　我的痛苦老在心里闷着，像一块铅，像一个秤砣。中大实校是个办得很出色也很特别的学校，能做这个学校的学生，当时使人感到光荣。学校有好几幢在当时被看作是"大楼"的教室。初中和高中的教室那两幢楼房叫作"中一院"和"中二院"，小学的那幢灰楼房叫作"杜威院"。杜威是位美国的资产阶级教育学家、哲学家、社会学家。他认为教育即生活，学校即社会，教学方法应根据"从做中学"的原理，以儿童的活动为中心。1919—1921年间他曾来到中国，他的学说通过胡适等人的传播，在当时有一定影响。胡适陪他到过学校，杜威院就是为纪念他来校修建起名的。另有一幢二层楼的"望钟楼"，是给住校学生住宿的。学校的一个操场，当初在我印象中很大。但1946年抗日战争胜利后我到南京特地去看看母校，大操场在我眼中简直小得可怜了！

　　我说中大实校办得"出色而又特别"，那是因为连小学里的老师都全有大学毕业的学历。教学质量是较高的。学校的校歌在当时国民党

反共的情况下保留着是很奇怪的，提到了劳动神圣和工农兵，原词是
这样的：

> 神圣劳动，工人爱做工，
>
> 神圣劳动，农夫爱耕种，
>
> 神圣劳动，兵丁爱运动，
>
> 为什么劳动，为什么劳动，为我人类大众。

　　学校有个旁门靠近一条小河，河边有一长溜空地，分包到各班，
每个班都要种这些地，在地上种上青菜，我分到的一排五六棵青菜就
由我每天浇水管理。到收成时，菜都交到食堂里，由食堂加上年糕片
煮了给大家分食。学校春秋两季都开规模很大的运动会，平时常有同
乐会、演讲会、球赛。春季举办远足，到栖霞山、中山陵等处郊游。
自然课常常由老师带了我们到野外捕昆虫做标本。学校实行的有跳级
制度，功课特别好的学生可以跳级。升级和留级制度也很有趣。重要
课程如算术、国语、英语（小学二年级就学英语）等全部不及格的自然
留级，如仅一门主课外加一二门其他非主课（如自然、社会、劳作、体
育、美术、公民、音乐等）不及格的，照样可以升级，不过不及格的
课程不在本班上课，而是到低班去上课。临毕业时，如果还有两门主
课或一门主课加两门非主课不及格，就不能毕业。我在小学时跳过一
级。跳级后，跳级造成的课程不衔接学习有困难；家庭造成的痛苦老
在心里闷着，听课时常常痴痴呆呆地发愣。心里烦恼的事儿只要一想，
书就念不进了。最后，竟又留过一级。小学里处罚学生的办法有的也
有点奇怪，学生中设立纠察员制，轮流值日，凡骂人的学生，纠察员
竟有权罚他用肥皂水漱口。我平时从来不会骂人。可是有一天上地理
课，老师教了一个"喜马拉雅山"，说是世界最高的山。下课时，班上
一个身材最高的女同学经过，我恰巧讲了一声"喜马拉雅山"。她马上

报告了纠察员，纠察员是位女同学，竟将我叫去，用肥皂粉冲水叫我漱口。味道真辣，使我终生难忘。学校里，禁止体罚，有位教算术的何寿斋老师，据说曾用戒尺打学生手心，同学替他起了个绰号叫"何老板"。在卢妃巷小学读二年级时背"九九乘法表"，我背得不熟，挨过一板子，手心都红了。到中大实校小学部，听说何老师要打人手心，我心怀恐惧，其实，何老师严格，却未见他打过学生。我小学毕业时，他是我的级任，最后一次见到他，是在抗日战争时期上海已经沦陷成为"孤岛"了的租界上。一天下午，大约是1942年的初夏，当时我正拟离开沦陷区去大后方，雨后，在跑马厅附近，见到何老师穿件破旧长衫，挽着裤腿拎一把破雨伞踩着水走近，面有菜色。我上前恭敬地向他鞠躬，叫了一声："何老师!"他心情很坏，简单问我的情况，告知我他在给人家做家庭教师，匆匆分别，以后再也没有听到过他的消息。估计老师早不在人世了!

中大实校成了中枢要人们子女集中的大本营。当时，国民党中政会主席汪精卫的子女、司法院长居正的儿子等人都在校内，拿我同过班或来往过的同学来说，有北伐时曾任四十军军长的贺耀祖的儿子贺乐山，海军部长陈绍宽的儿子陈锟林，中央委员邵元冲的女儿邵英多，兵工署长俞大维的儿子俞扬和（扬和后来做了蒋经国的女婿），中宣部长方治的女儿方光炘，中央委员王子壮的儿子王为铎（大约1961年，击落过一架台湾来袭大陆的飞机，俘虏了少校飞行员王为铎，《人民画报》刊登过照片。他头裹绷带面目我还认得清），海军将领欧阳格的女儿欧阳筱苏（筱苏现在是辽宁大学外语系教授，全国妇联执委），行政院政务委员雷震的儿子雷绍陵等。著名科学家竺可桢当时是紫金山天文台台长，他的儿子竺衡和著名生物学家钱崇澍的儿子钱业三当时也与我同班。但中大实校当时也不向外界关门，一般市民包括贫穷人家的子女只要成绩合格也大量招收。我既有"权贵"人物子女中的好友，也有出身贫穷家庭的好友。

1987 年，我有幸与在湖南长沙的同班女同学曾淑英取得了联系，1989 年 10 月她到成都，我们高兴地见了面，近五十年不见，她已是一位头发花白的老太太了。当时她做过我的级长，我还清晰地记得她小时候那种秀丽挺拔非常有能力的模样。她父亲是位教授，淑英做过多年编辑工作。她谈起那时对我的印象说："你那时是好学生，很文静的。"这种"文静"，我心里明白，其实是我忧郁和压抑的一种表现，当时同学们不知道罢了！

那时候，我心里经常翻江倒海，怨妈妈，恨妈妈，又想妈妈；怨德芳妈妈，怪罪德芳妈妈，又微微同情她、爱她。处在一种十分尴尬十分矛盾的感情冲突中。本来，下课后有时候跟些同学去中央大学的梅庵看六朝松，去中央大学图书馆里的字纸箱里捡外国邮票，有时候跟些同学到中央大学的草坪上去踢小皮球，有时候跟一伙同学在学校里骑自行车……这时，什么也不干了！下了课就回家，同书做了好朋友，一个人默默地在房里神游在那些神话、童话以及伟人传记等故事中。家中的气氛也是沉闷阴暗的。德芳妈妈病后，在楼上从不下来，医生要她卧床治疗。爸爸心情不好，脸色难看。洪治、景春连走路、说话都是轻轻的。只有贾克，它依然整天跑来跑去，有时候在花园里，有时跑进屋来，想吠叫就"汪汪"吠叫。说来也怪，每到半夜，它总要凄厉地哭叫。声音真是可怕："呜——汪汪汪汪！""呜——汪汪汪汪"……用人们迷信，悄悄说："狗哭是狗见了鬼，不吉利！""狗哭了是要死人的！"我听了就想：难道德芳妈妈的病好不了了吗？心里难受，每到半夜，我住房的外边墙下贾克在哭吠时，我总是吓得手脚冰冷，浑身发抖！贾克能哭上一个多小时，听到它哭，我赶快用被子将头蒙住，心里"咚咚"地跳，吓得睡也不敢睡。平日我最喜爱的贾克，变得使我十分厌恶了！

我经受不住这种压抑、惊恐的生活，但有一天，忽然发生了一件我完全意想不到的事。

一早我上学，走进校门，忽然看见美丽的妈妈站在学校门口传达室旁。

　　我怕认错了人，睁眼细细一看，不错，果然真是妈妈！我眼睛发酸，浑身血都沸腾了，又喜又惊地高叫："妈妈！——"

　　妈妈穿件黑呢大衣站在那里朝我微笑。看到我就冲上前来一把抱住了我，摸我的头发，亲我的脸，把她的泪水沾得我一脸。

　　怕引起同学注意，妈妈和我就匆匆走得离开学校有一段距离了，边走，妈妈叫着我的小名边问："宝宝，想不想妈妈？"她声音颤抖，一直在流泪。我哭了，说："想！"妈妈用手绢擦着泪说："走，宝宝，到妈妈住的旅馆里去。"我虽然想着上午有好几节课，也不管了，点头说："好！"妈妈叫了一辆人力车，带我上了车，对车夫说："去鼓楼饭店！"

　　自从离开妈妈到今天，这是我心里最快乐的时刻了。妈妈一直紧紧抱着我，好像怕我会飞走似的，抱得那么紧那么紧，对妈妈的怨恨和不满，此刻早已烟消云散。妈妈问我："后娘待你好不好？"我点点头，说："好！"但接着又说："好妈妈，我要你！"妈妈没有回答，却抽抽搐搐哭得话也说不出来，老是拿白手绢捂住脸。

　　妈妈住的鼓楼饭店离学校不算很远，妈妈说："我前天晚上就来了，好不容易打听到你们的住处，又好不容易找到了你！妈妈真想你啊！"我亲着妈妈的脸说："你和爸爸为什么要离婚呀，你们不离婚不行吗？"妈妈摇摇头，没有回答我。

　　妈妈带我进了鼓楼饭店到了她住的小房间里，拿出她从上海带来的许多糖果点心给我吃，还有一叠书，我将刚才她没有回答我的问题又问了一遍。她又擦眼泪了，说："宝宝，你爸爸坏！是他要离婚的。现在同你讲你也不懂。长大了，你会明白。只要你记得妈妈，现在你不能跟妈妈过，长大了你到上海来找妈妈！"我点点头，心里得到了一点满足。吃着妈妈带来的杏仁酥，杏仁酥真香甜呀！这一向来，我吃东西从没有这么好吃过,但我边吃边忍不住又问:"爸爸怎么坏?"妈妈叹口气说:"唉,你小,现在对你说你也不懂,长大了你会明白的。"我想,你们说的都一样!爸爸说你坏,你说爸爸坏。可我觉得你们都好!你们为什么要这样呢?怎么回事呢?……

……我"哇"的一声哭了,说:"妈妈,你为什么一定要离开我和爸爸呢?你回来不好吗?"妈妈摇摇头,伤心地擦着眼泪,说:"傻儿子!你爸爸同我离婚了呀!我怎么能不离开你呢?"我说:"那不离婚不好吗?"妈妈叹口气,说:"儿子,你不懂!也许将来你会懂的,我同他……不能在一起生活!"我追根究底:"妈妈,是爸爸不好呢?还是你不好呀?"妈妈朝我看看,两只眼里泪水颤巍巍的抖动,先是沉默,一会儿说:"孩子,怎么说呢?妈妈深深感到对不起你。从这点来说,妈妈不好。此外,妈妈没有什么不好,我不愿意在你面前说你爸爸坏,因为你跟着他在生活,我和他,都对不起你。他也没有资格说我的坏话,妈妈只希望你不要恨妈妈。告诉妈妈,你恨我吗?"我仔细听着妈妈的每一句话,我说:"不恨你!"妈妈突然哭出声来了,蹲下身子来抱着我吻我的脸,连声说:"好儿子!好儿子!"

整整一个上午,我没有上学,跟妈妈在一起,心里舒畅,怨恨妈妈的心情在不知不觉中消失干净了。中午,同妈妈一起吃饭,妈妈点了些我喜欢吃的菜给我吃。后来,她去打电话,景春匆匆来了,她请景春将我送回学校。当着我的面让景春给德芳妈妈问好,并说谢谢德芳妈妈同意她来看望我。这我才明白:原来妈妈同我见面,德芳妈妈是同意的。妈妈没有当我的面说她下午要回上海,只是吻吻我让我跟景春去学校。其实,她下午就回上海了,像一阵风,她悄悄地来,又悄悄地走了。我明白,她怕告诉了我,会缠着她不放她走。小时候,她送我进幼稚园,有过这情况:我哭着要跟她回家,她却把手一指:"宝宝,你看,那是什么?"我回头去看妈妈指的地方,再转过身来,妈妈已经不见了!这次,又是这样。妈妈的来临,我像做了一个美梦;

妈妈的离开，就像梦醒，醒来反而使我更加失望，更加忧伤。更奇怪的是：妈妈来看我时，我对她的恨和怨顿时完全无影无踪了！妈妈离开我后，莫明其妙的恨和怨又像黑影似的偷偷袭上了我的心际。想摆脱也摆脱不开，对妈妈的爱与恨交织成一面网，网住了我的感情。

　　功课成绩猛降下来，上课无心听讲，下课回家不做作业。小考的成绩使老师吃惊，这也惊动了爸爸。一位名叫徐国屏的金陵大学的学生，应聘来家里做我的家庭教师，每天下午五点钟他来，吃了晚饭回去。徐老师是湖南人，黑皮肤，大眼睛，体魄健康。他很和善，每天来，把当天的课本上的习题让我做一做，把不懂的地方教我一遍。有时，还将明天要教的课程先讲一些给我听。这样，使我下降了的成绩开始回升。星期天，徐国屏老师还偶尔来带我去游泳池游泳，让我欢度一个上午。只是有一天我去游泳时，遇到了同班的好友贺乐山。他说："王洪溥，你游泳给我看看！"我摇头说："我还不会游！"贺乐山以为我骗他。过了一会，我在大人游水的地方坐在池边观看。大人游泳的地方水有一人多深，星期天上午人不多。贺乐山忽然出现在我背后，双手捏住我双肩，用大腿弯一拱，说："看你游不游给我看!?"我"扑通"下了水，喊着挣扎，却一口一口呛喝着水，慢慢沉到水底去了。贺乐山起先以为我是装假同他开玩笑的，后来发现不对，连忙高叫起"救人"来，徐国屏老师游过来将我救起，用人工呼吸，让我吐出许多水来，我才有气无力地回家，从此，我没有再去游泳池游水了！徐老师也不敢带我出去游泳了！徐老师做我家庭教师的时间不长，一共只有几个月，给我留下的是亲切的好印象。

　　德芳妈妈始终在卧床治病，每天下午都发烧。狄医生仍常来出诊，爸爸总是叹气摇头，爸爸在南京做"官"，家乡总是不断有亲戚来找爸爸，有的要钱，有的要爸爸帮着办事。我看到爸爸态度总是很好，待这些亲戚也很热情，有钱也总是拿给他们。但有一次，有个亲戚来不知要办什么事，只听到爸爸用极严厉的态度在教训他，意思是要他在家乡必须和睦乡邻，做好事，不要做坏事。有人劝爸爸在家乡买点房子，爸爸摇头说："我决不在家乡买地造屋！"这体现着爸爸对待家乡的一种态度。爸爸在抗战初期因抗日身亡以后，到40年代后期，家乡解放，经过天翻地覆的数十年，直到今天，爸爸在家乡的声誉始终是很好的。人们把他作为"如东的骄傲"，这同他为人正派讲原则对人又热情诚恳是有关的。但德芳妈妈患病阶段，爸爸心情恶劣，火气大，常皱眉，他的眉心间的一道皱纹变得很深。我还记得他在高楼门宅前摄过一张照片，是全身照，他穿着长袍马褂（那时，每星期一要做纪念周，文职官员时兴穿蓝袍黑马褂）站在花园里，眉是纠着的，背后爸爸题了字："德芳病重忧惶时摄于高楼门宅前。"可惜照片在"文革"中被红卫兵抄去遗失了。

我仍旧过着十分寂寞的生活。不久，发生了前边提到过的阿大"卷逃"的事，接着，又发生了贾克突然失踪的事。家里真是多事之秋了！

贾克，每到半夜仍旧总是要哭泣，凄凉可怕的哭声使全家都厌恶。我照例每到夜里它哭吠时会惊醒，然后用被子赶快蒙住头睡。大家几乎都讨厌它，只有我仍旧喜欢它，寂寞时有时抱住它或者在花园里逗着它玩耍。可是，有一天，贾克突然不见了！到处寻找也找不到。第二天，它没有回来！第三天、第四天……它永远不再露面。我很伤心，它到哪里去了呢？谁也不知道，估计是给人家拐骗走了。最后，终于谁也不再提贾克了！我逐渐也将它忘记了，直到大约二十年后，在上海遇到堂兄洪治，两人谈起往事，不禁又想起了高楼门时期和德芳妈妈。洪治忽然对我说："洪溥，有件事一直瞒着你，现在我想对你说实话让你知道，你不会怪我吧？"我诧异地看着他问："什么事？"他说："你还记得那条洋狗贾克失踪的事吗？"我点头。他说："事情是这样的。那时，贾克天天夜里总要哭，吴德芳又生病，人都说狗哭不吉利，有一天，吴德芳叫我把贾克想法骗出去扔掉，我就带了贾克坐小火车到雨花台附近，把它扔掉就回来了。"我恍然大悟。洪治又说："当时你小，怕你受不了！所以只好瞒着你了！……"我默然无言。不过，许多的旧梦又浮现在眼前，童年时德芳妈妈苍白美丽的身影，孤儿般的我寂寞欲哭的心情，一幕幕都像放映电影似的展示在脑际……

德芳妈妈病重时，狄医生开的中药每每由景春和胡二带着我去唱经楼附近的中药店去配药。药方交到柜台上，抓药的人就来了。看了药方，每每总是一个药店掌柜模样白白胖胖的中年人亲自来配药抓药。他拿出一支短短的雪白羚羊角来，先用戥子称了一称，然后放在一只砚台上用水磨，磨成牛奶白的水倒入一个小杯子里，又将羚羊角再称一遍；然后又称犀牛角，再用水磨……一服药有好几十味，逐一包好了，一式配三服。一服药总要十几块钱。冬天时，医生要德芳妈妈吃西瓜，每只西瓜要一元多钱，幸亏爸爸在上海做律师时收入多有积蓄，到南京任职，薪金也高，但德芳妈妈的病花的钱很多，我听景春和洪治他们常常谈论。

德芳妈妈病中，同爸爸吵闹过一场，这是他俩间唯一吵闹的一次。一夜，夜深人静，我从梦中惊醒，忽然听到楼上有摔东西的声音，"哐当！""乒！"……晚饭前，我就有预感：见到爸爸从楼上下来了一次，脸上像涂了霜。晚饭时，爸爸没有下来吃饭，说是他不想吃。这是从来没有过的呢！我就觉得要发生什么事。这时，深夜的吵闹声使我心惊肉跳，我顿时感到小时候半夜醒来被爸爸和妈妈闹架吓得胆战心惊的情景又出现了。我跟着景春和堂兄洪治往楼上跑，来到德芳妈妈卧室门口，只见门开着，里边地板上全是花瓶的碎片。爸爸生气地站在窗前，灯光明亮，德芳妈妈卧病仰脸躺在洁白的床上，态度倒很平静。她病后，因为怕肺病传染，不许我上楼，所以我久未见到她了。这次看到她，觉得她异常消瘦苍白，爸爸见我们上楼，说："没什么事，你们下去睡吧！"我们连忙下楼，楼上后来也就平静了。这夜他们为什么吵闹，我当然弄不清。当时我不禁常想：大人们为什么总是会闹得这么不可开交呢？难道结婚以后就总是要这样的吗？……这问题当然幼稚，而且含有灰暗的成分，所幸当时我大量阅读的书籍，多数都是鼓励人向上，鼓励人对未来抱有希望的。正如歌德所说的："希望乃生命的灵魂，心神的灯塔，成功的指导者。"它像在风雨的黑夜里能使人看到东方将出现朝霞。幸福的缺失，由希望可以填补。一些有成就和贡献的人物的传记，常描述他们童年时有过多么坎坷的遭遇。这就使我在体味着酸甜苦辣咸的生活中，在童稚的心灵中依然暗暗发奋，激励自己努力向上。

那年寒假之前，堂兄洪治像他来时提着一只小皮箱一样，又提着他那只小皮箱走了。他去上海进法政大学。家里少了他，显得冷清。可是，有一天，瘦黑的景春突然笑着对我说："洪溥，你猜！谁要来了？好消息哪！哈哈！"

我看看他那副高兴的样子，摇头说："怎么猜得到呢？你快说吧！"

"你哥哥宏济要来了！"景春说，"他到南京来上中大实校！跟你在一个学校！"

我真要三呼万岁！实在想不到！我高兴极了！高兴极了！

果然！寒假里，宏济由上海坐火车来到了南京。我们亲热地拥抱在一起。我问他："你这次还要走吗？"他笑着摇头说："不！这次不走了！我们在一起上学。"

"一句名言胜过十本平庸的书"

宏济寒假里来到南京高楼门以后，我俩就合睡一张大床。他这次来，人长高了，仍旧是文质彬彬的模样，瘦长的身个。在我眼光中，他有学问，读过的书很多，一笔字写得好，在学校功课也好，我很崇拜他。他来时，妈妈叮嘱他：见到德芳妈妈应当叫"妈妈"。所以，他不像上次来时那样见了德芳妈妈不肯叫了。好在德芳妈妈卧病在楼上，她不下楼，我们也不上楼，见面机会极少，矛盾根本没有。

宏济对妈妈有浓厚的感情。一到南京，立即忙着给妈妈写信。以后每隔一周或十天，也总要再写一封信去。每次写信，总带上我的名字。但我极少自己写封亲笔信给妈妈。妈妈同赵慰祖结婚后的情况，宏济闭口不谈，我也绝口不问。在这个敏感的问题上，互相之间的感情是十分微妙的。有些事都心照不宣。实际上，我像一个"父党"，他像"母党"。不过他来了以后，在感情的倾向性上，慢慢随着时日的消逝，也在起着变化。

宏济转学插班考进中大实校初中部，寒假后开学的第一天，他在中一院上课，我在杜威院小学部上课。那天白雪飘飞，纷纷扬扬，一会儿就在操场上积起了厚絮般的雪褥。中午第四节课下课时分，不知怎的，初中部和小学部在恣意狂舞的雪花中竟打起雪仗来了。初中部几十个人掷雪球打过来，小学部六七十个人也掷雪球打过去。我在小学部的冲锋队伍中，打得很英勇。本来，大家掷的都是用手捏紧的雪球，砸在脸上也是不太疼的。可是，打来打去，打得火冒三丈了，情况变了。有人在雪球中包了砖瓦石块，有人端一盆凉水，把雪球在凉水里一浸再掷出去。掷出去的雪球成了冰渣，能把脸都砸破。发展到这一步，小学部占了上风，初中部人少，溃不成军，他们本来凭借中一院前一些砖堆和树丛作掩护的，这时据守的人都纷纷逃跑了。我和小学部高年级的宋玉坤踩雪冲在最前面。宋玉坤个儿并不比我高多少，平日爱打架，力气大。我同他一起飞跑着冲到积雪的树丛前面时，忽然出乎意外地看到唯一剩下在那里负隅顽抗的人竟就是宏济。

我不禁"啊"了一声，说时迟那时快，宋玉坤已经一个雪球猛掷在宏济的面门上了！这一定是个包着砖瓦石块的雪球，我们叫作"夹心饼干"的！雪球在宏济面门上一开花，他的鼻血马上淌下来了，洒淋得身上、雪地上红殷殷的。宏济这天穿一件灰长袍，鼻血被掷出以后，他双手掩住面，宋玉坤的第二个雪球又掷出去了，嘴里还大声高叫："抓俘虏啊！抓……"

我一时又气又急又恨，毫不思考地将手里的几个雪球都一个个狠狠朝宋玉坤脸上头上掷去。我同他离得近，用力大，又出乎他意外，宋玉坤连忙缩头后退，宏济顿时解了围。

宋玉坤高叫："王洪溥当汉奸了！他当汉奸了！……"一些小学部的同学也都跟着叫嚷起来，嚷嚷声响成一片。

我明白这时只有一条路了：跟哥哥宏济走！一闪身，马上随着宏济到了中一院。这时，只听外边小学部的同学耀武扬威大声喊叫，有的是胜利的欢呼，有的是在骂我，我帮宏济拭干了鼻上的血迹，心里十分懊丧。我是小学部的，可是又不能不帮助哥哥。宋玉坤骂我"汉奸"，使我最受不了！在我心目中，汉奸是最无耻最卑鄙的人了！我也明白，宋玉坤是不会就此罢休的！好的是中午吃饭和午休时间很长，我打算迟些回去，避免和宋玉坤发生冲突。

在下午第一节课打预备铃的时候回到小学部准备去上课。谁知冤家路窄，偏偏在教室门口的走廊里碰上了宋玉坤。他一定是有心在那里等候着我的。一见面，立即疯牛似的冲了上来，嘴里仍在骂着"汉奸"。我知道无法逃避了，也明白我打不过他，但我决心迎战！他一挥拳，我马上狠狠抱住他两人摔起跤来。已经在教室里坐着的同学们也拥出来看了。一会儿，我俩翻滚在地上，起先我在上面，忽的我被压在底下，宋玉坤骑在我身上，拳头像雨点般打来。有些同学来帮忙，将我们拉开，正在这时，教自然的张箴华老师来了！张老师人很严肃，课讲得好，他长长的脸上有两条浓眉和一双有神的眼睛。在学生中很有威信。看到我们在上课前打架，把秩序搞得乱糟糟的，脸上很生气，对我和宋玉坤说："都快去上课！下了课到办公室来！"

　　一节课我虽坐在那里，却一点情绪也没有，什么也听不进去。下课后，我到张老师办公室时，见宋玉坤也来了。我心里委屈：忍不住哭了！张老师详细询问了情况，却主要批评了宋玉坤，指出他不该在雪球里包上砖瓦石块，把本来是打着玩的雪仗变成流血的事件；指出他不应该随便把自己的同学骂作"汉奸"；指出他不该在教室门口等着打架，并且先动了手。听到张老师是非分明，我心服了。但宋玉坤走后，我刚要走，张老师忽然对我说："王洪溥，你们这是自己同学打雪仗，当然是另一码事，但倘若敌我双方正在交战，你的哥哥在敌方，为了哥哥，你会投到他那方面去吗？"

　　我摇头。

　　张老师说："不要急着摇头，回去应当好好想想这个问题！"

　　我点头向老师鞠躬打算要走了，老师却又说："打架按照学校的规定是要批评处理的。但你今天是被迫动手反抗的。我觉得可以原谅。日本现在这么欺侮中国，我不希望学生被培养成为小绵羊！"

　　张老师在这件事上给我印象极深。但1937年抗战爆发分别后我直到今天都不知他的信息。他平日上课时喜欢讲些写些格言给我们。诸如"少小不努力，老大徒伤悲"、"学如逆水行舟，不进则退"、"一寸光阴一寸金"、"千里之行，始于足下"、"己所不欲，勿施于人"等，深刻的思想和警句，就像铁钉，一旦钉在脑子里，就会固定留在那里。这些美化灵魂、聪明智慧的格言或谚语，在当时和以后都给过我好影响。有的甚至是够我终生受用的。比如"今日事，今日毕"，一直是我的信条。我自小就深信：成功的秘诀，是在养成迅速去做的习惯！时间最值得珍贵！

在中大实校里给我留下深刻印象的另一位老师是当时的主任许本震。中央大学的校长是罗家伦，中大实校的主任就是许本震。罗家伦穿西装戴深度近视眼镜，长头发，大脑袋，黄黑的脸色，高颧骨，说话声音粗哑，有时来给我们演讲，但我并不喜欢听他演讲。许本震比较胖，戴副眼镜，有的同学背后叫他"许胖子"，他比较严厉，平时也不苟言笑，走路时挺着肚子，学生在顽皮时看到他来了总是警惕三分。每到星期一做纪念周，或者每天早上升旗的时候，一般总是他讲话。他讲话时站在台上声音洪亮，还不断做着手势。讲的内容不外是勉励大家努力学习、遵守纪律，指出学生中有哪些不好的情况，表扬学生中的好人好事。但每逢国耻纪念日——比如"一·二八"、"九一八"、"五三"①、"五七"②、"五卅"……到这一天早上升旗又降半旗时，他演讲总是慷慨激昂、声泪俱下。讲到日本侵略中国时就泪不成声。他哭起来，呜呜的声音很响，满面是泪，感情真实。这时，全场许多学生也都跟着痛哭流泪。我就是总被他的讲话所打动也跟着流泪的。每每热血沸腾，仇恨帝国主义的民族感情涌上心来，恨不得有朝一日能为抗日献出生命。我最后一次见许本震主任是在 1946 年，那时抗战刚胜利不久，我在四川北碚夏坝上复旦大学新闻系。有一天，中大实校在复旦大学的同学雷绍陵、钱燕文等约我过江同到北碚去看许本震老师。

---

① "五三"：1928 年北伐部队进占济南，日本决定武装干涉，5 月 3 日残杀南京政府新任驻山东外交特派员交涉员蔡公时等十七人，并屠杀中国军民五千余人，造成济南惨案。
② "五七"：1915 年 5 月 7 日，袁世凯与日本帝国主义签订卖国的"二十一条"。

那时，他好像是在教育部任督学。我们去看他时，都是大学生了，他在住的北碚兼善公寓接待我们，十分客气，也十分亲切，勉励我们好好成长为有用的人才。后来，听说他抗战胜利后去台湾做过"教育厅长"，早就去世了。

那个时期，我和同班的钱北三和竺衡最要好。钱北三是我国著名生物学家钱崇澍的儿子。当时住在中国科学院内。我爱去他家玩，他家有不少他父亲做研究用的兔子、狗等，我还在科学院内见过死后浸泡在防腐剂中的江猪和扬子鳄。北三后来随父离南京转学去四川成都了。我们还一直通信，到大学时，我们又在北碚复旦大学相见了，他已改名为钱燕文。大家已经长大，但友谊未变。抗战时生活艰难，北三还常约我到家里吃面条。钱崇澍老伯和钱伯母都热情招待。我问："伯父伯母怎么不来吃?"钱伯母总说："我们吃过了!"其实他们当时生活困难，都是省下自己的吃食招待我的。这使我很感动。但知道这情况后，再也不敢去北三家吃饭了!北三改名为钱燕文后，继承父业，也是学的生物，在北京中国科学院动物研究所曾担任所长，是研究员，颇有建树。

竺衡是著名天文学家竺可桢的儿子，他头大，同学给他起了个"竺大头"的绰号。他同钱北三一样，都诚恳厚实。他带我参观过天文台，可是抗战中他病故了，迄今留在我脑海中的仍是童年时的模样：白白红红的脸，剃着平头，穿双"夸夸"响的皮鞋，脸上有憨厚的笑容。

同他俩相交，使我很想做一个他们父亲那样的科学家。钱北三和竺衡到我们家里玩过。爸爸问过他们的父亲是谁，我如实说了。爸爸认为我同他们的儿子做朋友很好，因为他们是值得尊重的科学家，家教一定很好。爸爸告诫我：人是不能没有友谊的，但交友一定要有所选择，说："近朱者赤，近墨者黑。"又说："不知其人，则不为其友。"德芳妈妈病后，爸爸心情不好，从机关里回来后以前老在楼上看书，这时却常在楼下花园里逛逛，或同我谈谈。所以连我交朋友他都关心起来了。他说的话我懂，而且很快得到了应验。

　　我交了一个同班同学，绰号叫"牛肉丝"，他胖乎乎的，脸上有些雀斑，平时功课不好，但骑自行车的技术特别高，杂技团里骑车的一些技术他都会。我很羡慕他骑车的本领。下课后，他就将本领传授给我，我们常在中大实校旁边的测量总局门前的一块大空地上骑车。我发现他认识一些不三不四的人，口里骂骂咧咧的，模样都有点流氓气。有一次，我见其中有的人向"牛肉丝"讨钱，好像"牛肉丝"欠了他们的钱似的。"牛肉丝"有一天就找我借钱。我也尽可能地借给他了。论理，对他该有点警惕，问问他情况，也该帮助帮助他，劝劝他别同那些人交往。但我到底年岁小，不老练。有一天，他突然要借我的自行车骑一骑，说是他的车坏了。我慷慨地将车借给了他，车是新的，刚买还不久。"牛肉丝"借去后，第二天就不见他到学校上课了。我还以为他家里有什么事或是他生病了，谁知以后一连多天不见他的踪影。我让同学们陪我到他家里找他。他家住在大石桥边的街道上，他母亲叼着香烟出来，态度很坏，说："他不在！"一连去找了三次，都是"他不在！"一天，杨河金等几个同学帮我出主意，守候在他家附近，抓住了"牛肉丝"。我问他："你怎么不来上课啦？"他坦然地回答："不上啦！"我说："我的自行车呢？"他说："卖啦！"我又气又急："是我的车呀！"他点头："是你的车！""那你怎么卖了呢！""没钱用，就卖啦！"我说："钱呢？"他说："花掉啦！"我气得想哭，说："那你说怎么办？"他摇摇头说："卖啦！花啦！没办法啦！"我拿他一点办法也没有！这件事后来也只好就此完结。当然，我并不认为"牛肉丝"以后就一定会走邪道。我但愿他长大后也是一棵成材的大树。只是从那，我再没有见过他了，我回家把车子被骗的事说了，宏济、景春都数落了我一顿。爸爸倒没责怪，反倒打趣地笑着说："怎么样？交朋友上当啦？"然后讲了许多道理给我听，交友要谨慎，更要关心自己的朋友上进。但我当时伤心的既不是被家里人数落，也不是自行车被骗，而是感到自己把友谊看作是人生最美好的东西，对朋友一片诚恳和信任，人家回报我的竟是欺骗和背信弃义，使我受不了。为这，我哭了一场，这件事再也忘不掉。

宏济来后，我的寂寞感减去不少，妈妈也从上海通过火车托运过水果、糖果点心带到南京来给我们吃。她同宏济通信，我只记得信上说：希望我们有机会到上海去玩。

德芳妈妈的病已经愈来愈重了。医生不断来，中医、西医都有。我常看到医生从楼上给德芳妈妈看了病后，由父亲陪着走下楼谈病情，神色严峻，每每总是边说边摇头。爸爸于是就长吁短叹，愁眉苦脸。德芳妈妈的病不仅是肺病了，还有心脏等疾病。因为她有肺病，怕传染，就嘱咐别让我和宏济上楼去看她。我对德芳妈妈不能没有感情。听说她病重，心里难过。但我无人可以说。我怕对宏济讲了，他会怪我为什么不想自己的亲生妈妈反而对后母这么好。我怕对景春讲了，他会告诉宏济。我也不想对爸爸说。那一向，他的脸总是板着，了无笑容，说了使他会更难过。我只能把这种感受，埋藏在心里。

说也奇怪，德芳妈妈病后，始终不断地在做新衣服，而且做得很多。过去她未病时，很讲究穿着，每次同爸爸外出应酬，总是打扮得很摩登，风度翩翩，人都夸她美丽。病后，她常把裁缝叫到家里，量尺寸做旗袍。她已经不能起床给裁缝量尺寸了，就由裁缝当她的面用她过去的衣服根据她的吩咐量尺寸做最时新的式样。她一向花钱十分阔绰，病后还是如此。爸爸为这有时就在楼下同景春谈了不断摇头。她为什么病了还大量做衣服呢？而且病重的阶段依然一样在做了一批又一批呢？无从解答。也许是她希望病愈后仍可以穿这些新衣服吧？也许是她对自己的病的严重性没有足够的估计吧？也许是她嫁给父亲的目的就是为了看中了父亲的地位和钱财，既然病了也要尽量挥霍花钱满足自己的那种虚荣心？这一切都随着她后来的病逝而过去了！都像一个谜。她死后，遗留下的全部新衣服，满满的四大皮箱，我亲眼看到那些丝绒的旗袍、镶花边的纱衣……在她去世后，爸爸都拿来分给了用人们和亲戚们，那是四只朱红漆的皮箱，老式的，每只都很大，此外，她的讲究的皮大衣等都挂满在衣橱里。

在德芳妈妈整个病重期间，家里的气氛阴暗而压抑。大家心情都非常沉重。爸爸有时背着手在楼下房里来回踱步，低着头，一步像要踏死一只蚂蚁，蹀躞来，又蹀躞去，一言不发。景春、宏济和我都小心翼翼怕惹爸爸发火。大家话都变得少了，笑容也少了。每天谈论的主题都是德芳妈妈的病：温度上升了还是下降了？痰里有没有血？睡眠怎样？饮食怎样？……

那是春末夏初的一天，我终于忍不住了！那天，听说她的病情特别不好，侍候她的女用人下楼来说：她热度很高，总在呻吟。我决定偷偷去看她一看。爸爸不在家，景春出去了，宏济也在他同学家里没回来，那是一个傍晚，我轻轻地蹑脚上了楼。走近了德芳妈妈宽敞的卧室，倚在门口朝里张望，我闻到一股刺鼻的药水味夹杂着一种香水味。是德芳妈妈平日爱用的一种香水味。我看到德芳妈妈侧身朝里睡着。身上盖着白色的单被，床上的褥单都是洁白的。她爱卫生，房里明窗净几，窗户全敞开着。窗外有不知谁家的鸽群带着哨子在飞。鸽哨迎风发出"嗡嗡嗡嗡——"的声音。

我轻轻叫了一声："妈妈！"

德芳妈妈刚才一定是在呆呆凝望着窗外一群鸽子飞翔。听到我的叫声，她翻身转回头来，似乎惊讶，却又平静，说："呵，是你？"

我说："我来看看您！"也不知为什么，竟流泪了。

德芳妈妈被病魔折磨得已经十分瘦削苍白，过去那种美丽的风采完全消失了！她没戴金丝眼镜，头发剪得短短的，见我流泪，她呻吟说："不要哭，洪溥！"却突然又说："你下楼去吧！我这病是要传染的！"

我站在那里，感到无趣。她又催我，说："下楼去吧！不要来看我！"只是又问："你在学校里这一度功课好吗？"

我点点头。

她对我笑笑，说："那很好！要努力用功！"说着，又无力地挥挥手："洪溥，下楼去吧！"

我颓然离开了她，走下楼去。心里不禁想：到底不是自己的亲生母亲，我多么热情，她却这样冷淡！这倒促使我不再流泪了。那是充满生机的春夏之交，我没有想到：这是德芳妈妈活着时同我见的最后一面！

其后，黄叶在寂寥的天空凄凄飘落时，德芳妈妈病故了，病故那天上午，她的遗体用一只小担架罩上白单被由二楼抬下来送往殡仪馆。我同宏济在楼下站着，我只看到白单被罩着的一个瘦弱的体形，以后再看到她时，是在中华门外一家大殡仪馆里，经过化妆，她脸上搽着胭脂唇膏，也戴上了金丝边眼镜，安静地闭着眼。我哭了，想扑上去亲亲她，但又害怕，没那么做。我总觉得她不像生前的模样了。开吊的日子，殡仪馆厅堂里挂满了挽联、素幛、花圈，挽联里我看到于右任的一副草书挂在中间，下联是"噩梦惊团圆"。上联则记不得了！祭客很多，我做孝子，同爸爸站在一起，向来吊孝的人鞠躬还礼。我是披麻戴孝的，后来，在送丧队伍中坐了马车送棺木去下葬。学校里景春代我请了假。

德芳妈妈葬在中华门外一块山林间。爸爸是新派人物，没有找看风水的看地形，是他自己去找的葬地。那里幽静，他就觉得很好。那个卖地给我们家的农民，算是"坟亲家"了！这是南京当地的风俗，坟亲家给你照顾坟墓，你每逢过年过节谢坟亲家一点钱。德芳妈妈的坟修得讲究，有墓道，环墓有石栏杆，墓道两侧立着青石写了"王氏墓地"字样，坟前的大青石碑上镌刻着"爱妻吴德芳女士之墓"，下边署着爸爸的名字。我们坐了马车到墓地上去，马车不快不慢在走着。是个阴天，钉了铁掌的马蹄碰击石子路发出清脆的"嘚嘚"声，单调、空虚。一路上，谁都不说话。到了坟前，爸爸一串串滚烫的眼泪淌下来，终于放声大哭了！

像一个残破飘零的梦。爸爸对德芳妈妈是极有感情的，爸爸平时也是一个重情重义的人。以后许多年，我听他至少有好几次说过怀念德芳妈妈的话："要是德芳不死就好了！""死了德芳，我是少了一根臂膀啊！"……但对爸爸和德芳妈妈之间的感情纠葛和婚姻的来龙去脉，倒底是弄不清的。只听说德芳妈妈早先在大学时代有个同学是她的恋人，后来男的去美国了，去后竟变了心！德芳妈妈是在这种心情下被人介绍给爸爸的。爸爸年龄虽比她大十多岁，风度不凡，又有经济基础和事业基础，就结合了！他们的生活幸福吗？好像有过；不幸吗？也好像有过。据说德芳妈妈是抑悒的！当然，一切都随着德芳妈妈的去世而逐渐过去了！以后，一连两三年，到清明这天，爸爸总带我去上坟。大约他知道我对德芳妈妈还有感情，所以只带我去。去时，他总要由坟亲家的人陪同，亲自用锹往坟上加点土。我也能感觉到他的忧伤。我在坟前鞠躬后，每每看到爸爸独自在坟前不言不语坐着歇息、思索，许久许久。四周静谧，天籁之声令人冷清。我寂寞无聊，总在春天茂盛的野草中寻找蚱蜢，捉了一个又一个，摘一根狗尾巴草穿在蚱蜢的颈项间，串成一串带回家玩。那地方环境很幽静，但我心里觉得德芳妈妈安眠在地下一定很寂寞。想到她寂寞，我心里就发酸。再以后，由于我第二个后母汪淑晴的反对，爸爸没有再带我去上坟。我也忘了这些，连德芳妈妈的一切都随着岁月的流逝而淡薄了！

但，人长大以后，经历了人世间的风风雨雨，对许多童年的往事常常产生"反刍"，我就又感到了德芳妈妈在我童年时给予我的那些并不丰厚却使我铭感难忘的温暖与好处。她没有自己亲生的子女，1946年，抗战胜利复员，我从大后方四川回到南京。一个晴朗的清晨，我骑了一辆自行车，决定到中华门外去寻找德芳妈妈的坟墓。我对谁也没有说，只是想找到德芳妈妈的坟墓，在那儿恭恭敬敬向她鞠三个躬，让她知道抗战胜利了，我没有忘记她，也向她表达我的哀思与感激之情。我带去的是一种毫无矫饰的纯洁的感情。人世间如果没有这种人与人之间的纯洁的感情，就太可怕也太匮乏了！

只是，未能如愿。经历过日本侵略者著名的 1937 年 12 月开始的南京大屠杀以后，中华门外一片凄凉。我在荒冢乱岗之间骑车奔波，到一切与我记忆中有点相似的地方寻觅。绿草萋迷，野鸟吱啾，树丛处处，但何处能寻觅到我要找的那个孤坟呢？

后来，在雨花台边，我从一片开阔地穿过荆棘丛走下去。忽然，眼前一亮，看到一片绿盈盈碧清碧清的池水。水中是茂盛开放着的带露的荷花与莲叶。金灿灿的阳光刚刚透过东边的树丛穿射过来，将一池粉红、洁白的荷花映得光辉照眼，红的像霞，白的像云，透明透亮，一尘不染，好美丽啊！……啊，往事袅袅！我走过池边，停立在那里，深深地一口又一口呼吸着花香流溢的新鲜空气，久久、久久地不愿离开。

那天，墓未找到，后来我到高楼门凭吊那幢 99 号红砖房。爸爸和德芳妈妈住过，德芳妈妈病故在那儿的！红砖房仍在，只是早已破旧，当年阿大教我种南瓜和茑萝的花园也早荒芜了！我只能以一种回首当年而又抛弃过去、瞻望未来的心情悼念往事。有位哲人说过："用感情生活的人的生命是悲剧。"我爱生命，以及生命中已经逝去却保留在我心坎中的美，但我不能长久地沉浸在悲伤的情绪中。也记不得是谁说过的话了："人生包括两部分，过去的是一个梦，未来的是一个希望。"在我，深深体会到这话中包含的哲理。

德芳妈妈的死，当时给我带来一定的悲伤。这是我第一次看到一个亲近的人死亡。于是才懂得：一个活生生的人，死了，埋入了土内，造起了一个坟，然后世上没有了他，然后，人们遗忘他……我曾见过我喂养的蟋蟀的死、小鸟的死，就是连蟋蟀和小鸟的死也曾使我心惊，因为那蟋蟀是我养在瓦盆里的"红头将军"，曾打败过我同学的

"黑金刚"；那小鸟是我喂养的"银眼圈"，每天我听惯了它的吱啾。何况德芳妈妈的死呢!？我沉默了好些日子，那时，爸爸刚替宏济买了一橱"中学生文库"，对我来说，不少书都是嫌深奥的，但我将每本书都翻到，看得懂的好好看，看不懂的也翻一翻，实在看不懂的才重又放回橱里去。

从书中，我找到了一个五彩缤纷的大千世界，我也找到了伟大的精神力量。从知识中我解悟到许多事理。我的早熟，也许就是从书本中得来的。华盛顿、拿破仑、林肯、孙中山、歌德、萧伯纳……都是这时就熟悉的。

在这个阶段，格言依然使我喜爱，而且比爸爸和老师平日讲的话更使我得益。我常将格言抄录在一本簿子上背熟。在学校里做作文时，文中我也常引用格言。我还记得一句拿破仑讲的话，原文早已记不得了，大致的意思是：人是从苦难中成长起来的，只有乐观奋斗，才能不断成长，不然，就只会被埋没，碌碌终生。

那时，这种乐观向上给人以鼓励的话，对我是迫切需要的。有人说："聪明人的智慧、老年人的经验，都在格言里面。"也有人说："许多人的成功，是得力于一句格言的鼓励。"我深深体会到："一句格言胜过十本平庸的书。"而一本好书和一本坏书对青少年的影响有天渊之别。所以，许多年以后，当我成为灵魂工程师的作家和编辑以后，对于好书和坏书的概念，十分明确。我有一种坚定的责任心，不容许自己写坏作品，也不允许我编审通过坏书出版。我一直用许多好的格言在指导着我自己的工作和生活。

行云流水，自由奔放的心

德芳妈妈死后，我们离开高楼门99号，搬到了三牌楼居住。搬家的原因可能是爸爸怕触景伤情，加上三牌楼离大石桥的中大实校近。从家里到学校，步行用不着十分钟，这样对哥哥宏济和我上学方便得多。

租住的房子是新建的一种里弄住宅，一楼一底，房子比高楼门时小得多了，但爸爸带着我和哥哥外加景春，住这一楼一底也足够了。会客在楼下，楼上是卧室。

爸爸心情寂寥，看得出他因德芳妈妈的去世而悲伤。本来，他在同德芳妈妈结婚后，很少同我在一起，这时好像突然又把爱寄托在我身上了。他教宏济和我照着汉张骞碑练毛笔字，带我去看京剧、电影。

有时，他带着我去看望朋友。通过这，教育我懂得礼貌，懂得世事，懂得如何举止大方、有教养。他与一些友人谈学问时，我虽不懂，他也想让我得一些应得的感染与熏陶。

到得较多的是于右任家。于右任当时是监察院院长，但因为他草书名传天下（中山陵门匾"天下为公"四字就是他写的），诗词写得也好，一方面是中央的要人，一方面又是出名的文人雅士，家里总是群集着不少名流。他与爸爸赋诗唱和，给爸爸写过很多条幅。我当时小，觉得草字难认，挂在爸爸房里的一幅屏条，上面写的是杜甫的七律："风急天高猿啸哀，渚清沙白鸟飞回。无边落木萧萧下，不尽长江滚滚来。万里悲秋常作客，百年多病独登台。艰难苦恨繁双鬓，潦倒新亭浊酒杯。"我不能懂得每一句的意思，爸爸逐句讲给我听，我似乎能意识到诗中意境的悲凉，很快背熟了这首诗。在这以前，爸爸教我背诵过不少唐诗，都是五绝诗，如："向晚意不适，驱车登古原。……"或七绝诗，如"朝辞白帝彩云间，千里江陵一日还。……"背熟杜甫这首七律诗后，我又背诵了不少七律唐诗。爸爸喜欢赋诗，有时背着手踱步摇头晃脑地带着腔调诵诗。我觉得有趣，也学着他那样。对诗词的爱好，就是这样开始的。

我随爸爸到于右任公馆去，爸爸让我叫他"于老伯"。每次去，一般总是看到他坐在客厅沙发上同其他一些坐在客厅沙发上的客人谈话。他原籍陕西泾阳，生在三原县，农家出身，在日本留过学，会见孙中山并加入了同盟会。他也到过苏联。对于右任，我是比较熟悉的了！在北京时，同他合过影。他光着头，喜欢用手捋着大胡子，很有气派，讲话时，陕西音不好懂，声音也发闷，不响亮。穿着朴素的布料长袍，夏天时穿夏布长衫，脚蹬布鞋，袜子是白土布做的一种老式的和尚袜，土气得很。有时去，他正在写字，秘书李祥麟给他磨墨。他写字的桌子好大好大，上面除了文房四宝，堆着人家索取的他已写好的宣纸屏条或对联。

爸爸同他谈话时，我一般都在爸爸身边坐着听，留下的印象已经不多。只觉得他谈话中是主张抗日的。那时，要求抗日的情绪，在社会上和我学校里都很浓烈。我虽小，却由此对他有一定好感。

每次去，常在他家吃饭。每次吃饭，总是一大圆桌坐满了人，他坐在上首中间，其他都是外客，只有一次我记到他的高太太和大女儿于芝秀也在桌上吃饭。大约平时客人多了把他的家人反而挤下去了吧？我感兴趣的是他家的小米稀饭和馒头。桌上菜碟子不少，但大鱼大肉不多，为吃小米稀饭，还摆了几小碟白糖。我一般总是吃一碗白糖小米稀饭，外加半个馒头，吃得很开心，感到换换口味很新鲜。

第一次看到吸鸦片是在于公馆于伯母高太太的房里。爸爸带我去时，那天于右任不在，就到高太太房里了。爸爸叫高太太"老高"，叫于右任的大女儿于芝秀"芝秀"。高太太叫爸爸"启黄"。

高太太和于芝秀正躺在床上面对面地烧大烟吸大烟。一盏小灯，一只烟盘，一根漂亮精致的烟枪。我饶有兴趣地看着于芝秀用一根扦子从一只小铜器皿里挑出鸦片烟膏来在灯火上烧炙，烟泡就烧得膨胀起来，她连续醮了几次烟膏，边烧炙边在一块玉石上滚动。然后烧成了一个熟烟泡用扦子插点在烟枪上，高太太"喳喳喳喳"地将烟枪就着灯火把火化了的烟泡一口一口全部吸进嘴里，同时，鼻孔里冒出两条浓烟。吸完，将烟盘里的小茶壶里沏的浓茶咽了两口，滋味无穷、浑身舒坦地表现出一种满足的神情。然后，于芝秀自己又烧了烟给自己吸。

她们说："启黄！你也吸一口！"爸爸摇头说他不吸，却同她俩谈着话。我那时已懂得吸鸦片烟是坏事，是禁止的，所以问爸爸这是什么？爸爸告诉我："这是鸦片！"使我十分惊讶。见爸爸不吸，我心里高兴。对高太太母女吸烟，我不禁奇怪。问过爸爸，他摇头，说："这就是腐败！"爸爸对中央一些要人们的腐败，是不以为然的。比如对于右任，他既肯定于的为人及他的草书、诗词，却也认为他家里吸烟、赌钱等事不好。

监察院秘书长王陆一有时请爸爸吃饭，我也跟着去。王陆一是中央委员，善于做诗。他家里亭台花树极美，房屋上有匾，自题为"委宛园"。"宛"字我当时不认识，爸爸要我读，我读成"委死园"，引得他哈哈笑。王陆一请客的茶具和酒具，都很讲究，为了卫生，每个茶杯、酒杯上都写了来客的名字，各人用写着各人名字的杯子，挺别致。他是个矮胖子，头顶微秃拔顶，喝酒的模样惊人。爸爸不喝酒，人家拼命劝才沾沾唇。我听爸爸同景春闲聊时谈起过王陆一虽然好客，但喝酒太多，而且生活腐化。对当时的风气很坏流露强烈不满。

爸爸中惩会的同事黄介民、毕鼎琛等家里我也去过，都比较朴素。有个惩戒委员茅祖权，资格很老，但专门喜欢迷信鬼神找些人在家"扶乩"。我随爸爸去，看到瘦弱苍老的茅祖权家里设了香堂，点燃了香烛，由两个人在沙盘上装神弄鬼地写些无法辨认的字，来问吉凶祸福。茅祖权本人就叩头礼拜。爸爸是新派人物，不信这一套，而且把这一套也叫作腐败。

对有一些朋友，如中惩会副主任委员覃振，监察委员杨亮功等的家里，爸爸也带我去玩。这些人有的家里摆设简单，生活节俭，有的家里摆满了书，爸爸曾经称道过。我在想，在当时这是爸爸要在孩子的思想中树立一种是非观。南京当时在夫子庙泮宫南边有许多旧书肆。爸爸曾带我去那里觅购一些珍贵的线装古书。他对书很爱惜。一部木箱装的二十四史叠排在书房里整整占了一面墙。我那时候，由于熟悉了三国故事，跳跃式地自己翻阅过《三国演义》，对二十四史中的一箱《三国志》特别感兴趣，曾得到爸爸同意，把它开箱拿给我翻阅，结果是一点也看不懂，大失所望。真正阅读《三国志》，是在十几年后的大学时代了。

那个阶段，星期天上午，哥哥宏济爱睡觉，总是高卧不起。而且，他很用功，又有自己的同学一起出去游玩。他同班有两个好友，一个是茅祖权的儿子茅声熙，一个是外交家施肇基的侄孙施英乐。三个人常像"三剑客"似的在一起。所以，星期天上午，爸爸常带我出外到名胜古迹处盘桓半日或一日。

那是蓊蓊郁郁的秋天，我们到远远的栖霞山去游览。那里有规模宏大的栖霞寺。寺后的千佛岩上有大大小小数百尊石佛，据说是江南一带最最精彩的佛雕。去时正是秋季，满山红叶夹杂着碧绿的马尾松，美艳极了！

我们也就近到鸡鸣寺去，那里绿树红墙，靠近古台城。鸡鸣寺大殿旁有豁蒙楼和景阳楼，寺里的和尚在楼上卖茶。坐在那里远眺玄武湖，满湖荷花及莲叶随风飘来清香。湖光山色，使人难忘。南京的六朝烟水气这里最浓烈。

我们也到清凉山去。清凉山里有清凉寺。清凉寺旁有扫叶楼。扫叶楼上可以喝茶休息。从楼上窗里外眺，可以看到莫愁湖。莫愁湖里残荷凋零，有一种凄凉的意境。

诸如此类，每到一处，爸爸都将有关名胜古迹的出典、传说甚至挂着刻着的楹联等都像讲故事地说给我听。我想，后来我爱好文学、诗词、历史，都同这些是有关的。也就在那时候，我几乎将《唐诗三百首》中三分之一的诗都翻读得很熟。大部诗句，我差不多都能够背诵或默记出处。我开始懂得一点诗中的美和诗人的自由奔放的心了。

寂寞感比过去好得多了。德芳妈妈的死虽带给我了悲伤，由于爸爸的抚爱和学校里丰富多彩生活的熏染，我过得比较无忧无虑。

为了训练毅力和体力，我和杨河金、竺衡等同学常在星期天骑自行车到很远的地方去旅行。有一次，我与杨河金等到了江宁县的板桥镇，大风大雨，浑身湿透，我在给自行车打气时，因为气筒不好，右手上划破了一个大血口，随便用手帕包扎后只好用左边一只手执着车把骑车，板桥镇有火车通南京，可以坐火车并将自行车托运回来。可是我故意不坐火车，仍一只手骑着自行车冒着风雨回家，浑身湿淋淋，但未被困难难倒，心中觉得非常自豪和痛快。

当时，日本帝国主义侵华加紧，"九一八"和"一·二八"以后，日寇在东北扶植成立了伪满洲国，东北人民的抗日斗争风起云涌。东北各地军民，在抗日斗争中自发组成许多支抗日武装力量，总称东北义勇军，著名的领袖有马占山、苏炳文、唐聚五、冯占海、邓铁梅、苗可秀等。他们的抗日故事传来，报上又常常报道东北义勇军的战绩，老师在课堂上常常夸奖他们的悲壮英勇。他们就成了我们小学生和中学生心目中的英雄。大家纷纷捐款给东北义勇军表示支援。我抗日情绪高涨，每当骑车上学或回家，经过高楼门那儿的日本总领事馆时，总要用仇恨的眼睛朝里看上几眼。我们在音乐课上唱的歌都是抗日的：

> 拿起你的枪，快快儿奔前方，
> 和这恶虎狼，拼命地战一场，
> 我们受亏已不少，今天和他算总账……

> 男儿报国志气豪，热血涌如潮……

> 中华男儿血，应当洒在边疆上，
> 不怕北风吹，不怕朔风狂，
> 我有热血能抵挡。……

记得当时，学校里小学部开同乐会，节目很多，许多都是爱国抗日的。那天，俞扬和与方光炘合演的一个节目是《睡狮醒来吧!》，那是一个舞蹈节目，俞扬和扮演睡狮，方光炘扮演自由女神来唤醒睡狮，俞扬和母亲是德国人，他的长相就像外国人：白皮肤、偏黄的头发、蓝眼睛。方光炘母亲是日本人，她皮肤雪白，善于舞蹈。这个节目配了乐，演出效果很好，到睡狮醒来舞蹈时，大家都热烈鼓掌。我和同班同学杨河金等合演的一个节目是《还我河山》，当时是算作一个独幕小话剧的，实际像一个活报剧。情节写的是：1932年"一·二八"后，淞沪抗战的进行，得到了上海民众和全国人民的热烈支持，迫使日军不断增兵，三次更换主帅。后来，中国与日本外交代表谈判，到5月5日签订了屈辱的《淞沪停战协定》。在谈判期间，4月29日，日本上海派遣军司令部司令官白川大将等在举行庆祝天皇诞辰的天长节典礼时，发生了朝鲜义士投掷炸弹事件，白川大将等当时受重伤后来死去。《还我河山》写的是朝鲜义士炸死白川大将的事。

我演白川大将，杨河金演朝鲜义士，其他哪些同学演什么人已记不得了！杨河金的父亲是南京来复会堂的牧师。排这出戏的时候，我想演朝鲜义士，不愿演白川大将。老师反复对我说：这是演戏！为了能使戏上演，最后我只好很不情愿地扮演日本人。戏在最后结束时，朝鲜义士一个手榴弹扔出来，我应当直挺挺地倒下去。平时排练时，老师说我倒得不够逼真。这天，我想：这是正式演出，一定要演得逼真。当杨河金将一个上面绑了"掼炮"的"手榴弹"砸在地上时，"乒"的一声，我应声而倒，直挺挺地，"乓"的倒在台上。后脑勺重重地撞在木板上，几乎脑震荡晕过去。拉幕后掌声不断，我还躺在那里爬不起来。同学连忙把我抬下台去。我后脑勺上肿了一大块，疼极了！

接着，发生了在演讲比赛会上"出丑"的事。这其实同后脑勺撞在木板上的事密切有关。估计当时有一段时期我是处在脑震荡状态中，只是自己不知道罢了。因为我记忆力一直很好。论理不该发生这样的事，演讲比赛的题目是《怎样做一个好学生》。讲稿由自己写了交给老师改后背熟了上台进行比赛。我在写讲稿时，对怎样做一个好学生，除了讲要好好读书、日行一善等等外，还提出了要时刻记住日寇在侵略中国，要锻炼身体有报仇雪耻收复失地之心。老师认为这样写很好。我也很得意。讲稿背得出口如流。可是下午开演讲会，上午何寿斋老师嫌我头发长了，要我中午去理个发，却出了问题。

学校近旁有家理发店，我匆匆赶去理发。理发的问我："剪什么式样？"那时流行一种"菲列滨头"，就是男式西装头将前面梳高飞起来的一种大包头。我听到老师叫我去理发时说："你头发长了，去理个发，剪短些！"所以我随口对理发的说："短一些！"谁知，理发的误会了我的话，以为我要改剪成小平头，马上开动了发剪"轧轧轧轧"从我后边靠近颈部的部分往上剪来，一直剪到我的头顶心。他一连剪了几下，我本来正在默默将演讲稿再背诵一遍，忽然感到他的发式剪得不对，马上补充一句："喂！我还是要留西装头，不过剪得短些就是了！"

理发师滑头，点头说："噢噢噢！"

我在镜子里照不见后脑勺的模样。这时忙于继续背诵演讲稿，专心致志地默默复诵，听任理发的"轧轧轧轧"继续剪剃。

理发的真会拆烂污！我的头发后边已经剪光无法补救，他竟在我前边梳成了一个"菲列滨头"。发式当然是非常怪的：后边看，是平头，前边看，是"菲列滨头"，只是，我一心放在演讲比赛上，自己不知道。

付了钱，出了理发馆，跑回学校，遇到熟识的同学，有的朝着我咧嘴"哈哈哈"，有的上来，在我后脑勺上打三下，嘴里说："新剃头，打三下！"这是学生间开玩笑的常事，我也不介意，找个校园里的僻静处接着默背演讲词去了。

等到上课铃响，演讲会开始，我跑到礼堂最前排坐着，背后的同学对我点点戳戳议论我也未介意。轮到我上台演讲了，我庄严地大步走上台去，没料到台下忽然人声鼎沸，"哄"的笑声掀起来像开了锅。

我手忙脚乱，尽量镇静，背诵着演讲稿做着手势开了头："各位老师，各位同学，我今天讲的题目是：《怎样做一个好学生》……"

没料到，底下笑声不停，哈哈哈，哈哈哈，闹哄哄的。看着一张张晃动的笑脸，我心里乱极了！主持会议的老师站起来连声要大家保持秩序，场内开始静下来，可是，我竟再也想不起演讲稿上是怎么写的了，明明背得滚瓜烂熟的。此刻，全都想不起来了。脑子里一片空白。我浑身出汗，心里发烫，站在台上，像个呆头呆脑的傻子，愣了约莫一分多钟。台下倒是早静下来了，无数双眼睛望着我，可是我实在无能为力！头疼得厉害，记忆好像突然全丧失了！我没有办法，只好红着脸一鞠躬，狼狈地走下台来。

走下台来，反倒轻松了！我仍坐在第一排原先坐的位置上。但对以后演讲的同学讲的什么，都听不进去了。会结束了，锦旗被别的班夺去了。回到班上，有同学笑我责怪我。我感到奇耻大辱，十分苦恼。何寿斋老师问我怎么了，我如实说了，他倒并不批评，说："不要灰心！下次再努力！"我平日记忆力很好，演讲比赛也得过奖。这次意外我确认为同演戏时跌那一跤有关。后来，大约脑震荡是康复了，我的记忆力又恢复到原先的地步。

"忙碌的蜜蜂永远没有时间悲哀。"

那段时日，回想起来，过得如行云流水，自然舒畅，无忧无虑似的。家里住得离学校近了，做完功课，我倒常愿意在学校里玩，时间很好打发。

踢小皮球，打篮球，荡秋千，赛跑，跳高，跳远，走浪木，骑自行车……体育锻炼，乐趣无穷，我的身体渐渐健壮起来。

但，有些表现简直像个顽童，干了不少糊涂调皮的事：体育老师刘克刚训了杨河金，杨河金哭了，说要"报仇"。刘克刚老师的儿子大约只有五六岁。杨河金革伙我与其他几个同学，将小刘逮到僻静处用毛笔蘸上黑墨给他画了个大花脸，嘻嘻哈哈地放他回去。刘老师气坏了，让儿子寻找指认恶作剧的人，吓得我们要命。所幸，他那儿子一个也没认出。

班上来了个转学插班的新同学张承武，刚从日本随父亲回国的，剃个和尚头，穿双马靴，像日本孩子。我们"认定"他爸爸准是亲日派，决定揍他一顿出出抗日的气！揍他时，嘴里骂着："揍你这个小日本！""你小日本还敢不敢欺侮中国人了？"揍得张承武哇哇大哭，解释了，才知道揍错了，我们就成了好朋友。

杨河金家在来复会堂。那是学校附近一幢红砖尖顶的西式教堂。星期日上午，我好奇地跟杨河金去做"礼拜"，目的是看看究竟是怎么回事。我那年随父亲和德芳妈妈到北京时，在马相伯家见到过天主教的圣画和圣母、耶稣的画像，在来复会堂和杨河金家里见到的耶稣和圣母玛利亚的画就更多了。杨河金的父亲在教堂里做礼拜时讲《圣经》，他的妈妈——一位戴眼镜梳发髻的瘦小妇人在唱赞美诗时弹风琴。我对这些都感到新鲜有趣。但爸爸是个无神论者，我们家从来没有任何宗教气氛。做了好几次大礼拜后，杨河金再拉我去做礼拜，我就坚决不去了！

只是杨河金的父亲——那位身材高大、脚有点跛、面上很祥和的牧师，在做礼拜讲经传道时，说过一些《圣经》上的故事，当时却颇引起我的兴趣。像诺亚方舟的故事，像卑鄙的犹大出卖耶稣的故事等，都是那时候就知道的。杨河金送我一本小《圣经》，印刷得很精美，包括新约全书和旧约全书，我也拿来翻过，但觉得索然无味，信仰宗教对我来说，还不感到需要。加上一种家庭里所给予的不信神的观念，从思想上排斥我去阅读它。那本《圣经》一直塞在抽屉里，从未进入我的书橱。

这时候，南京的政界"要人"们，忽然兴起一股盖房风，都来兴盖私宅，房子都一律盖在城北。因为城南街道狭小、拥挤，房屋栉比鳞次，卫生条件差，城北空旷，有树木、有水塘，"要人"们都选中了城北的处女地。不但盖房子，而且房子都附带有花园。许多营造商也盖了大批房屋出租。于是，城北从山西路一直延伸到玄武门，本来一些荒凉的空地、野坟地，一些农户经营的菜园，都成了屋基地。新建的花园洋房，散落连成一片，形成了以山西路为中心的一大片新住宅区。不盖房的"要人"们，也都租房在城北居住。南京的城南和城北顿时分成了两个不同的世界。

爸爸决定把家安到玄武门旁的洞庭路上去。洞庭路，很短，南京地图上本来没有，路名是爸爸起的。洞庭路边水塘较多，路两侧全是粗大的老柳树，春夏之交，碧绿的垂柳葱茏罩住路面，周围有明镜似的清水塘，美极了。我们由三牌楼住处搬到洞庭路十号居住。这儿有个一亩多地的大花园，左侧是一片竹林外加些檞树、野桑，中央是个琉璃八角亭，周围有葡萄架和龙柏、雪松。花园用篱笆围绕。最前端是个小小湖泊似的漂满浮萍的大池塘，可以钓鱼，塘边全是树木。在洞庭路十号附近，有高级将领唐生智的公馆在南边，有湖南省主席鲁荡平的公馆靠近唐生智公馆，有当时任南京市党部组织部长后来做过中统局局长叶秀峰的公馆在东北面，有中宣部部长方治的公馆在叶秀峰公馆西面。唐生智的青砖三层楼洋房和花园最大，其他也都是西式花园洋房。

家里要搬入新居之前，有一天，爸爸突然坐夜车去上海，他西装笔挺，景春送他上的火车。

景春回来，晚上轻轻告诉宏济和我："你们爸爸是到上海相亲去的。……"

什么叫"相亲"？

"相亲"就是男女经人介绍，见见面互相看一看，谈一谈。如果合适，就缔结婚姻。

这消息对我来说，像晴天霹雳。记得我当时嘴里总是无声地反复念着"天地玄黄，宇宙洪荒"，自己也不知为什么要这样，为什么会这样。本来觉得安定了些的生活，顿时又好像涌来惊涛骇浪了！

哥哥宏济也是这样。听说爸爸又要结婚、找后母，他更反感。在他心目中，除了妈妈再没有其他的母亲了！他不像我，对德芳妈妈还有一定的感情。他对所有的后母都认为是可怕的。但他跟我一样，也知道我们是无法阻止爸爸再结婚的。爸爸无需征求我们的同意。我们如果反对，也是无用的。因此尽管心里反对，都只能等待着乌云的降临。

但，爸爸从上海回来了！对"相亲"的事一字不提。只听景春说：女方是个上海大富翁家的女儿。别的就都不知道了。

爸爸既不同我们谈，我和宏济也都不问，以后，他又断断续续去过几次上海。每每是星期六晚上坐蓝钢车（卧车）去上海，星期日晚上又从上海坐夜车回南京，星期一上午照常去做"纪念周"并办公。

这件事在当时成了一个大闷葫芦。

后来，事隔多少年，我才知道：在这阶段，爸爸除了"相亲"之外，曾想将大妹、二妹和三妹接到南京来住，还曾试着想同妈妈复婚。

他大约给妈妈写过信，并也同妈妈见过面。他认为从子女考虑，复婚还是好的。妈妈那时还是非常美丽，她同爸爸离婚后，生下了三妹李淑。三妹长得很像爸爸，聪明可爱。但爸爸提出的这种要求，无法实现。妈妈已经同赵慰祖结婚，当时赵慰祖是上海出名的上海中学的校长（这校长必然又兼"中国童子军"第一团团长）。他们生活得似乎很好。妈妈此时已经生了四妹赵文汶。复婚的事当然不现实。爸爸的尝试是失败了。这自然促使他去为哥哥和我寻找第二个后母努力。

于是，就有了我的第二个后母汪淑晴。也就是爸爸经人介绍到上海"相亲"的那一位。萧伯纳说过："选择一位妻子，正如作战的计划一样，只要错误一次，就永远糟了。"汪淑晴绝不是那种心地洁净而宽容的女子。爸爸同她结婚之前，据说是谈过要求的，要求就是希望她能欢喜我们——两个前妻留下的儿子。但是，后来，由于汪淑晴偏狭又带点古怪的性格，爸爸似乎只有像谚语所说的那样："婚前睁大眼睛，婚后半睁半闭。"

爸爸并没有在汪淑晴身上找到幸福的家庭生活。而我和哥哥从此在这个家庭中，一日三餐是能吃饱的，心灵的满足却是得不到的。不仅得不到，还经常要从后母阴沉古怪的脸色中提防她的算计。

一盏盏萤火，曾牵动我儿时的幻想

　　一连多少天，都有人往家里送礼。收到礼，由景春照管。他将礼品锁在橱里，还用一本红条格的账簿登记上了册。礼品有用红纸封袋包的银洋和钞票，也有花花绿绿的"礼券"。是上海永安公司、先施公司或大新公司的"礼券"，也有南京中央商场、安乐酒家的"礼券"。凭礼券可以去购物或吃喝。更多的是一盒盒的绸被面绸幛子，不是大红的就是粉红的，里边总附着些脸盆大的金字，诸如"天作之合"、"永结同心"、"良辰美景"等等。看到这些，又知道爸爸已经去上海，再听景春介绍了有关汪淑晴的一些情况，我就明白爸爸的再婚已不可避免，汪淑晴将作为我和宏济的第二个后母来南京了！

　　汪淑晴祖籍安徽旌德，先辈在上海居住已经好几代，可说已是道地的上海人了！她父亲经营绸缎生意，死时遗嘱上规定，遗产一分为四，除给妻子一份外，两个儿子和小女儿汪淑晴也各得一份。汪淑晴的两个哥哥，大哥汪雨荪是洋行买办，二哥汪立荪继承父业，是绸缎庄的老板。绸缎庄开在热闹的四马路石路上，占据两条马路的转弯角，名叫"维大福"。汪淑晴深受父母及两个哥哥的疼爱，但读了小学后就不再上学，在家享福。由于高不成低不就，年近三十尚未出嫁。现在，遇到了爸爸，各种条件都合她意，虽然年龄大十几岁，她家和她本人都心甘情愿。

　　爸爸同汪淑晴结婚时，洞庭路十号的新房已经布置一新，花园里也布置得树木葱茏了。新房是青砖盖的假三层的大洋房，附有门房和下房，红色的大门两侧装着门灯，有柏油路和煤屑路通向花园。

房子大了，用人也就多了。车夫名叫胡二，才二十几岁。烧饭并打扫卫生的李妈，是个寡妇，做事干净利落。门房姓刘，名字已经早就遗忘，因为他又麻又瘸，当时胡二给他起了个绰号叫"麻油瘸子"，大家就这么叫了，只有爸爸叫他"老刘"。"麻油瘸子"原是泥瓦匠。他在施工时从高处跌下来，跌瘸了腿，无法谋生。爸爸决定雇他住在门房里兼做门房并侍弄花园，做些培土浇水的活。虽然有人说"麻油瘸子"卖相不好，太难看。爸爸出于怜悯，始终雇佣着他。他也一直勤勤恳恳干活，脸上挂着笑，一副与世无争的样子。这三个用人，胡二家住小铁路附近的棚户区，有个老娘。李妈有个近十岁的女儿，其他并无亲人。后来，胡二与李妈结合了，"麻油瘸子"始终是孤身一人，当时已是五十多岁了。抗战爆发后，南京沦陷时，他们一直住在洞庭路十号。抗战胜利后，我回到南京，寻访打听，毫无他们的信息。当年日寇在南京大屠杀时，杀戮逾三十万人，估计他们也都在这场浩劫中死在日寇刀枪下了。我在《战争和人》三部曲中写到的尹二、庄嫂、"老寿星"等人物，身上都有胡二、李妈、"麻油瘸子"的影子。

爸爸同汪淑晴在上海结婚，因为汪家坚持，结婚场面听说很盛大，详情我们也不打听。我心底里反感，很想知道后母是怎样的一个人。汪淑晴人未到，送给我和宏济的"见面礼"就来了。宏济的是一辆三枪牌美国跑车，当时销价一百二十几元，是自行车中最昂贵的名牌跑车。我的一辆是"海格里斯"牌跑车，七十多元，两辆车都由铁路上先期运到南京，说明是汪淑晴知道我们爱自行车而送的。这使我当时幼稚地对未来的后母略为有了一点好感，幻想着她可能也同德芳妈妈一样善良。

然后，家里布置起来了。大红的喜幛在楼下挂得满满的，家里打扫得一尘不染，花园里、大门内外也都扫得干干净净。汪淑晴的随嫁女佣阿妹也来了，带来了汪淑晴的全套银摆设，将二楼爸爸和汪淑晴的卧室打扮起来。汪淑晴的银摆设包括全副的银台面、银果盘、银杯套、银漱口用品、银杯、银碗、银筷、银帐钩等等，一进房只觉得满照银光耀眼。

阿妹是江苏松江人，原在广东人家帮佣，打扮得很像广东姑娘，也会做一手好广东菜肴。她是随身陪伴汪淑晴的，只管侍候爸爸和汪淑晴二人的起居饮食，别的事一概不管。在她将二楼卧室布置好以后，就专等着迎接爸爸和汪淑晴来到南京。

一个晚上，门口汽车喇叭响，大门的两盏大灯亮了，大门开了，汽车开到了客厅门口的台阶前，爸爸陪汪淑晴来了。

我和宏济蹲在自己房里，不愿出去迎接。是一种微妙的心理。既想念爸爸，又恨爸爸；既想看一看什么情况，又觉得尴尬难为情。

听到声音，爸爸陪汪淑晴在客厅里坐了一会，然后，爸爸自己到我们房里叫我们到客厅里去见见"妈妈"。扭捏了一番，终于只得硬着头皮去见后母了。

汪淑晴客气地笑着站起来。她个儿很高，穿件灰背大衣，涂了脂粉，不能说难看，鼻梁很高，有点像混血儿，爸爸让我和宏济一人叫了她一声妈妈，介绍了我们。见大家都没什么话谈，爸爸就陪她上楼去了。我们也如释重负地回到自己房里。

记得很清楚，那晚，我和宏济都不说话。附近通过安仁街和高楼门的小铁道上的破旧小火车"乞卡乞卡"仍像平时那样驶过。小火车鸣笛的"呜——呜"声，悲伤地震动着我们的心。哥哥宏济默默地又在给上海的妈妈写信，我则无聊地在玩一种复杂的拼图游戏。将二百多块凸凸凹凹的小木片拆散了拼起来，拼成一幅大的彩图。我感到一种无言的悲哀，那种一度消逝了似的寂寞感又涌上心头，妈妈和德芳妈妈的影子都出现在眼前。

我有一种奇怪的对大人不满的心情：为了什么呢？为了什么呢？

你们一会儿结婚，一会儿离婚，一会儿又结婚，开什么玩笑呢？你们想到了我吗？啊！啊！……

没有饭吃、没有衣穿的痛苦我当然能懂得。但这时我也开始懂得物质生活虽好也抵不住精神生活的痛苦了！

那个阶段，我开始养鸽子、开始爱上了钓鱼。这能使我快乐和摆脱灵魂孤独的感觉。

养鸽子是由于杨河金的启发。杨河金冬天常戴只尖尖的绒线帽，爸爸记不住他的名字，就叫他"尖帽头"。他常来我家玩，找我借书看。有次，他卖了一只小羊给我，小羊一进家门，就将爸爸心爱的几盆好花啮了个七零八落，害得我奉命又将羊送还他。他有个邻居好友过南寿，无锡人，黑瘦黑瘦的，家里养许多鸽子，有的参加信鸽比赛获了奖。鸽子最有趣的是放出去飞又能飞回来，平时有的能带上一个哨子飞，发出"嗡嗡"的声响。而且，繁殖较快，生下的鸽蛋小小的白色的很有趣，让母鸽孵可以孵化出小鸽子来。杨河金帮我向过南寿买了些鸽子喂养。后来我又到鸽市上买了不少鸽子，有点子、白儿、青毛、鱼鳞斑、瓦灰、铁牛等等品种。请木匠来，在门房背后建造了一个六层的鸽房，外面围上铁丝格网，顶上加安一个活动天窗。最多时养了近百只鸽子。每天我下课回来都要赶鸽子练飞，一心想在信鸽比赛上获奖，但这愿望却未能实现。鸽子在放飞时常会将别人家的鸽子拐来，自己养的鸽子有时也会随人家飞的鸽子飞去。我养的鸽子一次曾将附近一户在电影制片厂工作的人家养的一些鸽子拐来，那人上门来讨了去。我养的鸽子也曾将唐生智家养的鸽子拐了一些来，却也有些鸽子被他家的鸽子拐了去。这些鸽子在喂养过程中，曾被恶猫吃掉过一些，因此使我颇像鲁迅仇猫似的对猫十分反感。"麻油瘫子"爱喝点酒，有一次，胡二告诉我："麻油瘫子"偷杀鸽子下酒吃。"麻油瘫子"却也偷偷告诉我，胡二偷杀鸽子叫李妈烧了给他吃。汪淑晴爱吃鸽子，她命用人烧吃了的鸽子，我怀疑就是我喂养的。只是无可奈何。鸽子一直养到 1937 年 8 月我离开南京去安徽南陵县避轰炸。那时抗战爆发，敌机常常空袭南京，我随父亲离开洞庭路十号后抗战期中再也没有回去过。鸽子一直由"麻油瘸子"等照看喂养。等到抗战胜利后我回到南京，特地去洞庭路看望旧居。洞庭路十号的房屋曾被日寇作为蓖麻子株式会社占用，花园里的树木被砍伐干净，鸽屋早已连同那间门房踪迹全无了！

至于迷上钓鱼，同环境也有关系。家里前面有个清水塘，可以垂钓。在塘边用小铲挖些蚯蚓作饵，常常可以钓到三四寸长的鲫鱼。洞庭路到玄武门只要走六七分钟就到。进入玄武门，租条小船划入荷叶丛中，或者步行走到里边人少幽静处，举起钓竿，鲫鱼、鲇鱼、串条、白鱼、棍子鱼……也常常上钩。于是，春夏秋三季，或者约些同学，或者独自一人，常去垂钓，达到入迷的程度。有一次，我独自一人去玄武湖钓鱼，那天，我划船到了很远很远的地方，钓到不少大鲇鱼，突然下了大雷雨，狂风呼啸，电闪雷鸣，浑身淋湿，想上岸躲避，小木船却搁浅了。一时竟无法回家。爸爸回到家里，听说我一人到玄武湖钓鱼，见雷雨太大，天已渐黑，我未回家，很不放心。马上派景春、胡二等到玄武湖寻找。寻来寻去寻不到，结果，我在天黑后一人浑身是水两腿烂泥地提着钓竿和鱼篓回到家里。爸爸出于爱我，可发了大脾气。说我"玩物丧志"，说我"养鸽子、钓鱼，简直跟满清的遗少一样"。结果，下命令将我的钓鱼竿全部折断，不准以后再钓鱼。从那，我才放弃了钓鱼。我本来十分喜欢玄武湖的湖光山色、堞影堤柳和荷花荷叶的清香。自从不准钓鱼以后，对玄武湖的兴趣大减。只有春天樱桃上市的时候，想去那里看看春天的景色，买些鲜红蜜甜的樱桃吃，平时就很少去游逛了。

汪淑晴这个后母，脾气古怪。内心一向重帷深锁，无从推测。平时极少下楼，每天只有吃饭时，她才从楼上下来，走到吃饭间里坐下闷声不响地吃饭。她整日总是由阿妹陪了在二楼不下来。很少听到她说话。笑容也不多。每天打扮倒是很注意的。常常换新衣。她同父亲感情似乎开头还好，但后来常听父亲叹息地说："她书读得太少！……"或是说："唉，商人家的女儿，又是上海人！……"

汪淑晴对用人很苛刻，这点同德芳妈妈迥然不同。她经常要查李妈买菜的账目，经常要嫌胡二懒或者嫌"麻油瘪子"懒，阿妹又奉命常常把李妈、胡二等背后说她的一些话搬给她听，这使她和用人之间互相都反感。胡二等当着我的面说汪淑晴是"双十牌牙刷"也不忌讳。"双十牌牙刷"是当时畅销的一种牙刷，刊登大幅广告说这种牙刷不会脱毛，"一毛不拔"。

汪淑晴对我和宏济采取的简直是不闻不问的态度。除了吃饭时间，平时不照面。她不曾来看望过我们，连我们的房间也不到。我生病发烧躺在床上，她也不会来看一下。她从不问问我冷暖或关心一下学习，也不买什么给我们吃。有她这个人同没她这个人似乎没有什么不同，但却又确有不同，那就是常要在父亲面前说我们的坏话，而且她在管这个家，掌握这个家。天冷了，她不管我们的被暖不暖、身上冷不冷。一切要你提出，提出了她又不愿花钱。像德芳妈妈那样主动地想到该给我买双鞋或做一件衣服的日子，到汪淑晴手里是结束了！

汪淑晴对南京的一切似乎都不满意。她心目中，只有上海最好。吃饭时，常听她抱怨：南京的米不好吃，南京的电灯不亮，咸板鸭太咸，玄武湖冬天太荒凉，南京夏天热得像火炉，冬天冷得像冰窖，电影院太小，夫子庙太脏，夜里不热闹，用人不听话。……听得叫人耳朵里长老茧。她穿的绣花鞋是从上海著名的"小花园"买了带来的，她穿的旗袍等衣服都要拿到上海去找裁缝做。她爱吃的饼干和麻团要从上海永安公司买……她老在想上海，想她的姆妈和阿哥，想上海的南京路、城隍庙、昼锦里、八仙桥……这样，她不断往上海跑，到了上海就不想回来。她家住在上海三马路同安里二十一号。她一回上海，整天同她的嫂嫂和小姐妹们，到闹市区买东西、逛公司，她最爱看申曲（沪剧）了！石筱英、筱文滨的《玉蜻蜓》《啼笑姻缘》等剧目是百看不厌的。在上海家里，消遣就是打麻将，从早到晚她可以打二十四圈。

由于她常到上海，爸爸也就常在礼拜六晚上坐夜车到上海，礼拜天休息一天，又坐夜车回南京。第二天早上去办公。偶尔爸爸也带哥哥宏济和我到上海玩一玩。

我们去，爸爸总是带了我们在南京路先施公司的东亚旅馆开房间住。那里交通方便，也热闹。

我还记得第一次到汪家的情景。爸爸让我叫汪淑晴的母亲——一个头梳发髻相貌清秀娇小的老太太为"好婆"。叫戴眼镜瘦骨嶙峋的汪雨荪"大娘舅"。他个儿很高，是个很少露笑容的人，虽是做外国人生意的洋行买办，却剃着光头从不穿西装。爸爸让我叫胖得像弥勒佛的汪立荪"小娘舅"。汪立荪颇有上海滩上那种"白相人"的"大亨"派头。剃着光头，凸着大肚子，常常笑，但眼露凶光，爱喝绍兴酒，一顿能吃一只大蹄髈。大娘舅汪雨荪的原配死了，从堂子里娶了一个大舅妈，大家仍沿用她在堂子里的名字叫她"小翠红"。她长得娇小玲珑，是个很和善的人。汪雨荪的前妻生了一个儿子在上大学。小翠红生的一子一女在上小学。汪立荪有大小老婆。大老婆谁也不叫她的名字，从汪老太太开始，都叫她"老虎头"。她很丑，脸确实像老虎。据说，当初"父母之命媒妁之言"结婚的当夜，汪立荪看到新娘这副模样，就逃跑了。所以感情一直不好。汪立荪又买了一个年轻的姑娘做小老婆，名叫"橙子"，是个胖子，生了两个女儿。由于老虎头没有生育，橙子生的大女儿就给了老虎头做女儿，为了怕妻妾争吵，老虎儿住在楼下厢房里，橙子住在三楼的客堂间里，但仍是一样吵骂。

我们那天去时，汪家全家老小都在。汪淑晴同汪老太太、小翠红、老虎头正在二楼客堂间里打麻将。见到爸爸带哥哥宏济和我来了，她突然收敛了脸上的笑容变得阴阳怪气起来。我按照爸爸的意旨和吩咐逐一叫了这些在场的长辈们，除了小翠红以外，其他人都是冷冰冰的。即使是笑，笑容也是冷的。一个个都用冷漠的表情、冷淡的眼睛、冷峻的态度打量着我，使我难堪。可能是因为前妻的孩子来到，使她感到难堪？可能是因为前妻的孩子来到，使她感到不光彩？汪淑晴阴沉的脸拉得很长。我站在那里，寂寞与忧伤一波一波地从心里滋生出来。后来，是爸爸匆匆把我们又带回了东亚旅馆。爸爸似乎懂得我们的心理，特地在楼下永安公司给我们买了许多吃食。从爸爸的神态上，我也能察觉到他心里很不高兴。

哥哥宏济到了上海，首先想到的是妈妈。这就抵消了他在汪家的不愉快。他马上向爸爸提出：要到妈妈家里去看妈妈，并带我一起去。我是既想去又不想去。想去，是因为我不可能不想念妈妈。妈妈怎样了？这么久不见面能见见妈妈当然高兴。但，妈妈改嫁了，姓赵的是个什么样的人呢？到姓赵的那里，对我来说，可不是快乐的事。但前者的渴望压倒了后者，当爸爸同意让哥哥带我去一同看望妈妈时，我无可无不可地怀着好奇与忐忑的心理跟着宏济去了。

现在想来，爸爸还是比较宽宏大量的人，也是爱我们而不愿违背孩子天性的人。他能公平合理处事，或者至少是经历过离婚的教训后，他较离婚前是懂得如何地进行理性的思考了。

于是，我跟哥哥宏济去到妈妈家里。

妈妈同赵慰祖结婚后，住在南市蓬莱路的一幢石库门房子里。上海是有很多这种石库门房子的弄堂的。这种房子单开间二层楼，三楼是个大阳台。楼下前边是个有玻璃天棚的天井。客堂间后边有厨房。一楼到二楼之间有亭子间。二楼的客堂间很大，客堂间后边有个小房间。三楼的大阳台上用木板搭了一间房，匀出一部分阳台可以晒衣用。从房里的摆设看，雅致而舒适，显然妈妈的生活过得不错。

我们出现得这样突然，妈妈大出意外，她在楼下一见到我们，马上抱住我和宏济痛哭起来。我们当然也同样流泪。然后，妈妈问我们是怎么会到上海来的，止住了哭开始笑了。赵慰祖不在家。我见到了大妹宏洛、二妹宏淡、三妹李淑，还有四妹赵文汶。

大妹宏洛会表演"老牛耕田"，用两只手当作牛角，弯下腰边跳边唱："老牛耕田，的答的答。……"她比我小四岁，在我眼中，她太"小儿科"了！

二妹宏淡，只会甜甜地笑，不声不响。她小时候爱哭，这时已经不那么爱哭了。长得特别像妈妈。

三妹李淑脸形长得像爸爸，也像我。她白白的，眨着聪明的大眼睛，很文静，那眼神似乎是奇怪这两个哥哥是从哪里来的。

四妹文汶还很小很小，由奶妈抱着，长得很秀气。那时的我，根本没想到她是妈妈与赵慰祖结婚后生的妹妹，糊糊涂涂地只好像她本来是妹妹中的一个似的。

那时还没有五妹赵平萍。五妹是在后一年才生的。我是在后来一次到上海时才见到的。她小时候胖得很有趣，脸红红的像苹果，吃起饭来大口大口的，非常乖。

如今，一晃已是五十几年了！大妹是高级教师，退休了，在上海居住。二妹是会计师，也退休了，在上海居住。三妹李淑是北京大学外语系教授，德国古典名著《痴儿西木传》的译者，常去欧洲德国等处讲学，用丽抒的笔名写很美的散文。四妹赵文汶是中央电子机械工业部计划局办公室主任兼人事处长。五妹赵平萍是上海第九人民医院整形外科主任，全国著名而且蜚声国内外的整形美容专家。哥哥宏济是军械工程学院教授，维修工程专家，多次立功，是全军英模会议代表和七届全国人大代表。母亲当时膝下的这些孩子们都各有成就，只是母亲在1969年"文革"期间早患肝癌去世，没有能看到子女们的兴旺情况。

到妈妈这里，享受的是热情和欢笑，同在汪淑晴家完全两个天地。妈妈高兴得想尽一切办法让我们吃，把可以弄到的一切好吃的东西从巧克力、鸭肫到五香豆、甜橄榄、水果都放在我们的面前。除了询问我们的生活和学习情况外，一心忙着到厨房里去炒菜办饭。

近吃中饭时分，赵慰祖下班回来了。他是一个高大健壮的男人，戴副眼镜，脸上总常带笑，是个好脾气的人，说一口道地的上海话。我对他深深怀有敌意。为什么？自己也说不清。反正，我把爸爸同妈妈的离异，把我的一切不幸，都归之于这个人。正因为这样，我用冷眼看他。他一回头，我心上就一阵战颤。妈妈帮我介绍，让我像哥哥宏济一样地叫他"好伯"。我虽然顺从地叫了一声，我的心没有解冻，敌意没有消除，甚至想马上离开。因为我懂得这是在他的家里，我想马上回到爸爸的身边去。

慰祖好伯是个和气而且健谈的人。他对大妹、二妹、三妹都很好，同宏济似乎亲密无间。他也似乎懂得我的心理，对我特别表现得亲切、关心。吃饭时不断给我夹菜，不断找话同我谈，并且宣称他下午不去学校了，要陪宏济和我在附近的蓬莱大戏院看京戏《开天辟地》，说那是武打的连台本戏，有机关布景，我一定爱看。并说，看完日场的戏后，陪我们骑自行车，因为他听说我们爱骑车而且我的车骑得特好。由于妈妈和宏济的支持，这一切我都接受了。骑车到闹市区时，他一直在我旁边或后边像是保护着我。然后，买了大批的玩具、书籍和吃食给我带回南京去。

这次上海之行匆匆过去。我同哥哥宏济傍晚回到东亚旅馆，看到爸爸一人在房里寂寞地在看报纸，见我们到妈妈那儿去的时间这么长，他有些不悦。后来，我们夜车回南京，哥哥不在身边时，爸爸问我："见到那个姓赵的了？"我点点头。爸爸又问："你妈妈生活得还好吗？"我仍点点头。爸爸叹口气，想说什么但没有说。我想，他也许想问我赵慰祖那个人怎么样？我心中对赵慰祖好伯的敌意并未消失，但我不能不承认：我对他的看法是开始有所改变了。

距这次到上海以后不久，有一个星期六的晚上，爸爸又带我到上海去了。这次到上海，竟有一件我意想不到的事发生了。

我同爸爸仍住在先施公司楼上的东亚旅馆。一早，我们住定以后，汪淑晴妈妈就来了。她来，表现得不很愉快，老是阴阳怪气地坐在那里不声不响。看来，是爸爸由南京到上海之前同她约定的，所以我们一到上海不久，她就来了。然后，听到她同爸爸商量中午在东亚旅馆西餐部吃中饭的事。这时，爸爸突然对我说："洪溥，今天中午，约了你三个妹妹来见见面。等一会儿她们会由她们的妈妈带来的。"

大人之间的事情真是不可思议。看来，爸爸同妈妈之间也不知通过什么方法约定了的。大约快近中午时分，爸爸和汪淑晴带了我下楼，我们到东亚饭店附属的西餐部等着，果然一会儿看见妈妈带了大妹、二妹和三妹来了！妈妈打扮得很华丽，三个妹妹穿戴也很体面。

我迎上前去，叫了一声："妈妈！"

爸爸也迎上前去，后边跟着慢慢拖着步子一脸不乐意的汪淑晴妈妈。

爸爸给妈妈和汪淑晴做了介绍，又逐一抚了三个妹妹的头，将妈妈和三个妹妹安排到了座位上。这是一间单独的房间，长长的西餐桌上摆着七副刀叉和盘子。餐桌中间的瓶里插着鲜花。

空气沉闷，只有坐在上首中央的爸爸一人说话。坐在左边的妈妈脸上带着微笑，但看见对面汪淑晴妈妈脸上没有笑容，她也就不笑了。三个妹妹都同妈妈在一排乖乖坐着一言不发。我坐在汪淑晴的一面，在她下首，也不知说什么好。只见爸爸逐一打量着三个妹妹，他同三个妹妹好几年不见了，他同妈妈离婚时，三妹还没有出生呢！只听见他频频向汪淑晴夸三妹说："你看，这孩子长得多有趣！"

汪淑晴朝三妹看看，似乎露出一丝微笑，勉强地点头："是啊！是啊！"

然后，又是沉默，只有爸爸在向西崽打招呼，叫西崽将七客大菜开始送上来。

正在这里，汪淑晴忽然开口了，向西崽说："不需要七客嘛！小孩子两个人合一客！只要送五客分成七客就行了！"

爸爸显得为难，妈妈觉得汪淑晴这样请客第一次见面就很叫她难为情。我心里也生气。只见爸爸同汪淑晴笑着商量说："就叫七客吧！"

汪淑晴满面阴阳怪气，眼也不看爸爸，嘀咕着说："无论如何，五客足够了！"

于是，西崽走了，房间里的空气仍是紧张而又尴尬。谁都不说话。

爸爸摸出烟斗点火吸烟。我知道，爸爸平时极少吸烟，他没有瘾，只是在人家勉强他吸烟或者他自己心里不高兴或用脑写东西时才偶尔吸烟的。青烟从他鼻孔和嘴里吐出来。爸爸开始一人唱独脚戏，一会儿问三个妹妹的情况，一会儿问妈妈生活得还顺心不？听得出也看得出他是在无话找话说。

汪淑晴始终在桌上绷着脸不说话，模样像人家欠了她钱不还似的。

西崽来上菜了，先是汤和冷盘，于是，大家吃着，妈妈忙着帮三个妹妹塞好白布巾，又轻轻嘱咐大妹、二妹好好地吃。她则照顾着最小的三妹喝一点汤。

汪淑晴突然说："这三个小孩都很瘦嘛！"

她为什么说这样的话？其实，三个妹妹并不都很瘦。她说这话显然是刺向妈妈的恶语。我瞧瞧妈妈，妈妈皱了皱眉。空气变得沉重了。

爸爸说："不瘦，老三长得很好！"

直到这时，汪淑晴好像发现三妹确实长得美丽有趣，忽然要三妹坐到她身边来，让她喂三妹吃一点东西。这样，空气好像变得活跃一些了。爸爸笑了，妈妈也礼貌地要三妹坐到汪淑晴身边去。但三妹去坐了一会儿，就又回到妈妈身边了。菜一道道地上，大家吃得都似乎很无味。话也说得很少。

我不禁想：爸爸安排今天的这次见面是什么意思呢？我察觉到妈妈不愉快，汪淑晴也不愉快。我又不禁想到了德芳妈妈。换了是德芳妈妈，恐怕会是另外一种场面了吧？德芳妈妈不是气量狭小的人。她是绝对不会用阴阳怪气的态度和吝啬的做法来对待妈妈的！可是……

后来，吃完西餐了。爸爸约妈妈带三个妹妹上楼再到房里坐坐，妈妈坚决不肯，汪淑晴也没有留妈妈坐。妈妈是个宁肯挨生活的鞭打，不愿委屈自己的心的人，她带了三个妹妹走了。我看得出，妈妈很不高兴，也看到爸爸脸上不高兴。至于汪淑晴妈妈，她脸上彤云密布像结了冰一样。

妈妈临走时，轻声但公开地对我说："洪溥，跟我一起回去玩玩吧！"

但爸爸说："下次吧！下次等宏济同他一起来上海时再去吧！"

我心里也是复杂的。我想同妈妈去，而且上次对慰祖好伯的印象也不错。可不知为什么，对慰祖好伯的那种恨始终存在，这使我对于去他家有一种抵制。何况，爸爸又这样说！

我摇摇头说："下次……再去吧！"

这场见面就此结束了！

以后，爸爸同妈妈再也没有用这种方式见过面。听说，在这期间，爸爸本来仍有将三个妹妹接到南京去的打算，但并未实现。是为什么？也不清楚了。

通过这次会见，妈妈对汪淑晴印象极坏。抗战时期，爸爸因抗日身亡后，我本住汪家，受尽虐待，心里始终蒙着霜雪。最后，在一个秋天，终于被汪淑晴和她的哥哥赶出家门。汪淑晴吞没了爸爸的遗产，当时已准备与爸爸的一个同乡朋友在大夏大学当教授的人结婚。那天，他们正式向我提出三个条件：一是停止上学，由他们介绍去绸缎庄做学徒自食其力；二是从今以后不准与生母来往；三是他们私翻我的日记发现上面有他们虐待我的记载，要我承认错误叩头赔罪。我对三个条件一概拒绝，同意离开。但无处可去。当时我在上海慕尔堂读东吴附中，只好在外边流浪，向同学借点钱买大饼吃，夜里躲在慕尔堂的教堂廊檐下过夜。最后，饥寒交迫，万般无奈，终于到妈妈处去了。我怕去的原因还因为是赵慰祖好伯的家，户长是他。那时慰祖好伯在四川重庆做难童中学的校长。我在万般无奈的情况下到妈妈那儿去，正是因为慰祖好伯不在家。我去后，妈妈还谈起当年在东亚旅馆西餐部一同吃饭的那回事。妈妈言下之意是：她早知道汪淑晴绝不是一个好心肠的女人。那时，哥哥宏济已去大后方在四川上学，从这，宏济和我同汪淑晴也就脱离了关系。

这次上海之行以后，汪淑晴带着阿妹经上海回到了南京。她依然每天经常蹲在楼上，也依然轻易不同我们说一句话。冷冰冰的态度就是热天也使我感到寒丝丝的。

我还记得那年夏季的一个夜晚。我看见花园里萤火虫正从草丛里飞出来，三五个或一二个分散在黑黝黝的夜空中，形成一种非常美丽、非常神秘的意境。我拿起蒲扇，抓起一个小玻璃瓶，跑到花园里，在池塘边扑打萤火虫，将萤火虫一只只装进玻璃瓶里，每个萤火虫像载着一盏绿莹莹的小灯笼，忽闪忽闪，玻璃瓶里萤光闪烁，真是好看。清水塘边的柳树，枝条垂到水里，柳树上的萤火虫有的飞落到水塘里的浮萍上，水塘里也就这里那里闪起点点萤光，仿佛天上的星星都落到了水上。

那夜，也不知怎的，萤火虫竟那么多，我突然好像是在梦中。我常常喜欢做梦。童年时有一个时期，身体很弱，常常找医生看病吃药。颈部淋巴腺发炎和眼下部发炎都开刀动过手术。那时期我总是乱梦颠倒。这个时期，我身体逐渐好起来，在学校的运动会上，田径方面短跑和跳高跳远成绩都不错。但，晚上睡觉仍爱做梦。那个阶段，我常为许多童话和民间故事着迷。可能是《西游记》等一类的神魔小说和丹麦安徒生童话及《牛郎织女》一类的民间故事的影响，我富于想象力，成了一个好幻想的孩子。幻想和梦境有时竟交织在一起。难解难分。童年时想在长大后做个军人的想法仍有，由于日本侵略，很想长大当了军人勇敢地像个英雄般地在沙场上同日寇打一仗。但由于看了《金银岛》《瑞士家庭鲁滨逊》《天方夜谭》《人猿泰山》等许多小说、故事和电影，就又想做一个航海家日夜航行在惊涛骇浪的海上，在人们未曾发现过的神奇岛屿上看到珍禽异兽；想做一个探险家，去到遮天蔽日的非洲丛林中找到大象的群葬场或太阳神的宙宇……我有时常好独自望着天空思索，夜晚看着月亮和星星，会想着飞上天去到月宫看看该多好，要是能在天上摘星星又该多好。白天望着云朵，会想着云朵变动时的千奇百态，一会儿是鼓着风帆的船只，一会儿是硕大的人脸，想象和幻觉中，真有赏玩不尽的世界。何况我还有梦。恐怖的、奇特的、美丽的、丑恶的梦……常满足我强烈的好奇。给予我希望，安慰我寂寞而怕冷漠的心。

说来也怪，有一些梦是多次出现在我睡眠时的。一个是我常梦见自己独自在一个无边无际漆黑的大森林中走着，焦急、忧虑、害怕，想走出大森林看到光明，看到熟悉的亲友。我走呀走呀，拼命地走，怎么也走不出去……

一个是有一只大鸟，大得真是吓人，真像《庄子》里所说的鲲鹏。大鸟飞在我头顶上的黑茫茫的天空里，飞得不高，两个长翅扇动得啪啪有声。我几乎能看清大鸟的眼睛与尖喙了！我险些窒息，想惊叫却叫不出声，醒来仍心有余悸……

这样的梦当然可能是同我童年体弱多病分不开的。体弱多病，生理影响心理，加上童年时离开妈妈，缺少母爱，常处在寂寞之中，梦就这样灰暗压抑。只是，一连多次重复，经常做同样的梦，仿佛那梦境是完全熟悉的，却又不知该如何解释了。

就在这夜扑打萤火虫时，我如同身陷梦境，一种奇异的快乐而又神秘的感觉浮上心头。从当夜睡熟后开始。我总又常做同样的梦：在炎热的夏夜里，蛙声鼓噪，我手持蒲扇，在花园里前面清水塘边的柳树旁，扑捉闪着绿色萤光的萤火虫。……那是一种非常舒畅、非常愉快的心情下的梦。这梦后来人到中年时仍不止一次做过。我在1984年发表长篇小说《流萤传奇》时曾将这个梦境写进了小说。这是后话。

就在这天夜晚我在阵阵悦耳的蛙声中扑打萤火虫玩得正兴高采烈时，忽然，听到门房后边鸽子房方向似有什么声音在响。是鸽子受惊后咕咕啼叫的声音。我往清水塘边的鸽子房走。怀疑有猫在想吃鸽子。花园中间的八角琉璃瓦亭挡住了我的路，夜色黝黑也挡住了我的视线。但我明显地听到脚步声，又感到远处有个黑影踅过雪松前隐没了。我有点紧张，害怕起来，宏济那晚不在家，景春在楼下他房里读日文。爸爸和汪淑晴在楼上。李妈可能在厨房里忙碌。胡二在他自己房里休息。麻油瘌子在门房门口乘凉。我身上突然寒丝丝的，大叫："麻油瘌子！……"

但，没有应声！

我快步跑进门房，灯暗着，门关着，麻油瘌子不在。我忙又匆匆向胡二的房内和厨房方向跑。看到胡二和麻油瘌子、李妈三人都坐在厨房前有穿堂风的走道上摇着蒲扇乘凉聊天。

我把刚才听到鸽房响又看到人影的事讲了。他们笑我疑神疑鬼，神色语气都有点叫我纳闷。在这时，看见阿妹来了，对我说："先生在楼上生气了！说不许你在花园里调皮！叫你不要再捉萤火虫！"

我手里还拿着一瓶绿光闪闪的萤火虫。听阿妹这样说，心里生气。说："萤火虫怎么捉不得？"

阿妹说漏了嘴："太太说这东西跟鬼火一样，不吉利。"

我心里顿时豁亮了！一定是汪淑晴在二楼开着的窗户里看见我在花园里扑捕萤火虫，是她挑唆了，才惹得爸爸生气的！

我不作声。天很热，我身上却发冷。我回身进房，将一瓶萤火虫放在吃饭间里。灯没有开，装着许多萤火虫的瓶子光华闪烁，特别好看。我欣赏了一会儿，独自去洗澡。洗完澡出来，那瓶萤火虫不见了！我忙出去找李妈和胡二等追问。他们都摇头说不知道，神态又是使得我纳闷的。

我明白：有些事。他们明明知道但不敢讲。

我明白：我不该把萤火虫放在吃饭间里，一定是我在洗澡时，阿妹把它丢掉了！阿妹当然是奉命干的！她只会去告诉汪淑晴我把不吉利的萤火虫放在家里，但她不会自己做主把萤火虫瓶拿去甩掉的。为什么连个孩子的这么一点乐趣也要无情的剥夺呢？

追究也无用，当夜我做了在花园里捉萤火虫的梦。到了第二天，我下午从学校里放学回来。发现晚上吃红烧鸽子，厨房里香气扑鼻，砂锅炖的鸽子正放在火上。汪淑晴不止一次说过："鸽子太多，可以杀些吃吃！""鸽子不吃，养了做啥！"我有点怀疑。怀疑鸽子是从我养的那一大群里逮杀的。我甚至怀疑昨夜逮萤火虫时发现的那个黑影就是逮鸽子的人。是谁？是阿妹？是胡二？还是麻油癞子，谁知道呢？

没有谁肯告诉我的，我明白，用人们都怕汪淑晴。即使对汪淑晴的吝啬不满。但由于汪淑晴对他们有使用与解雇的权力，他们何必去得罪她呢？

原谅是容易的，忘却则是困难的。我那么爱鸽子，她却偏要偷偷叫人杀了吃。汪淑晴使我感到心冷，不仅是她对我那种吝啬的、冷冷的态度，她在爸爸面前的挑拨，而且是她那颗冷酷的心了！萤火虫和鸽子的事都很小，但给我留下的印象很深！

人生必须有志向与目标

人生中的故事，一天复杂于一天。

做了高小的学生，自己总认为够神气的了，自己总认为懂得的事已经很多，感到进入中学已经快要临近，对未来的种种憧憬也就更多了。

我养成了天天看报的习惯。这种习惯从小到老一直坚持着，得益极大。每天看报，日积月累，得到的知识广一些也博一些了，眼界也逐渐从家里放到了社会，放到了国家大事上去了。懂得了"天下兴亡，匹夫有责"的道理。1935年，法西斯意大利侵略阿比西尼亚（即埃塞俄比亚）；1936年的西班牙内战，由于面对中国受日本帝国主义侵略的现状，我的同情都放在被侵略的一边。每天报纸来了，总先抢着看看遥远的阿比西尼亚和西班牙的战况，关心着被侵略者的命运。一位姓过的老师讲起"阿比西尼亚"时，总错讲成"阿西比尼亚"，我和同学就顽皮地给他取了个"阿西比尼亚"的绰号。

我这时早已有了一只漂亮的书橱，是德芳妈妈原来放书用的，奶油色的，配着有花纹的毛玻璃橱门。爸爸同汪淑晴结婚后，我就占有了这只书橱，将它搬到我房里，将我许多心爱的书放在里边，包括那本德芳妈妈给我的《爱的教育》。

家庭里由汪淑晴带来的冷空气，迫使我仍旧热爱从书籍中去寻找美丽的世界和人生乐趣。书籍的确像积累智慧的一盏长明灯，它能使人心灵沐浴着光辉自己去思考。

那阶段，学校里教唱《苏武牧羊》和《满江红》。我很爱唱这两首歌。《苏武牧羊》的歌词里有："……转眼北风吹，雁群汉关飞，白发娘，望儿归，红帐守空帷。三更同入梦，两地谁梦谁。任海枯石烂，大节不稍亏。……"唱着的时候，我总觉得自己好像置身冬季寒冷的荒漠上，寂寞悲壮，也总想起在上海的妈妈，有时甚至因为这支歌的曲调悲凉而潜潜落泪。《满江红》是岳飞的原词："怒发冲冠凭栏处，潇潇雨歇。抬望眼，仰天长啸，壮怀激烈。三十功名尘与土，八千里路云和月，莫等闲白了少年头，空悲切……"歌词中充满了爱国精神，又激励人奋发向上。每唱起这支歌，我虽年纪小，却有一种无法抑制的想长大成为一个爱国者和有成就的人的愿望。想法也许可笑，这种精神却不可小看。

逆境使人聪明，困难是人生的教科书。我已经是一个通过读书和生活实践逐渐懂得比较多的高小学生了，我会拿妈妈、德芳妈妈同汪淑晴来比较。妈妈是苏州蚕桑学校毕业的学生，她生在一个缠小脚的时代，可是外婆给她缠了小脚，她却能独自逃跑到同学家里将缠上的脚放掉。她是一个在她那时接受新思想的女性，为放足，为出外求学，她甘冒脱离家庭的风险而去争取。妈妈会绘画，写得一笔好字。她教过小学，是一个整天只会操劳不会休息的妇女。倘若不是因为婚姻上的不如意和子女养育过多，妈妈对社会的贡献是必然不少的，她给子女留下的形象也是美好的。

德芳妈妈是著名的北师大教育系的毕业生，她有学问，有教养，心地善良，可是嫁给爸爸以后，她像一只被供奉着的花瓶，寂寞空虚。她享受过，挥霍过，一度也想摆脱那种做太太的处境外出工作，可是又被病魔夺去了生命。只是由于她善良，为人宽宏大量，她死了仍旧让人怀有好感和思念。

汪淑晴是上海商人家的女儿，什么事都会打算盘，没有读过什么书，许多事都好像不明事理，吝啬、狭隘、势利。据说当人家向她家介绍爸爸时，汪淑晴同她的两个哥哥都问介绍人："王某人的官到底有多大？"最后又问："比上海的税务局长大还是小？"这件事后来爸爸拿来当笑话讲过。汪淑晴对人苛刻，工于心计，经常阴阳怪气，同爸爸常常嘀嘀咕咕喋喋不休。她为了自己不生孩子，经常在上海治病，不想自己生个孩子，可是对我和哥哥，却没有表现出一点点的爱怜。她在上海的生活是赌钱、看戏、逛公司买东西……这她觉得有意思。她在南京洞庭路是整天在楼上不下来，除了睡觉也不知她如何消遣的。爸爸有一次当着我面慨叹地说过："唉，你们这个母亲呀！头脑里只有一个字——钱！"由于她不生孩子，她让大哥汪雨荪的前妻生的大儿子传经过继给她。我起初不懂这中间的奥妙，后来才明白：原来是怕她的财产给我们继承，就觉得可笑了！同她在一起使我感到冷酷。即使妈妈又重新结婚使我心上蒙受创伤，即使德芳妈妈也不是我亲生的母亲，同汪淑晴相比，我能试出爱憎，知道优劣。

正是在汪淑晴的冷漠对待下，刺激着我思考，刺激着我产生一种立志的愿望。

我会背诵一句格言，也记不清是谁说的了，那格言是：朝着一定目标走去是"志"，一鼓作气中途绝不停止是"气"，两者合起来就是志气。一切事业的成败都取决于此。

我在小学五年级时，对古人说的"有志者事竟成""志不立，则如无舵之舟"一类格言已铭记在心，很熟悉那些古人立志苦读的故事，诸如"锥刺股、头悬梁"等等，熟悉勾践十年生聚、十年教训，祖逖闻鸡起舞等历史故事，也熟悉许多发明家科学家如爱迪生、马可尼……我觉得必须立志做一个有作为有成就的人。那时有句流行的俗语，叫作"吃得苦中苦，方为人上人"。这"人上人"，如果把他作为"有成就的人"来理解，自然没什么不对，但如果把"人上人"作为要出人头地踩在劳动人民头上的"官儿"或"大财主"来认识和追求，就不对了！

不过，我那时小，在这方面的认识自然是很模糊的，并不明确，而是只想努力上进而已。钱北三的父亲钱崇澍、竺衡的父亲竺可桢，还有父亲的学识和人们对他的敬重，都使我钦羡。故事书中的孙中山、林肯、华盛顿等当然更使我崇拜。孙中山领导推翻清朝使我觉得他伟大。林肯主张解放黑奴，在我读了《黑奴魂》后更懂得解放黑奴的意义。华盛顿是美国的国父，领导了美国的独立战争，受我敬重……我觉得一个人在小的时候，头脑里有一些伟大的人物作为自己的榜样和立志奔向的典范，对成长是十分有利的。

我本来不够用功，凭着天资比较聪明，有些课程觉得很容易通过考试。但像算术有一度却由于自己做习题时思索不够或者索性抄抄同学的答案而学得不好。班主任何寿斋老师是极严肃不苟言笑的人，平时很难见到他的笑容。他剃的平头，胖胖的脸上总带点忧郁，一口无锡音的普通话平平淡淡，讲课时很难引起我的兴趣。他常说：一个人即使天分很高，如果不勤学苦练，不但做不出伟大事业，就是平凡成绩也不可能得到。他的作业题总是布置得很多。由于他严格要求，我有上进心，还是学好了算术。

教英语的李方叔老师，湖南人，很凶。上课时，手拿一根鸡毛帚。他喜欢说："不学外语，很难精通国文！"他那张白净的有铁青色络腮胡子的脸上有种使人感到他性情暴躁的印象。他倒并不真拿鸡毛帚打人，但如果他提问你答不出或答错了，再或上课打瞌睡时，鸡毛帚马上会可怕地"啪"打在你面前的课桌上，吓你一大跳。

我学英语，开头有个坏习惯，低年级时喜欢在英文单词上用铅笔偷偷注上中国字的音，比如"Good-bye"注上"狗头摆"，"Good-morning"注上"狗头猫脸"等等。李方叔老师最反对学生注音了，发现了这，他是要训斥的。

一次，我在"A lot of pupil"上注了"啊，老豆腐飘飘儿"。恰好李方叔老师叫我起来念课文，我念得结结巴巴，念到"啊，老豆腐飘飘儿"时，李老师终于忍不住了，"啪"地一鸡毛帚打在我桌上，说："什么？什么老豆腐飘飘儿？"

我瞠目结舌，课本被李老师一把抢过去了。他发现我用中文乱注音，大为生气，训了一顿，以后，他经常要来看看我的英语课本上注没注中国字。到进入高小时，我这坏习惯就改掉了。李方叔老师的严格，到今天想起来我仍感到蒙受到了好处，使我难忘。谢谢您，李老师！

有位教地理的丁孚九老师，是苏北人，一口扬州话，讲课时声音很响，为人和善，人很胖，常带笑意。有一次，下课时，我顽皮地学他讲话，"那块那块"的，恰好他在背后走来，听到了，却没批评。隔了一天，课后同我笑着谈话，但没有丝毫威胁的意思。我只记得他主要是说我人很聪明，但有点调皮，也不够用功，问我他说得对不对？我当然点头说对，老师能态度很好地中肯地正面指出学生的问题，教导学生努力的方向，不用训斥的态度，对学生自然有益。后来抗战爆发，我随父亲去安徽躲避轰炸。路过芜湖，在名叫大安栈的旅店中遇到丁老师，父亲知道这是我的老师，对他很尊重，谈起我有什么缺点时，他反面话正面说，说我聪明，如更加用功就更好。后来抗战胜利，1946年我从四川回到南京，当时我已是上海复旦大学新闻系的二年级学生了。听说丁老师在公路总局当主任秘书，特去百子亭他的办公室看望他，见了面老师很亲切也很客气。我谈起小时候不用功很淘气感谢老师当时正面指出我的缺点，并告诉老师后来我立志的事。丁老师似乎很感动，突然掏出手帕拭泪。后来，我告辞，老师一直从楼上办公室送到楼下大门外，依依地看着我走远。只是，从那，就再也未见过丁老师，也不知他的下落了！

在我的同学好友中，除钱北三外，当时有徐承锦、黄伟宁、吴增菲、方复等都是知识分子家庭的孩子，功课和人品都好。钱北三当时已去成都，我们常常通信。徐承锦后来改名为徐冉，上过重庆大学，失去了联系。黄伟宁后来改名黄威廉，现在是贵州省科委主任、贵州师范大学教授。吴增菲也早是教授了。前年，黄伟宁曾来信告诉我他赴美考察时在机场遇到过吴增菲。到今天，这些同学我都能记起他们童年时的模样，也还能感受到童年时我们之间友谊的温暖。

我们那时都是童子军。童子军是某些资本主义国家使儿童接受军事化训练的一种组织。英国军官贝登堡（Robert Stephenson Smyth Badenpowell，1857—1941）根据他在南非活动时训练儿童充当警探的经验，于1908年创设童子军。不久即流行于许多国家。中国也在1912年成立童子军，首创于武昌文华书院，训练内容有纪律、礼节、操法、结绳、旗语、侦察、救护、炊事、露营等。国民党统治时期，起初设中国童子军司令部，后改设中国童子军总会，领导全国童子军训练事宜，并在初中设童子军课程，说是"在使儿童自知警惕，以服务他人为最大快乐；以'准备'、'日行一善'、'人生以服务为目的'三项为铭言"。目的当然是想使童子军成为国民党政府"励行忠孝仁爱信义和平"的"忠诚之国民"。但事物有二重性，做了童子军的学生，并未全都接受他们的塑造。中大实校高小就有童子军课，回想那时做童子军，在纪律、礼节、提高敏捷、独立生活能力方面是有好处的。当时规定童子军必须"日行一善"，就是每天做一件好事。我们一清早起来戴上童子军的领巾，在领巾角上打一个小疙瘩，做了一件好事后就把疙瘩解开。第二天再这样重来。拾到了钱缴公是做好事，扶老携幼也是做好事。把坏了的课桌修一修，将商店多找了的钱退回去等等都是做好事。人生不但是学习要做什么，并且也要懂得不做什么。"日行一善"，对培养我们的是非心，让我们有志于做一个有益于大众、有益于社会的人，不能说没有一点潜移默化的作用。

就在我说的这年，我们家里发生了一件事。我的一个堂兄钱兆瑗失踪了。

我姓王，我的堂兄们都姓王，为什么这位堂兄姓钱呢？

原来我们祖上原是浙江杭州人，姓钱。太平天国时，战火流离，我父亲的曾祖父独自一人流浪到了江苏如皋的海边，在掘港北坎遇到一户姓王的人家，王家只有一个独生女儿，见父亲的曾祖父相貌堂堂，招赘了他。招赘时，说明如果生了儿子，大儿子姓钱，小儿子及以后的子女姓王。这样，父亲的曾祖父以后，分成了两支，一支姓钱，一支姓王。这样，我就有了姓钱的堂兄。姓钱的一支人丁不旺，姓王的一支人丁兴旺。但互相往来，是很亲密的。

钱兆瑗也是由父亲培养上学的，这时在吴江的一个农场里工作。吴江当时因为圩塞而产生了许多湖田，就开办了农场。钱兆瑗在那里工作，有时来到南京，就住在洞庭路我们家里。他爱喝酒，常常喝得脸红眼也红。父亲对他爱喝酒常要批评他，他面上不喝暗中仍是要喝的。

这次，他从吴江回来，人很颓丧。一个晚上，我听到他同父亲不知谈什么事，好像发生了什么紧迫的事似的。后来，听到父亲劝他说："还是迟点结婚的好。年轻人，事业重要，我把你们一个个培养出来，你们都早早的想结婚成家，不去考虑事业，这怎么行？……"

爸爸讲这话是有所指的。像堂兄洪江、洪治等大学毕业后都在外工作，开拓事业。而有的堂兄，虽然很有能力，可是在南京读读书，回去完婚，生了孩子就不肯离开家乡了！爸爸是有感慨的。

当晚这样，第二天我听景春说：兆瑗昨晚和他同住一室夜里喝酒并且哭了，也不知是什么事。然后，第二天下午，我放学回家，走出我的房间，到景春和兆瑗的房里，只见兆瑗坐在那里，一边大口喝高粱酒，一边在哭。房里酒气熏天，他满脸通红，两只眼红得怕人。

我上前问他："你哭什么？"

兆瑗也不理我，突然，他站起来就跑出去了。将我呆呆地甩在那里。

兆瑗这一走没有再回来。他失踪了！怀疑他是自杀，凡报上登了什么地方发现有无名男尸的地方,爸爸都派景春等去看过,看看是不是钱兆瑷。家里又在报上刊登了悬赏寻找钱兆瑷的寻人启事。可是一直渺渺无讯。看来,他确是死了!从人生舞台上消失了!

兆瑷的死,使我们十分吃惊。很快就了解到了实情。原来,兆瑷在吴江同一个姑娘谈了恋爱。结果,姑娘怀孕了!兆瑷想结婚,可是又不敢将姑娘怀孕的事和盘托出。他自己可能也想过:如果结了婚有了孩子,他一无事业,二无积蓄,三无住房,也是无法维持的。他又嗜酒。喝了酒头脑变得不清醒了,情绪却变得冲动了,就发生了自杀的悲剧。

我们全家,除了汪淑晴外,都沉浸在一种哀痛的情绪中,爸爸一连好多天脸上都布满愁云。后来,爸爸对我一次再次地说:"洪溥,人生需有志向和目标!兆瑷这个人,就是既没有志向,也没有目标。早早就要结婚。人生无益于人类,便是无价值的!你看看,像他这样,到世界上是来干什么的?……我希望你和你哥哥都不要像兆瑷,你们都应当立志,要做个将来有成就的人……"

什么叫"有成就"?这目标对我来说还朦胧混沌,但立志上进,却在心中愈益明确。

高小到初一阶段,我开始用功,而且不再受情绪的影响,立志上进。即使汪淑晴不断用冷脸冷眼看我,我也依然使自己稳定而且恬适。由于立志,我对未来,对明天似乎具有信心。后来,回顾起这段时日,我想起读过的一句带有哲理性的格言:"我们处于什么方向不要紧,要紧的是我们正向什么方向移动。"我觉得这句哲理性的格言能很好地概括我在那段时日里的生活走向。我虽还年少无知,却是在开始有意识地向着好的发展方向在挪动。

堂兄兆瑷失踪不久,是暑假了!

哥哥宏济学习成绩极好,他平时安装矿石收音机,吹箫、吹笛。到了暑假、寒假,他总要求到上海去,在妈妈处度假。他觉得那对他是最最快乐的事了。爸爸也总是答应他去。

而我，我没有这种想法，我总觉得妈妈那里不是我的家！对慰祖好伯，我年龄虽小，恨心却大，无法宽容。虽然，我心底里对妈妈还是怀想着的。

宏济一走，我从心里又感到一种不可抗拒的寂寥了！暑假开始，花园里蝉声嘹亮，天气炎热，南京"火炉"般的高温，使人浑身汗湿，连看小说都不来劲，我每天做做假期作业，看看父亲订的好几种报纸。当时由于日本帝国主义蛮横侵略，而南京国民政府妥协退让，报纸上连"抗日"的字样都不许出现。"抗日"在报上排成"抗×"，"日本帝国主义"在报上排成"××帝国主义"。叫人看了既泄气又憋气，苦闷愤激得很。我们那时代的中小学生，在抗日的问题上是敏感而且比较成熟的。当时，杨河金常来家里约我到玄武湖划船，并一同带了气枪去打鸟，我们还谈起将来长大了一起去当空军，做飞机驾驶员，目的是好同日本强盗拼个死活！谈得志同道合，解去不少寂寞。河金后来结婚太早，读了初中就工作了。他也未去做空军，抗战胜利后我在上海遇到过他，他当时在铁路局做职员。可惜后来就失去了联系。现在也不知他在何处。我曾到来复会堂旧址看过，尖顶红砖的教堂房屋仍在，人事早已全非了！

在这个暑假里，汪淑晴也到上海她家里享清福去了。一天，爸爸忽然决定带我离开南京到南通去。南通在苏北，是个港口，离我们家乡不远。爸爸已经多年未去过。我正寂寞，跟他出去，自然高兴。

我随爸爸由南京坐火车到上海，打算由上海乘船去南通。到上海后，我们仍住在南京路上的东亚旅馆。爸爸要去汪淑晴家，我提出：我要去看看妈妈和宏济及妹妹们。爸爸同意。我就凭记忆和地址坐黄包车找到了妈妈在南市蓬莱路的那幢石库门房子。

我的突然出现，当然引起"轰动"。妈妈高兴极了！宏济和妹妹们也高兴极了！慰祖好伯也表现得非常高兴。这算是我同他见到的最后一次了。因为以后到第二年抗战爆发，我就随爸爸离开南京去到安徽省南陵县躲避轰炸，然后辗转从安徽去到武汉，又从武汉经广州到香港再回上海。上海的租界那时已成"孤岛"，被敌伪势力包围。我到上海后不久，慰祖好伯因为抗日曾遭日本宪兵队逮捕并且打聋了一只耳朵。经友人设法保释后，他就起程去大后方，后来病故在重庆。他给我留下的最后一个当面的印象是一张和蔼的笑脸。我对他的"恨"，当然是经过许多年的反复、思考、提高来清除的。应当说，后来这种"恨"是完全随着年龄的增长与人生阅历的丰富以及封建残余思想的克服而消除的。前几年，我曾经给五妹赵平萍写信，建议在安葬妈妈骨灰时将慰祖好伯的骨灰置入合葬，这建议里也包括了我对妈妈和慰祖好伯的歉意与我的忏悔。可是后来我才知道，慰祖好伯本来葬在上海的一所公墓里，"文革"十年内乱期间，公墓全部遭到发掘，已无处寻觅他的骨灰了！

话又说回来，那天我到妈妈那里，如今留下的印象只有一个"吃"字。妈妈忙着在厨房里做菜做饭，尽量想使我吃得满意、吃得高兴。作为母亲，似乎从哺乳开始，总是把"吃"当作对待子女最好的侍奉！妈妈也是这样，只要见到我，首先想到让我吃，她的时间全花在弄吃的上，等得分手时，就遗憾："唉，为什么不好好谈谈呢？"妈妈这种习惯一直维持了许多许多年，直到她同我们这些子女们永别为止。

那天去妈妈那里，我第一次见到了五妹平萍，她那时还很小，圆圆的脸上两只漂亮的大眼睛，很健康，小脸像红苹果，见到我就要我抱。我只知道又添了一个妹妹，也似乎有点晓得这是慰祖好伯和妈妈生的第二个女儿，但却又不甚清楚，对四妹和五妹，都没有因对慰祖好伯的不谅解而有任何一点同大、二、三妹有区别的感觉。正因如此，从那时到现在，我们虽是同母异父的姐妹，却彼此之间，谁也没有一点见外。我觉得我同她们之间的情谊，如同口和手一样。手痛时用口去吹，口痛时用手去抚，是难能可贵的。

那次，在上海停留的时日很短，我跟爸爸坐船去南通。船行一夜，次日黎明红日升起时到达南通，在天生港上岸，住在爸爸的一个朋友王若虚家。只看到来看望爸爸的客人很多，爸爸有时也外出看望人家。在这种时候，我就只能独自看看书，做做带到南通的暑假作业，寂寞得很。听到爸爸叹息地说过："唉，要是德芳在，就会陪我来南通，我也不至于这么忙了！"我明白，爸爸这话是因为汪淑晴在上海不肯来南通，而且德芳妈妈能像秘书替爸爸应酬客人或代笔，而汪淑晴什么也干不了！

南通那个城市留给我的印象不多，只觉得城市挺干净、挺精致的，气候也不错。爸爸带我游玩了著名的狼山，使我想起了镇江的金山寺和焦山上的寺庙。和尚出来招待，我们在那里吃了斋饭，都是素菜：素鸡、素火腿、豆腐、竹笋、香椿芽、素鱼、素海参、素元子、香菌、蘑菇、玉兰片、雪里红……爸爸和王若虚他们吃得津津有味，我却因为鸡呀、火腿呀、鱼呀都是假的颇感失望。

倒是有一处祠堂给我留下过虽然模糊却很深刻的印象。这是纪念一位明末抗日英雄的祠堂。这位抗日英雄姓曹，是位卖切面的人。当倭寇登陆来犯烧杀奸抢时，他拿起切面刀去杀倭寇，杀死了不少敌人。祠堂门口有个铜像，塑着一个勇武刚健的中华男儿，手执一把切面刀。铜像虽经风霜雨雪已经斑驳陆离，但人物的英雄气概使看到的人难忘。这件事给我所以留下印象，显然是同当时的时局有关。要求抗日的民众情绪那时十分高涨，当局压制是压制不住的。连我这样一个即上初一的学生也早就怒火满胸膛了！

南通离我的家乡如皋掘港北坎（现在掘港为如东县了）不远。爸爸到了南通，动了乡思乡情，很想回去看看。他是对家乡有感情的人。从我很小就常讲许多家乡的情况给我听，使我对海边的故乡也从小怀有感情。到了南通，爸爸总是谈起小时在家乡的经历，谈起离家乡时祖母送他的情景……讲着讲着，泪水满面。我明白：爸爸讲这些是教育我上进，也是将家乡观念灌输给我。他说过：爱家乡的人多数爱国，爱国的人多数爱家乡……但因时间紧，他突然急着要回南京。以后，他终于独自回家乡去了一次。

回南京后，暑假尚未结束，宏济在上海没回来，汪淑晴也没有回来，天热，同学们来找我的不多。我独自在家看书——宏济那套《中学生文库》里的什么书，无论社会科学的、自然科学的，我都拿来看，过去看不懂的这时有不少也都看得懂了。

那时候，我们同学中流传着一个"背圆周率"的小故事。说是有一个学生，在学习中发现一本书里多次讲到圆周率，知道许多数学家为求圆周率的精确数值，计算到小数点后边几十位，他想用这来锻炼、培养自己的记忆力，就同这一串数字交上了朋友。背了又背，最后竟把小数点后边的一百位都背熟了。到了有一次学校里举行同乐会时，大家要他出个节目，他说："真抱歉，我既不会弹琴，也不会唱歌，我给大家背个圆周率吧！"说完，竟一口气背了出来，把大家惊呆了！

我很羡慕这个人！要我背圆周率小数点后边的数字我没兴趣，但对背诵诗词，背诵古文，背诵一些书中的我喜欢的片断，我倒是有兴趣的。我不笨，背诵不难。那个暑假，我又背诵了许多收集来的格言和诗文，过得确实还是挺有意义的。

难忘的记忆，难忘的时代

童年所处的那个时代，中国饱受帝国主义尤其是日本帝国主义的侵略和欺凌，即使是一个小孩子，只要有了点知识，懂得了爱国，要求抗日的激情也是难以抑止的。对当局的不敢抗日和不肯抗日，怀有极大的愤怒。

那时候，日本除军事、政治上的侵略压迫外，实行经济侵略，把大量日本货运到中国来卖。大家把日本货叫作"劣货"，进行抵制。我们家里父亲就教育大家从来不准买任何日本货物。一次，同班好友贺乐山送我一只酒杯，是人家送他父亲贺跃祖的。那是一只日本的小玩意儿，杯底是块凸镜，只要斟进酒去或者倒满了水，杯底就有一个穿和服梳高大发髻的日本美女酥颤颤地显影微笑。我将杯子带回家来，觉得很有趣，珍藏着很喜爱。但后来细细一想：这是日本货！仇恨之心就起来了！我将杯子扔进了家中前面的水塘里去！觉得自己干了一件抗日的好事。

1931年，日本帝国主义制造"九一八"事变，侵占中国的东三省，以后日本在东北建立了伪满洲国，侵占华北，鼓动支持汉奸在冀东搞所谓"防共自治"，用毒品红丸白面毒化中国，日本特务机关人员常常潜入一些地方搞鬼祟勾当。1932年，由于日军在上海发起攻击，爆发了"一·二八"淞沪抗战。停战后，日本浪人在上海仍常闹事……这些，都在我脑海中镌下深刻印象。平日，我和同学们都爱唱抗日歌曲。

田汉作词、聂耳作曲的《义勇军进行曲》在 1936 年时就已会唱，每一唱，总是热血沸腾，感到"中华民族到了最危急的时候!"童年时这种激情，保留到建立中华人民共和国，《义勇军进行曲》成了代国歌，又成了国歌。只要听到那雄壮昂扬的乐声或唱起那激动人心的歌词，这种激情就飞回来在心上盘旋久久不能消失。我常对青年人说："只要想到中国从一个被帝国主义欺凌踩在脚下的'东亚病夫'成为站起身来不再受帝国主义侵略的'东方巨人'，我就感到个人为革命付出再大的牺牲，也是值得又值得的了!"我这是从比较中得来的真切感受，完全是由衷之言。

在我童年时代，有些涉及政治的事是难忘的，尽管我还是个孩子，但在幼小心灵上却从蒙昧开始走向理解，从混沌开始走向思索。童年的记忆对后来青年时代追求进步起了奠基的作用。

一件是关于我前面提到过的那位在卢妃巷小学教我们吹肥皂泡的张老师的事。他名字我不知道，仅有的印象只是一个高个儿、浓眉大眼的人，沙哑的嗓子。他喜欢我，我对他印象特别好，所以总忘不了他。隔了两三年，我进了中央大学实验学校后，在一个偶然的情况下，我却又见到了他，我相信我的确没有看错。

那时，学校在大石桥，对面是有名的模范监狱，是关"政治犯"的。所谓"政治犯"，就是共产党。模范监狱的墙是土红色的，墙外，四面有护城河般的深水沟，早上和傍晚，常看到列队的脚上钉着铁镣的穿灰色囚衣的犯人被带枪的士兵押出来种菜或浇水。我有时在校门口，看着犯人劳动，心里常有一种好奇和同情。但一个下雪天，我突然发现在犯人里有一个就是张老师，眉眼、身材完全是他。我相信我决没有看错。只是他在雪花飘飘中被押走了，使我心里难过极了!一连几天，我下课后总等在校门前的河沟边张望，希望能见到他。只是一直都是失望，心头留下了惆怅。

直到三十几年后，60 年代，一个秋风秋雨的日子，我在南京凭吊雨花台时，风雨潇潇，在纪念馆里，看到一位牺牲者的遗像和下面的简介。那模糊的相片上的人很面熟，虽然模糊，我不能不肯定他就是"张老师"。简介上写的是：烈士姓陈，曾先后在北京、南京、江西、上海等地做秘密工作，两次被捕。1948 年 12 月某日夜，被活埋于雨花台。烈士的眼光使我仿佛听到了金戈铁马声，看到了红旗与硝烟，想起了黑夜和黎明、生与死的格斗……那么，他是不是"张老师"呢？两个人的姓不一样，但谁也知道，做秘密工作改名换姓是不稀奇的，这个谜我将如何解答？我写中篇小说《黑色的监狱，白色的梦》时，故事情节就是搭架在这件事上的。

当时，南京人都知道中华门外的名胜去处——雨花台。雨花台是名胜，却又分外荒凉，那儿有杀人的刑场，夜里总是常常秘密枪毙、活埋人。爸爸曾不止一次地带我到雨花台去过。去时，在茶馆店里泡上茶，有卖雨花石的男男女女来兜售彩石。普通的是一蒲包一块钱，特别精致的价钱就贵得多。爸爸每每总是买些雨花石带去泡在水盂或小水缸里。喝茶的时候，他总是默默无语，似在遐想。雨花台，在我童年的记忆中，有灰色的云层、凄淡可怖的气氛、破败的茶屋、凄迷的坟场……更难忘的一件事是：有一次，听说有一批在雨花台被枪毙的人，尸体运到了中央大学的医学院里在解剖。我和杨河金、竺衡、陈锟林等下课后就特地去看。中央大学当时后门与中大实校相通。我们从后门进入中央大学。医学院离后门很近，是旧的红砖西式房屋。那天，是怀着恐惧的心理去看的。溜进了医学院，的确看到一架架的雪白的床上都罩着尸体，解剖室里也有不少医学院的师生在进行解剖。后来，里面的人将我们赶出来了，什么也没有看清。只是恐怖的印象始终不会磨灭。

另一件是"七君子"被捕的事。1936 年五六月间，沈钧儒、章乃器、邹韬奋、李公朴、沙千里、史良、王造时等七人因主张抗日救亡被逮捕关在苏州。史良在上海上学时曾是爸爸的学生，沈钧儒、沙千里等爸爸也熟识。爸爸关切他们，使我每天都要从报纸上看看关于他们被关押和受审的新闻。

转眼到了1936年的12月，也就是西安事变发生的那个月，我对西安事变发生时在周围感受到的一些情况，印象十分深刻。我创作长篇小说《月落乌啼霜满天》时用了不少这些印象。

头一天晚上，吃晚饭时，我听到爸爸同景春在谈什么"老蒋在西安生命危险了"，并听说夜里"中枢"要开会讨论处置办法。他们并且谈到了共产党和张学良、杨虎城。张学良的名字我是熟悉的。他在东北的事当时流传很广。

从爸爸和景春的谈话中听出是张学良、杨虎城在西安实行兵谏扣留了蒋介石，详细情况却不清楚。景春问爸爸这事会怎么发展，爸爸的回答好像是："等着看吧！"

老蒋在西安被扣留，南京城里显得很不平静。人们互相打听消息，家里的电话铃常响，有人来同爸爸谈的也是这件事。爸爸好像也向人家打听这件事，有时还出去开会。

第二天，我在学校里玩。这是个星期天，我去学校是练习打鼓、吹号，为开冬季运动会作准备，听到同学里大家都在传说老蒋在西安给张学良抓起来了的事，有的并说老蒋可能会送命。

那天，我练习打鼓，"咚不隆咚，咚不隆咚，咚不隆咚咚……"后来又打篮球，当时教童子军和体育课的教师刘克刚，跑来赶我们回家，说："别嘻嘻哈哈只管玩了！明天还要上课，回家去吧！"

给他一催一赶，我就独自骑车回家了。

回家后，像往常一样，我想赶喂养的鸽子飞一飞，因为明春南京又要举行赛鸽大会。我想让我的鸽子也能参赛。昨天，我要胡二给我做一面大旗子绑在竹竿上，我好拿了竹竿上屋顶挥舞，赶鸽子飞。胡二答应了，说："好！保险给做一个大旗子。"

我回家时，胡二不在，我问李妈："我让胡二做的旗子他做好了没有?"

李妈说:"做好了,在他房里。"

我去胡二住的房里找,果然看到胡二用一条破的红绸被面给我剪裁后绑在竹竿上像面大红旗似的竖在那里。绸被面鲜红,经过剪裁,鲜亮灿烂,有方桌那么大,手一扬,就呼喇喇飘忽起来了。

我"咚咚咚"跑步上了三楼。平素,汪淑晴在家,我是不上楼的,她在,二楼是禁区,但她不在,我就敢上三楼爬屋顶了。我们住的洋房是假三层,假三层楼上全部堆放杂物并由李妈独自住着。三楼上的窗户不太高,拉只凳子垫脚可以爬出去。爬出去屋顶是斜坡形的,沿着屋脊爬上去到了顶上可以骑马式地坐在屋脊上比较保险。当然,如果爬在屋顶上失足滑下去,跌死跌伤都是必然的,为什么要爬上屋顶赶鸽子飞呢?因为鸽子全停在屋顶上,仅在下面摇竿呐喊,它们是不理睬的。只有上了屋顶,轻轻一赶,它们就"哄"的一声都起飞了。

天很冷,西北风呼呼地吹,成群的黑乌鸦在远处天空中噪聒地飞叫,我骑在屋脊上扬着竹竿上的大红绸,吆喝着:"呵!——呵!——"红绸飘飞,赶得鸽群满天绕圈圈。

正在高兴,忽然听到楼下景春的声音叫我:"洪溥!——洪溥!——"

听到他那种叫我的声音,我就感到不好,明白一定是有什么事找我。我连忙将手里的竹竿往屋顶上一插,由着红绸随风飘拂,自己却佝偻着身子一个金蝉脱壳钻进窗子跳入了三楼,站在地板上,接着,三脚两步地"踏踏"下了楼。

我一下楼,看见景春站在楼梯口等着我。他一脸黑气,冲着我悄声说:"你爸爸回来啦!在发脾气,他看见你爬屋顶啦!"

我心里打着鼓走到客厅门口,看见爸爸背着手站在那里,一脸愠色。见到了我,爸爸训斥道:"又爬屋顶了!不怕摔死吗?……"

我低着头,不敢作声。

景春这时也进来了，爸爸说："我不在家，不管管事吗？由着小孩子爬房上屋胡来！"

原来，爸爸不但看到我爬了屋顶，也看到了我在屋顶上挥舞红绸赶鸽子飞。当天，报上说：据空军侦察，西安事变后，城上发现红旗飘扬，说明西安是在共产党控制下了。爸爸刚到家，邻居就打电话来，说我们家屋顶上有面红旗，引起不少路过的行人在张望。所以爸爸发怒了，说："这种时候，到屋顶上去挂红旗，不是无事找事吗？……"

我心里急坏了！红旗还挂在屋顶上呢！

爸爸又问："红旗哪来的？"

我当然不能出卖胡二，我仍旧闷声不响。我明白：向来如此，爸爸生气的时候，不要回嘴，让他去训。你低下头默不作声。训上一阵，他火气消了，事情也完了，今天自然也是这样。

后来，爸爸上楼了，我赶快对胡二说："竹竿还挂在屋顶上呢！……"

胡二听说，轻轻跐着脚上了三楼。后来轻声告诉我："红绸拿掉了！"

我的心才算定了。

过了十几天，蒋介石被释放，南京城里大放鞭炮，"噼噼啪啪"响了整整一夜。

接着，老蒋回到南京，通知爸爸也到明故宫机场参加迎候。那天，爸爸穿的蓝袍黑马褂，外面披的是黑马裤呢的披风。爸爸的模样给我留下的印象很深。

在西安事变发生时，同班女同学邵英多的父亲邵元冲在西安被打死了。邵元冲做过中宣部部长，是中央委员。我看到邵英多后来上课时戴了黑纱。邵英多的母亲张默君当时是妇女界的名人，她做过立法委员，是美国留学生，并是高等考试典委会的委员。爸爸同邵元冲夫妇都认识，听爸爸说过：张默君做典委时，曾经在高考发榜时突然大哭，大家问她为什么。她说：中试者一百多人中竟全是男性，没有女子，所以她伤心！邵元冲之死，据说是由于跳窗想逃跑，被哨兵开枪击中，并不是故意杀死的。我们那时，从同学的情谊出发，看到邵英多戴上了黑纱，对她丧父都表示同情。邵英多现在定居美国，也是六十六七岁的人了吧！？

西安事变就那么过去了。当时对这一事变的重大意义，当然不会有很深刻的认识。事实上，西安事变的和平解决，意味着十年内战基本结束，为国民党和共产党的重新合作，创造了必要的前提。同时，西安事变也促使蒋介石国民党走向抗日。

在西安事变以后，记得爸爸和他的朋友们谈话时，都常谈到抗日，谈到日本帝国主义太欺侮中国了！如果再这样下去，只有坚决抗战，同他拼一死活。

胡二参加了壮丁训练，每天一清早，都要去受训。立正，稍息，匍匐前进，射击，劈刺等等。胡二很有劲道，受训回来了，显得很高兴。有时拿根竹竿或棍棒，一个人练射击要领，练劈刺，逗得我哈哈大笑。后来还给他发过新的灰军衣穿。他更加来劲。嘴里经常唱着壮丁训练歌："军人军人要雪耻，我们中国被人欺，日本强占我土地，东三省同胞做奴隶……"日本总领事馆就在我们家不远处高楼门一带的一幢红砖大洋房里。胡二说：有一次他们壮丁训练队伍整队唱着抗日歌经过那门口，大家故意把歌声唱得更高，吓吓日本鬼子。可是，后来不让壮丁训练队伍再从那里走了。

爸爸是一个是非感极强的人。人家在他去世后常说他这人正直。他不同人拉帮结伙，不参加任何派系。他主张抗日，有时甚至言论激烈。虽在日本留过学，但仇恨日本侵华，不愿同早年的日本朋友来往。对亲日派更厌恶，南京政界要人中的亲日派，他都保持距离。在我感觉上，他愿意做一个学者，却不愿做官，做了官心心念念想办教育想继续去写些他想写的学术著作。他做中央惩戒委员，觉得应当秉公执法，看到只能惩处一些芝麻绿豆大的小官却不能去碰那些强梁之辈，他就心里有气。那时官场里已很腐败，娶小老婆、抽鸦片烟、贪赃枉法、行贿送礼的事很普遍。他办案，常有上边的人来打招呼，牵制很多。有好几次，我都见他开会回来气还未消。原来是在会议上同人家拍桌子了！他说过，因为他坚持有些案情应当重判，却每每不能如愿，他无派无系，虽是特任官，在中惩会里很孤立，工作不好做。他同上面有些人不止一次有过冲突。

终于，有一天，他回来了，说他辞职了，坚决不干了！决不昧良心，决不为当官这五斗米折腰！

他不再去办公，有时在楼上看书写东西，有时在花园里锄土除草。有些同事和朋友来看他，听说是劝他不要辞职的。但他很坚决。不久，听景春说，他愤而辞职被照准了。这时，汪淑晴从上海赶回来，听说辞职的事，十分生气，发脾气嘀咕得不停，爸爸说："一个人应当有所为也有所不为！""有志于道德，功名不足论也！"他自己写了一副对联："有书万事足，无官一身轻。"他说，以后那些案子怎么判都同我无涉了！他说他可以办学，可以再做律师，就是不做这种干不了事的没意思的大官了！

爸爸的行为使我当时虽说不出所以然来，但在长大后始终在实际上感受到一种做人应有的情操。

在这情况下，汪淑晴又离开爸爸回上海了，带了阿妹去，说要住一段时间再回来。

这些事都发生在 1937 年春天，由春到夏，听说于右任、邵力子、叶楚伧等都找过爸爸，要他出来干点什么。汪精卫也见过他。他都婉拒了，说慢慢再考虑。当时，盛世才在新疆正开始进行统治，他在中国公学上过学，在日本留过学，虽都晚于爸爸，但熟识。他热情来信并派人邀爸爸去新疆一同工作。爸爸说："盛世才这人野心大，为人不可共事。"他拒绝未去。他是个自命清高的人，学了法律做惯了法官更加变得刚直。平日不喝酒、不赌钱。歌场舞厅一类地方他也从来不去。这时，他每天在楼上写东西，有时在花园里剪草浇水或松土，有时独自一人或带上我去玄武湖游逛，他爱好诗词，常见他嘴里轻轻哼吟，摇头晃脑，若有所悟，若有所得。我还依稀记得他写在雪白的宣纸上的一首诗。那是他去游嘉兴南湖鸳鸯楼时写的，回来录在纸上，原诗大约是："乘兴来游鸳鸯湖，冲寒冒雨未曾休。但见莼蓴波底绿，不见鸳鸯水面浮。"边上题着"思德芳也"。诗句的记忆或有不周，因那时年岁小，"莼蓴"是由于感到陌生、奇怪而记住的。从这诗看，可以想见当时爸爸对德芳妈妈的思念并未因同汪淑晴结婚而消失。

爸爸是个急性子的人，为人又耿直清高，他早年在上海做律师时，因为反对袁世凯勾结日本帝国主义想做皇帝，曾被暴徒暗杀过一次。那时，我们家住上海小东门裕福里。一天夜晚，爸爸回家，有两个暴徒躲在弄堂里垃圾箱附近，突然拿出铁棍猛打爸爸头部，头部血流如注，爸爸奋力反抗呼救，章太炎家里的人拼命吹警笛，邻居纷纷出来，暴徒逃跑，爸爸才得救送往医院。从那，他常头疼。这个阶段，他可能因为心情不好，常常皱眉用手搓太阳穴。我问他怎么了，他总是回答："头疼！"他有时当着我和哥哥的面，常叹息着说："你们太小了！"因为他是三十岁才结婚的。所以我们都小，但叹息的意思是说：我们太小，他无法同我们交流思想。这自然是苦闷的一种表现。只可惜当时我确实太小，无法了解他那时的思想与心情。

到 1937 年上半年，我正面临小学毕业。一方面要复习准备毕业考试和升学考试；一方面同学之间已开始惜别，有时间总喜欢在一起玩玩。玄武湖、北极阁、鸡鸣寺……都是我们游玩的处所。我还记得竺衡因为他父亲竺可桢到杭州去当浙江大学校长了，他也离校去杭州了，临走，我们双方都哭。杨河金说他功课不够好，恐怕考不取中大实校，玩得更加起劲，常到我家来聊天、借故事书看。有位女同学周学贤，平时像位大姐姐似的，她父母双亡，她是"遗族学校"转来的，算是烈士子弟，身体不好，因将要毕业，有一次我同她谈起快要毕业的事。她想起自己没有家，孤身一人，竟伤心地哭了，流露出眷恋小学生活的一种伤感之情。

由于在1937年，日本帝国主义加快了对华侵略的步伐，华北形势日益紧迫，日本不断增兵并用"演习"的方式进行威胁。战争似很难避免。我们在南京也时刻感受到这种气氛。

学校里进行了一些演习：放烟幕弹，识别日机的标志，等等。报纸上也开始刊登这方面的备战常识。在学校旁边的测量总局门外的大操场上，也有穿军衣的人在给民众宣传这方面的知识。

接着，我小学毕业了！哥哥宏济在高中也放暑假了，宏济去到上海妈妈处过暑假，我却被考试考得晕头转向。所以，中大实校初一录取了我，我无需费事再去考别的中学。吃了定心丸，我兴致很高，决心进初中后一定好好用功，仿佛有一个光明前程在等待着我，召唤着我奋发前进。

这时，北方已发生了"七七"卢沟桥事变。七月七日晚，驻丰台的日军以"演习"为名，进攻卢沟桥和宛平县，中国驻军忍无可忍，英勇还击。日本源源增兵，战事急剧恶化。

北方的战争，震动了全国，也震动了南京。日军制造卢沟桥事变，目的是要占领平津，控制华北，进而灭亡中国。战争既然起来，全国民众要求抗日的心更切。到七月底，北平、天津都被日军占领，日军气势更加逼人。

南京城里的人，一方面为日本帝国主义的侵略而愤慨，为华北方面到底进行了抗战而兴奋，一方面也考虑到日本帝国主义可能会在南方生事，甚至会用空军来空袭南京。

南京举行了防空演习，放警报，实施灯火管制。胡二参加的壮丁队也加紧了训练，保长童德宜上门来要我们在花园里挖防空洞，这有点像"临渴挖井"，而且在地下挖个土洞也不安全。爸爸和景春谈时觉得好笑，但依然照办。南京城里有许多漂亮的洋房，颜色是奶油色的或土黄色的，这时为了怕空袭也都请工匠刷成了蓝灰色，非常难看了！

没有经历过战争，也没有经历过空袭，战争的气氛已经笼罩了南京。

家里显得有点冷落萧条。爸爸对抗战十分兴奋，每天看着报总要同景春谈时局，我就在边上听着。他估计这次战争是一定要打起来了！不但北方打，而且日本一定要在南方生事。当时日本军舰源源驶到上海停舶，爸爸认为战事不远。我见他写信给汪淑晴，要汪淑晴立即回南京来。又见他给哥哥宏济写信，把他对时局的看法告诉宏济。

我的同学里，有的同学已由父母带了到上海租界上去了，理由是租界上最安全。有的同学则打算随父母到南京郊外乡下住，认为是躲避空袭的好方法。杨河金告诉我：他家在来复会堂不怕空袭，因为这同美国的教会组织有关系。必要时可以在房屋顶上刷上美国国旗标志，日机是"不敢"轰炸的。

大家谈得最多的就是空袭了。谁也没有经历过空袭，只从电影上看到过飞机轰炸，平时想象得出天空中落下炸弹的威力，最担心的似乎就是这个了。爸爸的观点就是这样。他认为："一·二八"，上海仅仅十九路军加上八十七师、八十八师就同日寇打了三个月，让日本蒙受了很大损失，这次如果打，一定是全力的全面抗战，情况绝对比"一·二八"要好，日本想很快打到南京来那是很难想象的事。主要是防空袭，他不愿去上海，在南京郊区或乡下也没有落脚安身的地点。他与景春商量着万一南京空袭得太可怕了，到哪里好？

南京的下关车站由于局势紧张，已经箱笼行李堆得像山一样高了。看来战争未到，打算找地方避一避的人已经很多了。

爸爸想到他有个朋友名叫江耀南，是安徽南陵人，住在南京水西门，这人靠家产度日。祖传很多房地产在南陵县，由他的长兄当家主事。南陵县在皖南，是鱼米之乡，由南京去也很方便，那里必定安静，爸爸可以继续写书。他让景春去找江耀南商量，决定请他函告他哥哥，代为在南陵找两间明窗净儿的住房在万一需要时去住。事情办得很顺利，江耀南和他长兄都表示欢迎，事情就这么定了。

上海爆发了"八一三"。日本帝国主义的侵略军在八月十三日晨，突然进攻上海闸北，占领八字桥和持志大学，用海军舰艇猛轰上海市区，淞沪战役正式爆发。中国发表自卫抗战声明书，指出："中国为日本无止境之侵略所逼迫，兹已不得不实行自卫，抵抗暴力。"

战争开始了！抗战实现了！南京城里发了号外，人人都在谈抗战，人们都兴奋到了极点。我也十分激动！爸爸情绪极好，他说，他是在日本留过学的，他十分了解日本人，你越怕欺侮越让步，日本帝国主义越是要得寸进尺，你真的同他干，把他打得痛痛的，他们也就不敢再小看你了。报上发表的战局消息使他高兴。有朋友来访，他也外出到一些朋友家聊聊，情绪一直很激昂。我迄今仍能记得他的表情。

但是，汪淑晴打来了电报，说铁路断了，不安全，她不能回来，爸爸似乎很生气，却无可奈何。他把堂兄洪江找来陪他谈天。堂兄洪江在南京已是名律师了。爸爸很喜欢他，两人谈得很高兴。

"八一三"发生后的第二天，很平静。第三天，八月十五日，中午时分，我在楼下房里看书，忽然听到像防空演习时那样的放起警报来了。鼓楼方向的汽笛声，像悲惨的老妇拼命哀叫，拉长着笛声，"呜——"，是预备警报。我连忙上楼去寻爸爸，爸爸午睡方醒，正坐在一张竹榻凉床上。

我说："爸爸，你听——"

他同我走到窗口张望。这天，非常热，花园里和洞庭路两侧披着绿鬈的大柳树上蝉声"喳——喳"不断，叫人心烦。天，碧蓝碧蓝，没有云彩。忽然，又听见放紧急警报的声音了，是一长三短的声音："呜——呜儿——呜儿——呜儿！"

爸爸说："一定是警报！来敌机了！"

我心里也觉得一定是警报。

从楼上窗里向下张望，只见花园外边洞庭路边的柳荫和前边清水塘畔的芦苇丛旁，出现了几个戴着钢盔全副武装的宪兵，佩着粉红色领章和白底红字"宪兵"标志的袖章，正闪身隐蔽着，在放哨警戒。

爸爸拖着我说："快！下楼！到花园里去躲一躲。"

我随爸爸下楼穿过客厅走到阳光下的花园里，听到已有恍恍惚惚的飞机声了，看见李妈和麻油瘸子都在花园里抬头朝天张望。

爸爸要大家到竹林里去。竹子有翠荫，竹林旁的大檫树和大桑树下也可遮蔽。

天，突然有点阴了！飞机声也更响亮了。忽然，飞机声轰响起来，一群小麻雀被吓得吱吱乱飞。同时，只听见飞机声排山倒海地响起来，机枪声炒豆子似的"噼噼啪啪"炸响，又有"轰隆"、"轰隆"、"嗵！"、"嗵！"的炸弹爆炸声和高射炮声震得天地都动。

爸爸自己往地上趴，对大家说："快！趴下！趴下!"

刹那间，只看到天上发生了激烈的空战，前边四架是草绿色的日本飞机，一大三小低飞着，大的肯定是轰炸机，小的是护卫的战斗机。机翼上的太阳徽鲜红刺眼。相距大约有四五十码，后边有三架草绿色我方的战斗机，正用机枪"嗒嗒嗒嗒"追击敌机，前边的日机也用机枪还击。

飞机低飞着，双方机枪吐着"突突突"的火舌，双方战斗机上戴航空帽风镜的驾驶员都看得清清楚楚。飞机擦过花园掀起的声浪和气浪，使我胆战心惊。我像爸爸他们一样，也趴在地上侧脸朝天张望，经历了一场恐惧。

可怕的飞机空战过去，机声仍在远处近处回荡，惊心的爆炸声也从远处陆续传来。十多分钟显得很长，然后，机声消逝，放起了解除警报，"呜——"汽笛变得和缓、轻松了，我们才松了一口气，大家都从竹林里走出来。

爸爸说："这是第一次，看来以后敌机空袭南京会是家常便饭了！"

他的预料没有错。第二天，八月十六日，日机又分四次空袭首都，这是疲劳轰炸，早晨六点钟起，放第一次紧急警报，上午十点，下午三点和五点，又连续三次放紧急警报，来空袭的都是笨重的大型轰炸机，据说是属于日本空军"木更津"部队的，听说被空军和高射炮一共击落九架。

在南京律师界已经出名了的堂兄洪江在空袭后匆匆赶来看爸爸。景春也去下关火车站看了情况回来，说那里内内外外都挤着想疏散出去的人，行李物件堆积如山，人挤得肩并肩脸对着脸，并说：今后夜里都是月光明亮的天气，日机保不住要夜袭，目的是造成威慑和困扰，涣散人心。他们建议爸爸，不如带了我去南陵小住，免得在南京受惊吓，也睡不安宁。

爸爸终于作了决定，带我到南陵去！先坐火车到芜湖，再由芜湖搭船去南陵。

我决定抽空去学校向中大实校，也向老师们告别。我悄悄骑自行车离开了家，穿过两旁都是大柳树的洞庭路，经过百子亭、高楼门、安仁街、丹凤街转到大石桥畔的学校里去。但空袭后的学校里人迹稀少，我见到了张箴华、刘克刚等老师，辞了行。老师们讲了些勉励的话，也讲了些充满抗日激情的话，我又到来复会堂同杨河金告别，然后又匆匆赶回家来。同学校和几位见到的老师、同学们当时见面的情景，现在回想，新鲜得就像昨天的事似的，但一晃已五十几年了！1990 年 11 月，我去南京，特地到大石桥畔已经成为南师附小的母校去看了一看。大石桥已经不见，桥下的河早已填平。学校里旧屋仍在，我真是少小离校白发还。如烟往事一幕幕重现眼前，不禁有"故人一别几时见，春草还从旧时生"之感。

我随爸爸是当夜购了去芜湖的火车票起程的，那夜日机又猛炸南京，我们带的只是随身替换的衣物和一些必需的用品。家里楼上楼下摆设一点没动。只以为还是要回来的。却没想到，这一去竟再也没有回来。我的童年就此结束。以后就开始了八年抗战的流亡颠沛生活。

人生大道从此又展开在我脚下。

未来是灿烂似锦，还是充满荆棘险阻，当时谁知道呢？任何人都是自己未来的建筑家。人生，真的就像一本书！以后，当我在大学时代，读到过一句名言："未来是个未知数，但是可以肯定的是，过去给了我们无穷的希望。"我终于懂得生活是一种锻炼灵魂的东西，我也终于在生活中懂得了人应该笑着面对生活，不管生活有多么艰辛！我懂得未来对我的重要，也懂得命运操之在我。我也懂得童年的风风雨雨，使我虽处于一个物质生活比较优裕的环境中，却依然早已从心灵意志上得到磨炼，在命运的颠沛中得到了强者的坚忍。成功并不重要，重要的是努力！不怕的人面前才有路！我是可以从曲折、忧患中站起来挺直身子昂起脑袋向前走的。

于是，我像一只坚固的小船，扯起风帆，在抗战八年的暴风雨中，驶进人生的大海。

1991 年 8 月于四川成都

抗战！无法忘却的记忆

一、反击日寇大轰炸

（一）

　　1937年"八一三"全面抗战开始后，日本动用了优势的海陆空军叫嚣"三个月内灭亡中国"。拿空军来说，资料记载当时日寇有2700余架飞机，中国仅有300余架旧式飞机。所以日机除在上海战地狂轰滥炸外，"八一五"就开始狂炸南京。我家在南京，这天中午，忽然听到汽笛"呜——"地长鸣，这是预备警报。一会儿，转成"一长三短"的"呜——呜—呜—呜"紧急警报了，在飞机轰鸣声中听到远处有炸弹爆炸声"轰！轰……"传来。天上发生了动人心魄的空战，飞在前面是四架草绿色太阳徽的敌机，一大三小。大的是轰炸机，小的是保护轰炸机的战斗机，紧跟追击的是三架中国战斗机，勇敢地用机枪"嗒嗒嗒"追击敌机。敌机也用机枪还击。飞得低，双方机枪吐着火舌，双方战斗机上戴皮头盔和风镜的驾驶员我看得清清楚楚，飞机掀起的声浪和气浪很大，使人战栗。这时，远处高射炮声"嗵！嗵！"响了，炸弹声也断续传来，飞机轰鸣声逐渐远去，再一会儿响起了和缓轻松的"呜——"解除警报声，我们第一次遇到的空袭结束，家人和我才松了一口气。但第二天——8月16日，日机又分四次空袭南京，来袭的大多是轰炸机，属于日本有名的"木更津"部队，炸死炸伤不少人，报载先后被击落九架，这以后，日机有时日间来，有时还夜袭，除炸上海、南京外，杭州、沪宁线，甚至河南周家口（有我方机场）等地都轰炸。中国空军也总是迎战，以弱敌强，以少击多战绩辉煌。

（二）

抗战中，空军那种勇敢不怕牺牲的精神令人敬重振奋，例如空军第四大队队长高志航，在杭州曾与日寇十八架重轰炸机激战，先后共击落日机十三架，后来作战牺牲被追赠为空军少将。又如乐以琴，8月14日与高志航击毁日军木更津轰炸机六架，翌日在笕桥击毁日机两架，在曹娥江击毁日机两架，8月21日在上海击毁日军九六式攻击机两架。不久移防南京，南京人都熟悉他的名字，不幸10月间日机袭击南京，他奋起应战，击毁日机一架后中弹阵亡。再如刘粹刚，是空军第五大队二十四队队长，移驻南京后，负责空防任务，多次参加空战，曾先后击落敌机十一架，但1937年10月26日飞机失事牺牲。肖乾先生在1938年写过一篇有名的散文《刘粹刚之死》发表在同年6月出版的《文艺阵地》上，里面引用了刘粹刚生前写给他25岁的妻子许希麟的一封信中的一段话：

"假如我要是为国牺牲杀身成仁的话，那我就是尽了我的天职，因为我们是生在现代的中国，是不容我们偷生片刻的。你应当创造新的生命，改造环境。我只希望你永远记住在人生旅途上遇着过我这么个人，我们为公理而战争，我们为生存而奋斗，我们是会胜利的。……"

也有许希麟回信中的一段话：

"……在家里有我照料，万不要惦念。现在你已交给了国家，我不应再以私事来萦乱你为国御侮的心。粹刚，现在不是我们缠绵的时候。诚如你所说，我们的时候在杀退了倭奴，恢复我河山，我中华民族永存于世界的那一天。那时候我们再娓娓清谈，我们的小家庭再充满了融洽之气。我希望那天早日来到。……"

烈士的家书也是遗书，浩然的爱国正气，使人读了心潮澎湃、心弦铿锵，禁不住要感动得流泪。

（三）

抗战期间，我遇到空袭的次数很多很多。抗战开始，是在南京遭遇空袭。后来为避空袭到了安徽，在南陵县住了一些日子，仍常有空袭警报骚扰。后来，从南陵到安庆，由安庆到了武汉。那是1937年的冬天了！武汉在当时是个政治中心。日寇1938年2月猛炸武汉，但2月18日那天有苏联空军志愿队和中国空军联合作战，一下子击落了日机十一架。在4月29日那天，日寇大批轰炸机由战斗机保护来武汉袭击时，一下子击落日机二十一架。武汉本来有英租界、法租界和日租界，抗战发生后，日租界当然就收回了，日侨也基本撤退回日本了，但英、法租界日机轰炸时是不往租界上投弹的。我随家人先住法租界璇宫饭店，后住英租界特三区扬子街大陆坊。放空袭警报后，我常随父亲在楼顶洋台上看空战，空战是很激烈的。架设在武昌黄鹤楼和龟山、蛇山左右的高射炮也"嘭嘭"轰鸣，高射炮弹在天空爆炸，形成一团团的黑色云絮。有时能看到日机被击毁坠落下来，但民众在日寇飞机轰炸中也遭到劫难，有很多死伤，也有许多房屋等设施被毁。在这前后阶段，山东正面战场失利，济宁、兖州、青岛等地均失守，徐州会战将要开始，八路军在晋东南地区却连战连捷，台儿庄保卫战爆发，日寇飞机主要忙于在前线助战，但仍不时骚扰我们后方主要城市和交通线。这时，家里决定由武昌坐粤汉铁路火车到广州，然后由广州再坐广州到九龙的火车去九龙转赴香港，我们在武昌徐家棚火车站上了火车，上火车前就来了空袭警报，但来了一批日机被我们的空军阻击，又被高射炮火射击后，很快就逃脱了。火车在解除警报后就向南驶行，从湖北经湖南到广东的省会广州。这一路上空袭常常遇到，一遇空袭，火车就鸣笛停下来，让乘客纷纷下车寻找地方躲避轰炸。火车开得本来就慢，有了空袭更加停停开开成了"老牛破车"的状态。更想不到的是我竟随家人遇到了一次八年抗战中最危险的大轰炸，险些送了性命！

一路上，大约遇到四五次空袭，赶快在火车停下来后就跳下来去找地方远远躲开火车藏身，但有时敌机在远处飞过不来光顾，有时只是一架侦察机来火车上空打个转就飞走了，有时敌机在头上飞过不知去执行什么任务去了，火车完好无恙，大家也变得麻痹了，有人干脆听到警报火车停下，他们就不下火车了。这是火车走了两天三夜后，第三天的早晨，火车已入广东省境，中午就可抵达广州了。八点钟，火车到了砰石车站，想不到突然停了，火车头放着警报"呜——呜——呜——"丢下车厢跑掉了！

有人在说："鬼子飞机常炸广州，这里离广州近，警报可要小心！"车厢里大乱了，车上的人像沸腾了的一锅开水涌动奔突着，纷纷下车逃散，有提着小箱子的，也有提着皮包或包袱的。一霎时，车上的人大部下车了！外边阳光很好，广州比武汉暖和，附近有两个翠绿的大竹林：一个离火车一百多米，一个离火车四五百米。家人和我都往远处那个竹林跑，这时隐隐已听到飞机声了！

真没想到，飞来的至少有十几架巨大的水上轰炸机，这种飞机巨大肥胖像鸭子似的。我们马上匍匐在竹林里的一条水已干涸了的沟渠里，从竹林的缝隙中，只见飞机来到头顶突然俯冲下来，发出呼啸，倒垃圾似的撒下许多炸弹来。阳光下，炸弹在高空就像热水瓶那么大小，越降越大，一束有十几个炸弹斜着飞下来，发出可怕的"嚓！嚓！嚓！"的声音，我把脸贴着泥土，炸弹"轰！轰……"的爆炸声，地面剧震，我泪水都被震出来了！斜眼一看，见头上的飞机仍在俯冲投弹，机枪也"突突"扫射下来，然后，飞机飞走了！我看看身边的家人，同我一样，身体上都是泥土竹叶，我们未被炸死，但附近的人差不多全被炸死炸伤了！红色的鲜血在被炸死的人身上和地上溅淌着！哭喊声，呻吟声都有。我看到身边有好些碎弹片，大的有鞋子大，小的只有拇指大，我下意识地拾一块小弹片放进口袋（这一直留作纪念，直到1966年"文革"后才遗失）。我和家人一起走出竹林，朝火车一看，只见火车后面两节车厢中了炸弹，铁轨旁，弥漫着黄黑色烟雾还有火舌，有不少人死了躺在四周，那个离火车近的竹林扔的炸弹多，那里躲警报的人多，死的也多，有女人和孩子在哭，哭得凄惨，鲜红的血触眼就能看到，真是可怕，日寇的屠杀是毫无人性的！

我的"家人"指的就是我的后母和侍候她的一个女孩。我们的箱子和大提包都在火车上未带下来，但我们坐的就是车尾的那节车厢，炸弹已炸毁了车厢，是燃烧弹，车厢已炸毁了！幸于后母带着她装钱的手提包。火车没法坐了，我们后来由砰石站坐公共汽车到达广州，住进了爱群酒店，但广州不断有警报，我们很快就由广九路去到了香港。

经过了这一次险些被炸死的空袭，我对日寇的仇恨更深，但说来也怪，对空袭我却能淡然对待了！我好像自己是死过一次的人了！不怕了！以后，在四川重庆，空袭时，我能进防空洞就进，人多或没有机会进就不进！由于恨日本帝国主义者，我爱看空战，希望看到日寇的飞机被击落。事实上，日寇在中国军民勇猛抗战的情况下，又发动了太平洋战争，侵略者的力量是逐渐在走下坡路的。1941年8月，陈纳德指挥下的美国志愿空军正式组成中国武装部队（即飞虎队），由陈纳德指挥，1942年飞虎队又改编为美国驻华第十四航空队。日寇虽然仍倾全力做垂死挣扎，不断对四川重庆、万县、成都等地狂轰滥炸搞所谓"疲劳轰炸"，1942年出动轰炸四川的日机还将近二百批，每批从数十架到百余架不等，屠杀了许多中国百姓，但日寇的"强弩之末"状况已经呈现。轰炸使仇恨加深，正面战场和敌后战场的形势越来越好！

我仍旧对空军感兴趣，爱用一本剪报本将每天有关空袭和空战等等的材料收集剪贴。当年，对高志航、乐以琴、刘粹刚三位飞将军的英勇事绩始终镌刻在心上。1943年6月5日，报上刊登了一条新闻使我喜出望外，新闻内容是："我空军第四大队中队长周志开单机起飞，驱退入侵梁山机场敌机，击落敌轰炸机三架，击伤多架，造成空战光荣纪录。"我当时是非常感叹这位像《三国演义》上的赵子龙这样的英雄的！以后，报上又刊登了周志开得到勋章的消息，并且看到了记者亲访他后写的文章。巧的是就在这以后不久，我在重庆国泰电影院附近，看到了周志开，一位非常帅的飞行员，许多人围着他，那天他穿着空军那种丝光卡叽军服，胸前戴着一个勋章，围着他看的人纷纷笑着看他，亲热地向他鼓掌。他也笑着向大家致意，但购物后迅即开着一辆吉普车走了。

他留给我的印象确实是位非常"阳光"非常"英俊"的抗日英雄。但后来不久，有一天他奉命驾单机去长江下游进行侦察任务，这一去，就再也没有回来！……使我怅然久之。

为抗日战争牺牲的空军烈士永垂不朽！我写到的这四位杰出的空军烈士他们的业绩我永远不会忘记！

二、抗战初期大武汉印象

这是1937年初冬，父亲和我由安徽省会安庆坐日本商轮"大贞丸"从长江驶往武汉。这时，上海的激战犹在进行，我们怎么会坐日本船到武汉的呢？原来这只船是作为敌产被扣押的。抗战爆发，江阴要塞布设了大量水雷并且凿沉了一批破旧船舰堵塞了航道，"大贞丸"本是到长江上接走撤退日侨的，但它与另一艘名叫"长阳丸"的日本商船在我方封江时被截俘未曾逃脱，此刻就由我们用来在长江中运载伤兵、难民和旅客了！坐着日本船到武汉是一种趣事和怪事，当时船超载，除了大菜间外，所有的官舱、房舱和统舱都像沙丁鱼一样满满挤的人。我们的船逆流而上，经过江西九江、湖北黄石抵达武汉。一路虽有空袭警报，有敌机远远飞过，但未遇轰炸扫射。

武汉三镇指的是汉口、武昌和汉阳。汉口与汉阳相连，武昌在江的对面。武汉三镇是贯通南北的平汉铁路和粤汉铁路与横贯东西的长江在此交叉。无论冀、豫、苏、皖、赣、湘、粤，哪里有事，人们都会跑到这里来。我们到武汉不久，上海、苏州已经沦陷，日寇正要包抄南京。政府已经要迁到重庆，武汉自然成了政治中心。武汉本有一百二三十万人口，这时一下子增加了几十万人口，城市面貌更是起了极大的变化，抗战的气氛十分浓烈。报上也常出现"大武汉"的称谓了！这时抗日民族统一战线已经建立。武汉的抗战局面看了令人兴奋。武汉本来有英租界、法租界，也有日租界，这时日租界当然已收回。日机有来空袭的，但英法租界比较平安，我们到武汉后，先住在法租界的璇宫饭店，后来嫌房价高，租了英租界特三区扬子街大陆坊 26 号居住。由于离战区远，日机空袭起初不太多。看到街上有巨大的抗日漫画，心中是激奋的。那漫画是彩色的，有二三十米长，一丈几尺高，画的是一个狰狞凶恶的日本军人手拿沾满鲜血的军刀，但两足狼狈地陷在中国的泥潭中……还有在江海关附近的街路口，也竖立着一幅巨型漫画，画的是"工农商学兵齐心来抗日"。五个代表工农商学兵的巨人挽臂怒指双手染满鲜血的矮小日寇，那种气势完全压倒了卑鄙凶恶的敌人……张贴在街头墙壁上的报纸大小的漫画更多，有的画着日寇肆意屠杀中国妇女和婴儿；有的画着中国空军击落日寇滥肆轰炸的飞机；有的画着八路军夜袭阳明堡日军机场毁伤日机 24 架，那 24 两个字用红色写得极显眼；有的画着上海八百壮士在苏州河畔坚守四行仓库……

当时，街头有文艺界的演员们在演出街头剧《放下你的鞭子》，也有大学生在演出抗日街头小话剧"有力出力，有钱出钱"，围着看的人很多。文艺界的救亡宣传队，各种战地服务团，各种慰问团、抗敌协会都在街上作抗日宣传。游行的队伍也多，男男女女有的手执红色、绿色的小纸旗，有的高呼抗日口号，有的高声唱着歌。那种抗日的气氛，使人愤激，使人心动。穿棉军衣的女军人特别引人注目，她们有些是烫着头发的，但没有擦胭脂涂口红的！有些穿着灰蓝色有红十字符号棉大衣的伤兵，还有海外华侨归国服务团也扯起写着"打倒日本帝国主义"的白布横幅慷慨激昂地呼着口号走在游行队伍里，那种气氛就像开了锅的沸水翻滚着似的，使人激动。

排山倒海似的歌声特别使人受到感染，差不多人都会唱《义勇军进行曲》，人人都会唱《松花江上》，人人都会唱《大刀进行曲》。上海沦陷了，但很快《八百壮士》的歌声在武汉大街上流行着响亮地唱着："中国不会亡！中国不会亡！……"听到游行队伍中那许许多多热血的中华儿女泪流满面地唱着这些爱国抗日歌曲，我曾不仅一次地眼里淌着泪水也高声唱起来。当时前方将士有一句流行的壮语:"同鬼子拼命,打死一个够本,打死两个赚一个!"当时这种拼命精神是深深感染着我的!

街上更有一道风景线:有时可以看到两三个苏联飞行员走过,他们是空军志愿队的成员来华助战的!他们个儿高大,穿着土黄色的空军皮夹克,衣背上有一面小小的中国旗和一面小小的苏联的红色镰刀斧头旗,旗下有十六个中文字:"国际友人,来华助战,凡我军民,一体保护",有人在嚷嚷:"苏联的飞机师!苏联人!……"记得有时能看到很大的轰炸机和比较新式的战斗机在天上飞过。我们在武汉逗留居住的阶段,日寇飞机的空袭还不算太多,估计同有苏联战机帮助防守有关。当时苏联支援的战机和轰炸机有好几十架。

武汉抗日气氛那么浓烈有力,肯定同国共合作有关,电影院里正放映着《平型关大捷》的纪录影片。纪录片不可能很长,所以又配上一部别的影片一同售票放映。我随父亲一同看了《平型关大捷》,配演的是美国滑稽片劳莱、哈台主演的《从军乐》。平型关大捷是红军成为国民革命军第八路军进入华北前线后对日军作战中取得第一次胜利的战斗。影片反映了八路军先头部队 115 师,在山西平型关歼灭日军 1000余人、取得胜利的情况。片中将八路军在平型关东北之公路右侧山地设伏、日寇部队和辎重部队向平型关前进,车行缓慢,队形拥挤的过程全拍了下来。日寇完全进入伏击区时,我军突然开火,大批干部、战士从高处往下飞快地冲到公路上与敌人展开白刃格斗,人数众多,日寇受到意外打击,在我军火力扫射和白刃肉搏下汽车、马车充塞道路,死尸横陈。日军被消灭 1000 多人,汽车被击毁许多。缴获的战利品有日寇的太阳旗,有炮,有许多的机枪及步枪,还有许多炮弹和军用品。看到电影里我军冲锋、肉搏和缴获战果的场面时,电影院里掌声兴高采烈地响起,片子不长,但鼓舞人心。看完了《平型关大捷》后,父亲感慨地说:中国人真要团结起来打鬼子同鬼子拼命,鬼子就是一条毒蛇，他也吞不下大象的！……他不想再看后面的滑稽片了，我也就跟着他出了电影院。但从那时到今天，已经七十八年，看《平型关大捷》的印象至今未忘，仍清晰新鲜。当时传说德国驻华大使陶德曼代表德国提出要调停中日战争，父亲同友人谈起这事时认为日本不可信任，德国也不可信任，中国的出路只有抗战，坚强地打下去，积小胜为大胜！……"积小胜为大胜"是当时很流行的一句话。

在武汉三镇那水波粼粼的宽阔江面上，停舶驶行着许多升帆航行的木帆船和鸣笛的火轮，也有许多来往穿梭的舢板和驳船。汉口江边的标志物是江海关和江海关前长长的仓库、堆栈、高楼，码头上，有许多装运货物的穿短袄的苦力在装卸货物。他们扛着大麻袋包或在货堆边休息。这时，往往听到江海关上的大钟慢悠悠地"当！——当！——"敲响！清晨时分，江面有淡淡的雾气，晨光慢慢地不断扩大，逐渐向长江两边延伸。天穹越来越开阔，可以看到瑰丽的天空下灰蒙蒙的武昌黄鹤楼和蛇山及汉阳的龟山。这一切，都镌烙在我记忆的深井中了！

后来，我们是坐粤汉铁路的火车离开武汉到广州的，但去武昌上火车时就遇到一次日机的空袭，空袭时间不长，有过空战，但只是掠过汉口市区。有太阳徽的日机被保卫武汉的战斗机驱赶得乱了队形，分散地逃窜，然后向武昌和汉阳投弹。听得到炸弹的"轰轰"爆炸声，更多的是看到蛇山和龟山一带高射炮的射击，炮弹在天空的爆炸使蓝色的大幕上出现了一团又一团的黑色云絮，敌机飞蹿逃跑了，黑色的云絮也慢慢淡化消失了！解除警报声响了，街上行人和黄包车、汽车又多了起来，恢复了原来的状态。街头有流浪乞讨的难民，舞厅里有人跳舞，旅馆里有人打麻将，街上又有激奋的游行队伍和口号声，又有了动人的抗日救亡的歌声。……

于是，我们在武昌上了粤汉路的火车。告别了难忘的大武汉。

三、抗战初期香港残忆

广州遭日寇飞机轰炸很频繁，坐广九路的火车由广州到九龙过海坐渡船就抵达香港了。那时去香港方便，无须办什么手续和证件，可以自由出入。

香港和九龙隔海相望。维多利亚海港是著名的深水港，巨大的几万吨级的大轮船也能驶入，各式各样的船只在行驶或停泊。有干净的轮渡从香港随时可以渡海到九龙，从九龙也随时可以驶回来，不但方便而且便宜。

1937年冬时的香港，缺少今天那么多巍峨林立的摩天大楼和高层建筑。那里，毕打街僻静，砵町乍街狭小拥挤，铜锣湾乱糟糟，浅水湾荒凉。最繁华热闹的是皇后大道，其次是德辅道。当然，赛马日在跑马地一带也是人头攒动的。由于香港历来免税，是"购物天堂"，外国人和外地来香港的人很多。抗战爆发以后，香港可以避开战火和轰炸，也接纳了不少从中国内地来的人。这就使香港更加热闹。

皇后大道沿街都是银行、大公司、大商店、大饭店、咖啡馆，也有电影院……装潢华丽。夜间，霓虹灯闪烁，高大的广告牌到处是"白马威士忌"、"三星斧头白兰地"、"三五牌香烟"、"大炮台香烟"、"黄金龙香烟"、"阿华田麦乳精"……的五彩缤纷的广告在挤眉弄眼。各种服饰的黄种人、白人、黑人充满街头。间或也有天主教的修女穿着黑色白边的教衣长袍在大街边匆匆行走，仿佛是有意躲开尘嚣。维多利亚时代哥特式建筑物，加上趾高气扬的英国差官（警官）、用布缠头的印度巡捕的巡逻，构成殖民地气氛和香港的特别风情。香港友人好意告诉我们：香港人讲究做生意，进商店购物不还价就会吃亏。皇后大道上有永安公司和先施公司，不过规模没有上海的永安公司和先施公司大。在上海，到永安和先施购物，倘若你还价，是被人笑话的，香港却可以还价。

香港同广州的生活习惯相仿，吃蒸饭，到处可以吃到腊味饭、鱼生粥、肉粥、皮蛋粥、叉烧肉、烤乳猪肉、脆皮鸡……也讲究"饮茶"。早上"饮茶"，上午到中午"饮茶"。下午"饮茶"，晚上也"饮茶"。"饮茶"实际是边饮茶边吃广式点心。从虾饺、叉烧包、云吞（粤语的馄饨）、烧卖、肠粉、芋角、蛋挞、马蹄糕到鸡包、荷叶糯米鸡……不下数十种。当然，饮茶的地点也有高低贵贱之分。当时，著名的金龙酒家饮茶、宴会时，在豪华的包间里公开摆放鸦片烟枪和烟灯让客人躺在那里，有女侍者烧烟供客人吸食。开宴和饮茶时也可召妓坐在客人旁边陪同进食和饮茶。陆羽茶室、吉祥茶楼，从早到晚楼上楼下常年客满。吃西点、喝咖啡和可可的地方到处都有，以高罗士打行最著名，那里有高雅富丽的欧式布置，很安静，很舒适。

海上轮船和渡船喧嚣地鸣着汽笛……夜晚，山上、海上，灯光灿烂像撒在黑丝绒上的钻石似的。大小街道上的舞厅、酒吧，电影院的灯光、乐声和酒楼、旅店里的麻将声、喧哗声，使香港的灯红酒绿和歌舞升平给从大轰炸中的武汉和广州来的我留下了深刻的印象。

但，毕竟是在中国的抗日战争时期，香港也有了浓烈的抗战气氛。不少进步文化人士和爱国人士，有外来的也有本地的，在香港为抗战出力。我们到香港后，每天一早，我就按父亲的要求到六国饭店门口和附近的报摊上或从叫卖"新闻纸"（报纸）的报童手上去买《大公报》《南华日报》及其他一些报纸，看看战况和国际新闻及评论。记得12月间日寇在南京大屠杀，火烧南京及杀人比赛、强奸妇女的报道就是当时在香港报上看到并留下深刻印象的，后来的台儿庄大捷等也是从报上看到的。那里，有的文化单位举办抗日的摄影图片展和漫画展，在香港圣约翰大礼堂有过"保卫中国大同盟"主办的抗日战争展览及支援抗战的募捐活动。那些地方，父亲大都带我去过，他还同熟人握手谈话，在本子上题字、看展览，也捐款。当时，街上和大饭店里常有打着小旗义卖纸花支援抗战或募捐支援抗战的男男女女或学生队伍活动。我清楚记得，就在六国饭店门口，一群义卖纸花的爱国男女青年热血沸腾地用粤语讲演后唱起了抗日歌曲："动员！动员！要全国总动员！反对暴力侵占，挣脱压迫锁链！要建成铁阵线！民族出路只一条，生存唯有抗战！大家奋斗到底，枪口齐向前！……"这支歌，抗战初我在武汉就学会唱了！到广州，也听到游行群众在唱。到香港，再一次听到同样的歌声，格外感到温暖和激动。当时，唱歌的人和听歌的人，不少都是热泪盈眶的！我当时不禁想：哦！香港虽被英国人占为殖民地了！但我们同香港有血缘关系，香港的中国人都是同胞，还是这样爱国的哟！

在香港，我们住在六国饭店。四面八方到香港的人多了，和香港的爱国人士合流，香港有了渐趋浓厚的抗战气氛。这里，见不到战火和日寇，但报纸上整篇的战讯却刺激着人们的神经。尤其是从战火战区中来的人们，最关心的是抗战的信息，香港当时拍粤语影片很红的艺人、明星梁翠薇，歌曲和粤剧唱得动听，常在一些有关抗战的会议和交际场上表演，唱《松花江上》《义勇军进行曲》《八百壮士》……有时全场的人也会一同高声唱起来，唱得热泪盈眶。

在香港期间，父亲有过不少活动，例如他与老友杨天骥（杨千里）等去看望过在香港的孙中山夫人宋庆龄，看望过廖仲恺夫人何香凝。她们都在从事抗日救亡工作。一天，听父亲说，孙夫人不顾日寇滥炸广州，曾从香港坐船到广州慰问伤兵和被敌机炸伤的难民。说有一个从敌机炸死的孕妇腹中取出的婴儿，居然还活着。孙夫人在医院亲手抚抱婴儿，叮嘱一定要小心看护抚养好……使人感动。

冬天，有一天下午，父亲曾带我与友人监察委员杨天骥同去看望病中的蔡元培先生。我们是一起坐香港巨商李尚铭的私人轿车去的。住址在哪里，已全忘却，有印象的只是蔡先生的住处会客的房里书特别多，橱架上、长条桌上、书桌上全放满了书。蔡先生穿长袍、戴眼镜、上唇蓄短须，说一口浙江口音的普通话，声音不大，腹部突出，人显得苍老。父亲和杨天骥很尊重他，让我叫他"蔡老伯"。他对我笑笑点点头。父亲和杨天骥都称呼他："孑民先生。"他当时身体很不好，脸上有病容。他们谈些什么，印象已经淡忘，只好像谈了上海，他是从上海来香港居住养病的，也谈了抗战的事。还记得杨天骥老伯笑着问过我："你上学时是不是男女同校？"我点头，他就笑着说："这就是你这蔡老伯提倡的！他那时做教育总长……"我后来听父亲说过："一·二八"那年，我随父亲离南京到北京住过一段时间，当时蔡先生是北大校长。父亲在北京时曾同蔡先生见过面。父亲这次与杨天骥先生看过蔡先生后，在香港圣约翰大礼堂参加保卫中国大同盟等举办的支援抗战的展览会及募捐活动，同蔡先生也见过面，只是我未在场。蔡先生与父亲在 1940 年同一年去世。父亲是二月出事，蔡先生迟个把月病故。出殡那天，参加的人极多，全港学校和商店都下半旗致哀。蔡先生葬在香港的华人永久坟场。后来，听说已很少有人知道或去扫墓瞻仰了！

关于杨天骥先生，他长得瘦小但面色红润，戴眼镜，秃顶，穿中式长衫，两眼有神。他一般爱用"杨千里"这个名字，江苏吴江人，诗词书法均佳，人称"才子"。他早年在上海某学堂教过国文，胡适是他学生。在 1906 年，胡适 15 岁时，杨天骥汇辑《西一斋课文》以备日后察看学生进步之迅速。其中收入胡适根据杨先生的命题所作的议论文《物竞天择，适者生存，试申其义》。当时杨先生对此文作了赞赏的批语，人都夸他"识才"。1937 年冬，胡适声名正盛，秋天时经香港去了美国。杨天骥同父亲不时谈到胡适，只可惜许多具体的事我都记不清了。

父亲说过：杨天骥先生早年在上海办《民呼》《民主》等报时同父亲相识。在香港时，我发现他会英语，能看英文报也能用英语同人会话。他代理过监察院的秘书长，此时他是监察院的监察委员，也在协助广东省政府主席吴铁城主持港澳的党政工作。父亲认为杨天骥先生"才不外露""是个有学识的能干人"。他同杨先生很谈得来。

常常有朋友来看父亲。

一位聂海帆先生也常来。有天，他请父亲和我去吃晚饭，说是该吃吃葡萄牙菜里的葡国鸡。他陪我们坐的士到皇后大道中，下车转进德己立街，路上上下下，有点曲折，最后到了一家葡萄牙人开的餐馆。门面不大，高处挂着彩旗，店招是彩色的，上面写着大字：葡国鸡，画着一只大公鸡，还有葡萄牙文。这当然是一种西餐，汤、冷盘都没什么特别的，小面包、黄油、果酱也没什么特别。精彩的应是一钵蒸得滚热的"葡国鸡"。那是将鸡腿切碎用大量香料和作料外加许多奶酪蒸熟的一种特色乡土菜，确实味道很好。

我闷声吃鸡，但听到父亲同聂海帆谈话。谈的是在上海租界上办大学的事。聂海帆反对用"中国公学"做大学的名字，理由是不要惹麻烦。因为"中国公学"这个名字容易引人注意。他这里说的引人注意的"人"，显然指的是"敌人"，他说："学校的名字我已经想好了，就叫'三吴大学'！不引人注意！"他又说："您做董事长，我任校长！依您的声望地位，在上海租界上是吃得开的！您是前辈，法界名人，工部局、法院、律师界、警察局都有您以前的学生和熟识的关系。校址已经不成问题，这事现在只等您点头了！"

父亲沉吟着，当时并没有点头，好像也没有再说什么。那晚吃完"葡国鸡"后，聂海帆送我们回家，临走时，他好像对父亲说："请您再好好考虑一下……"

聂海帆走后，我问父亲："为什么叫三吴大学？"

父亲说："我也问过他。他说：苏州、常州、湖州自古以来，叫作'三吴'。在上海办个大学，吸引苏州、常州、湖州这一带的学生用这个名字合适。我却觉得没什么好！"

这个大学的名字后来定了，隔了两年，在上海英租界，那时三吴大学已经办成开学，父亲是董事长，聂海帆是校长。有一天，有两个敌伪杀手带了礼品装作给聂海帆送礼，到了三吴大学的办公室见到聂海帆后立刻开枪，聂海帆顿时倒在血泊中牺牲了。刺客是日寇和汪伪的极士非尔路76号派来的。接着，父亲就收到了恐吓信又遭到绑架。那个阶段，我才从父亲处知道"三吴"并不是苏州、常州、湖州的古称。"三吴"是吴玠、吴易和吴樾。吴玠是南宋屡破金兵的名将，吴易是南明起兵抗清的将领，吴樾是近代民主革命的反清烈士。显然，父亲后来同意用三吴大学这个校名也是有道理的。

从此以后，日子过得好像极快。父亲仍是有友人——熟的和新认识的不断来往。聂海帆则坐船去上海了，好像他的意见和父亲的取得了一致，他去开拓办三吴大学的局面去了！

父亲后来决定要去"孤岛"上海了！他是一个爱国者，去上海当然不是为了苟安于乱世。临行，有一伙友人为他在香港仔摆宴吃海鲜送行。那对我是至今难忘的一个晚上。

去香港仔，路较远，当时那是一个泊着许多渔船，可以看到好多船桅和大海的渔港，比较荒凉，但碧海靓丽。来吃海鲜的人并不太多，我们赴宴在一只固定于海边的大舫船上。它用红红绿绿的油漆刚打扮一新。舫船停泊的岸上，许多玻璃器皿和木制盆具内都养着各色生猛的海鲜。翠海如镜，远处的沙滩上，有槟榔树、绿色的尤加利树。在舫上摆筵席，使我想起战前随父亲在南京秦淮河和到苏州去太湖吃"船菜"的旧事。那晚，吃了些什么记不清了，主要不外是海鲜，但桌上花雕酒香味至今想起似还存在。朋友们多数都较年轻，敬父亲酒，父亲仍未喝酒，但说了激动的话，大意似是我不去重庆而去"孤岛"会有危险，但我无所畏惧……有人提议：起立唱一个歌为父亲送行，唱的是《义勇军进行曲》："起来！不愿做奴隶的人们！把我们的血肉筑成我们新的长城……"歌声慷慨激昂，使人热血沸腾，那时候是几乎人人都会唱这支歌的。我夹在中间唱歌，不知为什么却流泪了。父亲那晚，为什么那么激动地说那样的话，我当时似乎不懂，以后，我懂得父亲回去是为了应邀用他的声望及社会关系在租界上秘密办三吴大学，掩护进行抗日活动。于是，他回"孤岛"后，的确遭遇危险，后终于因抗日死在敌人手里！于是，那晚的往事，他那晚魁伟地坐在那里讲话的情景，至今与香港仔的靓丽海景从未湮没在我的记忆中！

（注）1940 年 2 月 12 日重庆《新华日报》刊有父亲殉难新闻。1940 年重庆《新华日报》合订本目录索引上"追悼抗日殉难烈士"栏内有父亲事迹。

四、夜过日寇封锁线

我认识了夏家连，这位家连哥在甘肃省教育厅工作，他到上海是为了设法带两架显微镜回兰州。这是 1942 年的夏天，浙赣路正在激战，无法通行。为了去四川重庆大后方，离开沦陷了的上海，我得随家连哥去他家乡安徽合肥，在合肥过日寇的封锁线，再从那里经过皖、豫、陕三省入川到重庆。这一路是遥远艰险的，主要靠步行，有车就坐车，有船就坐船，曲曲弯弯避开战火。估计总有八千里路。但最主要的是过鬼子的封锁线，日寇所占的地区都强拉中国百姓挖封锁沟。封锁沟一般有一丈多深一丈多宽，鬼子在要害处造了碉堡和吊桥，用封锁沟起阻隔保护作用，安装了探照灯，甚至配备了装甲车在那里巡视，时不时的打枪开炮，见中国人就杀。家连哥是合肥东乡大兴集夏家村人，我们就是要在他家乡那里过日寇的封锁线。

七月初，我们从上海坐火车到南京，又从冷冷清清的南京过江到芜湖经淮南铁路到合肥附近，一路看到的是日寇刺刀统治下的凄凉萧条，经历过战火地区的可怕情景和凶恶的日军和宪兵，不断受到检查和盘问，我总说自己是在上海做工因患肺病回家乡合肥养病的……日本宪兵听宪佐翻译说我是肺病都挥手叫我"开路开路"。我们坐火车在距合肥不远的大兴集下车步行去夏家村。家连是本地人，虽然好几年未回家乡，依然熟悉。大兴集有一条开着些小店铺的正街，两边都是些低矮、苍黑，墙根长着青苔的小瓦房。这正是傍晚，只见田地里、路边菜园、空地里种的全是罂粟，正是夏季花开未败的季节，红色的罂粟花鲜艳招展，更闻到不知谁家在熬鸦片，鸦片味很浓烈，我明白：是敌伪推广种植鸦片的结果。日本帝国主义是想使中国人亡国灭种啊！家连看了也说："从前，我们这里是产米区，到处水稻，如今却让鬼子用毒品代替了！真狠毒啊！"

夏家村实际没几户人家，周围还有些分散的农户，到夏家连家里时，他父母都在农舍门前场上干活，家连嫂带着一个七岁的女儿也在纳鞋底，抗战爆发后，家连这是第一次回家乡，同亲人见面自然大家都高兴。他家是中农，父母与妻子都能劳动，有条瘦水牛，也养一些鸡鹅。由于家连在外边工作，家里就很受村里人重视。村里人都姓夏，均是族人，处处也受到照顾。家连和我一到，正在用水洗抹，就有族人来看望，从他们与家连的谈话中，我了解到：鬼子兵到过大兴集一带抢牲口捉鸡鸭，也在一个村庄烧杀过，但未到夏家村来，夏家村有个家连的远房哥哥名叫夏寨，人都叫他"寨子"，他头两年弄到点枪支，拉起了几十个人，要打天下，声言不做汉奸，不跟共产党，也不跟老蒋，要自己干！因为他在合肥城南打过鬼子杀过两个汉奸，虽有些扰民人们也不仇恨他。他自封为大队长，夏家村也在他保护下。他反对种鸦片，谁如果种，他就将烟苗铲掉，正因为他在这一带活动，日伪军数量少，不敢到东乡来，而共产党和国民党的游击队也顾不上来这里活动。

家连同亲友们谈起过封锁线的事，知道要去六安，从这里先到上派河，必须过封锁沟，要绕个圈兜过去，还要经过三不管地区（指日寇管不着，国民党、共产党也未来管的地区），有点危险，但找个熟门熟路的人带路，趁夜里上路，还是办得到的！当夜，我就睡在家连家茅草顶土墙房的堂屋里，在地上铺了稻草在蚊子的嗡嗡声和屋外水田及草丛中的蛙鸣声里悠悠入睡。

原来决定去家连家只住几天的，想不到因为战事发生，却在远远的枪炮声中整整度过了二十天光景。中间，有一次还传来消息，说日军要来袭击骚扰，得往南边沿巢湖去三河方向逃。于是，紧张地埋藏了我和家连的行李物件及粮食细软，分别同家连父母和妻女及村上的族人一同连夜转移，但事后传来消息说没事了，大家又狼狈地回来。

我同家连的族人及本家兄弟都熟识了，他们"家"字辈，有的二十来岁，有的三十来岁，其中一个名叫家煌的，二十多岁，身强力壮，有时到上派河采买点日用品顺便捎带些农产品去卖，上派河是中国军队的前沿阵地。家煌爱国，宁可远远的到上派河，不愿就近去合肥。他告诉我："看到鬼子兵我就仇恨，看到中国兵我就高兴！"家连同家煌约定：哪天形势好了，战事停了，请家煌带路送我们过封锁线。

在焦灼、无聊与盼望中，起程的这一天终于来了！这时已快七月底了！东北面仍有枪炮声远远隐约传来，只是西面、南面已沉寂了！家连决定同我起程，家煌和他妻弟（也是个身强力壮的庄稼人）带路并替我们挑运行李物件。他们两人用两副大箩筐，将家连和我的行李物件全都放在箩筐里，上面盖点干草、干牛粪掩饰，白天我和家连都饱饱睡了一觉，等待晚上赶路。由夏家村到上派河为了要绕过封锁线，要走一百二十里路，家连怕我吃不消，我说没问题。家连和我都找了破草帽戴在头上，卷起了裤腿，模样跟乡下人相似。

从傍晚到天黑，家煌和他妻弟挑担在前，家连和我紧紧跟随，走的先是田间小径，后来全是荒岭坡地了。天暗下来，枪炮声仍在遥远处震响。没有月亮，只有星星眨眼，蛙鸣和草丛中小虫的鸣叫声混成一体，淌着大汗步行，整整走了三十里路光景，在一处有树木隐蔽的地方歇脚，却想不到地上忽然爬起一个披头散发的女人，星光下看得清她光着脚，衣服破烂，模样吓人，朝我们盯着。我吓了一跳，但家煌说："不要紧的！她是南七里站的农户，去年鬼子去她庄上烧杀，强奸了她，后来就疯了，常东跑西走的！"说着，将我们带的干粮、鸡蛋取了点跑过去递给女疯子，那女疯子在黑暗中席地坐下吃了起来，我们又继续赶路。听到女疯子的身世，我心里有着说不出的难过和对日寇的仇恨。

半夜以后，有淡淡的雾气笼罩在树木和低洼的坡地里，天上无声地下着露水。我们急急赶路，远远有时能看到鬼子碉堡发射的探照灯光扫来扫去。我脚底疼了，磨出了水泡，但想到是过封锁线，就来了劲，也不管什么脚疼不疼了！鬼子的封锁线，有的地方设了炮楼，见到附近有人或有什么动静，白天黑夜都会开枪射击。宽宽的深沟，人想越过很难。如今我们远远绕过它，兜来绕去，汗粘衣衫，歇下休息了好几次，终于，东方泛出了鱼肚白，拂晓降临，到了一个长满灰灰菜、荸荠子的小坡下，看到有座旧墓，墓旁有一些松树，我们又都坐下休息。坐下，我就捡到了一个长满铁锈的步枪子弹壳，接着，发现身旁是一条早已废弃了的旧战壕，这儿一带是"三不管"地带了，过去常常"拉锯"，是边缘战区，在这儿作过战的人早不知哪里去了，看到有一棵绿色幼松从旧战壕混凝土工事的缝隙里坚强地伸展出枝叶来，我觉得强悍地保卫着自己生存的那种抗争意志，在植物身上都如此，在人的身上是更加无法扼杀的。

有小鸟吱吱在叫，东方透出一片红光，露水湿脚，雾气散去，家煌说："离上派河只有二十里了，封锁线已经早就绕过来了，这地方鬼子和汉奸是不大敢乱来逛悠的！"听了他的话，我心情特好，觉得十分顺利，没想到就在这时，只见远处小山坡上迎面出现十几个穿旧灰军衣的人，要逃避已来不及了！只听见对方枪栓声"咔咔"的，有人高喊："不许动！""站住！"

家煌卸下挑子跺脚："糟了！"家连安慰我说："别着急！"只见十几个人近前了，是军人，但不是正规军，都带着步枪，军帽上有青天白日徽，胸前符号上写的是"蜀山区游击大队"。为首的是个红脸膛的瘦高条子，像个队长上来盘问："干什么的？"

家连反问："你们是游击队吗？"

队长说:"你管这干什么?反正是抗日的军队!你们从哪里来?要检查!"他一说检查,十几个兵已经动起手来!两个挑子里的物件全部倾倒出来,开箱拆包,翻得乱八七糟,大的物件不要,牙刷、毛巾、汗衫、衬裤,都塞进了口袋,家连这时把队长拉在一边轻声叽咕了一番。一会儿,队长忽然高声吆喝:"弟兄们!这位长官是要去后方抗战的!是好人!我们抗日辛苦,三个月没关饷,他要给点慰劳,我们谢谢他!……"

家连已将一沓钞票,外加一只金戒指交给了队长说:"沦陷区没有法币,我们带的也少,这点心意慰劳弟兄们,不要嫌少!"

队长收下后,带着手下离开,临走招呼着说:"对直往前,上派河不远了!"

这时太阳已经高高升起了!我们就要离开敌占区了!

现在说起来容易,当时却是艰难、冒险、可怕也不简单的!

五、炮弹飞啸闯潼关

陇海路上的灵宝大桥被日机炸断了，火车到此为止，须步行三十里路到常家湾。我打听了情况，由常家湾向西，经过潼关，再到华阴才能上火车西行，过潼关。这是陇海铁路上最艰难危险的一段，常有人被鬼子的飞机大炮击毙。这是 1942 年的 8 月里，天气炎热。

灵宝火车站屋顶洞穿，墙壁上全是弹洞，都是日寇飞机炸坍扫射的。站上有便衣人员检查盘问，也有军装邋邋遢遢的士兵检查物件，我也被他们翻箱搜包兼带抄身。

出站后，见有牵马出租做坐骑的，可以沿陇海铁路的大车道向西去。这段路总长约有二百华里，我急于赶路，就和马夫讲定：当天就赶到潼关附近的阌底镇住宿，第二天晚上抵达华阴。

马夫二十多岁，爱反复哼唱几句抗日歌："到敌人后方去，把强盗赶出境……"曲调不准，咬字倒清楚。我们由河南向陕西跑，看到远处的山影，高高的塬头，深深的沟壑，淤积的河滩，潺潺的黄河水……沿路买点馍就在马上吃了，有时买点路边西瓜解渴。草帽挡着八月天的烈日，我赤着膊，皮肤一路来已晒得脱了一层又一层。傍晚，抵达阌底镇。

被黄河所阻，日寇过不来，阌底镇，隔黄河就是日军阵地，日寇从对面常向这里和潼关一带打炮。阌底镇到处是断垣残壁，一片凄惨的模样。我们住的小客店，房子没有屋顶，只有四周的残墙可以挡风遮灰。客店老板说："近几天，鬼子没有打炮，但为了怕引起对岸鬼子注意，不准点灯点蜡。"幸好天上有灿灿的星光可以照亮。又热，又累，我胯下两边和屁股上骑马磨得十分疼痛，真想好好睡一夜。马夫很快打起鼾来。我虽疲倦，听着虫豸在瓦砾中鸣叫，却一时睡不着，睁眼看着天上的星斗，不禁心里想：抗战坚持到第五年了，靠着黄河天险，日寇只能在对岸肆虐，但我们的贫弱使我们总处在挨打的境地，什么时候中国能够富强了不再被人侵略呢……

忽然，"轰！""轰！"炮弹爆炸声震响了！地面摇动，炮弹飞啸着落在远处，墙坍屋塌，有人呼喊，两匹马也踢蹄长啸……

日军仍在发炮，炮声有如闷雷，打过来落地的炮弹有火光闪耀，接着我们这边的炮也还击了！声音隆隆，能看得到炮弹落在黄河对岸爆炸的火光，大地在脚下猛烈地震动。这使我兴奋，我们虽弱，却在坚持着打！在拼命！

我的心剧烈跳动，一种死亡的威胁压迫着我，马匹也受了惊骇，甩开蹄子飞奔。跑了一程，才缓下步来，我对马夫说："今夜我们也别睡了！闯过潼关去吧！"

仓促离开阌底镇后，日寇的炮击越来越厉害，隔河远远仍可看到对岸黑黢黢的夜空下，山峰巨大的身影如同隐伏着的怪兽。敌人炮击的火光在闪烁，炮弹落点仍在阌底镇和它左边一带，我们是骑马在黑暗中前行。

夜里，骑马过潼关，天上虽有星星，夜色仍旧浓黑。偶尔能看到萤火虫一闪一闪在四处飘荡。听着炮击的轰炸声，在黄河边古老的道路上行走，感受到抗战气氛特别浓烈。黄河在深夜中，拥着凝重的、沉甸甸的一河黄汤，在苍穹下模模糊糊像巨龙一样蜿蜒着，微微闪着亮光，响着似有似无凄凉鸣咽的汩汩水声，能将人引入回忆，引来沉思，引进梦境。

我骑着马在黎明时分到达华阴。但到西安方向去，需在离华阴约四十里的桃下站去购票上车。桃下是个小站，火车从东边驶来，因要利用夜色穿过潼关一带，避开炮击，被称为"闯关车"。我仍雇那爱哼抗日歌曲的马夫的白马骑着到桃下，看到外貌破破烂烂但有中国人的勇敢和智慧的"闯关车"出现在面前，心里不禁兴奋地欢呼着：这下我可以坐火车直到宝鸡过秦岭入川了！

风云花絮

难忘 20 世纪 50 年代在北京

（一）从上海调到北京

上海总工会劳动出版社其实办得是很有成绩的。20 世纪 90 年代我曾经在《上海工运》上写过一篇回忆性质的文章，题目为《新中国出版史上应有的一笔》。文中说："1950 年春天，上海劳动出版社正式成立，社长由文教部部长李家齐同志兼任。副社长兼总编辑为吴从云。我先是编审部副主任，后升为主任、副总编辑……"

劳动出版社是一个综合性的面向工人的出版社，书籍全部由劳动印刷厂印刷，除大量供应工人课本外，还重视出版向工人进行政治思想教育的读物。新中国成立之初，工人文化水平低的较多，因此出版物强调通俗，诸如政治、时事、经济、历史、地理的读物均有。劳动出版社又很注意运用文艺形式，出版了"劳动文艺丛书"，其中有柯蓝、赵自的长篇小说《不死的王孝和》、哈华的长篇小说《浅野三郎》、戈壁舟的长诗《把路修上天》、阿章的长篇小说《红旗飘扬在黄浦江上》等，也出了一套在工人中颇有影响的"工人文艺丛书"，共六集，将当时上海涌现出的工人作者中的佼佼者如胡万春、费礼文、唐克新、郑成义、孟凡夏、金云等的作品先后选入。这些作者既受到《劳动报》和华东、上海人民广播电台的培养和帮助，也受到劳动出版社的培养和帮助，后来不少都成了作家。与此同时，劳动出版社注意出版指导工会工作的书籍，出过一套极有价值的"上海工运史料丛书"。到1951年，劳动出版社创办了一个《工人》半月刊，向工人进行时事政治思想教育，《工人》发行份数最高时达二十几万份，最低时也保持在十几万份，深受工人喜爱，当时在全国也颇有影响。劳动出版社成立不到三年即出书400余种。1953年春，中华全国总工会决定集中力量办好中央一级的出版社，于是，一批同志调到北京，我也在其中。我在上述那篇文章中说："如今拿当年该社的出版物来看，不免粗糙或稚嫩，可是正如一位哲人说过的：'不要小看过去的任何好的东西，我们是用过去创造未来的，没有过去就没有未来！'在新中国的出版史上，在上海的出版史上，劳动出版社的建立与贡献应当有其不朽的一笔。"

还记得那时从上海调到北京，有不少同志是舍不得离开上海的，因为南北有区别，生活习惯等也不同，但大家经过动员，被北京挑中的干部全部毅然北上。钱敏等同志则由于上总需要而被留下。

我当时奉命作为先头部队在1953年3月间就与钱沄同志先到北京，任务一是向工人出版社社长陈希文同志汇报情况，二是负责安排好大批同志抵达后的接待与住处，三是将读者、作者寄到北京给《工人》半月刊和劳动出版社的信稿全部及时进行处理。希文同志是全总主席团委员，做过全总文教部长，此时专心抓工人出版社的工作（他1958年调贵州任贵州大学书记兼校长。已去世多年）。他是位高水平的领导干部，热情对待我们，在工作生活上都十分关心，我与钱沄实际做的是联络员的工作。当时工人出版社在北新桥骆驼胡同办公，社里在附近的西仁里了一个四合院给我们上海来的有家属的人住，我遂做主将房子作了分配，因为秉公办理，而且我自己分的是最差的房子，后来大队人马来北京后，对住房分配都无意见。想不到的是读者、作者寄给《工人》半月刊的信、稿竟有3000余件。因为《工人》半月刊在上海结束时，我写了一篇《告别读者》，说《工人》半月刊将迁到北京继续出版（这是原来决定这样办的），请作者、读者以后继续同我们保持联系，地址就是北京北新桥骆驼胡同工人出版社，结果，作者、读者来的信竟那么多。于是，我同钱沄只好每天陆续处理，有信必复，不能用的稿一律退走，能用的稿暂时保留并通知作者。这样忙了个把月，上海方面由吴从云带队，数十人连同家属包括编辑、美术、印制、发行全套骨干人马浩浩荡荡坐火车到北京了。希文同志和我一同到火车站迎接，来的编辑骨干有彭学绍（后调全国总工会任宣传部宣传处处长）、王青（1957年"反右"时被错划，改正后任湖南某报副总编辑，已去世）、孔柔（后调回上海，曾任《收获》杂志编辑）、王善本（后曾任陕西《人生报》主编）、陈清泉（"文化大革命"后曾任光明日报出版社社长，著有《陆定一传》）、叶春畅（著名漫画家）等。此外当时劳动出版社的美术组长程之锡、校对科长张采凤、出版科长郁瑞芳等也来了！不久，原劳动出版社经理部经理黄履冰也调来工人出版社任出版处长，这本来是一个办《工人》半月刊的编辑班子，但后来决定不办《工人》半月刊了。要将在延安时代办过的《中国工人》杂志复刊。当时在北京，全国妇联办《中国妇女》，团中央办《中国青年》，全国总工会就办《中国工人》，这个设想自然是好的。我们虽对《工人》半月刊有感情，但也都拥护这个决定，从此便为复刊《中国工人》努力工作了。

与吴从云等大批同志一起从上海来的还有凌起凤，她由台湾回来同我结婚不久，组织上决定将她和我一同调到北京，并为她安排工作。为这，陈希文同志和老吴都同我谈话征求意见，并且决定调她在工人出版社秘书处工作，这对我们是极大的照顾，因为调北京的其他干部家属都未安排工作，只给凌起凤一人安排了正式工作。于是，她穿上了灰色干部服，与我这个供给制干部一同上下班了。

刚到北京，正逢中国工会第七次代表大会召开，要调人去编写中国工运史，因为早年邓中夏烈士写过《中国职工简史》后，还没有别的人写过中国工运史，邓中夏烈士的那部《简史》写的主要还是初期的革命工运，他 1933 年 5 月在上海被捕，9 月即被杀害。调我们去，是想把中国的工运史从开头一直写到新中国成立，我分到的是白色恐怖时期的那部分。我自知责任重大，努力寻找资料并进行研究和写作，因为我在上海总工会期间曾参与编辑"上海工运史料展览会"有关资料，并出版过《从"五卅"到大革命》等书。通过这次对工运史的编写，深化了对中国工运史的研究。只是初稿完成后，由于对中国工运中的许多人物、事件均要由中央来下结论，为慎重计，我们编写出的中国工运史只能束之高阁，我又回到筹办《中国工人》复刊的岗位上来了。

上调北京后，中央统战部两次来人找起凤和我谈话，中心内容是：希望能设法使起凤的父亲凌铁庵先生回来。但当时，经过抗美援朝战争，海峡两岸关系紧张，台湾一直限制人出境，起凤回来是由于她父亲出力，她父亲要回来，自然是不可能的。中央统战部的同志通情达理，说了些安慰鼓励的话，以后就没有再来提这件事了。

我刚到北京，给的职务是编辑组长兼通联组长，仍是供给制，起凤则是工资制，每月工资 56 元。到 1954 年 12 月，所有供给制改为工资制并定级别，办公室给我一个书面通知："你的级别，业经中华全国总工会批准为 16 级，工资为 368 分，自本年 6 月 1 日起照此标准补发工资。"记得那时刚改工资制时，我能拿到 100 多元，不久后，我又改为 15 级，这是全国总工会的处长级，工资每月有 126 元。有人告诉我，江青和王光美都是 15 级，意思是说：你的工资很高了。当时，很大的对虾在北京东单菜市上只卖两角钱一斤，吃的人很少。猪肉也仅两角钱一斤，当时我的三妹李淑和她爱人罗经国都在北京大学读研究生，我四妹赵文汶和她爱人杜方炯也在北京中央一机部工作。每到假日，我和起凤总做许多菜同他们欢聚，有时也请上海一起调北京的单身同志来吃饭。那时，生活很宽裕，母亲在上海，我兄弟姐妹共 7 人都已工作，每月大家汇钱给母亲，邮递员送汇款条时总对母亲说："您真好福气！这么多子女给您寄钱！"

西仁里的那个四合院不大，房子也较旧，粉刷修整得不好。由于我自己分的是最差的房子，就像一间传达室，既小也矮，同志们早出晚归，敲门时每每都是我就近去开门。大家都不过意，外加希文同志和老吴见我和起凤住的房太差，有一天突然通知我搬到东单大华电影院对面的一个红楼上去住。那是二楼一间很大的房间，临街，有地板，粉刷得很好，楼下是铁路的售票处，正在装修准备开张。当时，工人出版社正拟从北新桥迁到西总布胡同办公。我们这住房就在西总布胡同对面，上下班也方便，我们就搬去住了。谁知领导上的这番关心，却险些由于一件意外事酿成了悲剧。如果不是很偶然的因素，我和起凤在那一年就呜呼哀哉了！

原来，我们搬进去住后，楼下铁路营业厅的装修已经基本完成，但粉刷的墙壁还很潮湿，工人们就用砖砌了一个有床铺那么大的灶台，装上大块的煤炭点燃后用封闭的办法加热拟将墙壁烤干。炉火熊熊，释放出大量一氧化碳，由于楼下门窗紧闭，煤气上升，就从地板缝里侵入我们的住房里来了！

那天夜晚，我和起凤睡时，就感到房里空气不好。似有煤味，但由于房间临街，汽车吵闹，房间比较大，我们怕吵总关着窗睡，所以煤味越来越浓。起凤熟睡着，我一觉醒来，感到心里十分难受，想呕吐，人也疲软无力，但闻到空气里有煤气非常难闻，我遂挣扎着爬起来打开了窗子。幸亏这一来才救了我们的命，新鲜空气进来，冲淡了煤气，但我们两人终于还是中了毒，头疼欲裂，连连作呕，眼睁不开，瘫在床上起不来。其实这时二楼已有几家住户中了煤气，被发现后，遂来打开我们的门，见我们也中毒严重。希文同志和老吴等都赶来看望，先到医院，然后用汽车将我俩送到北海公园，放在僻静处的长椅上，让我们呼吸新鲜空气，还送来牛奶、水果等慰问品。我俩像傻子似的呆呆在公园里坐到天黑才又被接回，足足三四天后才恢复健康。

由于在红楼上中过煤气，楼下铁路营业厅又很喧闹，我们对那房子丧失了好感，当工人出版社搬到西总布胡同 30 号后，出版社在东总布胡同买了一幢西式建筑。这房子外观很漂亮，早年袁世凯时代是德国大使馆，后来又被评剧皇后小白玉霜购置居住。社里买下来后，修饰一新，决定让我们也搬去住。我们就又搬了一次家，居住条件又有改善。

筹备《中国工人》的工作是很忙的。首先是通过下厂下矿了解读者要求，确定办刊的方针、宗旨，确定读者对象，然后又要组织作者队伍，保证稿源，建立一个好的作者网。接着是确定分工，筹建一个理想的编辑班子，除分工编辑外，装帧、插图、编排、摄影以及校对、编务、文秘都落实到专人且有规章制度保证。《中国工人》被确定为中华全国总工会的机关刊物，全总书记处指定张修竹书记领导《中国工人》。修竹比我大 8 岁，是山东文登人，一口胶东话。他在山东很出名，因为他在抗日战争前 1935 年参加中国共产党，抗战时期就在山东从事革命活动，为开辟和发展胶东抗日根据地做出了突出贡献。他曾在延安和晋东南工作，全国解放后，他在全国总工会任宣传部部长，对报刊宣传工作比较内行。他对《中国工人》抓得很具体，常找编委开会研究工作，并提出意见和要求。当时，《中国工人》复刊前，他主张先办一期试刊看看，于是，我们就全身心地投入了办试刊号的工作。这时由于工作需要，吴从云以工人出版社副社长兼总编辑的身份来主持我们办《中国工人》的试刊号。他对工作抓得很细，很认真，布置了工作总是及时检查，有时一次能给我布置十件八件工作，但我早已习惯他这种领导方法了，同他合作仍感到愉快。

那时的北京，干部除上班以外，十分重视学习。学习时间不放在工作时间之内，所以每天工作之外，还要加上两三个小时的学习。每天清早先学习一小时再吃早饭，然后上班，晚饭后又要学习两个小时才能回家。我们总是天不亮就起来，然后赶到机关单位里去学习，晚上则很晚才能回家。天热还好一些，天冷回家还要生炉子取暖就更嫌时间不够，这比我们在上海时要紧张得多。有一天，希文同志在会上宣布："学习时间要改一改了！"原来有干部写了信向周恩来总理反映情况和要求，说干部们每天"披星戴月上班去，万家灯火回家来"，实在吃不消，有老人和孩子的更加困难。结果，中央体恤下情，决定学习时间纳入工作时间之内，固定将每周的某一天下午作为专用学习时间，大家知道这样改后，都非常高兴。

（二）为办好《中国工人》而努力

想起《中国工人》，我就不能不想起吕宁。吕宁本是东北沈阳《工人之家》杂志社的主编，调到北京后与教育部一批同志合在一起办了一个面向工人的《学文化》杂志。吕宁是《学文化》杂志的主编。我最初认识他是在北新桥的一家小馆子里。由于工人出版社食堂办得不太好，中午时许多人都在外边随意吃点东西。北新桥一带，那时荒凉僻陋，有的小馆子卖炒饼、面条，也可炒个菜吃饭。饭馆里，几张破旧的方桌，指甲很长的堂倌用一块黑油油的抹布抹桌子，门口火上煮着一锅浑浊的洗碗水，看到这腻腻黏黏的洗碗水，就使人汗毛立正食欲全无，我和爱人凌起凤是皱着眉头硬着头皮去吃饭的。每次，我们总看到吕宁先我们坐在那里，他瘦瘦高高的个儿，很精干，又有点书生气，脸上平静，但常带一种亲切的微笑。他不爱说话，我们先后一共说过不到十句话，照例是互相点点头，各坐各的，各吃各的，但他沉默却不使人感到阴暗，我们对他的印象不坏。馆子店里苍蝇嗡嗡乱飞，他也不在乎，从不说一句不满或嫌弃的话，总是独自静静地吃，或饭或面，像在完成一项任务，吃完就走。

后来，《学文化》停办，《工人》半月刊也不办了，我们有缘，竟被分配到一起办《中国工人》杂志来了，而且他是主编兼编委，我是主编助理兼编委。一度，我们在一间屋里办公，面对面地坐着，我"助理"

他，互相之间的工作关系变得异常的亲密了！我们都住在东总布胡同19号，两家成了近邻。院子里有一架虬蟠斑驳、条叶垂挂的紫藤，我和吕宁有时就在紫藤架下站着谈一会儿工作。后来，住在一起的邻居还有康濯、王勉思夫妇（康濯当时负责作协《文艺报》的工作，勉思是工人出版社人事科科长），何家栋、陈蓓夫妇（老何在粉碎"四人帮"后是工人出版社副总编辑，当时他正帮助吴运铎写《把一切献给党》，陈蓓在《工人日报》工作）及孔柔、韩湘云夫妇（孔柔现离休在上海，湘云早已去世）等，吕宁照例不多与同人来往，每到星期日，他和在人民出版社做编辑的爱人王淑吉总是带了孩子外出游玩。有时去北海划船，有时去景山游览……他发现我每逢星期日总是在家看书或写作，就总笑着说："啊呀，老王！你怎么不玩一玩呢？"这句话，他常常重复，可是别的话却听不到，我也不免感到他与人有距离了！

他同我在办公室里面对面坐着的时候，也是沉默寡言，绝少说话。更不谈心，因为那时候有种"左"的看法藏在每个人的头脑里：互相之间的关系只肯定在工作关系上，同志之间是讳有友谊的。不过，尽管这样，我们的关系还是不错的，在工作上他善于放手让人工作。我任主编助理阶段，他几乎将大部分业务权全交给了我。他只过问大事，诸如方针、任务、计划、总结之类，却不去陷入具体编务和琐事。《中国工人》的试刊号办得比较成功，发出去的刊物收到的反映都比较好。我当时去请郭沫若同志写了一篇《回忆斯大林》作刊物的"帽子"文章，当时全国数十家报刊都转载了。我的工作除策划并组稿外，还长期负责集稿、定稿并协助主编发稿，老吴和老吕还指定我作为"头脑清醒者"，负责检查每一期刊物付印前的清样，及时敏锐地发现和处理问题。

这个"头脑清醒者"制度学的是苏联《真理报》的经验。当时十分注意政治性，办报刊特别怕出错，尤其是政治性错误，而有些技术性错误搞得不好也会成为政治性错误。做编辑如果犯了政治性错误，那不知会有什么样的不幸。设立"头脑清醒者"制度，目的在可以于最后一刻改正或发现错误，使之得到补救。

我并非天生就有善于发现错误的才能，只是由于在上海劳动出版社时，培养出一种细心认真的作风，培养出一种极强的警惕性，加上那时年轻，视力好，头脑清楚，所以每每能发现并抓出错误来，其实，归根结底，这种能力的获得，同自己犯过错误得到的经验教训是分不开的。正是由于有过严重的经验教训，才使我不愿重蹈覆辙，宁可多花时间和精力一字一句毫不遗漏地去审查、审定。

我在上海劳动出版社建立之前，在上海总工会文教部编了四册工人文化课本。这是上海解放后第一套工人课本。在第一册上，我选了《东方红》的歌词作课文，并写了一段中苏友谊的文字作一篇课文。但我在看校样时粗枝大叶，校样上将"毛泽东"的"东"字排成了"束"，我竟未看出来，课文上将"苏联出兵东北"误排成"苏联出兵东西"，我又未看出来。我一心图快，大而化之地在付印样上写了"付印"二字并签了自己的名，就发到印刷厂去了。上海有 100 万产业工人，当时各厂都办夜校让工人学文化，工人课本第一版印数是 30 万册，数目大得惊人。开机后，我忽然接到劳动印刷厂厂长来的电话，说："课本有错，怎么办？"我很自信地说："不会有错吧？"对方说："不但错，而且很严重！"我只好说："马上停机，我就来！"我赶到厂里一看，果然，我签字付印的清样上确有两个非常严重的错误！我真是浑身冒汗，连忙向部长请示汇报，请工厂挖补版子改正再续印，已印成的数万册只好雇了一批临时工，用铅字排出改正的字剪了一本本贴上。为这，我写了检讨，下定决心不可小看校对工作，每看校样，必定十分认真，小心谨慎，决不大意。

也是在劳动出版社初创不久，当大张旗鼓镇压反革命时，中央颁布了《惩治反革命条例》。有一天，市委宣传部副部长姚臻打电话要吴从云和我一起去一下。去后，他布置了个任务，要我们出一本文艺形式的通俗讲解惩治反革命条例的书给工人看，既要讲解又要附上实例。回来后，决定由吴从云、王青、陈清泉和我四个人各写四分之一，最后由我统一加工稿件。这书用章回体写，每一回讲解两个条文，每个条文至少用一个例子。例子从何而来？我们分头到公安机关及检察机关、法院去借案卷。我们当作紧急任务日夜奋战，初稿完成后我又开夜车加工定稿。当时我确实做了不少改动，将不妥当的地方或删或改，但谁知这样政治性强的书决不可如此草率急急草就，尤其是涉及法律条文的书，岂可由我们这几个法律上的外行来解释并讲述？用的案例更必须精确，不可随意！这书，一下子开机印了5万本，发行极好。谁知突然姚臻同志来了电话，语气严厉，要老吴和我快去市委宣传部。我们察觉出事，连忙赶去。进他办公室时，我就发觉他脸色不好，再一看，他面前桌上摊开了一本《惩治反革命条例讲解》的书，上边用红色毛笔画了杠子，批了八个大字："命他改正，要他检讨！"

我们坐下，挨了训，讲了写书出书的过程，才知在条例中有一条关于偷越国境罪的，用了两个例子：一个是一个反革命分子偷渡到香港被逮住判了徒刑；一个是台湾派遣的特务由韩国偷渡到山东海阳被逮住判了徒刑。这两个案例都是比照偷越国境罪判刑的。台湾是我国的一个省，属于中国的领土，香港也是要收回的，这点我们都明确，内部用来比照偷越国境罪判刑是可以的，用来写在书上忽略了比照却是万万不可以的！结果，5万本书连发出的也都收回，并重写了这一条附了另外的例子将原来的一页撕去，贴上新页继续发行。不但是我，连吴从云也同我一并写了深刻检查，吃了严厉批评。正因如此，使我以后在做编辑审稿工作时非常注意政治，下决心再也不麻痹大意。总之宁可在"豆腐里面找骨头"，决不放过一字一标点的错误。

其实，我还是战战兢兢在做"头脑清醒者"的。每次看付印前的清样时，我宁可开夜车少睡觉也不懈怠。记得那一年中国工会召开"八大"，《中国工人》封二刊登的照片上大标题是"庆祝工会第八次代表大会召开"。可是不知怎的。"大"字误排成了"犬"字，被我及时发现，让工厂从速挖版补救。那次。吕宁显得很高兴，笑着对我说："幸亏你头脑清醒！要是你也糊涂了，就'大'字上这一个点，咱就吃不了兜着走啦！"

吕宁是个平时不讲笑话的人，这几乎是我见到他说的唯一的一次幽默话了！

那时人们都重视工人阶级，《中国工人》复刊初期，由于刊物的性质，所以约稿容易。我们开列了大批作者的名单，编委们固定分工联系，除作家之外，更有一些中央领导同志，例如我固定联系的人就有郭沫若、谢觉哉、夏衍、罗瑞卿、朱学范及全总书记处书记李颉伯、栗再温等。记得第一期正式刊物出版时，决定请郭沫若写一首诗。郭老当时住北京西城区大院胡同，大院胡同5号进去是一幢很大的西式楼房，有花园，有内外两个宽敞的客厅，住宅围墙上有电网。进门右侧，传达室警卫彬彬有礼地让客人填写会客单。第一次去，郭老见我向他介绍的《中国工人》是全国总工会面向全国工人办的综合性政治刊物，就爽快地答应给我们写一首诗，这诗题目就叫"中国工人"。后来，郭老一直由我分工联系，他对工人刊物约稿，总是乐于应承。因为他忙，后来我总找他秘书王廷芳同志联系，王秘书总是告诉我：郭老答应写了，因为你们是工人的刊物。世界和平理事会要召开科伦坡会议，我们组织了首都名画家齐白石、何香凝、陈半丁、于非闇等10位名画家画了一幅《和平颂》，郭老极忙，仍亲笔题了"和平颂"三字交由出席那个会议的代表团带给大会献礼。有一年的五一节前，我们又请陈半丁、王雪涛等名画家作一幅巨画作为刊物插页，我去约稿，郭老慨然给画取名为"五一颂"，并配了一首诗，诗中有"五一声威壮，劳工创大同"的句子。也是在1960年，我选了一些工人创作的优秀诗歌送给郭老去看，请他发表点感想并对工人谈谈诗歌创作。郭老当时担负着繁重的国家事务，包括科学文化和国际交往方面的领导工作，但仍同意写这篇文章。看到他百忙中写的这篇 2000 字左右的稿子，我不禁深深感动。他写在红格稿笺上的毛笔字很小，但书法隽秀刚劲，改动处不多，深入浅出地谈了工人诗歌创作方面的问题，表露了对工人浓浓的感情与关爱。当时我就了解，组郭老的稿并不容易，只是因为是《中国工人》向他组稿，所以他才有求必应。

又如谢觉哉老人，谢老于 1971 年逝世，迄今 30 多年了，但他那慈祥的态度、亲切的笑容至今使我难忘。

20 世纪 50 年代中，谢老任国务院内务部部长时，我曾向他组稿，请他为《中国工人》写杂文。后来，谢老任最高人民法院院长时，我仍请他为《中国工人》写杂文。这时，谢老仍住在内务部里，他的办公室很大，他的夫人王定国同志实际如同谢老的秘书，大家叫她"王科长"。"王科长"总是热情周到地接待客人，我想这同谢老的慈祥待人的风格是分不开的。我每次去请谢老写稿时都坐在谢老那张大办公桌对面的椅子上，谢老总是像一位慈祥的长辈那样和善地看着我，似乎在研究我是一个怎样的人。他的湖南口音亲切低缓，穿的衣服十分朴素。他做了多年的领导工作，但却给我一种异常慈祥、和善的印象。这是出乎我意料的。他参加过二万五千里长征，与林伯渠、吴玉章在延安时代并称"三老"，他是一块百炼钢。那时节，谢老的视力已经很差，只有中午时分光线强烈时他才能阅读及写东西。他的字写得极好，给我们写的稿都用毛笔，写的字每个有拇指盖大，字迹圆润挺拔，很少涂改，写在旧式毛边直行纸上。每张都像一件艺术品。我曾经保存过谢老的杂文手稿，可惜后来毁于"文化大革命"了。

再说夏衍。《包身工》是他 1935 年写的一篇优秀而有影响的报告文学作品。现在有两种文本，第一种是原著《包身工》，可以用 1978 年 1 月人民文学出版社出版的文学小丛书中的《包身工》版本为代表，全文近 1 万字；第二种是 20 世纪 50 年代《中国工人》杂志上刊登的《包身工》一文，全文不到 7000 字。后一种文本，当年不少报刊都转载，目前有些书本上仍在沿用。为什么会出现这种文本呢？那是在20世纪50年代，由于"左"的错误造成了以高指标、瞎指挥、浮夸风和"共产风"为主要标志的恶果，加上天灾及苏联撤走专家，人民的生活很困难，工厂里不少青年有思想问题。《中国工人》杂志既然是政治思想教育刊物，就决定从"新旧社会对比"方面来做些教育工作，于是，决定重新发表夏衍同志的名作《包身工》。

《包身工》是夏衍同志的名作。名家的名作本来不宜删改，作为编辑改正稿件中的错误是可以而且应该的，但随自己的心意随便删改名家的作品是工作中的大忌，只是那时工人的文化程度普遍较低，《包身工》中有深奥的部分，还有些地方用的是上海方言，因此由我执笔对《包身工》进行"处理"。我认真推敲后删去近3000字并做了不少改动，但心中不安，明知这样不好，很怕夏衍同志会有意见，因此，我亲自将修改稿送到文化部请夏衍部长过目，说明理由并希望他同意。我很怕他不高兴甚至发火，但他却态度亲切，点点头平静地答应说："好，我看看。"

过了一天，我心里一直很忐忑，打电话问夏公的秘书徐帆同志情况如何。徐帆带着喜气说："夏部长看过了，同意你们发表。原稿上有很少的改动，我马上派人给你送去。"

我当天很快收到了夏衍同志阅过的原稿。他在第一张稿纸头上，用粗粗笔触的蓝墨水钢笔写了"同意"二字并签了"夏衍"的名及日期。尽管我删改得未必都恰当，但他都没有计较，只在"请愿警"这个名词后亲笔用括弧加了一个注解："这是一个日本式的名词，在中国，一般叫作'保镖'，旧社会有钱的人为了保卫自己的安全而出钱向反动政府雇用的警察。"一共48个字。这使我很感动，以夏衍同志的声望、地位和文字水平，以《包身工》这样一篇名作，我在"处理"时常常感到删改是个难题，既怕改坏改得不恰当，又怕违背我一向认为做编辑工作要少改动人家稿件的原则，也怕夏衍同志不同意甚至生气，但夏衍同志不仅慨然同意，还亲自加注解——目的也是便于工人阅读。这种风格与态度，这种谦虚的思想境界和宽广的胸襟怎不令人起敬！

后来，我又请夏衍为《中国工人》写了《从"包身工"引起的回忆》等稿，他也如约写好给我们发表，也引起了读者强烈的反响。

还比如，罗瑞卿大将20世纪50年代里先任公安部部长，后任总参谋长、国防部副部长、中共中央军委秘书长。当时，台湾蒋介石叫嚣要"反攻大陆"，北京召开了全国民兵代表会议。一天，我到东交民巷罗总长住处向他约稿，请他配合全国民兵代表会议为《中国工人》写一篇文章，威慑台湾。当时组这篇稿觉得有难度，因为罗总长非常忙，怕他不会答应，但又觉得根据当时的形势，他写这篇文章不但有意义而且会起好作用，因此他可能会同意。果然，他承诺写了，而且叫我以后可以同总参动员部部长傅秋涛上将电话联系。我强调这篇文章是《中国工人》拟发头条的"帽子文章"，希望如期在我们发稿规定时间前拿到稿子。罗总长也慨然答应了，我和编辑部为此都感到兴奋。

这以后，我同傅秋涛部长电话联系，傅部长告诉我，已派人按罗总长的意思起草了稿子，稿子已送给罗总长亲自去审改定稿，我强调这稿是配合民兵代表会议的，这期《中国工人》要赠送给全体会议代表人手一册的，发稿期临近，希望不出问题，如期拿到罗总长的稿件。傅部长说：罗总长确实非常忙，稿子在他手中，但他飞成都有事去了，不在北京！我再给你转达一下。傅部长当时又是军委人民武装部部长，他对这事显然是很关心的。

听说罗总长去了成都，发稿在即，我心里忐忑不安，真怕延误了发稿和出版。

我到东交民巷罗总长家里，找他夫人郝治平同志请求支持，说明情况，希望能如期拿到稿子。果然，就在发稿那天，接到傅部长的电话，他那亲切的湖南口音使我十分激动，他说："罗总长的稿子用专机送回来了！他做了些改动，我马上派人给你们送来。稿子你们不要再改动了，按他的稿刊出!"我谢了他，他说:"罗总长答应了的事一定会这么做的!"

罗总长的文章在《中国工人》发表后，反响强烈，外国记者都发了电讯，全国许多报刊都转载了，这对当时疯狂着蠢蠢欲动的台湾蒋军是一发威力强大的"纸弹"。

《中国工人》的读者既有普通工人，也有工程技术人员、教育工作者，更有工会干部、工会工作者；产业又各有不同，煤矿工人对纺织工人的事不关心，铁路工人对造船工人的生活没有兴趣，做工会工作的希望看到工会工作经验介绍，生产工人和技术员想看技术方面的东西；青工和老工人、男工和女工都各有特殊的兴趣和爱好，文化低的要求刊物通俗，文化高的希望不要太粗浅，工厂中的文学爱好者又请求将《中国工人》干脆办成文艺性读物，甚至提供文娱演唱材料。"羊肉好吃，众口难调"。陈希文忙于工人出版社的事，《中国工人》归全总书记处张修竹书记直接管，希文很少过问，仅看看封面的图片表示一下肯定和否定，吴从云也忙于工人出版社的工作，逐渐很少来关心《中国工人》。吕宁和我展开了调研。我们展开讨论，提出方案，终于确定《中国工人》应当是一本面向广大工人的政治思想教育刊物，一切从政治思想教育出发，但不排斥包括文艺在内的任何形式。明确了这一点，大家的工作好做了，刊物也有了起色，最多时发行六十多万份，最少时也有二三十万份。

吕宁做主编十分稳健，他主持的《中国工人》，大的纰漏是不多的，因为他牢牢掌握着舵。他平时自己不写文章，也不爱动笔改人家的文章，但他对大事决不马虎，重要文章一定亲自斟酌，审稿的水平很高，聚精会神，眼光敏锐，常能看出人家疏忽的大问题。逢到这种时候，他的习惯是:用笔画出一切有问题的地方，严重的打上"?"，退给你们自己红着脸去看去改。他说:"这样会改得更恰当，也是培养提高编辑的方法，不必越俎代庖!"他历来不赞成改稿时从个人口味和爱好出发，而主张保留作者自己的风格。

吕宁一米七几的个儿，说话声音软而慢，平时不太讲究衣着，冬天总穿一件破旧的"皮猴"，袖口已经有点丁丁挂挂了。他开起会来，往那里一坐，挺潇洒，还俨然有一种大将的风度。他的优点是能启发人无拘无束地讲话，因为他从不抓谁的"辫子"，对逆耳之言从不表示厌恶。他最后作小结时，又善于采纳众人的意见，讲的话好像并不怎么精彩，但优点是干净利落，中肯，明确，简洁，绝不拖泥带水，也绝不放空炮，使人感到他是个务实的人。

谁有好的建议，吕宁都能采纳。有同志提议刊物上应当办个"讨论会"的栏目，他支持，而且很关心；有同志提议刊物上增加读者来信栏，发表一些有质量的群众信稿，他支持。对本刊编辑部同志的稿件，无论文稿、画稿，只要有质量，只要能处理好编创矛盾，他是坚决主张采用的，而且认为这是一个优点。在我给刊物写总结时，他主张把采用内稿的比数增加作为一项成绩纳入总结，因为他认为本刊的同志了解刊物的对象，了解本刊的要求，写出的稿符合读者要求；而且他历来认为一个刊物编辑部，既该出刊物又该出人才，人才要靠自己从现有人员中培养，能通过写作提高编辑素质，这是好事。在这种培养下，编辑部后来涌现出不少能写、能画的人才。虽然，他自己是从来不写一篇稿在自己的刊物上用的。

我听到过当时编辑部有的同志说吕宁似乎有点"懒"，能写出好文章来却不肯动笔花时间去写，但后来从一些运动中得到体会，感到他不是"懒"，而是把主要精力用在执行刊物的方针任务上；而且，他的"懒"也许是当时那种"左"的气氛和现实的产物，他的"冷"也可能是同样的产物。他平时慎言慎行，遇到假日就寄情于山水之间，唯见到活泼天真的孩子例如我的女儿才表露热情，何尝不是一种无奈心态的流露？何况，他支持编辑部的同志写稿，他自己也夹在中间写，那就不好办了；他支持大家写，自己不写，在公和私的问题上要好处得多。

吕宁背后不爱臧否人物，看人总是看优点多，与他相处那么久，我很少听到他背后说谁不好，但却并不排除他当面对一些人和事谈出自己的看法。当时有位老同志，资格很老，人品很好，就是能力差，工作不称职，有人背地里评论那位老同志。他显然也认为评论的意见基本是对的，但自己不参加评论，只是在后来从工作出发，对那位老同志的工作进行了合适的调整，让胜任的同志去干，而对那位老同志，他总是称之为"×老"，很尊重。

我曾率一个工作组外出工作，组内有一位同志，平日从不认真工作，但政治口号叫得比谁都响，是个善于动辄就"汇报"的人。在外工作中，他有些不妥当的做法受了我的批评，归来后，我听说他很快就去向吕宁"汇报"出差情况并且歪曲了事实。我就特地找吕宁解释，但吕宁笑了，说："我都知道了……"他的意思是我不必解释了，小事一件！我不禁笑了，感到自己气度还不够大，过于斤斤计较。有时我想，我感到吕宁有"大将风度"，可能就是一种气度恢弘的气质决定的吧！

吕宁在有些事上确是不与人争的。争名、争利、争权、争位，他都不涉，出风头的事他决不热衷去做。《中国工人》独立后，由中华全国总工会书记处直接领导，他的主编工作好做得多。起初，未独立时，有些领导同志因为不了解他，似乎觉得吕宁平庸，不露头角，却忽略了他从不患得患失、历来踏踏实实不表现自己个人的一面，因此在工作中，对他不大支持；个别能说会讲、锋芒毕露的同志也就自以为是、盛气凌人，但老吕处之泰然，未见他生过气发过牢骚，未见他计较一言一事。但最后事实证明，吕宁是称职的，他是一个埋头耕耘的主编，他主持下的《中国工人》在执行方针任务上始终坚定不移，刊物不断有改进，与《中国青年》《中国妇女》并驾齐驱，他的为人也洁净无垢，如清风，如绿草，虽不显眼，却纯粹、美好。他在私生活上也是严谨的。

1958年"大跃进"时，我到了甘肃，在那里看了引洮上山工程，又到处看了全民大炼钢铁的阵势，访问了省委领导同志。当时我用"本刊记者"名义，写了《紧张是东风——记中共甘肃省委第一书记张仲良同志一席谈》一文，由《中国工人》当"帽子文章"发了头条。文章大意是：有人说大跃进太紧张了！大炼钢铁太紧张了！这不对，紧张是东风！不是东风压倒西风，就是西风压倒东风！当时，文章颇得好评，但平心而论，看到群众十几个昼夜不睡觉，连铁床、铁门都砸碎了炼钢，心里也确实不是滋味。加上到河北徐水地区去"下马看花"，看到了更多"左"的和浮夸的做法，虽然回来后鉴于1957年反右的情况，不敢如实说不好，只好闭口不谈，但在取舍稿件时，却开始否定那种过于虚夸的文章了。这曾引起个别的编辑不满，但每逢这种时候，老吕总是支持我的。他那个阶段，也出去"走马看花"，回来也闭口不谈，但当然也有所感。我们之间互相心照不宣，却隐隐都有一种忧虑。记得1959年秋，我出差去旅大时，吕宁就叮嘱我："老王，带上十来斤饼干去吧！那里也许吃饭不方便。"我幸亏带了饼干，不然，有时就要饿肚子了！到1959年冬末，北京城里供应十分紧张，我和吕宁却还一同到西山中直机关造林站去劳动过一周，任务是植树。那时浮肿的人已不少，每顿都吃不饱，老吕干活仍很出力，脸上也仍旧总有亲切的笑容。我们每次都一人背三棵马尾松树苗上山，栽得妥妥当当才下山。回来后，啃了咸菜、窝头，就一同到附近散步闲逛。

　　我们相处融洽，但不多谈什么知心话。他是个有党性的人，工作中的缺点错误如果发现了，心里明白，有所抵制，但不愿多所指责抹黑。我心胸宽，不爱发牢骚，当时那种抑制人交流思想和意见的寒流，使我同他之间始终保持着一种不远不近、亲近而又有距离的工作关系，这一直维持到我们分手。

（三）北京 20 世纪 50 年代中期的生活状况

1953 年初调到北京后，我直到 1961 年夏季才离开北京，差不多 9 年时间，对北京有了深厚的感情，留下了不可磨灭的美好印象。

初到北京时，北京还显得陈旧，有些街道和地区似乎破破烂烂的，但巍峨的天安门，美丽的北海，风光旖旎的颐和园、昆明湖，宽阔的天安门广场，热闹的王府井、东安市场和隆福寺市场，宽阔的长安街，带有神秘色彩的故宫和天坛……处处都使我神往；北京全聚德的烤鸭，有名的"烤肉季"，桃园和翠花楼的菜肴，冬季的涮羊肉、鸡素烧，过年过节的蜂糕、枣泥月饼、元宵、盒装点心，平日面茶、豆汁、炸油饼、豌豆黄、蜜饯红果，以及在来今雨轩喝茶，在琉璃厂觅旧书……莫不给我留下兴味和回忆。

在北京工作的阶段，正是开展建设使北京这个首都不断发生变化的年月。北京那些古老的建筑、旧式的四合院逐渐"掺杂"起新建的"大屋顶"和火柴盒式的西式办公楼来。尤其是 20 世纪 50 年代中期兴建的十大建筑物——包括人民大会堂、历史博物馆、军事博物馆、美术馆……都一一建造起来。东单、东四、西单、西四原来都有大牌楼的，此时大牌楼移走了；前门外的天桥及大栅栏变样了，王府井有了百货大楼，北京饭店加盖了新楼，和平宾馆、华侨饭店、新侨饭店……都一一盖成；北京体育馆也与先农坛体育场先后完成……我们常因工作关系，在将明清两代太庙改成的北京市劳动人民文化宫里开会并参加文化活动。北京那些年的大变化，我们是见证人，而且，我们也是亲身参加了北京建设的建设者。那时，在北京的干部每年至少要参加劳动一个月。我在人民大会堂的工地上参加过劳动。有一次劳动时，上面一块大砖掉下来险些砸在我头上，将我身边地面砸了一个坑，如果砸在头上就开花了。我们也常到香山中直机关植林站去种树造林，背着沉重的油松（即马尾松）爬到香山上去掘坑栽种，我独自栽下的油松至少有几十棵。我们更在播种季节到郊区去插秧，在收获季节去帮助农民收割，去抬石头，去搅拌石灰和用泥土垒猪圈……每一年，北京都有新变化，逐渐同我们1953年初刚到北京时在北新桥见到的那种陈旧的情景不同了！

记得刚要从上海调到北京时，上海有些亲友见到我都说："这下你可以到北京看毛主席去了！"而我，心里也想：是啊，我是要去北京看毛主席去了！这种心愿，其实不仅是当时的我有，一同调到北京的人都有，因为从那时开始，直到"文化大革命"中期，报上和人们口头上流行着一句话："到北京去看毛主席！"每每都是劳模、先进工作者、各地的头面人物有此机会，并且被认为是一种殊荣。

在北京，我度过了20世纪50年代光辉灿烂的一些岁月，当然也经历了密云骤风期。那时候，我年轻，对革命狂热，在北京中华全国总工会系统工作，每年"五一"和"十一"，都要到天安门"观礼"。那是见毛主席的好机会，于是，总是十分兴奋，尽管每年总要来这么两次。"观礼"也很疲劳，天不亮就起身列队走向天安门，要长时间地站着等待，要在会散后迈着乏力的步子走回住处。虽然如此，却总是怀着热烈的心情，穿上自己认为体面的衣服，去接受毛主席的检阅，决不懈怠。其实，所谓接受检阅，毛主席站在天安门上，是未必看得清我们的！倒是我们，站在下面人山人海中可以看到他走出来，站在那里检阅。我那时候年轻，视力好，连毛主席的表情都看得清清楚楚，能看到毛主席心里就感到幸福和荣耀，写家信都说："今天，看到毛主席了！"

所谓"观礼"，去得多的是上述那种站着接受检阅。中华全国总工会的队伍总是站在最前端，再前面就是捧花和气球的儿童队伍了！游行完毕，儿童们向前冲去，我们也向前跑去，争着向天安门城楼上的国家领导人挥手！还有一种观礼，那是站在天安门观礼台上的观礼，是凭发给的观礼证——一种绸条子，才可到指定的观礼台上早早等候着观礼的。我真正拿到观礼出入证只有一次，而且不是红绸条，也不是粉红绸条，而是绿绸条。因为1953年供给制改为工资制时我是行政十六级，接着，升为十五级，级别不高，挂着绿绸条，在观礼台上就只能站在下边，挂着红绸条才可以站在上边，粉红绸条也比绿绸条站的地位高一些，离天安门城楼近一些。但就拿到那么一次请去观礼的绿绸条子，当时已经很不错了。那次，一位全国总工会的处长就对我说："老王，看到没有？就咱两个处长级别的才能站在这儿，不容易啊！"他是位老干部，以此为荣，情绪颇高。

在北京，除了"五一""十一"在天安门能见到毛主席外，平时见到毛主席的机会并不多。那时，虽然我也有过几次出入中南海的机会，因为原来全总的书记李颉伯同志后来调任中共中央办公厅副主任了，我有时去找颉伯同志组稿并采访，有时也找过毛主席的警卫处长阎长林同志联系工作（去中南海，从府右街西大门进入，警卫室一名军官看了介绍信，用电话同李颉伯同志联系后，就让进入甲区，一路除警卫战士，不见闲人），但在中南海里行走，却未曾碰见过毛主席。虽然我也不止一次有机会听过毛主席的讲话，但听的是录音，并未当面听过毛主席讲话。只是在1958年，却有一次偶然的机会见到了毛主席，而且离得那么近，看得那么清晰，看到了毛主席那举世闻名的微笑。

那是苏联著名的大马戏团首次来华演出，我以《中国工人》的记者身份，在演出的第一天拿到了请柬，挂上记者条去体育馆参加开幕式。观众都是凭请柬入场的。我有固定座位，但挂着绿色的记者条是可以自由走来走去的。这是演出的第一天，我看到陈云同志带了一个小女孩来，他坐的位置较高，也并不在前排，他静静坐着，一点儿也不特殊，就像一个最普通的观众。

我突然发现在陈云同志的前面下方，有好几排位子都空着，心里揣摸一定是有中央领导同志来坐。当我走到通向前排高处座位的走道口时，人群突然由平静变得很不平静，回头一看，原来毛主席来了！

毛主席迈着他那稳健的步子。脸上带着他那举世闻名的微笑，由个儿高高步履矫健的彭真同志和穿西装的苏联驻华大使尤金，以及一些毛主席的卫士和他身边的工作人员簇拥着、陪同着来了。这完全出乎我的意料！响亮的掌声，这是群众看到毛主席的到来鼓起的掌声，我连忙止步靠边站在那里不动。毛主席步伐很快，一会儿就走过我的面前。我与身边的人站着鼓掌，让毛主席一行从身边走过去，走进大厅去入座。毛主席离我很近很近，最近时就只有那么两尺远。我看得十分清楚，连他嘴唇下那颗痣也看得十分清楚。当时，我感到很高兴，觉得自己碰上了好运气。

那晚，毛主席的光临使得大马戏团的艺术家们也激动得难以形容，他们每个节目演出结束时，在热烈的掌声中都要朝毛主席坐的方向恭敬地鞠躬才退场。大马戏团拥有不少第一流的杂技演员，有的是功勋演员，但太激动了！那晚有一个本来十分精彩的节目"横板滚球"——很大的球滚动着，上面搁上横板，演员站在板上挪动着脚，大球隔着板滚动，人不掉下来，板上再加另一只大球，球上再加横板，人再上去滚球。可惜两个演员都紧张过分了，老是从滚动的球板上跌落下来，而且再也无法表演成功。我在台下替他们着急也无用，结果他俩就只好恭敬地鞠躬退场。观众们对这似乎都觉得理解，仍给他们鼓掌。这时，我发现毛主席也在给他们鼓掌，含着似乎是表示抚慰的微笑。毛主席给两个失败演员鼓掌，多动人啊！这是那晚使我感受极深的事……

我们那时候穿得都很朴素，始终是蓝色、灰色的那种干部服，穿旧了穿破了也仍穿着，毫不讲究，衣服不一定合身，破了打个补丁也就行了，男的女的穿的衣服都差不多，满街都是单调的蓝色、灰色的人群。到20世纪50年代中期，由于外事活动的需要，像我有时要到东交民巷等地的大使馆参加招待会，有时要迎送外宾到飞机场或火车站，我们把这叫作"仪仗队"，因此特地做了点漂亮的衣服应付，但平时仍不爱穿得漂亮，脚上的皮鞋也不愿擦得乌亮的。仅在1956年，当时生活较以前改善了许多，有人也就觉得衣着上应当有些改变和改善了。记得当时我们《中国工人》也宣传过女同志应穿花衣裳，并请青年艺术剧院的一些女演员穿上苏式的"布拉吉"连衣裙衫到中山公园拍了很多照片，既做封面用又在彩色扉页上用，我还让美术组的同志请人写了文章配合刊出。记得郁风当时在美术家协会，给《中国工人》写了一篇文章，题目是《你敢穿吗?》这文章当时刊出并无人反对，但到1957年反右开始后，却有人批评这篇文章是资产阶级思想，这郁风当然是不知道的，我则检讨了事。只是从那以后，穿花衣裳的浪潮被打消，人们又回到了蓝与灰的颜色中去了!

在"食"的方面，我们这些从上海到北京的干部，由于吃惯了米饭，对馒头是吃不惯的，可是当时面粉是"细粮"，大米是"粗粮"，吃馒头是一种优待，而这种优待南方人吃起来却发愁，每人一只馒头在手里拿了许久，吃得很慢，如果是米饭，则吃得很快。但食堂办得不好，米饭是蒸的，水放得多，总是烂糟糟的，吃起很难受，食堂也想改进，只是要适合所有人的胃口并不容易。不说我们上海来的干部了，有位四川女同志小谢，她对吃总是特别不习惯，她并不想吃好的，只求合胃口，天天自己借火下点挂面吃点榨菜度日。生活习惯上的差异并不奇怪，好在当时谁都不把吃当作什么大问题，思想上认为讲究吃是一种资产阶级思想，绝不在吃上花太多精力。好在当时物价便宜，起初，大不了周末休假时找个馆子吃点合口味的东西，或买点什么借有家属开火的同志家做点吃的，慢慢地在吃的方面也就习惯些了。

拿"住"来讲，我们住的条件是随着北京的建设逐渐变得越来越好的。我前面说过，从西仁里的旧小四合院迁到红楼，从红楼又迁到东总布胡同19号的大洋房里。由于我们有了孩子，雇了保姆，又给我们扩大了面积，增加了房间。最后，在东西猪市大街盖了一幢5层的大楼，街对面是隆福寺商场，旁边是中央冶金部大楼，我分到的是三楼的极好的大套房。《中国工人》在这时也都全部搬到了这里的一、二楼办公，三、四、五楼做了宿舍，五楼有一间大厅安装了一台电视机，大家随时可以去看。那时，外边还很少有电视机，所以五楼几乎成了各家家属和孩子们的"天堂"，晚上在那里看电视的人很多。这个装电视的大厅暑假时还给各家的孩子办夏令营用，曾经请我去给孩子们讲过故事，但很失败，因为孩子们年龄不同，大的已上初中，小的还是小学一、二年级，开头还比较集中精力听我讲，逐渐就做小动作、打呵欠了，我用尽心机使出浑身解数也吸引不了听众。打个比方，就像那个办得不合众人胃口的食堂一样，极不讨好。第二次又请我，我自知无法胜任再也不讲了！

在"行"的方面，工人出版社时代，有一辆小轿车，我和钱沄从上海到北京时，希文同志亲自坐这车来接我们。后来，我见希文同志一般都不坐车，因为有条规定：患急病的人、女同志分娩去医院及出院时可用，其余只有特殊情况及招待外宾可用。《中国工人》独立后，有一辆吉普车，我们也只在特殊情况下例如上医院、陪作者时用一下，平时都是坐公共汽车或电车，从不由做领导的霸着用，更不公车私用。

办刊物，既做编辑也要做记者，对内是编辑，如外出采访或要去写什么，自然就是记者。我们经常出差，我专拣工人多和工矿企业多的地方去，在北京我有固定联系的工厂——长辛店机车车辆工厂和人民印刷厂。长辛店机车车辆工厂是个有光荣革命历史的老厂，那里有参加过"二七"罢工的老工人；人民印刷厂是印钞票的保密厂，因有工人诗人李学鳌在那里，故我常去。后来，我还将国棉一厂和二厂作为固定联系厂，常去摸工人思想情况，联系工人作者，发展工人通讯员。有一次，到国棉二厂党委开工人座谈会，恰巧厂里幼儿园发生猩红热病，我免疫力低，竟传染了猩红热，被单独隔离了半个多月。由于下厂下矿，我跑遍了东北，远到冬天零下四十几度的富拉尔基机械厂、

白雪覆盖的伊春林区，到鞍钢和旅大、沈阳那更是家常便饭。20 世纪
50 年代时著名的劳动模范，诸如鞍钢的老孟泰（炼铁厂的）、王崇伦
（鞍钢机械总厂的）、詹水晶（大连造船厂的）等都成了我的好朋友。老
孟泰每次到北京开人代会总要打电话给我，要我帮他写信，写提案。
我到了鞍钢去看望他时，他总要留我在家吃饭。王崇伦到北京也总要
打电话给我，有一次，恰逢我们要在劳动人民文化宫开一个康濯作品
研讨会，我就将王崇伦邀去参加并发言。李瑞环当时年轻且已出名，
我在工地的青年突击队里采访他，当时他正致力于推广木工的先进经
验，我采访后写了《先进经验长了腿》一文发表在《中国工人》上。

在北京，我常常参加全国性的一些会议，例如"全国文教先进工作
者代表大会"、"全国职工文艺会演"、"全国工会积极分子代表会议"、
"全国工业、交通、基建、财贸社会主义建设先进集体、先进生产者代
表大会"、"中国新闻工作者第一次全国代表会议"、"全国民兵代表会
议"等等，有时作为列席代表，有时作为记者，因此常有机会听到中
央领导同志的报告。有一次，"反右"前夕，周恩来总理在文联大楼作
过一次很长的讲话，中心内容是从剖析自己的家庭出身谈知识分子改
造，谈得十分亲切而深刻。我作了全文完整的记录，陈希文同志看了
我的记录稿后，决定要我向《中国工人》和工人出版社全社同志传达。
传达完后，我的记录稿又被他取去看，后来他未还我，我也忘了，直
到 20 世纪 80 年代后期，他在贵州大学做书记兼校长已离休，有一天他
突然将我的记录稿寄还给我，还说我应当好好保存这稿子。可惜后来
我搬家时东西太乱，此稿本是珍藏着的，却不知怎么找不到了。我写
这些，是说明那些年在北京工作期间，生活是丰富多彩的，我当时是
非常爱自己所从事的工作的。

（四）我无法摆脱写作

20世纪50年代的北京，政治运动接二连三，先是生产资料私有制社会主义改造的基本完成，又是1954年到1955年间的粉碎高岗、饶漱石反党篡权阴谋活动。再是1955年5月掀起、1957年结束的大规模肃反运动，以后社会主义全面建设开始，又有了中国共产党的整风运动和反右派斗争，有了社会主义建设中急于求成的思想，在"大跃进"运动和人民公社化运动中产生了"左"倾错误。应当说，那时人同人之间的关系、同志与同志的关系就变得很不正常了。

作为我来说，我参加了许多会，接触了许多人，包括上层的领导同志和一批大作家、大学者，但我却尽量不同他们来往，不接近。我过去有过不少老同学、老同事、老师、亲戚故旧，我也基本不来往、不接近，因为在那个时代，友谊似乎是不宜提及的，应该只有同志爱，没有什么友爱。有的刊物就对这个问题展开过讨论，最后的结论倾向于否定友谊。当时在我接触的人中，我看到莫名其妙倒下的人太多了，比如在上海时，黎玉是市委秘书长，很快被批判了；恽逸群是《解放日报》负责人，后来成了"反革命分子"；潘汉年是上海市副市长，杨帆是上海市公安局局长，也不知怎么出了事被捕了。文艺界的情况更使我吃惊，对萧也牧的《我们夫妇之间》、赵丹主演的《武训传》电影的批判，对《文艺报》的批判，对胡适的批判，以至对胡风的批判……有时我能明白，有时又不能全明白，心里凉飕飕的。此时，对吕宁那种与人保持距离、保持沉默，甚至显得很"冷"，也从不写文章甚至也不改人家文章的做法，似乎隐隐多了些理解。我性格与他不同，但当时的实际思想和心理状态却颇想学他那样，好超然一些，避免有什么不幸降临，虽未事事谨小慎微，确也常常战战兢兢。

当然，我难以做到吕宁那样决不动笔写作、决不改人家的稿子，我的工作岗位决定了我必须写作，也必须改稿，我唯一能要求自己的是：下笔小心，从四面八方来考虑如何不出问题。

我从在上海总工会时期就开始写作的长篇《一去不复返的时代》（后改名为《战争和人》）仍继续在抽空进行，除了给《中国工人》写必须写的特写、杂文、评论、诗歌外，我还抽空修改了在上海时到上钢三厂深入生活时的一个长篇《后方的战线》，寄到了上海新文艺出版社去，他们回信说决定出版单行本。偏巧不久公布了"胡风反革命集团"的信件，展开批判，上海新文艺出版社偏巧又是所谓"胡风分子把持的阵地"，我的书偏偏在那里出版，岂不可疑！审查之势形成，我的书稿被从上海索回，幸好内容没有问题，更幸运的是，此书责编翟永瑚同志是位党员作家，不是胡风分子，由他出面写了材料，证明我与该社的其他人均无瓜葛。书虽未及时出版，然而重要的是我幸运地未被打成"胡风分子"。

论理，我真该洗手不干，再也不写作了，但偏偏全国总工会的张修竹书记要《中国工人》发表一个小说连载，他说："工人喜欢看故事性强的连载，要写工人的题材，用工人喜闻乐见的小说形式，配上好的插图，每期登些章节，吸引工人这期看了还想看下期，用这向工人进行爱国主义教育！"于是，吕宁召集编委会，将这任务交给了我。我并不想写，但又不能不写，我实在无法摆脱写作，只好努力。

写什么题材呢？

我想起20世纪50年代初在上海总工会工作时，听说北京话剧界的同志，以冀东矿工游击队长节振国的事迹为题材写过一出话剧，但未成功，没有上演。到1953年春，我由上海调到北京工作，又一次偶然听人说起丁玲曾想写节振国的故事。告诉我的人还说："节振国的性格很像苏联的夏伯阳（后译恰巴耶夫）。"当时我听后并未引起多大注意，更没有想到以他的事迹为题材来进行创作。

以后，有一年我从北京去唐山收集开滦工运史料，在开滦的唐山矿、赵各庄矿及林西矿活动期间，听到许多矿上的干部和职工说起节振国烈士。人们说："抗日战争时期，日本侵略者在冀东最怕节振国，把他叫作'白脸狼'、'节寨主'，到处悬赏捉拿他。在他牺牲的消息传出后，鬼子不敢相信，怀疑这是节振国故意布下的疑阵，曾出动大批兵力到处搜寻他的下落。""节振国大义凛然，他有个结拜兄弟名叫夏连凤，与节振国情同手足，但夏连凤被捕叛变投敌后，来游说节振国投敌，节振国立即将夏连凤枪毙示众。""榛子镇有个武装土匪汉奸头子李奎胡，为非作歹，残害百姓。节振国用计杀了李奎胡，将李奎胡的人头高挂在榛子镇城楼上，日本鬼子看了都胆战心惊。"……以后，我又接触了一些唐山市委、市工会的干部，他们也都能讲一些节振国参加1938年开滦五矿大罢工和冀东十万工农大暴动的故事，更能讲一些节振国来无影去无踪抗日锄奸的故事。这些生动感人的故事吸引了我，使我对节振国这一位传奇英雄产生了浓烈的兴趣。

接着，我从抗日战争时期的延安《中国工人》1940年第10期上读到了慰冰写的《中国工人阶级的英雄"白脸狼"》一文，并且听有的同志谈起：毛泽东1940年在延安听到从冀东去延安汇报工作的吴德谈起节振国英勇抗日的事迹，了解到冀东敌人扫荡的残酷情况后，曾说：对这样一位工人出身的游击队长，要好好保护他，培养他，不要让他牺牲，牺牲了是很可惜的！可是。实际上，毛泽东说这话时，节振国在冀东已经不幸作战牺牲了，这当然是非常令人遗憾的。后来，周恩来在重庆时，曾向文艺界的人介绍过节振国的抗日事迹，并且建议能将他的事迹写成文艺作品。

我追问为什么写节振国事迹的文艺作品迟迟没有出现。有人说，一是因为需要进行艰苦深入的采访，花费的时间精力太多；二是这个人物不好写，有点个人英雄主义和冒险主义，性格上像夏伯阳，又是作战时不该牺牲而牺牲了的，北京话剧界的同志写了节振国事迹的剧本，但通不过，白白浪费了劳动。

我将信将疑，但却有了创作的意图。我在唐山赵各庄及冀东八县开始采访并收集节振国事迹的材料，以后又在北京等地继续采访，终于，有了创作冲动，并对节振国有了一个比较完整的认识。

节振国，1910年10月9日出生在山东省武城县刘堂村（20世纪60年代初，刘堂村划归河北省故城县）。他10岁那年。因家乡闹灾，随全家逃荒到开滦赵各庄煤矿，14岁就下井做了童工。开滦矿工有习武之风，节振国为了不受欺压，习武强身，武艺高强。他为人正直，深受工人拥戴，"九一八"事变后，他激于民族义愤，带领工人抵制日货，砸日本商行，成为工人领袖。

1938年春，英国资本家在开滦赵各庄矿实行"井下计工制"，加强对工人的剥削。工人大罢工时，节振国任工人纠察大队长，此时他已接受党的领导。在罢工中，他表现十分英勇，曾率领纠察队在罢工委员会组织下打垮了唐家庄矿由资方组织的"护矿队"。由于工人生活困难，节振国领导纠察队保护数千工人及家属分掉东煤场的存煤，用煤去换取粮食，为坚持罢工斗争提供了物质保证，取得了大罢工的成功。这次罢工沉重打击了开滦煤矿的英国资本家，而且粉碎了日寇插手工运想夺取矿权的阴谋。5月的一天清晨，日寇队长高野带了十多名宪兵和伪军到赵各庄逮捕节振国，节振国用菜刀砍倒高野和另一个宪兵翻墙逃脱，但节振国也身负枪伤，避到丰润县南关好友张志发家养伤。伤愈后，正逢中共冀热边区特委发动人民举行武装抗日大暴动，节振国遂与一伙矿工兄弟在滦县韩家哨聚义树起抗日旗帜，曾收缴了榛子镇伪警察的枪支。当时，他为寻找党，先去投奔抗日联军副司令洪麟阁，但未被重视，后来找到了我党直接领导冀东抗日的联军副司令李运昌部，李司令员将节部编为抗联第二路司令部直辖工人特务大队，节振国为大队长。

7月18日，节振国奉命率队攻打了赵各庄伪警察所。他扩充了兵员，开滦赵各庄矿、林西矿和唐家庄矿有3000多工人参加了抗日队伍。

与日寇激战两次后，退入农村汇入暴动队伍的洪流，但秋天时，日寇调集兵力扫荡，冀东抗日大暴动受到严重挫折，工人特务大队也仅剩下28人。节振国威武不屈，在北部山区又找到了党领导的抗联部队，重新扩大队伍战斗在冀东。这期间，他用流水疾风般的战术在矿区打击日寇，铲除汉奸。有一次，他晚上进入赵各庄燕春楼戏院抓了几个汉奸特务，并且当场跳上戏台向观众发表了抗日讲演，然后安全撤走。

冀东的抗战环境十分艰苦，节振国工人特务大队的游击战十分出色，为开辟抗日新局面做出了极大贡献。1939年秋，他在丰润县乡下入党，1939年9月，冀东抗联部队改编为八路军，节振国被调到阜平晋察冀分局党校第三期学习。1940年5月结束了学习，组织上派他回冀东军分区工作，节振国所在的干部队同十二团陈群团长的部队在返回冀东途中，在盘山地区和冀东中部与敌人激战。节振国强烈要求与十二团一起作战，在滦县下尤各庄战斗中，由于勇敢杀敌过于冒失，被敌人枪弹击中牺牲，时年30岁。噩耗传来，抗日军民都十分悲痛，上、下尤各庄的老乡们为他吃素三天，以祭奠他。我们的部队继续打着"节振国工人特务大队"的旗帜用游击战袭击敌人，日寇和汉奸则到处寻找节振国的坟墓，以证实他确实已经牺牲，但老乡们守口如瓶，一直秘密保护着节振国的坟墓。直到日寇败亡，烈士的遗骸才移往唐山烈士陵园。

为写节振国烈士的传记小说，我先后采访了许多当年开滦的老工人、节振国的战友及老领导，并采访了那时的交通部部长李运昌、吉林省委书记吴德、中共中央办公厅副主任李颉伯等，并在开滦煤矿下井，在冀东的八个县里实地考察，亲身体验游击战士当年的生活。

节振国传奇式的经历十分悲壮动人，也使我受到很大的教育。我觉得这位英雄应该写，为节振国的传记花费再多的时间精力也值得。至于说他有个人英雄主义和冒险主义倾向等等，说明我们那时创作中的条条框框、清规戒律多么严重，说明我们那时用"左"的态度来对待创作，进行过多的不必要的干预是多么严重。我暗下决心，要冒风险来写节振国，即使失败我也不后悔。

在这种情况下，我花了二十多个夜晚，一气写成了《赤胆忠心——红色游击队长节振国的故事》，由画家江荧配了精美的插图，先在《中国工人》连载，接着又由工人出版社出版了单行本。

小说刊出，反响强烈。电台连播，著名评书艺人袁阔成广为说讲（后来还出版了书），上海的评弹演员也加以采用，外文出版社在1961年将它译成外文向国外介绍，赵各庄业余话剧团将它改编为话剧。唐山京剧团还根据开滦矿史和《赤胆忠心》改编出京剧《节振国》，参加了全国京剧会演，后来又拍成了电影。这本小说在那些年影响非常大，但我心中常感遗憾，觉得写得还不够好。二十多年后，"文化大革命"结束，我重新去烈士故乡及有关地点补充生活，重新创作，写出了《血染春秋——节振国传奇》，共40万字，1982年由花山文艺出版社出版，并获得了全国作协和全国煤矿基金会评出的首届"乌金奖"，还被唐山电视台改编为电视连续剧《节振国》。

（五）饥饿年代离开北京下放山东

在北京比较平静地生活到1957年反右派运动开始后，日子就变得十分阢陧不安了。反右派是先排队后开始的，凡排队排上右派的，都跑不了。20年后，错划的右派全部改正，《中国工人》的右派全部属于错划。

我在反右派运动中，其实是十分危险也十分幸运的。当时，全国总工会发通知要我去鸣放，我因工作忙未去；上海复旦大学新闻系的主任王中来到北京，在北京饭店宴请在京复旦新闻系毕业的校友，我也因发稿忙未去（如果去，就算参加王中的"黑会"了）；工人出版社要我参加座谈鸣放，我发了个简短的言，但没有犯忌的话；我去参加全国新闻工作者第一次代表大会为列席代表，也未发言。最危险的是反右开始阶段，全国大鸣大放，吕宁突然对我说他要到东北出差，去"走马看花"做做调研工作，并给刊物组织些稿件，让我在家代他主持工作。我说："全国正在大鸣大放，我不同意你在这种时候离开！"他却一定要走，我只好在家主持工作，但我心里隐隐有一种不安，就说："你看你走后我的工作怎么做？"他当时未回答，事后直截了当将《布尔什维克报刊文集》中一篇文章的一段话亲自抄了替我压在我办公桌的玻璃板下，这段话是："报刊应该真正成为领导一切社会主义建设和发展无产阶级国家力量的事业和党的意志的表现和喉舌，报道事实上应该成为党在组织群众和向群众进行列宁主义思想教育方面的主要的助手。因此，我认为现时尤须强调指出的是：报刊不仅应该和我们的党有密切的联系，不仅应该置于党的完全领导之下，而且应该使自己的全部工作完全地与党的工作和党的思想生活结合起来。"

　　《布尔什维克报刊文集》是我们《中国工人》编辑部进行业务学习时采用的一本书，我当时看了他抄给我的这段话，既不认为这是"锦囊妙计"，也不认为这是"精彩指示"或"高明指点"，但因为这是他临别的留言，又是他郑重其事替我压在玻璃台板下的，遂多看了两遍并且后来在审稿及取舍稿件时，确实用这段话来作为一杆秤使用了！大鸣大放阶段，大家思路活跃，许多在当时认为很"出格"的稿件都蜂拥到我桌上来了。我不能不说吕宁抄放在我面前的这段话当真起了大作用，因此，我冷静地审稿，并且谨慎地否定或压下了许多如果发表出来势必会造成严重后果的稿件。为这，有的编辑同志颇有意见，被否定退回的稿件有时第二次、第三次仍送上来，我觉得肩上挑着吕宁卸给我的重担，我决不能出问题，艰难地顶着，只想平平安安主持工作到吕宁回来，尽到我的责任。

　　但反右开始，由于尺度不同，"左"的情绪使一些正确的东西也成为"毒草"。比如一幅《叶公好龙》的漫画，本来是丝毫没有问题的，当时却可加上"鼓动右派向党进攻"的罪名，我真怕出问题。反右运动是从工会系统开始的，当报上发表《工人说话了》的社论后，吕宁从东北回来了。他回来的那晚，我心情沉重地在东总布胡同 19 号的紫藤架下同他站着谈了片刻。我讲了他走后的工作情况，并检讨说："我的工作没有做好，看来，刊物上发了一些不好的文章和漫画……"他还是沉默不语，但看得出他心情也非常沉重，临别，他叹着气说了一句："看运动的发展吧！"话虽简单，但显出了无可奈何，我感到他的态度并不"冷"，他并不想拿我做"替罪羊"，也无心陷我于泥淖之中。

后来，反右斗争狂飙似的展开了，很快就有扩大化的趋势，吕宁始终稳稳的，并不热衷，极少发言，即使开口，态度语气也是平和说理的，不像批判，倒像谈心，使人感到他实事求是。由于他平时并不同人谈心或深交，他不"揭发"任何人也成为可理解的了。有人议论他在运动中不够"积极"，不够"火爆"，其实，他在解放战争时期参加学运，听说是热情奔放、慷慨激昂的，在反动军警面前，他毫不畏惧、退缩，可为什么在运动中会表现出这种不够"积极"的态度呢？当时我并未深思，我只是觉得他从不哗众取宠，从不出自私心表现自己，确乎是一个比较实事求是的人！我私下里也在学他。

反右以后，我的感觉是沉默的人多了，说话做事谨慎小心的人多了，说真话的人少了，互相来往谈心的人少了。接下来是"大跃进"和人民公社化运动中"左"倾错误的发生，接下来又是庐山会议和"反右倾"，国民经济有了严重困难，加上中苏关系恶化，全国有些地方既有天灾也有人祸，终于，造成了北京城里的饥饿局面。

饥饿其实是在全国许许多多地方发生着的，但我们住在北京，对北京饥饿的这种感受更深，粮食定量削减了，到处都买不到吃的。王府井平时热闹的景象不见了，店铺橱窗里只要属于摆放食品的地方都空空如也。东单菜市凭票证供应少量的肉和鱼，其他副食品偶尔来一点也一抢而空。我们一家整天在饥饿中，《中国工人》的同志们大都面容浮肿，我拖着沉重的脚步到办公室去，能来坚持上班的人已经很少，当时有了钱也无法买到吃的。人民大会堂的小卖部和机场的小卖部有少量的猪肉罐头等出售，但组织上通知我们别去购买，我们都有很强的自律意识，当然不会去购买。那种饥肠辘辘的感觉真是非常难受，但刊物还要如期出版，我也仍是每天忍着饥饿编稿、集稿并保证如期发稿。

陈希文同志是在1958年就去贵州了。那时，全国总工会主席赖若愚病故后受到了批判，说他犯了"工团主义"为工人搞福利的错误，说工会的任务不应该是为工人改善生活谋福利。其实，赖若愚同志生前的威信是很高的，至今他那口山西话仍好像响起在耳边。批判了他以后，全总书记处有些书记也就换掉了，工人出版社也撤销了，人员全部另行分配。《中国工人》独立存在，陈希文同志去贵州大学任党委书记兼校长，临别，我送他，双方似乎都黯然神伤。

吴从云同志不知何故，早在希文去贵州前就调到安徽合肥师范学院做书记兼校长去了，后来，又从安徽合肥调到上海师范学院做书记兼院长。我在老吴领导下工作的时间较长，他走时，我去他家里送他，他情绪不好，只恳切地对我说："这一别，以后就不容易见面了！以后你要少写东西，工作上也要防止出差错……"他话说得真诚，我险些掉下泪来。

《中国工人》在1961年初突然奉命撤销，是中宣部同志来宣布的，原因是什么已无法求证，因为《中国工人》是工人阶级的刊物，每期均送中央领导同志的，只知道毛泽东在刊物上批了"拆庙搬神"四个字，于是《中国工人》就停办了！事后，有人说是同《刘志丹》事件有关，是康生捣了鬼，事情是这样的：工人出版社在1958年撤销后，牌子挂在《中国工人》杂志社门口，有几本畅销书如《把一切献给党》《我的一家》等均由《中国工人》接手，当时《刘志丹》一书，吕宁曾征求我的意见，拟在何家栋同志和我二人中派一人去协助作者写作定稿。当时我刊物工作太忙，脱不开身，而且我认为老何文才很好，他去合适，故由何家栋去给李建彤做这工作。此时，《刘志丹》稿已完成并送审。送给习仲勋副总理校样审定时，习仲勋同志曾来电话通知《中国工人》社几个编委去听取意见。当天，吕宁、周培林、周道非、杜映四位都去了（杜映是一位将军的夫人，平时患高血压不上班，这天恰好来社，遂去了），我因在社忙于发稿未去，后来竟逃脱了一场大难。当日，习仲勋同志指示：要把这本书写好编好，反映出当时的革命形势，要好好宣传毛泽东思想；并说，这是小说，人物有的未用真名，是杜撰的，可以写。这些意见本来是正确的，可是后来上纲上线，歪曲成习仲勋要用刘志丹思想代替毛泽东思想，说这本书宣扬了"陕北救了中央"，又给高岗树了碑立了传等等，成了大冤案。所以说《中国工人》停刊同《刘志丹》有关倒也不是毫无根据的。

《中国工人》"拆庙搬神"，人员大半下放各省，吕宁被转到《工人日报》任副总编辑，我则在处理完刊物结束工作后，又给《工人日报》编了三个月《工人文艺》，然后决定下放山东。走前，我去向吕宁告别。他刚外出归来，手里抱着小女儿香香，灯下对坐，两杯清茶，知道我要远行，他少有地露出颇为不舍的神情，像做鉴定似的表示对我的工作和为人是满意的。平日相处，从来没听他说过这类动感情的话，这就是推心置腹了，使我感到他确实内含热情。临别互道珍重，他又终于深情地说了一句："你去山东的事，我不知道，以后《中国工人》如果复刊。我们一定仍会在一起的！"也许，这就是我同他相处中他所说的最富私人感情的一句话了！正因为他平日话少，这句话和他当时的神态却使我每每想起就感到温暖，虽然，我们那个《中国工人》直到今天也未复刊！

我带了中组部的介绍信带队到山东，未经山东省委，一竿子到底去了临沂地区支援老区建设，到一个省属重点中学做行政领导工作，以后一直未同吕宁通信。大约一年后，听说《刘志丹》一书出了问题，成立了专案组进行审查。他究竟如何，也弄不清。大约1968年，"文革"中，忽有两个汉子从北京到临沂，通过造反派找到我，横眉怒目诘问《刘志丹》的事。当时我的回答是"一概不知"，来人拍桌子敲板凳询问我为什么未参加习仲勋召开的"黑会"等事，我说这纯属偶然。这时，我才知道那次习仲勋同志找《中国工人》编委去谈意见被诬为"黑会"，从来人的凶恶态度，我已能察觉吕宁等同志的遭遇如何了，自己虽已身陷阢陧的境地，仍不免要为他们捏一把冷汗。

"文化大革命"结束后，我才知吕宁他们这些同志因《刘志丹》一书的牵连，都吃了大苦头。1977年我到北京，在朝内大街遇到前《中国工人》的编委周培林同志。他是个延安时代的老干部，头歪着不断颤动，身体状况很糟，谈起是由于《刘志丹》的事被抓去在审问中吃了苦头，说到我当年未参加那个所谓"黑会"因而未受株连，老周笑着用拳头在我肩上打了一拳，说："可便宜你小子了！"我从老周处得知，吕宁在"文化大革命"中备受折磨，暂时分在故宫工作，遂到六铺炕他住处看望。久别相见，十分高兴，王淑吉同志和他的小儿子二雁都在，二雁已是个高大的青年了，懂事而又亲热，还清楚记得当年比邻而居的情景。我同吕宁互叙别后种种，这次他谈的话很多了，使我感到他身上起了一种变化，是什么变化也说不真切，只感到他原来的"冷"变得"热"一些了。也许是形势和久别促成的这种变化？

以后这十年，大家都忙，竟未再见面，也未曾通信，只知他后来到中宣部工作，先任研究室副主任，后调到办公厅做代主任，又去《中国日报》任秘书长。最后，在1987年从报上知道了他病逝的噩耗。

而我的一家从离开北京到山东临沂后，竟在那里一直生活、工作了22年！时光如同流水，怪不得孔夫子会在川上曰："逝者如斯夫！"

密云骤风期印象

——1957 年夏—1961 年夏

（一）1957 年是极不平凡的一年

1957 年是极不平凡的一年。后来有人说这一年是"悲剧性的一年"，这一年是由于反右派运动才有其悲剧性的。至今想起这一年，印象中它确已成为影响中国人政治生活的不祥的一年。这一年对当时的知识分子来说是难忘的。

在这一年到来之前的两三个月，1956 年 10 月下旬至 11 月初发生的匈牙利事件，就使我们大吃一惊。布达佩斯的枪声刚刚平息，局势尚未完全恢复平静，以周恩来为团长的中国党政代表团就到达了。据说当时匈牙利的工农政府是用坦克车接送代表团的，可见形势多么严峻。事后听说周恩来同匈牙利领导人卡达尔等讨论了匈牙利的教训，认为匈牙利事件是从人民群众和青年对过去领导者拉科西的严重错误"产生的正当的不满"而发展成恶性后果的。但我由于对国外真正的形势了解得并不太多，也无从做出评断。只知苏共二十大上，赫鲁晓夫作了反斯大林的秘密报告，造成了负面影响；也觉得中苏交恶已初露端倪，隐约中觉得有一种山雨欲来的感觉。尤其是匈牙利事件后，内

197

部放映了一部纪录片，给党团员和部分干部看，纪录的是匈牙利事件的实况。给人印象深刻的是布达佩斯的屠杀，那些暴徒们对共产党员实施的大屠杀！将共产党人吊死，倒挂在路灯的灯柱上，并且还闯入共产党人的家中去血淋淋地杀戮其家人。那看了可真是惊心动魄。恶心地看了那些片断，愤怒之外，有一种说不出的感触。

听了毛主席的讲话录音

　　大约是 3 月里，我在文联大楼听了《关于正确处理人民内部矛盾的问题》的讲话录音。这是毛泽东主席在最高国务会议第十一次（扩大）会议上的讲话。我对这做了全文的记录。这次讲话同后来 6 月 19 日公开发表在《人民日报》上时有较大的不同，精神相似，但在内容和文字上，发表时做了较大的修改与补充。这个讲话和文章是十分重要的。它系统阐述了社会主义社会存在的两类不同性质的矛盾，即人民内部矛盾和敌我矛盾，提出了正确处理人民内部矛盾的理论和方针政策，指出不同性质的矛盾需要有不同的方法解决，特别提出要把正确处理人民内部矛盾作为社会主义国家的政治生活主题，最大限度地促进生产力的发展。可惜的是后来在实际中却常常混淆了两类不同性质的矛盾，反右派运动中的扩大化就是一例，而且是后果十分严重的一例。

　　可不可以认为两类不同性质的矛盾及正确处理人民内部矛盾是在匈牙利事件的启发下及时提出的呢？我认为是可以这样理解的。匈牙利事件发生在 1956 年 10 月－11 月，毛泽东就"正确地处理人民内部矛盾的问题"作重要讲话是在 1957 年 2 月 27 日。而在 3 月 6 日到 13 日的有党外人士参加的全国宣传工作会议上。毛泽东正式宣布了党要进行整风的决定。4 月 27 日中共中央发出《关于整风运动的指示》。《指示》指出：这次整风运动，应该是一个恰如其分的批评和自我批评的运动。既要对缺点和错误进行严肃认真的而不是敷衍的批评和自我批评，又要提倡实事求是，具体分析，采取"团结－批评－团结"的方针，以达到"惩前毖后，治病救人"的目标，要在党内造成一个又有集中，又有民主，又有纪律，又有自由，又有统一意志，又有个人心情舒畅，生动活泼的政治局面……因此，这次整风运动显然是同当时感到人民内部矛盾大量突出的情势密切有关而安排的。

问题是，大鸣大放起来后，出现了种种不同的言论，一些地方发生了少数人罢课闹事事件，而且有蔓延之势。于是，对阶级斗争形势的估计逐渐升级。5月间，毛泽东写了《事情正在起变化》的党内文件，要求认清阶级斗争形势，注意右派的进攻。文中认为右派占1％－10％，这为后来反右的扩大化埋下了种子。再以后，说与右派分子的矛盾是敌我矛盾，更为反右派斗争的扩大化提供了理论依据，对中国这样一个人口众多的大国来说，1％－10％意味着一个多么巨大的数字，这数字简直可以相当于一个不算很小的国家的人口！

在我的印象中，中国共产党历来说话是算话的，并且强调实事求是，这使党的威信大增。但反右中，先是鼓励大家大鸣大放，说"言者无罪"，后来却又言者有罪，而且说这是"阳谋"，是"引蛇出洞"，实际是大大损害了党的威信，使人对党说的话存有戒心，打上问号。由于无限上纲及扩大化，更使人不敢说真话、提意见，实际上损害了"批评"这个武器，党也就听不到群众的真正的声音。以后的浮夸风、冒进风等都同这有关。

在那个大鸣大放的日子里

我那时在北京《中国工人》杂志社做主编助理兼编委。《中国工人》是中华全国总工会的机关刊物，半月一期，当时与《中国青年》《中国妇女》并列齐名。整风第二阶段大鸣大放开始，刊物主编吕宁对我说："我要去东北走马看花，你在家主持工作！"我说："现在正在开始鸣放，你还是在家主持工作的好，能否不去东北？"但他非去不可，我只好答应在家主持工作。由于我问他："你走后我的工作怎么做？"他便抄了一段话留给我：

"报刊应该真正成为领导一切社会主义建设和发展无产阶级国家力量的事业的党的意志的表现和喉舌。报道事实上应该成为党在组织群众和向群众进行列宁主义思想教育方面的主要的助手。因此，我认为现时尤须强调指出的是：报刊不仅应该和我们的党有密切的联系，不仅应该置于党的完全领导之下，而且应该使自己的全部工作完全地与党的工作和党的思想生活结合起来。"

他亲自把这段话压在我桌上的玻璃台板下。这段话，引自《布尔什维克报刊文集》中的《苏维埃的和党的报刊的基本任务》一文。当时我们编辑部学习过这本书。我觉得这有点"老生常谈"，但却因为是他特地写给我的"临别留言"，不能不重视，所以在他走后，倒确是时时看一看想一想的。而这，显然在大鸣大放的惊涛骇浪中像警钟似的使我清醒，给了我极大的提醒。

就在此时，3月14日至3月16日，在北京东单麻线胡同北京日报社顶楼礼堂举行了中国新闻工作者第一次全国代表会议，我是列席代表。由于忙，我只抽空去坐了两三个半天。会议的主要议程，就是大鸣大放。与会的代表抢着发言，中宣部的一些负责人坐在第一排聆听，各报记者都来了。鸣放的代表的发言次日都在各报刊出（后来凡发言的基本都打成了右派）。我当时看到参会的有张恨水等，听到发言的有邓季惺、陈铭德夫妇等，邓和陈原是《新民报》的老板，后来夫妻双双都成了右派，许多年不露面。

在那个大鸣大放的日子里，我在《中国工人》主持编辑工作，否定了许多有过于出格言论的文章。但反右开始，由于尺度不同，"左"的情绪使一些正确的东西也成了"毒草"，比如一幅《叶公好龙》的漫画。本来毛泽东主席在最高国务会议上所作的《关于正确处理人民内部矛盾问题》的讲话中，他就讲过这句成语，鼓励大家不要"叶公好龙"。可是后来，《人民日报》发表了《这是为什么》及《工人说话了》等社论，开始了全国范围大规模的反右派斗争，这幅漫画却被加上"鼓动右派向党进攻"的罪名，扩大化就出现了。我真怕出问题，反右是从工会系统首先开始的。一开始就使人感到来势凶猛。这时，吕宁从东北回来了。记得他回来的那天，我心情沉重，晚上在住处的大紫藤架下同他站着谈了片刻。我讲了他走后的工作情况，并检讨说："我的工作没有做好，看来，刊物上发了一些不好的文章和漫画……"他仍像平时一样的默默不语，但看得出心情也非常沉重。临别他叹着气说了一句："看运动的发展吧！"话虽简单，却显出了无可奈何。我感到他的态度并不"冷"，似乎他并不想拿我做"替罪羊"，也无心陷我于泥淖之中。事实上，他后来确实是这样做的。

以后，"整风"实际上变成了反右，而且是狂飙般地展开了！从检查刊物上的"毒草"开始，然后，批判到人。不少无限上纲的指摘，不少牵强附会的歪曲，不少无中生有的加深，扩大成一批所谓右派。谁也没有为自己辩护的权利，谁也无法替别人辩护或解释。在我的感觉上，不少人的鸣放，是受到"百花齐放，百家争鸣"方针的鼓励，认为这是"响应党的号召"才这样做的。我们那里被错打成右派的同志可以举这么几个例子。拿翻译室主任王青来说，他从东北出差回来，发现工矿区事故太多，因此说：总路线说"多、快、好、省地建设社会主义"，最好将安全列入，变成"多、快、好、省、安全地建设社会主义"。但他后来就被扣上"妄图篡改毛主席制定的总路线"的帽子，成了"极右分子"。又如《中国工人》编辑组长刘谈夫，他根本没有参加鸣放，但出差回来，人事部门将他的档案抛出，上面记载他曾在国民党政府的教育部门做过督学，就成了"当然的右派"。其实在"排队"时，他早被排入右派行列，自然难逃劫数。再如秘书处的乔务远，她丈夫黄继忠在北京大学做助教，《北京日报》记者采访了她丈夫，她丈夫对教育问题发表了些意见，次日登在报上。她见这篇专访发在报上了，遇到同事就高兴地问："黄继忠（她丈夫）的那篇采访记你看了没有?"结果，她丈夫在北大被打成了右派，她因"散布右派言论"、"为右派做宣传"，也被打成了右派。再如高翔，是极好的美术编辑组长，为封面用什么图片的问题同党组书记发生争执，事后说了点不平的话，就成了"攻击党的领导"，也成了右派……

那个阶段，报上批判的右派分子中常见到我熟识的名字，诸如我的老师萧乾、储安平、陈子展等固然在劫难逃，我的许多复旦新闻系同学也未能逃脱厄运。他们有的罪名是"组织反党小集团"，有的罪名是"要做纳吉"，有的罪名是"反党"、"妄图篡夺领导权"……而这些同学当年在学校里显然都是思想进步的"左派"，这实在叫人难以理解和接受……

阶级斗争的弦瞎绷紧

反右斗争结束，送走了一批同志去劳动教养或劳动改造，还说是"敌我矛盾作人民内部矛盾处理"。我虽平安无事。但看到那些主人离开了的空桌椅，又看看玻璃板下吕宁当初抄给我的留言，心情十分复杂。我见大家都已"噤若寒蝉"，心里感受很深：党历来是说到做到的，但这次鼓励号召鸣放却又说是"阳谋"，打击面这么大……只怕今后要想听真话就会困难了。

那实在是给党造成损失的一次失去理智的运动，阶级斗争的弦瞎绷紧，过于夸大了"敌情"，伤害了太多太多自己的儿女，而且是无数知识分子儿女，使人痛心。这种精神来自上面，体制和迷信混淆了不该混淆的是非，阶级斗争损伤和分裂了团结蓬勃的革命队伍，那是付出了血和泪的高昂代价。反右造成的副作用应该说绵延到以后历次运动，包括"文革"，直到十一届三中全会才大部分得到纠正。这并非危言耸听。

而且，两类不同性质的矛盾的混淆，从此以后一直严重地存在。我曾见过当时《划分右派分子的标准》，在划右派上范围之广、界限之不清、措辞之不严谨不慎重应该说是少见的。以这个标准的第一条为例，原文如下：

（一）凡言论、行动属于下列性质者，应划为右派分子：

①反对社会主义制度。反对城市和农村中的社会主义革命。反对共产党和人民政府关于社会经济的基本政策（如工业化、统购统销等）；否定社会主义革命和社会主义建设的成就；坚持资本主义立场，宣扬资本主义制度和资产阶级剥削。

②反对无产阶级专政、反对民主集中制。攻击反帝国主义的斗争和人民政府的外交政策；攻击肃清反革命分子的斗争；否定"五大运动"的成就；反对对资产阶级分子和资产阶级知识分子的改造，攻击共产党和人民政府的人事制度和干部政策；要求用资产阶级的政治法律和文化教育代替社会主义的政治法律和文化教育。

③反对共产党在国家政治生活中的领导地位。反对共产党对于经济事业和文化事业的领导；以及以反对社会主义和共产党为目的而恶意攻击共产党和人民政府的领导机关和领导人员，污蔑工农干部和革命积极分子，污蔑共产党的革命活动和组织原则。

④以反对社会主义和反对共产党为目的而分裂人民的团结，煽动群众反对共产党和人民政府；煽动工人和农民的分裂；煽动各民族之间的分裂；污蔑社会主义阵营；煽动社会主义阵营各国人民之间的分裂。

⑤组织和积极参加反对社会主义、反对共产党的小集团；蓄谋推翻某一部门或者某一基层单位的共产党的领导；煽动反对共产党、反对人民政府的骚乱。

⑥为犯有上述罪行的右派分子出主意，拉关系，通情报，向他们报告革命组织的机密。

这确是"包罗万象"、"滴水不漏",规定得十分周密,许多措辞却可延伸,结果自然可想而知。

我在"反右派"中是很幸运的。一是我写了节振国烈士,那是无可批判的作品;二是有好几个会,例如全国总工会等均请我去鸣放而我未发言,在工人出版社的发言也简单而平和。例如上海复旦大学新闻系的主任王中来北京时,宴请在京工作的复旦新闻系毕业的校友在北京饭店吃饭,我因刊物要发稿未去,而那次聚会如果去了就很糟糕——王中同志后来在上海成了"大右派",他在北京的那次宴请就成了"黑会"。我如果去吃了那顿饭,就说也说不清了!我当时由于主持《中国工人》,发了不少可能被认为是"毒草"的稿件,思想上有一种等着挨整的想法,而且我历来不愿整人及落井下石,因此总是保持沉默。而确实也有人贴我的大字报,说这说那。在批判右派时,有一位文艺编辑室主任 H,说他崇拜肖洛霍夫,夸《静静的顿河》好,却又批不服他,因此指定一位姓钱的同志与我共同来批肖洛霍夫和他。其实我还是喜欢《静静的顿河》的,却违心地写了批判稿加以批判,由姓钱的同志用他与我合写的名义在会上批判了 H。事后我深感这是一种两面作风,但当时我怕做犯错误的干部。H 没有什么错,我却夹在里边奉命批他,求得自己的平安,这使我憎恶自己!

1957 年反右前后给我留下的印象就是这些,但这些印象是刻骨铭心的!我头脑里有"实事求是"四个字,可是实际生活中却很难做到。我看风向,摸气候,有了风吹草动就怕树叶掉下来也打破头,正确的也不敢坚持。我发现许许多多的人也这样。我不禁想:这该怪谁呢?

(二)敲锣打鼓充满幻想的 1958 年

1958 年是狂热的一年。

这一年的 1 月 1 日,《人民日报》发表了社论《乘风破浪》。这篇社论提出了"超英赶美"的口号，指出，我们要在十五年的时间内，在钢铁和其他重要工业品产量方面赶上和超过英国。在这以后，准备再用二十年到三十年的时间在经济上超过美国，以便逐步地由社会主义社会过渡到共产主义社会。不久，在2月2日和3日，《人民日报》又发表两篇社论，提出国民经济"全面大跃进"的口号，要"鼓足干劲，力争上游"，打破一切保守思想，"工业建设和工业生产要大跃进，农业生产要大跃进，文教卫生事业也要大跃进"。那时，《人民日报》的权威性之高是无与伦比的，它代表党中央最高的声音，它的社论代表一种最大的指挥力量。

我觉得到处都是新事物

其实，1957年底，《人民日报》上已提出过"大跃进"的口号，只不过不像这次元旦社论中提出的引人注意罢了。而且，早在1957年11月1日在莫斯科举行的社会主义国家共产党会议上，毛泽东就提出过我们中国要在十五年里赶上英国。而现在，《人民日报》的社论里又在"超英"后加上了"赶美"的任务。

贫弱的中国，在新中国成立仅仅八年的时候，就能提出"超英赶美"这样的口号，确实使人感到欢欣鼓舞，人们自然容易变得狂热。但细细一想又不对了。拿钢产量说，就是超过了英国，用人口平均又怎能比呢……但当时有反右派和反右倾这种阶级斗争形成的压力推动，因此，对热火朝天、敲锣打鼓的工业战线和农业战线的"大好形势"，我置身其中，有不解，有疑问，却又觉得到处都是新事物，对怀疑的不敢真怀疑，对不解的不敢提出来取得答案，却只能随大流，采取一种拥护而不致受到打击的态度，态度和心情都是极卑微可怜的。

2月下旬，《人民日报》发表了《奇文共欣赏，毒草成肥料——王实味、丁玲、萧军、罗烽、艾青等人文章的再批判》。后来听说"编者按"是经过毛泽东亲自修改过的。文章说：今年2月《文艺报》有一个再批判的特辑，刊登了十五年前在延安《解放日报》的文艺副刊和其他文艺刊物上发表过的一批文章，有托派分子王实味的《野百合花》，丁玲的《三八节有感》和《在医院中》，萧军的《论同志之"爱"与"耐"》，罗烽的《还是杂文的时代》和艾青的《了解作家，尊重作家》。《再批判》的"编者按"说：丁玲等右派早在延安时代就"勾结在一起，从事反党活动"，今天又和新的右派分子秦兆阳、钟惦棐、陈涌、钱谷融、刘宾雁、王蒙、刘绍棠一起，以"革命的姿态"向党进攻，事实上是反革命。看到《人民日报》这么做，我感觉是给文艺界的反右派斗争又添了一把火。但过了些时候，大约是四五月里，一出昆苏剧团的戏剧《十五贯》由浙江省昆苏剧团在北京演出，轰动了北京。据说这出戏是周恩来总理发现并评奖的。《人民日报》并发表了社论，指出这出戏有很好的现实教育作用。中央领导同志还向全国公安司法系统推荐这出戏。当时，我和妻子都去看了这出戏，觉得是一出提倡谨慎办案，反对主观主义，主张纠正冤案的戏；又觉得反右中其实不少都是冤案，也许中央在处理问题时会注意并反对主观武断，强调实事求是的。但接着的感觉是与此毫无关系。

当时，北京大学校长马寅初在中国社科院哲学社会科学部的刊物《新建设》上发表了关于人口论的文章，又在人民代表大会上作了著名的《新人口论》发言，对中国的人口问题和计划生育提出意见和建议，但遭到严厉批判，他的北大校长职位固然掉了，他还被扣上右派帽子（20世纪80年代他被通知平反时，已是百岁老人），说他是"马尔萨斯主义者"。我的三妹和三妹夫均在北大做教师，谈了马寅初对批判不服的情况，并说他毫无畏惧，批判他时，他说：我每天洗冷水澡，不管天多冷都不怕，现在天并不冷，给我洗热水澡，我更不在乎了！中国贫穷而人口确又太多，这是我深切感到的。但我不愿也不敢在这问题上到太岁头上动土，只有不去想也不去管。只是在《中国工人》发表的稿件上掌握一个分寸：按《光明日报》和《文汇报》上批判马寅初的文章的精神处理我们的稿件。

在 "大跃进" 的热潮中

当时，"大跃进"的热潮到处掀起，到处可以看到红布横幅和大字报上的大标语"以钢为纲"、"让钢铁元帅升帐"，大炼钢铁的阵势在全国各地排开。在农业战线上，大修水利、平整土地也使农村许多地方出现了挑灯夜战的场面。大修水利，主要是大修水库，北京十三陵水库动工后，5月28日，中央领导人毛泽东、刘少奇、周恩来、朱德等都去参加了劳动。毛泽东和刘少奇是当天回去的。周恩来则曾带了中央各部的部长等人在十三陵水库工地上劳动了一周，同吃同住同劳动。这十三陵水库工地的劳动强度是吓人的。当时北京的中直机关的干部都得去水库工地参加劳动，我因工作忙走不开，算是极少数未去的人中的一个。妻子则去了。她劳动了一周回来时，有的同志来对我说：快去看看凌起凤吧！我马上去她那里，她脸全部浮肿变形，简直认不出是她了。他们住在老百姓家。许多女同志同睡土炕，吃的是含沙土的高粱面窝头，劳动时都是超负荷无休息地加班加点干，男女一样，一切军事化。

我未去十三陵，但也挤时间到全国总工会的干校参加了一次深翻地的夜战。当时可笑地要深翻、密植，深翻一丈五尺，每亩地播下去好几担种子。但实际上是将下边的生土全部翻了上来，又密播了那么多的种子，根本不可能有什么丰收。那一夜，劳动强度极大，夜间天冷，却浑身汗湿。全总干校的房屋园地，新中国成立前原是国民党某官僚的公馆，由于是深翻地一丈五尺，我们竟挖出了满满一脸盆金条，还掘出了一个古墓，算是劳动够了本。

在"大跃进"的热潮中，什么事都要大跃进，除"四害"当然不能落后。在1955年毛泽东同十四位省委书记商写的《全国农业发展纲要》中，原来规定："除四害。从1956年开始，分别在5年、7年或12年内，在一切可能的地方，基本上消灭老鼠、麻雀、苍蝇、蚊子。"这时消灭麻雀也就必须"只争朝夕"了！北京市内，有一天全市"统一行动"大轰麻雀，让它无立足之处栖息之地，成为惊弓之鸟，飞不动后予以捕杀。在这场消灭麻雀的"人民战争"中，有一天，我们都各自回家参战。从一早开始，全市的人，分布在各处，敲锣、打鼓、敲脸盆，用长竹竿绑上布条挥舞，轰得那些可怜的麻雀漫天乱飞，飞得无力再振翅了，只好张着嘴喘着气栽下地来被捕捉。这是毛主席指示这么做的，我那天也在宿舍——东总布胡同 19 号与大家一同摇旗呐喊参加了围歼麻雀的大战。我们这 19 号的院子不大，没有麻雀掉下来，麻雀一轰走都掉到别处院子和街道上去了。当天上街，看到不少人手里都提着麻雀。后来听说全市共围剿了几十万只麻雀，有不少人还上房掏了不少麻雀蛋。以后相当长的一个阶段，确实看不到屋檐上有麻雀停着，也听不到麻雀吱啾的叫声了。麻雀既是吃庄稼的害鸟，也是可以吃虫的益鸟，把麻雀消灭掉并不正确。到 1960 年 3 月，毛泽东为中共中央起草了关于卫生工作的指示，上说："麻雀不要打了，代之以臭虫，口号是：'除掉老鼠、臭虫、苍蝇、蚊子。'"回想围歼麻雀的那场大战，它与"大跃进"中的许许多多狂热而未必科学的做法与行动，都是配套的。

七八月间，报纸上遍登各地捷报，粮食亩产是一亩打夏粮几千斤，还有上万斤的。7 月，《红旗》杂志发表了社论，说是陈伯达依照毛主席在农村建立人民公社的指示写的。毛泽东看到一份材料，说河北省嵖岈山附近 27 个农业社在 4 月间合并成一个大社，叫"嵖岈山卫星人民公社"。毛泽东认为这是个新生事物，组成大社，政社合一便于领导，而且"人民公社"名称好，所以授意陈伯达在《红旗》上发社论提倡。8 月间，毛主席外出视察，先到河北徐水，又到河南新乡，再到山东，一路上不乏见到吹嘘的并非实在的成绩，一些头脑发热并且浮夸的人跟着就大放"卫星"。拿徐水来说，小麦亩产说是要达到 12 万斤，山药亩产要达到 120 万斤等等，《人民日报》也报道了这个消息。毛主席回到北京后，立即找人谈话，确定钢铁生产指标由 1957 年的 500 多万吨翻番为 1958 年的 1070 万吨，并决定在全国大建人民公社。由于毛主席说过"还是办人民公社好，它的好处是可以把工农商学兵合在一起，便于领导"。此时及以后，"人民公社好"的口号及大标语随着全国各地大办人民公社到处出现了。

这时，离年底仅 4 个月了，钢产量却只有 400 多万吨，1070 万吨的任务怎么完成？于是，出现了全民大炼钢铁的热潮，全国投入大炼钢铁的劳力足足有几千万人。农田里，水利工地上，街道上，山野间……无处不在炼钢。为了炼钢，把那些铁门、铁窗、铁条……甚至连刮胡子用的刀片都捐了出来，作为炼钢的原料。可是，实际上那些土高炉、土鸡窝炉怎么可能炼出钢来呢？只是炼出大量的废铁砣罢了。最糟糕的是许多山林间的大炼钢铁，将无数树木森林都砍伐殆尽，对生态环境造成了无可挽回的损害。

在这全民大炼钢铁的日子里，福建前线炮兵根据中央军委命令，从 8 月 23 日起，开始以强大火力炮击金门，以粉碎台湾国民党当局妄图以金门、马祖为前哨阵地袭击大陆的图谋，也表示抗议美军进驻台湾海峡，制造"两个中国"。这情势其实是很紧张的，炮击一直延续，但当时由于被总路线、大跃进、人民公社这"三面红旗"卷入热气腾腾的群众海洋中，我对福建前线的事，只给予了第二位的关注。

我出差到了甘肃

其后不久，我出差到了甘肃，甘肃的干旱与荒凉使我吃惊，皋兰山上连草也少。我先在兰州采访了甘肃省委第一书记张仲良。仲良同志在一天晚上，与我长谈了三个多小时。我将他的谈话整理后给他看过，然后发寄北京，文章的题目是《紧张是东风——记中共甘肃省委第一书记张仲良同志一席谈》，用的是"本刊记者"名义。《中国工人》当"帽子文章"发了头条，文章大意是：有人说大跃进太紧张了！大炼钢铁太紧张了！这不对！紧张是东风！不是东风压倒西风，就是西风压倒东风！……这出自《红楼梦》中的"不是东风压倒西风，就是西风压倒东风"。这句话自从毛主席引用过后，成了当时流行的口头语，无论国际问题还是国内问题都常引用。我记录的张仲良的这篇文章，当时颇得好评，但平心而论，那时看到群众为大炼钢铁和深翻地、大建水利工程日夜奋战，"老黄忠"、"佘太君"都上了阵，许多人连续十几个昼夜不睡觉，连每家每户的吃饭铁锅也都砸碎了用来炼钢，我心中也确实不是滋味。但"明哲保身"的思想使我只敢说假话不敢说真话，何况那是张仲良同志的谈话。他是一个省的第一书记，我认为他水平总比我高，情况总比我熟，政策掌握上总比我好，文章又是他本人过了目的，我只是忠实记录，并不感到有什么内疚。直到后来——1959年冬天，北京城里供应已经十分紧张，人都吃不饱饭而且患浮肿病的极多。有次我和吕宁同到西山中直机关造林站去劳动一星期，任务是植树造林。有一天看到一处过去的炼钢工地，到处丢弃着一堆堆废铁时，吕宁叹息着对我说："老王，我们头脑都发热过！你在甘肃写的那篇《紧张是东风》，当时认为好，现在看来是坏！办刊物做编辑工作责任太大了！传播的东西正确，有利人民；传播的理论错误，危害人民！岂能不小心谨慎啊！……"他没敢多说，我也没想多谈，但他当时的这些话确实使我震动而且引起思索。当时那种抑制人交流思想和意见的寒流，使我同他之间始终保持着一种不远不近、融洽而又有距离的工作关系，一直维持到《中国工人》杂志1960年底奉命停刊，我们后来分手。吕宁1987年7月在北京去世，时年62岁。

我是在"大跃进"高潮的1958年秋季到甘肃的。先到兰州，采访了张仲良同志。当时甘肃省政府的秘书长沈求我同志负责接待我，他和省委宣传部的阮迪民部长陪我参观了大炼钢铁，并参观了西固工业区。我在兰州化工厂工地住下，与工人同吃同住同劳动了三天，目的是了解工人的思想情况。工人中有些人很有干劲，但有不少人颇有厌战情绪，而且当时食品供应已经不足，食堂伙食办得不好，工人也颇多怨言。三天后，省委派一辆吉普送我到临夏荒凉的洮河工地上去。那时，好几万民工全部在"引洮上山"的水利工地上日夜奋战。水本来是由高处往低处流的，但"大跃进"后，独有那种"人有多大胆，地有多大产"的豪言壮语和唯心主义思想支配的胡言大话。后来载入《大跃进民歌选》中的许多民歌，如："天上没有玉皇，地上没有龙王。我就是玉皇，我就是龙王。喝令三山五岳开道，我来了!"就是典型的例子。作为文学想象和夸张是可以的，应用到生活中则是会碰壁的。甘肃省当时搞的"引洮上山"，要将洮河水往高山上引，意图固然好，也实际测量了水位的高低，最终水却仍然由高往低流。工程量浩大，耗费人力和财力巨大，最终还是无法使洮河的水上山灌溉广大农田，劳民伤财，空盼一场也空干一场。我在洮河工地上原来只想看一看、住一夜就回兰州，但司机没听清我的话，隔了三天才来接我。我在工地上与民工白天同吃同劳动，夜晚同睡在工地的土石堆上。甘肃的气候，中午时分可穿单衣劳动，夜晚却很冷，我衣服少，又累又冷，冻得患了急性咽喉炎，发了高烧。回兰州后我急着要回北京，当夜就上了火车。但高烧严重，中途在西安下车到西安医学院挂急诊住院，直到烧退后才出院返北京。从此落下了慢性的咽喉炎症，一直未能治好。

徐水的 "人民公社好"

回到北京，全国总工会书记处书记张修竹同志交下一个任务，让我到徐水调研并回来作汇报。修竹同志是党的七大、八大代表，胶东人，从做全总宣传部长开始就领导《中国工人》杂志。这任务交给我后，我倒是很愿意去徐水看看的。徐水当时十分出名。这里本是个贫穷落后的小县城，一直是个缺粮县，但"大跃进"中几个月就改变了面貌，说是奋战三个月实现了农田水利化，治理了许多山头，打了几千口井，开了几百里水渠，挖的土石方如铺成一米厚三米宽的路，可以从北京铺到武汉……毛主席在 8 月初特地到徐水视察。据说这个创造奇迹的县是谭震林和陈正人发现的。谭和陈当时正负责党中央农村方面的工作。他们介绍了徐水的情况后，毛主席才决定去视察的。毛主席去后，看到了大丰收的景象，又听县委负责人介绍了情况，很高兴，说：粮食多了，可以吃饭不要钱；可以多吃，一天吃五顿；也可以少种些粮食，半天劳动，半天学习文化科学知识，搞文化娱乐活动，办学校等等。毛主席走后，他的指示传达下去，全县沸腾，各乡纷纷宣誓，保证要大放"卫星"，使小麦亩产达到两千斤。由于毛主席说"人民公社好"，徐水一下子将大合作社合成了七个人民公社，都是"一大二公"，生产资料全部公有，自留地一律取消。社员的衣食住行全部由公社包下来，小孩从出生到上学都由公社负责；老人住敬老院（又叫幸福院）；婴幼儿入托儿所；人人吃食堂；有劳动力的人按军队的营连建制进行生产劳动，又都是民兵。由于中央要在徐水搞向共产主义迈进的试点，徐水制定了加速社会主义建设向共产主义迈进的规划草案，提出：1960 年实现全县电气化，1963 年进入共产主义……

以上这些消息都传到北京引起反响，《人民日报》又一再宣传徐水，当时作家康濯同志在徐水挂了县委副书记的职务深入生活，也在《人民日报》发了文章介绍徐水。我听到一些传闻，看到不少文章和报道，自然在接受任务后雀跃着去到徐水，我当时觉得是肩负着组织的信任，怀着热情和好奇起程去到徐水县的。

徐水在北京到石家庄的铁路线上。由北京坐火车向西南行，经过丰台、良乡、涿县、新城，即到徐水，这里离保定不远，是平原地区。下了火车，给我留下最深印象的就是到处竖着红绿彩旗和巨大的宣传标语牌。那气势，那种人们穷则思变，要干革命的热情，十分高昂，无法形容，但秋天有风，带来一种萧瑟和凉意。

来徐水参观的人很多，应接不暇。我到达已是下午，在欢迎的锣鼓声中被请进了新盖的招待所，广播喇叭里不断传出奇迹般的工农业高产数字和豪言壮语，说徐水要创造五大奇迹，即：养出四千斤重的肥猪，亩产十万斤的谷子，单产一百斤的大南瓜，亩产两万五千斤的高粱和一百万斤的甘薯……我立即想找县委的负责同志进行采访，但县委的书记、副书记都忙，而且大部分去省里开会了，不在徐水。一位县委办公室的同志给了我一沓印好的材料，说：你先看看，来参观的人太多，明天早上一起组织参观。我看看那沓材料，都是关于徐水"大跃进"成绩的，也有《人民日报》关于徐水的报道，徐水人民公社实行供给制的试行草案，徐水加速社会主义建设向共产主义迈进的规划草案等等。但供给制的试行草案令我吃惊，这是县委拟的，说是上边让试行的，目的是缩小差别，大破资产阶级法权，提前实现共产主义。按这试行草案，徐水已经实行"十包"，包括吃穿用品、理发、洗澡、看电影以至生老病死等等都由人民公社包下来，而且取消粮票，吃饭不要钱，到食堂去吃就行。还每人发一张券到供销合作社去领布做衣。最有趣也可怕的是人民公社的社员每家每户的局面打破了，老的去敬老院，男的是男民兵去住集体宿舍，女的是女民兵也集体去住，星期六夫妻可以一起过一下周末，至于孩子，那就送幼儿园去，一家人是活活拆散了。我是拿过供给制待遇的，看到徐水的做法，不禁寻思：这不是又倒退回去了吗？而且，我不相信人们会喜欢这种把家庭拆散的做法，我决定好好在徐水了解了解详细情况再说。

　　但那天傍晚，我就与其他的参观学习者一同被大汽车送到最出名的大四各庄，住到新建的红砖招待所里去了，说是第二天一早就组织大家参观。当晚，在食堂免费吃的饭。我们客人吃的是羊肉水饺，食堂管理员向我们介绍了大办食堂的好处：粗粮细做，小菜、咸菜品种很多，社员不必一家一户办饭了，大家都敞开肚子大吃，无人不满意。我们去食堂吃饭的时候，没有见到社员吃饭。食堂管理员说：社员都吃过了！如今有的参加大兵团作战，在地里夜战；有的在大炼钢铁，给他们送饭去……

当晚，到新盖的公社大礼堂去看演出歌颂三面红旗的文娱节目，说是社员自编自演的。蹦蹦跳跳，印象不深，但使我感到这个县真是陶醉在过年过节的气氛中了！我向陪同看演出的一个县委（此时县委已变成徐水县人民总公社了，但口头上仍习惯叫县委）工作人员询问了实行"十包"和供给制的情况，那干部说："为了根除私有制，干部的工资取消了，改成了补贴费，县级干部每月9元，科级干部5元，一般干部3元，勤杂人员每月2元……"我想，当时我的工资是15级，每月126元左右，属中央副处级，如果取消了工资，那也许一月还拿不到20元的补贴。反正，生活看来是要有大改变了，但改变成什么样实在无法预料。那干部还告诉我：以后每个人要各尽所能参加公社劳动，穿衣、吃饭及生活必需品的需要，由公社有限度地、按照工农商学兵大体平等的标准计划供应。我问：公社能有力量供应吗？他笑着说：共产主义是天堂，人民公社是桥梁嘛！我问：你们喜不喜欢供给制？他仍是笑着说：喜欢！但我却隐隐觉得他说的也未必是真心话，但我不好深问，他也不好深答。反正我感到这种"共产主义"似乎同我想象中的共产主义是不同的，这是一种穷共产主义！

第二天上午，进行参观。我同许多外地来的参观者一起，浩浩荡荡五六十人一同东张西望。这大四各庄是毛主席8月初来参观过的，说是毛主席看了很夸奖。这里办了一个大展览室，陈列着毛主席那天看到过的两株棉花。棉花长得确实高大，每一株上结的棉桃都有七八十只以上。展览室里还展出了毛主席参观大四各庄时的照片、毛主席坐过的一张太师椅，太师椅和两株棉花上都绑着红布条，还用绳子围圈着不让人乱碰乱动。展览室墙上给我留下深刻印象的是许多红字标语，诸如"人民公社好"、"卑贱者最聪明，高贵者最愚蠢"及"大破资产阶级法权，提前实现共产主义"等。此外，展出的就是徐水今年计划生产的各项惊人的指标、数字以及未来的规划、目标等。另外还有不少图表、照片等等。展览馆的讲解员介绍毛主席来参观的情况，说毛主席在大四各庄参观时非常高兴，天黑了才离开。又说毛主席走后，县里开了电话会议传达毛主席的指示，全县人民都沸腾起来，欢呼雀跃……

参观完展览室，我们又参观了"丰产田"。丰产田很怪，土都堆积成小山状，里边厚厚地施了肥，密植着庄稼和萝卜等，插着牌子，每亩都有高产的惊人数字。当时，我已从报上看到天津的水稻有的亩产可达到六万斤，徐水不能种水稻，当然无法从水稻上比，但陪同参观的干部说甘薯有的已经收了，一窝能有一二十斤，亩产达到几十万斤了。

参观时，看得出路两边的土地都平整过，是弄得漂漂亮亮让人参观的。我们先在夹道欢迎中参观了敬老院，那真是动人的景象，一伙白发老大爷和老大娘敲锣打鼓欢迎我们。有人问："大爷、大娘，生活好不好啊？"大娘、大爷马上回答："好啊，托毛主席的福啊！"敬老院到处贴着春联似的字条，都是歌颂人民公社、"大跃进"的，每间小屋里男女分开，每屋两人，都有雪白干净的白布门帘和新的被褥，拿农村条件衡量，条件确实可以。接着，参观幼儿园，是新盖的一大溜平房，四周插了篱障子，有个挺漂亮的木栅门。七八个穿得漂漂亮亮的阿姨带着一大群孩子也是敲锣打鼓欢迎我们。我们看了一会儿孩子，听孩子们唱了歌，又去看大字报棚，那些拴在铁丝上的大字报密密麻麻，大都是写在报纸上的。有时连"人民公社好"五个字也算一张大字报。带我们参观的人介绍：有的社员热情极高，一个晚上不睡觉写了一百多张大字报。看完大字报去看民兵打靶表演，这是特地安排了给我们看的。打靶场上也是彩旗飘扬，很漂亮。有几个男民兵和几个女民兵给我们表演打靶，是打靶心，再打玻璃酒瓶，确实都打得很准。现在公社里的男女劳力，除了出工，经常在练武、训练，听说徐水县人民总公社里有军事部，是专管民兵的。

看到真相不敢汇报

就在当天晚上，我决定独自活动，再去敬老院里看看那些老人。出乎意料，因是夜晚，黑灯瞎火，又无月光，白天时曾敲锣打鼓欢迎我们的敬老院，此时显得非常静谧凄凉，白天那种热烈气氛完全没有了。由于上午来过，路已熟了，我踏进门去。走到老大爷们住的第一排第一间房，只听见里边有轻轻的话语声和哭声。掀开白布门帘再看，一股烟叶味冲鼻而来，只见几个老人都呆呆坐在炕上，有的吧嗒吧嗒抽烟，有的正在低声谈些什么。旁边点着一盏半明半灭的小油灯，灯光摇曳，将他们的影子映在墙上。见我去了，老大爷们都欠起身来或站起来了。我说："大伯，你们还没睡？"一位老大爷认出我是上午来参观过的人，说："你同志是上午来过的吧？"我请老大爷们都坐下，自己也往炕沿上坐了，亲切地说："是呀，我是来参观的。大伯，你们为什么不痛快呀？"一个八字胡雪白的老头儿敲着烟锅直率地说："同志，咱已经这么大年岁了，不怕挨整！说真话，这儿挺不错的，炕上也是新被新褥的，可是咱都有自己的家呀！咱不稀罕这里，咱想自己的家！"又一个老大爷说："想儿的想儿，想孙的想孙！就说五保户吧，有愿来的也有不愿来的，俺也想着左邻右舍哩！一股脑儿让搬这儿来，是谁出的点子呀？！同志，你给上边反映反映吧，让咱回去行不行？"又一个老头儿叼着烟袋说："回是回不去啦！儿子跟儿媳都分开住了。孙儿早送幼儿园了，家里锅也砸了，灶也拆了做肥料去啦！大柜也劈了炼钢去了，回去又咋办？"老人们还要继续往下说，我却只能无力地劝慰了一番赶快离开了敬老院。本来还想去幼儿园和食堂看看的，也不去了。那夜，我一直都没睡好，想的事儿很多。第二天，我在大四各庄进行了些采访，也看到了一头很大的苏联种的巴克夏猪，听到的仍是那些口径比较一致的夸大了的成绩。再隔了一天，我心情懊丧地回了北京。

举行汇报会那天，修竹同志早早地就来了。我既不能说真话，也不愿说假话，怎么办呢？我将参观见到的表面情况客观叙述了一遍：轰轰烈烈的气氛和大字标语牌呀，群众的热烈情绪和冲天干劲呀，敬老院的设备和新建的招待所、大礼堂呀，食堂的粗粮细做和业余文工团的演出呀，这些都如实描绘。既不加上自己的看法，也不加上自己的感悟。也将从徐水得来的那些书面材料择要念了一念，讲了一讲，语调平平，脸上也没有表情。听完我的汇报，大家的脸上似乎都有不满足的表情。修竹同志不大满意地说："太客观了，你自己的看法和意见呢？"我惴惴不安地说："我还没有形成看法，还在考虑，倒想听听领导的意见……"修竹同志站起来准备走了，说："大家都听了，大家研究研究吧！"我觉得他似乎也怕犯错误，也未必敢有啥说啥。

这件事就这么结束了。

我在家里，同妻子说了在徐水的见闻和感受。我说：听说城市里也要大办人民公社，我们的生活看来不久就会有大的变动了。但怎么变心中是无数的，我们只能照样地紧张工作并生活，等待着新事物的来临。

河北献县的忧愁忧思

年底时我去了一趟河北献县，因为这儿有一面商业红旗——张召信。他是有名的商业劳模，不但支援农业"大跃进"有功，而且对农民的生活供应工作做得很好。这时社会上供应已很紧张，所以我要去采访他，给《中国工人》杂志写一篇人物特写。我从北京坐火车经天津到沧州，由沧州坐汽车到河北献县，汽车全是敞篷无座位的卡车。整个70里路程，由于人太多，大家密密挤在一起，全站着颠来颠去。我本来两条腿站着，途中一只脚发麻，刚抬起想活动活动，就无法再踏下去了，于是，一条腿站着到了献县，浑身麻木酸痛，累得要命。献县本是穷地方，盐碱地不少，正是冬季，田野上一片白色，很少见人。

这里虽离徐水并不远（徐水在献县西北，相距不到 200 里路），也大办了人民公社，但并没有热气腾腾的景象。离县城不远，可以看到一些东倒西歪的小土炉子，但已停止炼钢，炉边扔着不少未炼成的土铁。尽管这时报纸上仍然不断宣传"大跃进"，这里看到的却是停滞与荒寂，很不景气。我到了县委，县委空空荡荡，一个留守的干部懒洋洋地安排我住在一个破旧的类似驴马大店的招待所里，睡的是土炕，而且是统炕，一排可睡好几个人的。炕未烧火，冰凉。问起接待我的那个干部这儿"大跃进"及办人民公社的情况，他说："有材料，待会儿拿点给你，县委领导同志带着人全部下去了，不在机关。"我看了那个干部拿给我的材料，全是旧的过时的，还都是些"放卫星"、"大办人民公社"等等的材料。这些材料，我的直感是吹嘘得很厉害，"吹牛不犯法"，不但不会犯错误，而且会得到上边的好评而获得私利。"下边骗上边，一级骗一级"是当时普遍存在的现象。从表面上看，献县热气腾腾；从实际上看，献县的荒凉使人心冷，我当晚睡在冰凉的炕上，心里不禁忧愁忧思，想得很多。

张召信在献县东乡的淮镇。第二天一早，我由献县租了一辆"二蹬"（即载客在后座的自行车）去淮镇找张召信。骑"二蹬"的一个中年人骑车的技术特差，每当背后或迎面有汽车过来，他就吓得两手哆嗦，自行车龙头不断摇晃，我真怕他把我送到汽车轮下去。终于，我说："停车，你下来坐到后边去，我来带你！"他犹豫着不肯，我说："我车子骑得好，不会闯祸，我带你，钱照样付你，一个不少！"他无奈地笑着坐到我的车后，叹气说："我车是骑不好，不过不挣点钱不行啊！如今，生活太艰难了！"我问了他献县的情况，他只是摇头叹气，对"大跃进"、对人民公社一概都是摇头，对大炼钢铁否定得更多。最后，他问我能不能给他点粮票，说："粮票如今最金贵了。"我问起"吃饭不要钱"的情况，他说："如今，不是不要钱，而是没饭吃了！食堂已经停办了，摆在那儿做样子的！"最终，到了淮镇，除付车钱外，我送给了他一斤全国粮票，因为我自己的粮票也紧张，他却千恩万谢。经过这一次，我才悟到这时下边粮食的紧张与粮票的金贵。

找到了张召信，他有不少传奇故事。抗战末期，他是武工队的小队长，打鬼子和伪军很勇敢，如今是商业劳模，河北的一面红旗，给农民做了许多实事，是支农的标兵。我采访他时，地委组织部长带了些人正在"蹲点"，由他接待。午饭时，他请我与地委组织部长同吃水饺，看得出这在当时是最高的待客规格了。我吃得心很不安，也吃得很少，也不知那位部长和"蹲点"的那些人付了粮票和钱没有，反正我付了两斤粮票和钱。张召信先是拒收，我说这是我们来采访的纪律，他才收了，并说：如今我们粮票确也困难。我当时有种感觉，上边的干部下去"蹲点"本是好事，但去的人多了，势必会增加下边负担的，尤其是在那种不景气的时候。我不愿多打搅张召信，下午采访完毕，就向他告别，离开淮镇到沧州去坐火车，然后到天津返北京。张召信用枕套装了一袋当地有名的金丝小枣送我，说：过去这东西在我们这儿不值钱，如今也少了，你一定带着尝尝，现在跟灾荒年没什么两样了！我坚决不收他的小枣。从他的嘴里以及我自己看到的农村那一片荒凉，我直感到灾荒开始降临了。我在一种矛盾着的沉重心情下回到北京，将采访张召信写的报告文学作品在《中国工人》杂志上发出以后，心里常浮现出从献县到淮镇见到的那种停滞与荒寂。

三十多年后，在庆祝中华人民共和国诞生四十周年时，1990年四川人民出版社出版了蒋辅义、王冠卿、张同乐主编的《中华人民共和国四十年》一书，书中谈到"大跃进"运动和人民公社化运动时说："农业生产方面的跃进，表现为不断放出高产'卫星'，以'高指标、瞎指挥、浮夸风和共产风'为主要标志……农业部发布1958年夏粮生产公报，宣布1958年中国小麦总产量已超过'小麦王国'的美国……在实际生产中，则是大轰大嗡，盲目蛮干。基层干部说假话，搞浮夸，大搞形式主义，虚报产量……而实际的人民生活却急剧下降。农业这个国民经济基础在狂热的折腾中濒临崩溃。"

在谈到工业方面的"大跃进"时，说："1958 年 8 月 17 日至 30 日，中共中央政治局在北戴河举行扩大会议……会议认为，中国的农业问题已经解决，工作重点应转到工业上来。根据'以钢为纲，全面跃进'的方针，号召'全党、全国人民用最大的努力，为在 1958 年生产 1070 万吨即比 1957 年的产量 535 万吨增加一倍而奋斗'。同时规定 1959 年钢产量指标为 2700 万－3000 万吨，即用两年时间赶上和超过美国的钢产量。至此，急于求成思想达到顶峰……钢铁生产指标作为任务层层分配下达；各地采用大搞群众运动，大兵团作战，各行各业支援，土洋结合，小土炉、小高炉遍地开花的办法，大炼钢铁……9 月底增至五六千万人，年底达到一亿人左右……12 月 21 日，中共中央宣布 1070 万吨钢的大战已经告捷，名义上全年钢产量有 1073 万吨，而实际合格的钢只有 800 万吨，其余全是土钢。"

在谈到人民公社化运动时说："人民公社化运动实际上是一种盲目变革生产关系的穷过渡方式，其特点是：一大二公。'大'就是公社规模大，人多地多，一个公社一般说是万人社或千户社，一社等于一个乡。'公'就是人民公社比农业生产合作社更加集体化，其公有制程度更高，在农村人民公社运动中，还普遍实行了组织军事化，行动战斗化，生活集体化，并且实行政社合一，分级管理，公社所有，统一核算，分配实行供给制，建立公共食堂，实行包吃、包住、包生产、包教育、包婚丧、包治病等的'八包'、'十包'制度，把自留地、家庭副业、集市贸易等都作为'资本主义的尾巴'割掉。此外，农村还刮起了一平、二调、三收款的'共产'风。在公社范围内实行贫富队拉平，平均分配，对生产队的某些财产无偿上调……结果，损伤了社员群众的积极性，农产品很快被消耗一空。不久以后，社员连基本生活也难以维持。"

（三）难忘的连续三年的大饥饿

从1958年下半年起，灾荒似的饥馑就已经开始露出端倪。到1959年，天灾人祸开始席卷大地，"大跃进"名存实亡，最终是不了了之。饥饿的局面维持了三年。那三年，即1959年－1961年，吃的东西严重短缺，粮食少而珍贵，而肉类、禽、蛋、鱼类、白糖、水果、点心、菜蔬……全部由稀罕变成没有，那种令人饿得胃疼、消瘦、浮肿甚至死亡的日子，至今想起都会不寒而栗。

带着饼干去大连和鞍钢

1959年初，我出差去大连、鞍钢等地。临行，《中国工人》主编吕宁对我说："老王，去时你得带一箱饼干去。"我说："为什么？"他说："那边吃饭困难，提防饿肚子。"我心里明白了。我们家在北京的人，这时还未能完全了解到下边"吃饭困难"的情况。

北京还能买到饼干（虽然已经紧张）。我真的排队买了十几斤饼干，放在一只箱子里提着去了东北。

我先到大连，在大连造船厂采访并组稿，发现大连吃饭确实困难。大连本来出产海味，海鱼虾蛤之类是丰富的。以前到大连，傍晚时分，见到街两边卖海蛤、虾婆之类的摊子极多，不少人买了边走边吃。新鲜的鱼、蟹、虾之类也多，一些海鲜馆子更是供应丰富。但这次到大连，情况变了，馆子里顾客极多，需要排队，原因是家里吃的东西困难，尽量都到馆子里来吃了，因此显得拥挤。我到一家大馆子里想吃点面条，但这里不卖面条，只卖油炸的海鱼，而且每人限购一条，轮到大的就拿大的，轮到小的就拿小的。卖鱼却又不卖饭，只好以鱼当饭。我排到时，正逢一条一尺左右的大鲅鱼，我觉得太大没法吃，刚一犹豫，身后排队的一个老人马上说："同志，把你这条大鱼让给我吧，我家里人多！"因为他将轮到的是一条筷子长的小鱼，我就同意了，将大鱼让给了他，拿了小鱼。但鱼没法当饭呀，我又去找另外的饭店吃饭，只是非常困难，有的关门不营业了，有的门前排着长队，而且不让人再排队了。幸亏我带着饼干，回到招待所喝开水吃鱼吃饼干。

这时的大连蔬菜奇缺，有供应的只是海青菜，已晒成了干儿，用水发后可以代替蔬菜吃，只是味道极腥。自从食品缺乏后，各种门类的票券出现了，在北京诸如粮票、油票、肉票、蛋票、豆制品票、糖票、布票都先后一一出现。粮票是按每个人的定量供应的，定量是自报公议。我们干部全凭自觉，我只报了24斤的定量，油票、肉票、糖票均是每人每月二两，蛋票是一户每月半斤，布票是每人十尺（有时八尺），豆制品时有时无。刚开始时，很不习惯。出差时，将自己的粮票换成全国粮票才能出发，不然就无法吃饭。糖票起先是给白糖，后来则可以用来购买糖果。这时，从伊拉克运来的伊拉克枣开始大量在市场上供应，并不好吃，且不干净，但却能解决饥饿问题，也可满足儿童的要求。我到大连时，见已有伊拉克枣在商店供应，购者排队。

在大连只偶尔吃到一次面条，是在一家海鲜馆里，面条里有一点臭鱼烂虾，很难吃。当时淡水供应也紧张，提倡"一水多用"，即将水洗脸后用来洗衣，洗衣后用来洗脚，洗脚后用来洗马桶，或者先用水洗菜，洗菜后用来擦桌子和窗户，然后用来拖地板，拖地板后来冲洗厕所……大连本来是很美的海滨城市，这次给我印象迥然不同，我啃了几天饼干，就慌忙去了鞍钢。

我住进了鞍山市总工会的招待所，出乎意料，这里食堂停办，不供给饭吃，吃饭要到街上找馆子吃，因为粮食及油、菜等供应也十分紧张。最令我不能忍受的是招待所的床上从被褥到枕头全部都是用黑布做的，由于睡的人多了，枕头和被褥均未洗过，都油光光地发亮，远远就能闻到臭味，看了叫人浑身发痒，还想呕吐。这实在是伟大的创举，用黑布来做枕头和被褥，可以避免洗涤。我问招待所的同志：

"这被褥和枕头太脏了，怎么不洗一洗？"回答是："大跃进嘛！大家都忙着大炼钢铁，谁有空洗被窝枕头?! 再说，现在肥皂也缺!"我实在看了那床上的枕头和被褥浑身发痒，就谢了他，办了手续离开了鞍山市总工会招待所，提着包转到市委招待所去住，那里不是黑布被褥和枕头，才算勉强解决了住的问题。

可是吃呢？饭馆早早都关门了，有开着的也挤满了人，我这才感到吕宁要我带一箱饼干真是十分正确。我何必再去分鞍钢人的一杯羹呢！我当晚又是开水就饼干。第二天，我去炼钢厂找了鞍钢的老劳模老孟泰，他和我是老朋友了，每次到北京开人代会，他都要找我见面，托我代他写一些信，并要我代他将建议写成提案。他们夫妻恩爱，为人善良。他告诉我鞍山供应不好，留我在他家吃饭，我当然不肯，老孟泰满面愁容地问我：形势怎么会变得这样的？我也不愿多说。我又找了劳动模范王崇伦约稿，同他也是老熟人了，他问我北京供应怎么样，我说："还好!"他说：这儿可不行！并告诉我：鞍钢的苏联专家听说要回国了。后来，隔了一段时间，果然听说苏联背信弃义，撤回了全部苏联专家，还逼我们还债，使我们遭受天灾人祸，更加困难。

北京试点大办城市人民公社

我从东北回到了北京，对见到听到的真实情况，除了妻之外，对谁也没有说，主要是怕祸从口出。这时，北京开始试点大办城市人民公社了。城市人民公社怎么办，会办成什么样，真是一点也弄不清，反正我就担心办得跟徐水一样。我们《中国工人》杂志当然要宣传城市人民公社，但怎么宣传呢？谁也没见过什么城市人民公社，自然心中无数。于是，组织了些文章，宣传要正确对待并支持新生事物；又组织些文章宣传人民公社的普遍性——一大二公；再组织些文章宣传妇女参加劳动，宣传大办食堂和敬老院、幼儿园……那宣传是很无力的，而在实际生活中，城市人民公社居然办起来了。

我们家当时是四口人：妻、我、女儿小凌和一位保姆余蒋氏老妈妈。这时，我们四个人分开吃饭了，我和妻各吃机关食堂，小凌在她进的"三八"幼儿园吃饭，老妈妈则自己一人煮饭吃。最大的改变是我们那幢猪市大街100号的大楼里成立了个服务站，老妈妈被调到服务站去上班，与其他一些保姆一起带一些婴孩，这些婴孩的妈妈每天早晨来上班时把婴儿抱来交到服务站，下班时再到服务站把婴儿抱走。服务站的人届时也就下班。老妈妈的工资仍由我们支付，也住在我们家，与从前一样。只是她自开伙食，虽然不为我们服务，却每天要到服务站去上班，而且还要组织她去学文化（她五十多岁，不识字）。而我和妻则每天清晨要送女儿去"三八"幼儿园，到傍晚下班后再去接她回家，增加了负担，也更忙碌了，实在没有体会出城市人民公社的优越性。好的是并未像徐水那样，让妻女与我再分开居住；更幸亏这样的城市人民公社先后不过搞了半年，上边来了指示，说以前只是试点，正式建立城市人民公社需要慎重，尚待研究。于是，我们那儿的公社也就结束。老妈妈从服务站回来了，每天接送王凌的工作仍由她干，我们的负担得到减轻，她也比较高兴。

从西藏平叛到庐山会议

这年3月，西藏上层反动集团大搞叛乱，按照中央军委的命令，解放军驻藏部队奉命讨伐，平息叛乱。达赖一行六百多人乘夜出逃，在印度成立"西藏流亡政府"，在叛国的道路上越走越远。西藏人民对反动分子的卑劣行径是坚决反对的。在这期间及以后，党中央、毛泽东对人民公社内部的"共产风"、平均主义等"左"的错误做了初步纠正，全国形势向着好的方向发展，但纠左是在基本肯定"大跃进"和人民公社化运动的前提下进行的，广大干部、党员虽深感"左"的错误，可是心有余悸，在实际工作中多持观望态度，"左"的指导思想未从根本上得到纠正。7月2日至8月16日，中共中央先后在庐山召开了中央政治局扩大会议和八届八中全会，即庐山会议。彭德怀在7月14日给毛泽东写了一封信，实事求是地陈述了他对1958年以来的"左"倾错误及其原因的看法，指出1958年的基建项目过急过多；农村人民公社所有制问题发生混乱；全民炼钢浪费了资源和人力。"小资产阶级的狂热性，使我们容易犯'左'的错误。""纠正这些'左'的现象，一般要比反掉右倾保守思想还要困难些。"他建议"系统总结一下我们去年下半年以来工作中的成绩和教训"。但在毛泽东主持下，八届八中全会通过了《关于彭德怀同志为首的反党集团的错误的决议》《关于撤销黄克诚同志中央书记处书记的决定》。会议错误地认为，彭德怀等是有目的、有准备、有计划、有组织地"向党的总路线，向党中央和毛泽东同志的领导举行猖狂进攻"，"是具有反党、反人民、反社会主义性质的'左'倾机会主义路线的错误"，从而把阶级斗争的矛头指向了党内。庐山会议本是要纠正"左"，但中途转向，由纠"左"变为反右，在全国又造成了严重的后果。

我们在北京工作的干部，在学习文件反右倾时，虽然心中明白是非，同情彭老总，而且看到供应紧张，生活困难，证明彭老总说得对，但只敢唯唯诺诺，不敢也无能力作声。我迄今仍记得很清楚，每次学习时，不少人都非到万不得已决不发言，在发言时每每总是说类似的话。毛泽东在庐山会议上曾说："成绩和缺点错误是九个指头与一个指头的关系。"于是，大家的发言也每每总是谈九个指头与一个指头的关系。在当时报纸上依然不断在大说浮夸的成绩，事例颇多，不乏可以引用的。一种"明哲保身"的思想支配着我，我看到其他人也是如此。那种学习实际上是叫人不要讲真话，所谓"统一思想"，实际也是假的，口头上虽然统一，思想上却未必真的统一。

而此时的北京城，供应也越来越紧张。按票证供给的物品，有时也保证不了，比如鸡蛋，比如豆制品，有时就不见影子，发了一个本子可以购鱼，但连小小的海杂鱼也看不到了！我们住的东四附近有家青海餐厅，本来是价廉物美的，这时"手抓羊肉"每天只高价供应一定数量。有些饭店因为无货应市关上了门，有的饭店一个极为普通的炒肉片，尽管只有几片肥肉一点菜叶，却能价涨十倍。飞机场有个小卖部，有罐头肉和罐头鱼卖，但我们有机会去飞机场的干部（一连几年，我们常有做"仪仗队"的任务，即到机场迎送外国元首等贵宾，或有在长安街、全总门口欢迎贵宾等的任务），得到支部通知：去那里千万别购买任何东西，那样影响不好。每人必须自律！所以，每当我去飞机场看到小卖部架子上那些漂亮的罐头时，从来不去买一个。虽然，我想到家里的妻子和女儿及老妈妈的饥饿，很想让她们增加点营养，可是想起组织性和纪律性，就望而止步了。

重新发表夏衍的《包身工》

人民的生活如此困难，我们发现工厂里不少青年工人都有思想问题。《中国工人》杂志既然是政治思想教育刊物，就决定从"新旧社会对比"方面来做些工作。这时，我就想起了夏衍同志的《包身工》这篇著名报告文学。20世纪40年代中期，抗日战争胜利前后，我在当时的大后方——重庆北碚复旦大学新闻系攻读。大约是1945年上半年的一天晚饭后，我陪章靳以教授在嘉陵江畔的林荫道上散步。靳以老师是位和蔼可亲的师长，同夏衍同志当时有交往。闲聊时，他向我介绍了《包身工》，劝我读读。他告诉我，夏衍写这篇作品经过多年的酝酿，一丝不苟。为了写这篇东西，他深入上海纱厂区采访调查，亲眼目睹包身工水深火热的痛苦生活，才将它实录下来，是直接反映中国工人生活和控诉日本帝国主义掠夺的一篇优秀作品。后来我就从图书馆里找到了这篇作品。记得是20世纪30年代广州的一个"离骚出版社"印行的。读了以后，果然使我震动，给了我深刻难忘的印象。1949年6月开始，我在上海总工会工作，办过"上海工运史料展览会"和《工人》半月刊。在收集工运史料和同老工人接触时，了解到许多当年包身工的生活情况。回忆起夏衍同志所写的《包身工》，感到不但写得真实生动，而且非常深刻。这时，我就有了个想法：夏衍同志30年代的这篇报告文学，可不可以拿到《中国工人》上重新发表一下呢？

为此，我到北京图书馆去找《包身工》。巧极了，找到的仍是广州离骚出版社1936年那个版本。重读一遍，依然感到新鲜和深刻，于是，请人将文章全文抄下来。我们中国工人社五个编委在编委会上研究决定，由我加一个"编者按"重新发表。有的编委提出：文中上海话不少，怕北方工人看不懂。也有编委说：全文太长。于是，我将《包身工》带到了长辛店机车车辆厂念给工人听，果然也反映有些地方听不懂，全文长了一些。那时工人的文化水平比现在要低，我们不能不从通俗化考虑。因此，虽觉得夏衍同志这篇名著不应做什么"处理"，但仍决定从刊物性质特点出发，由我将原文作一些改动和删削。

稿子改出后，我将稿子送去给夏衍同志看，请他同意。夏衍同志当时是文化部副部长。我到文化部上楼找到了他的秘书徐帆同志，要求见夏衍部长。徐帆同志很热情，要我把稿子留下由他拿给夏衍部长看了再联系。正在谈话，忽然见瘦削的夏衍同志走过来了。于是，我就抓紧时间开门见山地把来意说了。我说："考虑到工人容易接受，也为了使篇幅短一些，我们不得已作了删改，很想得到您的支持，现在将改稿送上，请您审阅指正。"夏衍同志态度亲切，当时点点头，平静地答应说："好，我看看。"

离别后，我心里有点忐忑不安，但过了一天，打电话同徐帆同志联系，徐帆带着喜气说："夏部长看过了！同意你们发表。原稿上有很小的改动，马上派人给你送去。"

我当天很快就收到了夏衍同志审阅过的《包身工》改稿。他在第一张稿纸头上，用粗粗的蓝墨水笔写了"同意"二字并签了"夏衍"的名及日期。尽管我删改得未必都恰当，他都没有计较，只在"请愿警"这个名词后，亲笔用括号加了一个注解："这是一个日本式的名词，在中国，一般叫作'保镖'，旧社会有钱的人为了保卫自己的安全而出钱向反动政府雇用的警察。"一共 48 个字，这使我很感动。以夏衍同志的声望、地位和文字水平，以《包身工》这样一篇有定评的名作，我在"处理"时，常常感到删改是个难题，既怕改坏，也怕夏衍同志不同意，甚至生气冒火。但夏衍同志不仅慨然同意，而且还亲自加注解。这种风格与态度，怎不令人起敬！

《包身工》在《中国工人》1959 年第 5 期上加了"编者按"，以突出的方式加以编排重新发表后，引起了读者强烈反响，《中国青年报》等全国性报刊也转载了。为了做到连续宣传，我们又请夏衍同志专为《中国工人》写一篇文章，谈谈早年写《包身工》的情况，目的是向青工进行政治思想教育。夏衍同志在百忙中慨然允诺，如约写了一篇约四千字的《从〈包身工〉引起的回忆》。文中详细介绍了他早年写《包身工》的经过与有关情况，并语重心长地指出："我写的时候力求真实，一点也没有虚构和夸张……在今天的工人同志们看来似乎是不能相信的一切，在当时却是铁一般的事实。""在那个悲惨的时代，今天的青年人还没有出世。那么，我想，回头来知道一点过去的事情……为了今天的幸福，为了更幸福的将来，爱党、爱社会主义、为社会主义—共产主义的新中国而贡献出自己的力量，应该是我们青年一代的责任。"这篇文章，《中国工人》发表后，后来夏衍同志易名为《回忆与感想》，附入人民文学出版社 1978 年出版的文学小丛书《包身工》一文后面。

我常常感到饥饿

我常常感到饥饿，但却仍要完成每年一个月的劳动任务。北京市的十大建筑物，要赶在"十一"国庆节前完工，我们都到人民大会堂的工地去劳动。古老的北京，本来缺少现代化的建筑物，现在一批在当时看来颇为雄伟壮丽的建筑物正在建造，是使我们欢欣鼓舞的事。我带着饥饿感在工地劳动，竭尽所能，干得很出力，只是饥饿折磨着我，比较难受。有一天，未戴安全帽，不知怎的，有一块很大的砖头砸下来，打在我身边的地上，将地面砸出凹处。如果砸在我头上，那必然是死；如果砸在我身上，那必然是重伤。我感到很幸运。以后，人民大会堂建成，1960年的春节，里边梅兰芳等演出联欢节目。我拿到了一张全家的票，与妻及小凌、老妈妈四人一同前去参加联欢。虽然北京城的饥饿更加厉害，我们在人民大会堂看到小卖部出售一些食物，仍然碰也不去碰。不过我们心情仍然不错，我曾笑着对妻说："那天劳动时，如果那块砖砸在头上，今天我们就不会在这里了！"

大约是1959年的国庆节前后，在我印象中粮食是十分紧张的，副食品的供应当然更加紧张。有一天，说是有好消息，要发给我们鱼吃。原来，这是青海省人民政府知道北京供应紧张，运了许多青海特产的湟鱼到北京给中南海的中央领导同志吃，但毛主席、周总理等让把这批鱼全部分配给中直机关的干部吃。我也得到一份鱼回家，虽仅两条，但很能体会到中央领导同志的心意。湟鱼，我们全家都是第一次吃，看起来很肥，头大尾小，但肚子里的内脏极大，掏去以后，剩的肉极少。听说青海原来对这种鱼也从未视为上品，如今用来运到北京送给中央，也可见饥饿的程度了。

但尽管供应情况如此，1959年9月在北京依旧召开了"全国工业、交通、基建、财贸社会主义建设先进集体、先进生产者代表大会"。这是在国庆节之前，我列席了这次会议，听周总理作了报告。他没用稿子，仅有一张提纲，但侃侃而谈，主要是给大家鼓干劲，也没有避讳眼前存在的困难。那时的人都表现得爱党爱国家，也都能自律，会上吃得不好，还要交粮票，大家精神状态依然不错，小卖部出售的那些当时稀罕的食物和酒类也无人去抢购。

在香山植树造林

1959年冬天，我因一个月的劳动任务尚未完成，决定到香山中直机关劳动造林站去劳动一周。吕宁同我一样，也有一周的劳动任务未完成，我俩就结伴同行。我们到达造林站时，造林站的同志笑着说："这种时候你们还来劳动啊？"我同吕宁住下后，正逢吃午饭，每人交了粮票，领了一碗无盐少油漂满腻虫的大白菜汤（这年大白菜闹虫灾，菜叶子上满是黑色的小腻虫，洗也洗不净，要在以前，这些菜叶早不要了，可是如今仍珍贵地用来当食物），外加两个小小的窝头，就香喷喷地吃起来。吃完，因为下起了大雨，无法上山，就睡觉养神。第二天一早，每人背三棵马尾松树苗上山去种树。树苗每棵有两尺高，根部的一个泥团有蒲包包着，足足有十多斤重。三棵树苗背在背上，由于腹中饥饿，爬山十分吃力。香山是北京西部最有诗意的地方了。奇峻的山势，忽隐忽显的峰峦，浓郁斑驳的红叶，金色点染的黄叶，风景如画，但饥饿使人丧失精力和情趣。我们走走歇歇，爬到半山植树处，自觉、认真地把树植好，回到造林站吃午饭。站长说："现在大家都体弱，不能蛮干，每天任务就是背一次树苗上山种下，早干完早歇着，不外加任务了！"这样，我们总是睡觉养神。因为，北京城里有些人已经患了浮肿病，有的脚肿了，走路都不方便。吃得少，活动少一点可以保持体力。有一天，我和吕宁看到造林站不远处有一处废弃了的炼钢工地，工地上一片狼藉，扔着一堆堆废铁疙瘩和破损了的耐火砖，于是，我们席地而坐，感慨油然而生。吕宁叹息一声说："老王，我们头脑都发热过！你在甘肃写的那篇《紧张是东风》，当时认为好，现在看来是坏！"这件事我前面写过了，那真是由衷之言！

1960年的片断回忆

转眼到了1960年，我的粮食量自报公议减为每个月二十二斤。这是我自愿降低的，目的是为了承担国家的困难。但既无副食，主食定量减少实际上就更吃不饱了。有一天，女儿王凌从幼儿园回来，过了一会儿说："爸爸，我太饿了！"这时她们幼儿园每到晚上，总是让孩子们喝鸡蛋汤。阿姨们施展用两三只蛋就能打出一大锅汤的绝技，端出一大锅鸡蛋很少的汤来，用眼看，满眼都是蛋花，实际却一块也捞不到！阿姨们对孩子们说："快喝，快喝！"孩子们被汤灌饱了回来。我问小凌："晚饭吃饱了吗？"她说："饱得很，我喝了三碗鸡蛋汤，好胀人！"但这种"饱"是暂时的，一会儿小便一次就饿了。我是个平时不爱上街逛商店的人，这天晚上听女儿说饿得不行了，就说："走！爸爸带你买吃的去！"我带足了钱，"财大气粗"地带着女儿去到王府井，心想不管多贵，也要为她买点吃的。谁知全不是那么一回事，所有的卖吃食的店家和百货公司，食品柜全部空空如也。兜来绕去，竟找不到一点点吃的。我这时更意识到问题的严重。像我一样，在所有店家之间转来转去寻觅吃食的人不少，但也都空着手。突然，我看见前边有条排着一字长龙的队伍，马上带着小凌排在队伍尾巴上，说："你排着，我到前边看看是卖什么的！"快步向前，走到队伍最前面时，才发现原来是卖白水冰棍的。这是清水加糖精制作的冰棍，而且一人限购两支。这天天很冷，刮着不小的西北风，还开始飘起了雪花，我马上跑到队伍尾巴上（这时在小凌背后又有一些人排队了），对小凌说："是白水冰棍！没吃头，我们不买了吧！"可是小凌说："不！我要吃！"于是，我陪着她，在雪花飘舞、北风拂面中排着队，足足排了半个多钟点，买到了两根冰棍，她一手拿一支，心满意足地吃了起来，我们一路走回家去。

那时节，北京灯市口锡拉胡同有特殊食品供应处，外国使馆人员和专家可以在那里买到市面上不见踪影的高级食品和烟酒。高级干部、国家级的高级知识分子及高级民主人士，有特发的供应证可以在指定地点买到限量的主副食品和烟酒。人说"北京城里大官儿多"，我这一级的干部当然得不到优待。幸好陈云同志想出了个办法：出售高价的糕点、糖果及烟、酒等其他食品物品。饭店里也出现高价菜，市场上渐渐也有了高价的肉、蛋、禽类及菜蔬。当时高价点心一下子变成四五元一斤，白糖四元一斤，质量很差的糖果也四五元一斤。鸡蛋和鹌鹌蛋是两角一只，还供不应求。我住处附近的青海餐厅出售的手抓羊肉（其实一盘只有几块羊排骨）这时已涨为十元一盘，还出售猫肉，并且在门口贴了条子征购活猫。青海餐厅的供应每日限量，门口总有人排队。我是不敢吃猫肉的，一次路过，问排队的人："猫肉滋味好吗？"答曰："有点酸，但不吃怎么办？"

自从城市人民公社停办，我们家里又恢复了一家团聚吃饭的生活，四个人的粮食加在一起调剂，比分开吃食堂吃不足分量要好得多了。老妈妈煮饭时，将外边流行的"双蒸饭"等方法应用起来，就是反复蒸煮及加水分来提高米饭的涨发量。其实，这是自己骗自己，是无可奈何的办法。试了感到不行，也就不再使用。在这时候，"小球藻"、"人造肉"都出现了，好些机关都设了专人培养"小球藻"，制造"人造肉"，像搞科学研究似的，说这些"新食品"如何如何富于营养。我也尝过一次"人造肉"，说实话，那可一点也没有什么肉味，事实上也不能大量生产，都是些失败的创造。

大饥饿时，我们免不了"精神会餐"。老妈妈最想吃的是猪油拌饭，要求实在不高，但说明她肚里实在太缺油水了！我常想到抗日战争时期在四川江津国立九中上高中时的生活。那时是公费上学，由于通货膨胀，物价飞涨，学校生活非常清苦。最艰难的时候，早上的稀饭很少，中午和晚上吃的饭也不足，而且饭里都是稗子、沙子。菜则曾有过发一匙盐当下饭菜的日子。那时也是整天感到饥饿，但如果有钱，在附近德感坝镇上是可以随便买到面吃到饼的。吃饭吃到沙子时每人也将饭吐掉。现在则每口饭都很珍贵，我的堂弟王洪演一天从石家庄来看望我们。承他在这种艰难时期，居然还带了些鱼干等吃食给我们。我们留他吃午饭，将他带来的食物做了菜肴。吃饭时，他忽然一口"嘎嘣"咬到一颗大沙石，他闭着嘴犹豫了一下，猛地将饭吞了下去，摇头说："唉，放在从前早吐掉了！可是如今，吐不得！"我颇有啼笑皆非的感觉，以后，老妈妈淘米特别仔细，遇到谷粒就剥去外皮，不浪费一粒米。

这个春天也很有趣，在大家体力都极衰弱不支的情况下，中共中央直属机关居然还举行了体育运动大会，营养不良而来锻炼其实是件苦事，但营养不足又不锻炼似乎也不是办法。我参加了运动会，不敢选那些激烈的特别消耗体力的项目。凡35岁以上的人可以参加200米平衡竞走，我这年正好36岁，可以参加。参加比赛之前我只先去热身锻炼了一次，双手平举，各托一只篮球练步伐。比赛那天，妻子一定要我别饿着肚子，要吃得饱些。比赛时，我使尽浑身力气，竟得到了第二名。当广播里播出我的名字并说得到第二名时，我已瘫倒在操场草地上，双脚由于过度紧张而痉挛，有同志过来将我扶起，慢慢迈步，半晌才渐渐恢复正常。后来，是万里同志给我颁发的奖状，当时他是北京市副市长。那张简朴的奖状上有"炼好身体，做好工作"八个红字。由于偶然的原因，它未毁于"文革"，至今仍由我保存着作为纪念。

4月间，北京召开了全国民兵代表会议，由于大陆经济出现严重困难，台湾国民党当局以为反攻大陆时机已到，有企图窜犯大陆的意图，全国民兵代表会议的召开显然与此有关。《中国工人》为配合宣传这次会议，由我参加大会采访，并由我负责组织罗瑞卿同志为《中国工人》写一篇稿件。罗瑞卿同志1959年开始即担任国务院副总理、国防部副部长、中央军委秘书长及中国人民解放军的总参谋长，能得到他的稿件是不容易的。我先写了信去，然后又到罗总长家里请他为《中国工人》写稿。可能由于是全国性的工人刊物，罗总长答应写，并说可能叫傅秋涛部长写，用他的名字发表。他说：现在台湾蠢蠢欲动，我们正开全国民兵代表会议，应当写这篇文章！这以后，傅秋涛上将通电话同我联系，告知我已派人给罗总长起草好了稿子，但要由罗总长亲自审阅，修改定稿后才能将稿给我。可是到发稿时，罗总长离开北京飞成都了。我心急火燎打电话给傅秋涛部长，说这篇稿是《中国工人》的"帽子文章"，不能没有，而且为配合民兵代表会议，要分赠给代表们，不能误期。傅部长说他会提醒罗总长的。傅秋涛上将是中国人民解放军总参谋部动员部部长，又是中央军委人民武装部部长。他一口湖南话很亲切，待人也好。果然，罗总长的文章由专机从成都送到北京，及时发到了我的手上。我见稿上有罗总长亲笔修改的地方，虽不多却重要而中肯。我们一字未动原稿照发。这一期《中国工人》出版后，罗总长这篇文章引起国内外的重视和注意，外国通讯社及记者发了电讯，许多重要报刊登载了这篇文章，当时对震慑台湾起了很好的作用。

5月里，举行了全国职工文艺会演。在饥饿的年代，中华全国总工会举行这样全国性的文艺会演，显然给灰暗的生活增添了亮色，这自然也是举行这次会演的目的。

这年夏天，北京偶尔可以买到西瓜。妻子总是设法去买西瓜，买来后，吃了瓜瓤又将瓜皮做成菜吃。瓜皮做菜在江南、上海一带是历来就有的，比如将瓜皮腌后切成丁炒了吃，将瓜皮切成条用酱油泡了吃等等。至于瓜子，当然也不浪费。由于饥饿，妻子已浮肿，我则居然一切如常。她心疼我瘦，我却心疼她"胖"。中国工人社已有不少同志出现浮肿，患肝炎的在社会上和机关里也都有不少。我有时拖着沉重的脚步到办公室上班，见许多同志的座位都空着，他们都去休息了，编辑部里显得十分凄凉。来稿显著减少了，但刊物仍在出版，我与那些未出现浮肿的同志都尽心尽力地维持着《中国工人》的如期出版。

饥饿的年代里，亲友的互助是使人难忘的。有一天，我的四妹送来了一只大母鸡，这真是"珍稀动物"了！于是，煮了一锅鸡汤，我要让给妻子和小凌及老妈妈吃，她们又要让给我吃，但实际上，主要是吃在小凌肚里了。她虽小，饥饿却使她对鸡有十分浓厚的兴趣，吃了又要吃，大人当然都得让她吃。起凤的同事中，有位名叫马连喜的同志，家中人口多，又是北京本地人，他总是愿意将一些票证给我们用，而且是真诚的。只是大家都面对饥饿和困难，我们自然不愿意"剥削"

别人。而亲戚好友间互相寄赠糖票和钱的事更多，充分体现了艰难时世间的互助互爱精神。

奉命 "拆庙搬神"

饥饿和困难状况很难迅速好转。1960年冬天，编委会要我带个工作组去延安，目的是采写并组织一批稿件在《中国工人》上宣传延安作风。我虽然在饥饿中受着煎熬，依然整理好行装，拟好计划中的选题，安排好了工作，打算先坐火车到西安，然后坐安－2型飞机去延安。但忽然吕宁告诉我：中宣部来了通知，有要紧的事传达，所有人员不要外出，外出的立刻通知他们回来。

中宣部的同志和全国总工会的同志一起来开会，中宣部一位处长的传达十分简单，其实一共四个字——"拆庙搬神"，并且说明，这是毛主席的指示，这指示是写在《中国工人》刊物封面上的。本来，《中国工人》由于是工人阶级的全国性刊物，是中华全国总工会的机关刊物，凡中央政治局以上的中央领导人都是每期必送的，这期刊物上出了什么问题呢？我们犯了什么错误呢？不知道，也猜不出。人心惶惶，大家对"拆庙搬神"四个字琢磨了又琢磨，结论当然是清楚的。《中国工人》这个"庙"要拆掉了，它必然将停刊不办消亡了。我们这些"神"都要被搬走了。这倒颇像"土改"中的"扫地出门"！我们辛辛苦苦全心全意办《中国工人》错在哪里呢？如今要将我们搬到什么地方去呢？"拆庙"成了个谜，"搬神"当时也是谜。我问吕宁，吕宁像他平时习惯的那样，除了叹气，在紧要问题发生时总是沉默着一声也不吭。

本来已在饥饿的艰难环境中过着很苦的日子了，又雪上加霜，真是难以承受，但当时大家的觉悟就是那么高。《中国工人》居机要部门。我奉命做结束工作，忍着饥饿，写了停刊的《告读者》一文，将刊物的每期原稿一起集中，交付给造币厂装去化为纸浆，将所有读者来信来稿全部一一处理作复……每天工作时间极长，到晚上拖着疲劳的脚步回家。我只告诉妻子说："刊物要'拆庙搬神'了，我们的生活要起大变化了。"她问："会怎么样?"我只能回答："我也不知道。但也许我们不会在北京了。"

这猜测没有错，我先做结束工作，在结束工作做完以后，又被借调到《工人日报》编了三个月的《工人文艺》，又给《工人日报》的"思想小谈"栏写了一批杂文。终于，命我带了中央组织部的调令带队离开北京，目的地是山东老区——沂蒙山区支援人民公社。起凤本来是带孩子留京的，但她非要打报告批准她随我同去山东，得到了批准。我们去山东，不经过山东省委，一竿子到底，直接由北京去临沂地委组织部报到，与我同行的有后来成为全国人大代表的知名国画家皮之先等，之先原在《中国工人》做美术编辑。我和妻子对临沂所知不多，仅知这是沂蒙山老根据地的"首府"，在解放战争时期是很出名的小延安，不通铁路，但公路四通八达。

我们离开北京时已是 6 月底，由于组织上说明此去是为了帮助国家克服困难，支援农业第一线，而且《中国工人》复刊是十分可能的，只要一复刊，马上就调我回去，估计期限是两年，所以我怀着一种豪情慨然下去。我们到达徐州时正逢七一，休息了一天，次日坐陇海路火车到江苏新沂，由新沂可以坐汽车直达鲁南临沂。

在新沂住县委招待所，这是一所出乎我们意料的很漂亮的招待所。入住以后，天起大风，又下起了瓢泼大雨。到了夜晚，四周遭灾的农田又全部涝水，蛙声遍野，向窗外望去，风雨依然，黑暗中一片泽国。夜间不能入眠，腹中饥饿，我口诵七律一首《赴临沂过新沂有感》，意在自勉：

> 年将不惑下山东，欣然仆仆入沂蒙。
>
> 笑谈征途多崎岖，冷对扑面雨和风。
>
> 十年翰墨孺子牛，一片丹心今昔同。

坚信多难能兴邦，加鞭早看太阳红。

在新沂县委招待所住了两天，因为公路断了，等天晴路通后，我们即坐汽车到达临沂，并到地委组织部报到，住地委第一招待所。原本是到公社帮助支援农业第一线的，但地委组织部干部科科长胡广惠同志与地委书记张学维同志商量后，决定留我在省属重点中学临沂一中做行政领导工作，不去公社。

这时，临沂一中的师生正在吃"瓜菜代"，吃晒干发黑了的地瓜秧，吃南瓜，吃地瓜面窝头，但自由市场上已有高价的肉类及蔬菜可以买到，不像北京饥饿。

于是，我在临沂安下心来工作。但万万想不到的是，我竟从此在山东临沂工作了22年，临沂成了我的第二故乡，在临沂经历了史无前例的"文化大革命"，直到1983年秋才离开山东调到四川成都。

烛光夜曲及其他

（校园生活手记七章）

烛光夜曲

校园里，每到夜晚，教学楼里有备课、批改作业的教师，教室里有晚自习的学生。灿灿的日光灯和电灯，闪烁明亮，像天上的日月星辰降落辉耀。即使是夜阑人静了，教室的晚自习早已结束，教学楼里的灯光也总延续着。星星点点，很迟才熄灭。

我曾担心教师的身体，希望他们不要睡得太迟。在会议上一再讲过，个别人也当面谈过，但办不到。

来个"死规定"行不行？每到夜晚12点就统一把电闸关闭！

有教师说："不行！作业没改完，明天的课没备好，怎么办？"

是呀！这就令人犹豫了！关心应当切合实际。

学校里的用电一向得到保证，那一度电厂有故障，突然停电了。学生的晚自习宣布停止，教师们的夜晚时间自由支配。

但，我看到每到夜色漆黑，烛光就代替灯光，亮起在教师们的办公室里和宿舍里。那烛光一支支，亮闪闪，在窗上、墙上映出了老师们的半身身影。白发的、黑发的、男的、女的，一个个都在埋头伏案。

啊！没有电灯，他们点燃了烛光，依然工作到这样夜深！

人说："教师就像红烛，用光明照亮了学生，用贡献耗尽了自己。"这使我不禁想到了诗人闻一多以《红烛》为题的名诗中的名句："红烛啊！/流罢！你怎能不流呢？/请将你的脂膏，/不息地流向人间，/培出慰藉底花儿，/结成快乐底果！……"

那一连好多个停电之夜，我总是夜不成寐，深夜仍在校园里转悠。我数着烛光的支数：一支、二支、三支……十支、十一支、十二支……夜已深沉，烛光不灭。

夜色中在校园里前前后后察看的我，眼湿润了，心颤动了！我不禁喃喃地在心里说："老师们！谢谢你们！谢谢你们！……"

但，我好像开窍了！决定明天在校长办公会上要提出：切实研究一下怎样减轻教师的负担？切实研究一下怎样关心教师的健康。……

好与坏

有些常用的字汇，却不一定都能用准确。"好"与"坏"就是这样的两个字汇。如果前面加上"最"字，变成"最好"与"最坏"，那这两个词儿就更要注意用准确。

有人向我反映："高三一班是一个最好的班，学习成绩好，纪律最好，班主任要求最严格！"

有人向我反映："高三四班是一个最坏的班，学习成绩不如高三一，纪律最差，班主任对学生要求不严！"

学校干部中也有些持不同看法。

我去调查，多次找师生谈话了解。我自己又多次去班上听课。

高三一班确实不错。学生成绩的确普遍较好，纪律当然没说的，我去听课时，学生都十分老实。老师未来，就都坐着等待，也不说话。老师讲课时，下边鸦雀无声。

高三四班则同高三一班不同。学生成绩的确不如高三一班整齐，纪律当然也与高三四班不同。下课时，学生都出教室外去活动，说说笑笑，跑跑跳跳、打打闹闹的都有。老师讲课时，下边有时有说话声，有时学生举手向老师提问。问的问题甚至使老师为难。

但，深入了解以后，我发现：所谓"最好"与"最坏"，存在着教育思想问题和看表面亦是看实质的问题。

高三一班的班主任十分严厉，对学生要求十分严格。老师上课时，班主任常在窗外看着，发现谁坐得不正或者讲话，就用眼瞪，下课后再叫去谈话批评。他规定：下课 10 分钟，前 5 分钟可以小小活动，后 5 分钟必须坐着等待老师来到。……

高三四班的班主任，很少批评学生，同学生相处很有感情。下课 10 分钟，他鼓励学生出外活动活动，呼吸新鲜空气，换换精神。上课时，他也强调纪律，但不做过多的死规定。学生说话只要同听的课有关，他不批评，学生向老师提问，他认为这很正常。……

高三一班的学习委员很羡慕高三四班，说："要让我到那个班去就好了，他们班活跃。"

高三四班的班长说："我们的班主任讲道理，懂得学生的心。高三一的班主任很负责，很严格，但不讲理。"

我终于发现：高三一班的学生总的来说，学得都没有高三四班的学生灵活，而且由于班主任的过分严格，使他们谨小慎微，我同他们谈话时，感到他们都很拘束。

查了入学考试成绩，发现当时入学时成绩好的学生分配在高三一班的较多，成绩差的学生分配在高三四班的较多。按实际情况说，高三四班学生的成绩起点低，但现在并不比高三一班差多少。

什么叫纪律好？什么叫纪律坏？怎么叫"要求严格"和"要求不严"呢？让高三学生个个像绵羊是否好呢？下课时间，学生说说笑笑、跑跑跳跳，甚至打打闹闹，这并不是纪律坏。上课时，听老师讲课，在下边轻声议一议，或举手提出问题，也并不是纪律坏。更何况，下课的10分钟，就该让学生到教室外活动活动。这有益于学生身体健康。上课时，就该让学生活跃一些，这有益于学生学得活一些，学得好一些。

我总觉得要让学生心情舒畅地学习，不要老像在压力下受着抑止般地上课。

严格要求十分必要，但要符合党的教育方针和教育思想。

我没有随便用"好"和"坏"或"最好"、"最坏"来谈这两个班。但我明确提出了应该肯定和应该注意的问题，同两位班主任一起，取得了比较一致的意见。

我觉得我进一步明白了怎样准确应用"好"和"坏"这两个字和"最好"、"最坏"这两个词儿。

风雨黄昏

当闷热的夏季来到，雷雨常常从天而降，山洪奔泻而下，宽阔的沂河，就用汹涌浑浊的河水淹没了那条有名的从临沂城通往独树头镇的"五里桥"。

"五里桥"铺着大块的麻石条，这时就被沂河的河水将中段全部淹没了。我刚来的那年7月，为了过河有急事，脱鞋赤脚卷起裤腿从桥上蹚水而过，走到中途，本来仅仅没胫的水，突然由于上游山洪冲来，一下子涨到腰际。这时，人走路就晃荡了。一不小心，很容易被水冲走。我勉力支持着越水涉了过去。人对我说："你初来就这么走，太危险了！"事实上，就在那年的6月，有一辆满载乘客的公路汽车，就是在涉水过桥走到中段，被突然冲来的咆哮山洪卷入波涛，造成了大批人员死亡的。

山洪的特性是来得急骤，去得迅速。山洪来了，十分危险；山洪去后，水势微弱。这座"五里桥"，给我的印象很深，它古老、神秘，又使我在雷暴雨的季节感到可怕。

初中部有一部分农民的子弟都是住在独树头镇的。清早，他们过五里桥来学校上课。傍晚下课，就从五里桥走回家去。但到了这夏季雷暴雨时节，只要下大雨，他们从桥上涉水回去，就令人担心了。

在我来到这学校之前，校里就有一个好做法：每到下暴雨的日子，学校放学时，让初中那些独树头镇来的农家学生排着队，由班主任领着，来到沂河边观察水情负责护送他们过桥回家，这成了一项不成文的规定。

风雨黄昏，从学校后门通向河边的路上，就会看到一排排穿蓑衣、戴席夹子的初中学生，由打着雨伞的老师率领，陪着一同到沂河边涉水过五里桥。

于是，每当这种日子，在倾盆大雨下过或正在哗哗下时，我也总是冒雨卷着裤腿在五里桥的这一头河边打着伞等候，总要看到教师涉水将一连串手拉手互相牵引着的学生护送过了长长的五里桥才安心。

这在我也成了一种不成文的规定。只要是那种阴暗的雷暴天气，我就会自然而然地警觉起来，仿佛听到耳边有个响亮的声音在催促我："走！快到河边看看去！……"

好的传统之所以必须继承，就是这种道理吧？依靠这种做法，涉水过桥的学生没有出过事故。

直到后来，为了便利独树头区的学生就近上学，将他们划归别的中学去了，这件事才不再存在。接着，沂河上又建造了安全的新式大桥，那种大水季节涉水过河十分危险的事也就解决了。

但，那许多个风雨黄昏我打着伞冒雨站在滔滔的沂河边看着教师护送学生涉水过桥的事，却在脑际留下了难忘的印象。

这种印象恐将长久长久保留在我的记忆中。因为当时形成的这种习惯已镌刻在我的脑海中。

直到现在，只要一听到雷雨，我心中就会有个遥远的声音在叫喊："走！快到河边看看去！……"

态　度

做事总要讲究态度。人的面部有表情，语气有好坏，声调有高低，手势有快慢……这一切，出之乎心，对方会从这一切来产生反应。同样一句话，态度生硬和态度和蔼效果不同，态度虚伪和态度诚恳效果不同，态度傲慢和态度亲切效果不同，态度平等和态度不平等也不同……

我发现：学校里有的干部听课时，采取的是监视、指摘、居高临下的态度。

干部听课，对教师的工作是一种了解，也自然带有检查的意义。但无论如何，要讲究态度。这样，有利于提高教师的积极性，不挫伤他们的感情。

干部应当真心诚意地抱一种谦虚学习的态度去听课。首先在听课前应当打招呼："×老师，我想听听你的课，你看什么时候合适？"切忌"突然袭击"，事先不讲，临时就去，那会使教师感到你对他的一种不信任和不尊重。而信任和尊敬教师是校长应尽的职责。你不信任、尊重教师，怎么能依靠他们做好工作呢？你怕事先打了招呼，他们会事先做好准备把课备得更好？其实，他们多下点功夫备课，有什么不好呢？你无须"突然袭击"专抓他们的"辫子"。关键是调动人的积极性。你不可能去监视每一堂课！你得让每一位教师发挥主观能动性把他们担任的课教好。

一位姓郭的新教师来了，我向他提出，想听听他讲的物理课，他竟吓得要哭。我懂得他的心理：初上讲台的年轻人，会有这种惧怕的。我告诉他："不要勉强！我现在不听，你好好教，好好向老教师学习，等到将来，哪天你愿意我来听课时，你就打个招呼。"过了一段时期，他来找我了，要求说："明天你来听我的课好吗?"我去听他的课时，他很高兴，课讲得很好。他显然是充分准备了的。但通过听他的课，我依然对他的教学水平和教学情况有了较多的了解。

老教师一般都特别要人尊重他们。一位有性格的好顶撞人的老教师，在我听课时，他毫无反感，而且神采飞扬地讲课。他说："你事先打招呼，尊重我，用平等的态度对我，我还有什么说的。"

不该在草草只听了一节课后，就急于向教师提出这不对那不好的批评意见。但也不要回避在听了一段课后，用探讨的方式与教师一同平等研究他讲课中的问题，愉快地一同向提高教学质量方面求得合理妥善的解决。教学方法"百花齐放"没有什么不好。互相尊重和互相信任使听课只会产生好作用而不起副作用。

讲究态度，要出自真心。你的好态度会换来好效果的，我相信!

小黑板办大事

在校园里办了块黑板报，用一块黑板标了个"一事一议"的题头。实际也是"一日一议"，天天换新内容。

最初的用意，是从加强政治思想教育工作着眼的。每天针对学生中存在和发生的一些需要随时提醒的事，用极简洁的文字写在黑板上，表扬为主，加上与人为善的批评，师生都可以写。为了带头，我自己也连续写了多篇。

比如说：有些学生不看报，就写了《提倡每天看报》;干部子弟有攀比谁的爸爸官儿大的，就写了《应该比什么?》;学生中好胡乱起绰号，就来一篇《己所不欲，勿施于人》;学生在教室走廊里踢球，就来一篇《球场向球招手》;学生到图书馆借书看不爱惜，写了《书在哭诉》;一个班级的5盏日光灯坏了两盏拖着未修，写了《5＝3》;有个班级上操人数少，就写了《寻人启事》……

想不到，"一事一议"竟深受欢迎。每天，那块黑板报前都围着学生看，有笑的，有议论的。而且，许多事只要被一"议"，马上生效改正，立竿见影。

思想工作要持之以恒，要天天做，要有针对性、从实际出发，要发动大家一起做。能这样，小黑板也能办大事。

一分必争?

时间要"分秒必争"，学生的分是不是应当"一分必争"呢？

我刚到学校不久，就遇到了一件棘手的事：高中毕业班的一个女学生在离校前夕突然要自杀。原因是她由于物理成绩总平均只有59分，不及格，所以按规定拿不到毕业证书。正因为拿不到毕业证书，她觉得无脸回家，哭哭啼啼，决定自杀。

真吓坏了人！得到消息时是夜晚了，一方面派班主任负责在女宿舍陪守着她，一方面派人去把她在农村教小学的母亲请来劝解商议；一方面我就到教务处调阅物理考卷，同教务主任商量。我和教务主任认为：卷上还不是几分都找不出来，因物理的一分之差而使学生拿不到证书要自杀是不合理的。

于是，将任课的物理教师请来，我将学生的考卷交给他，讲明了情况后，说："请你再看一遍考卷，看看能不能找出点分数来，使她的总平均分数达到60分。"

谁知，物理教师拿了考卷看了一遍，回答我："卷上我没有批改错的地方，无法再加分了！"

我怕他误解了，说："没有说你批改错了！而是说，有的题多扣几分或少扣几分也是可以的！"

"分数是神圣的！该给的一分也不能少！不该给的一分也不能给！"

他生硬、认真地说。

抗日战争时期，我自己上高中时，亲身经历过一件事：一个姓范的同学，因为数学老师连续两次给他 59 分，冒火了，用小刀刺伤了数学老师，入了狱。刺伤老师当然是犯罪的，但数学老师给学生连续两次打 59 分难道就对吗？一分之差难道就这么精确、神圣吗？

我耐心地说："我从来不想否定分数的高低应该按评分标准办事，但我也不相信一分之差就那么神圣！人命关天，我们不能眼看着让一个学生为少了一分而去死吧？国家培养学生，分数只是一种手段，分数不是学生的命根，也不是老师的法宝。我希望你了解我意思，再去找一找分数。"

他又拿卷子去看了。但第二次回来，仍说："我要对得住自己的良心，这卷子上的确无法再加分了！"

事情这么难办，只有另外请一位物理老教师来。他是教研组长，请他帮助研究卷子上能否再加点分数出来。最后，总算打通了那位把一分视为神圣的物理老师的思想，补上了那一分！学生的母亲也来了，教育了学生，将学生带回家去。

这一夜，恢复了平静。

事后，有人问我："如果这一分仍旧加不出来的话，你怎么办？"

我说："这里有教育学生的问题，也有教育老师的问题。但归根结底，我绝不会让一个高三毕业班的学生因为一门课的总平均成绩差一分而拿不到证书去愤愧自杀！"

海外来信

一封由外交部信差从我国驻也门大使馆带回来寄发的信，写着我的名字，由传达室送到了面前。

咦，是谁从遥远的也门来信呢？那里没有我的亲戚和朋友呀！

拆开信，热情的话语使我的心激动了。一些往事出现在眼前。我记得他。

他是一个农村的孤儿。父亲死了，母亲改嫁后随夫去了东北。他不愿意跟随后父，就留下来了。我第一次看到他，是在高一新生入学那天。他个子矮小，却长得聪明健康。我注意到他的入学成绩优秀，记住了他的名字。

以后，妻在图书馆工作，告诉我：他爱借书看。有一天又告诉我：他丢失了图书馆的书，按规定要赔偿才能再借，但他没有钱赔，妻代他把书款赔了，让他继续借书。

那年，天特别冷，寒假期间快过春节，我到学生宿舍到处看看，忽然发现只有他独自一人冷清清地留在宿舍没有离校。这样的学生是不多的。我问："你怎么不回家？"他笑笑，起先不答，但后来如实讲了：他是一个孤儿，无家可归。

啊，原来如此！春节期间，学校食堂也停火了。他连吃饭都要成问题呢！我送苹果到宿舍给他吃，并且讲定约他到春节时在我家里过年。他答应了，但到临时，我前前后后却再也找不到他了。他太懂事，究竟同我尚陌生，怕打搅我们，自己跑到初中的老师和同学处去过春节了……

后来，他考取了北京大学东语系，学的阿拉伯文，再后来，就不知他的下落了……

这些事我和妻早都忘了，但如今，在信上，他却枝枝叶叶都记得清清楚楚，热情地写了感激之情，还写了他对许多其他关心他的老师的怀念。不但表露了深挚的师生情谊，更热烈表示了自己在异国他乡为祖国服务奋发向上的决心。

看着这封海外来信，使我有一种异样的感触和感想。

我在想：你有时无意之间做的一些事，哪怕极小，都会给人造成经久不忘的记忆，成为他前进的动力。这样的事，其实是应当有意去多做的。相反，如果无意地做了损伤他们的思想和心灵的事，让他们带着伤痕离去，情况就全不一样了。在这所学校工作，面对着无数正在成长的青少年，每年会有 500 人左右高初中毕业，又会有 500 左右新生入校。学校这样一部在运转着的教育机器，它所送出去的人的"产品"上都会镌着许多标记。珍爱这些"产品"，让他们带着美好的回忆和前进的力量合格地去到高一级学校或各种岗位，他们将会起多大的积极作用；相反，让他们像残缺了的"次品"似的带着从思想到心灵上的消极影响走，又会如何？

教育工作者整天在做潜移默化、言传身教的事，整天在做与青少年接触的事，责任太重大了……我们随时都在"播种"！……

我但愿我无论有意或无意，都在做有关青少年思想、学习、身体健康的好事！而不做一点点将来会歉疚和遗憾的事……

（在山东临沂写于 1961—1965 间）

蒙山沂水寄深情

离开山东临沂来到四川成都，瞬息 22 年了，但山东临沂人始终没有忘记我，我也始终怀念山东。沂蒙和临沂一中的旧友新交，常从山东和临沂来电话、信件，说："王校长，快回来看看吧……"前年临沂一中百年校庆，李世良校长等也热情邀我回去看看。我何尝不想旧地重游，但年逾八十，心有余而力不足了。承山东教育出版社牟文正编审邀我写这篇文字，我愿借此机会，向亲爱的山东沂蒙，向亲爱的过去的老领导、同事、同学、文友及这些年的新交们深深致一声真诚的问候吧！

我原是北京《中国工人》杂志的主编助理兼编委。三年困难时期北京陷入饥饿，毛主席在我们的刊物上批了"拆庙搬神"四字，《中国工人》停刊。我拿了中央组织部介绍信率队到山东支援农业第一线，直接向临沂地委报到。地委研究后留我到省属重点中学临沂一中做行政领导工作。临沂那时经济落后，又是灾害时期，条件同北京无法相比，但一中的 120 多亩校园大而美丽，是一所拥有三十几个班的全日制中学，领导班子较强，较团结。我在赴沂蒙途中，经过新沂遇大风雨受阻，看到灾情严重。曾口占七律一首明志："年将不惑下山东，欣然仆仆入沂蒙。笑谈征途多崎岖，冷对扑面雨和风。十年翰墨孺子牛，一片丹心今昔同。坚信多难能兴邦，加鞭早看太阳红。"到一中后，面对同志们的热情，我身在其中深感温暖。我对教育工作外行，但先后有赵明远、钟伯荣、杨星垣、李镛等校长（他们均已去世）及陈平、金润泽、傅绍朴等教导主任的帮助，更得到许多有水平、有责任心的老师的支持，凭着自己愿意学习的心愿，终于做出一些成绩。

当时，我夜晚常在校园里走走看看。教学楼里灯光雪亮，老师们都在备课改作业，学生们也在教室里自习。灾荒使师生们都忍饥吃"瓜菜代"，我不能不心系师生们的健康。我在校务会上提出减轻师生负担的问题，比如批改作文，老师不要凭自己的口味越俎代庖将作文改得体无完肤"满堂红"；在课堂上，要精讲多练，少留作业；为保护学生视力，主张改善黑板的反光问题，增加照明设备等。新来乍到，同志们都热情支持，工作顺利，使我欣慰。

学校距沂河不远，河东独树头镇的农家学生每天要过河来回，雷雨山洪下泄时，沂河水或浅或深地会将一条铺着大麻石条的"五里桥"淹没（当时沂河上还未建安全的新式大桥）。在我到校前，校里就规定：暴雨涨水时，独树头的学生要集中排队由班主任护送安全回家。每当这种时候，我也总是冒雨卷着裤腿在河边打着伞等候，总要看到老师将一连串手拉手互相牵引着的学生护送过河归来了才安心。

抓教学少不了要听课，了解教师上课的优点和不足。我发现，有的干部听课的态度不够端正，居高临下，专门寻找缺点。我则主张抱谦虚学习的态度，听课决不搞突然袭击，而是先打招呼，使教师感到对他尊重、信任，便于调动积极性。对新分配来的教师，更要注意。一位姓郭的物理教师刚来，我说想听听他的课，他吓得红着脸想哭，我就说："别勉强，我现在不听，你好好教，好好向老教师学习，等到哪天你愿意我来听课，就告诉我。"过些时候，他来找我了，我去听了课，他很高兴。我听课后，从不草草急于向教师提这不对那不对，但也不回避听了一段时间后，与教师平等研究问题以利于提高教学质量。有时，我曾应老师们的要求举行公开课。我缺乏教学经验，明知比不上许多优秀的教师，但我真诚地做了准备，讲了语文课本上鲁迅的作品，目的是"尝尝梨子"，听取意见，建立感情。

学校教育应该努力使学生德智体全面发展，但升学率毕竟是一个不得不正视的问题，处理不妥往往会给学校工作带来一些片面性。当时社会上就传着这样的顺口溜："考考考，老师的法宝；分分分，学生的命根。"我到学校后，遇到过一件棘手事。高三毕业班的一个女生要自杀，原因是物理总平均成绩只有 59 分，不及格，按规定拿不到毕业证书，她无脸回乡。听到这事，已是夜晚，我一方面请班主任陪守保证安全，一方面派人去把她在农村教小学的母亲请来劝慰。另外我又到教务处调阅物理考卷，同教务主任商量。我们都认为卷上还不是几分都找不出来，仅因总评一分之差而导致学生自杀万万不可。于是，请任课老师来，我将考卷交他讲明情况，说："请再看一遍考卷，能不能找出点分数来，使总评达到 60 分？"谁知回答是："卷子我没有改错的地方，无法加分。"我说："没有说你批改错了，而是说，有的题目多扣几分或少扣几分也是可能的。"他说："分数神圣！该给的一分不能省，不该给的一分也不能给。"我耐心地说："国家培养学生，分数只是一种手段，分数不是学生的命根，也不是老师的法宝，希望你理解我的意思。"但他坚持己见，我请了教研组长一同研究，最后总算打通了批卷老师的思想，补上了那一分。学生的母亲也来了，教育了学生。事后，有人问："如果这一分仍旧加不出来，你怎么办？"我说："这有教育学生的问题，也有教育老师的问题。但归根结底，我绝不会让一个学生因为一分之差自杀！"

回忆往事，点点滴滴难以忘记的太多了！

自己写自己是有困难的。我工作勤奋，哪怕对学生讲 10 分钟话，事先也都做充分准备，怕浪费大家的时间。我可以承认自己是作家、编辑家，却从不敢承认自己是教育家。因为在教育界我是缺少建树的。由于作家的身份，我怕学生们有的想仿效，忽略了基本知识和基础训练，总告诉他们：中学生写作和作家创作，虽都是用文字写作，但目的不同，要求也不同。中学时候应学好"双基"，有好的基础，将来想做什么都会条件优越些的。当然，课余，我也不拒绝对一些有写作才能的学生进行指点。我在教育岗位上当时有些事想做却无能为力，有的事坚持也不够。例如初到学校，感到伙房卫生差，苍蝇太多。会上我提出这问题，有同志反驳："不能拿北京的条件来衡量这里。"当时，作为省重点中学，年终有笔积余，而学生用水不便，冬天也喝井水解渴，我主张用这笔钱装自来水，保证学生冬天喝上热水，反对的意见则认为："太讲究了！这笔款应上缴。该节约！"又比如学生宿舍灭虱的问题，分工主管的同志说："当年战争时期，我们管虱子叫'光荣虫'、'卫生虫'呢！"那时，极"左"的思想有市场。在对待学生上，我反对歧视所谓"出身不好的学生"，因为出身不能选择，要重在表现。对毕业班学生的评语，我曾亲自过问并纠正个别有极"左"思想的班主任在评语中那种"唯成分论"的写法，不想让毕业生带着有这种评语的档案袋背上包袱离开学校去受委屈。当时同有的人争论，实际是犯大忌的。后来"文革"中受到大罪，但我无悔！况且，"文革"前，工作中矛盾虽有，但多数能够出于公心而化解。领导集体团结的好局面是直到"文革"十年才被搅乱的。

我极感谢在一中工作时，地委许多领导，从书记到部长对我的关心，同样感谢学校领导集体给我的帮助和温暖，还感谢老师和职工对我的支持，更使我难忘的是学生的情谊，我爱他们，当时我曾尽可能地默默给过他们从精神到物质上的营养，有的他们知道，有的他们并不知道。而他们回报我的是他们在事业上的成功和在社会上的贡献，是到今天仍念念不忘我这位他们当年的"王校长"。这许多年他们有的抱着鲜花从外地来看望我，有的提着礼物上门来问寒问暖，有的不断将他们的作品一本又一本寄来，有的每到春节或者想念我时就打电话或写信来，有的热情邀请我回山东并说要全程陪同接待……而一中当年的同事们都是我的老战友了。看到他们寄来的热情的信件和照片，我总是万分激动。知道有的病了，甚至去世了，我总是伤心不已。往事历历，似乎尽在眼前。

1983年10月，我离开临沂到四川成都工作。我永远忘不了临走时的情景，天未亮，地委宣传部王树群部长等老领导和老同事、老朋友们来了那么那么多，互相握手告别时许多人都落泪红了眼眶。当时，赵明远校长已升任临沂地区教委主任，他书法好，填了一首《西江月》条幅裱好赠我："仰望红旗志坚，确信共产必行。何惧狂涛骇浪涌，恰似一帆从容。　　十年相处不凡，欣喜谷怀高风。时光不嫌白发生，且看佳作人盛。"他的盛情与友谊令人感动。他正派、廉洁、勤政，党龄长，有威信。"文革"中我们曾一同受难。前些年，他因病去世，令我深为伤感。

处在改革开放构建和谐社会的新时代，今日的临沂一中，规模大了，硬软件设施与时俱进，今非昔比。由于教育得法、管理在行，学校声誉更高，新人辈出。李世良校长等奋发有为，离得虽远但对曾在一中工作过的我们夫妇极为关心，使我们对一中的感情始终得到延续，对山东沂蒙的感情也始终得到延续。山东沂蒙，一直是我魂牵梦萦的地方……

2005年3月

别沂蒙

我要走了！要离开沂蒙了！

离开沂蒙的前夕，才感到我是多么深地爱着沂蒙大地，爱着这里的山山水水，爱着这里的同志和朋友。哪怕是一条熟悉的小路、一株熟悉的大树，都使我依恋。人是不是常这样的呢？当得到什么的时候不稀罕，失去的时候才知珍贵？在沂蒙山的怀抱中生活了 22 年，何曾有过现在这样惜别的深情？如今，离情却充塞胸臆，黎明朝霞，浮云落日，处处在招惹着我……

一

清晨起来，阳光灿烂，我朝沂河走去。多年来，我常爱去沂河边上散步。站在大堤上俯瞰，沂河岸边，绿柳依依，鲜亮悦目。广阔的沂河上那座 50 多年前范筑先老人在这里当县长时修建的"五里桥"上，拥挤着频繁来往的车辆和行人，嘈杂的人声、汽车的喇叭声、自行车的铃铛声都清晰随风传来。今天农历逢十，赶大集。山货、家禽、猪羊、菜蔬……蜂拥而来。这座旧桥，当年造得太低矮，每逢夏季山洪暴发，沂河涨水，桥就要被波涛淹没。我刚来的那年 7 月，一个傍晚，为了过河，只能赤脚涉水过桥。走到桥中央时，水深没到腰部，晃晃悠悠，险些出事。但过了几年，一座漂亮的高高的新公路桥——沂河

254

大桥已建造在南边。现在，河上又有一座新的铁路桥和一座新的公路桥正在动工建造。从一座桥发展到四座桥，沂河岸边的临沂城变化太大了！今天的沂河两岸，春笋般出现了许多大大小小的烟囱和工厂，还有堂皇的沂河宾馆，有林立的办公楼和宿舍楼，有稠密的绿茸茸的杨树林……荒芜，在建设中化为神奇。一种难以形容的力量震荡着我，激起我多少变幻的感情。我心头洋溢着赞颂，有看不见的激情在冲动，是欣慰和喜悦，还是惊异和慨叹？也许都有吧！

前些日子，地委的一些领导同志对我说："舍不得你走！"几位知心的医生朋友对我说："留下来别走了！"一位从济南赶来为我送行的老战友说："你要远去，觉得很不是个滋味，不能不来送送你！"一个常在一起谈创作的同志告诉我："听说你要走，怅然若有所失。"一些学生抽空赶来看望，挽留我说："老师，别走了……"我看到他们湿了的睫毛。

啊，我又何尝舍得你们哟！沂蒙山老根据地人民待人的淳朴真诚，从古到今，一直像驰名的"兰陵美酒"一样醇厚。"但使主人能醉客，不知何处是他乡。"有这因素，常使外地人客居在此流连忘返，还没有离开，它就使我老是在想：我走后是一定要眷念沂蒙山的。我会像那每年去而复返的燕子似的，到一定的时候又会飞回来看看这里的春天的。

22年前，刚从北京来到临沂，我并不是一下子就喜欢这个地方的。那是三年困难时期。1961年7月，北京中直机关的干部缺少食物和营养，浮肿的很多。我所在的《中国工人》杂志社，奉命"拆庙搬神"，编辑部的人员撒向天南海北，我也来到沂蒙山支援农业第一线。那时候，从有着十大雄伟建筑物的首都下来，曾感到这里欠缺些什么：没有大米吃，没有丰富的文化生活，没有像样的百货大楼和繁华的街道，没有公共汽车……几乎看不到工厂和楼房，看不到自来水，看不到树林，看不到大专院校，看不到时髦打扮或穿得比较讲究的年轻人……但经过22年，这一切，陆续都有了！十一届三中全会以后，进步更不平凡。目前，国内外皆知的大港——石臼港正在营建，由兖州经过临沂去到日照石臼港的兖石铁路正在赶筑……这几年来，我常出差在外，从南往北，到过许多地方。经过比较，总觉得临沂地利、人和。出门在外就会想着沂蒙山，习惯于在临沂生活，老是有一种"谁不说俺家乡好"的感情。"沂蒙山区好地方"不是口头上唱唱的词句，它是真实生活的写照。了解它的过去的人更容易发现它的进步。它会使人想起沂蒙山光荣而贫困的过去和光荣而富裕的将来……

也许，动身之前，我是不会再有来沂河岸边散步的机会了。我在沂河边金光闪烁的沙滩上徘徊、徘徊，浅黄松软的沙滩上留下我深深浅浅的足迹。足迹，一阵大风一阵大雨就会消失，但这儿天地间留在我脑际的印象和联想，将伴随着我心弦的搏动长期存在，永不消失……

二

我走回家来，又回到这个在临沂第一中学校门口的小院里来了！

就要离去，能不好好看看院门前的一切吗？屋左是一蓬蓬欣欣向荣的兰草；屋右的那棵月季，长得小树似的，正在盛开。月季是一位回到济南工作的老同志临走时栽下送我作纪念的，现在，我却又要将它留给别人了！邻家的蜀葵、夜来香、茶花、蝴蝶兰……都在争芳斗艳。矮墙上攀缘着丝瓜藤，交错的藤蔓正像我思绪中剪不断的眷恋。我们这个四户人家的小院子，和睦、宁静，家家门前都有花草，年年从春夏直到金秋，姹紫嫣红，繁花似锦，美不胜收。人们走进院子就会眼睛一亮，说："嗬，真像个美丽的小花园！"今年，花儿盛开时我要离开了，去到四川，在锦官城又会有新的好邻居。但，我会想念这儿的"老街坊"的！想念这儿的宁静，想念这儿的和睦，想念这里满院的花香和色彩的绚丽……

我无法将门前的花卉连根搬往四川，由此我却想到我自己的"根"。怎么能不留恋这块我曾经深深扎过根的沂蒙大地呢？岁月如流，将时光带走，留给我双鬓白发。我在这里扎根了22年，将我人生历程中最好的一段青壮年时光献给了沂蒙山。人生能有几个22年？我是江苏人，从来没有回过家乡，自小生长在江南，在江南前后累计也不过住过十多年。说起故乡，我的故乡在哪里呢？应当说是在这里！至少这里也是我的第二故乡。近年，我出差在外，只要见到山东人，无论是在上海、杭州、北京、西安，他们都将我当作山东"老乡"。去年秋天，我远去云南中越边界，在英雄的扣林山前线主峰上遇到了在战斗硝烟中防守主峰的连长，是蒙阴人，听说我是临沂去的，马上像见到了亲人，频频问起家乡种种，舍不得分离。我是心甘情愿做山东人的。允许我有"双重省籍"吧！

　　过去漫长的岁月里，沂蒙山像母亲似的用奶汁喂养着我，沂蒙山的人民用他们的光荣革命斗争历史昭示熏陶着我，革命烈士和许许多多老同志用英雄的事迹供给我创作的素材。巍巍的东蒙群山中，我寻找过抗日时期的"外国八路"希伯同志捐躯的旧战场；著名的莒南县大店镇上，我访问过"土改"时期平鹰坟的农会干部；鲜血染红过的孟良崮上，我曾遥想当年歼灭蒋军整编七十四师的壮烈场景；浪涛滚滚的日照奎山海边，我曾凭吊汉代至王莽新朝时期吕母起义的遗迹……我不会忘记蒙山、鲁山、沂山那峥嵘的七十二岗；不会忘记苍山紫皮蒜、平邑金银花、天宝山黄梨和浮来山苹果；不会忘记郯城的琅玡草编、临沂的紫砂陶、费县的徐公石；也不会忘记临沂烈士陵园里新四军副军长罗炳辉和山东解放军八师师长王麓水等的陵墓……我不会忘记沂蒙山的一切！我和沂蒙山正像一首诗中所说："你是高山，我是依山而生的一棵小草；你是大海，我是海中畅游的一尾小鱼……"但，我却为什么又要离开？

　　是呀，为什么又要离开？有人问："难道我们沂蒙山不留人？"我发自内心惶恐地回答："哦，不！我已经承受了那么多的感情和关爱。"我曾在这里用我的心血和汗水与同志们一起工作、劳动过；我在这里光荣地加入了伟大的中国共产党；我在这里有过那么多精诚团结的领导和同事，有过那么多亲密交往互相切磋的好友，有过那么多单纯知心的学生……有人说过："和你一同逢场作戏的人，你可能已把他们忘掉；但是和你同甘共苦从事过事业的人，你却永远不会忘记。"我在沂蒙山，"文革"中也有过不愉快的事，但那不是主流，不愉快的事到处都会有，并不独属于沂蒙山，我将忘掉这些不再带走。我在沂蒙山，感到自己正像希腊神话中的安泰站在大地母亲的胸脯上，会有永不衰竭的力量。所以，我说：我的"根"扎在这里！但是，我却要离开这里去四川成都了！走得那么遥远，那是为什么呢？

我想起，曾有那么多当年在沂蒙山战斗过的革命前辈们，他们一定是怀着与我现在同样的心情离开沂蒙山的。沂蒙山哟！你输出过多少子弟兵，培育过多少党的干部和各行各业的人才！人的来到和人的离去，原因只是由于党的事业需要，革命工作的需要。我几年前在北京见过一位抗日战争时期在沂蒙山战斗过而又离开沂蒙山30年的老同志。他说："那是我的家乡，真想念那地方啊！真想尝一尝那儿的煎饼，真想再去看一看蒙山和沂水……但工作羁身，想去而不能去；正像当年工作要我离开一样，想留而不能留……"

我想起了"南竹北移"和"南茶北引"。沂蒙山原来没有毛竹，但南方翡翠般的毛竹移来以后，便安下了家，生长得蓬蓬勃勃。沂蒙山原来没有茶叶，南方苍绿的茶叶移植过来后变成了蒙山茶。听说，江南的茶叶不能直接移植到高寒的西北，但蒙山茶繁殖生长以后，再往北移，可以去到新疆生长。我多么愿意做这样的竹子，我多么愿意做这样的蒙山茶哟！

站在我居住的房屋前，望着那条有着钻天杨的林荫道，我忽然记起了一位外国哲人写过的一段散文诗：

我的房子对我说："不要离开我，因为你的过去住在这里。"

道路对我说："跟我来吧，因为我是你的将来。"

我对我的房子和道路说："我没有过去，也没有将来，如果我住下来，我的住中就有去，如果我去，我的去中就有住……"

写得多么切合我的心境。何况，世界上的路总是纵横交错的！我带着对祖国的爱而走，我也将爱留在这里。

三

回到家里，看到一位青年朋友留下来送我的一盒录音带。知道我要远去，他深情地录下了一首又一首旋律优美的沂蒙山民歌，送我作为纪念。

他说："希望你喜欢这件礼物，到四川以后，你听了就会想起沂蒙山的。"

太感谢你送我这样珍贵而有意义的纪念品了！记忆是相会的一种形式。今后，当我在遥远的蓉城，当我想念沂蒙山的时候，我会播放、欣赏这些民歌。那时，我不但像见到了沂蒙山，也像见到了你，见到了那许许多多能敞开心扉、沟通心灵的好同志、好朋友、好学生……

我情不自禁地将录音带放进录音机里，揿动按键，耳边立刻响起《沂蒙山小调》。它淳朴、高昂、豪爽、热情奔放。

随着女歌手的激扬歌声，岁月的回音壁上跳动着音符，使我思绪纷飞，浮想联翩。

那是抗日战争时期。我，一个穷学生，满怀爱国热情，去到大后方时，越过秦岭进入四川，第一次路过成都，忙中偷闲，去有名的望江楼观光。我至今仍记得那时背熟的一副楹联："引袖拂寒星，古意苍茫，看四壁云山，青来剑外；停琴伫凉月，予怀浩渺，送一篙春水，绿到江南。"

当时，烽火连天，江南沦陷，我正背井离乡，颠沛流离，间关万里，越秦岭，过剑阁，到了四川。我十分欣赏这副工整、优美、意境隽永的对联，尤其喜欢"送一篙春水，绿到江南"这九个字。九个字触动了我的乡情，使我心头荡漾着一种对江南水乡的悠悠怀念，难以消逝……

一晃 40 多年，望江楼上这副楹联还在吗？又要去成都了！我想，如果再看到这副对联时，对"送一篙春水，绿到江南"所引起的心头涟漪，将不仅仅是江南，恐怕更多的会是忆起沂蒙山了！

今后，去到四川，我将何处不触动对沂蒙山的惦记呢？诸葛亮是琅玡阳都人，阳都就是沂河和东汶河交汇处的那些地方。我从诸葛亮的家乡去到他辅助刘备鼎足三分的巴蜀。如果重游成都的武侯祠，我必然又要想起沂蒙山！公元745年初秋，唐代最杰出的诗人杜甫和李白曾经同游奇峰幽壑、岗峦起伏的蒙山。杜甫写过"余亦东蒙客，怜君如弟兄。醉眠秋共被，携手日同行"的诗句。如果在成都瞻仰杜甫草堂，我一定又会想念沂蒙山！今后，去到四川，巴山夜雨，有山东的故人来访，把盏叙旧，我又怎么能不深深怀想亲爱的沂蒙山！

（1983 年 9 月，刊于《山东文学》）

获"感动临沂"奖的感谢信

尊敬的临沂父老乡亲们，尊敬的中共临沂市委、市政府各位领导，我在临沂的老领导、老同事、老朋友和当年一中的同学们，临沂电视台的同志们：

因为身体不适，我不能亲自前来临沂，现在，请允许我让女儿代表父母来到临沂，念这封信，向你们深深鞠一个躬，表达敬意和谢意，表达我们最诚挚的新年问候和祝福。

离开第二故乡临沂24年了！但哺育过我22年的临沂仍记得我，仍给我如此的温暖和关怀，使我不能不为这种厚爱从心里感到激动。

沂蒙是著名的革命老区、中国当代革命史上一座不朽的丰碑。当年，我是同许多前辈一样把它当作"华东的延安"看待的。它是我长期工作、深受教育得到磨炼而成长的地方，是我入党的地方。岁月留情，饮水思源。沂蒙大地是我离开后常常日思夜想连梦中也会回来的地方。千言万语说不出我这种体会。此刻，我非常想念大家，非常怀念那些在临沂时的日日夜夜，非常想念老朋友，包括不少已经去世的好同志……我的感情复杂，找不到恰当的话来表达这些，但感情是美好、真诚的！

电视台的同志送过我《今日临沂》的DVD，临沂的友人先后送过我不少摄影集、画册和照片、书籍刊物、录像带，我也常从电视上看到临沂，临沂的进步与变化使我心里震撼而且高兴。

"沂蒙系我梦，山水常相依"，临沂这片光荣的土地，有英雄的人民，是藏龙卧虎之地，过去和现在都有许多我可以而且应当学习效仿的榜样，这次给我的奖励，我愧不敢当，只能把这作为是一种勉励和督促。我年岁大了，仍将发挥余热，用沂蒙精神继续做点力所能及的好事。在感情上，我人离沂蒙远，但心离沂蒙近。在愿望上，衷心祝愿临沂在党的十七大精神光辉照耀下更加繁荣、发达，更加和谐美好，不断谱写壮丽的新篇章！

春节不远，在这里向大家拜个早年。敬祝各位春节快乐、幸福！

感谢大家！

王　火

2008 年 1 月 15 日于成都

附：

2007 感动临沂年度人物颁奖典礼隆重举行

2007，是谁用爱感染我们每一次心跳？2007，是谁让我们的这一年充满人性的光辉？2008 年 1 月 16 日晚，备受临沂人民关注的 2007 感动临沂年度人物颁奖典礼在临沂广电中心 800 平方米演播大厅隆重举行。临沂电视台新闻综合频道、临沂广视网 www.lytv.tv 进行了同步直播。

市人大常委会副主任朱绍阳，市委副书记张务峰，市委常委、宣传部长丁风云，副市长王晓嫚，市政协副主席杨荣三，临沂军分区副政委盛修祥出席典礼并为当选的感动临沂年度人物颁奖。

在颁奖典礼现场，一个个感人的故事让人挥洒泪水，让人胸怀激荡。感动人物事迹短片的播放以及他们相继登台接受采访，重现着

2007年里那一幕幕感人的场景，让人们永远铭记了一个温暖的2007。去年春天，临沂电视台《琅玡风云榜》栏目播出的三集系列报道《激情点亮人生》让无数临沂人又回忆起那位对学生充满感情的王火校长，二十多年的分别没有切断人们对他的思念，时空的阻隔更没有湮灭他对沂蒙的眷恋。王火先生当选了本次感动临沂年度人物，听说了这一消息，远在四川、84岁高龄的他连夜撰写了感谢信，并委托自己的女儿王凌专程从成都赶到临沂参加颁奖典礼。在颁奖典礼现场，王凌满含深情地宣读了这封感谢信，一句"沂蒙系我梦，山水常相依"让在场的很多人眼里闪现晶莹的泪花。为王火先生颁奖后，市人大常委会朱绍阳副主任向他赠送了由我市著名书画家皮之先先生书写的"一生为好"四个大字，并满怀深情地祝愿：祝王者之火，永远燃烧！

感动催人奋进，和谐共奏凯旋。2007感动临沂年度人物颁奖典礼圆满落幕。让我们共同期待2008更有感动的故事，温暖我们前行的征途。

感动临沂年度人物评选自2006年开始，至今已经成功举办了两届。评委会给王火的致敬辞："这是怎样传奇的人物经历，承载着太多的磨难和辛酸；这是怎样丰富的情感资源，绵延不绝，奔涌而来；这是怎样一种对生活的热爱，虽饱经风霜却从不褪色，他将一生，浓缩成一部内涵丰富的书。他用激情照亮了自己，也温暖了别人。四川很远，但王火离我们很近！"

改革开放年代的散记

送亮亮出国

亮亮是 11 月 20 日下午四时半坐巴基斯坦航空公司班机离开北京飞往英国伦敦的。飞机在卡拉奇要小作停留。离开成都去北京前，我和起凤叮嘱她在北京候机期间应当去看看万里长城，因为那是中华民族的象征。她果然由友人陪同去了，从北京来信发表观感说："啊，爸爸妈妈，万里长城气势雄伟。它像一条巨龙！见过它，我怎么也忘不了我是长城主人的子孙，我为此感到骄傲，怪不得外国人仰慕它的名声，到中国都要看看长城……"

我觉得她带着这样深刻的印象离开首都去异国，对她是有好处的。这将激励她上进，使她把自己常与祖国联系在一起，无论她出国后处境顺利与否，她都将考虑到自己的表现与祖国的尊严，她将永远会想到要做一个顶天立地的炎黄子孙。

出国之前，拿到护照去办签证时，从成都一连三次去北京，补这种手续补那种手续。她曾连续 17 天在北京那个外国使馆的门口排队，等候接见谈话。晒着太阳吹着风，忍着腿疼，为了少上厕所，只好不喝水，还要看洋人的脸色。她与一些在门口排队出国的青年人一样，感到愤慨，感到艰苦。有一个排队的人告诉她："出国的事就是这样，

264

多久把你折磨得不想出国了，那时离办成也就不远了！"

亮亮与有些青年人不同。她并不热衷于出国，她有些恋中国、恋家、恋友人，爱她本来的单位和工作。她甚至说："爸爸妈妈，我恨不得不走了！为什么要去受老外那份窝囊气！"但我们勉励她说："亮亮，要能接受艰难的考验，还是去吧！出国的机会不容易。国家让你去，你就去！通过这次折腾，你应懂得：我们只有使祖国更强大，才可以不受资本主义国家的气。你出国后，时刻不要忘记你是中国人！你去后，好好学点东西，学点对中国有用的东西，回来报效祖国。"我们有许多感慨说不完。说真的，现在有些出国的中国人给人印象并不好，因为他们头脑里没有为祖国争气这根弦。而我们对亮亮，是抱有这种希望的。

亮亮离开成都家中的那晚，我们一家聚餐。她姐姐的4岁男孩楠楠，平日最喜欢他小姨，吃饭时一再问亮亮："小姨，你不走行不行？"

其实我们都舍不得亮亮离开。她和她姐姐是极其孝顺的好女儿。她平日在家里对爸妈特别亲切，总是叽叽喳喳像只小雀子似的叫爸妈高兴。可是为了使她走得安心，我们都对她说："你走，爸妈高兴，因为这是好事，我们不想你，你也别想家。"其实，这是假话。我们年岁都大了，身体都不太好，亲爱的女儿远行，怎么没有难舍的想法？亮亮走之前的一个晚上，我梦见亮亮从国外回来了，站在沂蒙山区沂河大桥上看着滔滔的沂河水流淌。因为我在沂蒙山区工作过22年，亮亮在那儿度过了小学和中学的光阴，我们对沂蒙有感情，亮亮临走前就遗憾她未能回去看看。她还未走我竟做了她已回来的梦，恐怕是由于情之所切造成的吧！

18号那天，我们和亮亮通了个长途电话给她送行，除了说"一路顺风"之外，叮嘱的仍是那些平时说过不知多少遍的话，除了要她注意身体和努力学习外，不外是要她同所在国的老师和朋友们处好关系，要她永远记住自己是个中华儿女。我们一遍遍地说不厌烦，亮亮也一遍遍地听不厌烦。临了，4岁的楠楠接过电话听筒要同亮亮说几句话。亮亮说："楠楠，唱支歌给小姨听吧！"于是，楠楠大声唱起来了："起来！不愿做奴隶的人们！……"这是小姨教他唱会的歌。我们一家都热泪盈眶了。

亮亮离开祖国的那天，北京最低温度零下4℃，而巴基斯坦卡拉奇气温高达35℃，伦敦温度则和成都相差无几。环球凉热不同，这是亮亮遇到的第一个属于气候上的考验，下午四点半钟，我和起凤在成都家中坐在一束红花前遥想此时飞机正昂首冲向云天，我们默默为小女儿祝福！我们打开录音机，放着亮亮爱听的那支歌："长亭外，古道边，芳草碧连天……"这盘磁带本想让亮亮带到国外听的，但她妈妈悄悄对我说："别带了！在国外听了这歌她要想家的！"现在，我们老两口听着这歌声，都深深想念女儿了。这天，成都不冷，也没有风，我们心中得到了一种说不出的欣慰。

1989年11月20日晚

缅甸的"吃"

去年 12 月我参加中国作家代表团出访缅甸前，刚上小学二年级的小外孙楠楠说："爷爷，'面店'是不是出面条？"我笑了，告诉他："爷爷去的是一个国家叫缅甸，是个友好邻邦，不是什么面店！"女儿马上问我："爸爸，缅甸人吃的面跟我们一样吗？"我 1982 年到过中缅边界，看到过那里的缅甸人饮食习惯与云南傣族相仿，未见他们吃面条，却见他们吃米线。但缅甸有六十几个民族，到仰光后，那里吃的面条同我们一样吗，我也无从回答。

到缅甸 15 天，游览了仰光、蒲甘、曼德勒、彬乌伦、东枝等地，吃了许多次缅甸小吃和缅餐，这才知道缅甸的面条与我们的基本相仿，吃法也基本相仿，有汤面、炒面，也有拌面，做法和味道也相仿。当然，也吃过米线，同在云南吃过的差不多。回国后，这个问题倒是可以回答了，但又碰到一些朋友问我："缅甸人吃饭跟我们一样吗？""缅餐你们吃得惯吗？""他们爱吃些什么？"这就使我想到了写这篇短文。

中国现在流行小吃，四川的小吃，上海、苏州的小吃，广东的小吃……都很出名，缅甸的小吃也给我留下了深刻印象。

在缅甸期间，几乎每天都要吃几次小吃，每到一个地方，无论是寺庙或博物馆、国家体育馆、人民公园、植物园、野生动物园……无论是上午抑或下午，甚至就在宴会前，主人除了红茶牛奶或咖啡牛奶招待外，也都要配以几种小吃款待客人。这些小吃，多数是油炸的，看来缅甸人爱吃油炸食物，或是天热油炸食物容易保存。有油炸的豆腐角，油炸的小鱼，油炸抄手，油炸的蔬菜（裹上鸡蛋面粉），油炸的糕点……在游名胜茵莱湖时，吃过油炸的野鸟；参观文学宫时，吃过用糯米制成的油炸年糕；在勃固时，吃过当地特产的一种大鱼的油炸鱼皮。总之，味道都好，边吃边谈，轻松愉快。

15天中，缅餐给我的印象也不错。缅甸产大米，米饭是主食。据说，过去吃饭也曾用手抓饭吃，但现在是用调羹或筷子吃。吃饭时，一般都喜欢有汤也有菜，喜欢把菜拌在饭里一起吃，也爱吃点辣的，喜欢吃鸡、鸭、鱼、虾、鸡蛋及凉拌的绿色蔬菜。我们是作为宾客访缅的，主人崇尚礼仪、殷勤好客，我们自然受到很好的招待。主人让我们选择西餐、中餐或缅餐吃。我们早饭都吃西餐：牛奶咖啡和红茶、水果、火腿蛋、烤面包黄油果酱等。中、晚餐则多数吃缅餐。缅餐的滋味其实同中餐类似。平时在宾馆吃缅餐时都是西式吃法：一只汤盅，侍者不断来添汤，一般都是鲜的鱼汤，内有菜叶或鹌鹑蛋等。一只空盘，侍者先用匙舀上热米饭，以后又不断给你加饭，要多要少由你自定。缅菜红烧的多，当然也有爆、烤、拌等方法，荤的一般是红烧鱼块、鸡块、鸭块、猪肉块、牛肉块及明虾段等，素的则是炒的或凉拌的各种蔬菜。吃过烤大虾，从虾头至尾用刀划开，用匙挖了吃，味道鲜美。用的是分食制，菜盆里有公匙，由侍者或自己将菜舀到饭盘里吃，吃饱为止。对这种分食制，我觉得既卫生又少浪费，十分好。

在缅期间，我们参加过多次宴会，规格都很高，有缅甸政府谬丹宣传部部长的宴会，有宣传部副部长吴登盛的宴会，有曼德勒省恢委会主席（当地最高军政首脑）觉丹将军的宴会，有缅甸印刷出版事业董事长吴昂乃的宴会，有掸邦恢委会副主席和秘书长的宴会等等。除吴昂乃采用中餐（厨师是从北京学习回缅的），按照中国筵席的丰盛、精美，用鱼翅等菜肴招待外，其余都是缅餐招待，都是分食，不发生大家在一只汤盅或一只菜盘里搅夹的情况。除水果、饮料和一些汤外，都只有五至七道菜，主食则有饭有面，自己挑选。菜，当然比较讲究，虾、鱼、鸭等做得也较精美。桌上鲜花芬芳，杯中加水的威士忌颜色如同琥珀，宴会气氛隆重热烈，既体现了主人热情好客，也符合文明节俭原则。

缅甸有一道食品，叫"巴拉羌"。吃小吃时，会端上来，在宴会或平时便餐时也会看见它，真是"不可一餐无此君"。这是用小虾、小鱼加上大蒜末抖上一点辣椒油炸制成的，味道很好，鲜美松脆，既下饭，营养也好，缅甸人普遍爱吃。于是，"巴拉羌"成了我到缅甸学会的第一句缅语，现在回味，齿香犹存。

1994 年

答中央电视台主持人白岩松问

地点：四川成都王火家中

时间：1998年2月5日

白岩松开场白：

茅盾文学奖是我国长篇小说创作的最高奖项。1997年底，第四届茅盾文学奖揭晓，四川作家王火以他的《战争和人》三部曲获此殊荣。这位50年代就以《赤胆忠心——红色游击队长节振国的故事》一书成名的作家，倾其半生精力从事《战争和人》的创作。十年动乱期间，他的近百万字的书稿被焚烧尽净。直到80年代，他才有机会重新开始写作。凭着对原书稿的记忆，在左眼意外受伤失明后，他硬是靠着右眼和顽强的毅力完成了小说的第二部和第三部，最终写出了这部被评论家称为"谱写中华民族抗日战争的史诗"的优秀作品。

白岩松：60年前的这场战争，在您个人生命中留下的是什么样的记忆？

王火：这是很奇怪的事，近一二十年的事情，印象很快淡薄了，抗战八年印象却仍非常深刻，是不是可能跟年龄有关系，因那时正是我生长发育的时期。

白岩松：初一到大学三年级的阶段。

王火：是的，听到许多事，亲身经历了那个时代，我就感到不能不写了，因为抗日战争对我来说是一段永远也无法磨灭的经历。

从 1840 年鸦片战争开始，中国受到列强的侵略，老是打败仗。只有抗日战争中国取胜了，而且是全民动员起来了。那个时候解放区动员得好，国统区动员得差，而沦陷区的抗日情绪爱国精神也都十分高涨……这都令我十分难忘。

白岩松：我想，您这本书虽涉及战争，但笔的着墨处还是在写人。

王火：我想是在写人。如果写战争，打了一仗又一仗，从头到尾不知要打多少仗，那我 160 万字不够写。但是放在人上就不一样了，尤其是典型人物，透过写他们，可以体现出更加真实的历史。

白岩松：通过人的一生去写历史的时候，是不是能写更加真实的历史？

王火：人，是活的人，尤其是典型人物，那他就更能代表和反映历史。我反映的是当时的全面抗战的历史。

白岩松：我想很多人非常希望看到作家笔下的历史是更真实一点的历史。

王火：我们的抗战文学有所谓后方的文学、解放区的文学，也有孤岛文学。我实际是把三股文学汇在一起了，这也得到了许许多多人的认可。举个例子来说，这部小说这么长，160 万字，四川人民广播电台要联播。当时我就想，联播这么长的作品，能受人欢迎吗？结果播出后在听众中引起极大反响，每次播放要八个多月，两年多里，应听众要求播了三次。

白岩松：你说自己是个不太走运的人，为什么？

王火：《战争和人》的第一稿是我多年心血的结晶，然而"文化大革命"期间却被一把火烧尽。十年浩劫后，我又重新拿起了笔。但当我在写第二稿时，却又因为救个落于深沟的小女孩撞伤头部，致使左眼失明。后来我还是坚持写完了小说的第二部和第三部。

白岩松：是什么使您坚持着写《战争和人》？

王火：常常有许多生活可写，但有一种生活积累得太深、太厉害了，在你心里面就有一种创作的冲动……

白岩松：憋闷？

王火：对了，不把它写出来就不行。

白岩松：毕竟在你写作过程中，你左眼失明了。

王火：原来我不大相信，有部叫《鸳梦重温》的美国电影，它讲一个人受了伤，过去的事全忘了，连自己的人都不认识了。我倒没达到那样地步，但当时认不得人了。说不出话，后来很多事也忘了，也是那种情况，所以我相信那倒是有事实根据的，并不是胡编的。医生叮嘱说：你是作家，最好还是写写东西把你的记忆恢复起来。

白岩松：你后来重写《战争和人》的过程是一个并不痛苦的过程？

王火：不太痛苦。当然，从某种方面讲，从生理方面讲还是有些困难，毕竟只有一只眼嘛。记得当我刚只有一只眼的时候，上楼梯就摔过几次；当我倒开水的时候，两眼没有一个焦点，一倒就倒到手上；我搛菜的时候，筷子就搛到碗外面去了；写字的时候字迹就很潦草了，有的时候就像"画符"一样。一只眼又不能用电脑，其实如果我有两只眼的话，掌握电脑还是很快的。

白岩松：您现在为什么已能这么平静地讲述作为我们听者听来并不平静的一些事呢？

王火：因为这个小说写完到现在时间已经很长了，我现在正从事另一长篇的写作。像这些事，我把作品写完就交给读者读，我尽到责任了。

白岩松：《战争和人》这部书得到评论界的一致好评，但毕竟还有非常多的年轻人没有读到过这本书，你对此是否感到遗憾？

王火：我最遗憾的就是这个，因为我的本意主要就是写给年轻人看的。也许是由于书写得太长和书价太贵的原因吧。但我希望并且建议青年人能读一读这部书。

白岩松：作为一个严肃作家，寂寞对你来说是不是一种生活习惯？

王火：我想，寂寞与作家是分不开的。如果一个作家很浮躁的话，那他是写不好的。习惯成自然，安于寂寞成为我的一种自然。不讲话，从早到晚坐在那儿写，我习惯。其实我是很希望保持安静的。

（本文根据中央电视台《东方之子》节目整理）

现实世界中的作家

——在第 34 届国际作家会议上的发言

小注：1997 年 10 月 8 日至 24 日，第 34 届国际作家会议在贝尔格莱德举行，中、英、美、法、俄、日、意、澳、加、南等 25 国的作家四百余人出席会议。以王火为团长的中国作家代表团出席了会议，王火担任开幕式执行主席并发言，题为《现实世界中的作家》，发言受到热烈欢迎，被会议主持人称为"来自中国的和平鸽"。

金秋十月，我们高兴地来到美丽的贝尔格莱德。

首先，请允许我以中国作家代表团的名义，向来参加第 34 届国际作家会议的 25 个国家的同行们表示由衷的敬意并向你们亲切地问好！

当今世界处于深刻的变动之中，在全球范围内一个多极化的世界正在形成。作家是人类灵魂的工程师，在此世纪之交、格局转换的重要时刻，作家理应登高望远，顺应历史潮流，加强责任感和使命感，为在下个世纪建立公正、合理的国际政治、经济新秩序，使 21 世纪成为给世界各国和地区带来繁荣和稳定的辉煌世纪而贡献力量！

我们处在现实世界中，我们看到的是国际局势总体走向缓和，但仍然存在一些紧张根源，有些地方还在响着枪炮声、流着鲜血。和平和发展仍然是人类社会面临的两大首要目标。因此，我们必须用我们的良知，为世界的和平与发展呼吁，为人类更加美好的 21 世纪祈祷！

中国的作家懂得：从 1840 年鸦片战争后的一百多年内，我国曾由于贫穷落后屡遭列强欺侮，但中国是爱好和平的，我们从不对外扩张。中国经过长期战争和苦难才得到和平，在和平环境中才有改革开放和可喜的发展，对内我们努力办好自己的事情，对外我们努力同一切国家和平共处。过去，中国为维护世界和平做了大量工作，将来中国的稳定与繁荣会对世界和平与发展做出更大的贡献。中国的作家生活在今天这世界上，有这种坚定的信念，愿与世界各国与地区的作家一同献出汗水和劳动来努力建设世界和平的大厦。

我出版过一部书，叫作《战争和人》，在书中，我说："和平是人生哲学，是一种人生态度，是每一代人对自己和后代前途所负的责任。"我也说过："历史经验表明：为了避免战争，促成社会上全体人民既能明确区别战争的性质，又能有和平意识的觉醒，是人们对自己生活与未来及子孙后代应负的重大责任！"

我把宣传和平作为一种义务！

亲爱的朋友们！我已是一个七十多岁的白发老人了。我诞生时，中国正在军阀混战。中学时代，日本侵华，我经历了八年艰苦抗战。大学毕业前后，面临当时当局者发动的内战，我为人民中国的诞生尽了自己应尽的力量。懂得战争之残酷，也就更懂得和平的可贵。在今天这现实世界中，作家应当用笔把人类团结得更紧密，反对一切不义的战争，共同来对付人类生存和发展所面临的挑战，共同去缔造一个更加美好的世界。世纪之交的文学理应为这铺路、开道！作家的作品和诗人的诗篇，可以深入人心为和平不断播种，使和平开花结果，使人类的智慧共享，让 21 世纪变成充满智慧的世纪！

和平是时代前进的要求。是现实世界中各国亿万人民的强烈愿望。

思想、文化、宗教、肤色、职业、语言、制度尽管有差异，但只要有善良的心爱人类、爱地球、爱文化、爱儿童……都一定会热爱和平！作家应当是在现实世界中为和平走在最前列的人！

在现实世界中的作家和诗人们，增加乐观精神和向上意志，勇敢不懈地进取吧！拿起你的笔坚定地为和平歌唱吧！团结起来努力去使人类共同繁荣、富强、发展、进步，让世界变得更温馨可爱吧！

我在这里为和平、为朋友们深深祝福！

1997 年

有助于历史的前进

——在第四届茅盾文学奖颁奖大会上的讲话

小注：王火同志的《战争和人》三部曲，连获炎黄杯人民
文学奖、第二届国家图书奖、"八五"期间优秀长篇小说及第
四届茅盾文学奖等四大奖。1998年4月20日，茅盾文学奖在
北京人民大会堂颁奖，王火代表获奖作家在会上作了《有助
于历史的前进》的发言。

感谢中国作协和各位有权威的评委们，将这一届的茅盾文学奖给
予另外三位作家和我。

我看了本届评委的名单，他们包括了老一代的作家、评论家，中
老年专家，还有年青一代的学者、作家以及各方面的专家。其组成体
现了百家争鸣、兼容并包的精神，他们不但有高的水平，而且都有对
中国文学事业的责任心、使命感以及对作家的爱心与善意。评选的过
程为了慎重，时间很长，经过充分阅读和讨论，评委们用自己的意志
权衡轻重，决定取舍，以无记名方式认真投票，最后一轮是以超过三
分之二的票才评出四部作品的。

因此，我觉得这种奖励是对我国长篇小说创作在文学领域和精神

文明建设中所做贡献的承认，是对在创作园地中辛勤劳动的作家们的一种鼓舞。应当珍视。但，我也认识到，优秀的作家很多，真正的作家谁也代替不了谁，读者多种多样，作品各不相同，好作品可以使得大多数人肯定，天下却还没有能使人人喝彩个个折服的作品。有许多的前辈、同辈和年轻的同路人，他们写的都很好。得奖作品也需要等待时间继续考验。

有一位得奥斯卡奖的演员（《克莱默夫妇》的男主角）领奖时对他的同行们说过："我们都是艺术大家庭中的成员，都在追求更高的艺术境界，我们谁也没有战胜谁，我为能与大家一起分享这份荣誉而骄傲。"此刻，我有类似的心情。

同时，我又不能不想起我一位本家女科学家王承书同志。她不是文学家，但她是一位了不起的女科学家，她的精神和事迹是超越一切领域的。她无名地耕耘了一辈子，去世后报上才登载她那石破天惊的事迹，人们方知她是我国铀同位素分离事业理论的奠基人。她一贯谦虚，生前总是谢绝记者采访，由她参加或主持过的科研获奖项目有几十项，她都谢绝署名，贡献非常大，她自己却未得过什么奖，她的临终遗言说："虚度八十春秋，回国已 36 年了，虽做了一些工作，但是由于主客观原因，未能完全实现回国前的初衷。深感愧对党、愧对人民。"想到她我就不禁肃然起敬！像王承书这样的大写的人，当前在我国并不少，在各条战线都有。因此，感谢之余，我清醒地认识到：应当谦虚，应当继续努力创作和学习，不应当停步不前。我想，这对于一切的获奖者都是可以取得共识的。

因此，我虽然已经年迈，仍旧要深刻地认识这一点，说出这一点，要用诚实的劳动继续努力实践这一点！并要借此机会，向出版社，向广大读者，向报社、杂志社，向那么多评价过作品的评论家、作家、记者们，向一切关心过作品的人深深地致谢。

文学创作是一项高尚、严肃而艰难的事业。文学创作是我们为国家、为人民献出光和热的一条途径。文学是这样的迷人，我对它有执着不变的爱！我觉得我们的文学创作者应当义不容辞地站在自己的岗位上，有责任感、有使命感地用笔来为我们改革开放中的祖国和人民尽一份我们应尽的力量！

我希望而且相信，我们这样一个伟大的国家，有它了不起的人民，了不起的庞大作家队伍，必然会不断有更好更出色的长篇作品问世。这些作品会具有辽阔的视野、大气的格调、美好的理想、强烈的艺术感染力、博大精深的内涵，真实而不虚假，富于发现、富于创造，新颖、独特、能反映时代精神，塑造出典型人物，以毫不妥协的深刻性写出人生、写出矛盾，有助于生活的美好，有助于社会的发展，总而言之，有助于历史的前进！中国的优秀作品将不仅属于中国，同时也会属于东方、属于世界！

我就说这些，谢谢大家！

1998 年 4 月 20 日

面对文学的思索

——在台湾高雄中山大学"两岸文学研讨会"上的讲话

1840 年发生了鸦片战争；1895 年（清光绪二十一年），甲午惨败次年，签订了可悲可耻的《马关条约》。中国近代以来的危亡形势，造成了悲壮、辉煌的中国文学。在即将结束的 20 世纪里，中国经历过万分屈辱，受过血腥侵略，也有过酷烈的内战。历经半个世纪的风霜雷霆，占世界人类总数 1/4 的受尽苦难的中国人才在 1949 年得以改天换地，向全世界宣告站立起来了！

鸟瞰 20 世纪的中国历史，实质上是一部追求现代化，摒弃落后、贫弱、愚昧与受人欺侮的历史，是一部探索中华民族的独立、解放，探索中华民族全面振兴的历史。有学者说："近 100 年变革图新的实践，一直伴随着观念层面的冲突与交融，本世纪最后的 20 年，是我们实施改革开放，真正迎来现代化曙光的历史阶段。"这一论点是可以认同的。

这 20 年来的改革开放，综合国力增强，国际地位提高，民众生活改善，民主法制加强，广大作家、诗人、评论家、文学工作者解放思想，振奋精神，冲破"四人帮"极"左"思潮禁锢，创作了异彩纷呈的作品，开创了文学发展的新时期。文学的题材、体裁、主题以至人物塑造、语言风格，千姿百态，丰富多彩。老、中、青作家万马奔腾，会合成了一支强大的文学队伍。我们关切地注意到：海峡两岸，虽曾长期隔离，但这20年来，从开始交流到较多的来往互访。台湾文学界的同行兄弟姐妹们的作品大量在大陆出版，作家大量在大陆介绍，不少作家和作品都得到读者喜爱，形成一种同步汇流前行的情势，值得高兴。

自然，交流还很不够，互相的了解也需加强。正因如此，我愿在此极为简略而概括地介绍一些大陆今天的文学情况。

按照1996年12月中国作协第五次全国代表大会上提出的"民主、团结、鼓劲、繁荣"的方针，作家们激发了文学创作的良好势头。现在，创作环境是这50年来最好的，这可以说是大陆作家们的共同感受。

中国作协会员已有6000多人，省、市、自治区及地市作协的会员有3万多人，少数民族都有本民族的作家，总人数逾3000人。有200多家文学报纸和期刊，还有数百家报纸都有带文学性的副刊。全国600家左右的出版社，其中有相当部分都出文学书籍，还有20余家专业的文艺出版社。拿长篇小说来说，这几年来每年都有六七百部或七八百部长篇问世。中外文学交流互访始终不断，文学理论建设和文学评论受到文学界高度重视，健康的说理的文学评论正逐步增强，理论建设引导文学发展频有建树，各项全国性的评奖正常进行。在上海、江苏、山东、湖南、吉林、广东、广西、山西、内蒙等地都有文学创作中心供作家深入生活。在北戴河、深圳、杭州有三个创作之家，供作家休养、写作……

如今，与改革开放前那种"一体化"、"一元化"的规范相比，现在的主导文化表现出了前所未有的宽容，主旋律的弘扬与多样化的实施并行不悖。改革开放前，"多样化"在大部分时间里仅仅停留在意识形态口号的水平上，很少在实践层面得到表现，尤其在"文革"时期，文化的一体化竟达到文苑的作品几乎全部被打成"毒草"，八个样板戏和个别小说成了八亿人仅有的娱乐性消费。改革开放20年来，经济的开放影响到观念的开放。形势的确适应了多样性文化生态的形成。至于主旋律的文化取向，表现了反映国家意志和大众根本利益的正统价值观。近年来，对"五个一工程"的评选，对高雅艺术的倡导，以及"红色经典"的复出等等，无不体现了这一点。它们通过传媒非常适时地传向四方，宣传方针路线，传播昂扬向上的生活态度，美化现实中的理想人格，从而长久地和阶段性地形成了浩大声势，对大众造成了不可抗拒的影响。但主流并未排斥各种支流，那些重视追求艺术性的作品，那些认识和总结历史教训有新的思索、体验和感受的纪实作品，那些寻找凡俗生活亮点的作品，那些风格与流派各异、题材独特、进行文体试验的作品，如此等等，同样丰富多彩地在满足大众的需要。当然，大众化、多元化、现代化不可避免要受到市场经济影响，文学的娱乐、休闲作用既促进了健康作品的大量涌现，同时也难免产生既无文学价值又低级庸俗的垃圾，这往往形成一种矛盾。当然这种矛盾与经济、社会发展的转型特征是相适应的。它引起了有识之士对那种无所承受的失重的文学（由于对历史的遗忘和对现实的不再承诺）感到某种匮乏和失落，但可以相信的是，随着市场经济走向规范与成熟，随着优胜劣汰对良莠不齐的制约，这种矛盾必可得到调节。非主流的优秀作品，则是必然会存留而与主流一同四通八达的。

20世纪中国的文学，与中国面临的形势无法分割。中国的危急存亡和中国人的渴望进步与富强，使中国文学一直与民众共命运。因此无论文学承不承认，无论文学是否能有多大的作用，文学都长期一直是作为医疗、保健中国的"良药"存在。20年来，作家们相互探求，在这种振兴中华的时期，文学如何为树立共同理想，提高民族素质，促进经济发展和社会进步尽其绵薄之力；在扩大开放的形势下，如何吸收世界优秀文化成果，继承和发扬民族优秀文化和好的传统，多出精品来满足人民精神文化需要。这就是常常得到强调的使命感和责任感，这自然是无可厚非的，并不要求人人一律，各个作家有其独特性和不可替代性！作家作为社会的人，自然可有其自选的方式和道路，为文学殿堂做出应有的贡献，走上自己可以遵循的轨道。这些年来，有价值的文学作品诞生得不少，构成了绚丽灿烂的大花园。在座的我们这个团的成员，就是从各自的角度以各自独特的作品和工作，为百花的开放出了力的，大家将会座谈交流，这里就不多述。

谈文学的发展与前进，历来不能不谈到国家、民族的前途和命运。去年，一个从海外归来的老朋友，回去前说："现在，我看到的是一个与过去全然不同的中国，什么时候我们曾经有过像今天这样的一个中国呢？我可以不喜欢某种制度，但我不能不喜欢这个国家！"21世纪可以预见是中国走向民主、富强、文明统一，实现振兴中华理想的新的一百年。一个伟大民族的崛起，必然有繁荣的文化相伴随。随着经济建设和高科技发展，我们的文学应该会更加成熟，走向繁荣，取得新的辉煌。

台湾文学是中国文学的重要组成部分，我爱我读过的不少同行兄弟姐妹们的作品。非常感谢我们的东道主——高雄文艺协会安排了这样好的研讨会，我们两岸作家应为博大精深、源远流长的中国文学的发展，加强合作，携手并进。这是我的良好祝愿！

谢谢大家。

1999年5月1日

参加六次作代会

——流水账日记两则

2001 年 12 月 20 日　　星期四　　阳光灿烂

12 月 16 日上午，省委副书记席义方、宣传部部长柳斌杰到四川作协为四川出席七次文代会及六次作代会的代表送行，讲了勉励的话。班机本定午后 2 时起飞，但晚点至 6 时许才起飞，到北京京丰宾馆已经夜深。

18 日大会开幕。上午 9 时，中央领导同志在人民大会堂接见全体代表并合影。拍照时，我按规定在第一排 94 号座就座。随后举行开幕式，宣读巴金老人的开幕词，江泽民同志作重要讲话，强调努力建设我国的先进文化，并要求各级党委和政府要高度重视文艺工作，热情关心和积极推进文化事业的发展，要尊重知识和人才。下午，分组讨论，《文艺报》记者胡殷红来采访，取去我即兴填的《满庭芳》贺全国文坛两会词一首，次日刊出，词文为："世纪之初，文坛盛会，同议前进方向。兴奋心情，系改革开放。乐见申奥成功，'APEC'，喜气洋洋。入世贸，面对挑战，可换大吉祥。　　思量，百年来，几多风雨，不尽沧桑。而今后，可圆富强理想。仰有党的领导，为人民，脚步铿锵。同努力，百花齐放，一曲满庭芳。"夜间，《光明日报》《中国艺术报》驻会记者采访并约稿，因疲劳，婉谢之。

19日上午，金炳华同志作中国作协五届全委会工作报告，题为"坚持先进文化前进方向，开创新世纪社会主义文学事业新局面"。整个报告贯穿"三个代表"思想，下午因大会组织组找去开会，未参加讨论。

见到老友不下六七十人，大家都好。但柳溪腿伤了坐了轮椅，叶楠等因病未来，顾骧、陈辽、郑伯农、何启治、洪三泰、郭小东、黄浪华、孙海浪、程维、刘元举等均来看我，高深赠新作一本，海笑赠《叶绿花更红》国画一幅，江西向长生代表邀约明年秋天云游龙虎山参加笔会，盛情可感。

时间紧张，与大会特邀嘉宾，全美中国作联的冰凌、凌文壁，台湾的周啸虹、陈丽卿及陈映真夫妇，均仅匆匆握手谈了几句，未能前去回访，深感歉疚。

今天上午，听钱其琛副总理作国际形势报告，下午听朱镕基总理作经济形势报告，晚间有文娱活动，未参加。上床后，何启治来电话说与陈忠实、竹林等在一起，忠实邀去聚聚，但时间已迟，未去，颇为遗憾。

2001年12月22日　星期六　阳光灿烂

昨天是大会选举中国作协六届全委会委员的日子。由于在主席团会议及全体会议上我与金波同志被通过为总监票人，毕四海、祁智、力格登等七位代表为监票人，要开些会，也要熟悉选举程序及方法，监督投票、计票全过程，遂较忙碌。这次选举，严肃认真，为保证选举顺利进行，大会组织组工作做得很细致。

选举大会上，主持人为陆文夫、邓友梅、金炳华、王巨才。按规定，总监票人与监票人先行投票，我投下了第一张选票。以后，主席台上的同志投票后纷纷来握手并互致问候。翟泰丰同志询问身体好否，炳华同志说以后到北京打电话给他。炳华同志曾任复旦党委副书记，是复旦校友。他的秘书齐全胜同志也是复旦新闻系毕业的。选票上有147名全委会委员候选人名字，等额选举，无记名投票，电脑计票，当天参加选举投票的771人，实际投票数766票，内废票10张。我与金波逐一检查废票，签字封存，对每个程序也进行监督、签字。当选的147名委员连同40名团体委员，共产生187名全委会委员。四川当选全委会委员的是宋玉鹏、阿来、徐康、王敦贤四位。宋玉鹏同志还在全委会会议上当选为主席团委员。

巴金再次当选为中国作家协会主席，《文艺报》以"众望所归"的套红标题刊出巴金照片和简历。

今天，上午10时，举行六次作代会闭幕式。王蒙致闭幕词。会上，宣读了《中国作协六届一次全委会关于推举中国作协名誉职务的决定》并颁发纪念章、证书给128名老作家。四川有马识途、我、高缨及流沙河四人。

王蒙给我颁发纪念章，互相握手，旁边的摄影记者拍照说："两王相逢格外亲！"晚上，在人民大会堂参加联欢会。江泽民、胡锦涛、丁关根等领导同志均来参加。泽民同志唱了《道情》，又用俄语唱了《远方远方》，用意大利语唱了《我的太阳》，锦涛同志也唱了歌。嗣后，又翩翩起舞，全场气氛、情绪均好。这次会上，深深感受到中央对文学、文艺事业的重视与关心。

我童年时对江泽民同志唱的那首《道情·渔歌》就很熟悉，听他引吭高歌，感到十分亲切。林文询等同志问我歌词，我将歌词讲给他们听：

老渔翁，一钓竿；靠山崖，傍水湾，扁舟来往无牵绊。沙鸥点点轻波远。获港萧萧白昼寒，高歌一曲斜阳晚。一霎时波摇金影，蓦抬头日上东山。

马老在会上极受关注。《文艺报》记者写了专访并发表了马老的七律诗，中有"开拓创新希众彦，与时俱进盼新人。百花有待齐开放，万紫千红才是春"句。他拟留在北京小住，到明年 3 月返蓉，他对我说："明天你们回去，我在大厅里给你们送行！"

皖游日记

2003 年 4 月 5 日　星期六　晴

鲁彦周同志和夫人张嘉盛情邀约到安徽参加由安徽省文联及国营敬亭山农场举办的"首届敬亭绿雪笔会"。我们夫妇 4 月 2 日夜由蓉飞合肥。安徽省文联办公室主任江涛冒雨来机场迎接。住黄山大厦 17 楼1712 室。此次参加笔会的，除彦周夫妇外，还有邓友梅、邵燕祥、吴泰昌诸老友，初识者有何南丁及其女何向阳、殷慧芬及苏中、刘祖慈各位。南丁的小说上世纪 50 年代我即读过。其女向阳，已是著名女评论家、河南省作协副主席。她和写《汽车城》的殷慧芬均是有成就的女作家，但无时下某种女作家的骄娇之气。苏中是评论家，祖慈是诗人，学识均渊博，遂也一见如故。

3 日及 4 日在合肥去李鸿章府等处参观。展出照片中有淮军名将、在天津与八国联军奋战中牺牲、被封为忠节公的聂士成。聂是起凤的太外公，遂在旁摄影留念。4 日中午安徽省委宣传部陈发仁副部长及省农垦局局长丁俊先、省文联书记处书记吴雪、国营敬亭山茶场场长林启仁等在黄山大厦总统厅宴请大家。下午离开合肥到宣城，住绿雪山庄。晚间市委副书记胡傅玲宴请与会成员。胡是上世纪 60 年代上海复旦大学毕业生，在皖已四十多年，校友见面，颇为高兴。

今日是清明节，见到了闻名已久的敬亭山，上午踏青赏景，下午看茶道表演并品茗座谈。大家题字时，我写了"对敬亭而神驰，啜绿雪遂心清"12字对联。晚宴后，试以骈文体写千字文留念如下——

"敬亭绿雪"记

汉晋古郡，皖东南名邑，宣城者，由宣纸之集散而蜚声华夏，因李白之绝句而扬名文苑。水阳江流泻其东；青弋江护卫其西。历史悠久，风光秀丽，物华天宝，人杰地灵。上下数千年，方圆八百里。山清水绿，喷云泄雾；铁道公路，畅通周围。臂可伸至苏浙，脚能抵达江西。挥拂百年沧桑，赢得今日繁荣。名胜古迹，在在皆是，乡土特色，固不待言。改革开放，面目一新，来此游览，欢愉之至。

时癸未清明，大地盎然，春意萌动，安徽省举办"首届敬亭绿雪笔会"，邀约作家、诗人、评论家鲁彦周、邓友梅、邵燕祥、吴泰昌、南丁、殷慧芬、何向阳、苏中、刘祖慈及王火等同到宣城并游徽州、黄山。文人名士同登大雅之堂。主人好客，客人倾心。在敬亭山，见六万亩茶场翠绿葱茏，朝沐晨雾，晚浴露霖，欣欣向荣，茶业鼎盛。采茶姑娘，衣色斑斓，巧手摘芽，忙碌穿梭。四下景色，如诗如画，欢聚品茗，谈笑风生，山川灵隽之气，与茶香一起涌来，温馨氤氲，满齿馥郁，茶逢知己，其乐曷极。

夫敬亭山者，虎踞宣城东北，古意苍茫、青幽安静之名山也。既是历史文化胜地，亦为贡茶名茗产地。"诗仙"当年，七临宣城七上敬亭，留下《独坐敬亭山》五绝云："众鸟高飞尽，孤云独去闲。相看两不厌，只有敬亭山。"后人传诵，为之仰止。在此徘徊，云影天光，清风满怀，有超凡出世之感。山上旧有"敬亭"，乃南齐诗人太守谢朓吟咏处，古迹今虽废圮，山下茶场兴建焉。

"敬亭绿雪"名茶以清风明月为家，与朝雾夕烟为侣，尽得天地精华，而今声名远扬，为安徽三大名茶之一，茶专家安徽农大教授王镇恒评之曰："形似雀舌，身披白毫，清香鲜长，滋味醇爽，色泽鲜绿。"信然也。

盖茶者，家家开门必备之事，人生亲密伴侣，中国之"国饮"也。水本天下至清之物，茶为水中至清之味，清香素雅，提神祛病，怡情悦性，有益身心。饮茶之在中国，代代相传，源远流长，早属中国人生活之特色、文化上一大瑰宝。茶经茶艺，往日之遗风流韵，今日之生活景观。对清茗而退思，啜茶汁而工作。茶入心扉，引人思绪活跃；趣发胸臆，使人明辨是非。去庸俗而树清高，代烟酒能保健康。茶之为物，佛家饮之为禅，道家饮之为道，红尘中人饮之乃利脑利身之享受。发展茶业，满足人民需要，以经济养文化，以文化促经济，名山与美茶相得益彰，于国于民大有贡献焉。于是笔会诸君，以欣赏赞叹之语句夸誉曰："来到安徽，黄山不可不游，徽菜不可不吃，'敬亭绿雪'不可不饮！""我等今日在此以文会友，欢乐无边；自此以后，青山绿茶常在眼前！'青山'者，敬亭山也；绿茶者，'敬亭绿雪'也！"是以本人效太白先生《赠汪伦》诗之韵，赋打油诗凑趣曰："春日寻芳宣城行，踏青赏景复品茗。敬亭山下茶场美，难忘绿雪笔会情。"是为之记。

2003年4月8日　星期二　晴

彦周夫妇在皖声望卓著，极有威信和人缘，待人周到热情，友梅、泰昌率直宽厚、语言风趣。燕祥与南丁智慧谦虚。与他们相处，十分快乐。昨天，彦周对友梅和我说："我们三人是几十年的老朋友了！"言下，颇多感慨。后来谈起叶楠。叶楠清明那天逝世，大家均唏嘘不已。"文革"后，我与老叶在上海永福路上影文学部相处过很长一段时间，常一同外出吃消夜。以后我到四川，他来成都曾专门来看我。他病中，我寄过祝福卡。他比我小六岁，遽而西去，令人伤感。

4月6日游敬亭山，7日离开宣城南行，到旌德转往绩溪，住绩溪宾馆。如今，黄山市辖屯溪、徽州、黄山三区和歙县、休宁、黟县、祁门四县及黄山风景区，绩溪即属徽州。我们来此后马不停蹄选择精华景点游览。先游黟县城东八公里处的西递村，这里是个以胡氏家族血缘为纽带的大村落。西递在徽州府西部，旧时这里设有"递铺所"（即早期的邮局），故得名。西递村古时有老院600座，大街两条，小巷99条，十分繁荣，如今保存完好的民居还有一百多幢，其由古民居形成的街市规模建筑群，可算我国明清民居建筑艺术的宝库，已被联合国教科文组织列入世界文化遗产名录。在这村里漫游，陌生人很容易迷路，村里的牌坊、楼阁、楹联、匾额、字画和木雕图案到处都可供人赏玩，其中胡姓宗祠之广大森严极为罕见。游览中见到两件有趣的事，一是朝列大夫胡文照的故居"大夫第"。这房屋临街一面有个"绣楼"，民俗表演时，绣楼上抛绣球，绣球掷到的男士就可成为西递的女婿。另外，在一座名叫"瑞玉庭"的庭院，建于清朝咸丰年间，堂中古联甚多，其中一副对联为"快乐每从辛苦得，便宜多自吃亏来"。妙的是14个字中竟有3个错字。上联"辛"字下面多了一横，意指要用更多一些的辛苦去换得快乐；下联从"多"字上面取下一点加在"亏"字上，意指吃小亏可占大便宜，但"亏"也只可吃一点，多的亏是不可吃的。

在歙县吃午饭时，县长倪建胜介绍县情及景点，如数家珍。下午，先游棠樾牌坊群。歙县"文革"后尚保存有八十多座石牌坊。官宦人家鲍氏家族在明清时代就在村东首陆续建造了七座牌坊，形成一个似乎一气呵成的建筑体系。七座大石牌坊巍巍然就像七座大门，连成一气，牌坊上文字均属标榜"三纲"、"五常"、"四维"、"六德"的准则。我见过的牌坊不少，尤其在山东曲阜、兖州一带见得多。但这里牌坊的高大巍峨，是第一次见。在牌坊群旁，有一个男祠堂——敦本堂，是明朝嘉靖末年尚书鲍象贤与族人所建，到清朝嘉庆初鲍氏子孙又重建的。祠堂三进五开间。由于做了小学，才逃过"文革"之劫。敦本堂比西递的胡氏家祠小，有趣的是敦本堂旁竟有一座女祠——清懿堂。据云是全国唯一的女祠。建于清朝嘉庆初，鲍家为颂扬家族历代妇女贞、慈、孝、德，遂建这女祠作为纪念。男祠历来坐北朝南，这女祠则反之，是坐南朝北。堂中央供一"懿"字，拆开是"一"（繁体字是壹）、"次"、"心"，意指女子应该"一次心"忠于男人，这是研究封建时代礼教和宗法文化的实物例证。

在歙县城南，参观了新安江上游的徽商古埠——渔梁大坝。徽州人到江浙一带及全国各地经商是出了名的。胡雪岩就是著名的"红顶商人"，他是绩溪人。歙县人江春，业盐扬州，富可敌国。马克思《资本论》中所唯一提到的中国人王茂荫，就是出生于徽商世家，其本人也是一个典型的徽商在京的政治代言人。正由于徽商雄厚的经济基础，以及贾而好儒、崇文重教的特点，直接推动了徽州文化的繁荣发达。渔梁坝东岸是一条著名的渔梁大街，据说当年这里店铺酒肆林立，街道由卵石铺就，形如鱼鳞，遂叫"鱼鳞街"。当年徽州商人南下，都由此处起程离开家乡去创业，由此可坐船到杭州。看到古坝，使我想起了成都的都江堰。果然，县委办公室主任程岳告诉我："这条大坝，人称之为'江南都江堰'，建于唐代。"在此看到江水潺潺流逝，令人产生背井离乡之感。据说从前这里有一块"三戒碑"，上镌"重利忘家者戒、寄信误人者戒……"等字句，该都是出去经商者最忌讳的事吧?!

2003 年 4 月 9 日　星期三　晴

昨日傍晚到黄山市府所在地，这里过去名为屯溪，抗战时被称为"小上海"，现在是黄山市的一个区。

晚间，逛"老街"，相当精彩。街全长1300米，路面一色是褐色红麻石铺成，是国内保存完好的一条具有宋、明、清建筑风格的古商业街，布满各色古玩店、字画店、笔墨砚店、茶叶店、中药铺、山货店、杂货店……这使我想起成都的琴台路了。琴台路建筑比这里高大华丽，街道宽畅，但这里小店多，花色品种多，吸引了无数游客流连购物，显得拥挤热闹。这里不让车辆通行干扰游客，也使人放心游览。泰昌、慧芬、向阳都忙于购买纪念品。彦周和张嘉夫妇及友梅、燕祥同我和起凤则去老街上有名的"万粹楼"，参观万仁辉的私人徽州文化博物馆。主人高兴地泡清茶款待。这里楼上楼下真是琳琅满目，所藏宝物许多都精美绝伦。据说费孝通来此参观，原定只停留十分钟，结果参观了近两个小时，并有感而发，在陶瓷上题写了"藏宝于民"四个大字。这里先后接待过江泽民等领导和数万中外游客。我1999年5月到台湾曾在台中市参观过德化路607号有名的洪园纪念文化馆。那也是一家私人博物馆，主人洪锡铭是位富豪收藏家。一幢八层以上的高层建筑，装有防盗设备、自动电梯。"万粹楼"不及洪园大，但各有千秋。在这"万粹楼"，可以感受到一种亲切的、有徽州地方特色的沉淀很深的文化震撼。这里的艺术环境和精巧的构思、陈设展品的创意，是洪园所不及的。

今天上午，到屯溪东郊12公里处的浯村新安江南岸群山中游"花山谜窟"，知道下午越南共产党中央总书记农德孟等也要来参观。这里青山绿水，奇峰怪石，景色绝妙。

"花山谜窟"是目前国内规模最大、品位最高、谜团最多的古代人工石窟洞，不到这里看一下，我真是想象不出天下怎么会有这样罕见的景物和怪事。

在我国，溶洞并不罕见，石窟也不少，但"花山谜窟"的神奇在于它并非是天然生成的溶洞，而是古代人巧夺天工开凿成的怪异石窟古迹。在这一片7平方公里的山间，每座山都被凿空成为一个大石窟，一共 36 个，如今开发出的 5 个石窟中，最大的面积有 12 万平方米，洞深170 米，高达 20 余米，有 26 根石柱品形排列支撑。石窟中出土的有中生代恐龙脚印化石，有一亿五千万年前的树木化石，还有晋代的彩陶、铁器、陶罐、瓷器碎片等。石窟里一无壁画，二无佛像，也无文字记载。奇怪的是安徽包括徽州史志文书竟无关于这片石窟的任何记载。现在还未探明这些石窟是洞洞相连，还是各成体系，但已发现有的石窟洞口就在新安江的水中。这么大的工程，何人何时所凿？开挖石窟几百万方石料运往何处了？凿这么大这么多石窟有什么用？"花山谜窟"之谜有几十个，至今未被解密。有一种说法我觉得较为可信：这里是越王勾践伐吴的秘密战备基地。当初勾践秘密在此地聚兵操练，秘密经营，正因需要保密，故不留任何记载及痕迹。但这也只是一种猜测而已。随着全部石窟被清理发掘后，也许会得到答案。

能看到"花山谜窟"感到幸运和高兴。这真是天下一大奇观。怪不得有人建议要将它称为"世界第九奇观"了。

我八年前到过安徽，八年来，安徽变化与进步很大。合肥等城市均变得漂亮了。旅游事业发展得极快极好。此次参加笔会，与老友新朋相聚十分愉快，安徽的魅力使我深感不虚此行！中国如此之大，出国游固然不错，但就在国内游也足够满足旅游欲了！

下一阶段本来约好与海笑同志在南京见面，然后同到江苏南通参加另一个笔会，但有些疲劳。今夜打电话到南京及南通婉谢，决定不去了。

地震日记

——汶川大地震我在成都

2008年5月12日　星期一　多云

午后，与病中的起凤正在午睡，忽被震醒。我敏感到这是强烈地震，立即扶起凤起床。只见卧室中央上面的大吊灯像荡秋千般来回晃动，房屋似摇晃有叽叽声，人也站不稳。橱门有的已震开，五斗橱上的照片框"啪啪"摔倒。我寻思应当离屋，但我们俩都是84岁的老人，她又眩晕，住的是二楼，已来不及外逃。我扶住起凤说："别怕！"心想：地震很快会过去！谁知道震不停，遂拉起凤到卧室门框下站立，想"立柱顶千斤"，如果房塌了，至少头部可以得到保护……约四分钟，震才停。起凤说："你不要离开我！"我安慰她说："房子坚固，不要紧的！"实际，震后检查已有数间房有裂纹，但承重墙安然无恙，比较放心。地震过后，我扶起凤急忙下楼。楼下花园里已集满了人。同一栋楼的几家熟人都说："敲你们的门，你们也听不见！"有的让出椅子给我们坐，十分关心。我心想：这地震应在七级以上，太厉害了！不知损失有多大，心里很是牵挂。

与大家同在花园里坐了约三小时。在槐树街出版大厦上班的大女儿王凌匆匆赶回来了。他们的办公楼是高层建筑,她在十楼办公,摇晃强烈,电梯停了,人都从楼梯上往下飞跑,有跌了跤的,有脱了高跟鞋跑的,因为都没有经历过大地震,都吓坏了!一会儿,大女婿泽鲁也回来了。他正开着车在路上,地震晃动,只以为路不平或车子出了问题。接着大外孙楠楠带他的女友小尹也赶回来看望我们。很快,成都电视台播报:地震震中在汶川,离成都 92 公里,为 7.8 级强震(注:几天后改定为 8 级强震)。估计灾情严重,大家都焦灼不安。我们全家都上楼回屋做晚饭吃。

晚上消息来了!说汶川、北川、青川、绵阳一带损失惨重,但说成都不在龙门山地震带上,又知都江堰、青城后山等都有损失。很怀念在那些地方的熟人。

夜间有雷雨,不少人决定外出过夜。我说"一动不如一静",既非震中又不在断裂带上,在家睡吧!决定和衣而卧,做好随时逃跑的准备。

2008 年 5 月 13 日　星期二　大雨

大雨如注。看电视,才知地震灾情之严重。汶川、青川我去过。绵阳、德阳、都江堰等地都不止一次去玩过,都是些美丽的地方。如今那些使人流连忘返的地方均遭受巨创,死伤人数肯定巨大,这使我想起当年唐山大地震,心情哀伤浩茫。

成都生活未受影响,但也有伤亡。生活正常,是市政工作好。除地震当天通讯中断外(当天晚上通讯恢复),电灯、电视、煤气、自来水均未停。菜肉供应正常,商场超市与店家基本照常营业。只是人们都被地震吓坏了,见面都是谈地震。

王凌一早去上班又回来,因为怕不安全,领导关心大家,有紧急任务再作安排。

电话通了。从昨晚开始，来电不断，第一个来电话的是在英国的小女儿亮亮和小女婿卫平。接着兄妹们及陈清泉、靖一民、小亚、丽萍等都从石家庄、北京、上海、南通、福州来电话，问我们是否平安。

2008年5月17日　星期六　阴间多云

几天来总是整天看电视，关心着灾区情况，成都公布的死伤数字也有一千多人。十万解放军和武警、民警及大批飞机已投入抗震救灾，我常被许多体现人性光辉的事感动。无数志愿者投入抗震救灾，使我想起往事。我愧恨自己年老体衰，起凤又病。倘我能作为一名志愿者去灾区尽一分心力该有多好。可惜我只能可怜地在家里看着电视落泪，真是惭愧！

从"5·12"地震开始，我就常想起1976年7月28日的唐山大地震。那次一下子死了二十几万人，也是大批解放军到唐山营救的。但那时，"四人帮"正在当道篡党夺权，民怨沸腾，唐山大地震的事既无透明度也不像这次党中央以人为本竭尽心力抗震救灾。当时，"四人帮"泯灭了人性。这次党中央却增强了党的凝聚力和人民的向心力。汶川及周边灾区的抗震救灾锻炼了国人，并且使外国人也看到了中国的好！那时的条件跟情况与这次真没法比，但解放军当时也是了不起的，人民之间的互助也是好的。我深深记得一大批解放军完成救援任务撤走时，唐山满街那些被地震害得家破人亡的百姓都自动来送别解放军，一个个都是泪流满面哭着送的。大家的哭声响成一片，我也夹在人群中送解放军走，发自内心地哭着。这些解放军救人时都用双手扒，许多人的手指甲全掉了，血淋淋的，那是在我脑海中永远火辣辣的场景，永远难忘。

我那时到唐山，主要目的是想去写点什么，尤其是为了想重写威震冀东的矿工出身的游击队长节振国。1956年我在唐山开滦五矿和冀东采访后，写了抗日烈士节振国的传记小说《赤胆忠心》，被中央台连播、《中国工人》连载，被改编成话剧、京剧、评书、电影，被译成外文发行国外。但"文革"中，节振国被诬为叛徒。我打算充实内容，重写烈士。我对唐山和开滦有感情，对烈士夫人刘玉兰和烈士的子女有感情。唐山也有我许多老朋友，我带了一张近60人的名单和地址去，但无法寻找，心情悲凉。我五妹赵平萍是长春医疗队赴唐山救灾的，也未找到，那时，还没有"志愿者"的名称，我就是以作家身份带着上海电影制片厂和山东临沂地委介绍信去的。路过天津住天津饭店，这儿隔壁有一幢高楼在唐山地震时倾塌了一半，留下大半，晚上看去像站着的一个死神的鬼影。当时天津到处都是简陋的地震棚。我买了半箱饼干、一批感冒药和消炎药、一捆口罩和线手套、杂七杂八的十来斤糖果，估计这些东西唐山人一定需要。唐山当时满目疮痍、遍地废墟、惨绝人寰，我住市革委招待所——实际是帐篷。用水困难，水里放了太多的漂白粉，放出水来像牛奶一样，过一会儿才能澄清。招待所办公室实际也是市革委的办公室。我将饼干、药物、口罩、线手套及糖果等留下一点自用，其余全部交他们去派用场。也帮他们的工作人员搬运装遗体用的大黑塑料袋和一些救灾物资。地震棚里有个十六七岁的原市委干部的女儿，全家死了，她疯了，总是坐在那里哭。我同她谈，劝她，把吃的留一份给她，她仍是哭。常有余震，但都不十分严重。我到矿务局，楼房早毁了，找不到熟人。天热，捂着口罩极难受。到唐山机车车辆工厂找节振国的二女儿节凤兰也未如愿。找到冀东烈士陵园，只闻到尸臭味。原先华丽巍峨的纪念堂、陵园的办公室全部从根倾圮，烈士的墓，如包森司令员的墓已开裂，节振国的墓碑也倒了，陵园里有个用塑料布搭的地震棚，住的是原来陵园管理局档案处的一位女同志，姓赵（年久了，已忘名字），她真了不起，家人有死亡的，她却将有些档案从废墟中挖了出来存放地震棚中同住保存，十分敬业。她告诉我，家里房已毁，有些放档案的保险箱还埋在瓦砾堆里。第二天，我就去同她一起挖寻，但只有一把十字镐，我们俩按她指定的地方挖寻。烈日下空气恶劣，烈士陵园的工作人员也有殉职埋在山一般的瓦砾堆里的。我和她用镐用手只挖寻到了些散碎的文件、材料，瓦砾堆像座小山使我们无计可施。她觉得我在这种时候到唐山来很奇怪也很危险。我谈了来的理由，她才点头表示理解。干了两天，我们明白非力所能及，只好住手不干。我帮赵同志整理档案及文件材料，发现有两部手稿，一部是《包森传》，一部没有稿名，可能是后来《将军河》的未完成稿。均是用毛笔写的。纸很粗糙，字却细小流畅挺拔。两部手稿的末页都有红卫兵用歪歪扭扭的字体写的"此稿从黑帮管桦家抄来"，并盖有红卫兵造反组织的红印章。赵同志说这是地震前红卫兵串连到烈士陵园时丢弃下的。作家管桦也是书画家，冀东丰润人，其父鲍子菁是抗日牺牲的烈士，也葬在这烈士陵园。管桦的作品如《辛俊地》等我读过，他写的歌词《听妈妈讲那过去的事情》谱曲后我也会唱。我征得赵同志同意，后来将稿带回北京送还了管桦，他很高兴。

唐山大地震倏忽过去二十多年了，但当时的惨景刻骨铭心。那时唐山没有也不可能有正式的志愿者，我也是不经意地做了点志愿者的事。不像今天汶川大地震有那么多自发起来的好人，成群结队地有组织地开展着不可缺少的抗震救灾行动。我看到唐山人在第一时间里就对汶川大地震做出了可敬的反应。后来，我看到电视上有一支唐山农民自发组成的志愿者队伍，万里迢迢自费来到四川灾区，带来了物资，不分昼夜地在做救援工作，说：地震能触动唐山人的神经，当年唐山大地震得到全国人民支援，今天唐山人也要尽自己的力量！我的心十分激动，对唐山人肃然起敬。

5月12日大地震发生后，次日我就接到唐山名作家王立新同志（《曹妃甸》的作者）的慰问电话。他知道我们一家平安，表现得很高兴。原唐山市委宣传部的崔永泰同志也来电话问情况，我告知他一切均好，他也高兴。我同唐山之间似乎永远维系着深深的感情。

（2008年6月5日加注：今晚突然又接到王立新同志来电话问好，

说："我已到灾区来采访了，打算写点东西，现在在新都，离得远，不来看望了。"又说："唐山来了许多志愿者，我现在身边全是唐山人。"我说："四川人将永远记住唐山人！你们真都是大好人！"最后，要挂电话了，他谦虚而深情地道："老师，保重！"仅仅四个字，我却忽然湿了眼眶。）

2008年5月19日　星期一

楼上原省新闻出版局机关党委书记老潘同志从青城山回来了，他在地震中伤了头部，夫人断了肋骨住院了。

天天从早到晚看电视，除中央台、四川台、成都台外，也看香港凤凰台。看到四川美丽的山水变形、城市墙倒屋塌，看到那么多人死亡伤残，尤其是北川中学、都江堰聚源中学等学校的师生在上课时全被压在倒塌的废墟中，我是年轻时做过中学校长的人，更加动感情。看到国家领导人迅速上火线指挥抗震救灾，献出肝胆。看到最可爱的人与志愿者、救援队日日夜夜舍生忘死，总忍不住流泪。解放军冒着余震、塌方、泥石流进入与外界断绝的重灾区；救援队连续从毁坏的废墟里救出超过72小时仍活着的伤者；一位老师用身体护住了他的学生，献出了生命；一个三岁的可爱男孩从水泥板下被救出放在担架上时，他举起了手向解放军敬礼表示感谢；一个小女孩在解放军叔叔把她从瓦砾中救出时，她唱歌给叔叔们听表示敬意；一个镇干部家人在地震中死亡，他忙着救灾助人，拼命工作，但伤心地说"我现在没有空哭泣"；一个女民警死了女儿死了父母和亲属，坚持救灾，累得晕倒……苦难中这些美好的人和事不断拨动我的心弦，我这并不软弱悲观的人却总在拭泪。

许多外国人都送来了援助，有的国家还派来了医疗队和救援队。

全国各地都在支援四川抗震救灾。

中国四川大地震震动了世界。

今天，全国开始下半旗致哀。

午后，14 点 28 分收看中央台，党中央领导人在北京新华门肃立默哀。我们全家也在室内与电视机中的人们一同默哀。天安门前群众云集，默哀后高唱国歌。歌声使我心弦铿锵震动。

写短诗一首，交给杨山同志主编的《银河系》诗刊发表，题为《唱响国歌，擦干泪水》：

　　为什么我有这么多的悲痛？
　　为什么我看着电视里的汶川灾情总会流泪？
　　我并不怯懦，更不悲观，
　　但我抑制不住潸潸的泪水。

　　今天，我看到那么多人在天安门广场立正，
　　他们后来高声唱起了昂扬的国歌。
　　此时此刻我对国歌的每一句都有更深的体会。
　　我们永远会万众一心发扬抗战精神！

　　擦干泪水停止流泪吧！
　　未来有一天 5 月 12 日的阳光下，
　　在四川旅游的人站在汶川，
　　将会看到疗好重伤的四川比原来更加灿烂！

不擅写诗，只是发自肺腑的心声而已。

2008年5月20日　星期二　阴

昨日傍晚，电视台一遍遍播报"将有六至七级左右余震"，要大家注意。

听到有这么大的余震，晚间决定不在家睡了。万家灯火时街上霓虹灯依然五颜六色，但人心并不平静。街上车辆及行人拥挤，人都到屋外来了！大女儿夫妇俩用小车载我们夫妇到浣花溪公园附近空旷处停下，一路上拟出外避震的小车排成了长龙。路边铺席就地坐卧的不少。但一夜平安无事，凌晨回家安睡。虚惊一场，人感到疲劳。但有预报总比没有预报好，防患于未然总会减少损失。

连日来不断有小的余震，有时震感也强烈。中央调来大批飞机包括直升机参加抗震救灾，空中飞机声日夜不断，显示救灾行动之紧张迅速。

从5月12日迄今，从晨至晚不断有国内外电话来问候平安，使我深感友情与亲情之可贵。大哥宏济兄嫂每天必来一次电话，三妹李淑、罗经国夫妇与五妹赵平萍、马正立夫妇也常来电话。顾骧、吴泰昌、陈兴芜、李书敏、张嘉、殷慧芬、江晓天夫人李茹、祖丁远、王善本等老友也打电话来问讯。上海、北京、重庆、南京亲友均提出要我们前去居住暂避，作家与出版界好友来电话的极多，山东临沂的同志也纷纷来电话。我用本子将来电话者名字写下，已超出百人，作为纪念。

2008年5月25日　星期日　阴　晚雨

仍旧是每日在家看电视，仍旧是经常感到有余震，但各单位均已照常上班工作。成都主城区是无问题的，商店营业一如既往。

收到诗人屠岸兄信，并附诗一首。屠岸兄是我历来十分敬重佩服的老作家之一，其人品、文品及渊博之学识非一般作家可以望其项背。来信关怀之外述及对汶川大地震的感受与心情，不同凡响，特录信及诗如下。

王火兄：

　　汶川大地震，举国悲痛，世界震惊！党政军、工青妇、陆海空，全民总动员，协力抗灾！台港澳，血浓于水。几个外国救援队也到达四川救援第一线。救援规模，大异于1976！

　　中国抗灾史上，空前！世界抗灾史上亦罕见！

　　中华民族的脊梁，像 Atlas，扛起整个天宇！

　　1991年5月我和妻是新闻出版署老干部旅游团成员，从成都出发，经汶川、茂县……到九寨沟。在茂县南遇山体滑坡，巨石挡道，我们的大巴受阻五小时。见到这里的男女老少，纯真、诚实、美丽！就是这些美丽的人民，今天蒙受着巨大的灾难！大概是，天将降大任于斯人也！为之一哭！天公何不公！！

　　成都处于震区，不知吾兄及嫂夫人并全家安否？不胜牵挂，特驰函慰问。谨祝

　　平安！

屠　岸

2008.5.19晨

阿特拉斯的脊梁

屠　岸

天将降大任于斯人也……

非典！禽流感！冰雪低温！地震！

邢台—海城—唐山—汶川

水火虫土考验着中华民族的振兴！

一道裂缝一声塌方就是命令：
整个国家呼啦啦站立起来！
党政军，工青妇，陆海空。
全民总动员，抗震救灾，快快快！

一百个夸父奔走在抗灾的道路上，
一千个愚公正在把灾祸的大山搬开，
一万个后羿挽起长弓去射灭灾星，
一亿个精卫终究要填没灾难的大海！
天将降大任于斯人也……
中国人早已从唐山走过来！
默哀一分钟，奥运圣火继续前进呵，
中华民族有如阿特拉斯的脊梁
正在扛起一个光灿的新时代！

2008.5.16

王火兄：

上信尚未发出，补写数语。

今日为全国哀悼日第一天。下午2:28全民为四川汶川大地震遇难同胞默哀三分钟。北京天安门广场数万民众在下半旗的五星红旗下默哀三分钟后，不即离去，自发地高呼："中国加油！""四川加油！""祖国万岁！"呼声撼天地！表现出中国人民的巨大凝聚力，中华民族的伟大生命力！

14:35我被接到"北京音乐广播"演播室参加支援四川灾区的音乐广播，并接受电视采访。

之前，5月16日，我的诗《阿特拉斯的脊梁》为抗震而写。

这次抗灾的最大特点是尽一切力量抢救人的生命。救人是重中之重！财产可以重造，生命不能再生，以人为本，还体现在对逝者的尊重。过去只有为国家领导人的逝世而举国哀悼，这次是为平民，为普通的人民！这在中国历史上也是第一次！我多次流泪，无法控制……

临笔呜咽，不知所云。

屠　岸

2008.5.19夜

2008年5月28日　星期三　阴间晴

四川省作协通知，下午三点钟中国作协主席铁凝和党组书记、副主席金炳华两位要到我家看望。他们心系灾区群众、激励作家创作，早上由北京飞来成都就去都江堰灾区慰问群众和奋战在抗震第一线的救援人员，慰问在四川灾区采访、创作的中国作家抗震救灾采访团的作家们，也看望四川作家和文学工作者。汶川大地震后，中国作协做了大量工作，党组、书记处在第一时间通过电话和短信把慰问带到地震灾区的作家协会。5月18日，在中国作协参与主办的中央电视台"爱的奉献"大型募捐活动中，许多作家带着爱心向灾区人民送出温暖。接着中国作协先后组织了四批作家深入灾区，许多作品均在报刊发表。知道他们当天就要赶回北京，我觉得他们实在太忙太劳累，还要来关心看望，实不敢当，请来电话的同志转达辞谢之意。但他们两位仍是在下午三时由四川省委宣传部副部长朱丹枫、省作协党组书记吕汝伦、副书记勾春平、副主席傅恒等陪同来了。

正巧下午传又有较大的余震来袭，我与起凤出屋在楼下花园里接到作协小周电话说客人要来。我说："听说要有余震发生，是否就请不

305

来了？"但小周说："已在来的路上，快要到了！"果然，一会儿，铁凝、炳华同志都到了！此时此地，大家先握手热烈拥抱，随即站着互相问候，谈起地震及灾情等情况，叙叙旧，最后合影留念。我看看表，总共40分钟。他们又匆匆握别去工作了！朱丹枫同志在抗震指挥部忙碌，他告诉我，从汶川地震至今，他没有正式吃过一顿饭，都是匆匆吃点方便面。我看到深入灾区回来的吕汝伦同志也黑瘦了。

这真是一次特殊的看望，由于地震，大家都是站着的，连一杯开水都没有招待，也没有一张椅子可坐。在成都的余震随时可能袭来时，他们这么忙这么累，竟还带着鲜花来了！我忍不住说："在这种时刻，你们这么忙还来看望，使我深感温暖，非常感动！真是感谢之至！"炳华同志指着铁凝同志说："我们在北京时就商定这次来一定要来看望你的！"炳华同志任党组书记多年，历来善于做好团结工作，有口皆碑，平易近人，工作周到细致，对老同志有感情。铁凝同志过去在河北任作协主席时，河北的作家们都常告诉我："她不但作品好，为人同样好"，"十分关心作家创作和生活"。当选中国作协主席后，她与炳华同志等相处极好。有人说："金和铁是两种最珍贵重要的金属！"她会议多，不免会牺牲一些创作。我给她介绍起凤时告诉她："起凤过去爱读你的作品，只是现在老了病了，没法读了！"她握住起凤的手，亲切而谦逊。

他们走后，忽有李白的诗句涌上心头："客从长安来，还归长安去。狂风吹我心，西挂咸阳树。此情不可道，此别何时遇？……"为什么这诗句会涌上心头，想不真切。李白写诗常化虚为实，又能化实为虚，形象怪奇，诗句绝妙，难以效法也。

至夜晚写这日记时，余震并未光临。睡前，看电视——中央台《以生命的名义》，颇感动。

2008年6月12日　星期四　晴

近日来，挂念着两件事：一是震区唐家山堰塞湖抢险泄洪以保障下游人民生命财产安全，主要涉及绵阳一百多万人的命运。这堰塞湖是大地震山崩地裂山体滑坡形成的。该地区的强降雨也对水位上升造成了一定影响。这个问题终于取得了决定性胜利，地处下方的绵阳市民转移的二十多万人已开始安心返家。绵阳吃紧前我与克非兄曾通电话，知他平安甚以为慰，但接着绵阳吃紧，人口疏散，电话不通，估计他无问题，但今日打电话去仍未接通，估计是疏散了尚未回家，但一定是平安的。

第二件事是成都军区某陆航团米－171直升机特级飞行员邱光华机长驾驶的直升机组的直升机不幸遇难。上万解放军及民兵后备役官兵搜山寻找。如今飞机残骸及烈士遗体已搜寻到。大家都很悲痛。

青川属于广元市，这次灾情严重。我是广元市作协名誉主席，灾后电话不通，今日才与广元市作协童臣贤常务副主席接通电话，他夫妇平安，但有亲属伤亡。

今天，距汶川大地震已整整一个月。成都的小震有时仍有，大约还会延续一两个月，但已不可怕。一个月，我们还擦不干悲痛的眼泪；一个月，奋力抗震救灾的中国从灾难中不屈奋起，让世界注目。

汶川大地震，死亡人数近七万人，失踪者一万七千余人，受伤者三十七万多人。2008年5月12日至今天的这段岁月必将为十三亿中国人共同铭记永难忘怀！现在，伤者治疗及灾区群众生活安排得较好，灾后重建已在开始。成都的旅游已在恢复，活力在复苏。今天《成都商报》上出现了这样的标题："震后一月，最佳旅游城市复苏"、"让世界知道，成都很安全，成都最中国"、"震后一月，我们从灾难中站起"……

我为我们亲爱的祖国和人民祝福！

你是灯塔

　　时光如风，但峥嵘岁月里的往事并不如烟，那些记忆总鲜明难忘。

　　抗日战争后期在大后方重庆，结识了十八集团军重庆办事处的同志后，我加深了对中国共产党的认识和感情。我阅读了当时可以到手的进步书刊并订阅了《新华日报》，从那开始，党就成了我心中的灯塔与舵手。我在四川北碚夏坝的复旦大学新闻系攻读，第一次读到《在延安文艺座谈会上的讲话》，就是1944年秋天从北碚新华书店买到的。那时，对《讲话》理解得不深，但文艺要为人民服务，生活是创作的源泉等原则开始铭记。而且，有心去尝试着在创作中身体力行。这时大批青年都追求进步，向往革命，形成热潮。由于见到国民党政府拉丁抽税对农民敲骨吸髓，我写过一篇影射性小说题为《老伦明的梦》。"伦明"其实就是"农民"的谐音，意喻古老中国的农民。故事是：大地主家中一个被奴役的老佃户名叫伦明，整天劳作，受尽骑在脖子上的主人的虐待，被主人蒙骗一直以为自己这种受苦受难是在梦中，希冀一朝梦醒就能改变生活。他年岁越来越大，一天病倒，我去看望他，见他在青白色的油灯光照耀下（暗指国民党的青天白日旗）奄奄病危。我哀其不幸怒其不争，感慨他不应相信欺骗，早应抗争。这算是我想用文学作品为工农兵服务的一篇不成熟的稚嫩之作。

　　以后，解放战争时期，我关心中国的命运，信定只有共产党能够救中国，我与地下党的同志过从密切。我不是党员，但1932年入党的一位地下党同志在上海搞地下兵站，常给我进步书刊阅读，在思想上帮助我。那几年，我写的作品以通讯特写为多，题材来自生活，因为这种形式尖锐明快，利于为人民呼喊，利于反内战及反对国民党法西斯独裁及特务统治，在歌颂和暴露的问题上，在为人民服务的问题上，党的文艺方针给我启示。

1949 年 5 月底上海解放，我即参加了上海总工会筹委会的工作。那时常唱一支歌："你是灯塔/照耀着黎明前的海洋/你是舵手/掌握着航行的方向/年青的中国共产党/你就是核心/你就是方向/我们永远跟着你走……"我当时激情昂扬地编写了上海解放后第一套工人课本，负责华东、上海人民广播电台的职工节目，在市委领导下编办上海工运史料展览，以后筹办劳动出版社和《工人》半月刊，培养人民通讯员及工人作者。我如饥似渴地系统学习马列主义著作，这对我树立正确的世界观、人生观、价值观和审美观十分有益。我是中国文协上海的会员，对《讲话》及党的文艺方针不断学习。回顾以前多年，在为政治服务的问题上固然理解片面，写出缺乏生命力的作品，但也较成功地塑造了抗日英雄工人游击队长节振国形象的作品，那就是在开滦煤矿及冀东各县深入生活才有的产物。

难忘的是十一届三中全会后，进入新时期，改革开放如同春风。党和国家对文化事业的高度重视和支持，社会主义现代化建设的大发展为文学的繁荣和开拓提供了强大的动力和机遇。我的创作也进入春天，党的"双百"方针、"二为"方向指引着我。在文学创作上，我愿意站在时代前列，满怀爱国热情，关注国家命运，抒写历史波涛；我愿意反映人民心声，弘扬民族正气，歌颂高尚情操，鼓舞读者意志。我的《战争和人》三部曲和《霹雳三年》等长篇，就是从党的领导中汲取力量来完成的，我真想在作品中体现时代精神，给今日和明日的人们看到幸福、信念和理想，去想一想历史的前鉴和中国的命运。

中国文学处在继往开来的重要时期。文艺是民族精神的火炬，是人民奋进的号角。文学创作是作家为祖国为人民献出光和热的途径。今年"七一"是党的辉煌八十诞辰,在从往昔到今日的火红年代里,我的人生道路跟随共和国的历史画下了轨迹,与共和国的喜忧密不可分。我们的党在建立共和国后,将一个拥有世界人口最多而又受尽苦难与凌辱的中国,解决了人民的温饱难题,改变成谁也不能小看的大国,在世界上享有崇高的地位。这样的丰功伟绩中,也有文学工作者所尽的那一份力量。论今思昔,当年那熟悉的歌声,似乎又回响在耳边。

我是在党的培养教育下成为作家的,在我的心上,党始终是灯塔,始终是舵手。党教导我们为人民服务,人民是历史前进的动力,是国之根本,一刻也不可忘记。写作时想到人民的利害与需要,坚持先进文化的前进方向,我的笔将终身遵循这一原则而执着。

(刊于 2001 年 7 月 2 日《人民日报》并获征文一等奖)

苏联专家在新中国

一、消灭鼠疫的苏联防疫队

日本帝国主义曾经在东北开设了很多细菌工厂（被强大的苏联红军打垮前，才秘密破坏掉），把细菌散播出来毒害中国人民。从1945年起，东北人民年年被传染病闹得很苦，尤其是鼠疫，在1947年传染得顶凶，一共有630个村庄发生，死掉23170多人。

在这种紧急情况下，我们的政府就请苏联防疫队来帮助做消灭鼠疫的工作。

苏联红十字半月协会派了很多专家、防疫员、消毒员和护士组织了防疫队，离开了他们自己的工作岗位和幸福的国家，到了中国东北，不怕困难和吃苦，冒着生命的危险，到鼠疫传染得顶凶的热河省去。

他们带来了顶好的药品和用具，在承德和赤峰等地方，救了将近1万条性命，他们不分季节、不分日夜地在农村里辛苦工作，替疫区里的每个人打防疫针，替每家人家的房屋和用品消毒，更发动居民捉老鼠，这样以后，消灭了足足可以装满28个火车车厢的老鼠，凶恶的鼠疫才不再发展。

从1947年到1949年两年里，苏联的防疫队帮我们培养了很多防疫人员，送给我们东北人民政府260多种防疫器材和药品。据统计，1947

年全东北有 30326 个人生鼠疫，1948 年减到了 5947 人，1949 年更减到了 417 人，在 1949 年害鼠疫病死的只有 250 人，拿热河一省来说，死亡的只有 20 人。

在热河的防疫分队长是赫赫洛娃同志，她为了工作，常常忘掉了自己的疲劳，有一次在喀喇沁旗时，她连续工作了二十五个钟头，忘了饿也忘了倦，这种精神感动了当地的群众，大家称她是"再生的母亲"。许多人把自己舍不得吃的鸡蛋，拿来慰劳她和她的同志们，赫赫洛娃不肯收，老乡们硬要他们收下，有一次争执了不少时候，老乡说："你吃了我们的鸡蛋，我们心里就痛快了！"化验员马利娜，在化验时，染上了病，注射了血清后，头晕、发烧、眼睛都张不开，但还不休息，还进解剖室工作。所以，当他们完成了工作，要离开住了 4 个月的平庄时，送行的人一直跟出来一里多路，程大嫂抱着被苏联防疫队同志常常抱着玩的孩子，泪水流了下来，瞧着每个苏联同志，她舍不得离开他们。

在哲盟鼠疫传染病院中，快要好了的病人留恋地握住苏联同志的手；吴玉山听说他们要走了，偷偷地哭泣，他说："我的命是他们救的呵！他们有东西自己不吃拿来给我吃，连夜里都起来看我好几遍。"

在防疫队离开乾安县城时，汽车被群众围了起来，有的人跑上去说："你们不要走吧！你们留下来吧！"他们在群众高呼"中苏友好万岁！"的声音中走了。

和苏联防疫队一起工作的东北防疫队的二十几个中国工作人员，在苏联朋友走了以后，总是常常谈起许多苏联朋友的故事，他们说："病人张老爹已经没法救命了，但是筱丽达（一位苏联队员）还是不离开他，给他水喝，希望他万一能活转来！"

"赫赫洛娃同志怕别人在解剖尸体时要被传染，但她自己却不怕传染地亲自动手。"

"专家克利辛同志，夜里出去看望病人，有时淋着大雨，两脚立在泥水里工作，却从来不叫苦或者埋怨。"

"发给他们的水果、糖、面包，宁愿自己不吃，却说病人需要营养，送给病人吃。"

这些事实的确是叫人感动的，热河人民为了表示感谢，自动地发起慰劳，中苏友好协会热河分会，收到了各界人民写来的慰劳信1123封，有一个叫作韩汝诚的人信上说："你们的国际主义精神，解决了我的思想问题，我说不出的感激，更说不出的欢喜，中国人民永远不会忘记你们！"

苏联防疫队在1949年11月28日完成工作任务后，就离开东北回国了，东北人民政府高岗主席代表东北人民送给他们一面锦旗，上面写的是："你们高度国际主义的精神，拯救了东北疫区人民的生命，我们谨致衷心的感谢。"

二、苏联专家到太行山

太行山上的路是高低不平的，汽车在这种高低不平的路上走起来，总是一蹦一跳；太行山上的路，灰又特别来得多，汽车开快了，屁股后边的灰土就滚成黄色的云团，卷进车棚，把车内坐的人的脸上身上，打满了灰，嘴里鼻里呛得怪难受的。

在1950年的1月，一辆汽车载了好几位苏联工业专家到太行山来参观工厂并且帮助解决技术上的困难。汽车在高低不平灰尘很厚的路上走了很久很久，才到了一个工厂，大家都累得很厉害了，可是苏联专家们下了车，不洗脸，不休息，也不喝水，拍拍身上的灰尘就说："先到工厂去看看！"

他们到了工厂，问这问那，一点点的小事都很注意，看见"天轴"的铜皮带盘，他们觉得很奇怪，便摇摇头说："不好！铜料来源困难，皮带盘能用生铁铸的，为啥要用铜铸呢？"专家们这问题提得实在对，太行山有的是铁，铜料却真缺少，到处去搜集破铜盆、烂灯盏、烟杆头……材料员天天在说"铜不好收"！可是"天轴"上的皮带盘还有不少是铜铸的。一个铜皮带盘，起码要化十斤铜，如果皮带盘改用生铁铸，把铜做成其他零件，那多么好！可是大家以前却从来没有注意这件事。

专家们到了太行山的一家钢砖厂，这家钢砖厂，一向有个老毛病，就是烧出来的耐火砖，总是有点弯，两块砖合起来，当中会空出一条缝来。所以，出产的成品不能放在炼钢炉和冶铁炉里用，因为钢的热度高，钢质如果从砖缝里钻出来的话，炉子就会垮了，不但生产任务完不成，人力物力的损失更大。许多工人、技师都动过脑筋，说是"炉墙斜"，要改正，可是总没有把握，不敢大胆下手，害怕不能完成任务。这次苏联专家来了，工人和技师们把这毛病告诉了他们，苏联专家苏里克等同志，到钢砖厂窑上，仔细研究了以后肯定地说："你们说得很对，的确是炉墙斜了，大家一齐来把它改正吧！"于是专家住了下来，不到几天，就把斜的炉墙改正了，耐火砖烧出来再也不弯了，两块砖合起来一点缝也没有，工人们喜欢得到处讲："苏联老大哥把耐火砖的老毛病医好啦！"

同样的情形，也发生在一家煤焦油厂里，这家厂里的十个焦油炉坏了两个。苏联专家到了工厂，早起晚睡，研究炉子的毛病，最后，毛病找到了，是炉墙烧弯了。在专家们的详细指导下，工友们把烧弯的炉墙改正，两个煤焦炉才又复活起来。

苏联专家们在太行山的时候，有一天，和一家很远的工厂的负责同志约好，第二天一早七点钟来参观工厂。因为是一月里，天气很冷，恰巧又下了一夜的大雪，平地上雪花堆得有五六寸厚，可是苏联专家们非常遵守时间。天不亮就起了床，洗脸穿衣服，七点钟的时候就准时到了某工厂。可是我们的那位负责同志，以为下了雪，苏联专家不会来了，当专家们到了工厂院子里的时候，他还在睡觉。专家们不客气地说："这不好！"使得那位同志又惭愧又佩服。

苏联专家离开太行山后，太行山每个工厂里的工友们，在他们离开后很挂念他们，常常一遍又一遍地讲那些苏联专家在太行山的小故事。

三、苏联专家在石景山发电厂

北京石景山发电厂是很大的，1949 年 9 月 26 日，苏联电气专家维申聂夫斯基、汽机专家切勒内什润夫、锅炉专家石少夫带了翻译来帮助工作。

他们十分热情，每天上班时，亲切地和工友们握手问好，工友们起初对他们还有点陌生，几天后，便对他们又敬仰又亲热了。

发电厂的十四号炉和第六号发电机，在专家们到厂以后全发生了毛病，但经过苏联专家的帮助，加上工友们的努力，都修好了。在修六号机的时候，拆装和清理电机心，苏联专家算好如果每天工作 24 小时，要 7 天才能完成，但是结果提前了 72 小时完成，苏联专家们对我们中国工人的工作精神和能力非常佩服，伸出了大拇指连续不断地说："顶好！顶好！"

苏联专家们工作是很认真负责的，六号机的动子和静子，许多年来从没有详细的记录，苏联专家觉得这是厂方管理得不够的地方。他们就建议：以后每次开车和停车之前，动子和静子的绝缘要详细记载。在清理动子和静子的时候，他们要求一定要清理得干干净净，并且要用白布仔细擦。在试验动子绝缘的时候，他们亲自动手，一次又一次地试验，一点也不马虎，大大地感动了每一个工友。

苏联专家对厂里每一个部门都很关心，他们很详细地问工厂里锅炉的情形，看到水池里泥土很多，他们就提出挖泥的建议来。有一天，工友们修理油开关，忘了把箱底合上，专家们就赶快制止，并且很认真地说:"箱底不合上,尘土落进去,是很不好的,这种地方我们要注意才对。"

苏联专家们在 12 月 29 日离开了石景山发电厂,短短的两个月里,十四号炉修好了,六号机也放光了,工程师和工友们在技术上都学到了不少东西,苏联专家们离开的时候,大家不由地都有点舍不得。

四、苏联专家帮我们建设新首都

1949 年 9 月中,几位苏联朋友到北京来帮助我们建设新首都。他们——有的是电车专家,有的是汽车专家,有的是自来水和煤气专家。

苏联朋友们走到的地方,不但口头问,还亲自下手检查,连一个小地方都不放过。

他们到了燕京造纸厂,看见有三部造纸机在开动,就问了一下产量的数字,他们根据自己丰富的经验,告诉纸厂的负责同志说:"产量还应该再提高 20%。"

他们曾到电车公司去检查车辆,公司方面告诉他们:车辆不够,想从外国想办法。但苏联专家到仓库里一看,说现存的零件足以装置起够用的车辆,用不着往外国去买。同时,他们看到检验过的车子质量还是很差,就建议公司采取负责制,还介绍了苏联在这方面的情形说:"在我们国家里,检查员对自己的工作都要签字负责的。"电车公司接受了建议,车子的质量有了很大的改进。

有一次,在公共汽车公司的废料堆里,他们发现了很多可以利用的铅背钩,他们就动手捡了出来,并且坦白地告诉负责同志:"浪费材料是不应该的。"苏联朋友这种对工作负责的态度,深深地教育了全厂的工作人员。

他们看见刷洗公共汽车的工人立在又是泥又是水的水坑里工作,很不同意,说应该有排泄脏水的设备才对。又看见工人们用着强烈光度的氢氧焰在焊接零件，却不戴保护眼睛的蓝眼镜，他们就说："如果工厂里没有蓝眼镜，是厂长的责任。如果有镜子工人不戴，是工会的责任。对于工人的健康，应该特别注意才行。"

公共汽车公司的车辆，一向不定期检修的。苏联专家建议公司订立洗车和检修的制度，并且想出办法告诉公司的负责人说："可以把大卡车改成轿车，以达到出车一百辆。"在他们的热心帮助下，检修制度就初步的规定起来了。

苏联朋友们到了自来水公司，考察了水井、机器安装的年月日和机器的效能以后，就教工人怎样用代铅粉，并且拿了苏联的样品给我们仿造。发现自来水里用的氯气较少，杀菌力不够大时，他们就建议我们建立一种化验标准，来保障市民的健康，同时还介绍了苏联管理自来水的各种方法，给我们做参考。

苏联朋友办事是很认真的，不过态度却总是非常客气，他们提意见时，总爱说："我们的意见是这样，请问你们觉得怎样？"所以在他们的影响下，许多干部的工作作风也变得踏实了。电车公司南厂听到苏联朋友说"工作环境不卫生，有害工人健康"的批评后，就展开了清洁运动，有的老工人说："我在这里做了十几年工，这还是第一次。"新建铁工厂在苏联朋友提出意见后，就把机器擦得光亮亮的。自来水公司按照苏联朋友的建议，把邻近电车轨道的水管用麻布包扎起来，防止了电力对水管的分裂。并且在苏联朋友的帮助下，订立了很详细的一年工作计划。

最可感谢的，是修理北京地下水道的事。北京的地下水道还是明朝时候造的，已经很古老了，下雨时，水不通，地面就要积水，过去国民党曾请了美国工程师来看，美国人在外面一看说："北京的水道，应该毁掉，照美国的样子另造。"假如照美国人的话做，各种材料都要到美国去买，美国可以大做一笔生意。而且，美国的东西，中国人一定不会使用，又要养一大批美国"技术人员"，他们的待遇又要特别高。

可是，苏联朋友中的水利专家，亲自钻进地下水道里去看，研究了以后说："北京的地下水道，按历史来说是全世界第一，应该保存和修理，决不要毁掉。"根据他们的观察，利用原物修理一下就可以了。从这件事，我们就可以看出，苏联朋友不但尽力帮助我们，而且还尽力珍惜我们中国的物力财力！

所以北京汽车修理厂的工友说："以前我们只知苏联好，可是到底怎样好，就说不明白。这回苏联专家来了，看到他们对我们的帮助，我们才明白了。"

五、苏联专家在天津制钢厂

1950年初，苏联专家们到了天津制钢厂，无论大的事情，小的事情，都给了我们很多的帮助。

天津制钢厂的马丁炉，在修理好以后，烤炉的时间一向都要花15天，因为这是学的英美方法，火由小而大，怕炉子受损伤。可是苏联专家看了以后说："这炉子的构造很好，用四天烤炉的时间就够了。"大家听了苏联专家的话，打破了从前的旧法子，结果每次就节省了十天多的时间。

从前修马丁炉的时候，一定要停火，这样，停火的9天时间就是浪费的，但是苏联专家提出了不停火修理的方法，叫作热修法。只要十几个钟头就可以了，既省时间又没有冷缩的害处，可以延长炉子的寿命。有些工人听说要用热修法，就说："这样热的火，人进去修理，烤焦了怎么办，这不是苏联大哥和我们开玩笑吗？"但大部分的工人和职员觉得有道理，一定行。修理之前，苏联专家先详细研究了每个工人的技术能力，分配了适当的工作，并且画了图样讲解给全体职工听，大家觉得有道理，党员潘长有说："苏联大哥，有经验，一定行，干吧！"

开始修的时候，火热得很，大家又从来没有这样做过，胆子小，做起来也慢，等到挡火墙修好以后，大家信心加强了，情绪就好起来。不过因为挡火墙下的废铁有了漏空，时间一长，有些工人被火烤得吃不消了，情绪就又不好了。有的说："这种修法不行的！"这时候，潘长有就提出稍停一会儿火，我们工人进去修保证很快修好，于是，他带头穿上了湿水的棉衣进入到八九百度的炉子里工作，衣服一次一次地都给火烤得烧了起来，但是，四十几分钟里就把挡火墙修好了。挡火墙修好后，修炉工作就可以顺利继续下去了。苏联专家们看到这样动人的场面兴奋地说："中国工人阶级在中国共产党领导下，没有克服不了的困难。"工人们也喊："有苏联大哥的帮助，新中国的建设更快！"

　　于是苏联专家们又亲自指挥亲自动手，在抢修工作中，一连二十几个钟头都不休息，甚至连吃饭都舍不得离开现场。工人们对专家马里谢夫同志说："你去休息休息好不好？"马里谢夫同志对大家笑笑，却仍旧继续工作。

　　苏联专家对许多细小的事情都十分注意，有一次铸钢的时候，有点沙子掉进了钢水，专家们马上提出了意见，有的工人说："三十多吨的钢水里，落下一点沙子有什么关系？"苏联专家就耐心地说："不能放过一粒沙子，有时候很小的沙子会造成很大的损失，比如有沙子的钢做成钢丝绳，到煤井去用，很可能断裂，要是发生了这种不幸的事该多么不好！"工友们都点头，接受了意见，纠正了马虎的毛病。

　　苏联专家常常问到工人的生活，他们说："工人的生活一定要注意，生活不好就会影响生产。"对于安全设备的加强，他们也注意，像轧钢场的马力旁边，十几年来从没有栏杆，现在也加上栏杆了。

　　有一天，苏联专家看见有些机器堆着没有人管，灰尘积得很厚。问为什么不管，回答的人说："这些机器不好。"苏联专家说："不好，也要好好擦，好好保存着。有，总比没有好。好，是从不好上发展起来的！"

记得在苏联专家们刚来的时候，很多职工觉得新奇，有些人说："外国人都不是好人！"但经过苏联专家们的帮助和相处以后，就都转变过来了。冶炼工人文兆林说："我们跟苏联大哥学了不少本领。"有的工友说："不懂俄文真倒霉。"在工人们的要求下，苏联工程师通过翻译替全体职工上了好几次课，专门讲些冶炼工作上的问题，受到大家的热烈欢迎。在这种情形下，工人们就和苏联专家开联欢会，并且用红绸子写全体签名的纪念信送给苏联专家，他们收到这礼物以后，热情地说："我们要把这个贵重的礼物带回苏联，和斯大林同志发给我的奖章放在一起。"

六、苏联专家在太原

苏联炼钢专家马尔塞夫同志，1949 年 10 月到了山西太原，他先到西北钢铁公司的马丁炉台上考察 20 多天。于是，提出了很多宝贵的意见，在他的指导下，马丁炉的产量大大提高，以前每月每炉出产 1200 吨，现在增加到 1500 吨，打破了过去的生产数字，并且钢的质量也提高了不少。

西北钢铁公司炼钢厂从前烤炉的法子，是向日本人学的，每次要花 25 天才能装料生产，而且因为炉子的温度或高或低，炉顶的矽砖常常掉落。但苏联专家分析了矽砖的特性，提出了改进的方法，烤炉时间由 25 天减成了 4 天，炉顶的矽砖也不掉落了，大大地增加了出钢的数量。

在从前，炼钢炉每出四五次钢就要修炉底一次，但马尔塞夫同志建议改用一种新的修理方法后，出 20 次钢才需要修理一次，这样不但每月可以减少 13 次修炉的时间，而且还可以省许多修理费和劳力。

有些小地方，像清除渣子用的铁钯子，也根据马尔塞夫同志的意见，改用了木钯子，木钯子很轻便，工友们用起来就比铁钯子好得多了。

马尔塞夫同志住了不久，因为有事回到北京去了，赫力浩夫同志就来代替了他的工作。

赫力浩夫同志来了不久，看见工友们戴了蓝色眼镜，还是不够保护眼睛，就主张把帽子连眼镜缝在一起，既方便又不伤眼睛，工友们人人称赞。

但是，赫力浩夫同志所做的工作，最重要的是修理第二号平炉，为了这件事，他一连工作了七天七夜。

第二号平炉是 1949 年 12 月底坏掉的，赫力浩夫同志那时候刚来，当他晓得了炉子已有好几天不出钢，并且炉底侵蚀得很深的情形后，他马上叫大家运来了大量的河沙，告诉大家要把炉底好好地重铺一层镁砂。从 12 月 29 日那天起，他就日夜不离炉子，一连三天，炉底用镁砂铺修好了。最后，又给炉床铺了一层钢渣，就开始装料了，但是钢到熔解时，炉底的镁砂翻起来了，出钢以后，炉底又有了一个大坑。赫力浩夫同志很细心地研究，原来钢渣和镁砂的成分都不好。于是他要用精纯的苦灰代替镁砂。这样的方法工人觉得行不通，都说："镁砂不行，苦灰怎么还能炼呢？"但是赫力浩夫同志意志坚决，他充满信心地工作。除了吃饭外老是在炉旁，不断告诉工人们怎样做，有时也亲自动手。

1950 年新年来了，1 月 2 日那天，省政府请赫力浩夫同志去吃年饭，主要是慰问这位离开自己祖国，到我们中国来帮助建设的好朋友，但是他却辞谢了，他说："炉子在这里停着，我怎么能够去吃饭呢？"工人们看见了，都感动得不得了。

但是，对于用苦灰铺炉底，工人们还是觉得不会成功，只有带班王贵英抱着很大的信心，他说："苏联朋友的经验多，一定有把握，我们要耐心地学习人家才对！"在烧炼中，炉床上要撒一层很薄的铁鳞，这是用铁锹撒不好的，于是王贵英带头用手一把一把地把铁鳞往炉里撒，这样，又经过四天的工夫，烧结好了，开始装料。在很顺利地出完了第一炉钢后，炉床又平又光又坚固，一连出了七炉钢也没有坏的地方，于是全体工友们才一齐佩服了，大家都说："苏联朋友真有办法！"

西北钢铁公司炼钢厂自从苏联专家来后，工人生产突飞猛进，涌现了 75 名英雄模范，工友张智华装料只花了一点二十五分钟，打破了苏联朋友两点钟的希望。王贵英七点四十三分出钢一炉，赫力浩夫欢喜得把自己的手表解下来送给王贵英。苏联专家为什么这样热心地帮助我们中国建设呢？这就是国际主义的精神叫他们这样的！

七、苏联专家在唐山发电厂

苏联的电厂专家尼克夫和克拉克夫等，在 1949 年 11 月中到唐山发电所帮助工作。

他们到发电所以后，仔细地看了很久，问了很多问题，也听了很多问题，后来对情况完全明白了，就对发电所的生产上和管理上提出了不少宝贵的意见。比方，发电所抬煤的工人有七十多个，专家们认为太浪费人力，建议在煤台上安设电力卷重机，把煤带到抬煤机上，装好以后，一次可以运五吨煤，就省下了很多人力，用到其他工作上去。又比如，屋里的热气，常常凝成水珠，滴滴不断地流下来，专家们就指出，水珠落在电机和电线上容易发生危险，应当赶快想办法改良。他们又说出，变压器应该要附带装上滤酸的设备，因为变压器用久了，常常会发生酸性，应该用二氧化矽、三氧化二铝等过滤，免得酸性损坏了变压器的绝缘物。这许多宝贵的意见，唐山发电所就都依照他们的意见改进了。

专家们在发电所住下来以后，完全像替他们自己的祖国一样地认真工作。厂方分派他们到各个部门去，在修机修炉时，他们和工人一起工作，钻进锅炉里，或者睡在机器下面，弄得满身灰，满身油，从白天忙到晚，不肯多休息，有时候，半夜里还要跑到发电的大楼上去察看。他们常常告诉我们的工程师，要和工人打成一片，互相学习，要把提高工人的技术、文化作为工程师的责任。

专家们的生活很朴素，也都很注意节约。厂方为了表示感谢和敬意，而且怕他们吃不惯中国饭食，替他们特别预备了比较好的食物，但他们发现了以后，却说："请不要客气，中国人民现在并不富有，你们何必为我们特别预备食物呢！"这件事后来被工人们知道了，都很感动，后来发电所也就不另替他们预备饭食了。

专家们时常告诉职工们要爱护机器和器材，也要爱惜时间，有一天看到秦皇岛发电所里有一架三千瓦的汽轻机放着不用，又没有很好保护，他们就很可惜地说："你们的祖国正缺少机器，为什么要把这样好的机器放着不用，任它坏掉呢？"又有一次，看见有一个工友在工作时有点磨洋工，尼克夫同志便很和气地对他说："一个人每天浪费一分钟，要是在企业中有一千个人都这样，那么就要损失两个工人一天的工作时间。如果浪费两分钟，就要损失四个工人的工作时间。一年就是一千个工人以上——换句说说，等于是全厂工人都旷了一天工，损失全年的生产量的三百分之一。这就是由一分钟，两分钟造成的巨大浪费。"这位工友听了这些话很后悔，也很感激。

这样，工人们和职员们早就把苏联同志看作自己人了，所以，当他们任务完成要离开的时候，谁都觉得舍不得起来，大家布置了盛大热烈的欢送会，在会上，工人王佐君说："我们不愿你们走，但又没办法！"工程师宁枝荣也高声地在会上说："从你们的帮助中，我们才真正懂得了天下工人是一家的真正意思！"

八、苏联专家帮我们建设铁路

现在人民铁路已经可以从东北的满洲里一直通到华南的广州了，这是从中国有铁路以来所没有过的事。倘若没有苏联老大哥的帮助，在今天是不可能有这样惊人的情形放在我们眼前的！

许多苏联的专家们到中国后都说："我们到这里来不是做客，而是像替自己的祖国一样地来工作的。"要想真正明白他们的话，事实就是顶好的说明，让我们来看看他们帮我们建设铁路的情形吧！

先说粤汉铁路吧！白崇禧匪部在被我们打垮的时候，曾经把这条连接华中华南的重要铁路线，用炸药炸坏得一塌糊涂，粤汉路上全部重要的桥梁一共有61座，长4660公尺，在白匪逃走后，这些桥梁没有一座是完整的，所以白匪曾经说："两三年内，共产党决不要想叫粤汉铁路通车。"可是我们的铁路员工，铁道兵团，在17位苏联铁路工程专家的直接帮助和指导下，不过半年时间，就把粤汉铁路上的毛病全医好了。

再说津浦铁路淮河大桥的修建工程吧！敌人在破坏这座大桥后也说至少要花一二年的时间才能修好通车，但是在苏联专家的设计和帮助下，我们却只花了50天的时间就修好了。又比如接通粤汉、湘桂黔两大干线的湘江大桥，国民党在的时候，曾经花了4年的时间都没有修好，这次我们的铁路员工在苏联专家指导下，只花了35天就全部完成。尤其在黄河大铁桥的加强工程上，许多旧的专家，都一致认为要重造，但这次经过苏联专家的研究和加强后，不但可以继续使用，而且火车行驶在上面的速度和牵引力都提高了，从前火车过桥要换用小火车头，每批只能挂二个车皮，全部车辆渡完，要两个半钟点，但现在呢？不但可以一次渡过，而且只要花13分钟的时间。

再举一个例子吧！齐齐哈尔铁路管理局管辖的齐北线上有一座塔

哈河桥，在解放时已经有三孔桥墩倾斜了，其中一孔倾斜得特别厉害，一般人的看法是非重造新桥不可，那样至少要有两个月不能交通，而且要花一笔很大很大的工程费，在当时，运输任务很忙，材料又缺少，重造新桥实在是不大可能。但大家因为想不出旁的办法，只好让火车一次一次地冒险在桥上慢行。苏联专家来了，他们实地去研究了好多次，认为可以用扶正的方法挽救桥墩的倾斜，结果桥墩扶正了，并没有停止交通，而且质量到今天还很好。

苏联朋友们不但技术好，最令人感动的，是他们的负责精神和工作热情。专家巴可列夫同志他们到达粤汉前线和湘桂前线时，正是南方雨季的时候，他们淋着雨，有时连汽车也不坐，脚底上走出泡来了，也还是很高兴地工作着。巴可列夫同志是有心脏病的，但在修理新岩下桥时，为了要看全面的地形，他一次又一次地爬到很高很高的山岗上去观察。在新岩下桥时，专家西多连可同志，生了很严重的疟疾病，发烧到四十度的高热，就在他说呓语的时候，还在说："那一孔桥架好没有？第二孔开始没有？"

在陇海路西段修筑"八号桥"的时候，专家们统统住在荒凉的破庙里，窗户上连纸也没有糊，西北的风是寒冷的。有一位专家病得很凶，翻译同志劝他回北京休养，他说："我的任务没有完成，我死也不离开此地！"

苏联专家们很顾到今天中国物质上的困难，所以表现在爱护器材，节省材料和利用废料上，有时比我们自己还留意。有一次在洣河桥，因为缺少工字铁不能开工，苏联专家就说："到衡山车站去拉运。"原来当他们来时，车子经过衡山，就已仔细地留意到车站两边堆积着的材料了。

有一次，三位苏联专家到郑州铁路局视察养路工作，刚下车，就有一位专家用手锤把路线做了一次详细的检查，又把鱼尾加钣打开一看说："不太好，没加油。"当时大家都觉得这是小事，但后来在调整站道接缝的时候，发现鱼尾加钣和钢轨头锈在一起，螺丝解不开，钢轨的腹部和底部锈得透了气，这才知道不加油的坏处。在检查线路的时候，发现在换轨前因为计算得不好没计算好，差一段接不着头，工友们就用新钢轨截了一段去接上的事情。苏联专家立刻提出批评说："同志们！这样做是很浪费材料的，应该截一条旧钢轨才对。"在郑州附近，他们发现钢轨被铁锤打掉了许多块，这是因为钉道钉时，工作不细心，苏联专家就很注意地告诉工友们说："钉道钉的时候，锤把要拿平，上下直打，不要左右倾斜。不要让铁锤打坏了枕木，如果枕木上打下一个窝，下雨时会积水，枕木就容易烂掉。"还说："把有裂缝的枕木用铁丝扎紧，这样可以不容易坏。"甚至像这样的小事，他们也坦白地提出来："钢轨上的名字要朝里放，如果朝外放，时间久了，容易被火车轴油流脏，把字迹湮没，将来不好考查钢轨出厂的时间。"

　　提到钢轨，我们更不能不感谢苏联。在抢修铁路时，缺少钢轨是我们的最大困难，但苏联在 1949 年 7 月里和我们东北人民政府订立了贸易协定，我们在 8 月提出了购买钢轨的请求，9 月里就从苏联运来了500 公里质量最新最好的钢轨。当时美帝国主义正在指使和帮助蒋介石匪帮封锁我们，这批钢轨帮我们修好了京汉和粤汉两条连接华北、华中和华南的铁路线，使敌人的封锁基本上失去了作用。也使我们清清楚楚地认识了谁是我们最大的敌人，谁是我们最好的朋友！

九、苏联专家到鞍山钢铁公司

　　苏联专家到鞍山钢铁公司是在 1949 年的秋天，当他们分别到每个厂里去参观的时候，最先关心的是防寒设备，有的干部想："怎么不提点原则性的大问题呢？"可是，随着气候的特别寒冷，夜班工人冻得不能好好做活，空气压缩机和好多模型的砂轮也冻裂了，这问题的重要才越来越明白，但有的厂还没有引起足够的重视，苏联专家便讲他们建设初期的经验给大家听，告诉大家过去苏联因为防寒设备没有弄好而吃亏的故事，来使大家注意这问题。

像这种很重要的小事，苏联专家常常提出，比如在检查某高炉的修理工作时，发现有几块砖砌得不合标准，他们就立刻提出，要重新砌好后才能开炉。有一次检查设备，发现卷扬机的马达上，有好几个螺丝钉没拧紧，假使没有发现，开动后很快就会出大漏子，他们就指出："大地方大家都注意，小地方最容易被疏忽，毛病常常出在小地方。"

再比如在节约方面，虽然我们一天到晚在叫节约，但有时候却把节约的方向弄错了，造成苏联专家所说的节约中的浪费现象。他们举的例子是：工人做工时的手套和工作场所的电灯。原来，我们为了节约，手套都是用价钱便宜的布做的，结果很容易坏，坏了又得新做；我们车站里安了很多度数小的灯泡，也是为了省钱，结果小灯泡既不亮，又容易坏，也不见得省电。他们在建议我们改用大灯泡的同时，还提出把工场用的楼梯改宽一点的意见来，因为这样可以使职工上下安全，增加技术检查工作的方便，他们说这种有利生产的钱是不应该省的。

鞍山钢铁公司中的一个高炉，原订计划是要到 1950 年 8 月修好的。但苏联专家在 1949 年 9 月建议鞍山钢铁公司和工业部赶快修，并且估计在 1949 年内可以修好，他们说："中国已经大部解放了，伟大的经济建设等着鞍山供给钢铁。"听见这建议的人最初没有信心，有的工程师甚至说："天气冷会使砌砖工作冻结。冬天修高炉，我们从来没听说过。"但苏联专家说："在零下三十六度的西伯利亚，苏联工人修建了各种各样的炉子，鞍山最冷时不过零下二十几度，为什么不能修高炉呢？"于是在苏联专家的设计下，开始修建了，果然，离开 1950 年还有 5 天，高炉胜利地修好了。

鞍钢的九号炉，一向总是封得紧紧的，烤炉时很费时间，温度也不平均。苏联专家主张把紧封打开。但是我们的工程师、技师、工人们，都不赞成。那些曾经留学过日本的人说："日本人从没有这样干过。"留学英美的说："英美也没这样干过。"读过大学的人们也说："没听过，书上没有。"苏联专家们有着三十多年的建设经验，为了改进我们的生产，就召集大家开会讲道理，专家们说："你们把我们说服了！就照你们的办。"辩论的结果：专家们的理由实在充足，不过，有些人是真正心服了，有些人却还是抱着"试试看"的态度。以后，封口打开了，烤炉的时间缩短了，温度却非常平均。大家才全佩服了。

八号炉过去是 20 小时或 19 小时出一炉焦炭，我们保持了 19 小时，专家们还不满足，他们亲自动手，把温度调剂得很好，又规定了技术上的分工，实行的结果达到了 16 小时。

七号炉的效率也很低，专家们却主张 16 小时出一炉钢，但是七号炉根本就有毛病，大家当然觉得很不容易，不过，最后到底也改好了。

改好了七、八两号炉，就是每月增加了几千吨的产量，这实在是一件惊人的事情，大家都感谢苏联专家的帮助，但他们却客气地说："这是中国工人同志的成绩。"并且表示："这不算什么，还可以继续提高。"

从这些事以后，每当发生了重大的事故或者技术上的困难时，大家就会想起："找老大哥去！"老大哥常对他所驻在部门的领导同志说："精确制订每月每周甚至每日的计划，并且按期检查，是领导同志的重要任务。"他们常常告诉各厂的负责人：要熟悉本厂的计划，知道某天该做和该完成的某件工作。"要把计划放在你的生活中。"他们又常常对工厂中的技术人员说：一个技术人员，要做到"肚子饿脚底暖"。"肚子饿"就是不讲享受，"脚底暖"就是要多跑腿，勤检查。在这两点上，他们是全做到了的。

工友张连文说："我发现制图时把炉腹的厚度定得太窄，会缩短炉的寿命，我就向苏联老大哥提了意见，他研究以后，认为很对，从此他常常把我找去问长问短，并且常常讲些技术上的问题教我。"

工友王中山说他能在 6 小时内烧好 12 个均热炉中的钢锭（平时只能烧 6 炉），苏联专家就在夜里 12 点钟到炉旁和他一同研究试验，丝毫不怕疲倦的。所以工友们用"热烘"这个东北口语来形容苏联专家和他们之间的深厚友谊。每天当苏联专家走到现场，便听见中苏语言的一片"你好！你好！"的招呼声。

对领导同志，苏联专家们是很爱护和尊重的。他们常向各级干部说：公司只有一个厂长，要节省他的时间，爱护他的精力。对各级领导，他们也一样的爱护和尊重，计划处长常常去找专家商量问题，专家说："有事打电话叫我好了，您不必跑上跑下的。"

1950 年鞍山钢铁公司的任务比 1949 年高出 6 倍多，但是鞍钢的工作人员们都说："有去年的经验，加上苏联专家的帮助，我们有信心完成并且超出国家给我们的任务！"

十、苏联专家在沈阳冶炼厂

1949 年 1 月，沈阳冶炼厂恢复生产了，但是，大家都在担心着原料的问题，因为冶炼厂需要的原料是铜矿石，而现在呢？它的几个主要的铜矿山，已经被敌伪破坏得一时无法出产了，少数已经恢复了的矿山，品质又很不好，含铅成分太多，用原来的技术水平不能炼出铜来；所以，厂里积存的原料，一天一天减少，等原料用完后，也就只好停工了。

到了秋天，厂里的存料快要用完了，但是在过去许多年被大家当作废料的，含铅在 6％以上的"贫矿石"，却因为历年的遗弃，早已堆得像山一样高了。这时候，有的工人就提议试炼"贫矿石"，从贫矿石里提炼出铜来做原料，但是工程师说："贫矿石含铅太多，冶炼时铅质不能氧化，炼不出铜来。"大多数的工人和管理人员就减低了信心，只有少数的工人一定要试一下，他们努力地研究，提高了鼓风炉的送风压力，终于从含铅在7％左右的"贫矿石"中提炼出铜质来，打破了十几年来冶炼技术上的保守方法。不过，对于大部分含铅在8％以上的矿石还是没有办法处理，所以原料不够，停工的威胁还是存在。

这时候，东北人民政府知道了沈阳冶炼厂的困难，一位苏联专家就被分配来做改进生产技术的工作了。

他来到厂里，了解情况后，觉得提高送风压力的方法是对的，于是他提出了调整设备、配料、放置焦炭的改进办法，并且一步也不离开地在现场教工人们怎样做法，这样以后，凡是含铅8％到14％的"贫矿石"全能提出铜来了，沈阳冶炼厂的原料问题也就解决了。

冶炼厂的生产过程中，真吹炉是很重要的部分。过去真吹炉都是用黄土筑成的，过一天或两天就要修一次，修一次要花十几个钟头，所以生产要停止，质量也不能提高。技术员赵启明、工人陈连高主张改用好的耐火材料镁砖筑炉时，也同样受到有些技术人员的反对。后来因为行政上支持他们，所以就照他们的意见制成了镁砖炉，果然收到了相当好的效果，但是，却也发现了不少缺点。

苏联专家来了以后，他说镁砖炉的缺点是太小，所以他设计了一个较大的样子，使粗铜产量每次可以增加80％。在造镁砖炉的时候，他看见工人们为了制造十几种不同形状的圆形砖所花的时间很多，觉得是一种浪费，主张把圆形炉改成方形炉，结果又使人工节省了三分之二。

照过去的老法子，在粗铜汁流出真吹炉入模型时，为了在凝结以后容易取出来，总要把黄土加进去。但要粗铜电解的时候，所带的黄土沉在电解溶液里，大大减弱了电流的效率，苏联专家看到了这种方法不好，设计了一种特别的工具，使得粗铜不带黄土，就纠正了过去浪费电流的不合理现象。

由于苏联专家的帮助，职工们的生产积极性也提高了，从前常常不能完成生产任务的沈阳冶炼厂，在 1950 年 1 月份，铜的产量超出计划 23％，铅的产量超出计划 54％，所以工人们常对旁人说："自从来了苏联同志，我们就增加了很大的勇气和力量。"

十一、苏联专家在沈阳某橡胶厂

苏联同志柯罗沙可夫和尼佐洛夫，曾经两次到沈阳的一个橡胶厂参观，他们一面详细地察看了厂房和每个机械设备，一面仔细认真而又诚挚地提供了好些管理工厂的宝贵建议。

他们来到工厂以后，不是首先走进办公室，而是立刻入厂房，按次地从原材到成品，从直接生产到间接生产，从厂房到饭堂，以致俱乐部，图书馆……他们是那样深入而又细致地观察和了解。在检视原料仓库的时候，询问着每一种原料的来源、供应状况。当厂长解答得不很顺当时，柯罗沙可夫或尼佐洛夫同志随即提醒他："同志，厂长首先要明白这些。"他们听说现有原料仅可供应 3 个月的时候，他们说："橡胶是英国统治的东西，英国帝国主义不会和我们一条心，苏联在十月革命以后曾吃过帝国主义的亏，克服的办法是自力更生。苏联人造橡胶就是自力更生的办法。东北是有制造人造橡胶的条件的。"

走到电气室，接连指出好几处毛病："第一，电闸板前面应有防电的胶皮板。第二，电工应用皮手套。第三，在每一个开闭器上，要有用途及使用状况标志，第四，在特别危险的地方，要加上安全隔离设备。"

尼佐洛夫同志一走进纺织部，马上指出："每个锭子左右摇摆得厉害，是成品质量不好的原因之一。"有不少线锭子缺少螺丝，有的高，有的低，有的偏左，有的偏右。在我们看起来还不觉得，而他们说："这是工厂管理上不可忽视的严重缺点。"有些碎棉乱线散布在机器四周，尼佐洛夫同志指出："在苏联这是不允许的很大浪费。"看到传动皮带飞速地转动着，没有保全板，他们指出："这样容易打坏工友的脸皮，同时发出声音太大，对童工们神经很有影响。"

走到饭堂里，他们提示说："苏联的厂长和党的书记是很关心工人们伙食好坏的。工人们吃得不好，就不能很好干活。"图书室里放着一些书报，他们立即称赞着"哈佬少，哈佬少"（好的意思），可是当他们一伸手摸着积着很厚一层灰土的橱柜时，又说："保持工厂环境的清洁卫生，是这个工厂好坏的重要标志之一。"

防火设备是他们很重视的问题，他们说："苏联工厂用在防火安全上的开支是很大的，看起来好似很浪费，但比起万一发生火灾把工厂烧毁，又不知要节省多少倍。"由这一问题谈起，他启示我们要懂得精确的经济核算统计，要从大的方面打算盘。柯罗沙可夫同志举自己过去工作的例子说："我过去在一个3000多人的工厂里专门管经济核算统计。在我下面工作的人员有96个。看起来这很浪费，而根据苏联的经验，这是工厂很重要的组成部分。因为苏联实行的是计件工资制，所以在苏联一分一秒钟都不能马虎的。"他郑重地提醒厂长说："计件工资不浪费一分一秒，工人多干多拿钱，少干少拿钱，是提高生产的最好办法。"

"当然提高生产，决不是光图数量，不要质量。相反，在苏联看这个工厂成绩好坏的标准，主要就是成品质量好坏。成品好，厂长首先受奖，如果坏，按苏联办法厂长要被判八年徒刑。"这时他告诉厂长道："不要为此害怕，保持质量好并不难，常常检查和督促，是做好质量的关健！"

但当他知道这个厂的厂长是个不懂技术的厂长时，他笑了，对他说："没有关系，只要好好学习就行。厂长不一定要像工人一样地去干，主要地能懂得和熟悉全部生产过程就行了。厂长的责任很重大，在苏联，厂长是全厂最忙的人，而厂长的负责与否又是这个工厂搞得好坏的标志。苏联的厂长，工作上严格认真，深入群众，和群众打成一片，使群众不害怕。这样，厂长的话群众就乐意听。当然不仅厂长，一切干部人员都该如此。"

最后尼佐洛夫同志半开玩笑地对厂长说："同志，厂长的责任是重大的，要当心，在苏联做坏了就要受处罚，少拿钱，而回家去，太太就会不高兴。"

当厂长把他们送到大门的时候，柯罗沙可夫和尼佐洛夫同志还像哥哥安慰着弟弟似的说："不要为我们提出一些缺点而不高兴啊！"

十二、苏联的林业专家在东北

1950 年的 2 月初，东北黑龙江省正是冰天雪地的时候。每一条道路上都结着厚厚的冰冻。有两匹马拖着一辆木车上坡，车上装了六棵粗壮的圆木，这是从大森林中伐木场里刚刚砍下来的木材，用马车拖出去的，可是因为路上结着厚冰，车子一重，拖车的两匹马，蹄子在冰上滑来滑去，车子却丝毫也没法拉动，赶车的人拿了鞭子拼命打马，还是没有用。这时，后面来了一辆汽车，车上跳下了一位身材高大的苏联同志，他看见了这情形，从自己的车上拿了一把斧头，蹲在冰地上就砍起一道一道的横沟来，冰雪碎片不停地向他脸上和嘴里喷射，他一点也不管，一直砍出五六道横沟，才站起来向马夫做手势，叫他再赶马试一次。马蹄踏到横沟里有了力量，很快地就拉过了这个上坡地。接着这位苏联同志就对管理冰道的工友说："要把难走的地方都砍出这样的横沟，才不会影响车子的行走。"这位苏联同志，就是我们政府请来的林业专家达依诺夫同志。

达依诺夫同志有 25 年的丰富经验，他已是快 50 岁的人了，在人迹稀少的大森林里，他和我们中国的林务工作人员们一样地吃苦，穿的是一件半旧的皮大衣，吃的是随身带的干粮，到森林里去的时候，就坐在厂棚卡车里，下雪时，脸上都会结起冰来，有时工作忙了，一连许多天，连剃胡子的工夫都没有，但是他把这些问题放在脑后，时时刻刻注意的只有工作。

有一次，到一个远地的伐木场里去，去的时候是夜里三点钟，到的时候天刚刚亮，伐木场里的同志劝他休息一下，他笑着用生硬的中国话说："不睡觉，干活！"并且希望中国同志们在半小时以内吃完饭好上山。然后他就利用这个时间到院里检查新造成的改良爬犁（一种装运木头的拖车）。山里的冷风像刀子一样的刺人，他裸着双手，拿着皮尺对照着图样一一测量，两只手冻得通红，毫不在意。从山上回来后，吃过饭马上就到处找事做，晚上又戴上眼镜，在黯淡的灯光下写工作报告。他工作时紧张而严肃，但在休息时，他常常唱歌说笑话，又叫人觉得他像一个二十多岁的快活青年。

他对中国人民财产的细心爱护，就像爱护他自己的伟大的社会主义祖国的财产一样，森林里的每一根木头，每一头牲口，他都非常关心。在一个堆积木材的广场上，他看到一匹马拖了七八根大木头在艰难地行走，他连忙走过去用手在马的胸部摸了很久，同马夫讨论，他说："一匹马不能拖这么多木头，它的心脏已经跳得很厉害了，这样是要累死的！"在伐木场里，每次看见可以利用的木头被砍断了丢弃在积雪里，他就摇头表示可惜，他说："砍伐应该有计划，应该要留小树等它生长。不能把不应该砍的木头砍下来糟蹋掉。"在好多个伐木场工作以后，他就向东北林务管理局提出了许多很有意义很有价值的改进意见。

在大森林里，达依诺夫同志到哪里，哪里就有许多兴奋的人包围着他。大家都知道他是苏联的专家，来热心地帮助我们工作，耐心地把他的技术教给我们，所以人人都爱同他接近，人人都把不懂的问题请教他，在同他接近以后，许多人才看到了国际主义的精神。

十三、苏联朋友赠送电气烘炉制作权

1949 年 9 月初，东北铁路总局局长余光生同志，收到了一封信，这封信是从中国长春铁路哈尔滨检车段送来的，余光生同志把信拆开一看，原来哈尔滨检车段段长机务中尉工程师劳马诺夫和总局机务部电力课长机务上尉工程师司结巴诺夫两人设计了铆钉加热电气烘炉。由哈尔滨铁路工厂制成试验以后，证明可以使用，现在将电气烘炉和图样送交局长，他们说："我们愿意将制作权利完全贡献给中国人民，以表示中苏两大民族间的伟大巩固的友谊！"

余光生同志把这封信细细读了一遍，并且把随信附来的图样和电气烘炉亲自研究了以后，就决定通令公布，先由哈尔滨检车段试用以后，推广到全路有关工厂和各段采用。因为这两位苏联朋友所发明的电气烘炉有许多优点，这些优点是：炉上装有轻便车轮，随时可以推动，在任何通电的地方都能使用；节省煤炭，无须专人看守，铆工匠一人就可以进行工作；烧直径二分之一寸至一寸，长一寸至三寸以内的铆钉，只要花十秒到一分钟就能烧好；用这种炉子烧的铆钉质量都好；电压只是 1.5—2.5 伏特，对工作者决无危险；只在铆钉加热时才用电，所以很省电力；不发生烟气和煤炭灰尘，能保证工友健康；设有四节调整器，可以随时调整加热速度。

一个星期以后，劳马诺夫和司结巴诺夫两位同志，就收到了回信，信上的写的是：

劳马诺夫、司结巴诺夫同志：

蒙你们将精心设计的铆钉加热用的电气烘炉，献给东北铁路，我们已通令公布介绍及奖励，并对你们的辛苦钻研，努力创造，以及忠诚的国际主义精神，表示感谢和敬意！

中国人民革命军事委员会铁道部铁路东北总局

局长　余光生

副局长　刘居英

陈　坦

苏　梅

九月十二日

　　和信一道送来的是两枚奖章，作为对这两位国际友人伟大情谊的感谢。

十四、中长铁路上的苏联朋友

　　东北中长铁路上的工友们，讲了许多有关苏联朋友和他们在一起相处的小故事。

　　三裸树列车段工友胡永春说："苏联段长布拉舍西密斯契，平常对工友的健康和家庭的日常生活，都特别关心。

　　"我的老婆在最近得了病，段长知道了，马上叫我去，他听到我老婆的病势很重，发出着急的神色说：'你为什么不早来讲一下呢？'马上给我写了一封介绍信，叫我明天赶快把她送到中长路医院去。

　　"第二天我到医院联络，医院只能收留她一个人，我的不满月的小孩，医院不能收容。段长听到后，就来我家慰问，并且说：'明天早上八点半你们在医院等我，我亲自去医院联络。'

　　"第二天，段长和翻译很早就在医院等着我们，经过交涉，医院才答应我的女人可以带小孩入院。段长又亲自把病人送到病房，然后才和我握手而别。这是我今生永不会忘的一件事。"

　　皇姑屯铁路工厂工友姜广里告诉人说："苏联副厂长伊里阴同志，每天下班回家的时候，他的妻子就问他：'你今天的工作任务完成了没有？如果没有完成，就不给你吃饭。'这种事情我们看来像是笑谈，但仔细体会一下，他们苏联同志，远离家乡，克服了言语、生活习惯和工作上的一切困难，来帮助我们完成生产任务。不但在工厂里表现出来，而且在家庭中也表现出来，这是我们所做不到的，我们该怎样向苏联老大哥学习才对呵！"

哈尔滨工务股工友王谨说："我们段上苏联人事主任苏边阔同志性情很温和，对中国工友特别关心爱护，工友们如果生了重病或者受了伤，他就亲自送他们到医院去医治，有一回杜绍甫工友害脚气病，腿肿得很厉害，他亲自扶杜绍甫到医院去看腿。我们搞的中苏联合大壁报，苏边阔同志是最出力的一个人，他不但鼓励苏联员工写画，还担任看稿翻译等工作，使中苏员工在学习上，团结互助上得到很大的帮助。"

北安电务股工友高文成说："日本鬼子丢下来的破机车坏铁道，如果没有苏联来帮助的话，就是累死我们也不能修好得这样快呀！拿齐齐哈尔苏联鲍局长来说吧，他到北黑线（从北安到黑河的一条铁路），在修理桥梁时，虽然他是局长，却也脱了衣服下水去帮助大家干，想出很多方法来解决工作的困难，这种情形我可从来没有看到过。"

沈阳电务段工友高光宠说："我们段上自动机械室的苏联沙斯果夫同志，是我们工友顶好的朋友，他的技术非常好，帮助我们修好了测验台、信号发电机、中继线、自动交换机械上的重要毛病，在每次修好了机器的毛病后，都把发生毛病的原因和恢复的经过，详细告诉我们，对我们技术上的帮助很大。

"有一次我们赛足球，队员傅之才把脚跌坏了，沙斯果夫同志很着急，连忙叫工友把他抬到病院去，等球赛完毕，他又买了许多水果和食物到病院去安慰傅之才。

"沙斯果夫同志和我们在一起，从来没有和我们发过态度（脾气），有事也找我们商量，和我们完全像亲兄弟一样，所以工友们都说：沙斯果夫同志是我们真正的好朋友！"

十五、苏联段长培养中国火车女司机

1950 年的"三八"妇女节，也正是中华人民共和国成立后的第一个"三八"节，从大连火车站开出了第一列由中国妇女自己驾驶的火车。

这是中国历史上从来没有的事，所以在这一天，大连市到处都轰动了，许多人都到火车站来，想看看新中国的第一批女司机田桂英、王宝鸿、毕桂英；更想看看把她们一手培养出来的国际友人——苏联段长李索夫同志。

李索夫同志是大连机务段的段长，当他出现在旅大妇女纪念国际劳动妇女节庆祝女火车司机开车典礼大会的讲台上，全场响起了雷一样的掌声与欢呼，他充满着愉快和谦虚，望着坐在主席台上的三个新中国强健的女司机——田桂英、王宝鸿、毕桂英三人，然后向对他欢呼着的中国人民说："我以中长大连铁路局培养出中国第一批驾驶火车的妇女为骄傲！希望她们技术更提高一步，掌握起自己开车的职能！"

一向难得出门的六十岁的田桂英的母亲也来了，苏联局长的女翻译鲍娜祥斯卡娅连忙跑来对她说："光荣的母亲！请您到主席台上坐！"跟着就把田老太太扶上去了，田桂英被感动得用手擦着眼角。

田桂英在会上代表女司机讲话说："我们今天能够开火车，首先我们从心里感激我们的党，我们的毛主席，没有毛主席和党的领导，我们做梦也没有想到我们妇女还能开火车。同时我们感激社会主义的苏联，感激大林大元帅，只有在社会主义国家，在斯大林元帅的教导下培植出来的苏联同志才能热心地来培植我们。"

田桂英从前是打渔人家的姑娘，曾经在大连机务段食堂卖过饭票，毕桂英原先是农家姑娘，王宝鸿本来是印刷厂的学徒，但是在今天，她们都已经成为中国重工业上的技术人员了，这是多么光荣的事啊！

李索夫同志对这几个中国女青年比对待自己的孩子还关心，他说："我们苏联技术人员来自遥远的祖国故乡，工作在自由的新中国的国土上，唯一的奋斗目标是：大公无私地，尽量地，帮助中国人民建设自己的国家。

"1947年12月20日我被任为大连务段长，我认识了在中国共产党领导下的中国工人阶级的力量是多么大，所以我觉得，中国妇女是能够很好地参加重工业的。虽然火车女司机在苏联早就出现了，但在中国是从末有过的，于是我下了坚强的决心，要培养新中国妇女开火车。从1949年6月开始，我就教中国的女同志学习开火车，对女司机们的生活、学习和工作特别加以照顾，现在，事实证明，我的希望实现了！……"

具有历史意义的火车开出来了，机车后面牵引着九个客车，列车车长和列车员都是由妇女担任的，田桂英她们全上了车，这天是妇女节，大家在检阅着妇女的伟大力量。

五点三十分，白色的开车停号灯亮了，田桂英拉响了汽笛，再拉开汽门，然后提起逆转机，光荣的列车轻快地出发了！

火车在春天的原野里闪电一样的疾驰，铁路两旁的人都向光荣的女司机们招手，每到一站，都是人山人海地来迎接她们，向她们献花、握手、鼓掌和热情的欢呼。

大连机务段副段长、劳动英雄李庆荣坐在车上，他是帮助李索夫段长训练女司机的，看见这种种热烈的情形，快活得闭不上嘴，人们伸出了大拇指称赞他说："老英雄，今天您的愿望可实现了！"

他正经地说："哎，这还只是万里长征走了第一步……"

"这一步也有您的力量在内呀！"

"哪里，哪里，这是党的力量，也是苏联同志的力量，我有什么力量！"

在中国人民斗争的日子里，苏联向我们伸出了援助之手；在中国人民进行祖国建设的今天，苏联人民又像在自己的国家里一样，为中国人民美满的将来，付出了巨大的不可估价的力量。李索夫同志说："我的希望实现了！"这句话包含了多么深切的感情，新中国女火车司机的诞生，就是崇高友谊的一例，就是伟大友谊的光辉结晶！

（注：这本书是新中国成立后上海劳动出版社一九五一年让我找中苏友好协会帮助，根据采访和他们提供的资料写成的。当时《人民日报》曾有长文评介，虽早已时过境迁，但作为一页历史，仍有保存价值，故仍选书中的一部分编入文集。）

金秋十月，在捷克

1977 年 10 月 10 日　星期四

时差将我搞糊涂了！下午北京时间 2:46 坐奥航 OK607 航班的"空中客车"离开北京，飞机从 35000 英尺高空穿越蒙古和俄罗斯的疆土，飞经东欧上空。九个多小时后，当我的手表上指着夜间 12 点时，飞机抵达奥地利维也纳了。这时维也纳时间是夜间 6 点 15 分。我们下了飞机。在大得惊人也漂亮得可爱的维也纳机场停留了一个多小时，又换上了较小的飞机继续起飞，到达捷克布拉格机场是夜间 8:50，看看我的手表，北京时间正是 10 月 11 日凌晨快 4 点了！有点疲乏，懒得花脑筋去计算时差是几个小时，也不想弄明白到底是 10 月 10 日还是 11 日了！

捷克共和国位于中欧，面积 7.88 万平方米，人口 1000 多万，首都布拉格为欧洲重要航空枢纽之一，近年旅游业发展较快，据云每年有 1 亿游客访捷。

我们这个中国作家访捷代表团，我之外还有《小说选刊》副主编、作家肖复兴，人民文学出版社编审、女翻译家刘星灿，中国电视制作中心编剧、女作家徐小斌。我们这四个作家也都是编辑，大学毕业后都在大学里任过教，都会点外文，也都出过国。复兴到过欧洲一些国家；小斌去年还在美国讲学三个月；星灿前后在捷克十年，她是个捷克通，译过《好兵帅克历险记》等十多部书，得过捷克文学基金会授予的"涅兹瓦尔文学奖"。有她在，我们到了捷克就有了嘴巴和耳朵。他们三个都是北京的，我是四川成都的，但一见面就处得很好。

布拉格正下着蒙蒙秋雨，提取行李并验关检查护照和签证花了半个多小时。当我们从出口处走出时，看到欢迎的人都拥上来了！我通过星灿翻译热情地说："我们很高兴来访问。今夜很冷，下着雨，也很晚了，感谢各位的欢迎！这使我们感到非常温暖……"当时，只顾着友好的逐一握手，只看到来迎接的朋友中有男有女，有的是鬓发皆白的老人。事后知道的这些人中大致有：

捷克作家协会主席安东尼·耶林涅克（一位高个儿仪表极好年近七十的教授）。

捷华协会主席赫德利奇科娃（汉学家、教授，中国名字叫何德佳，一位美丽的白发老太太）。

著名汉学家，曾任驻华大使的赫德利其卡博士（中国名字叫何德理，他与何德佳是夫妇，一位年近八十鬓发皆白的老先生）。

访华作家杨·齐米茨基（头发浓黑、有络腮胡，常带笑容，五十左右，也是位著名精神病医生）。

访华电视编导米·瓦洛娃（一位性格爽朗热情，总是乐观地笑着的女编导）。

瓦洛娃的丈夫梁达·朗茨（一位稳重、风度不凡的学者）。

捷克文化艺术公司负责人杨诺达（一位朴实的中年人）。

捷华协会秘书长卢·奥布赫娃博士（汉学家，中国名字叫鲁碧霞，一位戴眼镜的难以判断年龄的漂亮女郎）。

查理大学汉语系学生何志达（戴眼镜，瘦瘦高高有黑色短腮胡的青年，是何德理夫妇的孙子）。

中国驻捷克大使馆文化参赞张德生（一位很气派很干练的戴金丝

眼镜的外交官）。

中国驻捷克大使馆文化处随员高晓川（北京外语学院毕业生，个儿不高，戴眼镜）。

汽车将我们载到 BELYEDERE 旅馆，是一幢处于繁华市区两街交会转角处的六层楼建筑物，对面就是有名的捷克皮鞋公司"拔佳"（BATA）的玻璃大橱窗店面。旅馆华丽洁净、服务周到。迎接我们的捷克朋友们送我们到旅馆才——告辞。约定明天上午 9 时，由作家杨·齐米茨基和汉学家鲁碧霞陪我们先游览布拉格。

我和复兴住在四楼一个宽大的套房里，外边是会客室，里边是卧室，附设有宽敞设备齐全的盥洗间。

捷克离英国不算太远，睡前给在英国的小女儿亮亮打电话，告诉她我已安抵布拉格，电话费每分钟收 120 克朗，合 4 美元。

1997 年 10 月 11 日　星期五

晨起，与复兴、星灿、小斌同到二楼吃早餐，早餐用自助餐形式，十分丰盛。我喝了橘汁、巧克力奶，选吃了色拉、奶酪、咸火腿、鸡蛋和一只西点，并吃猕猴桃等水果。早餐费是包括在住宿费里的。

九点整，Dr.杨（作家杨·齐米茨基）和鲁碧霞来了。杨驾驶一辆"斯柯达"陪我和复兴、小斌去波赫荔来茨（Puhurelec）广场参观举世闻名的布拉格格拉恰尼皇宫和现任总统哈韦尔的办公室。那里并不向一般游客开放。星灿在捷克友人多，布拉格也熟悉。今天她去访友。

布拉格跨伏尔达瓦河两岸，人口 120 万左右，是政治、经济、文化中心，也是全国最大的旅游中心和重点文物保护城市。我们到了波赫荔来茨广场附近，离车步行到皇宫广场。Dr.杨和鲁碧霞陪着我们。杨是捷克文坛的一位著名的作家，去年与捷克作协副主席艾娃·康杜尔科娃一同访华，对中国印象极好。他出版过三十几本书，后天又有一本书举行首发式，他还要到书店去签名售书。他不会讲中国话，送我们两本精装书后，老是用笑来对我们表示好感。鲁碧霞像她取的中国名字一样美丽，能讲一口流利的中国话。我起先以为这位女博士离开大学不久，看名片才知她是捷克科学院东方研究所远东研究室《东方档案》季刊的总编辑，又是捷华协会主席团的成员兼秘书长。她在中国留过学。一路上不断给我们讲述广场旁边那有名的圣维特大教堂的历史。它是1344年建造的。由于中世纪捷克国内情况复杂而不安定，前面的两座塔到1904年才建成。圣维特大教堂的中心景点是圣瓦拉策夫小祭台。鲁碧霞讲了一件有趣的事：这个小祭台后面的小门可以进入存放捷克帝王加冕时佩戴的珠宝的宝库。宝库的小门有七把不同的锁。总统、总理、市长等七人各有一把钥匙，要七人一起来才能将门打开。

我们是由皇宫及总统办公室管理局的一名女负责人维娜带领着进入皇宫参观的。皇宫豪华，墙上的名贵油画精致而美丽，皇帝和皇后的画像都形象逼真，色彩灿烂，皮肤有质感。许多都是欧洲名画家勃罗西克的作品。我很高兴看到了奥地利公主玛丽·安东尼的画像。她后来嫁给法皇路易十六，在法国大革命时上了断头台。皇宫内地上的地毯都精美绝伦，保存得很好。维娜讲述皇宫历史如数家珍，熟悉而详细。由皇宫我们走向现在的总统办公室。这里有穿蓝色军服佩手枪的卫士警卫。维娜谈到二战时，德国侵占捷克，在1935—1945年间，德国总督曾在此办公，让捷克傀儡总统在他隔壁办公，受他的监视与控制。如今，从1989年开始，这里就成了现任总统哈韦尔的办公室了。我们循序先后到了宽敞华丽、色彩柔和、家具精美的总统接见外国元首的大厅，总统接受外国大使呈递国书的大厅，总统接见外国代表团的大厅……

整个上午就在维娜的讲解和我们跟随游览中度过。出了总统办公室，我们向维娜表示感谢，并同她合影留念。

随后，Dr.杨和鲁碧霞陪我们通过圣乔治街道到"黄金小街"去。这里在16、17世纪时，欧洲许多有名的冶金者到布拉格冶炼生产黄金，他们住在这一带，故而得名。现在这里专卖各种旅游纪念品，成为游客拥护的地方之一。我们来却是想看看卡夫卡的故居。

卡夫卡（1883—1924）是奥地利小说家，出生在奥匈帝国统治下的布拉格一个犹太中产家庭。当年，他父亲在这条街上开店，他就随父住在黄金小街22号。这是一处比较低矮的平房，砖木结构，淡蓝色的粉墙，蓝色木框的门，蓝色的四方格的小木窗。如今这里成了一家书店。主要出售卡夫卡的作品、照片、图片。进出小书店的人不少，都是奔着这位现代派的小说家的名望来的。看完这里，Dr.杨提议去吃午饭。

到了附近一家名叫"毕司尼卡"的咖啡屋兼饭店，点了柠檬红茶，Dr.杨和鲁碧霞让我们尝尝捷克式的便饭：汤是小扁豆和肉末做的，菜则每人吃的不同，或鸡、或肉，也有蔬菜及土豆。可能由于小斌、复兴来自北京，认为他们爱吃馒头，我的菜盘里有一团浇了汤汁的米饭，小斌、复兴的菜盘却加了三片馒头。不过这馒头蒸得不好，似乎并未发酵，是僵硬的。

午饭后，Dr.杨驾车带我们前往威歇荷拉得。这里过去传说是捷克第一位公爵的住所，现在则是名人贵族的墓地，称为"名人公墓"。看了许许多多文学家、艺术家、音乐家的墓，每个墓上差不多都有青铜像、塑像或雕像，简直使我觉得每个墓都是一个艺术品。因为对音乐家德沃夏克的感悟，年轻时我特别喜欢他的思念故乡的作品。在他那有铁栏杆围着的墓前，我与他的半身青铜像合影留念。

出名人公墓，Dr.杨驾驶汽车带我们去高处山上，目的是让我们俯瞰布拉格。伏尔达瓦河绿水滔滔，布拉格真是美极了！尤其那各式各样的建筑物，色彩也各异。游客誉之为"世界建筑物博物馆"确不过分；因为尖顶的建筑物多，有人又誉之为"百塔之城"，也很恰切。正是金秋十月，绿化得极好的布拉格树叶大部分泛出金色，也有红叶夹杂其中，整个就是画中的世界。来到这高处，见附近草地上有男男女女带着孩子和狗，正在放风筝。风筝同中国的相似，冉冉飘上天空。在中国，秋天是不放风筝的，这里秋天也放风筝，颇觉新鲜。

Dr.杨开车把我们送到查理大桥附近，同我们握手告别。因为鲁碧霞要陪我们先看有名的查理大桥，然后就陪我们到电视编导瓦洛娃家里去喝茶。星灿正在瓦洛娃家做客，瓦洛娃请我们去家里坐坐，我们决定去后稍坐一会就走，因为晚上七点半大使馆要派车到旅馆接我们去同严鹏大使见面。

日程安排得紧，我们走过了有 520 米长、10 米宽，有 12 个桥拱的查理大桥，只能匆匆忙忙。这桥是哥德式的，于 14 世纪查理四世皇帝统治时建成。桥上的雕塑是 17 世纪巴洛克式的题材，反映天主教圣人的生活，均是名家作品。在桥中北边是神父 Jan Nepomucky 牺牲处。他是瓦策拉夫四世（查理四世之子）皇后的忏悔神父，因不愿泄露皇后的忏悔秘密，被皇帝下令割舌推入河中溺死。后来天主教宣布他为圣人，以后他成了桥梁的保护神，全欧洲的桥上都可见到他悲哀的身影。这座查理大桥，现在两边都是摆着摊子，有替人画像的画家和出售小纪念品的摊主，很热闹，但飕飕的风吹得人很冷。

瓦洛娃的家就住在查理大桥旁边。鲁碧霞带我们上楼到了她家，瓦洛娃家里温暖如春，挂着中国的字、画，是一种知识分子家庭的气氛。星灿正在她家。见我们到了，瓦洛娃热情地用菊花茶和她亲手做的多种西点招待我们。她对中国极有感情，这两年在中国拍了一部系列纪录片介绍中国人民改革开放后的幸福生活。明年春天，捷克电视台要正式播放。我们谈得很高兴，这时瓦洛娃的先生梁达·朗茨回来了，于是大家又一同聊起来。梁达·朗茨在东欧剧变前曾是布拉格的文化局长，他是位学者，话不多，但谈吐之间有书香味，可惜我们急着要回旅馆，未坐多久就只能同热情的主人告别。

晚七时半，大使馆来车接我们。大使馆在一幢宏伟的建筑物里，灯光雪亮，树影婆娑。捷克实行将过去没收的资本家财产归还，这房屋原为一煤矿主的私产，要归还，所以正在赶建新厦，以便让出房屋。这使我想起了九月间看到的俄罗斯《共青团真理报》上的一篇文章，文章中说：捷克总统哈韦尔很富有。但他的万贯家财既不是过去与政府持不同政见时期挣来的，也不是当总统八年得到的。他一夜骤富皆因继承了父亲和叔叔1948年被没收的财产。他所得遗产包括布拉格市中心卢采尔纳宫、伏尔达瓦河岸边的五层住房、巴兰多瓦的别墅和饭店、摩拉维亚三分之一的别墅和一些艺术品。哈韦尔用出租这些不动产得来的钱在布拉格买了一座建于20年代的别墅，现在就住在这座修缮后的别墅内，我们上午坐 Dr.杨的汽车经过哈韦尔的住宅，住宅上挂着白、蓝、红三色国旗。Dr.杨曾指给我们看。

严鹏大使和夫人及张德生参赞等在宽敞的中国风格的大客厅里接待我们。明天，严大使要去南斯拉夫开会一周，所以今夜他热情地要同我们见面。他同星灿当年曾在捷克同学，是熟识的。大使夫人用鸡腰果及糖果等碟盘招待，又有人推来了酒车，开了芬芳的桂花酒给大家碰杯，亲切地交谈，一小时后，我们起立告辞。

夜间，写完日记电话铃响，原来是亮亮从伦敦来电话聊天，说："爸爸在捷克，我感到离得近了，白天打电话老没人接，只好夜里打。"又说，"我已打电话到成都告诉妈妈您已安抵捷克了！"接电话后，怕影响睡眠，服舒乐安定片。

1997年10月12日　星期六

一夜滴滴答答，早上小雨仍在飘降。从旅店窗户下望，街上成串的轿车都在潮湿的地面上驶行。房中暖气很热，外边似乎很冷，打伞的行人有的缩着脖子。

吃完早餐到楼下大厅，捷克作协副主席艾娃·康杜尔科娃带了作协女秘书丽达来陪我们步行出游。雨刚好停歇，我们一起上街。

　　艾娃是捷克著名作家，去年同 Dr.杨同访中国。她一头金发，脸上有风霜造成的皱纹。已不年轻，走路却飞快。今天拟陪我们先到瓦策拉夫大街，再去犹太城，然后到老城广场游览。这几个地方去了，布拉格主要名胜也就遍览了。

　　瓦策拉夫大街是布拉格的商业中心，这里有银行、商店、百货公司、高级旅馆，路边排满了汽车。瓦策拉夫是捷克 10 世纪一个有名的公爵，是捷克爱国主义思想的代表人物，以他命名的广场上，有瓦策拉夫举旗骑马的铜像。1918 年，捷克在这里宣布国家成立。1968 年在布拉格之春以后，一个年轻大学生为抗议苏军入侵，曾在这里自焚。

　　我们在商店里看看商品。捷克盛产玻璃器皿，工艺巧致。玻璃器皿大都精美可爱，捷克又盛产皮货：皮鞋、皮包、皮衣等，质量极好。许多店里有大大小小的木偶出卖，也是捷克特产，旅游者有买了当纪念品带回去的。一美元折合 30 克朗，在银行或宾馆交换时，要扣除 20％手续费。

　　我们从瓦策拉夫大街步行逛到犹太城。虽然细雨扑面，但不湿衣，路面潮湿，却很洁净。散步般地逛着，一路可以看到大街小道的风貌，反比坐车有趣。有轨电车来来往往，很多很方便，也不挤，车上不卖票，票是在街上一些店里一张张出售的。每人一票，上车后自己将票塞进轧票机里打上日期和时间。我国无轨电车早已绝迹，布拉格有轨电车却是交通上的主力，也是一景。

　　布拉格早先犹太人最多时有 30 万人左右，经过二战德寇屠杀，又有不少人迁到以色列或外国，现在仅存二万多人。犹太人聚居处即为犹太城。现在的犹太城中心为巴黎街，19 世纪末，原先犹太城的几百所旧屋均被拆除，现在只留下市政府和五所犹太教堂及一处犹太公墓。

　　我们到了三所犹太教堂。其中一所早期哥德式建筑是欧洲保存至今最古老的犹太教堂，建成于 1280 年，经过维修，至今仍在使用。我们去时，教徒正做弥撒。人很拥挤，门口有人发给我们每人一顶蓝色或白色半圆形纸帽，让我们戴着进教堂。

另一所犹太教堂是犹太神父 Pinkas 在 1479 年建造的。二战时，捷克犹太人大批被德国法西斯逮捕押入集中营，现在教堂墙壁上镌刻有七万名在法西斯集中营遭屠杀的捷克犹太人的姓名，并建有纪念碑。这是一段悲惨的历史，看到、听到都使人沉重并引人思索。

还有一所 Klaus 犹太教堂，建成于 17 世纪，二战时，德国法西斯在捷克毁灭了一百数十个犹太村。当时劫掠了许多犹太家庭的物件存放在此。包括犹太人的珍藏和日用物件。现在这教堂成了犹太历史博物馆，陈列的全是这些物件。这些物件的主人不知早丧生何处了！

我们又走到了犹太公墓。这是世界最古老、最有名的犹太人坟墓，据说共有 120 多万个墓碑。最古老的是 1439 年的墓。我真是从来没有见过这么密密麻麻、这么奇特的公墓。它不但古老，而且墓挤墓、墓叠墓，墓碑大大小小、东倒西歪。参观犹太城，一直使我感到气氛压抑、心情压抑，到了这公墓，压抑也到了顶峰。犹太人过去的悲惨遭遇，不是不知道，但此时身历其境，才似乎有了更深的体会。

后来，艾娃和丽达陪我们去老城广场游览。广场很大，中央有 14 世纪的思想家、宗教改革家杨·胡斯的巨大雕像。胡斯因为要改革宗教而献出了生命。老城广场在公元 10 世纪是欧洲大市场之一，四方的商人都来此做生意。当时广场有海关、住所等，因为古时候这附近就是伏尔达瓦河的浅滩（"布拉格"在古捷语里就是"浅滩"的意思），所以有海关。13 世纪时，市政府在广场西边买了房子开办市政厅，16 世纪往北扩建。但二战时，布拉格反德国法西斯起义时，市政厅房子被严重损坏了。在市政厅前面的人行道上，有白色荆冠的两把交叉剑，过去这儿是刑场。17 世纪初，捷克的新教徒失败后，有 27 位捷克贵族曾在此被处决。

男男女女的外国游客，游老城广场的特别多。一群一群，一伙一伙各色衣着的游客，由导游带着在听讲解广场的历史。许多游客都云集在市政厅塔前观看。塔上有中古时代遗留的巨型钟表，据说是1402年建成的，但仍很好地走动，每到一个整点就会敲响时辰，然后自动打开。里边有12个玩偶般的模型教徒，每个都出来带着自己的象征物品如剑、书、十字架等，向人们鞠躬，然后退下去。边上有个骷髅会摇铃，据说这是提醒人们谁都会死；还有只公鸡会啼叫，表示叫人们不要放弃希望。据说做出这个精彩绝伦的大钟表的匠人，在钟做成后被执政者下令刺瞎了双眼，因为怕他再去替别处重又制造另一个精巧的大钟表。我们11点45分时到达那里，等了一刻钟，在12点钟时听到了钟敲12下，看到了教徒出现，骷髅摇铃，公鸡打鸣。这的确使人叹为观止，比北京故宫里那些小型的西洋钟表的"表演"，要精彩一些！

广场附近，有卡夫卡的诞生地，如今是一家名叫TRio的音乐店，但也出售卡夫卡的图片等。卡夫卡是诞生在此处后迁去黄金小街22号住的。

捷克作协就在附近不远处的一幢灰色的有四根粗大明柱的楼房里。雨下得大起来了，我们在旁边一家名叫"裁缝马加"的饭店里吃套餐。85克朗一客，有汤、有土豆饼、有鸡、有蔬菜，还有红果茶。土豆饼是油煎的，味道挺好，捷克人爱吃这种食品。艾娃是想让我们接近捷克普通人的生活。

午饭后，继续逛街，大家买点纪念品。后来，艾娃和丽达专诚请我们去克伦街一家"长寿茶馆"喝茶。她们纯是好意，以为中国人都爱喝茶，我心里却好笑，因为我这个中国人偏偏是不爱喝茶的。在旅馆里，每天开自来水喝凉水或喝果汁我都习惯。每次我用杯子装了自来水后总爱玩笑地问复兴："喝一点好吗？"就引得他大笑，因为他怕喝凉水，老想喝热的中国茶。现在说去喝中国茶，他显得很高兴。这茶馆很小，楼下可坐六七人，陈列了各式各样的中国茶壶；楼上可坐八个人，有两张桌子。这茶馆门口打着一个店招，上面写了个中国"寿"字。老板是捷克人，1992年开这小茶馆，生意不错。艾娃说："现在喝中国茶很时髦。"我们在楼上坐定，胖胖高大的中年捷克老板来问喝什么茶。艾娃选定了很贵的乌龙茶。一会儿，端来了青瓷茶碗，古色古香，上边却有不少茶垢。又端来了开水冲泡了茶叶的小茶壶，上边也有茶垢。估计老板以为茶垢也是中国的"特色"。茶馆的气氛有点中国情调，但端茶送水的是捷克人，就有点滑稽了！

邻座喝茶的是两个捷克的高中学生，挺有教养，也挺友好。同他们交谈，他们说爱喝中国茶和中国文化。问他们对于中国有了解否，回答是"有一些！"于是讲了中国古代的四大发明等等，颇出我们意外。他们上的学校是私立的，抱怨一年要缴14000克朗的学费。我们问捷克人一月工资多少，回答是一般6000克朗的光景。我读过英国《泰晤士报》的报道，说捷克人怀念过去的免费医疗和教育制度，怀念向农民提供补贴的公共交通设施……看来，通向资本主义的道路也是坎坷的。

同艾娃一起喝中国茶，她回忆起在中国访问的日子，说："你们中国作协那栋楼房很大的！""交流很重要！交流增进理解。我到中国后回来写了一篇文章介绍中国，但有人却攻击我。其实，我写的都是我目睹的事。"艾娃是上届捷克作协主席，现任副主席。她在过去曾受过极不公正的待遇，坐过牢。但现在表露出的对中国的友情是美好的。她若有所思地说："后天，捷克作家要同你们座谈，我担心有的人也许会提出些不太友好的问题来……"我回答说："交流是必要的！我们会用这种精神使互相增进了解的！"

喝完茶，送我们到旅馆，大家分别。

晚饭后，捷克作协主席安东尼·耶林涅克来陪我们同去共和国广场附近的斯美塔纳音乐厅观看中国深圳交响乐团演出。深圳交响乐团访欧演出，包括在德、捷两国演出。听说在德国演出很成功，剧团团长董小明，首席指挥姚关荣，演出节目是钢琴协奏曲《黄河》、小提琴协奏曲《梁祝》及芬兰音乐家西贝柳斯的四小调第一交响乐。豪华的音乐厅里，坐满了捷克观众，也有许多中国观众。来听音乐会的人都是盛装赴会。深圳交响团的节目不断获得暴风雨般的掌声。顾文蕾的小提琴独奏和李云迪的钢琴独奏深受欢迎，一再谢幕并再演。这次演出，是文化参赞张德生安排的。文化交流的成绩从掌声就可测出了。远在布拉格看到听到来自祖国的交响乐团演奏，而且看到他们这样深受捷克和自己同胞的热情欢迎，我心中极为感动，一种爱国的感情在心中冉冉升起，夜间上床休息时仍在激动。

1997 年 10 月 13 日　星期日

捷克人是很讲假日休息的。今天星期日，早餐后，捷克作协主席安东尼带着秘书丽达，同捷克文化基金会主席米哈尔·诺沃特尼，牺牲了自己的休假日，他们驾着两辆轿车来旅馆要陪我们去捷克南部名胜参观。主要是到塔尔博（Trebon）看捕鱼，然后再到捷克鲁姆洛夫（Cesky Krumlor）参观游览大城堡。

我和星灿、丽达坐安东尼的车，复兴、小斌坐米哈尔的车。米哈尔见到星灿笑着说："你忘了我吗？"星灿确实记不清了。他说："那年给你发涅兹瓦尔文学奖的就是我呀！"星灿记起来了，笑着幽默地说："对了对了！你看，我忘恩负义了！"说着大家都笑。

路上，安东尼开着车说："今天到塔博尔，你们会看到一位'鱼作家'！他名叫霍米，是诗人，也写小说。他爱鱼，写与鱼有关的书，出了一本又一本。一个月后他又将出一本短篇集，书名《偷鱼的和捕鱼的》。他自己办了个鲤鱼出版社，还开书店。"

这使我增浓了兴趣。塔博尔在布拉格正南面，汽车行驶在美丽的捷克土地上，地势常有起伏，色彩斑斓的树林，广袤的庄稼地，亮出一派秋天的辉煌。公路两侧常有结满红苹果的树木，但无人摘收。原因是公路一公里外的水果才能摘食，这些果树上的果子都算是受了污染无人问津。

一个半小时光景，到了塔博尔附近的鱼池旁，车子停在公路边，我们下车看捕鱼。"鱼作家"霍米已在这里等着我们。他瘦高个儿，满脸胡子，中年，说话幽默，经过介绍，大家握手问好。风呼呼地吹，眼前是一望无际的人工鱼池，大批白色的水鸟"吱——呀"叫着在鱼池上飞翔，真是一种特殊的景色。一位鱼专家来向我们介绍这儿养鱼捕鱼的情况。他说："捷克没有海，也没有大河大湖和大江，从12世纪开始，就挖鱼池人工养鱼，这就成了捷克南部的一个特色。从16世纪开始，有个名叫卢伦堡的贵族，大挖鱼池并利用凹地做鱼池，当时鱼池面积达到7000公顷。这种鱼池不深，但鱼养在里边容易生长。到捕鱼时把水吸浅，驾木船起网捕鱼。"

我们看到水已吸浅的养鱼池一眼望不到边，像一片水汪汪的沼泽，养的鱼，大都已有尺把长，多数鲤鱼，也有少数梭鱼和从西伯利亚来的鱼种。这里每两年在夏季捕一次，到十月再捕捞一次，一般可捞到500吨，鱼不但供捷克用，还可出口到比利时、法国、奥地利等。十月捕的鱼，可储存过圣诞节用，有的是活鱼，有的冰冻起来。鲤鱼每一公斤市场售价大约60克朗，过去的鱼业协会是集体的，1993年起已变为股份制了，不大盈利，但需要保持它。

成群集队的捕鱼人驾着船，有的用长篙打水驱赶鱼群，大大小小的鱼蹦蹦跳跳，一网下去，总是满满地捞起来。鱼从网中倒出后就运到停在公路旁的运鱼车里。捕鱼人穿着帆布服，干得热气腾腾，兴致极高。

风飕飕地吹来，大家都感到寒冷，听完鱼专家介绍，谢了他，然后我们上了车，跟着"鱼作家"霍米去罗姆尼采。

罗姆尼采有家名叫 Eden 的饭店，在一间厅房里坐下，墙上挂在镜框里的水彩画都是本地画家画的，生活气息颇浓。大家喝着咖啡、橙汁或柠檬红茶休息聊天。霍米给我名片，绿色的名片上有趣地画着一条鲤鱼。他说他是为"鱼的文化"才办出版社的，还开了一家书店，就叫鲤鱼书店。书店是他生活的主要来源，卖新书也卖旧书。凡与鱼有关的书他的出版社都愿意出版，这样也可培养些年轻的作家。他又说，自己是本地人，14岁就当诗人，但出了两本诗集后，19岁就改写小说了。他风趣地说："我写作勤奋，每出一本书就把黑胡子刮光，然后，再写，胡子就长了起来，又写成一书出版了，才再把胡子刮光，直到再下一本书才再刮。"说得大家看着他那满脸乱蓬蓬的黑胡子哈哈地笑。他又介绍说："这里的姑娘是最美丽的，不过现在看不见。要到夜间姑娘从家里走出来了，你才看得到！"这倒不假，这里的姑娘是很美丽的。

午饭吃的是便餐，喝了有肉丁的浓汤后，每人吃一盘蔬菜，外加炸鱼，一人还有三小团浇了汤汁的米饭。炸鱼很香，味道鲜美。饭后，坐车到特舍博尼小镇，顺路参观了一处古堡。这过去贵族的城堡里陈列有许多《圣经》题材的油画，还有古代的盔甲、武器、银壶、铜器等，也有桶状大壁炉，具有东方风格的木雕橱。捷克全国，这种可以看到中世纪贵族优越生活的有特色的古堡很多。参观完毕，我们就到镇上去看霍米的书店。

真是一个有趣的书店，书店外的招牌是一条鲤鱼，书店里有一幅鲤鱼的大彩色油画，店面不小，有两间，约莫五六十平方米，还有木扶梯可以上楼。店里书架上满满装着书籍，也有画册、图片。霍米拿了些与鱼有关的书给我们看，印刷都很精美，有的是捕鱼技巧，有的是养鱼方法，有介绍钓鱼的方法的，介绍鱼的品种的，写鱼的诗歌的，写鱼的故事的……他送我们每人一本他写鱼的散文，精装本，配有极好的彩色插图，花体印刷。最后，同"鱼作家"告别，他笑着挤眼睛说的最后一句话是："可能将来北京见！"

已是午后三点多钟，但安东尼和米哈尔仍要驾车带我们去南部捷

354

德边境的捷克克鲁姆洛夫（Cesky Krumlor）看捷克最有名的古城堡，说那里风景出色，是旅游者必去的地方。

客随主便，我们上车，车在公路上向西南方向奔驰。

安东尼当年曾是星灿留学捷克时的老师，他高高的个儿，花白的头发，身材挺拔，谈吐文雅，常常和善的笑容，绅士风度十足。1968年苏军进入布拉格后，他曾在日本大使馆工作过一段时间，因为那儿有他的学生保护他。他对中国友好，虽然并未到过中国，这次我们来，他总尽可能地陪着我们。他的车开得很平稳，米哈尔的车跟在后面，到目的地已五点多钟了。

果然名不虚传，夕阳西斜，眼面前风景绮丽，捷克的城堡久已闻名，这里算目睹到最大最精彩的城堡外景了！建在山上的城堡高大宏伟，尖尖的塔顶直插云霄，从下到上足足有十六七层楼那么高。城堡映着日光闪闪发亮，屋顶有红色的，也有黑色的。城堡的墙是奶白色的。城堡绵延开去，有的地方有架空的廊桥连接两山的房屋。无数大树，叶片已经泛黄泛红包围着城堡。有山泉汇成的潺潺清流哗哗环绕在城堡之下。这种景色仿佛从前在西方动画片和童话片里见过，但如今就在眼前，引起人奇特的遐想。我们都被这种美丽吸引了。

时候不早，要想爬上山去参观城堡内部，时间既不允许，精力也不允许。外国游客，有的就在下边那可爱的小城街道上的旅馆里投宿，在这里玩上几天，我们则只能"望堡兴叹"，在下边绕了一个大圈子看看，并到小城整洁的街道上看看。秋色绚丽，风景如画，空气新鲜，使我们心旷神怡，都觉得没有白来。

回布拉格，早已万家灯火，感到很累，想必安东尼和米哈尔更累。

文化参赞张德生来看望。他是北京大学西语系毕业的，58岁。一谈，才知他曾是我三妹李淑教授的学生。有这一层关系，谈话更加亲切。

1997 年 10 月 14 日　星期一

淅淅沥沥的秋雨下了一夜，早上仍有雨意。

今天的日程安排本来是两项：一是会见著名的查理大学汉语系的教授和学生，举行座谈；二是晚间出席捷华协会的冷餐酒会，同捷华协会成员会谈。但我与代表团的同志们商量后，决定提出增加一项内容：到奥尔桑一号公墓去凭吊已故捷克汉学家丹娜。

查理大学是中欧最古老的大学，1348 年创立，它是分散型的大学，各系都有自己独立的教室和宿舍。我国的名牌大学似还没有这样的"分散型"。

捷克作协主席安东尼教授亲自陪我们到了汉语系，介绍我们认识了系主任凯尔教授（他译过巴金的《家》、周立波的《暴风骤雨》，是研究《红楼梦》《儒林外史》的专家）及包捷教授、廖敏博士、罗然博士（汉学家们都有中国名字）。这个系有 11 位教师，五六十个学生，参加座谈的师生有十多位。在机场欢迎过我们的何志达（我们叫他"小何"）也参加了，他是汉语系的学生，今年八月到过成都（他说："成都的茶馆很有味道。"）。这个系 1951 年成立，以学汉学为主。

谈话友好而愉快，互相交流情况，增加了解，我全面介绍了些中国文学界的状况，也用了一系列数字（诸如全国作协和地方作协会员人数，出版社的数字和长篇小说每年出版的数字，文学期刊的数字，报刊上副刊的数字等等）说明了一些情况。复兴介绍了当代作家和作品的情况，小斌谈了影视文学、女性文学方面的一些情况，星灿介绍了翻译方面的情况。大家并回答了提问。谈到米兰·昆德拉，这位在国内被炒得很红的捷克作家，在捷克评价却不高，作家对他如此，汉学家也如此。

包捷教授拿出一本他们新出版的载有中国当代小说的刊物来，上面有他们翻译的中国作家的短篇小说，但还都是 80 年代初期的作品，而且也不一定都有代表性。捷中文化交流这些年不多，所以形成这种情况。他们不太了解我们，正如我们不太了解他们一样。我们请他们介绍些这些年来最突出的捷克作家。他们介绍的几位都是过去"地下作家"。第一个介绍的是哈拉巴拉（Harbal），他生于 1914 年，去世不到半年，是喂鸽子时坠楼而死的。他写长篇和短篇，反映社会下层人物，写当代一些奇奇怪怪的人物，主要作品有《过于喧嚣的孤寂》《小镇，时间在停滞》《我是怎么为国王做服务员的》等，另一些作品如《斧子》《男孩是怎么来的》也很著名。另一个年轻的作家杨·德波，最有名的小说是《妹妹》，他常写奇怪的爱情。再像作协副主席艾娃的名著是《悲情房子里的女朋友们》写的是 80 年代初她的囚禁生活。

座谈结束时，我们将我的《战争和人》三部曲精装本，小斌的《敦煌遗梦》，复兴的《散文随笔集》作为礼物赠给他们的图书室。

下午三点多钟，小何陪我们去奥尔桑一号公墓。这里雨后，天气阴寒，我们去丹娜墓地凭吊，心情感到萧瑟。

丹娜（1929－1976）是捷克著名女汉学家，1953 年曾访华，次年应聘到北大和外语学院东欧语系任教三年。她翻译和发表的有关中国的著述有几十种，译介过鲁迅、郭沫若、朱自清、闻一多等人的作品，也译过肖三的作品和艾青的诗，完成了《捷汉词典》中她分担的部分。但 1976 年 10 月 30 日因车祸丧生。

艾青曾有一首诗《致亡友丹娜之灵》发表。

小何陪我们去。因雨后地滑，地铁的电动扶梯上有水，我险些仰面一跤跌下去，幸亏复兴在我身后用双手救扶了我，才未出事。我们在公墓门口买了花圈进去凭吊，意外地看到年近八十的著名汉学家何德理博士——小何的爷爷早已冒雨守候在丹娜墓旁等候着我们了！原来我们给丹娜上坟的事，在捷克汉学家之间引起了反响。我们为何老的到来感动，他也为中国作家这样念旧而感动。

夜间六时，在玛纳斯饭店，捷华友协举行盛大冷餐酒会，到了大批汉学家、作家、友好人士。主要有捷华协会主席何德佳、捷克作协主席安东尼、著名汉学家何德理、捷驻华前任大使法斯、汉学家约瑟夫·海兹拉尔夫妇、汉学家傅思端、鲁碧霞、电视编导瓦洛娃等等，张德生参赞等也到了，共五十几人。会议开始，捷华友协主席发表了热情洋溢的讲话，我在答词中谈起了下午去丹娜墓的事，我说："……中国人有最讲情谊的传统，我们永远不会忘记曾为中捷友谊和文化交流做出过贡献的好朋友……"我看到捷克友人们脸上有感动的表情。

这似乎使那晚的酒会气氛更温馨、友好了！我们端着酒杯同朋友们碰杯交谈，又多结识了一些捷克友人。我觉得捷克有一支人数众多的、高水平的汉学家队伍，他们过去、现在都在为中捷文化交流做出可贵的贡献。

1997 年 10 月 15 日　星期二

上午，安东尼来旅馆，陪我们去参观斯特拉荷夫斯基修道院和国家图书馆。

这个古老的修道院原为 9—10 世纪的建筑，在此珍藏着大量古代宗教方面的书籍，1950 年，国家将此地改为民族文化纪念馆，修道士从此离开。1989 年，修道士又回到这里，现在这里属于教会，可供参观的有两个穹顶上金碧辉煌绘有精美壁画、四周密布书架的大图书室。

国家图书馆的一位女负责人接待了我们，自豪地告诉我们图书馆的历史，带我们将整个图书馆看了一遍，总的印象是：这个历史悠久、范围广阔、环境幽美、藏书 600 万册的大图书馆有极高的管理水平，书籍保护得好，环境肃静而清洁。看到光线充足、温度适宜的大阅览室里满满静坐着许多专心的读者，我也想找点书坐下来静静地读一读。

天又在洒下碎雨花了！离开图书馆后，安东尼驾车带我们到郊外的著名音乐家德沃夏克故居去参观。

复兴这几年在研究那些世界闻名的伟大音乐家，写了不少有关音乐家的随笔，他在去年出版的《最后的海菲兹》一书中，就写了《德沃夏克的鸽子》一文。听说去德沃夏克故居，复兴特别有兴趣。我们的汽车终于在12:30，在小雨中到了德沃夏克的故居前。这是一幢奶油色两层楼的有脊形红瓦面的宽大欧式建筑。车一停，故居前漂亮的绿草地上树立着的德沃夏克铜像就将我们吸引了过去。德沃夏克手拿指挥棒潇洒地站立着，我们拍照片，拍了又拍，然后才进屋去。

显然他的故居成了一所纪念馆，保存得较好。门首一位胖老太太，见有人参观，马上放起了德沃夏克的音乐作品，神奇的旋律马上把我带进了一种神圣的境界。我问胖老太太："能拍照吗？"她友好而风趣地回答："我就当没有看见！"

故居内摆设如同昔日，主人虽早已不在，他那美妙的乐曲却绕梁旋转，使人得到美好的感染。那作品是永生不朽的！我看到复兴和小斌正急着要同那架德沃夏克生前弹奏过的漂亮钢琴合影。他们真要感谢那位"当没有看见"的胖老太太。

午饭是归途中在一家名叫"香港酒家"的中餐馆吃的。吃得简单，主要是面条、春卷之类，却花了一千克朗。

下午四时，在捷克国际笔会中心租借的一处地方与捷克作家座谈。

进入会场，发现大批捷克著名作家、诗人、笔会中心负责人、《文学报》主编等差不多都来了，人数竟有四十多人，原来，外地的著名作家和诗人也来了。安东尼一一为我介绍，过了一会，国际笔会中心副主席伊凡·克利马宣布开会，他是当今捷克文坛的名诗人，长发，戴眼镜，开门见山地问："中国现在有没有创作和出版自由？"

这是一个比较好回答的问题。我扼要谈了"双百"方针，告诉他们今天中国的作家都在八仙过海各显神通想写精品，又列举数字说明创作和出版的情况，说明天下没有绝对的自由，例如淫秽色情等坏作品就不能允许写，写好作品创作很自由。复兴、小斌、星灿也与我一同谈了自己的切身体会。我发现听的人很专心、很有兴趣，也都能认可。有人接着提出了有关人权的问题。我说："我想说明一下，中国现在非常强调民主和法制。这两者是不可能偏废的。因此，一方面民主扩大，一方面法制完善。人民既享有广泛的民主，也要守法，犯了法的人，无论他是作家，还是别的身份，都无例外地要受法律制约，这就叫法律面前人人平等。我想，捷克也有法律，谁犯了法也得按法办事，别人恐怕是不会说三道四的。"这话得到许多作家的认可，伊凡·克利马让别人继续提问。

一个作家提出："中国人吃狗肉，又吃一些别的奇奇怪怪的东西，很残酷，是不是？"

我们实事求是地回答："吃狗肉是有的。吃的问题每每同生活习惯有关。中国有五十几个民族，我们尊重各民族的生活习惯。例如朝鲜族，历来爱吃狗肉，养狗吃就像你们养牛养猪吃一样。至于我们这几个都不爱吃狗肉。事实上中国现在有人吃狗肉，更有无数人养狗做宠物，城市、乡村都如此。至于吃别的东西，例如青蛙，也是有的，那也同吃的习惯有关，但青蛙在禁吃之列，因为它吃害虫。此外，受法律保护的动物很多。当然也有人会违法，但违了法就得按法律处理。"

此后，捷克作家们提了不少问题，有关于出版情况的，稿费问题的，中国文学现状的，环保问题及参加国际笔会活动等问题，复兴、小斌、星灿和我都一一作了回答。

整个座谈会的情况是由热烈尖锐开头，到热烈和谐，然后转到热烈融洽，由提问答问成为谈心。大家谈得很高兴，互相都认为离得远，这些年交往少，互相有不了解并不奇怪。今后应当保持联系，进一步得到交流，能将双方的好作品互相介绍。而且互相都认为必须通过交流加深了解。最后我说："天下没有完美无缺的东西，中国正在前进，当然也不可能一点缺点、问题也没有。但眼见是实，传闻是虚，欢迎各位以后有机会能去中国看看!"星灿的翻译是十分出色的。有她兼做翻译,在交流上起了很好的作用。

伊凡·克利马最后热情地作结束语说:"中国是个伟大的国家,将来在世界上起的作用会更大。我们希望她越来越好!"

会谈结束后,大家高高兴兴地合影留念。我同安东尼及伊凡·克利马还有其他一些作家、诗人都合了影。向我们提出人权问题的女工作人员这时也态度友好地上来解释,说明这属于她的工作范围,所以她才这样做的。于是,我们友好而有礼貌地同捷克作家们告别。

安东尼主席后来说:"你们对所有问题的回答都答得很好,所以会开得很好,交流十分需要和有益。"

晚上,有一个由访华作家 Dr.杨和副主席艾娃安排并参加的、由旅馆经理杨·托斯塔尔举办的夜宴等着我们。夜宴设在郊区一处很大的乡村风味的餐馆中,捷克人度假时喜欢到乡村去。旅馆经理经营着三个大旅馆,豪爽热情,态度友好。这乡村餐馆有伙小乐队演奏悦耳动听的捷克民歌。菜肴丰盛,各种酒及饮料齐全,点心全是现做现烤的,很新鲜。紧张忙碌了一天,得以宽松。但晚宴结束后冒着雨用车送我们回旅馆时,已经十二点多钟了!

又在刚睡时接到亮亮电话,没有事,只说想听听爸爸的声音。这可爱的孩子!

1997 年 10 月 16 日　星期三

一个令人高兴的晴朗秋日。

上午,大使馆文化处的高晓川同志驾着崭新的奥克达维亚轿车陪我们去西部靠近捷德边界的著名温泉城卡罗维伐利游览。这里虽未去过,但早已闻名,因为国际电影节每年在此举行。50 年代我国的故事片《白毛女》曾在此获一等特别荣誉奖。1988 年,《芙蓉镇》也在此获

"水晶球大奖"。现在，每年一度，在此地还有德沃夏克全国歌咏比赛和德沃夏克之秋国际音乐节。

人都说：不到卡罗维伐利，就等于白来一趟捷克。

高速公路上车辆并不太多，张德生文化参赞是个善于做工作又周到细致的人，叮嘱小高一定要保证安全，车子要开得慢些。小高性格好，脸上总有笑容，车开得平稳。他对文学、音乐、体育都有爱好，熟悉捷克情况，知识面广，我们一路闲谈颇不寂寞。

不到三个小时，到达卡罗维伐利。嗬！这里真美真好！阳光下，街道干净宽阔、建筑物各式各样，色彩也常不相同，有的红顶，有的蓝顶，有的黑顶，房子有的淡绿，有的鹅黄，有的雪白，像一排排帽子、服装、年龄都不相同的人聚在一起。一条宽阔的由温泉水汇聚成的河流，清澈地在中央流过，两边街道的各色店面丰富多彩，有陈设各种首饰、项链、戒指的珠宝店，有陈设水晶玻璃器皿的专卖店（水晶玻璃是本地物产），有放满时装模特的时髦服装店，五颜六色的糖果店和酒店（本地特产一种贝赫尔开胃酒，用矿泉水加多种草药酿成，旅游者都爱买了带走）。我们下车后，踩着刚飘落的黄叶，漫步街头，感到这里无处不美，处处适宜摄影留念。这里有矿泉数十处，出售一种唯有本地才有的扁壶，造型可爱，可以用来盛矿泉水喝。有一处洁净的明亮的大厅，里边有不断喷出的温泉水可供饮用。复兴买了一只扁壶，盛了矿泉水要我试试。水味略咸，喝水的外国游客极多。矿泉水含多种化学元素，据云能健身，有治疗消化器官和新陈代谢紊乱症的功效。

本地出产一种有460多年历史按当地传统工艺制成的"卡罗维伐利薄饼"，我去买了些热的大家尝尝。一尝很奇怪，味道同北京的茯苓饼竟非常相似。

卡罗维伐利文化气息十分浓厚。不仅因为有那些举行国际电影节和国际音乐节的巨大建筑物，而且有博物馆、艺术画廊、磨坊温泉柱廊、拉毕茨基大厅等建筑物，再加上过去贝多芬、席勒、果戈理、密茨凯维奇、德沃夏克等都来此疗养过，哥德也在此居住和创作过。1874—1876 年，马克思曾居于此并写作《资本论》第二卷手稿。他们留下的遗迹增添了城市的文化价值。

这里离德国不远。每到假日，大批德国游客开了汽车就越国界过来，在这里度假，无须办理签证。说来有趣，如今捷克与斯洛伐克分为两个国家，捷、斯之间的出入交往都是需要办理签证的。

卡罗维伐利现在俄国人不少，而且很多旅馆、商店都被俄国人买了在经营。中国人在此也有，我们见街头设摊卖旅游纪念物和中国小玩意儿的就有中国人。

午间，在一家快餐店吃烤鸡。复兴依然不能忘怀于他的中国热茶，但没有中国茶，只能用捷克的红果茶代替。下午天高气爽，大家游览逛街，购了些纪念品，由小高驾车回布拉格。因为晚上六时半张参赞和新华社首席记者鲁惠民要在"成都酒家"为我们饯行。

"成都酒家"位于布拉格市区。我们去时，张、鲁二位已先到了。顾名思义，"成都酒家"当然是四川风味的菜馆，但想不到"成都酒家"的主人汪永小姐竟真是来自成都。她是重庆西南师范大学的毕业生，四川作协会员，也出版过书。更巧的是她的父亲原来曾是四川人民出版社《西南旅游》杂志的编辑，如今也随女儿在布拉格。汪永显然不但孝顺，而且能干。宫灯、墙扇、剪纸……将厅堂里布置得既有中国风，又很典雅。说起我是成都的，大家倍觉高兴。汪永小姐也就成了为我们饯行的主人。菜肴丰盛，川味很足，大家聊得热烈，我们都有宾至如归的感觉。我更不免想起了成都，很感谢张、鲁、汪三位的盛情，远在捷克尝到了川味是难忘的。

明天中午，中国作家代表团就要结束对捷克的访问，乘飞机去南斯拉夫访问并先在贝尔格莱德出席第 34 届国际作家会议了！此刻在睡前写着日记，我的思绪像云一样飘飞。

金色的布拉格，景色缤纷的捷克南部和西部都给我留下了深刻的印象。我们在捷克访问的时间虽短，但深深沐浴到捷克作家、汉学家、友好人士对中国怀着的厚谊。我们既让捷克朋友们了解中国改革开放的大好形势，介绍了中国作家今天的情况，也增加了了解对方，同他们加深和建立了友谊，使双方不但得到进一步的理解和交流，也都希望能将互访的方式坚持下去。睡前写这日记时，新结识的许多捷克好朋友的面容都一个个呈现在我眼前，我思索着明天他们来送别时，我该说些什么……

访南斯拉夫日记

1997 年 10 月 17 日　星期五

访问捷克结束后，中国作家代表团（我、肖复兴、徐小斌、刘星灿）今天 11 点 55 分离开布拉格，12 点 45 分到奥地利维也纳，稍作休息，1 点 35 分飞机起飞，不到三点钟就抵达贝尔格莱德。我们来，先出席第 34 届国际作家会议，然后访问南斯拉夫。

南斯拉夫从 1996 年开始已分裂出四个新独立国，即斯洛文尼亚、克罗地亚、波斯尼亚和黑塞哥维那、马其顿。目前的南斯拉夫联邦共和国包括塞尔维亚共和国和黑山共和国，它位于欧洲巴尔干半岛，面积 10.21 万平方千米，人口 1000 多万，多为塞尔维亚族和黑山族，官方语是塞尔维亚语。

贝尔格莱德是南斯拉夫首都，人口 155 万左右。第 34 届国际作家会议主办者是南斯拉夫塞尔维亚共和国作协和塞尔维亚笔会中心，邀请各国作家来友好交往讨论问题，进行文学和文化交流。这次会议 10 月 18 日举行开幕式，讨论的主题是 21 世纪即将来到，作家们应该如何？在会议期间，还有诗歌朗诵集会。

在机场迎接我们的有南斯拉夫国际作家会议的主持人莫马·蒂米奇（Moma Dimic），我还见到了汉学家拉多萨夫·菩舍奇（Radosav

365

Pušiĉ）和我国驻南大使馆文化参赞刘永宏。莫马热情友好，样子有点像电影中的"瓦尔特"，刘参赞人缘特别好，菩舍奇一向是中国作家代表团的好朋友，所以虽是初次见面，却一见如故。

住进了离共和国广场不远处的皇宫旅馆，我和复兴住的是502室的大套间，洁净舒适，在楼下华丽的餐厅里进餐，有一张放着鲜花铺着白桌布放着酒杯刀叉可坐八个人的桌子固定供我们和请来做翻译的菩舍奇进餐。

菩舍奇这位汉学家个儿高大，年轻英俊，能说一口流利的中国话。他的名字起先我们不熟悉，他风趣地说："叫我'菩萨'好了。"于是，我们就叫他"菩萨"了！菩萨不但精通中文，而且研究中国古典哲学有较高的造诣。他夫人名叫金晓蕾，是一位漂亮的杭州姑娘，毕业于南京大学，菩萨在南京留学时，两人相识，结婚后一道回了南斯拉夫。菩萨在大学里授课，晓蕾从事翻译，这次把他们夫妇请来做翻译，我们很满意，菩萨不但是位好翻译，且关心照顾我们，工作认真负责，细致周到，我们一到，他就向我们索取诗稿，因为很快就要举行诗歌朗诵会。

我们每人领到一份会议文件。我打开一看，参加的有25国的作家名单。中国的名单，我们四人外，还有广西的作家贺祥麟、台湾的女诗人张香华女士。

晚上六点钟，在塞尔维亚作家协会那古典式的大楼里举行了开幕前的欢迎仪式。南斯拉夫文化部部长及塞尔维亚作协主席等同大家一一握手见面。在同我们握手时，表示了友好欢迎。然后，端上酒和饮料，互相交谈。两位南斯拉夫广播电台的女记者来采访，一位会说英语，问我中国来了几位作家，问对贝尔格莱德印象如何，问熟悉哪些南斯拉夫作家……

晚九点整，在贝尔格莱德市政厅里，贝尔格莱德市长又接见作家们，也在握手后举行鸡尾酒会让大家继续交谈。

会后，菩萨陪我们回皇宫旅馆吃晚饭。莫马来访，他是这次会议的"艺术指导"，实际就是会议的主持者、操办者，是作协国际交流方面的负责人。他是一位精明强干的诗人、剧作家兼散文家，有两只锐利的眼睛，一只笔直的鼻子，常有和善的笑容。他来安排明天开幕式上我发言的事，并说：这次会议，是近年来外国作家来访最多的一次，他很高兴。

饭后，我们拿出诗稿交给菩萨。我拿了两首短诗，菩萨挑了一首《干杯》。他说会议要把我们朗诵的诗稿都赶译成塞尔维亚文备用。

一天下来，感到有点疲乏，洗澡后11时就寝。

1997年10月18日　星期六

今天，第34届贝尔格莱德国际作家会议开幕。上午9时，举行了悼念南斯拉夫已故塞尔维亚作家安德里奇的活动。他1961年曾获诺贝尔文学奖。安德里奇（1892—1975），我国人民是较熟悉的。他的三部长篇《特拉夫尼克纪事》《德纳河上的桥》《女士》均发表于1945年，引起世界文坛的关注。

10点，第34届国际作家会议在国家图书馆开幕，中、英、美、法、俄、日、加、意、波、罗、保、奥、西、土、以色列、阿根廷、乌克兰、瑞士、瑞典等外国作家近百人，加上南斯拉夫作家，出席者四百余人，济济一堂。执行主席莫马致欢迎辞并宣布会议开幕，我被邀上主席台。南斯拉夫文化部长致辞后，塞尔维亚作协领导成员阿德曼致辞。再后，即安排我发言，题目为《现实世界中的作家》。

我在发言中说："……中国人民历来爱好和平。中国作家懂得：从1840年鸦片战争后的一百多年间，我国曾由于贫穷落后屡遭列强欺侮，但我们从未对外扩张。中国经过长期战争和苦难才得到和平，在和平环境中才有改革开放和可喜的发展，对内我们努力办好自己的事情，对外我们努力同一切国家和平共处。过去，中国为维护世界和平做了大量工作。将来中国的稳定繁荣会对世界和平做出更大的贡献。中国作家生活在今天这世界上，有这种坚定的信念……"

大会有"译意风"，每个人戴上耳机，可任择英语、法语、西班牙语、俄语来听。我的发言稿会议开幕前已由北京电传到了贝尔格莱德，并早由菩萨译成了塞尔维亚文。我发言完毕，执行主席阿德曼（南斯拉夫人、塞尔维亚作协领导成员之一）说："中国代表的发言，从北京给我们送来了和平鸽……"这时，中英文发言稿已放在会议大厅门前听任作家们自取。据说，反映挺好。后来，英国女作家弗兰克（Astrid Frank）来握手，说："讲得很好，这是大家最关注的问题，我的父亲就是在战争中牺牲的……"一位坐轮椅的波兰女作家 Branislav Cirlic，在开幕式前，她的轮椅下一道坎时发生了困难，我同复兴正巧路过，我俩就上去推扶，帮助将轮椅移到平坦处。她曾让人两次来道谢。会散后，我走出来，在大厅里见到她，她坐了轮椅过来握手祝贺并拥抱了我。斯洛文尼亚诗人 Simonl 送了诗集《Kobi》给我，上面写着："永远记住你。"美国诗人 David Holler，将他的地址留给我，希望保持联系。

开幕式的发言，下午一点钟告一段落，休息、吃饭，四点半又继续发言到晚六时半。中午，菩萨告诉我，晚上七点在市图书馆有一个"中国作家之夜"的活动要我们去出席，届时除朗诵我们的作品外，并要回答听众提出的问题。

七点，我们由菩萨、晓蕾夫妇陪同到图书馆，莫马来了，文化参赞刘永宏也来了。朗诵的大厅里播放着中国的古典音乐，来听朗诵的人不少，多数均是市民和图书馆的读者，但土耳其的诗人也来了。图书馆长讲话后，我讲了话，说中南是友好国家，非常高兴来访问，感谢安排这样的活动，我赞美南斯拉夫诗人多，诗歌到处受欢迎，表示我们愿意同南斯拉夫的诗人拥抱、交流……晓蕾担任翻译，十分称职。然后，我们四人和贺祥麟教授先后朗诵了自己的作品。每个人朗诵完后，菩萨都起来用塞尔维亚语朗诵一遍。会后，又回答了提问，都是询问今日中国文学情况的。会九时半结束。

1997年10月19日　星期日

上午开圆桌会议自由讨论发言，分英语、法语、俄语、塞尔维亚语四处。中国作家参加英语讨论，共约50人参加，先每人用英语介绍自己，然后自由发言。

人多，发言踊跃，我本不想发言，但后来还是发了言。我说："中国是一个极大的国家，你们看，肖先生和徐小姐来自北京，贺教授来自广西，张女士来自台湾，我则来自四川，但我们都是中国人，人各有不同，但都是中国人，这是相同的！"我说："中国的作家都爱和平、爱人类、爱地球、爱儿童、爱文学、爱一切美好的东西，因为这是作家的责任。"最后我说："欢迎大家有机会能访问中国，看看今天的中国。"

会场外，遇到南斯拉夫女诗人叶里查·莱拉·卡坡拉热维奇（Jelica·Lela Kaplarevic）。她毕业于贝尔格莱德大学，友好地将她的诗集《内心生活》赠给我们。这是一本小型抒情诗集，她还请人译成了中文。有的诗我很喜欢，《内心世界》：

> 泉水是我的家乡，
> 小河是我的童年，
> 大河是我的现状。
> 可是河口还很远，
> 我看不见。
> 如《日出的一面》：
> 旧大楼迎着日出的一面

有一扇窗户破旧了。
普通的，
我童年的一扇窗户。
虽然那里没有我的身影，
日出却使我回忆起
金色的童年。

　　这使我想起了重庆友人们办的那张《微型诗》报，推荐几首给他们
发表是应该的。

　　中午，复兴到共和国广场与其他外国诗人朗诵诗作。围观听朗诵
者数百人，电视现场转播。复兴声音洪亮，起伏跌宕十分传神，效果
甚好，我们都给他拍照。

　　下午，刘参赞来接我们去大使馆。大使馆的新建筑宏伟、美观。
朱安康大使和夫人热情接待并合影留念。谈话后，全馆同志及《人民日
报》驻南记者等均来了，要我们讲讲国内情况及文学方面情况。"客从
故乡来，应知故乡事"，婉拒未果，我们四人只好遵命用漫淡形式出
之。因到大使馆，晚间会议办的摄影展等活动未去参加。

　　寝前，读到南斯拉夫诗人乌卡索维奇的短诗《蛋》："手中一枚蛋/
倘若将它放回巢中/会变为鸟。"又读到南斯拉夫诗人米力奇的短诗
《秋》："树叶，飘落在/我早餐的/盘子里。"感到有趣，记录于此。

1997 年 10 月 20 日　星期一

　　今天举行闭幕式，徐小斌被请上执行主席所坐的主席台，主席台
上共八人，就她一个女的，有的大胡子像汉钟离、铁拐李，小斌坐在
那里颇像八仙过海中的何仙姑。

　　闭幕式上，代表们一个一个连续发言，发言者太多，都限定时间，

执行主席常敲桌子催促发言拖拉者快点结束。

开会比较自由，会场外的大厅里，可喝饮料、咖啡谈话。但留在会场中坐的人都用译意风专心听人发言，没有闲谈的。贺祥麟今天发了言，题为《时代、作家、文学创作和人文精神》，呼吁关注社会问题，用人文精神教育人民。张香华女士发言，题为《泪滴》，是谈环保的，写得很美，很真诚。

我和复兴、星灿都在会场里坚持把会议听完。三点半才回皇宫旅馆吃午饭。菩萨通知我晚上在人民大学大礼堂，有国际诗歌朗诵会要我参加朗诵。

晚上七时半，到人民大学大礼堂，台上有一男一女两位漂亮潇洒的演员主持并在外国作家朗诵作品后由他们用塞尔维亚语朗诵一遍。俄罗斯、日本、乌克兰、美国、英国、以色列、土耳其、南斯拉夫等各国诗人都上台朗诵，我仍旧朗诵了《干杯》。会场热烈，掌声不断，夜深才散。我们回去，在旅馆六楼"冬天花园"餐厅吃晚饭。莫马来作陪，一同进餐。我们将作品请他转赠国家图书馆。我送的是选入"世界反法西斯文学书系"的《战争和人》精装本及重庆出版社出版的《王火散文随笔选》。"花园餐厅"有六位琴师和歌手一边演奏南斯拉夫民歌，一边歌唱，歌声美妙而悲壮，有沉重感。听说菩萨的歌唱得好，应我们邀请，他也轻轻唱了一曲，确实是好。菜丰富，冷盘、汤之外，还有三道菜，外加布丁、水果，吃完，已十二点了。

"菩萨"告诉我：明天，要离开贝尔格莱德去参观访问塞尔维亚共和国，并在各地举行诗歌朗诵会。我与贺祥麟由莫马陪着与一批外国作家同去北面，复兴、小斌、星灿也各随一路外国作家去西部、南部或中部参观。把我们代表团一分为四，是使每一路都有中国作家参加，这种做法既是宣传了会议，也使各国诗人在参观访问及朗诵期间互相多接触、多交流，是很好的。

1997年10月21日　星期二

由莫马亲自陪着去北方的我们这支队伍，贺祥麟和我两个中国作家外，还包括以色列笔会中心主席戴维德、盲诗人比通等四位以色列作家。盲诗人有一位女秘书照顾一切。此外有土耳其女诗人阿丽亚、日本明治大学教授安藤元雄、瑞典诗人米罗斯（他出版过67本诗集）、瑞士诗人亚历山大、波兰诗人西尔力克，还有南斯拉夫诗人托图诺维奇等。上午发车，中午到了有名的诺萨维德市，先参观了美术馆，又参观了当地的银行。银行对于召开国际作家会议的活动是给予赞助的，热情接待了我们，我们住进了"花园旅馆"，一人一室，很舒适，随后在花园餐厅吃午饭，十分丰盛。下午，随以色列作家参观了当地的犹太区及犹太教堂。

莫马赠我两首他的诗，诗已由晓蕾译成了中文，一首诗歌题为《寂》，只有八行，但那种意境、心态和感觉写得很妙：

> 屋内，一切暖洋洋的
> 不管你触摸到什么
> 未流露的语言
> 慰藉着自己的心
> 屋外，响起三月春寒的脚步
> 信还没有写
> 甚至，回音也不发
> 一声

晚上七点，在市图书馆举行诗歌朗诵会，听众不少，莫马依然要我朗诵《干杯》。其实这只是我因要参加朗诵的即兴之作，为了简单通俗，抱着一种凑数的态度拿出来的，诗味很少，但可能由于短小易懂，表达一个求同存异的思想，又有个"干杯"的题目和结尾，每次朗诵都还有效果，不朗诵已不可能，只好遵命。诗是很妙的，有些外国诗人的朗诵，我虽听不懂原文也听不懂塞尔维亚文，但从作家朗诵的声调、表情、姿态中就能体会到那些诗情和诗意。比如以色列盲诗人比通背诵的一首长诗，是富于哲理的；比如日本的安藤教授诵诗平静而恬淡，让人似看到一幅色彩和谐的田园画；南斯拉夫诗人们的朗诵，有的似是个人命运的抒怀，有的则是对兵燹、对生与死、对爱与恨的吟咏。贺祥麟朗诵自己的诗之前，先用英语叙述了一段四十几年前他在美国留学时有过的爱情故事，故事是动人心弦的，他的诗是由此来的，诗中有"我在等候，我在等候，我在等候……"，三个排比句，听完了，我总觉得诗句铿锵之声不绝于耳。

深夜十时半，回到"冬天花园"餐厅里喝酒、吃晚饭，有琴师演奏，一位美丽的女歌手先唱了豪迈但悲凉的民歌，又唱了流行歌曲，都十分好听，大家为她鼓掌。诵诗、喝酒、听歌，真是诗人的生活，可惜我不会喝酒。

1997年10月22日　星期三

早餐后上车离开诺维萨德到福尔巴斯市。南斯拉夫的这些城市都很干净，也绿化得好，有文化气息。我们在一处餐厅休息，喝饮料及咖啡后，就去参观市容。几个小男孩看到我和贺祥麟用一种奇怪的眼光，问他们见到过中国人吗？答："没有！"于是，同他们合影留念。后来，我们去参观一处现代派的画展。说实话，那许多画我大部分看不懂，但其中有些画色彩浓烈，十分艳丽，有些画能使人产生一种美感或想象，似也很可欣赏。只是有一幅很大的画，上边竟画了许多男性的大大小小的生殖器，不知画家究竟是怎么想的。来参观的还有一伙中学女生，看了画都在笑，从表情看，绝非欣赏或赞许。

在美术馆里，市广播电台的女记者来采访，电台要为外国作家来访发布新闻。

在市图书馆里举行诗歌朗诵会，由于事先贴了海报，听众上百人，均坐着肃静、热情地听朗诵。我也朗诵了一首旧作。

南斯拉夫塞尔维亚作协有会员900多人，诗人据云占半数以上，诗歌是最普遍的文学体裁，文学奖中以诗歌奖最多。有人说：南斯拉夫的美丽，注定它兵燹相接的历史宿命，也激发了民族的诗魂。澎湃的感情化为诗歌，一切的一切都是动人的诗篇。确实如此，我很欣赏诗歌朗诵这种形式，不花什么钱，借用一些现成的文明雅致的地点举办这种不收费的诗歌朗诵会，既给诗人和诗找到了读者和知音来欣赏，又可培养提高听众的文化素质和情操，真是好事！我想：四川、重庆的诗人那么多，比如重庆，比如成都，为什么就不能办一些诗歌朗诵会而且像南斯拉夫这样的成为一种习惯呢？

午餐由一位当地诗人夫妇宴请，吃到了极可口的羊肉和面条。这位诗人原先家在萨拉热窝，但波黑战争中萨拉热窝在炮火中遭劫。诗人谈到家乡时脸上有十分忧郁的表情，只是大口喝酒，诗人们都能喝酒，但不勉强人喝。我不是诗人，虽然朗诵的是《干杯》，也有些诗人手执酒杯笑着对我说"因为您"（塞尔维亚语"干杯"的谐音），但当我声明不会喝酒时，他们都不勉强，我总是用饮料碰杯相陪。

下午三时，以色列四位作家因明天回国，要先回贝尔格莱德去，同我们拥抱告别。我们也就坐轿车北驶，到南斯拉夫、匈牙利边境的松博尔市去参观访问。

真想不到松博尔竟是如此的可爱，它绿化得好，建筑物整齐，街道宽阔洁净，是一座美丽、精致的小城。

我们逛了街，也参观了美术馆，美术馆展的是名画家米兰、孔耶维奇的作品，都是抽象的现代派的绘画，但给人的感觉不错。这时，秋月已经升上来了，月色迷人，我们沐着月光走到漂亮的市图书馆大厅去举行诗歌朗诵会，想不到这个小城的文化气氛和诗情竟这么浓烈。大厅里济济一堂竟坐满了三百多人，男男女女，还有老年人，都是盛装艳服，像听音乐会似的来听朗诵诗歌。朗诵后，就端上红红绿绿的酒菜，端上咖啡饮料来，端上各式西点和羊肉串、面包来，民歌手和塞尔维亚诗人喝着酒同声唱起歌来，歌声有时高亢，有时悲壮。他们表现得既欢畅又豪迈，直到夜深。

1997 年 10 月 23 日，星期四

北方地区较冷，睡到天明，暖气似乎小了，颇有"不耐五更寒"之感。

起床后。见莫马、阿丽亚、亚历山大、米罗等昨夜睡得迟，早晨却都早早起床了，莫马依然精神充沛。我觉得他不但干劲足，而且能量大。从开会到今天，他该是十分劳累的了。我说："莫马，你一定很累了，这么大的一个会，这么多人，都要你策划和具体安排。"但他笑笑很自豪地说："我喜欢做这种事。"

早餐就在楼下明亮的餐室里一同吃火腿蛋、果汁、面包等。我想，当年铁托也曾坐在此地进早餐的呢！后来，坐车又到市里去，先到市政厅同市长斯托耶诺维奇见面，边喝咖啡边听介绍松博尔的情况。他又陪我们到市议会看一幅大得惊人的油画，足足有三个人叠起来那么高，有十五米长，画的是历史上塞尔维亚人打败土耳其侵略者的情景，刀光枪影、金戈铁马、画家的多彩笔触所表现出的战争浴血气氛和胜败场景令人激动。于是，大家在大油画前摄影留念。我想把整张画拍下来，可惜太大，无法如愿。

11 时上小轿车回诺维萨德，仍在漂亮的花园餐厅吃午饭、喝咖啡，然后上车回贝尔格莱德，傍晚抵皇宫旅馆，同复兴、小斌、星灿等相

会，大家都有"一日不见如隔三秋"的感觉。同吃晚餐后回房休息，电话铃响，原来是刘永宏参赞打来的。他明天要去莫斯科开会，28 日才能回来，为了关心我们，忙中还打电话来询问有什么困难没有，他因为有七位河南省的画家到贝尔格莱德办画展的事，忙得不亦乐乎，在去俄罗斯开会前夕还记挂着我们，使我们充满谢意。

1997 年 10 月 24 日　星期五

出席国际作家会议的各国作家都纷纷离去，皇宫旅馆楼下大厅里充满了告别声。贺教授也在今晨飞北京转返广西。我们因明晨要飞赴黑山共和国访问三天，今天休整。

将莫马送我的那第二首诗《小鸟》拿出来看：

我坐在人群里
一只小鸟
停在我额前
我的肌肤上

我是她的船
她却为我导航
我的心停在她羽翼上
振翅欲飞
她会不会将我
从笼里
放生出来
正如，我为她所做的
一样？

诗很短，但我似懂一些，也未全懂。诗有时候是会这样的，何况从一种文学又翻译成了另一种文字。莫马的诗我拟带回北京请《文艺报》发表。

下午，我们在热闹的米哈伊罗公爵大街上买点纪念品。这条街又叫步行街，是商业集中的街道，人不太挤。街边有人在露天咖啡馆的小圆桌旁坐着喝咖啡，有小孩用爆米花在喂鸽子，有街头艺术家在卖画，糖果店里出售的南斯拉夫自制的巧克力质量不错。

一美元在此兑换六个第纳尔，物价比捷克要贵，因为外国作家送的书多了，带回去需要买一只帆布提袋。在国内数十元人民币一只的帆布提袋此地要卖一百二十第纳尔，折合人民币一百数十元。我买了一只，但估计这只没有标志的提袋说不定还是中国商贩运来的中国货。

1997年10月27日　星期一（补记）

10月25日晨6：50，由贝尔格莱德坐小飞机到黑山共和国首都波德戈里察。黑山共和国外边又译为"蒙特尼哥罗"的。蒙特尼哥罗（Montenegro）的意译即"黑山"。

飞机仅45分钟就到达目的地，由机窗下望，蓝色发黑的大山连绵，气势雄伟。但在小飞机飞临波德戈里察机场时，我突然想起黑山共和国与阿尔巴尼亚毗邻，这里已离阿尔巴尼亚很近，想起了一个旧梦，心中不禁一惊。

那还是"文革"时期，我曾连续两次做过一个相同的噩梦：我坐飞机到阿尔巴尼亚去访问，但飞机一个倒栽葱失事坠地了，我也粉身碎骨了。当时为什么会做这种怪梦，实在也想不明白，可能那时报纸上老是在宣传中国与阿尔巴尼亚这盏"欧洲明灯"的知己友谊，也会引发出这个梦的。也可能是"文革"的使人窒息的气氛使我想到了不祥的结局。反正，梦醒后，我把这个噩梦讲给家人听过。而现在，想不到二十多年后，我却真的坐飞机到离阿尔巴尼亚这么近的地方来了。这一向，国际上的空难并不少，这架并非很新的小飞机会不会出事呢？梦会应验吗？……我不迷信，却一时不禁心里忐忑了！

正想着，飞机很快就平安降落了，不但感到轻松，而且觉得自己被一个旧梦无稽地惊扰，未免可笑了。

黑山共和国人口 65 万，首都波德戈里察是"小山下边的城市"的意思，人口 15 万。这个城市市容还是很美好的，也很整洁。黑山有大山也有大海，更有英雄的黑山族人民。历史上，黑山为抗御土耳其人的入侵，利用险峻的山地形势，进行过 400 年的长期英勇战斗，不屈不挠，使黑山成为巴尔干半岛唯一没有被土耳其占领的地方。到 1912 年，终于将土耳其入侵者全部赶跑，黑山人以此引为自豪。我们是对黑山人民怀着一种敬意来访问的。

访问黑山共和国三天，主要接待者是黑山共和国作家协会主席依里亚·拉固斯奇（一个曾访问过中国的黑色大胡子，曾任黑山共和国的文化部部长）和副主席且多米。我们到后，被安排住在当地的黑山旅馆，吃住都安排得很好。他们还通知报社和电台记者来采访，第二天当地《胜利报》上就刊登了中国作家代表团来访问的新闻及我们的照片。

黑山共和国的文化部部长不在，副部长列雅什维奇接见了我们，作了友好的谈话，希望保持交流，双方能互相译载、出版作品。

依里亚和且多米都是诗人，也都在办出版社。黑山作协共有 300 多会员，诗人占多数。同依里亚谈起出书问题，他说：出书困难，全靠作家自己去拉赞助才能出书，他们请了新闻部的一位年轻人拉德做翻译。拉德曾在北京外语学院学过中文，但平时接触中国人用中国话的机会很少，他能勉为其难地担任翻译，已不容易，在交流上一般也能达意。

在黑山三天，依里亚和且多米陪我们游览了两处名胜。

第一个名胜是黑山共和国的古都茨地涅市，这里有当年黑山王国最后一位国王尼古拉在 1867 年建成的旧王宫，如今成了一座博物馆，里边有尼古拉的画像。他在位 58 年，爱好文学，也写诗。王宫里存书很多。此外，当时许多国家元首赠送的勋章、绶带、战刀、猎枪等礼品和当年战争中缴获的土耳其侵略者的战旗和武器也都陈列着。在王宫对面，是当年国王处理公务的城堡，里面展览着尼古拉家庭历代诗人的作品，最突出的是尼古拉的伯伯，17 岁就登位当国王兼宗教领袖的涅果什的遗物。涅果什是 19 世纪南斯拉夫最著名的浪漫主义诗人，他的手稿十分工整，字很小，修改处也十分整齐。因为他兼着大主教，一辈子未结婚。他会五种外国文学（俄、意、法、德、拉丁文），他的作品有 50 多种文字的译本。我们在陈列译本的玻璃橱里看到了人民文学出版社出版的中文译本涅果什的诗集《山地花环》，星灿就是这本书当年的责任编辑。在此地看到这本书，我们都很高兴，涅果什身高两米多，从画像上看十分英武。他留着两撇翘胡子，身穿战袍，腰佩长刀，戴着白色圆的筒状帽。他死后，葬在附近的洛乌琴山顶上，但限于时间，我们来不及上山参观。

我们到的第二处名胜，是亚德里亚海边的旅游名城科托尔。这里有一座闻名全欧洲的古城堡，平静的海水碧蓝碧蓝，山影倒映在海湾中，海鸥到处飞翔，海边停泊着好看的船只，远处有白墙红顶房屋，像一幅美丽的彩色图画。过去，外国游客到此地的极多，但黑山共和国与波黑交界，波黑战争的发生，以及后来美国等对南斯拉夫的封锁制裁，使外国游客不再来也无法来旅游，使这可爱的旅游胜地遭到很大损失。我们来到这风光旖旎的小城，觉得这里真美！但确实不见外国旅游者。现在，波黑战争已停，封锁制裁已解除，南斯拉夫的经济已渐恢复，像科托尔这种美好的旅游城市，以后是一定会重新又热闹起来的。

科托尔一共 25000 人，住在小城里的是 12000 人。这小城那个 16 世纪时建成的城门上，镌有铁托署名的两句话："别人的土地我们不要！我们的土地不给别人！"这是二战末期，1944 年 11 月 21 日铁托率军队从法西斯手中解放科托尔时镌刻在城门上的，真是落地有声的语言。对于铁托，南斯拉夫有人说好，有人说不好，有人一分为二看待他。但肯定他的人，谈起他率领人民同德国法西斯坚决战斗的事时，是伸大拇指的。

当地历史学家尤韦泽·马梯诺维奇，六十多岁了，研究科托尔已四十多年，他赠我们每人一册金色封面精装的专著，书名是《科托尔的一百个宝贵建筑物》，他带着我们进城逛了一大圈，边逛边介绍城里的广场和建筑物的历史。1979 年 4 月 15 日科托尔有过七级地震，建筑物受到损伤，但没有倒塌的。联合国教科文卫组织把这儿定为保护地点，城堡那时起就开始了修复工作，如今还在进行。

在科托尔一家餐馆吃的一顿海鲜，滋味很好。除我喝饮料外，大家都喝葡萄酒，黑山产葡萄，许多人家都酿葡萄酒。红色的葡萄酒鲜艳诱人。海鲜有虾，还有鱼子酱，好几种不同的鱼味道各不相同，乌贼也可口。依里亚介绍这厨师是当地最出名的，所以烹调出这样好的菜来。

黑山共和国为总统选举的事有些不平静，多少影响了我们的访问。我们去，没有举行诗歌朗诵会，游览的地点也少，更没有同黑山的作家们会面，但黑山的高山、大海和黑山人民的光荣历史使我们感染到浓烈的诗的意境。

1997 年 10 月 28 日　星期二

早上 8 时 30 分，由波德戈里察机场起飞回贝尔格莱德，仍是 45 分钟到达。菩萨在机场欢迎我们，大家见面很高兴，我们又回到了皇宫旅馆。11 时许，菩萨陪我们游位于萨瓦河和多瑙河汇合处的卡莱梅格丹公园。公园有当年塞尔维亚人抗击奥斯曼土耳其人侵略的遗迹。树木很多，风景使人心胸开阔，有军事博物馆，也有一处陈列出土文物及一批古代武士盔甲的小博物馆。出土文物中有一个无头的大石像，是公元2世纪的，虽然珍贵，只可惜没有了头部，就像没有了灵魂，不像维纳斯像，少了两条胳膊，但保留了头部，一样显得那么美妙动人。

逛到西北面，我终于见到久已闻名的多瑙河了！而且这里的多瑙河特别美丽，看上去确是蓝色的！它同萨瓦河相交汇，显得水势很大，气势雄浑。

莫马通知：晚上七点半，在皇宫旅馆六楼花园餐厅听音乐并设宴为我们饯行。塞尔维亚作协主席拉克迪奇要来送行。集诗人、散文家、政治家于一身的拉克迪奇，是南斯拉夫联邦议会议员，反对党人民联合党主席。我读过他的诗《家园已毁》，头两节是这样的：

> 谁要看：阴霾从哪儿转晴？
> 谁要听，邈远的回声？
> 千张口舌，而心灵只有一个
> 在水与火之间
>
> 一整个世纪凝聚成一滴水珠
> 如今水花飞溅，解谁焦渴？
> 伫立家门前，园林尽毁
> 离散的难民，难以数计

那感情是沉重、哀伤与忧国忧民的。

下午，刘永宏参赞来电话，他刚从莫斯科开会归来仅一个多小时，忙着问我们好否，问黑山之行愉快否，并说晚上他来看我们并参加宴会。

七点半钟，六楼花园餐厅举行盛宴，主人方面有拉克迪奇、莫马及《文学报》主编，另有一位女诗人。刘参赞来了，菩萨和晓蕾夫妇也来了。我和复兴、星灿、小斌参加，六名歌手不断奏乐，唱歌。歌声豪放动听，我们不断给他们鼓掌，星灿并给他们送去雨花石作纪念。莫马先作了热情洋溢的送别讲话，大家共叙友情都很高兴。拉克迪奇讲话，大意是：感谢来访者，友情今后会不断发展，互访会继续，相信不久可以再见面。如果这次访问有不足之处，希望今后有机会弥补。我最后致答辞，对来南斯拉夫访问受到的良好接待表示感谢，并引用了李白的诗表示感谢。晓蕾中文、塞语根底都好，翻译起来得心应手，最后，我是用南斯拉夫语"赫瓦拉"结束的，"赫瓦拉"就是"谢谢"。

　　访南就要结束，明天中午，我们就要起飞到奥地利维也纳，然后再转机回国。我们这个作家代表团出国访问的时间较长，任务较多，先访问了捷克，又到贝尔格莱德出席第 34 届国际作家会议，然后访问南斯拉夫。在访问中，大家相处极好，既能做到相互尊重，团结无间，还能互相关心爱护，有事民主商量，如今任务已经基本结束，大家即将回去，心中是很愉快的。

　　访问增加了解。南斯拉夫给我留下美好的记忆，南斯拉夫诗人的诗，听众热爱的诗歌朗诵会，豪放多情的民歌，都那样美。参观游览了许多地方，也都像读到了精彩的诗篇，这一切，在我脑海中构成了一个诗歌的海洋。诗歌这样繁荣，当然是同这个国家过去、现在的遭遇及处境有关。战争激发过她的民族诗魂，艰难磨砺着她的人民命运，英雄而优秀的南斯拉夫人，他们那汹涌澎湃的激情通过诗歌迸发或宣泄，诗歌同他们的生活密不可分，生活就是诗歌，感情和感觉就是诗歌，向往和理想也是诗歌。于是诗歌有控诉，有伤感，有抒情，有智慧，有人生哲理，更有期望和理想，处处开花，无不动人。诗歌如此兴旺繁盛的国家是富于朝气和希望的国家，我愿为此为她祝福！也向南斯拉夫的诗人、作家们送去诚挚的友好的问候！

启示录

来龙去脉

（序）

那年秋天，我去离别了多年的 L 市旧地重游，住在宽阔的 E 河边一家相当华丽的宾馆里。经过改革开放，L 市面貌大变，十分美丽。一个傍晚，我独自到河西的金雀山和银雀山一带散步。这里前些年曾挖出过许多古墓。在金雀山一个两千多年前的汉墓中发现了失传已一千七百多年的《孙膑兵法》的珍贵竹简四百四十余枚。如今，不远处正大兴土木，盖造一幢巍巍的新厦，挖地基的建筑工人热气腾腾地在劳作，对比之下，显得这里更加荒凉。

河水滔滔，青山巍巍，面对衰草颓丘，颇有怀古之悠思。

无意中，突然看见一个挖土方的壮年汉子，左手持着铁锹，右手捧一只锈迹斑驳的马口铁盒走过，后边跟着些嘻嘻哈哈看热闹的孩子。

一问，才知，挖地时发现了这么一只不知谁窖埋的马口铁盒，大家一哄而上，可是里边并无金银财宝，只有一册厚厚的纸质已经受潮微微发黄了的文稿。于是，大家失望，弃之不顾。这壮年汉子可能有点文化，他就拾来决定拿回去看看。

千寻铁锁，折戟沉沙。想起岑参《登古邺城》诗中的"城隅南对望陵台，漳水东流不复回。武帝宫中人去尽，年年春色为谁来"，我对古籍古物，常有偏爱；对如烟往事又每多不胜今昔之感。

向壮汉借阅盒中文稿，一看稿名，就很有兴趣，尽管这不是什么遥远的古书古物，我已能料定它的价值。虽然壮汉连连摇头，说："你看看可以，买是不卖的。"我却再三央求，出了他意料之外的高价，掏钱买下了这部文稿。

不属国家的文物，买下自然无罪。但回来开灯夜读，读完却感到它也是一种"文物"，就惶惑了。

作者在文末要求："我已不知这文稿何时会从铁盒子里出土，也不知谁将是它的发现者和主人。假如有一天，读到我这部文稿的人能有出版它的愿望和能力，我的要求是请在出版时更改一下手稿中的单位名称和人名，并署上你自己的名字出书。我在文稿中有意隐去了自己的名字。因为我认为作者应视作是历史自己，我写下这些，目的不是给我自己留下什么痕迹，只是要给人民、给'文革'留下一些什么。谁能使此书出版，谁就是为此做出了最大的贡献，理应是当仁不让的署名者，请一定尊重我的意愿。"

尊重原作者的意愿是重要的，固然他本人在何处已杳不可寻，但我在披读文稿时，时刻仿佛看到作者站在面前，而且能感受到他那忧国忧民的爱国激情。这是一本纪录"文革"这场"非常运动"的真实作品，区别于把"文革"仅作为伤痕来写的框套，重在剖析自我；而且是从一个小当权派的角度来写的作品，这角度也是全新的。作者这样一个干部，并未因经历了十年浩劫而放弃信仰和理想，相反却更坚定了自己的选择，有志于为振兴中华而继续出力。这种体会不仅独特，而且可以用来解释为什么今天经历过十年内乱后，中国在东欧剧变、苏联解体的严峻情势下，又能在改革开放中劈波斩浪高速前进。我觉得理应将这样一部文稿公诸于世。从认识价值上说，对中国人和外国人都是有一点意义的。

掠人之美，固非我之所愿，但书的出版，没有作者署名也不行。于是，斟酌再三，决定由我来写这个"来龙去脉"，说明情况。此外，除隐去了手稿中的地名、单位名称和人名外，个别地方我加了注，文字也略有修改，但基本均保存原貌。这样署了我的名我才比较心安。

历史总是要有人写的！我历来反对随意打扮或捏造历史的人，因为那对社会的进步与发展有害。一段历史的烟消云散，往往要在过去若干年后，才在人们的眼中看得更清晰，想得更明白，因为只有时间的淘洗能荡涤掉蒙蔽掩盖着历史真相的尘垢，也只有时间的消逝，能使人变得冷静、客观起来。这部文稿也许写得还是早了些，只是杜牧有诗云："六朝文物草连空，天淡云闲今古同。"其实，人类有文字，文字写成的书稿就会留传下来。只要书稿著作有利于社会发展，它是会长存不败的。

我有幸具有自己对"文革"的亲身了解与亲身体验。虽迄今仍不想回首那一个噩梦，因为那总给我带来辛酸与愤怒的回味。批判谴责"林副统帅"，逮捕公审"四人帮"，在举国上下普天同庆得到欢腾雀跃的效果。记录下"文革"的真实情况作为殷鉴，颇有历史价值。记得"文革"后，曾有一句话说："要正确对待'文化大革命'。"我认为这也应包括忠实地记下"文革"这段历史在内。忠实地记下，也是正确对待。所以我很欣赏这位作者早在一些年前就用心血忠实记下的史实。我相信它有"文物"的价值。据悉"文革"文物身价已很高，"语录歌"唱片，"红宝书"，"文革"中的"纪念章"，"文革"邮票……价格都日益上涨。那么，"文革"史实的稿件，它何尝不会随着时间的推移增价。我没有理由不将它公之于世、推荐给读者。

研究历史是政治智慧的开端。思考会使人显得伟大。经验和教训会使人变得聪明。

为了使那场给国家、人民造成了巨大灾难的历史悲剧化为"肥料"，不少知名人士曾呼吁，要让子孙后代从各方面了解"文革"，研究"文革"。虽然也有人认为不必，但写这本作品的人，可能是有此用意的吧？

邓小平同志在"文革"后，曾多次同人谈过，"文化大革命"那件事，"促使人们思考，促使人们认识我们的弊端在哪里"。"为什么我们能在70年代末和80年代提出了现行的一系列政策，就是总结了'文化大革命'的经验和教训。"（《邓小平文选》第3卷第172页）"我们实行改革开放政策，为什么大家意见比较一致？这一点要归'功'于10年'文化大革命'，这个灾难的教训太深刻了。"（同上书第265页）"20年的经验尤其是'文化大革命'的教训告诉我们，不改革不行，不制定新的政治的、经济的、社会的政策不行。十一届三中全会制定了这样的一系列方针政策，走上了新的道路。"（同上书第266页）这些话显然是大家都拥护的。1981年我们党做出的《关于建国以来党的若干历史问题的决议》，标志着批评"两个凡是"和十一届三中全会开始的指导思想上的拨乱反正基本完成。按小平同志的概括就是："拨林彪、'四人帮'破坏之乱，批评毛泽东同志晚年的错误，回到毛泽东思想的正确轨道上来。"（《邓小平文选（1975—1982年）》第264页）作为一个曾在"文革"中遭受过大风大浪大苦大难的党的国家领导干部，以亲身的经历和理智的思考回首昨天，以切身的感受和清醒的头脑看待今日并展望未来，我从小平同志洪亮的话语及实践中，看到了中国更加光辉灿烂的明天，坚信中国以后再也不会出现"文革"那样的蠢事和灾难！

现在呈现在读者面前的这件"出土文物"，也许是纪实作品，也许仅是小说。那无关紧要！重要的是我觉得绝非胡编乱造。愿它出版后起它应起的作用，不会成为廉价处理的折扣书或被送去化为纸浆。

1997年5月于楠斋

历史已经无法把撕下的那些页还给我了！"文革"已像一个逝去的充满眼泪、恐怖、冤案的悲惨故事，有拂之不去的悲凉！

写完这部文稿时，正是冬季一个暴风雪的夜晚。我静听着暴风雪的呼啸……

引　子

有这样一则佛门故事，虽非佛门弟子也有启发：

一日，文殊菩萨命善财童子到郊外去采药草。善财走到门外又折返说："我看山河大地每样东西都是药材，不知菩萨要我采什么药草？"

文殊笑道："既然每样东西都是药材，你就随便带点回来吧！"

于是，善财去到郊外顺手摘了一株野草回来献给文殊。文殊看了看这株野草，向旁边的众人说："各位！这株草既可杀人，又可活人。"

这也是一个香花与毒草的区别的来历吧？在佛门当中，有的是对善恶的辩证理解。所以善财才会说：天地间每样事物都是药材。

文殊的高明，在于说出：智者善用丑恶，丑恶可成良药；非智者却为丑恶所缚，丑恶只能成为毒品！

一、狂飙飞来

时间像块橡皮，能擦去一切痕迹、一切记忆。如果我再不来写这段"文革"回忆，可能将因岁月流逝而遗忘，使我无法再写出当时真实的全部经历了。那多可惜！

"文革"的经历不该被遗忘，如果我们的后代对中国大地曾经发生过的这场被称为"非常运动"的十年"浩劫"不了解，将会是愚昧和遗憾。我写这段经历的目的不想从"伤痕"着眼，更不想借此来暴露和攻击什么。我是以一个有理想和信仰的知识分子的身份来写这段经历的。我力求真实记录经历，着重袒露心态，并说点我对"文革"的认识。

雪莱早说过："我懂得以往，因此我准备为未来撷取一个警告，使人可以从他的错误中得益，由愚行中提取经验。"

从 1966 年到 1976 年 10 月 "四人帮"垮台，这十年的"文革"所造成的损失，至今还未见有人用精确的数字量化加以表述。事实上，工农业等生产的损失，国家物质元气的损伤，武斗及践踏民主与法制所造成的人员伤亡，数字或许尚能体现，那种精神心灵上的恶伤，文化上的倒退，人的思想意识与素质的恶化，使中国人民蒙受的失落，不但无法用数字表述，而且使中国在相当长的年代里处处会感受到"文革"所造成的震撼，说不出该用多大的努力才能挽回。

那么，诚恳而真实地写下我在"文革"中的全部经历、心态和反思，即使只绘出了整个"文革"的一鳞一瓣，恐怕也是有一定意义的吧!? 我这部书的生命在于真实。当然，我不否认我写的是我主观上认为的真实！

中国共产党成立后，二十八年的英勇斗争取得了中国革命的胜利。1949 年新中国成立以后，中国在国际上就得到了独立自主的大国地位，帝国主义妄想再任意侵略欺凌中国的日子一去不复返了。世界上人口最多的这样一个大国像一头醒了的睡狮，在各方面都有不应低估的成就。这是中国人民拥护共产党的主要原因。我真心感到做一个中国人值得自豪就是从新中国成立的那天开始的。中国人民从此站立起来了！这不是一句空话，而是切身感受。仅此一点，我就要倾心拥护中国共产党的领导，做她的好干部！

可是，1966 年 5 月至 1976 年 10 月发生了"文革"这样全局性的、长时间的严重错误。这就使我们这些跟党走的干部在这场"由领导者错误发动，被反革命集团利用，给党、国家和各族人民带来严重灾难的内乱"中吃尽苦头。

我还记得在"文革"开始之前，我就有一种预感强烈涌塞心头，说不清也摸不准这是一种什么预感。用"山雨欲来风满楼"的诗句来形容倒是合适的，总觉得国家要发生什么不寻常的事了，又要搞运动了！

首先引起警觉的信号是：1966 年春，有一天《人民日报》上发了一条消息，郭沫若作了自我批评式的发言，在一个座谈会上。大意是说：他没有把毛泽东思想学好，没有把自己改造好，自己以前所写的东西，严格地说，应该都把它烧掉，没有一点价值等等。

当时，引起我警觉和不快的感觉当然不仅仅是《人民日报》上这么一条新闻，主要是自从 1957 年"反右"后，继之以 1958 年的"大炼钢铁"和"三面红旗"，又继之以从 1959 年至 1961 年的"三年自然灾害"（其实人们都看到与自然灾害偕同的人祸了）。在"三年自然灾害"严重得人人都挨饿的状况稍有改变后，又来了"四清"运动（清理账目、清理仓库、清理财物、清理工分）。知识分子早已被搞得人人自危，从 60

年代开始，文艺界、文化界又开展过一系列的批判，批了秦兆阳的"现实主义道路广阔论"，批了邵荃麟和赵树理的"中间人物论"，批了周谷城的"时代精神汇合论"。经济学界批了孙冶方的"利润挂帅论"，哲学界又批了杨献珍的"合而为一论"，史学界批了罗尔纲和翦伯赞等人。这么多权威都挨了批判，早使人察觉到那种极"左"压力的可怕。运动和批判，压迫得人喘不过气来，也使人感到无所适从。每次批判，每次运动，都有一批人倒下。虽然毛泽东关于正确处理人民内部矛盾的理论一直在宣扬要严格区分敌我矛盾和人民内部矛盾。可是实际生活中，几乎根本没有什么人民内部矛盾的处理，张眼看到的全是被作为敌我矛盾处理或敌我矛盾作人民内部矛盾处理的人。两类不同性质的矛盾混淆了，民主和法制也不存在，怎不叫人胆战心惊，感到窒息！我那种警觉到不祥的预感，正是从多年运动和批判的见闻中汇聚来的一种第六感觉产生的可靠判断。每每只要上边说一句话，下边就山呼海啸，惊涛万丈。上边的行动是不受普通老百姓影响的；而普通老百姓，包括下边的干部、知识分子，只要上边一句话是可以定生死与悲乐的。

我像迷茫在一片无边无际的大沙漠中，无论往哪个方向想似乎都迷迷茫茫。我把自己的判断和想法告诉了妻。那是在夜晚睡觉的时候，因为白天我们都忙。我这主管教学的省属重点中学校长要听课、检查作业、开会、同教师谈话、同学生谈话、接见家长……妻负责图书馆工作，我休息的时候，她还忙着在借书给学生。只有到夜晚，大家政治学习完毕精疲力尽回到家里才都有点空闲。而且，只有夜晚，睡在床上，四顾无人，听万籁无声，我同可以信任的唯一的人——妻两人轻轻的谈话才无所顾忌。

那夜下雨，淅淅沥沥，悲悲切切，从卧室外望，路灯昏黄的微光下，雨线像一缕缕银丝，从黑色的蒙蒙苍穹中纷纷挂下来。听了我的话后，妻忧虑地说："难道又要搞运动了？"她曾随家去过台湾，父兄在台湾，她是为了爱情舍弃一切在 1952 年从台湾回到上海同我结婚的。那正是镇压反革命高潮期间，她是一位国民党元老的幼女，但无历史政治问题，所以她敢回来，而且组织上批准了我们结婚。她是善良贤慧的，为了我，舍弃了太多的东西。我们婚后，一同由上海被调到北京，在北京工作九年后，又随我一同到了这里。多少年来，由于她本人历史单纯，为人和顺，工作一直勤恳，那些运动和批判从未直接打击到她头上，但她看着一次次运动的声势和许多熟人在运动中倒下的惨状，就早已战栗而深恶痛绝了。现在，她带着厌烦和恐惧问我，我听得出她内心的波动。

为了安慰她，我说："也不一定。再说，我跟着党已经走了这么多年了，来运动也不该有什么！"但稍停，我又不禁叹息说："唉，人们知道自己的昨天和前天，又有谁真能预测明天和后天呢？没有别的办法了，还是沉默少说话吧！"其实，我内心与她一样厌恶与恐惧。1957 年以后，在政治运动中，我总感到人的尊严、人的生命、人的安全、人的权利、人的一切都无保障。今天是"同志"，明天莫须有的就突然会变成"敌人"；今天是革命的，明天就突然会变成"反革命"。谁也不能保证自己是否能一辈子革命，倒不是自己不要革命，而是革命会不会要你。谁也不能保证自己是否能平安活一辈子，有个善终。这种不安全感在知识分子中恐怕绝大多数人都有。只是谁也无法主宰自己的命运，谁也不敢真实表达这种想法，反倒只能用一种谨慎的、平静的、麻木的、粉饰的态度来对待。

6 月初的一天，地委统战部王部长带了赵秘书来学校开知识分子座谈会。王部长是地委一位副书记的夫人，一个胖胖的略带花白头发、戴眼镜的中年女同志。原先在省城师范学院中文系做过党总支书记，外表和善。赵秘书是本地人，早年做过区委书记，他做统战工作能同知识分子和统战对象和谐相处，也讲政策。这次来，由我开列了参加座谈的教师名单，一共十几个人。统战部是想了解知识分子思想情况来摸底的。在会上，我才知道学校里的教师们都很敏感，对《人民日报》刊登郭沫若的谈话都注意到了。但大家都不多谈思想，发言都属于空洞的研讨，强调自己"需要改造"，表示"拥护党对知识分子的改造"。最后，王部长要我发言，我只好既表示拥护改造，结尾又说："像郭沫若都说他写的东西全部应当烧掉，我写过的那些东西自然也应当全部烧掉。……"

我一向有个爱博览报刊的习惯，订了不少报刊，并且也有留存资料和剪报的习惯。妻在图书馆负责，也便于我阅读未订的报刊。凡所有批判性的文章当时都在我留存资料之列。我常将自订的报刊上的文章剪下来贴在旧杂志本上。1965 年 11 月 10 日，上海《文汇报》上姚文元《评新编历史剧〈海瑞罢官〉》的文章就开始引起了我的注意，因为这篇长文，在《人民日报》《解放军报》《北京日报》等全国和各省级报纸上差不多都转载了。姚文中杀气腾腾的语句颇有一种"檄文"的姿态。指摘《海瑞罢官》是"毒草"，从文章中看，又似乎另有更复杂的意图。当然，由于对中央领导层的斗争缺乏了解，又由于我所在地区的闭塞，当时我思想上只认为姚文的矛头指向不过局限在学术或文艺领域的批判，绝未想到这针对吴晗和《海瑞罢官》的批判会扩而开来，成为对准彭真同志和刘少奇主席的一把利刃，并且拉开了毁灭文化、残害文人学士的帷幕。

对姚文元，我不生疏。他是姚蓬子的儿子，这个在反右时因为凶狠批判别人开始露头角的文人，在上海早被文艺界有些人视为是一条"棍子"。对吴晗，我在 1953 年—1961 年时，因为在北京一家全国性杂志社任职，曾几次到他家去向他组稿并做客。早年抗战时期上大学时，我读过他在西南联大写的《明代特务政治》；此时，也读过他写的《朱元璋》。他给我的印象是黑黑矮矮戴副眼镜像个印度人，但却是博学和蔼的，他主编的《历史小丛书》，我觉得对普及中外历史知识是很好的。尤其是当时中学曾取消过历史课，这套书应运而生就更切合需要。具体编辑这套丛书的一位编委，每出一本《历史小丛书》就给我寄一本，并且约我为《历史小丛书》写稿。《历史小丛书》寄给我后，学校历史教研组的教师常来向我借阅，都说这套书编得不错。但批判吴晗的《海瑞罢官》后，又加上现在郭沫若谈了这样一番反常的话，我就觉得把《历史小丛书》借给历史教师看可能是一种错误了！当时的事情就是这样：吴晗既是主编，他出了问题，他主编的书必然也有问题。他全盘都得否定，他主编的书也得全盘否定。这种"全盘否定论"的盛行，违背马列主义，却又长期在历次运动中在马列主义的幌子下一直进行。没有人敢说这不符合历史唯物主义和辩证唯物主义。

从那次地委统战部召开了座谈会以后，传来了毛泽东主席的一次讲话内容。大意是说：毛主席专门就学术批判问题作了讲话，说解放后对知识分子实行包下来的政策有利也有弊。现在学术界和教育界是知识分子掌权。社会主义越深入，他们就越暴露出反党反社会主义面目。吴晗之流是共产党员，也反共，实际是国民党。各地都要注意学校、报刊和出版社等掌握在什么人手里。要批判资产阶级权威。他说：要搞"文化大革命"！

对这番话的突如其来，我的认识当时是肤浅的，只感到话说得很凶很重，似乎就要有风暴来临，还不理解什么叫"文化大革命"，但随着就发生了一件事，使我感觉到不寒而栗。

一天，地委宣传部来电话通知去开会。这实际是一次小范围的党员干部会，却错通知了我也去开会，地点是地委小礼堂。

我是 1961 年夏由北京直接拿了中央组织部的介绍信带队下放 L 市支农的。到 L 市后，地委组织部见来了一个十五级做过一家中央级刊物三把手的高级知识分子，就决定安排在当地这所省属重点中学做行政领导工作。党支部书记远超，十四级，原是地委文教部副部长，一个面目清癯虽然跛脚但衣着整洁、颇有气派、面上常带微笑的人。另有一个管总务行政的副校长，十七级，五十多岁，名叫袁先扬，爱喝酒，面上笑呵呵，大大咧咧，可实际胸有城府绝不糊涂。我到校后他就发牢骚说：“怎么把他放在我前面！”我以诚相待同他们处得好像还算可以。但从这次会后，情况却起了变化。

这天，通知我去地委小礼堂开会，同远超坐在一起。这地方和北京不同，北京听报告分级别来定，比如十三级以上是一档，十七级以上又是一档。这里听报告则视情况小范围开会。

主持会议的是文教副专员徐伯衡。讲话的是地委副书记兼组织部长魏晓锵。这地区因为是老根据地，老干部特多。魏晓锵书记其实同我私人之间并无恩怨。我到本地分配工作就是他慎重研究批准的。这天，他没看见我，因为一则他不知我参加了会；二则我坐的位置前排的人挡住了我的脸。开会他讲话时，那精神就是毛泽东主席那番话。从“千万不要忘记阶级斗争”开始讲起，讲到资产阶级学术权威、知识分子反党反社会主义。突然，他十分严厉地问：“中学的远超同志来了没有？”

远超举举手，说：“在这里！”

魏晓锵突然高声说：“你们那里的实权在谁手里？你知道不知道？实权不在共产党手里，领导权被篡夺了！有威信的不是你这个书记，而是资产阶级知识分子！……

正说到这里，我大吃一惊，却被坐在魏晓锵身边的徐伯衡看到了！徐的妻子宜汇英在学校里任人事干事，所以徐认识我。他连忙阻止魏晓锵讲下去，附耳不知同魏轻轻说了些什么，估计是说我在场。魏朝我坐的这面看看，有些与会者的目光也向我压来，魏就转了话题继续谈要各文教单位注意实权掌握在什么人手里的问题，并且提出：文、史、哲、法、经，要搞“文化大革命”。……

我敏感地意会到事情不好，坐在那里，双脚仿佛被铁螺丝拧住了，这个会的后半部分怎么开完的我也记不清了。对这就是“文革”的发端，我也认识不到。我只敏感地意识到：我的处境恐怕危险了！很难说会有怎样的不幸降临!

我也很能理解、体谅魏晓锵,上边有指示,他是这地区的党员领导干部、文教书记,自然得坚决照办。他说那样的话,不过是像留声机放唱片,那怨不得他。

我抗战后期就同地下党员有联系,自从参加革命后,最初因为被认为"年轻有为",就受到了提拔,后来,因为不是党员,就停止了"进步"。从 40 年代末、50 年代初直到 60 年代,我一直在争取入党。信仰共产主义是我自己的选择,我希望国家不受帝国主义欺凌变得富强;我希望贫富不均能够变成贫者都不虞匮乏;我希望工农大众都能翻身有文化当家做主;我希望重视科技教育,全民素质能够提高;我希望吸毒,娼妓,流氓黑社会都被扫除……这些都使我愿意成为一个共产党人。但由于家庭出身和社会关系,入党很难,好不容易到了1957 年快要入党时,偏偏来了反右,停止吸收知识分子党员,到 1961年入党又有希望了,我又离开北京下放 L 市。我带了组织的介绍信,上面也说明我有入党要求,属入党培养对象,但来后党支部书记对我说:"你来不久,需要接受一段时间的考验。"于是,一晃又是几年。

因是"非党同志",我长期担任的都是副职。从 1950 年至 1953 年在上海一家出版社担任副总编辑时,因为总编辑殷从武喜欢我努力干工作,我毫无"自外于党"的心理,该怎么干就怎么干。在北京那家全国性杂志工作时,做三把手,实际也是主编的副职,虽仍努力工作,但懂得了工作太出色会惹起个别同志妒嫉,就不免在放手工作时心有顾忌,尽量使自己愚钝。来 L 市后,发现在本地区县团级单位中做负责人的党外人士简直除我之外绝无仅有,而且同北京相比,执行知识分子政策似乎有所不同,就力诫自己别锋芒太露。但要我不工作,优哉游哉,又觉得于心不安,所以仍是勤勤恳恳踏踏实实地为教育工作尽自己的力,想不到千辛万苦都会惹下"篡夺"了领导权的祸事。

我能体会到魏晓锵书记的话分量有多重! 这预示着大祸将要临头。

我和妻都是外乡人，带着晓林、晓亮两个孩子在这里，人地生疏，万一我出了问题，怎么办？我猜测，魏晓镪所以点我名，可能是听他儿子谈起了我一些什么。我到中学任职后，不摆校长架子，对师生都主动接近，比较关心。每天与学生同做早操，有时与学生一同参加劳动。大风雨时，住在河东岸的学生结队过水势滔滔的大沙河，我不放心，总要亲自陪到江边看他们由班主任率领安全过了大河才放心地回来。开大会时向学生讲话，因为事先有所准备而且了解学生思想情况，学生每每比较欢迎，掌声热烈。正因如此，看来是犯了忌。我开始明白：做党外人士最好是不做事，表现得绝对庸碌无能，唯唯诺诺，少开口说话，对任何事都不提意见，这才可以避祸，可是我做不到也没做到，遂造成了这种处境。心里懊丧可知。

果然，从那次会后，远超与袁先扬对我的态度都变了。有时他们开党员会后接着开行政会不再叫我参加，有些我应看的文件应知道的事不给看也不告诉我。最有趣的是学校组织基干民兵建一个营，远超让袁先扬任营长，自兼教导员，我连基干民兵也不是。基干民兵营成立大会举行阅兵式时，我站在主席台中央，民兵经过主席台正步走时，穿便服的袁先扬起立举手用军礼还礼，我却举了手又放下不知道怎么办才合适。我心中已经有数，"劫数"恐怕已经快要降临，我是在劫难逃了！

5月1日，国际劳动节，在北京，原来早就传说可能成为接班人的彭真同志没有公开露面。他是北京市委第一书记和市长，中央政治局委员。每年"五一"和"十一"，都看到他很精神地在天安门城楼上极活跃。为什么不露面了呢？果然，不到一周，就从报上读到了批判"三家村"的文章。那是署名高炬的《向反党反社会主义的黑线开火》、署名何明的《擦亮眼睛、辨别真伪》。接着，又有姚文元炮制的文章《评"三家村"——〈燕山夜话〉、〈三家村札记〉的反动本质》。文章说："邓拓、吴晗、廖沫沙以'三家村'为名写文章是经过精心策划的，有目的、有计划、有组织的一场反社会主义大进攻。"接着，报刊上批判"三家村"的炮火越来越猛烈，火药味也越来越浓了！

说来滑稽，吴晗同我的那一点点关系前面讲了，那纯粹是工作上的来往。邓拓是北京市委书记，他在《人民日报》做负责人时，我曾不止一次到王府井《人民日报》顶楼礼堂听过他作的报告。廖沫沙则同我毫无一点瓜葛。这时，却听有的教师告诉我，说一个教历史的名叫厉音玉的教师在宣扬我同"三家村"有交往，很可疑云云，证据就是吴晗常把"历史小丛书"寄给我，然后由我把"历史小丛书"拿到教师中去"放毒"。我听了当然只能一笑置之，不予理睬，实际是小看了他的煽动。

当时的事有一套固定模式。比如上边批"三家村"，下边就要立刻"愤怒声讨"，然后再揪出下边的"三家村"代表人物来。北京、上海等地批判"三家村"后，省里的"工农兵群众"马上"愤怒声讨'三家村'"，立刻就揪出了省城的一位杂文作家和一位戏剧家来批判，又迅速进一步揪出了副省长、省委宣传部副部长萧余进行声势浩大的批判。

看到省城已经在"揪"，而且萧余也被"揪"了，我就知道炮火离我又近了一步。我是1962年春节前在省城认识萧余同志的。当时，三年自然灾害严重，省委召开过一次全省一百多位高级知识分子代表参加的座谈会，安抚慰问，并予勉励，省委宣传部直接发机密急件到L市邀请我去参加。去后，萧余同志同我谈话，慰勉与党共渡难关之后，说要调我到省城的最高学府，一所大学里去任教。因为那里打算设立新闻专业。但我觉得我缺乏讲课的经验，早年虽是大学新闻系毕业，但怕自己残留着"资产阶级新闻学"的影响，讲课要出问题，并不适合去大学任教。且我对办好一个省属重点中学颇有信心，愿意为此贡献出自己的力量，表态不去，这事我回校后谈起过。后来，在1963年夏，萧余同志以副省长身份到学校里来参观，由我陪同，也做了交往。这全校教职工都是看到的。现在，萧余同志被"揪"了，我当然能意识到问题的严重。

学校里在党支部领导下，开始大批特批《燕山夜话》和《三家村札记》这两本"黑书"，开始大批特批邓拓、吴晗、廖沫沙，而且联系萧余等来批。当时的情况造成一种怪现象：要出名就得挨批！其实《燕山夜话》和《三家村札记》在学校图书馆里一共也不过几本（妻真危险，因为凭她去新华书店买了这样的"毒草"回来就可以给她一个"贩毒"的帽子进行批判的。这说明远超还是比较讲政策的），但此时既要批，书就成了热门货。学校党支部派妻到新华书店设法又购买了一批《燕山夜话》和《三家村札记》回来，不读的人也都得抢着读、抢着批。学校里轰轰烈烈地发动师生开批判会、贴大字报声讨黑帮，表示"坚决站在毛主席一边"。

在这同时，报上头号大字标题写出：北京市委改组。5月16日，中央政治局扩大会议通过了毛泽东亲自主持制定的《中国共产党中央委员会通知》，即后来著名的所谓"五一六通知"。"通知"宣布，撤销彭真具体领导的"文化革命五人小组"，重新设立陈伯达为组长，江青为第一副组长，康生为顾问的"中央文化革命小组"，直接领导"文化大革命"。

中央发生了什么事？不清楚，显然是极不寻常的事！"文化大革命"是什么内容？怎么搞？不知道！但来势必然凶猛。江青过去只是偶尔在传说中听到。我早年看过她参与演出的影片《王老五》，也听到过她的一些逸事。此刻，她一跃而上政治舞台而且叱咤风云不同寻常地亮相来到前台了！意味着什么呢？不了解。反正，学校里大家的脸上都严肃冷峻起来，多数人嘴上都像贴上了封条。互相之间的正常交往忽然停止了！"黑云压城城欲摧"的形势已成。我本来不该有什么可怕的，因为自问不但无罪而且没有任何错误或不检点之处。但我却害怕"莫须有"！害怕一朝倒霉牵连家人和亲友，害怕有口难辩也无人为我辩护。遗憾的是我虽是一个校长，却只能像笼中的一只鸟儿，等待着人随时伸手进笼将我抓去摆布。我毫无支配自己的命运的权利，黑夜躺在床上，想到这些，浑身血液就结冰了！

对"文化大革命"要从教育界开刀有所了解，是从报上刊登北京大学事件开始的。

我关注着教育界的事态发展，大脑神经的弦，始终绷得紧紧的。

6月1日晚，中央人民广播电台播放了北京大学聂元梓的大字报：《宋硕、陆平、彭珮云在"文化大革命"中究竟干了些什么?》，这是造党委反的一张大字报。第二天，《人民日报》头版头条以《北京大学七同志一张大字报揭穿了一个大阴谋》的大字标题发了聂元梓的大字报，配上评论员文章《欢呼北大的一张大字报》，把陆平（北大党委书记）等领导的北京大学说成是"三家村"黑帮的一个重要据点，是他们反党反社会主义的顽固堡垒。号召"革命派"要"无条件地接受以毛主席为首的党中央的领导"，与"反对毛主席，反对毛泽东思想，反对毛主席和党中央的指示的，不论他们打着什么旗号，不管他们有多高的职位，多老的资格"的黑帮坚决斗争。

头脑里想过：这指的是谁呢？好像指的人物比彭真更大呢？……但不敢乱想，马上刹车。造党委的反对吗？不对《人民日报》敢这样干？可是经1957年反右以后，头脑里党员不可反，反领导就是反党等等观念根深蒂固，怎么能胡思乱想呢？也马上停止思索使自己"规矩"起来。

说实话，由于对党内领导层之间的斗争缺乏了解。这《人民日报》评论员的文章我虽读了几遍却是并未读懂的。《人民日报》又发了《触及人们灵魂的大革命》的社论，号召抓意识形态、上层建筑中与资产阶级的斗争，号召要"做彻底的革命派……永远高举毛泽东思想的伟大红旗，横扫一切牛鬼蛇神，把无产阶级'文化大革命'进行到底。"这些话，我也似乎懂，却又确实并不真懂。

当时，学校里组织干部、教师和职员学习。学习的不外是《人民日报》上的社论和消息，以及"五一六"通知。有段话是最脍炙人口的了："混进党里、政府里、军队里和各种文化界的资产阶级代表人物，是一批反革命修正主义分子，一旦时机成熟，他们就会要夺取政权，由无产阶级专政变为资产阶级专政。这些人物，有些已被我们识破了，有些则还没有被识破，有些正在受到我们的信用，被培养为我们的接班人，例如，赫鲁晓夫那样的人物，他们正睡在我们的身旁，各级党委必须充分注意这一点。"

现在回想，我那时真是太幼稚了。这段话，我竟不止一次自己偷偷拿来照镜子"对号入座"，当然欣慰于自己"不像"，却根本想不到是要搞刘少奇同志。

北京大学顿时成了全国"文化大革命"中心开花的地方。报纸上连连登载全国工农商学兵支持聂元梓声讨黑帮的文章。从报上看，从广播上听，"文化大革命"掀起了高潮，北京的几十所大专院校和中专及普通中学都掀起了揪斗党委第一、二把手的浪潮。这我似乎有点懂了：原来这次革命的重点是要整"党内走资本主义道路的当权派"。但又糊涂了！也不太懂：怎么可能所有大学的党委第一、二把手都是"黑帮"呢？而且这样做法不要天下大乱吗？共产党为什么要这样整自己的党员干部把他们一下子都说成是"黑帮"呢？我看过安娜·路易斯·斯特朗写的回忆苏联 30 年代肃反情况的《大疯狂》，那是内部发行的。此时，不由地使我想起那本书描述的种种，心中说不出有多忧惶。

无法去请教谁，也无法同人讨论研究。在学习会上大家发言也不热烈，多数均是按照报上的话似懂非懂地说上三句五句应付敷衍。但人人都像沐浴在萧瑟的秋风中，感到风浪很大。强台风袭来了，许多事都超出常规不可思议，弄不清伟大领袖的头脑里在想些什么、要干些什么。

大约是 6 月 10 日，有一天，通知大家晚上到操场上去听录音广播，是地委来播放的。中学的大操场是可以开万人大会的。许多外单位的学校师生也列队来参加大会，各自带了小板凳或席地而坐听广播。那是刘少奇、邓小平同志的讲话，录音很不清晰，声音忽高忽低，夹着嘁嘁唧唧的杂音。讲话的大意是如何应付北京学校出现的纷乱局面。原来学校党委不起作用了，谁来代替党的领导？工作组就可以代表党的领导。北大已经派去了工作组，这可以作为样板推广，好好控制运动，好好维护好局面。派工作组要快，要像派消防队救火一样快。……

广播里的话声遥远而不清，刘少奇说自己是"老革命碰到了新问题"。听的人，我看真正懂得情况的恐怕没有。但我发现远超听了心情似乎较好。我猜：他对内情肯定是比较清楚的。有些党内重要的文件他能看得到。这时，听说高中学生跃跃欲试，正想学北京的学生采取行动。至于什么行动，我简直无法想象。我们这个领导班子，平时在学生中威信不错，学生会翻脸吗？谁知道呢？再说，一般情况下，党的书记，学生是不敢碰的。像我这种党外的校长，却是"软柿子"可以捏的。那么，我会怎么样呢？我的心像一条被钩紧紧钩住的鱼了！

妻举止安详，但总常有似有若无的忧愁，她不大说话，在图书室工作之余就是忙着家务，照顾两个可爱的孩子。

心情忐忑的日子过到 6 月 16 日。那天中午，突然学校那幢办公楼的北墙和西墙上出现了大字报。大字报是高三一个学生写他的班主任鲍圭远的。鲍圭远是数学老师，上海人，省城师范学院 50 年代的毕业生，为人朴实厚道。那个学生指摘他平时做班主任压迫学生（其实他平时对学生是不错的）。大字报的语气还不算凶。但接着，就出现了一批造党支部反的大字报，其中有的就很凶了，矛头是针对党支部和远超的，把远超比作北大的党委书记陆平，说党支部是反党反社会主义的，说远超是黑帮头子！有人开了头，大字报就越来越多。看样子，学校里的"文化大革命"这就开始了！而这也立刻惊动了地委。因为地委一直担心地区会燃起"文化大革命"的火焰，这所省属重点中学的学生发轫了,意味着全地区的"文革"也开始了!午后,我见远超匆匆地让通讯员小李用自行车带着他去向地委汇报,面如土灰。傍晚时,他回来了,从自行车的后座上下来时,那种失魂落魄狼狈的样子是少有的。面色发灰,两眼发直。

我在教务处里坐着,三个教务副主任一个叫卜绍甫,福建人,数学教师提拔的,共产党员;一个叫翟任余,苏北邳县人,语文教师提拔的,也是党员;一个叫程一平,山东枣庄人,语文教师提拔的,党外群众。他们同我相处都还好。卜绍甫是党支部成员(支部其他两个成员就是远超、袁先扬),无形中地位高些,平时主要管学生的政治审查和思想、纪律方面的事。这时,天已黄昏,远超忽然来叫我,说:"我们到袁校长房里开个会。"

我就随他一同到了教务处斜对面袁先扬办公兼住宿的那间小房里。袁先扬家属在莱芜老家,他在办公室里搭一张铺兼带住宿。这时,他坐在床上,似也心情沉重。我进去后,还未坐下,远超就说话了。他脸色不好,目光冷峻,精神疲惫,说:"大字报想必大家都看到了!'文化大革命'来了!我们各人的事应该各人自己负责。不能推诿给别人!明天,地委工作组要来了!"

袁先扬慷慨激昂,说了六个字:"只能揽,不能推!"

见他们这样说,我倒很感动,觉得对我很信任,我马上也发自内心地说:"那当然,自己的事自然应当自己承担,这是品质问题!"因为我当时的想法是:我负责主管教学业务,这方面的问题我应当承担责任;我又写过些作品,我自己写的东西自然应该自己负责。

这个"会"实际只开到这里,远超又去叫卜绍甫来,说是党支部要研究问题。那就是暗示我可以退席。我就离开那儿回家了。天擦黑了,远处的一切都似乎朦朦胧胧。回去时,沿途只见学生和教师东一团、西一堆,叽叽喳喳,颇有临战前夕的味道。我这校长平时走过,总不乏打招呼的师生,这时却对我视若无睹,无人理睬了。真是风云色变、冷暖不同啊!

当时,我住在学校靠东北的一排平房宿舍里。这中学校园有120亩地以上,很大。从办公室走到住处要五六分钟。到家时,见到了妻,她正同保姆余妈妈在做饭。五岁的二女儿晓亮正与上小学四年级的大女儿晓林在玩耍。我把远超找我"开会"的经过告诉妻,推测道:"这次运动怎么搞心中无数。不过,我自认为没有什么问题,所以也不怕什么。现在看来,远超他们对我是信任的。不然不会开这个会。他们是不会搞我的。而且,明天,地委工作组就要来了!学校我看也乱不起来。"说这番话时,我完全是为了安慰妻。这番话基本是真的,只是说我"不怕",是掺了水的。我心里很怕!怕得很!

这夜,睡得很迟。睡熟后,大约十二点钟以后了,忽然听到钟声"当当当当……"慌张地乱敲一气,人声鼎沸,气氛十分恐怖。我连忙穿衣起床,妻不敢放我出去,我说:"我是个校长,学校发生情况我岂能躲在家里?!"我坚决地走出了家,在黑暗中沿着林荫道向前边办公室跑去。只见学生、教师乱糟糟的,无数人影憧憧,路灯、教室和办公室、宿舍的电灯全开了!我走进办公室那座房子,只见挤满了人,有些蜂拥在那里的学生都用一种不怀好意的奇异的眼光看着我。我走到教务处,那里人更多,挤不进去。听说里边有几个教师被学生揪斗关在里边。我就决定不进去了。这时,钟声又"当当当当"敲响,急促而零乱。这只钟是解放战争时期遗留下来的一个大炮弹壳,悬挂在二十多米高的钟架上,平时上下课敲的。如今,敲得全校师生都惊醒了。敲得我的心噗噗地跳,听见人的脚步声噔噔作响,我到办公室后边的大操场上看看,只见大操场的那个大土台上,有些学生将一位教语文的女教师周怡和教导主任翟任余都揪着押在台上示众。翟任余和周怡是一对夫妇,都是很好的人。翟任余为人聪慧,文字水平也好,平时比较得到远超的重视。有些教师妒嫉。在大学时代,因为崇拜李清照,莫名其妙地在反右时受到过批判,误传他是漏划的"右派"。周怡平时工作勤恳，对学生也十分关心，一位辛勤的寡母将她养大，送她上了大学，但有人无中生有地捏造说她的父亲是地主。北京大学既然矛头一来就对准党委书记陆平，通过报纸、广播的宣传、引导，中学的矛头当然会对准远超，"上行下效"是运动中的一条规律。但学生和有些教师一时还不敢就对准远超下手，于是矛头就对教导主任翟任余和一些出身不好的教师来了。我这时发现有些学生在对我指指点点，就决定赶快离那里回家。回家途中，见一些学生揪住个儿高大的秦有才正往前面去，吵吵闹闹，野蛮得很，动作和声音也可怕得很。秦有才是物理教师，1957年在上大学时因参与向党委提建议被划为右派，虽摘了帽，这些学生仍把他看作属于"阶级敌人"之列。我快步回家，把看到的情况告诉了妻，叫两个被钟声惊醒的小女儿同余妈妈赶快再睡，心中感到恐怖。妻问："外面情况怎样？"我唉声叹气说："就像外国小说中描写法国大革命民众在巴黎骚动似的！"我俩都猜不出下一步会怎样，都穿衣坐在床上，灯也不开。

外边钟声仍然在"当当"乱敲。人声仍吵吵不歇。忽然，听到人声更响，许多人拥到我住处门口，"乒乒乓乓"敲门。我打开灯开了门，只见杀气腾腾拥进一批人来，为首的是理化组的几个教师：安庆文、甄效君、隋呼和外语组的教师许昌等。平时，这些人都好像很尊敬我的。此时，竟全变了样子，翻脸不认人了。他们手里抬了个大木牌，上面糊了一张大字报，写的是："你必须回答：翟任余的根子是谁？"

窗户早被打开，窗口全爬满站满了学生。有看热闹的，有夹着起哄的。除了隋呼始终未发一言外，其他几个教师都声势汹汹，齐口同声要我立刻回答："翟任余的根子是谁？"

妻和两个从睡梦中惊醒的孩子怀着恐怖感过来同我站在一起，灯光雪亮，屋里闹腾腾的。我明白：他们已经揪了翟任余，现在要揪更高一层的领导。我如果回答："根子是远超！"他们马上会去揪远超。我如说根子是我，那也太傻，他们马上会揪我。于是，我冷静地答："我不知道!"而且,坚持这个回答,无论他们如何追逼,也不松口。交锋了一场,僵持了约莫半个多小时,他们才撤走。

从这开始,学生的事其实都有长胡子的教师插手,摇羽毛扇做军师,后来就形成了"红卫兵"与"造反派"的融合。"文革"中,单纯的人是被毛泽东主席的威信点燃了心扉之火,有野心的人则是跳出来想浑水摸鱼捞点什么。这个恐怖之夜,钟声、喊声、脚步声,加上揪斗教师,使校园一片混乱。有的学生后来恶作剧地往周怡头上浇了一瓶墨汁,将废纸篓套在她头上。化学组有个教师辛振海被吓得神经失常,语文组有个教师华岐被吓得自己用剪刀猛戳头部自杀,幸而被他妻子救下劝阻,未曾出大事……

这是第一个恐怖之夜,但仅仅不过是开始。

人,变得疯狂了!我用茫然的目光看着眼前的现实,心里充满忧虑,弄不明白为什么每每过上一段安定的日子就总是要来上一次"运动"搞得人心惶惶或后患无穷。但,我也做好了经受考验的思想准备。在逆境时回忆幸福是世上最痛苦的事。也不知为什么,那个恐怖的夜晚让我总是想起参加革命初期时有过的那种阳光灿烂的日子。

二、揪 斗

　　工作组确是在第二天就来到中学的。

　　组长是地委宣传部副部长史亦庆同志。莒县人，一个和蔼稳重的干部，有一双黑白分明的眼睛，比较注意政策。两个组员，一个是宣传部的干事刘介之，一个是文教局的人事科长荀凤恩。刘介之一来就同有些积极搞运动想捞点什么的教师如政治教师厉音玉等打得火热。荀凤恩表现得平稳，毫不张牙舞爪。工作组是"灭火"来的，远超经常同工作组在一起，袁先扬也同刘介之晚上常在一起喝酒，有时厉音玉也参加一起喝。我有点感到孤单，但私忖史亦庆为人比较正派善良，平时对我印象似乎较好，估计他也不会搞我。工作组来后，召集全校大会，史亦庆讲话，强调了政策，向学生和教师传达"中央八条"，规定"大字报不上街"、"开会要在校内开"、"不要上街游行示威"、"不要搞大规模的声讨会"等等。总之，是对学生的行动加以限制。后来，才知这"中央八条"是刘少奇搞的。工作组劝告学生"坐下来"、"学文件"，要学生讲政策。暂时使恐怖之夜的恐怖消失了，校园中出现的一些大字报，不外是说："教导副主任卜绍甫的老婆华秀庄戴过金戒指"之类的鸡毛蒜皮的内容。表面上暂时平静，实际上，学生和有的教师仍暗中在活动，北京及外地的信息不断通过小道传来。有些教师和学生反对工作组限制他们串联和活动的情绪也不断高涨。

　　我已无心再抓什么教学和校务，实际也已经无法管什么教学了。

学校里人心涣散，大多数干部和教师谁也不知谁的命运如何。工作组有一次开大会时宣读刘少奇同志的一些批示时有这样的内容："当牛鬼蛇神纷纷出笼开始攻击我们的时候，不要急于反击。要告诉'左'派，要硬着头皮顶住。领导只要善于掌握火候，等到牛鬼蛇神大部分暴露了，就要及时组织反击"等等。刘少奇当然这时还不知"文革"是要拿他做目标，工作组把刘少奇的话当作圣旨，自然也错拿了令箭。"文革"从开始到后来，都有无数人在"不了解"中倒了霉的。据说，当彭真同志被打倒"揪"出时说过："文革"是"一场混战"。确是一句名言。

我是在浑浑噩噩中既清醒又糊涂地等着挨整的，要被整到什么地步当然心中无数。当地消息本来闭塞，加上地委的封锁，我是非党人士消息就更闭塞。但，这时不知从哪里传来了一首儿歌，学校里一些教职工的子女和我大女儿晓林上的师范附小里的一些孩子都在唱，歌词是："邓拓、吴晗、廖沫沙，他们和何旺是一家……"

我怎么会同邓拓、吴晗、廖沫沙"一家"了呢!？

至今也不知这是哪位有心的阴谋家编的。听到歌声，我就明白自己无法幸免了。打个不恰当的比喻，就像西楚霸王被困垓下，听到四面楚歌知道大势已去的心情完全一样。

工作组的人不大理会我，教师们怕沾我，好的像王兴玉、鲍圭远等四顾无人时见面还偷偷点点头，坏的像厉音玉就已经顺风变色横眉竖眼了。我胸中涌动着不安，像在风雨里瑟缩，孤零零的，我开始躲在自己那平房宿舍里尽量不外出，为的是怕多露面会招惹是非。也没有谁主动来找我商量工作或干什么，把我撇在一边，日子真是难熬，全赖妻每天在图书馆里上班，回来时把她的见闻告诉我一些。我只能在房里阅读书报消遣。我在学校由于一向严格要求自己，自认为是一个好干部，比如，从北京刚来时，学校大米少，主要是面粉和地瓜面（即红薯粉）等杂粮。我是江南人，爱吃大米。袁先扬管总务，让人把全校教师每月的全部大米三十多斤全拿了送给我吃，我就拒绝并退回，同大家一样吃粗粮。比如，我把孩子从北京迁到 L 市，差旅费就自己出不报销。财会部门要我报销我也拒绝。比如，有些贫下中农的子女生活困难，我拿工资中的部分为他们解决困难。比如，听教师的课，我总是采取学习的态度，事先打了招呼才去听，而不突然袭击，提意见也用商量的态度而不是居高临下的训斥态度。比如，暴雨天，山洪奔腾，大河水涨，住在河东面的学生过河危险，我总亲自到河边看着班主任将学生带过河去才放心回来。比如，师生们上早操和劳动课，我也总是参加，起身教作用。所以，绝大多数教师同我的关系都很好。但此刻，形势变了。由于过去历次运动中株连的经验，由于这次"文化大革命"一来就如此令人可怕，人与人的正常关系本来是不正常，此刻更不正常了！我深深感到寂寞。一种内心的寂寞，难言的寂寞。如果说，革命是为了求得这种恐惧、不安与孤独无依的生活，如果说社会主义和共产主义就是这种模样的生活，那我内心是只会厌恶而不会追求的！这种生活同我理想的生活距离太远。我对这种生活是十分怀疑的！但我只能等着，且看会发生什么。

这中间，有许多当时弄不明的事。听说北京邮电学院赶走了工作组，听说北大设立了"斗鬼台"，把陆平等所谓"黑帮分子"揪上台当"鬼"批斗，戴高帽子，脸上涂黑墨，罚跪，揪头发，游街。又听说在北京师范大学附中读书的刘少奇的女儿刘平平贴了一张大字报，说：毛泽东思想是一切行动的唯一准则，谁要胆敢反对毛泽东思想和毛主席，不管他是什么人，都要揪出来。接着，又听说北京有"引蛇出洞"的说法，认为有些"在野右派感到气候合适纷纷出笼了"！又说出现了"假'左'派、真右派"。到底什么是右派什么是"左"派看法有不同。有人说造党委反的现在是"左"派，有的则认为"反党"就是右派。上边这类事情的发生与安排总是叫人弄不懂也弄不清，而运动中的"发明家""理论家"又这么多。我觉得情况不明，难以揣测，而毛泽东主席又常是一位善于"反其道而行之"的统帅。只有安心躲在房里由着事态发展。有人说："担心发生不幸比不幸本身更难以忍受。"我的感觉也确是如此。

史亦庆领导的工作组入校后当然同远超的党支部完全一致。工作组也要"横扫一切牛鬼蛇神"。《人民日报》社论提出的"横扫一切牛鬼蛇神"中的"牛鬼蛇神"，含义本身含糊，范围也可扩大得无所不包，再加上"横扫一切"，这"一切"就更大得无限。工作组到滨海中学后，首先"揪"了一个美术教师祁黎。"揪"这个字，平时不常用，"文革"中却大行其道！所谓"揪"，就是"抓起来"，就是作为"牛鬼蛇神"关押隔离起来。祁黎是美术教师，业务上还可以，在地区群众艺术馆办过个人画展。他兼着初二一个班的班主任，但他品质恶劣，猥亵过班上一些女学生。这次"揪"出来后不久就由公安部门逮捕了（后来多年后刑满释放时他感到无脸见人竟自杀了）。但工作组也揪了隋呼和黄永华。隋呼是化学教师，黄永华是外语教师教俄语的。两人都年轻，大学毕业后分到学校。隋呼与初三学生吕怡兰有恋爱关系，黄永华则因与外语教师许昌不和被许昌用大字报揭露他平时一些言论，给他加上许多反党反社会主义的罪名倒了霉。工作组决定"揪"他俩，实际是因为隋、黄二人活动能量较大，都有煽动性，且有相当多的学生拥护他们。当时他们消息灵通，知道北京学生反党委的情况。工作组害怕他俩同学生一起起来贴大字报揪斗党内领导。所以远超建议工作组先下手为强，将他俩也打成"牛鬼蛇神"，求得一种安全感。同时，也将一些"死老虎"——即原来摘了帽的"右派"如秦有才（物理教师）、许大杰（物理教师，起义军官）及有点所谓"历史问题"的陈茂流（语文教师）等也打成"牛鬼蛇神"。而且，这时教导副主任翟任余已被学生胡乱揪出，翟是共产党员，工作组遂用翟任余来代表"党内走资派"，也扫入"牛鬼蛇神"之列，好用"丢车保帅"之计来保住远超。

但是，北京的消息不断传来。北京各高等学校印发的传单在学校里张贴并在师生中传阅。传单上说：毛泽东主席从外地回北京了，说他很难过，因为感到运动冷冷清清，甚至有些学校在镇压学生运动。说派工作组是犯了方向、路线错误。……当然，此时谁也看不出这是最高层矛盾的公开化。但这些传闻却使学校里一部分师生对工作组有了看法。工作组只是依靠共产党员历来的威信，又依靠远超平日周围的许多党团员积极分子维持着统治的。由于离北京远，比较闭塞，什么事都要落后一大步。这些传单还没有形成使师生们起来造反的气氛和舆论导向，但斗争矛头显然已跃跃欲试地要指向工作组和党支部了！

当时，大字报铺天盖地贴满了校园。全国的大字报用掉的白纸和打糨糊的面粉有多少？那真是惊人的数字。中国这样一个八亿人口的大国，"文革"一来，贴大字报用掉的面粉该不会比吃掉的少多少；贴大字报用掉的白纸也比学生的课本及作业本用纸量多得多。反正，拿我们这学校说，食堂里储存的上百袋面粉当时一袋袋全拿出来打成糨糊，很快用得精光，谁也不敢说这是"浪费"，说"浪费"那是破坏运动，"反革命的行为"谁肯干呢!？于是，面粉用完后改用地瓜（当时将红薯叫作"地瓜"）面打"糊涂"（稀汤叫"糊涂"）贴大字报。大字报真是提供造谣陷害的神奇武器，揭发人的隐私或说某人曾说过怎样"反动"的话成了大字报的主要内容。无需有任何人证物证事实根据，没有法律的保障或制约，你想怎么写就可以怎么写。挖空心思陷害他人的人不但无罪而且有功，被陷害的人不能抗拒，即使抗拒也无机会解释无人来为你辩护。大字报越写得耸人听闻，越虚假越是"质量高"。外语教师乔廷瑞教俄文，儿子取名"乔沙沙"，高中几个学生联名写的一张大字报说："沙沙"就是"杀杀"，是要杀共产党云云。这当然是无稽之谈。但工作组入校后，就经过挑选根据大字报上揭发出的"罪状"逐条按人进行整理，然后打算在适当火候时就根据大字报上的"材料"把"牛鬼蛇神"揪出来。

我的情况是十分凄凉的，大字报上已经公开有人攻击我"贯彻教育黑线和文艺黑线"了！愿意理睬我的人已经不多。有些人当面不理，只是在背后无人时会向我点头说一句话:"吃饭了吗?""今天天气不错!"如此等等。

天常蓝得明净,像洗过的玻璃似的发亮。校园里的树也葱茏得可爱,但我极少外出露面,连到食堂打饭也由妻、余妈妈或者大女儿晓林去干。整天躲在家里,像一个等待判决的囚犯。我觉得真不可思议,我——一个被自己和多数师生一贯认为很好的干部,怎么竟一下子会变成这样子了呢?我有什么罪恶或过错呢?那时,《大海航行靠舵手》的歌声震天播放,响彻云霄。这支歌的前四句歌词后来林彪曾亲手写了赞颂毛主席发在报告上:"大海航行靠舵手,万物生长靠太阳,雨露滋润禾苗壮,干革命靠的是毛泽东思想。"后边的词是:"鱼儿离不开水呀,瓜儿离不开秧。革命群众离不开共产党,毛泽东思想是不落的太阳。"歌是劫夫作的曲。劫夫是沈阳名作曲家,"文革"中写的歌曲不少,后来上了林彪贼船的总参谋长黄永胜同劫夫做了儿女亲家,当然也在林彪爆炸后倒了一下霉。他的歌在"文革"开始那些年出足风头。像《大海航行靠舵手》,是一遍遍每日必听每日必唱的。直到现在,只要回想一下这歌声,就能使人想起当年"文革"中那种红色疯狂泛滥的岁月。

有的人特别势利;但更多的人是由于胆怯害怕要用划清界限来保护自己;自然更有的人则是由于极"左"的教育,产生着极"左"的行动。当"邓拓、吴晗、廖沫沙,他们和何旺是一家"的歌谣传出以后,当我在学校的处境开始变得艰难,晓林上的师范附小里的情况也起了变化。他们的校长姓佟,是师范校长于寿民的爱人。这位佟校长其实参加革命时间很早,因为出身不好(地主家庭),虽早已背叛家庭参加革命,却突然又被污蔑为"地主婆",开始受到大字报围攻。晓林的班主任姓刘,平日在街上同我见面或他来家访时总口口声声叫我"校长",这时说晓林出身不好,也对我和晓林变了态度。晓林个性强,不甘受到有些同学的欺侮,曾被打骂,有次被人用一瓶蓝墨水泼得一身,有次还遭一批同学绑架，是中学里一些好心的教师出外寻找把她从一伙顽劣的男生中追救回来的。晓亮在幼儿园，本来人人喜欢，这时也渐渐受到冷遇，使我更增懊丧。忍耐与沉默遂成了我的盾牌。

那年夏天异常炎热。8月5日，毛泽东在中南海大院里自己贴出了《炮打司令部——我的一张大字报》，大字报上写道：

"全国第一张马列主义大字报和《人民日报》评论员的评论，写得何等好啊！请同志们重读一遍这张大字报和这个评论。可是五十多天里，从中央到地方的某些领导同志，却反其道而行之，站在反动的资产阶级立场上，实行资产阶级专政，将无产阶级轰轰烈烈的'文化大革命'打下去，颠倒是非，混淆黑白，围剿革命派，压制不同意见，实行白色恐怖，自以为得意，长资产阶级的威风，灭无产阶级的志气，又何其毒也！联系到1962年的右倾和1964年形'左'实右的错误倾向，它不是可以发人深醒吗？"

这里写的"全国第一张马列主义大字报"，指的是北京大学聂元梓反党委书记陆平等的那张大字报。毛泽东同志写这张"炮打司令部"的大字报，起先我看来看去看不懂，简直不知是怎么回事！后来明白矛头是针对刘少奇的，遂有点看懂了！刘少奇被这张大字报一贴，从此开始由孤立走向被打倒。8月8日，八届十一中会全通过了《中国共产党中央委员会关于无产阶级"文化大革命"的决定》即《十六条》。林彪地位上升。《十六条》通过的第二天，全国各地报纸都在头版头条以套红大标题全文刊登，吹呼的人群，报喜的人流，游行的队伍，锣鼓声与口号声，"毛主席万岁"的呼声，汇成了"文革"中坚持一贯的狂热气氛和狂热场面。一些年后，回忆起这些事有位朋友曾对我说："中国人总是敲锣打鼓迎接灾难！"可真不假！8月10日晚，毛泽东在北京来到中共中央群众接待站接见群众。当时摄制的新闻我是不久后在电影院看到的。毛主席带着发自内心的微笑接见来庆贺狂呼万岁口号的群众，说："你们要关心国家大事，要把无产阶级'文化大革命'进行到底!""文革"之火越点越旺,群众被发动得痛快淋漓,这个国家进入了红色大疯狂的白热阶段。

我被袁先扬通知去参加学习《十六条》,参加每天的读报。我并未被免职,却已突然无形中丧失了校长的地位。我只能闷声不响地"学习"就去,不"学习"就回家。我有一种难忍的恼怒,脸上热辣辣的,像是被人猛掴了一掌,人很敏感,平时对我点头哈腰的人大多都避开我了。我在无人理睬的情况下忍受煎熬。我见远超、袁先扬与工作组的人常在一起。学校原党支部副书记薛礼本来派去乡间四清工作队工作,也回校了。他们依然同从前似乎没有什么差别,但看到我却变得冷冰冰的不多搭理,我不禁常想起工作组入校前远超找我去同袁先扬所开的那个秘密短会。我用好心去揣摩,以为他们对我冷淡是有难言之隐,他们是会与我同进退的,是会"保"我的,应当不至于会陷我于死地。正因为如此,我觉得日子再苦也要忍受下去。我把这种心情和想法同妻讲了。她似乎信心不足,说:"但愿如此!"她这时受我牵累也已很少有人理睬,好的是每天在图书馆里工作,忙忙碌碌,较为容易打发时日罢了。

此时,北京城里,清华附中的几个学生早在五月底就秘密组织了"红卫兵",到六月里,北京许多学校都有了秘密组织的"红卫兵"。他们的誓言是:"我们是保卫红色政权的卫兵,党中央毛主席是我们的靠山,解放全人类是我们义不容辞的责任。毛泽东思想是我们一切行动的最高指示。我们宣誓:为保卫党中央,为保卫伟大的领袖毛主席,我们坚决洒尽最后一滴血!"

誓言杀气腾腾,情况有这么严重吗?党中央和毛主席是在危险中需要洒尽最后一滴血来保卫吗?我思想上是糊涂的。但毛泽东支持了红卫兵,支持红卫兵来掀动狂热崇拜的浪潮。8月17日,他在天安门城楼上接见了来自各地的红卫兵代表,毛泽东不但成了"红司令",而且默默接受了林彪提出的"四个伟大"(即伟大的领袖、伟大的导师、伟大的统帅、伟大的舵手）。这时，各式各样大大小小的"毛主席像章"大批出现，差不多人人佩戴在胸前，以示拥护，以示革命。个人神化达到前所未有的高峰。后来有一天，学校里组织全体师生集体去电影院看新闻电影，为了知道些外界情况，我硬着头皮也去了。放映的就是这次毛泽东同志接见红卫兵的纪录片。在银幕上，我看到刘少奇同志在天安门上已经不站在中央而是萎缩在一边，无人理睬，表情忧郁而顾虑重重，一副手足无措不知站到哪里才好的可怜模样。我心中不禁暗暗叹息：唉！他的处境怎么与我何其相似!? 而此时，在影片与报纸上的照片中，已经开始较多出现江青那种古怪冷酷张牙舞爪不男不女的形象了！江青猛的成了中央的"大人物"了，她举足轻重，似乎仅是一人之下了！这是怎么回事呢？我心里既好像明白又好像不明白！

从8月19日开始，北京首先发起了一场规模空前的"破四旧"运动。"四旧"指的是一切旧思想、旧文化、旧风俗、旧习惯。这种提法，笼统、含糊，而又可以扩大到无边无界限。在"造反有理"的口号声中，"破四旧"运动扩展到全国，当然也到了 L 市和我们学校。这时，林彪编选的1964年从部队开始发行的《毛主席语录》开始出售，这本"小红书"，成了人人必备的"红宝书"，集体活动时，由一人带头选诵，集体跟着朗读语录的做法开始流行并普及。背诵毛主席语录也风行全国。有人以能从头到尾背诵全部毛主席语录为荣并受到重用。

红卫兵运动开始后，为了利用红卫兵，"破四旧"之时，工作组和远超、袁先扬等效法北京有些大中学校组织了官办的"红卫兵"。

什么叫官办的"红卫兵"？

原来，看到北京的红卫兵那种狂热的破坏性，使地委和中学里的领导十分恐惧，但又不能不让学生组织红卫兵，因为这是伟大领袖支持的。所以，移花接木，由学校官方来组织一支受自己控制驾驭的红卫兵。中学里有一千数百学生，这支队伍杀向社会其破坏性可以估计。组织官方御用红卫兵，打的是"红卫兵"招牌，实际只选那些出身贫下中农、听话、服从指挥的学生参加，将一些所谓出身不好的及可能要造反的学生排斥在外。选择的时机在"破四旧"，那就是用这个破坏性行动代替去进攻地委专署和各级党政机关，来证明这支红卫兵也是能造反的，是能破坏四旧砸烂旧世界的。"一定要堵住一切钻向资本主义的孔道，砸碎一切培育修正主义的温床，决不留情！"

当然是一阵红色疯狂和惊心恐怖。中学的红卫兵不但在学校里采取"革命行动"破四旧，而且杀向社会破四旧。这种完全违反、破坏宪法的非法行动，骇人听闻。但却是得到上边中央文革支持的。《人民日报》居然发表了社论支持、歌颂。这种违宪行为其害无穷。从此，宪法毁弃，法制本来并不完善，这就完全沦丧不在话下了！中国共产党历来说话算数，可是如今连宪法也可这样马虎随便地违背，对党的威信之损害可以想见。

当时，红卫兵杀向社会首先在城里随心所欲地抄了一些天主教徒的家，毁掉了宗教自由的政策。据说抄到了"大量罪证"。原来连一点金银手饰、银圆甚至教徒藏着的《圣经》、耶稣像等都属罪证。城里满街贴满"革命"标语，路名、街名都改成"革命"的了，出现了"红卫兵广场"、"反帝路"、"反修路"等等，到处都写上"毛主席语录"，在校园里，红卫兵用"革命行动"抄了几乎大部分教职员的家，也抄了我的家。抄家是用这种方式进行的：那天，红卫兵突然召集全体教职员到操场集合。我们正在操场站队，那里红卫兵已分成几十路去抄家了。等我同妻回家时，门大开着，家里已被抄得一塌糊涂。连花瓶等美术艺术品也作为"四旧"全被砸碎在门前。我的日记全部被抄走，想从上边寻找我反党反社会主义反毛泽东思想的罪证。这使我在以后几年的漫长岁月中，再也不敢记日记惹杀身之祸了！而事实上，经历了"文革"初期，由于抄家抄到日记无限上纲而遭到噩运成为"反革命"的人何止成千成万，从"文革"初期到"文革"结束后的年代里，绝大多数中国知识分子都放弃了写日记的习惯和权利！在"破四旧"中，我的藏书也大都作为"四旧"被红卫兵抄走，《三国演义》《水浒传》《西游记》等古典文学作品都作为"四旧"抄走，说要拿去烧掉，其实有些是被红卫兵抄去归自己私有了。我 50 年代在北京参加外事活动穿的西装，打的领带，妻的旗袍等也均作为资产阶级的"四旧"被抄走。甚至照片本也遭到大劫，照片上凡有穿西装的、穿旗袍的、穿长袍的、烫发的……都作为"四旧"罪证，作为"资产阶级的香风毒雾"被抄走或当场撕毁。好的是这时到底因为我尚未免职，还算客气，抄查得并不彻底，我早年是集邮的，收集过许多珍贵邮票，从年少时开始，在集邮上耗资不少，集邮本抄家时就未抄去。一点少得可怜的存款条也未抄走。于是，夜里摸着黑我和妻将集邮本上的邮票全部拿来用剪刀剪碎用水泡烂了合入煤炉的煤灰里倒掉。有两瓶妻子的香水，这属于"资产阶级用品"，赶快让大女儿晓林次日悄悄带到河边扔在沙滩上。邮票毁掉，是因为其中有清朝和外国的邮票，也有新中国成立前的邮票，倘若抄出，冠上"想复辟"、"里通外国"的帽子就吃不消了。这样，一批十分珍贵的邮票就全部毁灭了！

红卫兵抄教师家时，有的还给青年教师荣先国开了个玩笑，说他将一张有伟大领袖毛主席照片的报纸揉成一团扔在桌下，是反毛泽东思想的反革命罪行。荣先国吓得要死，幸亏他出身好，虚惊一场后，没人揪他的辫子。

与此同时，一股改名以示革命的风气在校园里掀起。许许多多师生员工都用大字报形式写出"改名启事"贴在四处的墙上，最典型的是一个名叫范学美的管仪器的职员，贴出大字报宣告他已将名字改为"范反帝"。由"学美"改成"反帝"，这事虽引起人们心里的窃笑，却不敢公开来说，一刹那间："沈小兵"、"王向东"、"李卫东"、"张红卫"、"刘革命"、"林反修"等一类名字雨后春笋般地出现，谁改名似乎就是革命行动。一切"封、资、修"的东西，包括名字，似乎这么一"革"就成了"红彤彤的新世界"了！

这时，北京的造反场面已很吓人。只不过当时我不知道，是后来断断续续听说的。这时，在北京，著名作家老舍、萧军、骆宾基、端木蕻良及著名演员荀慧生等等，已被挂上"黑帮分子"、"牛鬼蛇神"等牌子批斗。有的被剃成"阴阳头"（一半剃光，一半留发），红卫兵"勒令"他们跪在现场，并用带铜头的皮带殴打。老舍受不住凌辱殴打在8月24日深夜投太平湖自杀。北京也在破坏文物古迹，白塔寺、潭柘寺、圆明园等都受到了破坏。

我和妻不清楚这些情况，并不意味着学生们不知道。他们的消息比我们灵通。红卫兵在城里也开始揪斗"牛鬼蛇神"，京剧团的名女演员臧兰苓是梅兰芳的私塾女弟子，前些年特地重金由上海把她请来参加京剧团挂头牌的。梅兰芳这时虽早已过世，造反派和红卫兵却仍把他咒骂为"大黑旗"，臧兰苓自然难逃劫数，她工资较高，作为"三名三高"这时已被揪斗。在红卫兵广场批斗时，我被喊去参加大会观看批斗，同时，红卫兵们开始破坏文物古迹，当地著名的琅琊王古墓也被红卫兵挖掘。只是墓太大，没有挖出什么东西来。抄家之风，这时又再度兴起。抄过的人家又一次次再去抄！

我进一步预感到这场运动将会玉石不分。

抄家高潮中，红卫兵一批批进入我的房间，将所有带字的书本和纸张一起抄走。目的是从中寻找我"三反"的罪证。我的全部作品（包括出版的书籍）、日记都抄走了，照片都抄走了。官方的红卫兵抄过后，三三两两成群的红卫兵又自动来抄家。起先，箱笼抽屉被翻乱后我和妻事后还整理一下，后来，抄得太多，有几十次，干脆全部东西乱七八糟都倒在地上我们也不整理了！红卫兵有的还顺手牵羊各取所需把自己要的东西拿走。我认为这破坏宪法，妻说我这是一种"书呆子的迂腐"，她说："刘少奇是国家主席，他也在中南海挨斗了！国家主席如此，何在乎我们！"确实，无所谓谁在犯法，因为根本不要什么法，一切以要搞"文革"的人的意愿为准绳，一场浩劫自是必然的了。

我进一步预感到这场运动将会良莠俱焚、是非不分！但却万万未想到这中间还纠缠着一个阴谋。

中学党支部书记远超为人本来并不坏，工作是勤恳的，学习是努力的，但他是富农家庭出身，正因背了这个出身剥削家庭的成分包袱，平时就宁"左"毋右。他说过："'左'是认识问题，右就是立场问题了！"那意思是说：无论如何，"左"比右总是好得多的，"左"了就是犯了错误问题也不大。他是个有心眼儿的人。党支部副书记薛礼是中农出身，阴阳怪气，心里是个弯弯绕，没什么工作能力，常强调身体不好需要休息养病，平日悠闲，也从不多做实际工作，却有点野心，遇到问题他不表态，事后如果事情办成了，他就说："我早就主张这么办了！"万一事情办失败了，他就说："我早就知道你这么办不行！"副校长袁先扬，年龄最大，中农出身，1927年蒋介石大反共时他参加过国民党，居然到四十年代又参加了共产党，可见他是不简单的。他平日有时飞扬跋扈，有时嘻嘻哈哈大大咧咧装傻，有一套人生哲学，一次喝酒后带醉亲口对我说："一个人不要太洁身自好，太严格要求自己，总得给点缺点让人去说，不然，毫无缺点人家怎么不搞你，要搞你就一定挖呀挖呀挖个不停，没问题也要挖出点你的严重问题来。一个人要像个琉璃蛋，叫人抓不住也抠不出疮疤来！"他这套"琉璃蛋"哲学再配上出身较好，使得他干起事来有时圆滑有时又蛮横。

我同他们平日相处得还是可以的，但自从那次误参加了党员干部会，会上地委副书记魏晓锵向远超发出了关于警惕我篡权的警告后，远超就对我有了戒心和看法。薛礼平日可能对我的工作能力有些妒嫉，事后知道他当时曾怂恿远超搞我，说我写的小说是"大毒草"（其实他并未看过）。袁先扬是分工管总务行政的。他领导下的食堂办得很糟，卫生尤其差。因为袁先扬为了炫耀自己是"老革命"，处处表现自己的"革命化"，认为讲卫生是资产阶级的作风。他把虱子仍叫作"卫生虫"，常常向人谈当年战争年代中身上长"卫生虫"又被叫作"光荣虫"的光荣史。我1961年夏天负责学校工作以后，主张安装自来水。当时，是第四季度，学校有笔经费不用就得上缴。我主张安装自来水便利师生、改善卫生条件。他说这是"浪费"，说："当年我们打蒋匪军时何等艰苦，今天生活好得很了，哪要什么自来水!?"我说："学生用水不便，有的都长虱子了!"他说："有点卫生虫有什么关系!"争论一番，我让了步，自来水未装成，更重要的是夏季苍蝇多，伙房里不灭蝇，苍蝇成团飞舞，那时正逢三年困难时期，生活极差，用"瓜菜"代替粮食，主要煮南瓜当饭。食堂熬煮的南瓜中，跌进锅里的苍蝇难以数计。一次，我到伙房买饭，物理教师胡铨等正在伙房吃饭，用筷子把南瓜里的死苍蝇捡出放在桌上，他买的两勺熬南瓜里竟有二十多只死蝇。他见我去了，大声说："真便宜! 两毛钱买二十几只苍蝇!"后来，开办公会议时，我就把这件事做例提出应当改进伙房卫生。谁知竟冒犯了袁先扬。1957年的反右派运动时，那时我还未来，是他主持运动的。这责任自然不应由他一个人负，但实际他应当负主要责任。他在我们学校里竟一下子打了十几个右派，几乎十个教师里打一个右派。为这，新上任的地区教育局长沈衷文（也是从北京下放来的）说："右派看来打多了! 一个中学哪能打那么多右派!"沈征求我的意见时，我据实说："数字是太大了!"于是，袁先扬怀恨在心了。但事实后来证明的确他打的"右派"个个冤枉，但人人都蒙尘含垢二十多年。甚至像许大杰，并未定为右派，但是袁先扬说了一句："许大杰这种人是起义军官，是当然的右派!"于是，许大杰成了人人心目中的右派。二十多年后，中央下令改正时，一查档案，1957年并未划定许大杰为右派，袁先扬却马而虎之扼杀了许大杰二十多年的岁月。装自来水和苍蝇太多这两件事加在一起，袁先扬就同我结下了仇，我只是不知道罢了。现在，对我这样一个出身不好的党外知识分子干部，又是写了些文学作品的人，"文革"来了，他当然有了报复我的大好机会。多了这样一个危险可怕的"同志"，自然不是我的福气!

我虽已年过不惑，也懂得《因果经》上说的"欲知过去因，观其现在果。欲知未来果，看其现在因"的道理，却还是太幼稚天真，对阶级斗争缺乏警惕。只以为工作组来校之前，远超找我和袁先扬一同开会，说的话是算数的。那天他说："……'文化大革命'来了！我们各人的事应该各人负责，不能推诿！"我也表了态的。我当然不会诿过于人，可是我确以为远超、袁先扬是会与我共患难的，他们是不会嫁祸于我的。没想到我太天真，事情的发展完全与我设想的相反。

这时教导处副主任翟任余已被多次批斗。开全校大会批斗时，他被残酷折磨得很苦，什么大弯腰、别烧鸡之类的手段全用了，还让他下跪。别看有的知识分子，平时似乎文质彬彬，一旦造反搞运动，立刻如凶神恶煞。语文教师卢家虚，就是典型人物。他本来是要请翟任余做他的入党介绍人的，"文革"前整天跟在翟任余的身后转，拍马讨好，可是这次在批斗大会上，为了表示立场坚定、积极无私，竟第一个动手当着全校师生狠狠打了翟任余一个响亮沉重的耳光——"啪！"，开创了学校里武斗的新纪元。与翟任余同时上台遭批斗的还有外语教师浦茂华。原因是说浦茂华一次在伙房吃肉包子时，说："今天这肉包子不好吃！"批斗他时，数学教师童龙廷慷慨激昂地在台上指着浦的鼻子说："我们是贫下中农，你是富农出身，阶级不同，看法也不同！你说肉包子不好吃，我们说肉包子最好吃！"这也算"批判"！当然，隋呼、黄永华、秦有才（因是摘帽右派，抄家时查抄出一些他写的似通非通的诗，就说他"写黑诗反党反社会主义"）、黎琦等也都被批斗。但重点是斗翟任余。因为远超、薛礼、袁先扬等都想用翟任余这个党员教导副主任冒充为符合《十六条》上所写的"走资本主义道路的当权派"，好保护自己。实际是把翟任余当作替罪羊。但此时，看看全校师生那股劲头和气势，看看北京和其他外地的形势和做法，感到仅仅用翟任余这样一个教导副主任已挡不住群众的气焰也满足不了大家的胃口了。因此，他们决定对我下手！将我抛出来当替罪羊！我是党外人士，他

423

们就想用"资产阶级反动权威"的帽子"偷天换日"。

当时,不少人在大字报上和口头上纷纷质问:"翟任余的根子是谁?"目的当然是要指向远超。因为学校里真正掌实权的是远超,翟任余是远超提名提拔的,远超本来也重用他。翟任余为人聪明,工作努力,我平时也很欣赏他,所以同他的关系不错。为了这,远超见他与我接近对他不满,批评过他,并要他汇报关于我的全部情况。他当然不敢不照办。平时,我与翟任余配合工作领导教学时,我的一言一行翟任余差不多都如实向远超报告。我说得无心,远超听得有意,比如我说:"做领导干部要精通业务。"远超就认为我是骂他不精通业务看不起他。如此等等,"罪状"在平时也就积累了不少。

现在,他们决定拿我作为翟任余的"业务根子"的面目出现,抛出我来救他们自己。至于远超和袁先扬在那次小会上所许的诺言,早抛到九霄云外去了。这可悲却也可怜!

自然,就算他们不玩阴谋,不耍小动作,不违背诺言,只要"文革"在进行,我迟早也逃脱不了倒霉的命运。但他们存心抛我,存心散布我是"翟任余的根子",存心散布我是"黑线人物"、"黑帮分子"、"牛鬼蛇神"、"走资本主义道路的当权派"、"资产阶级反动权威",这就更促使我早日堕入深渊。

经北京传来消息:北京西城区纠察队红卫兵私设刑堂、残杀无辜、大肆宣扬反动血统论。他们对出身不好的所谓"黑五类"都可以关起来刑讯,也可以"格杀毋论"。我在校园里也看到了墙上有红卫兵用歪歪扭扭的字写的"红色恐怖万岁"的标语。而就在我住房的后排,一溜十间房已经成了临时监狱,关押着由执棍棒的红卫兵站岗看守的翟任余、隋呼、黄永华、浦茂华、秦有才、陈茂流等"牛鬼蛇神"。到了夜里,二百瓦的大电灯泡一个个照得雪亮,映着官办红卫兵的红袖章,色彩刺目。夜晚,常听到押送"牛鬼蛇神"去提审。公堂设在我住处东南角的图书馆里。图书馆和阅览室早已停止开放,妻也不上班了。官办红卫兵让袁先扬陪了来找到妻。袁先扬说："你马上交出图书馆的钥匙和图章，由他们管理。"这些官办红卫兵将图书馆和阅览室破坏得一塌糊涂，在里边大小便，随意取书拿走或毁掉，房子改成了审讯"牛鬼蛇神"的公堂。

9月中旬的一天，好像是9月16日，午后，我同妻正在家里坐着，我看报，她做家务，忽然门"砰"的被一脚踢开了，进来了一伙官办红卫兵手执棍棒，凶恶地对我说："走，带上你的漱洗用具和被子跟我们去！"

我预料到的厄运来临了，问："去哪里？"

"就在后排第一间房！隔离审查！快走！"

妻上来拦阻："慢，你们不能这样！……"

但我劝阻了她，说："随他们吧！不要紧的！"

这实际同逮捕关押毫无区别，我懂得在运动中是无可讨价还价的，对妻又说："我走了！你放心，不要着急！"

妻开始镇静地站在我面前，仿佛无视现实中的一切苦难了。她去为我拿东西。接过妻递给我的网兜，里面装着脸盆、毛巾、漱口用具及内衣裤，我就走了。两个孩子，大的在小学上课，小的在幼儿园，都不在家。我走到房外，见到了保姆余妈妈，她满面忧惶，我说："余妈妈，不要担心！"但我自己心中却明白这一下我是要身陷十八层地狱了！

我被押到后排第一间房里，原先这是一间空出的教师宿舍。好的是这房正对着我住房的后窗。这使我有一个安慰，因为可以看到我家的后窗户，也许能从那里看到妻和孩子及余妈妈的脸。关我的房里空落落的，只放了一张铺着高粱秸席子的小床，有一只装水的大瓦罐，灰尘很厚，墙角结着蛛网，高粱秸的屋顶上挂着尘吊，四壁空白，别的什么也没有。我虽被押来了，但头脑里糊涂，想不清是怎么回事，决定要求工作组和支部负责人远超同我谈一次话。因为就在这突然关押我的前一天，我曾被叫去参加学习《十六条》。那天，有些教师像厉音玉、卢家虚等已经装出立场坚定用怀有极强敌意的眼光盯我，态度非常凶狠。历史教师厉音玉，戴副黑边眼镜，皮肤紫黑，一副脸上不是献媚的笑就是阴沉狠毒，平时他课讲得很糟，男女关系上也犯过错误，但能巴结袁先扬，成了袁先扬的贴心人。有的教师说他"是个装书生的强盗"。我被派到学校工作后，最初，他一再讨好我，每天要给我挑水，遭我谢绝。他做班主任时，极"左"，对出身不好的学生写操行评语时总要用上许多不恰当的词句，如"对党不一条心"、"对三面红旗抱怀疑态度"等等，被我多次纠正过。"文革"一来，他得到了袁先扬的重用，写我大字报，说我"同情地富子女"、"贯彻文艺黑线与教育黑线"，并主张揪我。这天，他用狰狞的面目对着我，那模样像一条恶狼要吃我的肉。谁知，正在学习《十六条》，地委书记许云亭突然由工作组长史亦庆陪同来了。这我才认识到：许云亭来的目的，是为保远超等，也是为保我这个全地区出名的知识分子。这个学习会上参加的全是积极分子，厉音玉之外，卢家虚、安庆久（物理教师）、陈维光（数学教师）等都在。许云亭那天穿了崭新的军装，因为他是地委一把手兼着军分区政委，穿军装一是效法毛主席，二是披着"虎皮"可以使他威武些。他讲了话，主要是用《十六条》的条文联系中学实际来讲的，用意是说：中学里没有党内走资派，对有些资产阶级反动权威也不能当敌人看。他的话究竟能起多大作用，难说。但听到了他的话，我心中是感激的。许云亭当时在省内威信较高，因为1958年"大跃进"时，他是一个县委书记，未让大刮共产风，所以"三年自然灾害"时期，在他领导下的地方未造成饿死人的情况。他在做一个县的县委书记时，那个县是"人无厕所猪无圈"，他建造了许多厕所，也不让猪满街乱跑使猪有了圈，人们认为是德政。而且，他兴办水利、种植水稻等也做了不少对发展农业有利的工作。可是，这时，"文革"已使他惊心动魄。他来讲话时脸色苍白，神情恍惚，目光冷漠阴沉。因为当时在地区有些红卫兵的矛头已对着他，准备把他当"党内走资派"来进攻了。他要来保我们，同安定大局有关。我们这所中学是著名的省属重点中学，影响全区。中学如平静，全区也平静；中学如骚动，地区就会大乱。只是这时他自己也到了"泥菩萨过河"的境地了。想到这段事，我对自己突然被揪实在想不通：怎么地委一把手都来保我，你们工作组和党支部又突然揪我将我关押起来了呢？我无罪无辜，你们凭什么罪证突然将我逮捕关押？说来也仍是书呆子气，没有法制哪需罪证来逮捕人呢!?

我傻里傻气地对把门监视我的红卫兵说："给我纸笔，我要给工作组和党支部写信！"

把门的红卫兵都是平时认识的学生。有的凶恶，有的却还拗不过面子。去请求后，给我送来了纸笔，我给工作组组长史亦庆写了一张条子，又给远超写了一张条子，很简单，就是要求同他们见面谈一次话。写毕，交给红卫兵，请他们代我送去。红卫兵倒还好，给我送到前边办公室去了。可是，送去后就石沉大海。这下我的心冷了！真正的冷了！我明白了我真傻！揪我需要什么理由呢!? 当时，要揪谁就可揪谁，要说谁是反革命或黑帮就可说谁是反革命或黑帮！没有法律，没有民主，没有人的权利，彭真同志的名言"一场混战"就是最确切的描绘。

这间小屋，墙上有不少蚊子血，墙角落里有不少老鼠屎。天气炎热，我苦涩地沉思着，心里明白：这种命运就像一瓶分配给我的苦酒，喝不喝由不得我自己了。我浑身出汗，眼睛只从前窗里望出去盯住我家的后窗看。我担心自己，更担心妻和两个孩子及余妈妈，她们将多么为我难过！傍晚天黑前，终于从我住房的后窗玻璃里看到了妻那两只美丽忧郁的眼睛和惶惑不安的苍白面容，也看到了余妈妈在关切地朝我这边张望。到了天擦黑时，更看到大女儿晓林和小女儿晓亮的两张小脸。她们天真地担忧地在玻璃窗里张望自己亲爱的当了"犯人"的爸爸。我的眼睫毛湿润了，感到这对她们幼小无邪的心灵是一种摧残，一种残酷的摧残！后来听说，那夜晓亮总做噩梦，整夜睡不好，不但啼哭，而且在床上爬来爬去，躁动不安。刺激太深了！她当时不满五岁，怎么受得了这种摧残？

两天后，突然袭击，开我的批斗大会。厉音玉带了红卫兵来，恶狠狠地说："走！今天批斗你！你就是阶级敌人！"像一声惊雷炸得我头昏眼花，"批"是批判，"斗"是斗争；对自己人还是"批"，对敌人就是"斗"了！一下子，我从学校领导人变成敌人了！革命和反革命真是一字之差啊！从何说起!？我当时拒绝前往会场。我说："我干了这么多年革命！没有任何罪；凭什么批斗我！"我突然感到，我曾执着地要奔向绿洲，漫行千里却是虚幻的海市蜃楼，如今突然被推进一个万丈深渊中去了，我能不痛心疾首吗？我坐在那里，一动也不动。厉音玉示意红卫兵上来，几个红卫兵将我从囚禁处硬架到前边大操场的大土台上去，批斗大会在那里开。途中，我知道批斗难免，但斩钉截铁地停住脚步说："告诉工作组和远超，我要求不让林风参加批斗会！不然，我宁可死！你们也别想把我架到台上去！"我当时的心情是：宁可自己忍受一切屈辱，不能让妻子忍受屈辱。她深爱我，我怕她忍受不了这种野蛮的刺激。她是我把她请进革命队伍来的，我不能让她看到革命竟会这样不公正地对待我、污辱我、打击我。其实，她内心的承受力是惊人的，这我是通过整个"文革"期间她的表现才知道的。那天，由于我态度十分坚决，答应了我的要求，远超派人嘱咐林风留在家中不去参加大会。然后，两个红卫兵架住胳臂押我上了大操场上的大土台。我就以一种自信无罪而被抛下地狱的态度站在下边人头挤动的大土台上。

在这个水泥砌边、两侧有巨大白杨树的大土台上，我曾多次向学生们做报告、讲话。在这个大土台上，我曾给运动会中的优胜者发奖……在这个大土台上，开联欢会时，我的小女儿晓亮曾被教师们抱上台去演唱《东方红》。……可是，现在我竟在这里挨斗了！

我瞥见袁先扬等坐在主席台上，脸上有一种无耻的麻木。台下全是红卫兵和非红卫兵的学生。那大字红布横幅是："把反革命分子、三反分子何旺斗倒、斗垮、斗臭！"我的名字上还用红笔打了两个大的"××"。然后，在红色疯狂的海洋中，我听到刺耳的声嘶力竭的口号声此起彼落："打倒何旺！""何旺不投降就叫他灭亡！"……我看看那些脸，有的凶狠，有的震惊，有的尴尬，有的呆板……凶狠的人都变得像野兽似的了！

保持我的人格尊严，是我心里最后的一片光明。现在，这像一面被打碎了的镜子闪闪烁烁地破灭了！我当时不由得想起一年多前，在本地城关参加过的一次批斗会来了！那是"四清"后期，学校师生整队去参加这个批斗会是让大家受"教育"。批斗的是一个"地主分子"。其实，按这人年龄看，不可能是"地主分子"，只可能是"地主子女"，他不过只有四十岁光景。那是冬天，他面黄肌瘦，衣衫褴褛，光着脚趿着一双破鞋，蓬首垢面，说明生活十分艰苦。他弯腰低头站在寒风凛冽的土台子上，在疯狂的口号声中战栗。上台控诉批斗他的人一共是三个，历数他的罪状，说他在牛吃的谷草中偷放了断铁丝，牛吃后死了！他害死耕牛是为了破坏生产、破坏建设社会主义，他是阶级敌人，所以对社会主义和贫下中农怀着刻骨仇恨等等。当时，我惊讶于这种罪状的离奇，似不可信。又感到这个出身不好的人很可怜，甚至连带想到出身不好的人真是一举一动都要注意，不然就太危险。可是明显的，这个"地主分子"既无人为他辩护，他自己也未曾被允许讲一句话为自己辩护。怒火冲天的人上台批斗他，骂他，用手指着他脸和鼻尖，有的甚至动手揍他。他低着头只有全部包下来认罪，最后被逮捕带走了。……何曾想到，如今，我却也作为批斗对象被押上土台了呢?！"打倒……""打倒……"的口号声刺激着我的耳膜。我明白这再不是梦，这是残酷的现实！我像一座即将喷发的火山，感到心被血淋淋地撕开了，肺被血淋淋地扯裂了，心里淌泪痛苦地呼喊："毛主席啊！为什么要这样侮辱一个干部、一个跟着党革命的知识分子的人格与心灵呢？""为什么要搞什么'斗倒、斗垮、斗臭'之类践踏人性和人权的做法呢？"我们的党一直是为解放人类而努力的，为这，无数烈士献出了生命！可是现在为什么突然不分青红皂白地如此摧残自己的同志呢？这同高尚的社会主义和共产主义理想能联系在一起吗？一种"士可杀而不可辱"的心态使我痛苦得要爆炸。我忍住了潸然而下的泪水。这泪水，本来是灵魂受到震荡与冲击的渲泄。但我觉得必须坚强不该哭泣，因为我是个革命者！我无愧于革命！我简直想马上用我的鲜血喷溅在这批斗台上，使这场荒谬可耻的批斗不能安然继续下去！但，想起了我参加革命的初衷，想起了善良的妻，想起了两个无辜的孩子，想到了在上海的老母和在外地的兄妹们，我就不忍心了！我咬住牙！懊悔我是一个有知识的人，为何过去竟一点也不了解毛主席对知识分子的态度会如此尖锐！我大学时代痛恨日本帝国主义、希特勒德国的法西斯主义以及国民党反动派的专制特务统治，为这，我抛弃了我本来可以平坦走向的升官发财之路。我是抱着追求光明、进步与人民的幸福、国家的富强而选择共产党参加革命的，我放弃去美国留学的机会也是为此。可是，从 50 代中期以后到现在，我看到了"左"的危害。现在，这场史无前例而又如此荒谬的"文革"风暴来了！我所向往并崇奉过的社会主义共产主义理想与我所目睹与实践过的这场"运动"与打击知识分子的做法有什么共通之处呢？……

"坦白从宽、抗拒从严！""顽抗到底，死路一条！""何旺不投降就叫他灭亡！""打倒反革命分子何旺！""打倒黑帮分子何旺！"……口号声此起彼落，台上台下的人都有一股疯狂劲儿了！

开始批判我的人有教师也有学生，都是照预先写就的稿子诵读的，念经似的无非是批判我搞"修正主义"，说我在建国十七年里如何执行了黑线为资本主义复辟效劳。说我在建国十七年里干的全是反革命勾当。其实，这是把很多毛主席自己过去提出或支持过的东西，那些建国十七年来大量执行过的方针政策和成就都拿来否定、批判了！我听着批判，啼笑皆非，不禁气恼地想：这不是否定了包括毛主席在内的党中央和他领导下的政府的工作了吗？有一个教师批判我的"资产阶级思想"及"资产阶级知识分子统治"时，举例说："原先，学生在厕所大便时，有的用土块或石块擦腚，但何旺来后，居然用铁丝挂了许多草纸在厕所里，提倡学生用纸擦腚才文明卫生。这实际是歧视讽刺贫下中农学生，腐蚀贫下中农学生，提倡资产阶级作风！"

接着，又有教师批判我是"本校牛鬼蛇神的保护伞、黑后台！"那指的是教师中已经揪出了的那些人。批判我为什么让他们教学？其实他们都是教育局派来的，他们除个别的人外也都没有什么罪或错！可是扣我一个"保护伞"、"黑后台"的帽子，我就罪孽深重不可饶恕了。随后，又批判我"偏爱地富子女"（其实全是干部、教师子女）、"打击贫下中农子女"（这简直全是无中生有了）……我耳朵里塞满了谎言、辱骂。口号声排山倒海，我被两个红卫兵用力揪着头弯着腰挨批斗。一会儿，唱主角的厉音玉杀气腾腾像条恶狼上台来了。他眼镜下那双眼像毒蛇，紫黑的脸膛阴狠抽搐着，在麦克风前大声吟了最高指示："在拿枪的敌人被消灭以后，不拿枪的敌人依然存在……""利用小说反党，是一大发明……"一听他的调子。我就明白他的居心了。他批判我写的长篇小说《一去不复返的时代》是"为国民党树碑立传"，宣称一定要将我"打翻在地，踏上一万只脚"，一定要同我"誓死血战到底"。

我怀疑他是否真有批判我作品的水平，他历来是个不学无术的教师。现在，批判的观点十分可笑，无限上纲上线，比如我小说中一个国民党军人说："不给共产党一点厉害，事情是不好解决的！"厉音玉就说："这是辱骂仇恨共产党！"书中写了一些国民党上层人物，厉音玉就说："是给国民党招魂！""是给国民党树碑立传"。……但那时"国民党就是反革命，就是死敌"。他的结论对涉世未深的、无知的中学红卫兵是极富煽动性的。口号声"打倒"、"打倒……"那势头真是要将我杀死才解恨。

厉音玉恶毒可怕的"批斗"，使我明白现在加给我的罪状是"为国民党树碑立传"，是"通过小说反党反社会主义反毛泽东思想"。不禁使我想起了清代的"文字狱"了！"文字狱"固然是清王朝残忍镇压文人以罪，但案件的启端大都由于读书作文为事的卑鄙龌龊的知识分子自己的贪图权利存心害人。官府和皇帝也大多因一些献媚讨好的读书人的夸大、歪曲或牵强附会的举告，才兴大狱杀人灭族的。我是找到厉音玉的"祖宗"了！

接着，别人的"批斗"，给我扣的是"黑帮"、"黑线人物"，罪状是在学校里"贯彻教育黑线和文艺黑线"。很有趣，平时在滨海中学中权力最大的远超、薛礼和袁先扬一下子让我做替死鬼使我成为中学里最有权威独掌大权的罪魁祸首了。学校里真正的党内当权派都甩脱了责任变成无罪的人。他们"丢车保帅"，玩阴谋诡计成功了。

工作组长史亦庆未在现场出现，荀凤恩同教师们坐在一起，刘介之则跑前跑后像个高兴的导演。远超没有在台上出现。是他的聪明回避还是心中有愧，我弄不明白。

在批斗会上，厉音玉高声要我当场回答："你是不是为国民党树碑立传盼望国民党重返大陆？"我答："不是!"他又问："你是不是三反分子？"我也答："不是!"见我"顽固"，干脆不要我回答问题了，让我"滚蛋"，我才又被押回小房禁闭。

回到囚禁的小房里，我突然想到了大仲马的《基督山恩仇记》，我有一种 Dantes 受陷害被投入黑牢中的感觉。在创作上，写《一去不复返的年代》我曾想收获奇迹，看来却将收获失望和死亡！……我还能有洗冤昭雪的一日吗？……

我又在十多米处的玻璃窗里看见妻那双深情关切的眼睛了！我心

中凄惶欲绝，但为了使她安心，我微微向她点点头，脸上尽量平静。然后，傍晚时分，从玻璃窗里，我又看到了晓林和晓亮的亮晶晶的小眼和可爱的面庞。

我被手持棍棒的红卫兵监视着。夜里我睡觉，点着两个一百瓦的大灯泡照着我睡，似乎怕我在黑暗中破坏或自杀。连上厕所，也派人跟着陪着站岗放哨。但我的心是锁不住的。心遨游在蓝天白云之间，心也遨游在妻和孩子的身边。第一次挨批斗的那夜，我整夜无法入眠。

三、笼统模糊的概念

门前林荫道两边的凤凰树上，每到春夏季节就开好看的红花。那花有一种异香，浓重时，随风飘来，就有点香得刺鼻。夜间睡觉醒来，常被从窗外飘进来的那种浓烈的花香，熏得有点窒息。

政治需要什么，就有人马上创造出什么。"万岁！万岁！万万岁！"早已不过瘾了，盛行了"万寿无疆！"的口号。无论开会或学习，每天都要花许多时间用来按公式叫喊："首先祝我们伟大的领袖、伟大的导师、伟大的统帅、伟大的舵手毛主席万寿无疆！万寿无疆！万寿无疆！"然后又叫喊："再祝我们的副统帅林副主席身体健康！永远健康！永远健康！"明明"万寿无疆"是古代封建王朝沿用的唯心封建口号，这时却选来使用，让这在全国泛滥，马列主义何在？怎么能说这不是一种倒退和愚昧呢？《国际歌》上说："从来就没有什么救世主，也不靠神仙皇帝！"这些似乎全丢到脑后了！何况，只要是人，从来就不存在什么"万寿无疆"、"永远健康"！妙的是拍马屁的话就是错的，人也爱听！

批斗了我一次，就没有再继续批斗。我觉得这可能是远超"手下留情"的原因。

但，学校里的高音喇叭整天广播震耳欲聋，一会儿播革命歌曲，一会儿播大字报。各种各样的大字报已经盖满了所有教室、办公室、仪器实验室、图书馆的外墙。校园林荫道两边的大树上都拴上了铅丝、麻绳，被人挂大字报。后来，干脆沿着林荫道用粗铁丝缝缀上两米多长的芦席联成板壁似的大字报阵地供人张贴大字报。大字报中起码二分之一以上都是批判我的。其中也夹杂着要妻与我立刻"划清界限"、"揭发"我的。从进校门开始，一直到学校中心地带，成了大字报的海洋。学校师生每天的主要任务就是写大字报闹革命了。

大字报确是"杀伤力特大的政治武器"。因为大字报可以制造舆论、捏造谣言、挑拨感情、混淆是非、欺骗读者、蛊惑群众，可以恶毒进行人身攻击、丑化攻击对象达到某种政治目的，却又不负任何诽谤、陷害的责任。大字报的罪恶无可饶恕。一个人也真脆弱，常被造谣污蔑的大字报一打就倒。原因在于没有法律保护，不许解释、申辩。在运动中，明知揭发的材料是"假"，却偏要拿来当"真"的用！

暑热已经走到了末期，早晚比较凉爽了，但日子十分难挨。夜晚睡觉，两只一百瓦的大灯泡仍旧高悬床顶，刺得我无法张眼又无法入睡，被灯光吸引来的蚊蚋小虫飞得满床满脸都是。白天，专案组的红卫兵和厉音玉，总是一同来逼我写"交代材料"，让"交代"我的"三反"思想；让交代"为国民党树碑立传利用文艺进行反党的罪行"；让"交代"为贯彻教育黑线企图在新中国复辟资本主义的罪行……其实是无可"交代"，不"交代"却不行，只好整日写呀写呀，写些废话，写些套话，写些大帽子下开小差的话，写些留有伏笔的话……因此，总是受到劈头盖脸的训斥，逼着继续写"交代"。于是，只好炒冷饭、炒呀、炒呀，浪费着时光和生命。有时，红卫兵又来押着学习"红宝书"——"毛主席语录"，念一些"革命不是请客吃饭"之类的话，实际上"红宝书"翻开第一页就有"政策和策略是党的生命……"一句，可是，红卫兵打人骂人，工作组随便揪人，批斗会胡乱应用在知识分子干部身上，哪讲过什么政策和策略呢!? 不过是口头上说说罢了！我实在是书呆子气地想不通来想不通。

学校里弥漫着恐怖气氛。继语文教师华岐受刺激后精神错乱用剪刀戳得满头是血；另一个化学教师辛振海被吓得发了神经，跪在路边不断叩头，过了几天才正常。……

在这个阶段，被"横扫"来的"牛鬼蛇神"开始增多。语文教师陈茂流、生物教师沈心隽、数学教师汪麟、物理教师许大杰、秦有才、数学教师曾文生等都揪出关押在我住的这一溜十间平房里，每一房关一至二人。这些人其实都没有罪。经历过多次运动的知识分子，有点问题的人，有的抓了，有的扣了帽子，有的调走了。在这重点中学里，剩下来任教的早都是些"透明体"了。例如陈茂流，他有什么罪呢？新中国成立前年轻时家穷谋生乏术，因字写得好，区里让他当了文书。有一次要他抄写一份处决刑事犯的公告。他抄写了。如今就成了滔天大罪，贴他大字报说他"双手沾满鲜血"云云。他是个有水平、教学勤恳负责的教师，感到冤屈，意志骤然崩溃，趁人不备有一天清晨突然用手帕联结起来自己勒脖子自杀，但未死成被抢救回来。秦有才年轻，大学时被划成右派，后摘了帽子，因日记中写了点"凉兮凉兮，北风凉兮"的诗，遂被揪，他说活得够了！一天中午在红卫兵押他出屋去上厕所时，猛然一头向石墙上撞去，鲜血迸流，使人毛骨悚然，虽未死成，但加强了私设牢房里的恐怖气氛。

被揪的人都由总务主任程金声管理。程金声过去见了我唯唯诺诺，一口一个"校长"，如今却大不相同。他把大家召集到一起，先来一顿"杀威棒"，大声喝叫"蹲下！"大家都只好蹲在地上，他的开场白是："你们这些乌龟王八蛋、牛鬼蛇神！从今天起，只准你们老老实实，不准你们乱说乱动！叫你们死你们就得死！叫你们不死你们就不准死！……"这个程金声，是个油滑、好巴结人的中年汉子，见人总点头哈腰的，如今有了这个"权"竟成凶神恶煞了！他让大家要互相监视，互相揭发，要主动！被囚禁的人，互相之间遂都存有猜疑的目光、戒备的心理。互相冷漠不理，有的还有自私的做法。像秦有才，自杀未遂后，一变成为天天写材料给程金声汇报别人种种表现意图立功的"坐探"了。

"牛鬼蛇神"本是一个极其含糊不清、范围极不明确的名词，是胡乱借来用的，这可害死了多少好人！唐朝杜牧《李贺集序》上云："鲸吐鳖掷，牛鬼蛇神，不足为其虚荒诞幻也。"原意比喻李贺诗的虚幻怪诞，后多用来比喻形形色色的坏人。《老残游记续集》第二回："若官、幕两途，牛鬼蛇神，无所不有。"可是在"文革"中，提出了这个"牛鬼蛇神"，老百姓就倒大霉了！谁是，谁不是，谁算，谁不算？天知道！到"横扫一切牛鬼蛇神"的社论在《人民日报》发表，一号召，这"一切"二字又是十分含糊、十分广阔的词儿。无法无天又无界限，使迫害扩大又扩大，达到亘古未有的程度，中外古今历史是罕见这种现象的！

我被揪斗后，校园里出了我的大字报专辑，也出了漫画专辑。我的"社会关系"遂都上了漫画。比如地区人民医院的医务主任孟予，一位外科专家，这时在医院被揪，漫画上就将他画成一个穿白大褂戴白帽的人，身写"孟予"二字，手拿一把手术刀，手术刀上滴着鲜血，边上写着"杀害贫下中农病人的刽子手"，因为医院里有人正在诬蔑孟予"医术不行"、"出医疗事故有心杀害贫下中农"。我认识的一位名摄影家巫一，从北京下放来学校做过教师，后来又调到C县文化馆工作，他曾拍过红线女、赵丹等文艺界名人的照片。此时，红线女、赵丹等皆成牛鬼蛇神，巫一也成了"牛鬼蛇神"，在C县批斗时被打断了一只胳臂。漫画上的巫一也就画成了一个可怕的既不像人也不像鬼的怪物。至于我的大学同学，有在台湾的就一律画成特务，有在大学做教授的，就画成了在向学生"放毒"、"散布封、资、修"的牛鬼蛇神……

把我当作重点"走资派"外加"资产阶级反动权威"、"三反分子"、"反革命分子"、"黑帮分子"来搞，使我更加名闻全地区。因为大字报和漫画全部上了大街，在闹市设了专栏。同时，我也开始遭受残酷折磨的夜审。

一天夜里，正睡着，忽然专案组提审。几个红卫兵进屋来把我从床上揪起，让我快穿衣，说："快！走！提审你！"

正是夜半，户外一片死寂。天色漆黑，秋风瑟瑟。看他们凶狠的样子，我知道要受大罪，被押到外边，向有灯光的远处五百米外的图书馆走去，那儿现在私设了公堂，是专门审讯牛鬼蛇神的地方了。我正走着，忽然，黑暗中一个在我身后的红卫兵李××，用力对准我背部猛击一拳，"叭"的一声将我打得一丈多远，扑倒在野草丛中。我呻吟着爬起来，又被他们拽着往前走。背部和手掌都十分疼痛。一会儿，到了图书馆门口。图书馆是一溜比较讲究的平房，现在书和书架全部挪走了。阅览室灯光雪亮照耀，一排审判席铺着红布，坐着恶煞金刚般的好几个红卫兵，都是高三学生。我被押进去后，先是被两个揪我来的红卫兵用拳带腿打倒在地，接着又拽起来"别烧鸡"。手臂骨酸痛得快要折断，然后再来"燕飞"，将我摔倒在地。上了这样一些刑罚后，又把我揪起来用力将我像只虾似的把头揿下去使我弓腰低头。这使我马上想到一句外国谚语："我可以弯曲，但不会折断！"然后，为首的一个红卫兵坐在中央就向我开始训话，咄咄逼人地说："你已被揪出来了！现在审讯你，落实你的罪状！一条一条要好好承认，坦白从宽，抗拒从严。……"这几个专案审讯的学生我平时都认识，此刻，他们一个个都像阎王了！

我抬头回答："我无罪！"

谁知，马上噼噼啪啪挨了身旁两个红卫兵一顿乱打，说："好啊！'驴不揞眼不推磨'！看你老实不老实！"我只好沉默。

这个"公堂"除了尚未明摆着刑具，用手和皮带代替棍棒外，气氛在黑夜里十分恐怖。我满身灰尘，被打过的地方热辣辣发烫。知道无法讲理，却仍不甘心听任他们摆布。我不禁奇怪：怎么在短短这么一段日子里，经过发动，人都变成了血腥的野兽!? 这些中学生平日我见到过他们的天真与纯洁，见到过他们的笑容和友爱，如今都丧失人性像畜牲这样无情。我当然马上又自责：我是校长！我的学生这样，我应当说是自作自受。我向他们做报告时就是常讲阶级斗争常抓阶级教育的！这是大时代里的悲剧！下什么种子结什么果嘛！有什么可说的！我自己给自己培养了掘墓人嘛！

审判前声色俱厉，用武断的语气问了许多可恶而又可笑的问题要我回答，诸如："你是怎么潜伏下来反革命搞复辟的？""你是用哪些方式方法进行复辟资本主义的？""你是怎样反党反社会主义反毛泽东思想的？""你是怎样为国民党树碑立传的？"……要我"挖出思想深处的想法"。

他们审讯的做法是：先肯定你是反革命，然后要你承认！可是决不许你申辩说明。

我有时回答："不是！"有时回答："没有！"用的都是一种反驳的腔调，他们揪头、殴打、"别烧鸡"，任怎么我也不改态度。但我头脑里忽然常常想到从一些参加革命早的老同志处听到过的 30 年代时在苏区肃反时极"左"的做法。许多出身不好的革命者都冤屈地遭到了杀害，一切"莫须有"。我也会遭到同样悲惨的命运吗？……

我心里很乱，想得也很多很杂。"双百方针"（百花齐放、百家争鸣）是 1956 年提出来的，可是提出以后，始终没有认真执行。唯一在当时起的作用，是一种诱饵作用，为 1957 年的"反右"所谓"阴谋"起了"诱饵"作用。其实，损害威信，莫此为甚。我们党历来是"说得到做得到"，一直是取信于民最讲信用的。从那开始，却无形中被抹了黑！而到"文革"双百方针早被抛到十八层地狱！抄家抄到片言只语断章取义就可把人打成"反革命"。难以计数的"反革命"，不是为了干下什么，而只是由于在逼供下，承认想了什么、说了什么或写了什么就遭到厄运。思想问题和政治问题全都搅在一锅粥里，有思想而无行动也与真正的反革命等同处理。有那么件真事：一个忠心耿耿的老贫农，偏偏一天夜里不知怎的梦见伟大领袖仙逝了，次日觉得既然"忠"就不该隐瞒，泪涟涟的跑去向支部坦白了这个梦，结果打成了"反革命"。

"文革"私设公堂，提审被揪的人"挖出思想深处的想法"，不许不承认，只许你全部"认罪"，被挖的人自然个个都可打成"反革命"！我，头脑里根本没有"三反"思想，却硬要我招认"三反"，岂非荒唐透顶！

我当然不能胡编乱造。我气愤填膺，答复都是摇头或"不"！当然不能令审讯者满意。于是又挨打，脑袋成了他们练拳击的沙袋。幸好，审讯者中我发现有的还算比较善良，既未自己动手来打，最后又说："用不着你交代了！你是不见棺材不落泪！现在，给你一条一条落实罪状！"他的话虽刺耳，殴打倒是停止了，我还是感激的。这时，我才发现：坐在审判席上的专案组红卫兵每人都有一厚本打印好的我的"罪状"。原来他们根据大字报"揭发"出来的我的"言行"一条条整理成了一厚本"罪状"，总有那么几百条吧！今夜提审，就是要用殴打逼迫我承认全部罪行。这些罪行，不是向壁虚构，就是捕风捉影或者经过"加工制造"渲染夸大了的，再或是故意歪曲、有意陷害的。比如：厉音玉说我是潜伏下来搞复辟的，他有一次听见我说过共产党如何如何坏，国民党如何如何好；卢家虚说我平时一贯在学生中树立威信与党支部书记远超争夺学生，实际是与党争夺下一代要篡夺党的领导权……比如说，我的小说《一去不复返的年代》里，如何反共，如何美化国民党；比如说，我如何打击出身好的进步教师厉音玉而又偏爱出身坏的学生是站在反动阶级立场上。比如说，我借小说中的反面人物之口辱骂共产党是对党怀有刻骨仇恨，我抓教学追求升学率目的是让学生脱离政治好复辟资本主义。比如说，我是如何经常用封、资、修的毒素向师生放毒的。……真是无所不包、无所不有！

如果这些罪状全是真的，我全包下来，那么杀了头再枪毙也够了。可是，我不能胡乱承认强加给我的"罪行"。我说："我出身不好！但我选择革命是用大脑自己做出的决定。我当年如果站在共产党的对立面，我早就有名有利了！可是我宁可丢弃那些，因为我愿意为大众，愿意找真理，选择了共产主义作为理想和信仰。所以你们提出那些无中生有的罪状是错误的。我无法接受！"我淌着鼻血，嘴唇肿得老高，嘴里牙齿流血，声音却是坚定的。

果然，他们拿出"铁证"来了，说："这儿有抄你家时得到的一首黑诗，我们分析过了！反动透顶！你是不是怀念国民党、想当叛徒？为什么丑化社会主义？"

"黑诗"扔在我的面前，拾起一看，是鲁迅的一首逸诗，我抄录在日记本上的。全诗是"芰裳荇带处仙乡，风定犹闻碧玉香。鹭影不来秋瑟瑟，苇花伴宿露瀼瀼。扫除腻粉呈风骨，褪却红衣学淡妆。好向濂溪称净植，莫随残叶堕寒塘。"

我大声叫道："这不是我写的！是鲁迅写的！"

"是老鲁写的？"拿"罪证"给我看的红卫兵愣得像条鱼张开了口，"我们要去查一查！"

"落实"罪行的事达不到目的，他们忽然要给我拍照，说开黑帮罪行展览会要用去展览。我拒绝拍照，用手遮脸，挥手摇头，几个红卫兵按我的头强迫我，也未拍成。最后，那个似乎比较善良的红卫兵说："不早了！该睡了！让他滚蛋！"

这才把我押回囚禁的小室，让我睡下。

如此提审一共三次，情况和结果一样。每次提审时，总要在我房里墙上贴上大字报，写些"不投降就叫你灭亡"之类的标语威胁我。从此，每天有些红卫兵来纠缠，押着读《南京政府向何处去》和《敦促杜聿明投降书》，要我活学活用毛著，赶快投降认罪，我真是又好气又好笑，我怎么成了"南京政府"，成了"杜聿明"了？这些不伦不类的做法，谁发明的？真是千古奇闻！但却在红卫兵的棍棒押解下，硬着头皮读毛选，天天继续写"罪行交代"、"思想汇报"。我仍是玩弄文字游戏，也写些"心平气和"的编造出来的不被抓住辫子的"思想汇报"。心里却忐忑地想：以后我会怎样？我将被怎么糊里糊涂敌我不分地做出处理？我真想不到参加革命会将自己革成了一个犯人！

我真想家啊！甜蜜可爱的家、温暖的家啊！在延安时，毛主席说过："中国人都把自己的家看得最亲。为什么呢？因为家是不开除人的！"是啊！无论我怎么倒霉，怎么被别人抛弃糟踏，家却同我仍旧一样亲！一样或更多地给我温暖。毛主席在遵义会议前，曾受过王明路线的迫害，他在受迫害时对家也会有这种深切感受的吧？……唉！

　　学校已扣发我的工资，将我一百二十多元的工资降成三十元的生活费。我却仍经常收到妻亲手做了让大女儿晓林送来给我吃的食物，这是她同孩子自己不吃节省下来的食物。妻这时要用菲薄的工资负担她和两个孩子及余妈妈的全部生活了。我们本来有点依靠稿费收入得来的积蓄，但下放后，由于最初余妈妈带两个孩子仍住北京，假期奔波看望孩子加上三年困难时期（1958 年下半年至 1961 年下半年）吃的东西昂贵，钱全花在旅费和吃上面了。贫穷折磨着妻，亏她有那么坚韧的性格。

　　我真希望这一切像一阵烟雾，不久就能消散，可那只是幻想。一天傍晚，下着牛毛细雨，我发现前面住房后窗的玻璃上露出妻忧郁而多情的脸，我仿佛感到她在发出深深的叹息。她嘴角还故意装出一丝安慰我的颤颤的微笑，但眼角却好像噙着晶莹的泪花。我又发现玻璃窗中出现了两个孩子可爱而关切的脸，最后余妈妈的脸露出来了。她仍旧梳着光洁的发髻，宽阔的额头上有着深深的皱纹，愁眉下带一股凄凉味，向我点头招呼，做着告别的手势。我就猜测到有什么事发生了。后来，一个看守我的红卫兵算是对我比较仁慈，告诉我："有人贴了大字报，说你们剥削，雇用保姆。要赶走你们家的老保姆。她要走了！回家乡安徽去了！"

　　原来如此！我心潮激荡，难以平静。余妈妈在我们家多年了，从北京跟我们来的。我们一直将她当老人待。两个孩子都是她辛苦带大的。我们付她高工资并对她的吃、穿、用品都实行包干制。一同吃，一同住。我曾答应："您将来年岁老了，我们养您老！"她年轻时就守寡，此时已经50多岁，在家乡安徽全椒有个女儿和女婿。但女儿子女多生活不好，美其名曰"不受剥削"将她赶回家去，她以后怎么办？她是伤心地离别我们全家的。

那天，细雨始终下着，从窗里望出去，通向我家里的那条路上，灰蒙蒙的雨丝迷漫着道路。我觉得心上全是皱纹。

与此同时，专案组仍不断野蛮折磨我。先是他们突然要给所有"牛鬼蛇神"剃光头。像祁黎，这个确对女学生有秽行的美术教师，乖乖地被他们剃了个光头，但剃到隋呼、黄永华，就碰到了阻力。隋呼有一米九的个儿，像个篮球运动员的体格，给他剃头时，他火了，当门一站，半截铁塔似的抡起一把劳动用的铁锨说："谁敢！"黄永华也是硬汉，摆出要拼命的姿态，吓得红卫兵后退了几步。给他们一阻挡，剃头的企图未能全部实现。也许见我性格也倔强，那夜拍照遭到抗拒，也许对我多少由于本来是校长有些"优待"，竟未给我剃头。但却天天押着去审讯"落实"材料。我写过一篇寓言诗，发表在本省的一本文学杂志上，题为《果子》，大意说果子成熟坠地怀恋母枝，母树教他：你要回到树上来需你自己生根开花，然后结了果子，不就是果子回到树上来了吗？他们竟硬说我这寓言诗是影射着想国民党重新回来。我是1961年由北京下放来 L 市的，途经江苏新沂，正是三年自然灾害时期，住在新沂县委招待所，天降暴雨，四周田地都成汪洋泽国，蛙声咯咯，终夜不绝。天明时，忽见晨光开朗，似有晴意。我即兴赋七律旧体诗一首，内有："……笑谈征途多崎岖，冷对扑面雨和风。十年翰墨孺子牛，一片丹心今昔同。坚信多难能兴邦，加鞭早看太阳红"等句，未想到抄家时，这首诗在日记本上被抄走，现在成了"反革命"诗。说"冷对"，是对共产党心怀不满。说最后两句是盼望国民党复辟。当时，吴强的长篇小说《红日》及电影《红日》正受批判，认为是为国民党招魂之作。我这诗中的"太阳红"，说就是"红日"，岂不胡扯。此外，诸如一张50年代时与罗马尼亚工会代表团的合影，及一张50年代时在北京与苏联工会代表团的合影，也要我逐一交代上面外国人的一切。我的一只旧收音机他们竟怀疑里边是不是装有收发报机……疑神疑鬼敏感到了神经不正常的地步。乱抓阶级斗争，使年轻无知的红卫兵一个个都神经质地时刻绷紧着阶级斗争的弦，时刻窥测着阶级斗争动向。想起过去阅读内部出版的安娜·路易斯·斯特朗的《大疯狂》中写到的斯大林时代的那种大恐怖，那种对自己人的血腥的屠杀，起先觉得不理解。不可思议，此时认识加深了一层。

正像泰戈尔说过的："我求索我得不到的，我得到了我不求索的！"突然处于囚徒、罪犯、奴隶地位的我，对这两句话感受更深了。

一方面是这种逼、供、信、肉刑殴打、侮辱谩骂的折磨，一方面是每天红卫兵要来囚禁我的小室中勒令背诵《毛泽东选集》的折磨。先是背林彪制定的"老三篇"——《为人民服务》《纪念白求恩》《愚公移山》，然后是顺着毛选四卷一篇篇往下背。"老三篇"不算太长还好背，有的文章太长，实在难背。幸亏我记忆尚好，还能背熟。数学教师曾文生连"老三篇"都背不熟，每到红卫兵来勒令背书时，他就要受到呵斥侮辱。我头脑里每天烦恼于自己的冤屈和处境，又不放心妻和孩子，哪有心绪背诵，却又不能不背，十分痛苦。来勒令背书的红卫兵却常夸我："到底是做过校长的！不像曾文生！要你背的你都能背熟！"是表扬还是讽刺我都辨不清了！

大女儿晓林个性强，勇敢、孝顺，住得近，她见不得爸爸受人污辱欺侮。一次见红卫兵用棍棒押着我时，用棍子随意敲了一下我的腿，她突然从远处冲过来拼命维护着我指着红卫兵的鼻子夺去他的棍子，生死似乎都不顾了。那红卫兵被这女孩弄得尴尬，我叫她赶快回去别管我。孩子这样，反倒使我伤心。我感到太对不住孩子了！我怎能以这样一种形象出现在孩子面前呢！？

这时，又开始勒令我们劳动了。理由是：必须劳动改造！那年，学校在沿着校墙的地方种了扁豆。我的劳动任务就是收摘全部扁豆。

只要有空就由一个红卫兵用棍棒押去将扁豆送往伙房。紫色的扁豆上的蚜虫很多，有时黑乎乎一片，我得选没有虫的摘了送交伙房，吃不了的，由伙房工人煮熟了晒干留到冬天吃。在摘扁豆时，有一天我看到了张贴在布告栏里的一些印刷品，是批斗彭（真）、罗（瑞卿）、陆（定一）、杨（尚昆）的照片。照片上的红卫兵一个个都像杀人的刽子手，跪着被猛扯头发"别烧鸡"侮辱挨斗的彭、罗、陆、杨四位老革命，个个都被折磨得呲牙咧嘴，像去刑场上将被杀害的模样。真是天下大乱发疯了！我心里特别不是滋味，忍不住战栗愤慨。对"文革"似乎更理解又似乎更不理解了！彭真是中央政治局委员、北京市委书记兼市长；罗瑞卿是中国人民解放军总参谋长；陆定一是中宣部部长；杨尚昆是中共中央办公厅主任。怎么能这样对待他们呢？他们怎么都成了三反分子了呢？真是只有大人物才能犯下巨大的过失啊！恩格斯说过："历史会捉弄人，你想走进一个房间，结果却蹩进了另一个房间！"这场疯狂的"文革"不是这样吗，许多人不都是被开了一个破天荒的大玩笑吗？我不止一次地这样想。上边究竟要干什么呢？我怎么也想不通！我急匆匆怀着创伤的心离开，不愿多看！

自由真是可贵！由于摘扁豆是可以在整个一百几十亩地的校园里走来走去，我突然发现学校里人变得少了，显得很冷落了！是什么原因呢？弄不明白。慢慢的专案组的红卫兵也不来找麻烦了！劳动仍由总务主任程金声来领导并分配任务。他的部下，有十几个初中的出身不好而又年少的红卫兵，都乖乖听他指挥。原来此时全国红卫兵的"大串联"已经开始。学校里许多未被御用的学生冲破网罗出外经风雨、见世面去了！那些官办红卫兵已经有人发现自己是受了校方利用，有的受了压制已经纷纷冲出学校杀向社会，到北京和外地串联，以"煽风点火"、支援外地红卫兵，也争取外地来支援自己。他们有的认为学校里的"党内走资派"还没有揪出来，有的认为揪斗我是错误的，因为学校里掌实权的是远超。这样的人都离校走了，学校里自然冷冷清清变了样子。留校的只是一些糊糊涂涂年幼无知的学生及出身不好如今被校方新发展为红卫兵的学生。他们人数极少自然都由着程金声摆布。

程金声对我和曾任教导副主任的翟任余态度最坏，管得最严，原因是认为我俩"危险"，本是干部，既打倒了就不能让我们再爬起来危害他们。他竟勒令我和翟任余每天将全校十六个男女厕所打扫两遍，工具却只给两把铁锨、一只大铁筒和一根当扁担用的把棍。我同翟任余两人一前一后将十六个男女厕所里的粪便一锨锨铲入铁桶，抬到学校南边操场旁一片空地上摊晒，来来回回，一天打扫一遍也很困难。本来，学校里人少了，倒还勉强干得。偏偏，忽然地区召开三天万人大会，"炮轰刘少奇、邓小平司令部"，借用学校的大操场，会开得长，从早到晚，大便的人多，这问题就十分严重了。十六个厕所里粪便堆积如山，试以一万人中有五千人用厕所解大便来说，一人一斤大便，$5000 \times 1 = 5000$ 斤。我和翟任余的一只大铁桶如何接纳得了？大会连开三天，三天后厕所里粪便堆得已经无法插足。程金声大怒，训斥我们是"饭桶"，是"磨洋工"，但杀了我们的脑袋也完成不了任务。只得由他自己同附近郊区浦村生产大队的农民合计，由农民无偿推粪车派人来打扫粪便回去做肥料。至于我同翟任余，干不了主角，仍旧抬着一只铁桶优哉游哉地做点辅助工作。

万万想不到，打扫厕所会有一样特别的好处，竟吸引着我们舍不得放弃这份工作。我们久遭囚禁，一切消息对我们均是封锁的，什么事都不知道。对突然炮轰刘少奇、邓小平简直难以想象。打扫厕所后，却发现厕所里信息十分灵通。有许许多多新的旧的各式各样的传单和报纸，都是人用来作大便手纸的。厕所成了我们的图书馆、阅览室！我们边打扫边仔细阅读。逐渐就知道外界不少情况，看到不少"中央首长讲话"、"红卫兵致战友的信"等等。最初，我同翟任余之间一句话也不敢说，互相都有戒心，都是哑巴一样。接着，说起一些不相干的话来。但，掩饰感情比伪装感情更困难，逐渐，两人谈起真心话来了。

本来互相怕揭发，后来这顾虑消失了。翟任余甚至忏悔地告诉我："文革"前远超如何不满意他崇拜我，又如何要他向远超汇报我的一言一行。谈深了，两人互诉冤屈。翟任余说："我看中央一定出了坏人了！"我也同意他的分析。反正，两人对自己突然成为反革命黑帮感到十分愤怒和冤枉，而且揣测到是远超之流的陷害嫁祸于我们做牺牲品来保全自己。我和他对这场"文革"十分不理解，认为这一下是被打入十八层地狱永无翻身之日了。我说："历次运动，我都平安无事，想不到这次无事端端却倒这么大的霉！恐怕将万劫不复了！"他也悲观叹息，说自己勤恳工作却落得如此下场，真想不通！悲观加上悲观，唯一寄存希望的是尚未"定性"，是敌我矛盾抑或人民内部矛盾需在运动后期才定性。当然，按过去惯例，被揪出来了的人，总是不会有好果子吃的！最后，我们又都认为在运动中应当实事求是，要做硬汉讲原则！不该胡乱承认的事死也不能胡乱包揽，不该胡乱揭发的事一定不去乱讲。实际上，我们的干部架子还是放不下来，总感到虽成了牛鬼蛇神，还要无愧于原来的干部身份！

　　同翟任余交谈后，那几夜我总是睡不好。我不时暗想：将来，可能被扣上一个什么帽子像1957年反右后期那样被送去劳改或劳教。如果那样，我只有同妻离婚，同孩子脱离关系，不能让她们受我的牵连。那样，妻的处境当然是十分艰难悲惨，但别的路又在哪里呢？干革命干到今天这步田地，实在也是悲惨到极点了！无数遍想着这个问题时，我的心十分凄凉。生活是对未来的向往，我的未来和向往在哪里？

　　由于红卫兵出去串联的多了，学校调了些伙房的工人来看管我们。看管我的是伙房工人老郭和老姚。老姚平时人叫他"街滑子"，态度有时不好。老郭年岁较大，在伙房掌勺，平日老实，对我较为友好。我这时对家中情况毫无所知，想念妻和两个孩子的情感无法遏制。我多么想同妻通通信息啊！忽然，想到了列宁在狱中用面包夹带写字条与外界通信的方式。我用小纸条写了蝇头小字，询问家中情况并告知我的情况。然后，将纸条卷成硬硬一小卷，晚上吃馒头时，我故意少吃一只，然后将小纸卷塞进馒头里边，在外边是看不出来的。我将馒头放在一只小盘里，请老郭给我送到前排房屋的家中给妻，我说："老郭，这只馒头我吃不下了，浪费可惜。谢谢你给送到前边给我女儿吃！"馒头是细粮，老郭同意送去。见他空着手回来了，我就欣慰地明白妻和女儿一定看到藏在馒头中的密信了！

谢谢列宁！果然，第二天，聪明的晓林突然给我送吃的来了。除了一个装菜的玻璃瓶外也有一只馒头。我忙掰开馒头，果然看到了妻写的小纸条。她告诉我：她们都好，余妈妈被赶回家乡全椒已经安抵并有信来。她告诉我：学生大半都去串联了，学校里处于无人管的状态，听说学生已去围攻过远超和薛礼、袁先扬等，他们吓得要死待在家里不敢出来。她又说："现在极少有人管我理睬我。"她要我当心身体，并劝慰我说："不必为将来犯愁，只要我们苦也苦在一起就行！……"

我感激她的善良赐予我的温暖，但心想：怎么能不为将来犯愁呢？就怕虽苦也要把我们分开而不让我们在一起！何况我们有两个这么可爱的孩子！……

从此，用列宁启发教导我的方法通信继续了一段时间。真灵！老郭是个很好的信使。但有一次，我用一只装"六神丸"的小玻璃管装了纸条放在一碗菜汤里，只以为玻璃管会沉底，我对老郭说："这汤我喝不下了，请你送给我女儿喝吧！"谁知，话声未落，惊见那小玻璃管忽然大摇大摆浮上汤面了！真险啊！幸亏老郭年岁大眼不好，迟钝，未发现。但妻对这种危险的通信方法十分害怕，怕本来没事反而惹出祸来，写条子坚决反对这么做。这种通信方法遂告结束。

从秋天到冬天，学校里一直出现着许多批判"刘少奇、邓小平资产阶级反动路线"的大字标语，都是教师们写的。也不断出现"打倒"的大字报，诸如"打倒刘少奇"、"打倒邓小平"、"刘少奇必须向全国人民低头认罪！"北京中央领导层的"打倒"斗争似乎更加白热化、公开化了。我与翟任余仍在打扫厕所并干其他劳动的活，诸如用锨翻地、拖车拉煤等等。拉煤要去校外，有熟人见到我时满面惊愕，我却觉得也许今后就要做劳动人民不做知识分子干部了，锻炼一下体力学点劳动本领也挺好，见到谁都显得坦然。这个阶段里，我见到过远超一次，他和袁先扬带了一些教师正在校园里搞"红海洋"。就是将红色油漆涂满白墙，用黄色油漆写上"毛主席语录"。红卫兵出去串联了，远超等却仍有权威在统治留校的教师，他们的亲信们仍在为他们所用。搞"红海洋"一定是花了许多油漆钱的，学校里真是红成了一片。但很快就又看到一些教师在铲除"红海洋"了。这使我很纳闷。冬季，第一场初雪落进校园内的池塘。池塘上结了冰，校园里像办丧事，到处雪白。囚禁我的小屋里像冰窖，但门口已无人把守。我冻得牙齿打颤、抚摩着红紫的双手打扫厕所，在厕所里看到一张传单，上边是1966年12月30日中共中央、国务院的"关于制止大搞所谓'红海洋'的通知"。通知说：别有用心的走资派和坚持资产阶级反动路线的人，想用"红海洋"这个方法使群众没有贴大字报的地方，掩盖自己反毛泽东思想的罪行，是一种抗拒大字报、对抗"文化大革命"的恶劣行动云云。这我才明白为什么远超等刚刷好红色油漆的墙壁突然又被铲去的原因了！他们的马屁拍到马脚上去了！我逐渐感到：远超他们的日子是越来越不好过了！一次，我去劳动翻地，看见了远超，他忽然也瞥见了我，我发觉他眼睛冰一样的冷，像见了鬼似的猛然一惊，然后避开我赶快跛着脚走了，满脸疲乏不安的神色。我明白他做了亏心事必然心虚，对他言而无信抛出我来陷害我的行径十分仇恨。我一直用眼仇恨地盯着他跛着远去，他的仓皇遁逃给我很深的印象。

天冷了！早晨地上常有雪白的寒霜。夜晚时分，有些未出去串联的学生来学校玩耍，见学校无人管理，就放手造反，他们用砖石"乒""乓"砸碎许多教室的玻璃，将课桌课椅乒乒乓乓劈开来当柴烧篝火取暖。这使我异常心疼。文化教育的命真的革掉了！这中学是省属重点中学，整个校舍建筑全是50年代时从苏联取来图纸建造的，一切都是仿苏式，连课桌课椅也是苏式的，木质极好的。可是红卫兵"革命"的破坏性十分严重。教室的玻璃黑板、玻璃窗、课桌课椅，图书馆的图书刊物、仪器室的一些仪器及实验用具、上劳动课所用的锹镢镰筐等工具全报销了！看着桌椅在熊熊烈火中化为灰烬，想到我这样一个努力从事教育的中学校长却成为"牛鬼蛇神"在打扫厕所，我能预感到中国文化的沦丧与被破坏会多严重！

一天下午，有两个上海师范大学"红革会"的红卫兵来到学校，通过程金声找我谈话，同程金声来到我的房里，态度非常蛮横。一个瘦高条子的开口就是"娘格×"，老是斜眼瞅我。那个矮的苍白着脸戴着眼镜坐在我面前的椅子上冷冷地吸烟。讲明了来意：是向我了解吴从云同志的情况。老吴是上海师范学院党委书记，50年代初同我在上海一起工作，当时他是出版社的总编辑，我是副总编辑。到1953年，我们又同调北京工作。我们私交颇好。吴从云是一个很好的党员干部，但这两个红卫兵要我提供他的政治问题，说他是地主出身、政治历史不清。我说："无法提供！因为我不知道他有政治问题！"瘦长条子拍桌子骂娘，说我态度坏，居然动手要打我耳光，被我避开了，那矮的上来拦阻，劝我应当"争取主动赎罪"。我问："吴从云现在怎么了？"矮的说："他叛党死了！畏罪自杀的！"我听了黯然，心里明白自杀的人总是要背一个"叛党"、"畏罪"的黑锅，也明白被整死害死的人总是弄不明死因的。他们要我写一份书面材料，写出我所了解的吴从云。我答应了。第二天，实事求是交去了一份《我所了解的吴从云同志》，由他们取去。两个"红革会"的红卫兵拿了材料翻阅，不满而生气，连矮的嘴里都骂骂咧咧了。但我拿起粪锹坦然地打扫厕所去了。连打扫厕所都不怕的知识分子干部会怕骂吗？

一天夜里，雨声淅沥哗啦，天冷雨大，我辗转反侧难以入睡。披衣起身倚墙坐在被里。忽然听到歌声传来，唱的是当时十分流行的一支歌:"……爹亲娘亲不如毛主席亲!千好万好不如社会主义好!……"
我听这歌不知几十遍了,也已会唱,这夜听到歌声,却凄然泪下。歌声在雨声中不胜凄凉。这是外地来串联的红卫兵借住校里学生宿舍在唱歌。从我后窗望出去,他们也在劈桌椅烧火取暖,火光熊熊,歌声阵阵。

这支歌的歌词,我体味了许久。放在从前,我确会认为歌词情真意切。可是那夜,我感到社会主义不该这样!毛主席为什么要发动这样一场疯狂的"文化大革命"呢?歌词并非不好,现实的一切却何以如此使人痛心?那些年轻幼稚的红卫兵啊!你们真相信砸掉课椅焚烧就是砸烂旧世界创造出一个红彤彤的新世界了吗?我相信他们是出于真心歌唱的,这正像过去的我!可是,他们在这场"文革"中和"文革"后将获得什么呢?当一个国家打倒好人,文化沦落,人心丧失,人性变异,人情残酷,"左"得出奇,它所遭受的损害能估计得出吗?

真诚、友谊、爱情、宁静、幸福、希望……这些生活中美好而令人向往的东西一下子都消失了。我被抛入"文革"的惊涛骇浪与浊波之中,心像被放在烧红的铁板上煎烤。双眼像在浓雾中看不见前路,也不知是否会被冲到岸边或沉下海底,却又无从用手脚挣扎,想不到谁会来救我。

那夜,雨沙沙地打着窗棂,风摇树梢,回顾过去,我确实一贯在好好为人民服务,可是却如此下场,岂不悲哀,整夜浑身冰冷,难以入睡,忧国忧民之思溢满心头,几乎到了不想再活的地步。

四、无中生有

秋天时，老是绵绵秋雨，雨水像一根根扯不断的线，把日子拉得好长好长……到冬季来后，天气比往年似乎都冷，冷得叫人心里发颤。除夕夜，像死了人似的，特别凄凉。

夜，冻僵了暗淡的雾气，每天清晨总有氤氲的白雾。1967年元旦，在我心情寂寥和悲伤中降临。我并不乏做英雄的气质，但面对那种疯狂而不正常的形势，自己虽成牛鬼蛇神，并不甘心，如果真正面对敌人，我宁可换一个壮烈牺牲，偏偏面对的是所谓自己的同志，英雄也只能气短。从这时到过农历年，校园里弥漫着萧条景色，那些被风雪飘扫得破破烂烂的大字报，那些寂然无声门窗全已破损的教室，那广大破落而很少见人行走的校园……使人身陷其境，格外感到死气沉沉。

有许多串联回来的红卫兵已经在唱着从北京传来的一支语录歌了："马克思主义的道理千条万条，但是归根结底就是一句话：造反有理。"那"造反有理"的歌声似乎正酝酿着一场大风暴。事情的不可思议就在这一点：共产党居然对共产党造反，而且这种造反叫作"革命"。我的脑子实在跟不上潮流了！这使我非常惶惑与痛苦。远超等为保自己把我打成"反革命"，现在红卫兵再把他们打成"反革命"，"反革命"何其多也！"革命"与"反革命"又何以区分？

远超等肯定是敏感而且认识到处境的。据说他和袁先扬等常召集一些"保皇"的心腹开秘密会研讨对策。他预感到外出串联的红卫兵回来后会造反。因为荒谬的是这时在北京和许多大城市，每个单位的一、二把手，党内的领导干部都已成为必然的"黑帮"和"三反分子"了。他预测到大事不好，可是还死死抓住一条：让程金声一定要牢牢管住所有的"牛鬼蛇神"！他明白这些人仇恨他的陷害，他怕这些人得知外界情况后会起来同学生一起造他的反。

程金声秉承旨意，加强了对我们的管制，除劳动外，整天让我们一遍遍地学"老三篇"，但实际比原先红卫兵用棍棒押着时也稀松得多。只不过有一天他突然又组织了几个年岁小的出身不好未外出串联过的"红卫兵小将"来我们房里贴大字报，警告我们不准乱说乱动。大字报上少不了写的都是："狼子野心，昭然若揭"、"打翻在地，永世不得翻身"、"痴心妄想，白日做梦"、"一千个办不到！一万个办不到！"、"一千个不答应！一万个不答应！"这些都是"文革"中写大字报和批判稿时用惯的"套话"，开头看到时会心惊肉跳，看多了就无动于衷了。这些年幼无知的"小将"浑浑噩噩被利用，他们也许知道些外界的情况，但干起"看守"的任务来也不愿出力了，有的不能坚持的就不来了，有的还来站岗，却也睁只眼闭只眼不太严格了。甚至有的在我们门口掏蚂蚁窝，无聊地观看蚂蚁性急慌忙地搬家，显得厌倦无味。

隋呼、黄永华成了远超的心腹之患，因为这两个年轻教师血气方刚，而且历史清白并没有什么该打成反革命的问题。外加，他们有不少学生拥护和喜欢。而其中有不少学生已出去串联或串联归来，同他们有了接触，可以估计到他们可能会从学生中得知外界信息然后与学生一起造反，所以他俩是重点看管对象。但程金声并没有把握能看住他俩，他俩已经声明："从即日即时起不再参加任何劳动"，"因为这是惩罚性的劳动"，他们要"自己解放自己"。程金声也只好马马虎虎应付，有时还笑着脸对他们大献殷勤。

我与翟任余是远超等又一心腹之患，因为我们属于"知情人"，他们怕反戈一击，所以也责成程金声严加看管，我们仍要被迫打扫厕所，我们为了想从厕所"图书馆"中的报纸、传单上得到信息，也宁愿打扫厕所，而且打扫厕所走动时无人看管，我俩可以不断地交换信息和看法，商量些问题。我俩原来都属"干部"、"领导"，被揪的教师们同我们保持一定距离，不愿挨边，因为好像感到政策上对"当权派"要从严打倒，他们不愿沾腥。我同翟任余又有区别，他是教导主任，我是校级干部，我的罪好像又比他重。因此，两人谈话后，互相都"撇清"，有时我会说："刚才我们好像什么也没谈，是吧？"他就点头："是呀，你说的什么我都没听见！"……这么一说，用意很明显，就是订了攻守同盟，谁也不怕谁来坦白交代或揭发了。这样，每天我俩仍旧走在校园里两边有挺拔高耸的大白杨树的路径上，在校园里十六个厕所之间转来转去，似乎十分老实。人变成两面派，常是环境逼迫养成的。"文化大革命"是制造两面派最好的温床。拥护人常是两面派，反对人更得两面派，不然就无法生存。我一直虔诚地希望而且认为社会主义共产主义可以使中国富强，使中国人民幸福。我一直虔诚地认为伟大领袖是"大救星"。但从50年代反右后，到"三面红旗"、"大炼钢铁"、"大跃进"，又到"拔白旗"、"四清"，不断搞"千万不要忘记阶级斗争"，直到"文革"，我觉得许多事都不太正常，由于个人迷信发展到一切都是一个人说了算，用一个脑袋要替代全国许多亿人民的脑袋，似太违背马列主义。混淆敌我，无端将我这样的人全搞成"三反分子"，我更觉得荒唐。我是怎么也不能承认自己是"三反"的。对党、对社会主义、共产主义，我从未动摇过信念，对"大救星"的真正纳闷，是从现在产生的，此前则还没有。甚至在我身上也有可笑的个人崇拜与迷信。而此时，伟大领袖发动的"文革"，无端对他的一些亲密战友和功臣贬黜打击，也不能不使我想起在封建时代那些开国帝王在大业既成之后就要杀戮功臣的做法了。知识分子的头脑复杂就是如此，这也就是为什么要打击、贬压知识分子的原因吧？

　　我当然是可怜得无法主宰自己命运的。大时代中的一个小人物，此时正处在阶下囚的卑贱地位。只能听凭宰割。只是形势造成的一种恐慌，已使远超、程金声之流很少照面，也较少过问"牛棚"的情况了。

我们这一溜十间"牛棚"里的人，互相逐渐有了交往。尤其是隋呼、黄永华的房里忽然间"门庭若市"了！出外串联的红卫兵陆续归来，有些大摇大摆的都钻到他俩合住的房里去高谈阔论抽香烟喝茶水了。于是，翟任余也到我房里来，把隋呼、黄永华他们房里的新闻告诉我。他的身份同我比起来接近群众要容易些、近些。于是，北京"文革"的情况，反"资产阶级反动路线"的情况，都知道了不少！显然，远超和工作组抓我们作为"黑帮"是错误的。这"资产阶级反动路线"，应当抓的"黑帮"该是远超、袁先扬他们自己。看来，"解放"之日在望，远超等反倒要倒霉了。这道理其实当时我并未想得通，但却从切身利益出发宁可这样办，我内心并不认为远超、袁先扬之流是黑帮，但他们的背信弃义陷我于死地的卑鄙，使我当时简直想立即拔剑跟他们决斗。

红卫兵怀揣红宝书，手捧彩色的《毛主席去安源》的画像，背着背包，陆续从外地串联回来。开了眼界，经了风雨，见了世面回校造反的日子降临了！草绿色军装居然成了最时兴的服装，真有"全民皆兵"的气势，也增加了红卫兵的威风和杀气。官办红卫兵早就完蛋了，一些教师和学生中被远超之流指挥、同他们亲近的人，此刻如厉音玉、陈维光等都被叫作"保皇狗"。他们与一些保皇红卫兵同在操场上被斗、被骂，被戴上纸帽，都躲在屋里不敢多出来露面。从北京等外地回来的红卫兵都会唱一支歌："保皇狗，滚你妈的×！……"程金声因为工作关系，这时投靠了串联归来的红卫兵，有时不能不到牛棚来，但来了也开始含笑点头，布置劳动时他拣软的柿子捏。对隋呼、黄永华等已不敢差遣，对徐大杰、曾文生等"摘帽右派"的教师，则用和缓口气指派任务。对屠春这样尚未摘帽的右派则是纯粹命令式的布置劳动。

对于我和翟任余，他觉得我俩是当权派，还属"打倒"之列，所以严肃地仍让我们干活。不过，我们此时从隋呼、黄永华处已可得到信息，无需再去厕所粪便中看报纸和传单了，认为打扫厕所太污辱人，坚决不干，将臭烘烘的铁锹和铁桶提到程金声门口"哐"地甩下给他，洒得他门口满地全是粪水。程金声倒是能屈能伸，就布置些扫雪之类的活儿让我们干，如果真不干，他也不敢来斥责。

这时，外边城里城外造反成风，连远处的麻疯病院也造反了。造反派不愿待在郊区远远的乡下，杀到城里来占了一处房屋挂上了"造反司令部"的牌子。麻疯院的病人无人管理，都回了家，也在街上随意行走。有人在集市上看到无眉毛、手脚佝偻的麻疯病人在卖菜，吓得丢下买的菜没命地逃跑。

由于学校里的红卫兵回校造反，我们这些被揪押的人无人管了。我和翟任余都开始离开牛棚偷着回家看望。"寄沉痛于幽闭"是当时的心情。

没有的东西，人们才向往。自由，是这么可贵；家，是这么温暖。我在一个晚上，突然悄悄出现在前排屋里家中时，妻和可爱的孩子都高兴极了！别看从后排牛棚到前边我的家不过五十米，这五十米要逾越却要费多少斟酌、冒多少风险才这么做的哟！妻见我归来，笑了，笑得甜里带着凄怆。晓亮跑上来叫"爸爸"，让我亲她的脸，并且牢牢抱住我不放。那真是又喜又悲，我的心跳得飞快，血在血管里沙沙流动。妻瘦得皮包骨头已经脱形，晓亮却长高了，满足地让我紧紧抱着她，天真地说："爸爸，我好久好久没有看见你了！"说得我眼眶都红了。晓亮小，妻怕她看到我在劳动给孩子留下创伤，不让她外出，所以她说"好久好久"没见到我了。妻自己也是非必要不外出，所以我也久未见到她了。因为不见晓林，我一问，才知她已由数学教师鲍圭远带往上海到母亲处去了。因为她在学校太受欺侮。鲍老师是上海人，平日与我们比较亲近。他为人忠厚和蔼，"文革"开始后，做了逍遥派，学校停课后，他决定回上海家中看望妻女，妻就决定请他将晓林带到上海母亲处，由祖母抚养照顾。

我们悲从中来地在这种处境下团聚。我还记得晚饭吃的是用胡萝卜、冻豆腐、大白菜等合煮的一大锅杂合菜。可爱的晓亮吃饱后，就问我："爸爸，你还走吗？"我笑着回答她："不走了！"房里很挤，因为红卫兵只让住一间房，其余的他们占用了！所以，家具和物件全乱糟糟地垛起堆放。晓亮坐的椅子嵌在两只橱中间，她就坐在那里倚着墙心满意足地睡着了。

她睡熟后，我告别了妻，又悄悄回到后边"牛棚"。"牛棚"已无人看守，但当时我还没有"造反"自我解放的勇气。政策界限不清，我是可以划入当权派，也可划入"资产阶级反动权威"中去的，动辄得咎就不好了！虽然我盼望自由，而且常常希望能有一片恬静、温馨的芳草地供我憩息，但我的心和精神状态早被扭曲。我只希望等着人代表组织来解放我，自己不希望越轨而连累妻女，谨小慎微已成习性，难以一朝就改变了。

红卫兵们雨后春笋般在学校里成立了一百多个"战斗队"。每个战斗队大的数十上百人，小的仅三五人甚至一二人。他们在学校里各占了一间房"闹革命"造反，起了各种各样红卫兵的名称，诸如："八一八红卫兵"、"反倒底红卫兵"、"造反红卫兵"、"东方红红卫兵"、"卫东红红卫兵"、"毛泽东思想红卫兵"、"风雷激红卫兵"……都扯上了旗子或在门口挂上了牌子。有个名叫"铁扫帚"战斗队的只有一个初一的学生，因为他出身不好，人家不肯带他入伙，他就独自一人"造反"，占了一间破房，用张白纸歪歪扭扭写了"铁扫帚战斗队"六个大字贴在墙上，也照样去向远超索取经费。外国人讲笑话讽刺法国人，说法国人最喜欢成立政党，两个法国人在一起可以组织三个党，一人一个，两人再合组一个。"文革"时中国的红卫兵在这方面大大超过法国人了！远超等这时已如惊弓之鸟，红卫兵索取经费，有求就必应，实际也有收买的意思在内。这个"铁扫帚战斗队"唱独角戏的小红卫兵，姓孙，也许是年幼，也许是根本糊涂，不懂什么叫"大方向"，矛头仍对着我。一天，恰好我从牛棚回到家里，他竟"砰"的一脚踢开了门大摇大摆进来了。我一看，他戴顶有猪耳朵式的棉帽子，还拖着鼻涕，个儿矮小，我问"干什么？"他大声吼："抄你的家！"说着，动手就拉抽屉要抄，我十分生气，跺脚高嚷："你他妈的滚蛋！"他竟吓跑了！看来，是我的校长余威犹在！这也是我当校长第一次用粗话骂学生！

我家本住三间房，余妈妈一间，我和妻带孩子住两间，这是我反对特殊化而不肯接受多房间造成的。余妈妈那间她走后就成了关押牛鬼蛇神的牢房，后来来了一伙红卫兵强行驱赶，又让腾出一间房来给他们办公。他们在门口贴上对联："四海翻腾云水怒，五洲震荡风雷激"，将我家挤压到一间房里。有时我从牛棚回家，听到隔房的红卫兵学习，总是先敬祝"我们心中最红最红的红太阳毛主席万寿无疆、万寿无疆、万寿无疆！再祝伟大领袖毛主席的亲密战友林副主席永远健康、永远健康、永远健康！"然后，唱起了歌："敬爱的毛主席，我们心中的红太阳……"然后，又集体读语录，也读一些传单。传单都是反刘少奇、邓小平一类的，也有江青、康生、张春桥、姚文元等接见革命群众的传单。隔墙听他们学习发言，谈到对帝、修、反的仇恨，谈到心中想念毛主席，谈到"忠不忠，看行动"，又常谈到林彪的指示"毛主席的指示，应当理解的要执行，不理解也要执行"等等。发言大都是程式化、模式化的。最后结束时便唱歌："大海航行靠舵手，万物生长靠太阳……"

这些理应攻读文化的青少年，整天是这么"干革命"的，不能不引起我这个中学校长的忧虑，岁月蹉跎，时不再来。

这时，在南京的堂兄的第二个儿子钟山由南京来看望我了。多谢他的好意，对我关心。他是戴了红袖章以造反派身份来的。南京比L市消息灵通。他来后告诉我许多外界情况，说："远超之流的做法是错误的，应当起来同他斗争，造他们的反。"他护卫着我。当时见到外地来的红卫兵，学校里的红卫兵见是同类表示亲善。因我的平反解放已可预见，钟山住了几天就回南京了。在那种环境下，有亲戚看望，使我感到温暖。他临走散布话说："谁要是敢对我叔叔怎么样，小心我们对他不客气！"有他来壮胆，我心中欣慰，颇有几分阿Q精神。

那个农历年，由于我能回家，又由于有些友好的教师们开始同我们有了一点交往，使我那颗被创伤的心稍微得到了一点康复。我白天在家待着，由于尚未"解放"、"平反"，晚上我仍自己主动到牛棚里住。但对自己的命运究竟会如何仍是个谜。学校已经完全不像个学校了！常常停电，到处黑沉沉，烛光、油灯如鬼火，教室残破，校园寥落，学生散漫地打着"革命"旗号在破坏一切。只有教师们——中国的知识分子是被整得最听话的，都大部分依然守在学校宿舍里。正如我每夜自己主动回牛棚一样，我在等待解放，大部分教师在等待上课。教师里面当然有各种各样的人，有的庆幸自己未曾被揪，有的甘当逍遥派，有的却仍在害怕"文革"之火燃烧到自己身上，也有的则很想利用"文革"的机会，蹿蹿跳跳，捞点稻草。

一百多个战斗队遍布的滨海中学校园里，红卫兵中开始争权夺利。队伍越大人数越多的大红卫兵组织自然权力越大，像"东方红红卫兵"俨然就主宰了学校的大部分党、政、财、文权力。他们派了一个姓朱的头头管理伙房，可是他一去就多吃多占，结果被其他红卫兵斗了一场开除回了农村。红卫兵中打架斗殴、乱谈"恋爱"的都有。学雷锋多年的成果全完了，似乎只有搞阶级斗争这一条还保留着并扩大着、歪曲着。

在红卫兵中间，有些学生对我本来印象好的，认为我一向工作不错，此时就提出要解放我，也有些学生认为"大方向"是应当针对支部书记远超这个"党内走资派"，但我无论如何也属于"资产阶级反动权威"，不应解放。这里就发生了一些情况，一是他们中的有些红卫兵，矛头对准远超，常去抄他的家，责问他许多问题，并且开始打击同远超亲近的一批"保皇派"教师。而另一些，则除了搞远超之外，竟又来抄我的家，对我的态度也仍相当恶劣，理由仍是说我"出身不好"，又是"反动权威"。

隋呼、黄永华等很快就被亲近他们的红卫兵解放了，虽然也有反对解放他们的，但他们团结掌握了一大批红卫兵保护自己，人也莫奈他何！红卫兵中经常有不少去揪斗工作组长史亦庆及刘介之等工作组成员，要他们向红卫兵和"革命师生"谢罪，要他们检讨"镇压革命群众运动"的罪行，批斗他们，并要他们交代与远超等一同阴谋执行造反路线的内幕。要他们给误打成"反革命"、"牛鬼蛇神"的隋呼、黄永华等革命师生平反道歉。隋呼、黄永华等很快戴上了红袖章，同红卫兵们一起行动。颇有战斗英雄的气概！

当时，在中学校园里还算平静。在校园外，全地区已被搅得像开了锅。红卫兵正在进攻地委。许云亭等地委领导人一下子成了红卫兵心目中的当然"走资派"，火力极猛，许云亭兼了军分区政委的职务，有部队保护，但仍东躲西藏，吓得要命。而且，很快就陷入了红卫兵进攻的汪洋大海。地委也瘫痪了！

地委如此，何况我们这个中学。远超虽未被揪，实际同被揪并无太大差别，他和薛礼、袁先扬三人整天缩躲在家里，不敢出门，吓得要死，据说一个个脸色苍白，整天唉声叹气！

"牛棚"大变化了！程金声突然满面含笑点头哈腰来发还大家写的检讨交代材料。退还给我的材料里想不到竟夹着许多秦有才每天写的汇报材料，今天说甲讲了一句什么可疑的话，明天说乙劳动时怎么偷懒。在一份汇报中说我常常脸上有不平之气，并同翟任余悄悄耳语等等。当然，我也谅解他，他有妻子和儿子，想主动赎罪，想用别人来填沟，使自己可以踩在人家身上走过去。这时，隋呼、黄永华等变成革命的戴红卫兵袖章的造反派搬走了！我同翟任余等自认为无罪，也

460

大着胆各自主动回家了。徐大杰、曾文生、秦有才等因在 1957 年划成右派，虽都摘了帽，此时仍被作为"死老鬼"对待，仍每天由程金声分配劳动。屠春 50 年代大学毕业后分到学校，曾任生物教研组长。他上初中时参加过三青团任过区队长兼学生会主席，就够了"历史反革命"的杠杠，1957 年初打成右派，袁先扬当时就用"二罪俱发"的罪状，使他成了"极右分子"送去劳教。1961 年本应甄别，他从劳教地点回校等待甄别，可是袁先扬拖拉着不办，突然政策有变上边又有文件下来"停止甄别"，于是，屠春始终戴着"历史反革命"和"右派"两顶帽子。此时，他成了程金声手中最强的劳动力，一切苦役都由程金声叫他去做。似乎理所当然，也无人同情他为他说上一言半语。

程金声由于只是学校的中层干部，外加是总务主任，管理食堂，此时，同红卫兵中的一些头头关系搞得很好。他利用手中的权与这些红卫兵一同在伙房里炒菜沽酒吃吃喝喝，多数农村红卫兵家中冬天缺煤烧，他就悄悄送煤给他们。他又杀了远超的"回马枪"，表示造远超的反，由保皇派成为革命造反派。揭发了许多远超对他讲的私房话。看来，糖衣炮弹威力不小，他与这些红卫兵很快就成了"一个战壕里的战友"。

我走的路，似乎布满荆棘。受过伤害的身体和心灵，疲惫而忧伤。我决心要讨个是非，让工作组和远超给我"平反"，宣告于众。我既无辜无罪，就反对强加给我的那些莫须有的"三反"罪行。我对加给我的那种批斗、囚禁、劳改外加私设公堂和监狱，进行殴打凌辱的作践深恶痛绝，对远超等背信弃义也十分痛恨。为此，我坦然地走上门去找远超，向他进行责问和声讨。

远超在家里突然见我上门找他，怕得脸色铁青，他面容消瘦而萎靡，再三道歉，承认自己有私心杂念，抛我保自己，对一切都承认是他的错，并且答应"平反"。

我又去袁先扬住处找到了袁先扬。他喝了酒正睡在床上，见了我，红着脸满面愁惧，不敢正眼看我。我指责了他作为支委和副校长背信弃义协助远超批判囚禁我嫁祸于我的罪恶。话击中了靶心，他也一切都唯唯诺诺。临走，我内心涌起一种卑下的报复心理，故意整他。我大声说："别以为我不了解你！你是1927年国民党清党屠杀共产党人那年加入国民党的，可是你在40年代又混入了共产党，你是个什么样的人，你自己应当明白。应该被清查历史的是你！"

我谴责他的是事实。我见过他填的干部登记表，那上面他交代过"1927年曾参加国民党"。我明知他的历史早经过审查并无问题，我只不过是想以牙还牙求得一点痛快而已。哪知他吓得惶恐不堪，几乎要下跪，告诉我：主要是支部副书记薛礼不好。薛礼说我写的小说是反党的、为国民党树碑立传的，他是信了薛礼的话才也主张揪我的。我没有理睬他，带着一种愤怒与快意离他而去。但此时，他凭借"琉璃蛋"哲学，已经用请人喝酒的办法，拉拢了一部分造反派和红卫兵。他又有厉音玉等一些教师中的亲信。他又靠自己出身中农，比远超和我出身好，肚里没有太多文化，平时表现得有些脑筋简单说话随便并不锋芒毕露，被他拉拢的人都说他既不是一二把手，仅仅不过分工管总务行政，他算不上是党内走资派，为他开脱，认为他是可以"结合"的"好干部"。他可以毕恭毕敬地听红卫兵的话，红卫兵、造反派随便干什么事他都可以支持、同意。他们需要这样一个傀儡式的"革命干部"。

我也去找了薛礼，他又装病在床。他也表示同意为我平反。我责问他为何要造谣陷害我揪斗我？想到袁先扬讲的话，我将他骂得狗血喷头。但他有个本事，就是阴阳怪气地不说话，也无任何表情。既然他装孬种，我也说不了太多，只好离开他又去找工作组长、地委宣传部副部长史亦庆。

我本想去地委宿舍找史亦庆，但又怕我未平反就上街会招惹是非。听说外边由于红卫兵的冲杀，很乱，正在犹豫，却见史亦庆被红卫兵揪到学校来批判了。找个机会，史亦庆被批判过释放回去时，我追上去在学校后门附近拦住他，责问他为何要把我打成反革命？

他承认那是错了，也承认有拿我做替罪羊之意，但可笑地说那时他认为我写的《果子》等寓言诗确有可疑之处。不过他同意写平反书为我宣布平反。既然如此，我认为已基本解决问题，遂要他抓紧为我正式平反。

史亦庆没有失信，很快写来了由远超和他一同签字的"平反书"，说明我不是"三反"分子，不是"反革命"和"黑帮"，也不属"资产阶级反动权威"，说明他们错了，表示道歉。但平反书上仍留了个尾巴，说："有的作品如《果子》等确有缺点"云云。这我也不再计较。当时也很可笑，我对"平反"看得很重，将平反书油印了几十份，到处张贴并寄到上海给母亲，表示已经平反。平反后，大部分教师同我关系恢复正常，不但打招呼交谈，而且表现得很亲近。但小部分教师如厉音玉等仍心怀鬼胎，虽同我点头却对别的教师说："看来我得罪他了！不过，他的事恐怕不会这样就算完了吧!?"言下，大有"秋后算账"想伺机而再动的意思。学生中许多红卫兵见面都表现得比较尊敬，但不叫"校长"，改叫"老何"了！也有些红卫兵如掌权的军干子弟金家祥等由于受反动血统论的影响，也不友好。

晓林从上海回来了。她的回来，仍是鲍老师从上海探亲后带她回来的。我的平反和晓林的归来团聚，使家中增添了欢喜的气氛。平反后，我的工资又恢复了。我对妻说："这以后，校长我是不做了！最好不做知识分子，能去做个售货员什么的最好。"一种临时观点支配着我。我只以为厄运大约到此为止了。殊不知还仅仅是万里长征第一步呢！

平反表现在我身上的是我胸前挂上了一只很大的"毛主席纪念章"。当时，谁挂了谁似乎就是革命的、无问题的。当时，国家领导人包括周恩来总理都挂，造反派和红卫兵当然个个都挂。最大的像章后来发展到有碗口大，小的则只有纽扣和拇指大小。所有这种"纪念章"上都有一个毛泽东的头像，用料大部分是金属的，后来因金属短缺，也有用塑料制作的。"文革"中单这一项耗资就惊人，可惜还无人统计过。挂纪念章的风，到"文革"结束后逐渐平息，后来很快就消失。1979年，我途经津浦路兖州站，在公路汽车站上见到一个疯子乞丐，胸前满挂十几枚纪念章，当时正常人早已不戴了。那疯子手里仍拿着红彤彤的语录本，估计是"文革"中就发了疯的人才会时过境迁仍依然故我。令人看了有不胜今昔之感。

我自己平反了，自然不能弃翟任余于不顾。他是个出身贫农、新社会培养成长的知识分子，对共产党对社会主义是有感情的。可是，他的平反竟处于十分困难的地步。

说来像笑话。翟任余得不到平反，是由于他是个党员教导副主任。此时有人说他是党内走资派远超重用提拔之人，因此也是党内走资派。有的则说他招供了不少反党反社会主义反毛泽东思想的言论，可以拿这些言论定罪了！其实那些招供都是逼供信弄出来的，更有一个死硬的语文教师华岐，绰号"黑蛋"，他"文革"初曾吓得用剪刀戳头自杀过，此时却成了兴风作浪的小爬虫，他平日因教学质量太差，翟任余是教导主任，同他自然不无矛盾。此时，华岐以造反派自居，坚持："翟任余有许多问题未查清不能平反。"这是没有理由的理由。翟任余的平反被拖了很长时间。我憎恶那些拿了鞭子，专门鞭打别人的人！我为他仗义直言，他自己也取得了一些比较正直的教师的支持及一些红卫兵的谅解，最后才终于得到了平反。

道路崎岖。我虽平反了，不久，却感到许多人对我的态度突然又从"热"变"冷"。红卫兵中掌权的金家祥等忽然老是拿仇视的、凶狠的眼光看我，是什么原因呢？弄不明白。我心里老揣着个闷葫芦。

大约是1967年4月间，突然有一天，金家祥来找我，说河北唐山来了两个红卫兵，要我提供节振国烈士的叛徒材料。我纳闷地去到前边的会议室里，看到两个挂红袖章的唐山铁道学院的大学生。他们恶狠狠地在那里等着，我进去后，他们叫我坐下，操着北方口音，一个有点胡子的说："你本来是这里的当权派？"我点点头。另一个剃平头的说："节振国的传记是你写的？"我仍点点头。胡子说："我们是为抓叛徒来找你的！节振国是叛徒，你为什么美化他？"我答："我只知道他是抗日游击英雄，抗日牺牲的！"平头说："不！这文件你看到过没有？"说着，递了一张中央文革发的彭真专案审查小组办公室关于薄一波、刘澜涛、安子文、杨献珍等人自首叛变问题的初步调查给我看，说："中央已经定了六十一个人的叛徒集团！节振国是彭真他们的小爪牙！……"我先是默然了，但忍不住说："他不是叛徒！他根本从未被敌人逮捕过，怎么可能是叛徒？"

谁知，那有点胡子的红卫兵歇斯底里了，大声说："你的情况我们知道！你是黑线人物，虽然平反了，却仍是有严重政治问题的！你居然还敢为叛徒辩护？你快老老实实交代节振国的叛徒材料！不然——"他把桌子"乒"的一拍，挥拳似要打我。我也火了，站起身说："你拍桌子干什么？你还要打人？……"想不到，他竟真的"啪"地打了我一个耳光。我豁然站起身来，说："你打人？"他说："就打你，怎么？"我气得血涌上了脸，回身就走，到办公室找金家祥。金家祥同几个红卫兵正在打扑克。我说："唐山来的红卫兵打人，我也不能无中生有，我走了！我不能同他们谈！"想不到金家祥冷冷对着我说："你别不知道自己的身份！"我听了，十分生气，愤愤不平地回身就走，回到家里去了。

这件事就这么过去了，也未再找我。我为节振国白白挨了一个耳光，但觉得自己没做错。只是唐山红卫兵说我"有严重政治问题"和金家祥说我"别不知道自己的身份"，刺激着我要去弄清自己的问题。我究竟有什么问题呢？

一天晚上，我去隋呼房里找他。他这时与许多红卫兵头头交往较多，与金家祥关系也好。我向他谈了自己的苦恼及金家祥的态度。隋呼斟酌又斟酌，最后吞吞吐吐地悄悄告诉我说："原来，革命师生都想让你代表革命干部参加'东方红'指挥部的（'东方红'红卫兵人数最多，此时已接掌学校大权）。但前些日子远超突然找到红卫兵的头头金家祥等，说要向他们透露一个国家机密，说你有严重的政治问题，属于国家'内控'的人物。远超说，'他是怀着对人民负责的态度透露这机密的'，对你绝对不能丧失革命警惕。金家祥等当时问：'是什么严重政治问题？'远超答：'这我也不知道，因为是国家机密！'金家祥问：'怎么叫'内控'？'远超答：'就是内部秘密控制，一有风吹草动，就处理他！我们所以当初把他打成牛鬼蛇神就是这原因，并不错！现在给他平反是形势逼迫造成的！怕你们不知道，结合了他，所以不能不来报告'。……"

隋呼告诉了我这些后，说："我这是泄露国家机密了！是有罪的！我是见你这人不错，而且我也有点纳闷，你如果真是'内控'，当初怎么会让你当校长呢？地委为什么对你又很信任呢？远超这人心计多，怕又是他陷害你！金家祥这种小将，头脑简单些，他是坚信远超的，我告诉了你，你千万别张扬。但我也要问问你，你到底有没有什么严重政治问题？"

天下常有蹊跷事，也有蹊跷人，但像这样的蹊跷却真少见。我听了他的话，气愤得想吐血，我为什么总是用直线式的眼光去理解人世间最曲折的事物和人际关系呢？我觉得远超真是毒辣之至、诡计多端。他是怕我解放结合对他不利才这么陷害我的！这种陷害的方式方法多么尖钻巧妙呀！我当场告诉隋呼：我这人，除了出身不好，以及我爱人是从台湾回来的之外，其他均无问题。但我和妻从未参加过任何反动党团会道门或特务组织，我们的历史清清楚楚，早都由组织下过结论的。这纯粹是远超的恶毒陷害，让我无由分辩也无法弄清。其实，我的出身也并不像自己填的那么坏。参加革命填表时，对出身一栏不知怎么填，我填了"官僚"是填错了！我父亲并非官僚资产阶级，我在新中国成立前就同地下党在一起！我绝对不想被结合，干部我已做得够了！但远超是怕我被结合杀他的回马枪提供他的"三反"材料，如果将我打倒，我就是提供材料也就不可信了！他的主要目的在这儿！

隋呼点头表示同意我的看法，但却又感到爱莫能助，叹口气说："可惜金家祥等是很相信远超的话的！……"

那夜，我一宿不能成眠，我觉得刚刚平反，就又在暗中被扣上了一顶千斤重的黑帽子，如何得了？但远超这个做法的凶狠就在于用"国家机密"的大石头压得我不能公开反抗，又不能让年轻的红卫兵来弄清我的问题，他这样一句话，后果将使我在某个时候会突然又遭到厄运，作为"阶级敌人"被糊里糊涂打入牛棚，沦入万劫不复境地，却保护了他自己。好巧妙的毒计呀！

怎么办？感情上的沮丧如曲线在叠加，我感到自己孤独地是在满布泥泞的小道上行走，天地茫茫，不知何处是尽头。犹豫了好几天，我终于决定就是死我也要依靠自己的力量弄清这问题。

萧瑟的校园中，四面凄寥，落叶有声，一片死寂。我在一个傍晚，跑到了位于学校西北角的远超家，找到了他。他坐在炉边烤火，桌上摊开着《毛泽东选集》，神情惶恐，脸色煞白，墙上贴着毛主席和林彪亲密地笑着并肩站在天安门城楼上的彩照宣传画。

我像尊雕塑那样盯着他说："远超，你好恶毒！别以为我不知道，你害了我一次险些叫我丧命，现在又来害我第二次，是不是？"我把他向金家祥等红卫兵说的话和盘托出，盯着他吓得灰黑发青的脸说，"我发誓一定要弄清这个问题，就是死，我也不怕！"

他连忙战战兢兢地说："不要生气！不要生气！本来我一点也不知道，这不是我说的。是薛礼对我说的，他告诉了我，要我向红卫兵反映的！"

我想，薛礼真是诡计多端！为平反的事我找薛礼时骂了他一顿，得罪了他！薛礼狭隘而又阴暗，这不马上就想出毒招报复我了！我又想：咦，薛礼？他怎么会知道这事的？难道你远超作为支部书记不知道的事，作为副书记的薛礼反而知道？我问远超："你不说谎?"

远超目光中有被刺痛的神色，说："确不说谎，不信你去问薛礼!"他那神态倒像颇为真诚。

"那你为什么要对金家祥他们说?"

"我这是出于对党对人民负责!"远超唱着高调又马上承认，"当然，我也有私心杂念。"

我离开了远超家马上到学校西南区宿舍里找到了薛礼。他正坐在床上靠着被絮打瞌睡。他身体细高，瘦弱，有张表情暗淡而尴尬的长白净脸，平时有一种莫测高深的内向。这时因为作为学校的党内二把手正受冲击，时刻怕红卫兵来整他，他对我的事又心中有鬼，见我上门质问，脸色更阴冷，但客气地要我坐，还叫我："何校长!"替我搬椅子，和蔼得很。

我火冒三丈地把来找他的事说了，要他回答，说："你告诉远超的事，是上边通知的还是你胡编的？你必须老实地说，不然我就同你拼命!"

他像根木头似的竖在面前，支吾了一会，表情里始终潜伏着极其可怕的东西，沉默着好像想了许久，又沉吟了半晌，最后才逯遽交集地结结巴巴道："我……是……听……余希泉说的……"

余希泉是个工农干部，为人朴实诚恳，我1961年刚分配来中学当校长时，卸任支书是余希泉。不久，不知什么原因，被调到他家乡遥远的E县而且降职当区委书记去了。从薛礼的表情来看，我明白：远超说的话有点真，薛礼说的话全是假。他是个会捣鬼的人，一定是自己胡编了我的谣言，现在无法推卸，就假说是听余希泉说的，余不在学校里，好让我无法继续追查。我对他说："好！既然如此，不管多么远，我一定要找到余希泉，弄个水落石出!"

离开薛礼，回到家里，告诉了妻，我要去 E 县找余希泉。当时，我已平反，也无人管我，行动自由。妻思索了一下，要我一路小心，我就在第二天清晨，去长途汽车站购票搭车去 E 县。我觉得要想做一个人真不容易！

那天下雨，灰蒙蒙的天，针般细的雨迷漫着道路。我到 E 县后，打听到余希泉本是西边一个区的区委书记，现正受造反派冲击在家赋闲。我又搭长途班车到区里，找到了余希泉的家。他在地方上群众反映尚好，虽被罢了官批判过，吃的苦不大。我开门见山将我找他的原因说了。他听了，匆匆用手拢了一下头发，生气地叹息一声说："薛礼这人阴险歹毒得很！我吃过他的苦。他常常喜欢无中生有。我离开中学就是他向上边反映我文化低、群众关系坏等才造成的。他对远超说的这件事我可以明确告诉你：我一点也不知道！我既然不知怎么又可能告诉他你是什么'内控'呢？你如果是'内控'又怎么会让你做校长呢？你来时，地委组织部向我们介绍你时，对你的评价是很好的。这说明全是他造谣！我可以马上给你写证明！"

我谢了他，拿了他写的一张证明，那证明上说："我从未见过上级文件也未收到上级通知说何旺同志有严重政治问题属于内控。薛礼说我告诉过他此事，纯属造谣。特此证明。"下面，余希泉签了名并盖了章。

我深深感到他那种淳朴的实事求是的态度的可贵。在 E 县一家被褥很脏的小旅店里住了一宿，次日匆匆搭长途班车回到学校。见到了妻，把事情一五一十告诉她，让她放心，然后我就决定了步骤。

我首先找到隋呼，把事情经过全告诉了他，他很为我高兴，说："远超、薛礼之流太坏了！"又说，"你知道不？你是知情人，他们怕你揭发他们，所以才这样害你的呀！叹为观止！叹为观止！"我接着又找到红卫兵指挥部的金家祥，把证明给他看了。他态度变得好了一些，说："我陪你去找薛礼！"到了薛礼家，薛礼想不到余希泉竟写来了证明，支支吾吾说："可能是我记错了，我身体不好，记忆力差……"这事总算告一段落。薛礼的态度使我恶心，他真是一肚子坏水。

后来，我明白，我很傻。这样做，有什么意义呢？当时，每一个人有没有问题，每每不是决定于他是不是真有问题，而是决定于需要。捕风捉影、无中生有的事太多了！我当时只想自己弄清问题，实际呢？仅仅毫无问题也不能逃脱厄运，那本来就是一场混战，岂有不乱伤人的！难以探测的事什么时候都可能发生的。

在这种情势下，一支军宣队进入学校。

军宣队的全称是"中国人民解放军毛泽东思想宣传队"。组成者主要是当地野战军驻军部队的军官。这支部队是野战军的一个师。来的有团、营级军官，总的来说，态度比较接近群众，纪律比较严明。在中学的红卫兵中，军干子弟不少，多数是这支部队和军分区的军干子弟。此时，军干子弟组成的一支红卫兵组织，队伍人数仅次于"东方红"红卫兵，名叫"红旗"红卫兵。在关系和感情上，军宣队自然与"红旗"更加亲近。何况，"东方红"指挥部在掌权期间，所作所为，并不尽如人意，军宣队入校后，对军宣队也不尊重，造成不少隔阂。

被视为"保皇狗"的厉音玉在受过红卫兵一些批判、谩骂后，这时积极投靠到"红旗"红卫兵里来了。他依靠出身好，又会巴结"小将"，与另一些教师黄守学等就总是参加"红旗"红卫兵的活动。"红旗"中的许多红卫兵说厉音玉过去有侮辱女学生的事，群众有反映，而且这人品质不好，拒绝接纳，他为表示自己的坚决，每天在"红旗"红卫兵列队外出时，就作为最末一名成员像个尾巴跟在屁股最后边。当时人们看了都觉得可笑，却未体会到他的心计。人虽说他是"富贵能淫，威武能屈"的坏蛋，但他像写入党报告似的一次又一次写决心书，献给"红旗"红卫兵，"红旗"终于无形中接纳了他。

军宣队入校后，到处贴上了"军民团结如一人，试看天下谁能敌"的大标语。他们首先是批判了中学前一阶级的资反路线。中学的红卫兵组织原来一百多个，这时"大联合"了，有的也消失了，基本上只剩下"东方红"与"红旗"了！军宣队入校，我盼望校园里从此安定下来，学生也可复课。我已不想再做干部，心想，"文革"结束后，我就离校哪怕做个售货员也可以。因此，对军宣队寄予很大希望。军宣队来后，广泛征求师生意见，了解情况，对我很好，将我结合进报道组，报道组一共五人：干部一人是我，"红旗"红卫兵一人，"东方红"红卫兵一人，教师一人，是语文教师欧忠明，组长由军宣队的一位团级军官兼任。报道组任务是报道军宣队入校后的新气象及斗批改情况。

军宣队入校后，确有了些新气象。首先是重新恢复开学上课了，上课的大部分时间是读"毛主席语录"，还要搞斗批改，校园里开始打扫卫生，变得干干净净，教室里也开始修理上课的桌椅。

在"斗、批、改"上，军宣队提出要"斗倒、斗夸、斗臭党内走资本主义道路的当权派"，按"十六条"办事。

谁是党内走资派？这时众目睽睽指向远超。其实，平心而论，远超平日虽有点官僚主义，架子也比较大，不太接近群众，"文革"初的表现也私心太重，但过去的工作还是勤恳努力的。他也不贪赃枉法谋取私利，生活作风比较严肃，并不是个坏干部。我当时虽恨他为人太厉害，言而无信，抛我及别人当替罪羊，又参与薛礼的诡计害我第二次，但对他总的评价心中还是好的。

谁知，一天晚上，军宣队的吕营长找我到实验室谈话。他告诉我："远超是叛徒！"这使我大吃一惊，当时，为打击刘少奇等人，报道已经不点名地用"中国的赫鲁晓夫"来称呼少奇同志并批判他。由康生及中央文革小组成员挑动制造出来的所谓"六十一人叛徒集团案"正搞得热闹。红卫兵只要听说"叛徒"就揪。何谓"叛徒"？毫无界限，后来发展到入过狱被捕过的都是"叛徒"。这时，吕营长说远超是叛徒，我就问："是怎么回事？"

吕营长说："远超抗日战争时期，在任某县县委宣传部长时，因为怕死，敌人包围时，他将枪埋藏在地下，后来逃脱敌人包围，再去找枪，却找不到埋枪的地点了！因为丢枪事件受过处分，档案记录在案。"又说："贪生怕死，有枪不与敌人拼死战斗，却埋枪逃跑，不是叛徒行为是什么？"

我听了默然。政策观念和是非感我是有的。我感到这同出卖组织出卖同志的叛徒行为是有明显差别的。但吕营长接着说："现在我们军宣队经过调查研究，肯定远超就是中学的党内走资派！正在收集他的材料。他是'三反分子'，是真黑帮！现在要搞斗批改，必须要材料充足，火力才能又准又猛！你是知情人，希望解除顾虑提供材料！"

见我犹豫，他又说："我们知道，过去你同他接触较多，而且学校里由他改定认可的总结、计划都是你写他改的。所以你应当充分提供材料，把这个赫鲁晓夫式的人物揪出来，斗倒、斗垮、斗臭！"

我很怕听"斗倒、斗垮、斗臭"这种提法！听了刺耳，思想感情很复杂：高尚与卑鄙同在，而且，卑鄙心理占了上风；怜悯心理与报复心理并存，报复心理也占了上风；迷信思想与厌恶"文革"思想俱有，迷信思想使我也想响应号召争个表现；盲目与清醒交替出现，盲目却因自己的卑鄙而操纵了大脑。再加上对军宣队的感激，怕辜负信任，我终于说："我实事求是地来提供！不过有个要求，希望能找到那些抄家时从我屋里拿走的我的笔记本，打印好的总结、计划等，好有根据。"

我要找"根据"，其实是推卸责任之一法！这是心里卑鄙才这么做的。它源于自私，既想将远超打下地狱，又不愿承担责任。这实际也是假公济私，欲加之罪，何患无辞！我明知远超不是敌人，却决心把他搞成敌人了！谁叫他动辄就将我搞成敌人的呢!? 报复心使我甘心下流了！

我这种心理状态当时也许是有点普遍性的。"个人主义是万恶之源"，别人的卑鄙我可以指摘，我自己的卑鄙我更自愧！

吕营长为达到目的，答应了我的要求。果然，他们找回了许多我被抄家时拿走的本子、计划、总结等。这样，就给远超补充了大批罪状。因为在打印好的计划、总结上有远超亲笔改动的句子，在我的记录本上，有×月×日远超讲的、传达的许多话。日期、时间、地点均全。比如他讲的"说学毛著要立竿见影这是不对的，玩双杠玩不起来，是否念几遍毛著就能立竿见影了呢？"比如他讲的："我们一定要提高学校的升学率。"……这些话本来不错，有的根本是复述上级讲的内容。但那时这些话拿出来，就是反毛泽东思想贯彻黑线的反动言论，够他吃不消兜着走的。以后批斗远超时，这些话他都无法否认，够他受的。我虽心有不忍，见他挨批斗时低头弯腰别烧鸡被折磨得很惨，但想到他私设公堂险些把我整死的仇恨，又使我快意地感到他是罪有应得。搞运动历来有个特点，就是造成你搞我、我搞你的局面。"文革"更厉害，它就是这样使人丧失人情和人性，使人太卑鄙，使人太无耻！并促使你和我、我和他互相进行阶级斗争，今天你整我，明天我整你，我在揭发远超的事上虽未掺假，而且他又是曾那么背信弃义陷我于死地的一个与我共事多年的人，但时至今日，想起我在那种环境中竟不能同流而不合污，仍是感到深深惭愧和内疚自谴的。多年以后，"文革"结束，远超早已调升为地区文教办公室主任，我也调离中学到出版办公室做领导工作，并入了党。1981年夏，远超知我入党后，差儿子送一幅字来，是他填的一首《西江月》词，他写得一手秀丽挺拔的好毛笔字，词写的是："仰望红旗志坚，确信共产必行，何惧狂涛骇浪涌，恰似一帆从容。　十年相处不凡，欣喜谷怀高风，时光不嫌白发生，且看佳作入盛。"那是两个在黑暗中演了一出新《三岔口》的干部，经过"文革"风暴，又经过反思后，重新恢复友谊的表示。当然，这是后话。但在当时，是刀枪相对互不相让的！真是愚昧而违心，迷途而不知返！

　　远超倒霉的时候，全国声讨批判刘少奇的高潮正在掀起。L市的

"红卫兵广场"上几乎天天有批判会，并将当地的党政干部、文艺界的"牛鬼蛇神"都押去在会上批斗。台上总是低头弯腰站满了挨斗的人。《大海航行靠舵手》和《抬头望见北斗星》的歌声常常在批斗会前后响彻会场。听到这两支曲子，我总感到曲调悲凉而凄苍。在这之前，围剿影片《清宫秘史》，因为刘少奇曾夸奖这片是"爱国主义的"，而毛泽东则说这是"卖国主义的"。刘少奇写的《论共产党员的修养》也在被大加讨伐，名之曰"臭修养"。由批判"中国的赫鲁晓夫"，到正式点名批判国家主席刘少奇，时间隔得并不长。一个堂堂的中华人民共和国主席，平时是受到人民爱戴的，但尽管有一部好不容易制定出来的宪法，却无需经过任何程序，从宪法到国家主席，说不要就都弃如敝屣不要了！这不免使我产生一种无以名状的忧虑。俗话说"无法无天"，这不就是无法无天了吗？

1967年2月，北京发生了所谓"二月逆流"的事，其实是一些老帅和老干部反对"文革"中"打倒一切"的做法。但学校里红卫兵贴出了大量"用鲜血保卫中央文革"、"彻底击溃反革命复辟逆流"的大标语。三月的一天，由北京来了几个红卫兵，找我谈长篇《刘志丹》一书的问题。

刘志丹是陕北的传奇英雄人物。他在陕北积极传播组织农民、武装农民、实行武装割据的思想，在陕甘高原高举革命红旗，在"左"倾路线时一再挽回危局，开辟陕甘苏区，建立革命政权，胜利粉碎敌人几次围剿，保全了陕北根据地。这部小说上卷写成于三年困难时期，早在1956年，工人出版社就定出这个选题。1962年写出第五稿，七月内《工人日报》连载，《光明日报》和《中国青年报》也选登过部分章节，但康生在党的八届十中全会上说《刘志丹》是"反党小说"，是"为高岗翻案"。毛泽东1962年9月24日在八届十中全会上就说："现在不是写小说盛行吗？利用小说进行反党活动，是一大发明。凡是推翻一个政权，总要先造舆论，总要先做意识形态方面的工作。革命的阶级是这样，反革命的阶级也是这样。"话的分量很重。文艺界出了不少冤案。

此书作者李建彤当时是地质部党委书记，她写成初稿，不满意，要找"秀才"帮助加工修改。当时工人出版社撤销，《中国工人》杂志社仍存在，将工人出版社牌子挂在北京猪市大街100号《中国工人》杂志社门口。当时《中国工人》主编拟在我及另一位同志中派一人协助作者完成任务。我因太忙，遂由何安栋同志去干了。但"文革"中，反革命文痞姚文元抛出黑文，公开点名批判《刘志丹》是反党小说，康生也信口雌黄，点了一大批人的名字。当时，《中国工人》原主编及另三个编委都受到了迫害，有的入狱，有的批斗劳改。因1958年稿完成后，曾征求副总理习仲勋意见，习仲勋召集《中国工人》的编委同去听他谈意见。他谈了三条：一，陕北当时的形势；二，要多宣传毛泽东思想；三，这是小说，又未写高岗的名字，可以这样。结果，"文革"中成了他的大罪，第一条意见变成了"陕北救了中央"；第二条变成"用刘志丹思想代替毛泽东思想"；第三条成了"为高岗树碑立传"，习仲勋下了监牢，《刘志丹》一书成了件要案，牵连广泛。习仲勋召集开会，我是编委本应去的，却因要马上发稿事忙未去。此刻，《中国工人》编委仅我一人置身事外，北京来的红卫兵本是想揪我并了解情况的。我说："我未去参加习仲勋召开的小会，也未插手这件事。"红卫兵不信，说："为什么五个编委就你一人没去参加黑会呢！"我说："我太忙了！要发稿！"他们追究了几次，磨来磨去，才罢休离去。我算是庆幸自己少受了一次劫难，确是万幸。但不禁又感到：幸与不幸常常是偶然性在支配！如果那天我不发稿，也一同去了！那我不是就被揪到北京蹲监牢了吗？想想真是既侥幸又寒心！

1967年4月，报载王光美在北京清华因遭到由清华大学红卫兵主持的号称30万人批斗大会批斗。会上，批判了王光美和她在"四清"中总结出来的"桃园经验"。桃园是河北省抚宁县北戴河附近一个公社的一个大队。王光美和工作组奉中央命搞"四清"试点，试点总结名曰"桃园经验"，经毛主席批准向干部介绍学习推广。报告大意是说：农村不少干部，懒、馋、沾、贪、变，阶级异己分子已经篡夺社队领导权，搞资本主义复辟，敌情十分严重。这些人有的在地方，有的在中央，有在台前，有在台后，一有机会，就要兴风作浪，故千万不要忘记阶级斗争。中央下决心，要在全国范围通过"四清"把农村政权巩固起来。中央当时颁布了两个文件，都是十条。一是毛主席批的前十条，一是刘少奇批的后十条，加上《桃园经验》，作为"四清"的指导方针。现在"文革"开始后，毛主席以前肯定过的刘少奇"后十条"和王光美的"桃园经验"都成了"大毒草"。当时，批斗王光美的照片及传单很快就传到了学校。王光美被红卫兵用"革命行动"穿上丝袜和高跟鞋、套上旗袍，仿佛这些都是罪大恶极的"资产阶级的打扮"。王光美只不过在"文革"前随少奇同志出访印尼等国时戴过一串珍珠项链，就在挨斗时，强给她戴上了一大串用乒乓球做的"珍珠项链"。这同江青当然有关。江青不止一次地用妒嫉的语调攻击王光美的出身和生活小节，语含挑拨和醋味。这使我遗憾。无论如何，革命老战友总是可贵的，即使老战友有什么错误，也不能混淆敌我呀！因这目的发动一场"文化大革命"公允吗？我感到了政治无情与心如铁石！只不过当时谁如果这么说就是可以拿来处死的"反革命"了！我有这想法自然不能表露。其实，有这想法的又何止我一个呢!？只不过人都会用两面手段保护自己于乱世罢了！

　　1967年4月12日，也即王光美在清华园挨斗后的第二天，江青以胜利者的得意姿态，在北京军委扩大会议上作了一个著名的讲话——《为人民立新功》。她居然以女皇的姿态跑到这样的全是将军们的会议上去训话了！这使人十分诧异。她趾高气昂地讲话，得意之中免不了会弯弯绕绕、波诡云谲地说出一点真话。这篇讲话，我当时读后就开始有了些"觉悟"。感到这应是理解"文革"的一把钥匙。江青得意忘

476

形时的心态暴露出了馒头里的馅儿是什么。这篇《为人民立新功》，人民出版社内部发行过，后来才停止了宣传。

好的配角能把主角抬起来，坏的配角能把主角砸下去。江青老是在干砸主角的事，似"聪明"，实愚蠢。在这篇狂妄失常的讲话中，江青除了泄露了她在毛主席面前一贯实施挑拨离间和在"文革"前夕，秘密与其同伙张春桥、姚文元等炮制陷害彭真、吴晗的经过外，更值得注意的是两点：

一是对刘少奇所包含的仇恨与妒意。江青说："主席还健在，有些人就可以不听主席的话。在上海的时候，华东局、上海市委里头，可微妙哪。主席的话不听，我的话更不听，但是一个什么人的话，简直捧得像《圣经》一样的。"

这里的"一个什么人的话"，这个"什么人"指的是谁？当然猜得到指的是刘少奇。江青说："我的话更不听。"她的领袖欲之强暴露无遗了！搞"文革"的目的是为了什么？我似有点明白了！

二是江青满脑子想实行封建的家天下。江青明目张胆地提出了这一点。

我年轻时甚至"文革"前天真地以为中央主要领导人都是伟人，亲如一家，团结无间。这是不懂得政治的幼稚想法。从江青嘴里明白不是那么一回事。少奇同志似乎书生气十足，起初自己是糊涂的，等到明白已被打翻在地。而我这种书呆气十足的知识分子，起先就更是糊涂了。等到江青的《为人民立新功》公开出版后，才算逐渐明白了。

江青在《为人民立新功》里说："在一次中央会议上，主席讲过一个故事。战国时候，赵国的赵太后执政，她非常溺爱她的小儿子长安君。这时候秦国攻击她，攻得很紧，她请齐国出兵解围，齐国说，你的小儿子长安君来做人质，才能出兵。她不肯，她舍不得她那小儿子，很多大臣进谏，要她派长安君去。她恼火了，说谁再来劝说，我就要唾他的脸。当时有个左师（官名），叫触龙，他去求见太后，赵太后盛怒等着他。他腿有病，故意走得很慢，慢慢地慢慢地走。然后，他就问寒问暖，先不讲政治，然后说，我快要死了，我有个小儿子，十五岁了，太后能不能给派个吃饭的差使，我死了也就心安了。赵太后就说，大夫也爱少子吗？他说，甚于妇人。听了这样的话，太后的气消下去了。她说不见得，我看溺爱少子，还是女人比男人厉害。左师就驳她说，我看你爱燕后超过了爱长安君（燕后是燕国国君的妻子，是赵太后的女儿）。她问何以见得？左师说，燕后出嫁的时候，你抱着她哭，因为是远别。燕后出嫁以后，每当祭祀，你都为她祈祷说：你千万不要回来。要她在燕国生儿育女，世代为王，替她打算是很长久的。可是你对长安君就没有这样。太后说不是。左师然后就问，咱们赵国过去有名的世袭的这些人，他的子女，他的后代，现在还有没有继续世袭的啊？太后回答说，没有了！左师又问，不但赵国，其他各国，子孙封侯的，还有没有呢？太后说，没听说还有。左师说，都没有了，那是什么原因呢？还不是由于'位尊而无功，奉厚而无劳，而挟重器多也'所造成的吗？'重器'者，指的是古代象征国家权力的宝器，翻译成现在的话，就是权力。左师说：你给长安君那么高的职位，给他许多肥沃的土地，给他的权力又很大，不及时叫他为国家立功，有朝一日你去世了，长安君能在赵国立足吗……这个故事主席讲了很多次，对我们自己的孩子也曾讲了好多次。但他们是不怎么理解的。多年来，我一直是很欣赏这篇东西，曾多次翻阅。"（着重点是我加的）

搞"文革"究竟要干什么？为的是什么？这些话似乎说得很清楚明白也很耐思索。我悟到了一点真谛，但心中却也多了不少遗憾和失望感。

江青说她"很欣赏这篇东西"，"多次翻阅"。她就决定要"立新功"。如何"立新功"，这就是搞"文化大革命"，好保"重器"。

人们都记得：1966 年 8 月 18 日，毛主席在天安门城楼接见红卫兵的活动，是江青大树形象大树权威的一次活动！她居然穿起了笔挺的军装，仰头挺胸，旁若无人，以女皇的姿态不停地出现在天安门城楼上，成为一个引人注目的最中心的人物。到 8 月 31 日，毛主席第二次接见红卫兵，他和林彪并肩站在第一辆敞篷汽车的第一排检阅红卫兵，江青竟紧跟第一辆车，乘坐了第二辆敞篷汽车。她也身穿军装，做了仅次于毛、林的威势赫赫的"文革"领导人。第二天报上刊登的巨幅照片，是毛泽东、林彪、江青三人一同走上天安门城楼。那不是昭示人民："文革"的核心人物是谁了吗？

江青这样一个巫婆式的在共产党内功绩数不着的女人怎么会一跃如此显赫？她怎么会一下子被任命为中央文革小组第一副组长猛的凌驾于国家主席刘少奇与国务院总理周恩来及许多功勋卓著的元帅之上的？她怎么会凌驾于中国共产党之上的？她的出山与为非作歹难道意味着她自己有那么大的力量吗？这些现在都尚不明朗，但也不能不使人有看法。后来审判江青时，毛主席已经不在人世，是 1980 年 11 月到 1981 年 1 月之间了。江青多次把她的罪责推到毛主席的头上。江青自然罪有应得，她也当然会狡辩、会推卸罪责。但如果说江青的罪恶全部都是瞒上欺下，居然对江青会无计可施无可奈何，那不符合马列主义。人有了私心会失去公心和理智，出现反常状态的。伟大人物能例外吗？

五、龙生龙凤生凤

　　"文革"中许多无中生有的事，许多冤案，许多罪恶勾当，都同"唯成分论"、"反动血统论"的危害，分不开的！

　　过去，封建统治阶级宣扬"门阀"、"血统"，是为了维护他们的家天下；帝国主义宣扬"种族论"，是为他们掠夺与统治殖民地制造理论；希特勒高喊"民族净化"，用集中营毒气室大批大批屠杀犹太人，是为了将"卍"字旗插遍世界。这是不奇怪的，因为他们属于腐朽、没落、反动的阶级。但奇怪的是我们社会主义国家，也有人拾起了历史的破烂，并把它发挥得淋漓尽致。迷信代替了科学，"血统论"摇身变为最"革命"的东西。多少有为的人才被埋没了，多少无辜的青年被葬送了！鼓吹、倡导、指引这种理论的人，实际是在给革命造成无可估量的严重损失。

　　我对唯成分论、反动血统论是最想不通的了！可是，自从参加革命以后，我却一直在受唯成分论、反动血统论的影响和侵袭。

　　通过历次运动，我懂得一条：凡出身不好的人，必然常会成为运动的对象，必然常会成为不可信任、不可重用、不可提拔的人。凡出身不好的人，"本质"是坏的。同样一件事，出身好的人做了可以既无错误又无罪；出身不好的人做了或说了，就有错有罪。好像这种错和罪是血统带来的，生下来就有的。新中国成立几十年，唯成分论的发展，反动血统论的发展越来越凶，到了"文革"，就达到了登峰造极的地步。

我已经是很微妙很少有的人了！从新中国成立前参加革命到新中国成立后，历经多次运动，居然都未戴上过"分子"的帽子，这就很了不起而且是罕见的了！有许多人并不掩饰自己的奇怪，老会问我："你怎么没像许多人一样栽倒过跟斗爬不起来？"因为每每"运动"都必然会有一大批出身不好的人陪葬，而我却还始终在小小的领导工作岗位上安个职务。拿我所在的这个地区的十三个县来说，类似我这种非党员又出身不好的知识分子干部，居于县级地位的仅仅不过以我为首的一二人。所以，人家奇怪也就自有其奇怪的原因了！

"文革"前历次运动我是怎么免遭大难的呢？我想，那是由于运气好，我遇到的领导人好！那是由于我有自知之明。我自知出身不好的人就应当"工作埋头干、待遇不去争、行动要拘谨，说话要谨慎"。想保平安，就应当一举一动时时如履薄冰如临深渊。与人相处，处处让人；只讲贡献，不知索取。像老黄牛一样，吃的是青草，挤出的是奶。运动来了，绝不去整人踩人；平时在工作中，做一个人人都觉得需要你的人。

其实，我之所以离开北京下放到 L 市来，还是吃了出身不好的亏啊！出身不好的人，当然社会关系也就必然会有些"复杂"。于是，到一定时候，这就有"罪"了！成为被摒弃的对象也就是必然的了！

"文革"前，当地一个出身不好的医生朋友，一次对我苦笑说："我以医生的身份告诉你，亲代与子代的遗传，只是信息的传递，用纯粹生物学的观点解释社会的人是多么荒谬。"我听了，当时心里点头，但面上只好回他一个苦笑。我能说什么呢！?

约在 1963 年，有个从北京下放到学校教书的摄影家巫一，是个比我大十岁，已白发苍苍的高大胖汉子，模样很气派，总含着只烟斗吸烟，脸上不是笑意盎然就是愁云密布。前者是一种假象，后者是内心的流露。他书读得很多，阅历很广，曾在香港举办过个人影展，是个很出色的摄影家，作品在国外也有影响。北京解放前，他为地下党做过不少工作。但这时年迈了，却丢下妻女独自被下放到遥远的 L 市来了，心境可想而知。他人生经验丰富，因知我也是从北京下放来的，就常来看望并聊天。我站在校长立场，常对他做些思想工作，劝慰他安心教学，并关心他的生活条件。他对事物有自己的看法，但每每欲言又止，常说："我看了一本书，好极了！"或说："我读了一篇文章，颇受启发。"但如问他如何好或有何启发，他却又不说了，似乎是口才笨拙，有想法说不出。处久了，就懂得他并非说不出而是想说又不愿说。当然，他同我交朋友，一方面感到我这人不错，另一方面却又"怕"我是个校长，在我面前不能胡乱讲话。怕同我深交了，谁知会不会有一天拿他开刀。他出身不好，社会关系也复杂，下放的原因就是为此。有一天，他告诉我："图书馆里有一本美国长篇小说名叫《王孙梦》，是翻译的，你看过没有？"我说："这书好吗？"他支支吾吾，半晌，说："你自己可以看看，是一本美国小说。"

　　妻在图书馆工作，我请她把《王孙梦》借来，作者是美国人，小说的故事写的是：在美国种族歧视的社会中，一个白人银行高级职员与银行大老板的女儿恋爱成熟将要结婚。他本来从此可以青云直上前途无限。可是他似乎听说自己祖辈来自英国，有皇室血统，于是决定查根究底寻找自己的家谱，证明自己有皇室血统，可以更锦上添花。谁知，查到后来，发现自己的那个有战功的祖宗征讨摩尔族后曾娶一摩尔族美女为妻，故他是有黑人血统的！这一下，不但失去了岳丈岳母及未婚妻的欢心，也受到所有白人歧视，婚姻告吹，银行的高级职位也被免掉了！他一下子堕落成贫困底层的白皮肤的黑人了！于是，最后他与黑人们一起为反对种族歧视而斗争。……这确是一个很妙的反种族歧视的故事。但说实话，当时我们自己的唯成分论、反动血统论比人家的种族歧视并不逊色。我读了《王孙梦》后，心里能猜到巫一看了这小说后思想上想些什么。但大家心照不宣。他有一天问我："《王孙梦》看了吧？怎么样？"我说："看了。"但未发表评论，他马上又"保护"起自己来了，说："这小说，在美国是进步小说，在我们看来，写得不好，嗨嗨，一点也不好！"

巫一在1964年因为教书"不称职"，有人汇报他讲课时常常"胡扯"，遂又被支部做出决定，下放他到C县里的一个中学里教书，后又调到文化馆工作。"文革"开始，我常想起巫一和《王孙梦》的事，很怕巫一这样的人受冲击，在冲击中会将看《王孙梦》的事交代出来说我些什么。但他倒没有。听说他被批斗，扭断了手臂，吃了很多的苦。他的罪状就是出身不好，而又偏偏替许多文艺界的名人如赵丹、白杨、红线女等拍过许多出色的照片。赵丹等成了"牛鬼蛇神"，巫一也跟着成了"牛鬼蛇神"。巫一直到1975年才被解放，到"四人帮"被粉碎，十一届三中全会后，他已过退休年龄，落实政策回到了北京与妻女团聚。他在摄影上本是可以大有作为的，只是因为出身不好，新中国成立后浪费了几十年光阴，始终未能发挥所长。

"文革"的教训是民主和法制，但还应加上"神化"、"迷信"和"唯成分论"（或说"反动血统论"）。唯成分论是使中国知识分子陷入苦海的一个深渊，是使知识分子无法或难以充分发挥作用的一大拦路虎，是打击知识分子积极性的紧箍咒，是镇压知识分子的"法海之钵"。

自从参加革命后，唯成分论就像一个大阴影笼罩着我：填干部登记表时，一次次总有"出身成分"这一栏。最初，我因为不懂怎么填，觉得父亲抗日战争前在政界干过，就填了个"官僚"。以后，读"毛选"，才知填错了，但上边既无人提出要我改，我自己也不敢提出更改。"毛选"第一卷《中国社会各阶级分析》上说："……一切勾结帝国主义的军阀、官僚、买办阶级、大地主阶级以及附属于他们的一切反动知识界，是我们的敌人。"《怎样分析农村阶级》一文中说："军阀、官僚、土豪、劣绅是地主阶级的政治代表，是地主中特别凶恶者。"其实，我家并无田地，也无厂矿企业，我父亲并非官僚资产阶级，但错填了，也有个好处。每搞运动，必然要查你有无隐瞒成分。而我的成分已填得如此之坏了，就无需查了。在这方面，倒避免了挨整。只是，我的心态不平衡。参加工作时，满心光明和豁亮，背上成分包袱后，就压力很重。工作中很怕出事故，成分好的人出事故没问题，成分坏的人出事故就是"破坏"了。比如下工厂，很怕工厂里出了什么大事故，如在场就会无中生有遭连累。比如与出身"好"的人在一起，很怕他乱汇报遭他陷害。虽然自己事事小心，不计名利和得失，甘做无名英雄，求得心安，也曾得到一些好评，但无论如何，内心总是感到痛苦的。感到有许多委屈和不平等，感到有许多威胁和不自由。比如评先进生产者的事，1959年在北京时，有一次，群众纷纷举手评上了我。主事者却吓得手忙脚乱，忙宣布不算要重评，忙紧急召开党团员会议，又重评了一个党员才算。比如在工作中，虽是领导干部，却无应有的权力，只有小小的业务权，如此等等，举不胜举。相反的，过去长期一同工作的人中，有的出身好的同志因依仗出身好，平时工作吊儿郎当，谁也不敢讲他，运动一来，就都是"积极分子"。他们成了特殊人物了！在运动中，他们不少人都是打击出身不好的人的干将。拿这次"文革"来说，除一开始被揪出的"牛鬼蛇神"翟任余等一二人外，其他被揪的十几个人全部是出身不好的。而且据说，曾按出身排队，如果不是形势变化，反资产阶级反动路线开始，再往下揪，仍将有大批出身不好的教师被揪出。

　　袒露一下我的内心秘密吧！当我结婚后，我简直很不愿意有自己的孩子。因为我对唯成分论深恶痛绝，却又看不见这种谬论得到扭转和改变的希望。我自己已吃够了苦头，再把这痛苦带给下一代，再让他们去重蹈复辙有这必要吗？当我鬓生白发的时候，我怕如果他们吃了唯成分论的苦头，指着我问："你为什么要生我？"我将如何回答？我有时甚至偏激地神经质地感到，结婚对出身不好的人来说，是犯罪！对社会的犯罪！对历史的犯罪！对子孙后代的犯罪！……

我到中学做领导工作后，见学校教师中当年被袁先扬打成右派的或在大学被划成右派的教师，个个都是出身不好的，竟有十几人之多，占当时全校教师10%。又看到一张统计表，贴在副校长袁先扬房里的墙上，上面对学生的成分有个比较，地富子女竟占到40%。我不禁惊愕，怎么时至今日，老区地富子女还这么多？仔细研究，原来是查三代，不管你父母是否革命干部、革命军人，只要你祖父母是地富或非贫下中农、中农的，你这第三代均属地富子女。我对这持不同意见，袁先扬说："历来是这样办的！"我说："这是上级规定的?"他点头："嗯！"我就无言可说了。其实所谓"地富子女"，基本都是革命干部、革命军人、工人、职员、教师的子女。袁先扬本人是中农成分，这种出身在工农中不算好，在知识分子中就是好的了。于是，他就有点自以为是旁若无人了。他1927年参加过国民党，解放战争时期又入了共产党，"左"得很。远超出身富农，因出身不好，就宁"左"毋右，对袁先扬也要让三分。薛礼是中农出身，平时很少干工作，但执行阶级路线很"坚决"。学校里的教师，成分好的如厉音玉，虽然教学不行也犯过男女关系的错误，但仍受重用。成分不好的教师，有能力的，工作有份表扬提拔无份；能力不强的，就调走，调到下边农村中学去。

　　上行下效，班主任对学生出身好的，让做班干部，操行评语总是写上"热爱党热爱社会主义热爱毛主席……"出身不好的，则让他们背上出身包袱，操行评语总是写得很坏或不那么好。如出身不好又调皮一点或敢于说真话提意见的，就总是写上"对党不一条心"、"对党不交心"、"反对三面红旗"、"对三面红旗缺乏认识"……之类的话，使得学生离校后带着这样的入档材料背终生的包袱压抑地过一辈子。"唯成分论"的极"左"，看似革命，实际是在给革命造成非常巨大的损失。将无数人从革命队伍中推出去！

　　我到校后，对初三、高三毕业班学生的评语曾亲自过目，见厉音玉写的评语太伤害许多学生，总是亲自动笔做些修改。厉音玉报告了袁先扬，袁先扬有一次对我提意见说："对出身不好的学生，应当严格要求。要有阶级观点嘛，不能乱同情！班主任的评语更不能乱改！"

我说："我没有乱改，该改的地方我才改！"

他面上虽笑，心里的不满我是看得出来的。到"文革"开始，他与厉音玉就说我是"出身不好的资产阶级知识分子"，是"走资派"，是"资产阶级知识分子统治学校"。说我"一贯偏爱地富子女"、"阶级立场不清"等等，"与地富子女同坐一条板凳"等等，应该"打倒！"尽管他本人平时说话毫无原则，喝醉了酒常常胡说八道，错话连篇，人家说他"就是那样的一个人"。他主管食堂伙食，平时自己常在食堂里割肉炒菜，沾油沾水，也无问题。

整个"文革"中，因"反动血统论"影响，造成"出身不好"的人的浩劫及悲剧无数，最严重的是从 1966 年 8 月开始掀起高潮的按照反动血统论对出身不好的人的大残害。我就是在那高潮中被"揪"的！

1966 年 8 月，当时的中央公安部部长谢富治在北京市公安局一次会议上说："群众打死人，我不赞成，但群众对坏人恨之入骨，我们劝阻不住，就不要勉强。""民警要站在红卫兵一边，跟他们取得联系，和他们建立感情，供给他们情况。把五类分子的情况介绍给他们。"他的讲话印成传单，流毒全国。拿北京来说，以中学红卫兵为主体，在北京开始了以批斗"地富反坏右"五类分子为名的打人、抄家残害浪潮。总之，是疯狂的乱打乱杀，出身不好的人首当其冲。

与此同时，到处残害"五类分子"、"四类分子"、"非红五类子女"，北京农业大学附中"红旗红卫兵纠察队"，在 8 月 26 日，一次就殴打所谓"非红五类"师生一百数十人。那真是一条资产阶级反动路线。"剃阴阳头"、"遣返原籍"、抄家、鞭打，在许多单位都关人、打人，甚至打死人。在几个月内，造成了大疯狂的红色恐怖，L 市也不例外。

毛泽东在 1926 年 3 月写的《中国社会各阶级分析》和 1927 年 3 月写的《湖南农民运动考察报告》，此时此地在"文革"中被机械地拿来活学活用，照章办事。那真是"其势如暴风骤雨，迅猛异常"。那真是对红卫兵"若打击他们，便是打击革命。他们的革命大方向始终没有错！"那真是"他们在革命期内的许多'过分'举动，实在正是革命的需要"。那真是"这是好得很。完全没有什么'糟'，完全不是什么'糟得很'。'糟得很'……明明是反革命的理论"。那真是"一切革命同志都要拥护这个变动，否则他就站到反革命立场上去了"。当时，最流行的毛主席语录是："革命不是请客吃饭，不是做文章，不是绘画绣花，不能那样文质彬彬，那样温良恭俭让。革命是暴动，是一个阶级推翻一个阶级的暴烈的行动。"每每这话一念，红卫兵就发疯似的动手了！

其实毛主席并未叫红卫兵胡来，可能也想不到红卫兵会怎样胡来，但红卫兵找到了书本根据，自然干得无拘无束、肆无忌惮。

为了显示"革命"是暴力行动，为了贯彻唯成分的反动血统论，当时最有名的是北京西城区纠察队。那时，林彪左臂佩戴着"西纠"的红卫兵袖章参加了毛泽东第二次接见红卫兵的活动，显然给人以大支持的印象。"西纠"三百多人，大部分是高干子弟，他们在北京市六中私设劳改所，又私设刑堂，打杀无辜。被他们认定的出身不好的人，一律定为"黑七类"、"狗崽子"、"混蛋"，用种种酷刑逼供审讯。用人血在墙上写了"红色恐怖万岁"加以歌颂。人性完全沦丧，法制全被践踏。北京这些无法无天的"革命"行动被加以否定和纠正是在1966年11月至12月间。但在全国，类似的暴行则并未缓和。那种反动血统论的影响由来已久，发展到高峰以后，是不可能也不容易一下子完全退潮、消失或纠正的。

大约在1966年冬天，打扫厕所时，我见到过一张翻印的油印传单扔在便池里，是篇文章，题名为《出身论》，文章指出："'老子英雄儿好汉，老子反动儿混蛋。'西城区纠察队这副对联不是真理，是绝对的错误。错在认为家庭出身的影响超过了社会影响。看不到社会影响的决定作用。指出如果依照这副对联的观点，老子反动儿就混蛋一代代混蛋下去，人类永远不能解放。因此，一切革命青年，不管出身如何，都应受同等待遇。……"文章的观点是正确的，但语气属于哀鸣，而在当时的红色恐怖中，靠哀鸣是不起作用的。有这种理智的人，反而面对着一把双刃的、危险的剑。

事实上，当时引起了一场争论。坚持反动血统论的混蛋们当然反对《出身论》的论点。这大约是在1967年的春天。但当时中央文革成员戚本禹发表讲话，说《出身论》是反动文章。后来，直到"文革"结束，我才知道《出身论》的作者名叫遇罗克，他在"恶毒攻击"和"组织反革命集团"的莫须有罪名下被逮捕，并在1970年3月5日被处决，连一声哀鸣都容不得出身不好的人抒发，用死刑来对待。反动血统论的可怕由此可知！遇罗克的文章我起先以为属于"哀鸣"，但他死了，我才知道这是黄钟大吕之音。他的冤案到"文革"结束后，1980年平反昭雪。

反动血统论是在血与泪的浇灌下滋长、壮大的，但也是在血与泪的付出与冲击下坍塌的。十分不合理的东西，总不可能长久存在。反动血统论危害的时间够长的了！它的垮台是必然的！

那些血与泪，当时可以泛成江河，人们不会健忘！不忘的原因不是别的，而在于从今以后，再也不能让这种使人流血流泪的反动谬论假借革命的名义通行无阻了！我写记下点滴这种事例和感受的目的也在于此。前事不忘，后事之师。党的十一届三中全会以后，采取一种平稳的手段锄掉反动血统论这棵毒草，是一种伟大的成功！是不可小看的智慧的措施！是调动广大人民参加到使国家富强的事业中来的聪明而正确的政策！

六、两派武斗

"文革"中常在报刊、标语、大字报上看到"走资本主义道路的当权派挑动群众斗群众!"

但,真正挑动群众斗群众的哪是什么下边的走资派呢?要是有,那也是极个别的。下边的走资派绝大多数都在"打倒一切"的"左"风中被打得爬不起来了!如果说这"走资派"指的是刘少奇同志,他也早被夺去权力打倒在地了!真正挑动群众斗群众的是上边领导"文革"的人!

1967年10月1日,中华人民共和国成立十八周年,在庆祝大会上,林彪代表毛主席、党中央、中华人民共和国政府、中央军委、中央文革小组对"文革"作了个弥天大谎的可笑总结,说:"我们的无产阶级'文化大革命'已经取得了决定性的胜利",说成绩是"最大最大最大",损失是"最小最小最小",其实,中国大地上这一场大混战,损失是难以计算的,为害和副作用将连绵下代,使中国元气大伤。林彪睁着眼说瞎话,可谁又敢指出他说的不对呢?我是为革命十分担忧的。却胆怯、消极得只敢可耻地把担忧藏在心中,像安徒生童话《皇帝的新衣》中站在街边看着皇帝光着屁股在走却不敢说一句实话!

"文革"使得人十分"革命"又十分自私,培养人性向兽性大发展。"文革"中林彪说的"谣言千遍成真理"遗害无穷。刘少奇、彭德怀、贺龙、罗瑞卿等都是被谣言、谗言打倒的!诚如陆龟蒙的诗说的:"

《天问》复《招魂》，无因彻帝阍。岂知千丽句，不敌一谗言！"谗言、谣言之可恨可畏，古今有同感焉。

"文革"中鼓动大批红卫兵"打砸抢"，培养他们"台上握手，台下踢脚"，培养他们懂得不择手段制造舆论。利用了红卫兵，又把他们一脚踢开。凡是50年代里好不容易培养提倡出来的好一点的精神和心灵成果，在"文革"中都被毁灭无遗。"读书无用论"发展到顶点，对祖国文化的全盘否定也发展到顶点。

由于文字而遭难的知识分子太多了！学校里原有一个名叫邢广孟的数学教师，因出身不好，教学成绩中等，被袁先扬力主调走，去邻县一个中学执教。"文革"中因出身不好，他未参加任何造反组织，但有一天红卫兵命令他代抄大字报。他不敢不抄。抄写到"谁反对伟大领袖毛主席罪该万死"一句时，抄到"谁反对"时一行已完，于是抬头另行抄写下去。这下，"伟大……万死"这十一个字就在另一行上了。大字报张贴出去后，有人发现了马上将这行字拍成照片，作为写"反标"（反动标语）罪报告专政部门。他遂被逮捕判刑七年。有位画家古小黄，利用废旧刊物练毛笔字。据说在一本《中国青年》的封面上练毛笔字时，他将自己的名字"古小黄"三字写在毛主席的脸上了（当时无数刊物都用毛主席像做封面，那本《中国青年》上的封面也是毛主席的相片），被揭发，遂开批斗大会被捕入狱判刑。揭发他的是同校教师辛安纲。在千余人参加的批斗大会上揭发古小黄这件事时，辛安纲还说有一次当人们欢呼"毛主席万岁"时，古小黄嘴里轻轻偷偷地说："一岁！"这种事本来不可信！听来也像假的，但古小黄竟也被判七年徒刑，在可怕的监狱中关了一段，幸运地放出来到农村养猪。为什么能放出来？因为公检法机关办案的人不错，说查无实据，既无别的人证也无物证。后来，有一年我遇到古小黄，谈起这件事。他苦笑摇头说："根本就没有那么一回事，全是胡编的！"其实，就是有那么一回事，罪又该有多大呢？

"文字祸"之严重，在"文革"中其面之广，十分惊人。我写的长篇小说《一去不复返的年代》，一百二十万字，花了十余年的业余时间写成交一家中央级出版社审读。得到肯定，被誉为"百花园中一朵独特的鲜花"，可是由于有批示说"利用小说反党，是一大发明"。于是，出版搁浅。"文革"中此书被远超等派红卫兵拿去。拿去后被厉音玉诬之为"大毒草"，曾取去作为罪证展览。我平反后，书稿发还已残缺不全。想到当时全国作家无论大小都在"三反分子"、"牛鬼蛇神"之列，像老舍同志等都已血淋淋身死，我已决定再也不做作家，我在一种与文学诀别的复杂难言的伤感心情下决定焚稿。不知为什么，当时竟想起了民国初年北京名旦刘喜奎的逸事来了。当年，北京人都说："不看刘喜奎，活着也枉然。"刘喜奎是位出色的旦角。但当时有权势的人追着纠缠她，还想抢亲。她不堪受辱，竟将全部戏衣送进当铺，一把火烧了当票，不再唱戏，她告别舞台时年仅 27 岁。在烧我的手稿时，我觉得虽然时代不同，但我理解刘喜奎那种心情。那是一个阴天，中午时分，我将残缺了的原稿放在住处门口一条干涸了的小沟里放一把火烧了。烧时，看到纸张成灰飘扬天空，我心中怨尤。我想：我是想为革命做一份奉献的，可是这场"文革"，不是促进文化，而是毁灭文化，打击文化人，该是多么值得悲哀的事。看着多年写成的那么厚厚的写满了字的稿纸片片化成纸灰被风飘飞成白蝴蝶，我异常辛酸。但这时，却想不到，稿子烧掉了，以后却因此受到更大的迫害与打击。

　　我曾在前面写过，我在那段时日有时心中高尚与卑鄙同在。这也并不奇怪。拿郭沫若同志来说，我一向佩服他有才华。例如"文革"末期，当"四人帮"被粉碎时，1976 年 10 月 21 日他填的那首"水调歌头"词《粉碎"四人帮"》曾脍炙人口，闻名中外。可是"文革"中，他也写过那样卑下肉麻而无诗意的诗："亲爱的江青同志/你是我们学习的好榜样/你活学活用战无不胜的毛泽东思想/你在文艺战线上陷阵冲锋/使中国舞台上充满了工农兵形象/我们要向你学习/使世界舞台也充满英雄形象。"写过《女神》的郭老，写出这样的诗颂扬江青。他这似乎也是高尚与卑鄙同在。冷静分析一下，形成高尚与卑鄙同在的原因：高尚来自于自己的良知与受革命的熏陶，卑鄙则每每来自不明真相和私心作祟。

那个阶段，我又恢复了使自己尽量蹲在屋里少出去以免招来是非的生活。当年的朝气和干劲，因心灵的损伤、扭曲而异化了。我不想多介入什么活动招惹是非。我只有一个卑微可怜的愿望，就是：使我的家人和我平安度过"文革"。这风浪委实太大，而且不知什么时候暴风雨又掀起巨浪。我不想在风浪中沉浮，只想躲开风浪，不惹任何人注意，做个大时代中的小人物，不再有厄运和凄惨的非人生活。如果有个远离"文革"的孤岛叫我去做鲁滨逊我也愿意。

那个阶段，在1967年上海"一月风暴"的经验由毛泽东主席批准推广后，学校红卫兵和造反派夺了远超等的权，联系"中国的赫鲁晓夫"刘少奇批斗远超的高潮掀起了。他被斗得很惨。他这人对我曾那么"不公正"，斗他我应当有一种快意认为他罪有应得。但事实不然，由于我提供过他的材料，查出了我的笔记本上记录的他的发言及总结、计划上他的修改处，斗他我就不能无动于衷。虽然，他是学校党内的第一把手，打倒他斗他在当时是必然的。我不提供材料，别人提供的材料也够打倒他了。但我感到无论如何，他还是一个不错的干部，并非什么黑帮！有一次，他被红卫兵揪到Q县一个著名的生产大队，在那里与贫下中农一同对他进行批斗。一个红卫兵嘴里念着："读毛主席的书、听毛主席的话，做毛主席的好战士……"却言行不一，忽然将他从台上猛的一脚踢下高台。他本来跛一条腿，从高台上栽下来，就又跌伤了另一条腿。后来，他被揪回学校，两腿都不能走路了，仍命令他大儿子用自行车将他载到大礼堂来批斗。他不能站，就叫他席地坐着挨批斗。这两次批斗，我都不在场，但听人说了情况，我心里不安而且是同情他的。我没有罪，他不该害我。但是他也没有这么大的罪，要这样来"斗倒、斗垮、斗臭"呀，我推波助澜参加摧残他干什么呢？唉！唉！对这种"一批、二斗、三改"，对这种"斗倒、斗垮、斗臭"，有一种难以言表的反感，我简直不能理解为什么要这样污辱与残害人，要从上到下拿全体干部"开刀"！

生活充满了恐怖与苦难，匮乏的是人的自尊、人的权利的保障。生活十分单调、苍白与无聊，又十分难以预测。整天唱的是《大海航行靠舵手》和语录歌，我觉得自己就像一叶扁舟漂荡在无边无际的大海上，却不知会漂到哪里去，也许海底就是归宿?! 毛主席的《为人民服务》那篇文章非常好，但第一句特别长，并不适合配曲，却也谱成了语录歌来唱。那歌词整整一句近六十字，差不多天天要唱。与语录歌同时诞生的是诗词歌。毛主席的诗词有的谱曲唱起来是很好的，有的则也并不适合配曲来唱。至于林彪选编的"红宝书"，那更是要天天念。照例我每天要被叫去开会。开会之前，就由一个人带着念语录，语录被叫作"最高指示"，领的人念一句，大家跟着念一句。"红宝书"的特点是应有尽有。造反派有什么样的需要，就可读什么样的最高指示。想整人，就可以念："伟大领袖毛主席教导我们说：'人民大众开心之日，就是反革命分子难受之时。'"想动手打人，就可以念："革命不是请客吃饭……"想讲政策，就可以念："政策和策略是党的生命……"想挟制人家不要动武，就念："要文斗，不要武斗。"自己队伍里参加武斗死了人，就可以念："要奋斗就会有牺牲，死人的事是经常发生的。"挨批斗的"牛鬼蛇神"死了，就可以念："替法西斯卖力，替剥削人民和压迫人民的人去死，就比鸿毛还轻。"如此等等，"红宝书"人人都随身携带，表示忠于毛主席，而且随时可掏出来应用，也可当礼物赠送。"文革"结束时，我家的红宝书大大小小中英文都有，一大堆。

"一切都按毛主席的指示办"，是当时的办事准则，可是问题在于"各取所需"的应用，实际总常违背了毛主席的指示。拿语录本"活学活用"的人，总是挑自己要用的语录来用，不问具体情况和条件，怎么可能正确而不歪曲!?

有个当时流传的政治笑话是这样的：一个战士向连长请假要回去探亲，连长不同意。他说："那我找毛主席请假，请示毛主席！"他未经批准就回家了！一去十天才回来，连长批评他要严厉处分他，他拿出三张出名的毛主席的照片来，说："你看，这是毛主席批准我两天假（这是毛泽东视察马鞍山钢铁厂谈'一分为二'的照片，照片上毛泽东竖着两个手指）；这是毛主席批准我三天假（这是那张毛主席在延安窑洞前给抗大学员讲话的照片，他竖着三个指头）；这是毛主席批准我五天假（这是毛泽东在'文革'初于天安门接见红卫兵时举起右手伸着五指的照片）！"连长默然，不知如何是好。

那个阴惨惨的春天，我就是在既轰轰烈烈又浑浑噩噩中度过的。红卫兵广场上经常开大规模的批斗会，成了地区"走资派"的原地区党政负责人和各部门的负责人都不断上台挨斗，一些名演员如臧兰苓之流也仍是"牛鬼蛇神"陪着上台挨斗。本来小巧玲珑、相当漂亮的坤伶臧兰苓，此时已憔悴得很了！不少单位都有人自杀。每逢开批斗大会，那支《造反有理》歌，配着乐队"咚咚锵锵"的鼓乐声就响彻云霄："马克思主义的道理/千条万绪/归根结底就是一句话：造反有理，造反有理！……"我笨得真是弄不明白为什么自己还要造自己的反。

在城中心地点"红卫兵广场"四周，到处都有大批判专栏。专栏用木头做架子钉上木板，就像大广告牌。上面贴上大批判的文章。从北京的大人物批到地区和县的小人物。这些自然形成了轰轰烈烈的气氛。但人们的脸上，除了那些热衷于冲冲杀杀的造反派和红卫兵外，都是浑浑噩噩的。恐惧和不理解是造成浑浑噩噩的主要原因。不但对自己个人和家庭以及亲属的遭难感到恐惧与不理解，对中央发生的那种不正常的乱整乱打倒的情况，也感到恐惧与不理解。因为不仅打倒"彭、罗、陆、杨"，而且还打倒贺龙、陈毅等元帅。不仅贺龙、陈毅，而且彭德怀甚至连朱总司令也跟在刘少奇、邓小平之后要打倒。朱德是"大军阀"，陈毅是"老机会主义"，贺龙是"土匪"，而刘少奇正在被酝酿成"叛徒、内奸、工贼"。哪里还有好人呢？中国共产党领导的这部革命历史怎么写呢？我是想不通又想不通！

"文革"的猛烈冲击，使城里的街上出现了不少神经失常的疯子。使我很庆幸自己幸亏心理素质好，神经健全。有一个出名的"梁疯子"，原是小学教师，他早在"文革"前就是疯子，现在更疯了！在大街上一天到晚唱歌疯癫，用粉笔在地上乱写乱画。一个名叫"小百合"的女疯子，据说过去嫁过一个逃往台湾的有历史政治问题的男人，现在常在街上打人骂人。红卫兵本来怀疑她装疯，结果治不了便承认她是真疯了。地区人民医院一位医术很好的男医生，疯了，手拿一根树枝，常常嘴里念念有词地去拦汽车。最妙的是精神病院里用"学习毛主席著作"来给病人治病，报纸发表经验介绍，说是"一学就灵"，病人就痊愈可以回家了。医生护士忙着疯狂地造反，旧病人被打发回家，新病人又不接收。我曾窃思：如果拿这题材编一个电影剧本，肯定是一个具有讽刺意义的精彩喜剧。

地区终于成立了新的"红色政权"，名谓"地区革命委员会"，取代原来的中共地委与专员公署。说来也怪，不知怎的，地方上的干部不分青红皂白一律打倒，军队的干部却个个都似乎是人杰了。他们"支左"（支持"左"派），权力较大。地革委由原来军分区的政委龙世泽当一把手，省城师范学校一批红卫兵到 L 市来煽风点火造反，头头王胜林成了二把手及常委。这时地委书记许云亭、副书记魏晓锵及专员徐亮、副专员徐伯衡等都已"揪出"在批斗。这些干部大多数确是好的和比较好的，比较廉洁、勤恳，并未揭发出什么真正的罪行。但当时整天开批斗会，"打倒×××"的口号声通过大喇叭传遍四方。街上白纸黑字的大标语上，用红笔在被打倒的人名字上打上红色××像枪决的犯人插的死标上写的名字打上红××一样。每逢雨后，那些被雨水浸湿变得血淋淋的大字标语就更可怕了！

龙世泽抗战时期做过敌工部的工作，是个部队老干部。新的"红色政权"成立那天，他还显得很得意。学校红卫兵指挥部命令全校师生上街参加游行庆祝，我与妻也都在队伍里高举语录跟着游行喊口号。我当时还天真地想：看来有了新的"红色政权"，以后那种混乱无政府状态的情况要起点变化了。也许，"文革"会逐渐走向结束了！也许上边是想换掉一大批不称心不称职的高级干部和一般干部！这个目的达到了，"文革"也该结束了！国家的安定也该实现了！……谁知，我全估计揣摩错了！"文革"不但还早，而且，将发展到几乎连上边谁也控制不住的更混乱糟糕的局面。拿 L 市邻近各地来说，此时，虽然面上是红色新政权按照上边的指示成立，实际却蕴含着大分裂、大动荡、大混乱的局面的出现。此时，在我们学校的红卫兵中，正蕴含着"东方红"红卫兵与"红旗"红卫兵的大分裂和大对立。前者说自己是造反的，以贫下中农子弟为主；后者说自己是造反的，以军干子弟为主。前者后来要打倒龙世泽之流，说军队执行的是"拿枪的刘邓路线"！后者则是保军的。红卫兵分成两大派，长胡子的造反派教职工也分裂成两派。如所谓"文艺界革命造反司令部"（简称"文司"）组成的是地区一些京剧团、梆子剧团、柳琴剧团、豫剧团的人员，就与"小教团"等同"东方红"红卫兵等组织在一起，一共五个单位，号称"五大联合司令部"。而"地委机关革命造反司令部"等则与"红旗"红卫兵等，组成了"七大联合司令部"，"同观点"的组织合在一起，形成两大对立系统。实际上，长胡子的造反派控制了大部分实权，但得依靠并利用红卫兵的权威与名义，所以有不少红卫兵头头作为"小将"被推上了前台。"五大联司"的头头有王胜林、沈小兵（我们学校的高三学生）及颜世征（原地委的一个中层干部）及杨凤亭（京剧团的武生）等。"七大联司"的头头有谢雪山（原地委干部）、于少亭（原地委干部）、靳玉德（"红旗"红卫兵）等。再加上当时部队里观点也分成两派。例如野战军部队里，政委、师长等总的是支持"七大"的，政治部主任雷雨及保卫处处长汪名启等却支持"五大"。军分区中，总的是支持"七大"的，副司令巩西钧等却又是"五大"观点。成立了"地革委"红色新政权，容纳了"七大"与"五大"观点的人，虽然都游行开会庆祝，实际却在迎接更大的风暴。各自在想各自的"拳经"。

党组织早被踢开了，叫作"踢开党委闹革命"。无政府主义思潮蓬勃滋长，人人都好像可以去参与大民主——当然这里的"人人"，主要指的是出身好的或工农群众。他们在打着"革命"、"造反"的幌子下，可以任意"民主"。民主是诱人的，而且是必须的，但这种搞乱的大民主，我情愿不要！

中学里当时辛家祥等倒向"红旗"成了"红旗"的头头。"东方红"红卫兵指挥部的头头名叫匡军民，是个高三学生。匡军民狂妄自大，整天背个帆布大挎包，里边装的全是语录本、毛选、笔记本一类东西，他常召集教职工站着听他训话。教职员组织的"教工队"里，不乏拍马能手，常当面阿谀匡军民，说："火车跑得快，全靠车头带！你这红卫兵小将了不起！你往哪里奔，我们就往哪里跑！"教职员成立的"教工队"，也戴红卫兵袖章，但都是带胡子的红卫兵。说实话，我也羡慕能戴上个红袖章，因为那样至少可以算是"革命"的，可以保护我的妻和孩子，这当然是卑微可怜的愿望！由隋呼、黄永华、章若水（历史教师）、郁伯诚（数学教师）等任"教工队"的"服务员"。但教职员中，也分两种观点：一种"七大"，一种"五大"。当初"保皇"的一些教师，多数均是"七大"观点。其实，所谓"观点"，是七天七夜也扯不清的羊肠子。只是，当时省里出了个王效禹。此人原是青岛的一个副市长，一下子得到赏识（先是毛主席在一次批示里提到他进行表扬，然后是王的老婆姓刘，同江青挂上了钩。王又得到康生的赏识），造反到济南一下子成了省革委的第一主任，又成了济南军区第一政委、山东省军区第一政委，外加山东省革委核心领导小组的第一组长，于是号称"四个第一"，威势赫赫的灼手可热了！此人完全秉承江青、康生等的意旨办事，连军区司令员都得受他的气，据说司令员杨得志一次要去见他竟在传达室等了一个多小时。"五大"是同王效禹挂上钩的，"七大"则反对王的一些做法与言论，给王效禹起了个"王二麻子"的绰号。他们得到济南军区政委袁升平的支持，胆也就壮了。参加"五大"的或"七大"的人，其实有的并无什么明确的观点。比如"五大"，有些人只是因为信任了王效禹的"四个第一"，认为他是"中央"支持的，信任他没错。又如我们学校里，"东方红"红卫兵占的人数多，权也由他们在掌。你既隶属这个单位，当然必须听从"东方红"的指挥。所以像我和妻，其实对什么"观点"既不明确，也无兴趣，却不能不在"东方红"的威势下听从命令，他让开会就开会，他命令游行就游行，可悲也就在此。匡军民背着个大挎包，训话时，常爱救世主般地向我们说："你们这些人，过去专搞封、资、修，你们要好好改造！要在大风大浪中锻炼自己！要紧跟毛主席干革命！把无产阶级'文化大革命'进行到底！至于我，我觉得我不错，我是贫农出身，对毛主席忠心耿耿！我现在领导你们，我觉得我比你们强！谁如果认为他比我强，我可以把位置让给他！你们说，谁比我强？比我强的站出来！"这种话，他常说，仿佛他就是"老子天下第一"，"最最革命"的人了！当然，教职员们时刻怕被揪，当面只好承认他比谁都"强"，其他一句也不敢吭。

当时，就是这种情况，刚游行庆祝了"红色新政权"成立不久，形势就起了大变化。

最先出现的是一张"五大"观点的由"东方红"红卫兵中的头头沈小兵贴出的引人注目的大字报，题为《提着脑袋呐喊》。沈小兵这时已离开中学被结合到地革委里做常委了！这张大字报中心是地区必须大乱！还乱得很不够！并指出：地区有"拿枪的刘邓路线"，"是可忍，孰不可忍"，"我们一千个不答应，一万个不答应"！为了"把无产阶级'文化大革命'进行到底"，"为了捍卫毛泽东思想和执行毛主席的革命路线"，"不怕流血掉脑袋"！这张轰动吓人的大字报，矛头针对解放军的大字报，贴出后马上在 L 市及周围各县引起大轰动，并被迅速传抄、张贴，十三个县都立刻波及。中学里的大墙上自然也贴出了沈小兵的大字报——《提着脑袋呐喊》，并且迅即形成了大辩论。一派的观点是热烈拥护、拍手叫好，一派的观点是主张不能再大乱，不能反军，批判沈小兵的错误。实际上，在前面一派的人中也有持后面一种观点的。我和妻认为乱不得，更不能反军，只是被人统治着无法表达也不敢表达而已。

据说，沈小兵写这张耸人听闻的大字报并非他自己想出来的。他是到省城去了一趟回来写的，内容基本是抄人家的大字报的。当时，省里也是分成两种观点。沈小兵同王效禹这条线上的人接触后，回来就写了这张大字报。

此时，全国各地也都有类似情况发生。例如江苏、南京的红卫兵和造反组织分成两派。一是"好派"，一是"屁派"。"好派"者，主张"新生的革委会好得很"，"屁派"则说："好个屁！"徐州的红卫兵和造反组织也分成两派，一派是"好派"，一派是"踢派"。"好派"认为"新的红色政权好得很"，"踢派"主张"将新的红色政权踢掉"闹革命。实际，"屁派"与"踢派"与我们这儿的"五大联司"是同观点；"好派"与"七大联司"同观点。后来他们之间互相也形成联系与呼应。

形势急转直下这样发展，引起我极大的忧虑。当时，为什么建了"红色新政权"又要使"天下大乱、特乱，乱深、乱透"，将它"踢烂"、"砸烂"？我实在弄不明白。千思万想，唯一可以解释的理由是，认为敌对的势力远未清除干净，还未彻底打倒。江青之流既要进一步置刘少奇、彭德怀等于死地，要把许许多多想打倒的人打倒，也要进一步使他们暗中指挥的"揪军内一小撮"的活动得到开展，好达到清洗军队干部的目的。

沈小兵《提着脑袋呐喊》的大字报确实引起了大乱。在人心惶惶时，可以使人预测到"文革"还遥遥无期。中学这时布满杀气。"东方红"与"红旗"公开对垒，在校园中常常一伙一伙面对面地展开吵架似的大辩论，几乎到要挥拳猛击、剑拔弩张的地步。据说外面街上连夜间也常常人群拥集，两派的人吵架似的到处疯狂辩论，吵得不可开交。我和妻互相告诫：都别上街！免得惹事。形势如此，军区和省军区一连发了四个通告，反对再乱。于是拥护和反对"四个通告"，成了辩论的中心。"五大"反"通告"，"七大"拥护"通告"。

我在学校军宣队领导下的报道组工作，一心不问外边的事，正奉命埋头写篇报道，报道军宣队入校后抓复课闹革命的新气象。谁知，一天中午，军宣队忽然紧急撤退了！并不是自愿撤退的，而是被"东方红"红卫兵驱逐走的。这一驱逐，"东方红"红卫兵与教工队联合成了学校的主宰。军宣队与"红旗"红卫兵全部被赶出学校，学校大权由匡军民、汪兵、诸怀等红卫兵头头及教工队的杨忠明（语文教师）、许辛成（政治教师）、徐庆林（政治教师）及隋呼、黄永华等人掌握。

军宣队是很不错的。吕营长临走叹着气摇头对我说："没办法！这些红卫兵也不好好学习！你是干部，我们走了！你一切保重！"我是个毫不足轻重的人了！能怎么保重呢？我处在一个身不由己的地位！脸上对他苦笑笑，心里是酸酸的。

看来天下还要大乱，"文革"还要继续进行。以后会怎么？谁知道！我深自警惕，谨小慎微，唯恐惹祸，心怀压抑。

教工队在军宣队撤走后，召集教职员工开会突然宣布，要翟任余和我一同参加教工队的"锷未残"小组。并吸收我参加教工队，可戴红袖章。"锷未残"小组，名字来自毛泽东同志的一首词中的"刺破青天锷未残"一句，此时已有徐庆林、隋呼、黄永华等成员。当时已出大字报拥护沈小兵的《提着脑袋呐喊》，并写了十分尖锐的造反性极强的把矛头针对部队的大字报在校内外张贴，影响很大，他们可能是看中我会动笔，但我接受了参加教工队，却当场站起来坚决拒绝了参加"锷未残"小组。我不敢说他们不对，但我自忖是个干部，我内心反对把矛头针对解放军，更反对大乱，我又不愿惹事给自己招麻烦。我说："我觉悟低、身体不好，请求让我到图书馆帮助妻整理那些全部被乱堆乱放胡乱丢弃的图书。"在图书堆里，红卫兵屙了屎撒了尿。又脏又乱，妻给图书重新编号上架，工作量很大。他们总算答应了我的要求，但让我参加编贴宣传栏的工作。宣传栏就是大批判栏。内容是贴满"最高指示"和"最新指示"，将一些传单和报上的批判文章（当然是批判刘少奇同志等的）摘录编成一版，抄好后张贴出去。一般一个月换一次。

有了这些事干，我每日在高音喇叭的广播声中，缩在图书馆里同妻及另外几个逍遥派的教职员一同整理图书，间或奉命帮助编录摘抄报纸上的大批判文章张贴宣传栏。对刘少奇同志我是尊重的，对批判他，我从来不认为那些批判如何有理。我就不信他是个"坏人"。但我却也随大流编稿批判他。"文革"大乱，我在"乱"中实际也起了乱的小作用。在否定"文革"中，我总觉得也该否定我自己，我参与搞大批判，是追求能过着一种在动荡中自以为比较稳妥而平静的生活，这是可怜的！可怜在我是在特殊情况下，用一种两面派的心态在生活。

每次，"东方红"指挥部下令游行庆祝毛泽东"最新指示"下达时，我和妻都得排在集体队伍里上街去游行。妻对这一切毫无兴趣。除了在图书馆工作，就是干家务，她因所谓出身不好，又去过台湾，教工队不吸收她。只是当时学校里组织了公社，算是仿效"巴黎公社"的组织，她就成了公社社员。她为人善良和蔼，不与人争长短，又从不多言多语，群众关系好，倒是没有人欺侮她，她也只求得安宁就心满意足了。

当时，隋呼、黄永华、翟任余等一些当初受远超"资反路线"迫害的教师，无形中对我有些感情。我是干部，觉得不应介入他们的事，就坚持超然并保持距离，但在两件事上，我找他们帮助，他们都是尽了力的。

首先，是一些所谓"保皇"的教师，如赵冰、汪家坤、宜汇英等，这时处境很苦，红卫兵与教工队均拿他们当"敌人"待。赵冰是位很好也很有能力的教政治的女教师，为人正义。汪家坤出身好，人善良正派，宜汇英是地区副专员徐伯衡之妻，学校的人事干事。平日我们也常交往。此时因既是徐伯衡之妻又曾"保皇"，被孤立。我找了隋呼等，建议他们应该讲政策。以后，就没有人再去欺侮她们或辱骂她们了。而且，他们还吸收赵冰、宜汇英为公社社员，吸收汪家坤参加了教工队。

　　第二，当时副专员徐伯衡被作为"大叛徒"正在天天挨批斗。徐伯衡分工管文教，实际是位教育家，并非什么大叛徒。但当时对他的批斗是超出常规的凶残。有时将他用绳拴了像牵狗似的牵了走，有时将他押送到其他各县去巡回批斗。每到批斗，戴高帽子、挂大牌子（牌子上写了"大叛徒徐伯衡"字样），那沉重的大木牌是用铅丝拴上挂在颈上的，铅丝深深勒入肉内，晚上不许他回家，关在农业学校的一间"牛棚"中，不给盖被和用蚊帐，也不给枕头，只给两块砖垫在头下。批斗时，燕飞、大弯腰、别烧鸡、喷气式、砸烂狗头（将徐的脑袋往地上砸得咚咚响），什么花样都用，殴打更是难免。他脸上总带着严肃和伤感，似乎老在抑郁地沉思。那条老命能保存下来颇不容易。为这，宜汇英哭着托我向隋呼等说情，说："何校长，你本来是校长，你讲话，他们也许能听。你无论如何要救救徐伯衡的命，给他想想办法。……"我当时是落难的"校长"，但不能没有同情心和正义感。这些事同隋呼、黄永华等完全无关。但他们认识的一些学生红卫兵可以托人说情，经我请托，他们去做了工作，徐伯衡虽仍遭批斗，但处境得到了些改善。

　　那一度，接待外调的人不少。只要来外调，就可卜知被调查的人都已出了问题。外调人员满天飞，有些是用公款周游东西南北的。我过去在上海、北京工作过，交游比较广阔，外调的事就接二连三。由于我已解放，不是牛鬼蛇神而是教工队员，外调的人态度都还算比较好。通过与外调人员的谈话，我知道了不少熟人的情况。陕西一个保密厂来的外调人员要我提供大学时的一个同学汪山本的情况和问题，我问起他的情况，外调的人员说："进监牢了！反正你这辈子见不到他了！"我纳闷，他怎么会有这么大的罪呢？他有什么问题呢？直到"文革"后才知道，他并未进监牢，完全是冤枉被审查。上海来的两个外调人员向我了解一位姓陈的地下党同志的情况。他是上海的一个局级干部，这时成了"大叛徒"。因为他做地下工作时被捕过。我实事求是写了材料，证明他不是叛徒，相反被捕后在狱中表现很好。来调查的人十分不满，但只能把我写的材料带走。从北京来的外调人员来调查我当年的同事们的情况，我也坚持实事求是。类此种种，我写的材料很多，但积蓄了经验，起先是详细地写，后来则简单地写，有时只用短短的二三百字应付，既实事求是，又不使被调查者因多余的一句话或两句话遭受不应有的麻烦。

那年7月，天气炎热，是极不平静的一个月。温度高，造反派互斗的激情也特别疯狂。

从1967年1月开始的"揪军内一小撮"，自反击"二月逆流"后，越演越烈。"7·20事件"的发生，是一个高峰。这事件发生在武汉，武汉军区司令员是陈再道。当时武汉两派——"百万雄师"与"工人总部"武斗激烈，陈再道支持"百万雄师"，而林彪、江青之流暗中支持的是"工人总部"。谢富治、王力等到武汉表态说"百万雄师"是保守组织，激起了广大"百万雄师"群众的愤慨，抓了王力殴打，举行示威游行，这就成了震动全国的"7·20事件"，说"陈再道搞兵变"，定性为"反革命暴乱"，这件事拍了电影及时放映，其中特别记录了江青等在机场热情迎接王力的场景。王力是被打得脸青鼻肿的。

这个王力我早在1949年时在上海就认识。当时，他是华东局宣传部宣传处处长。宣传部部长是舒同、副部长冯定，宣传处还有个副处长名叫林冬白。我当时负责编一个刊物，常要到华东局找王力或林冬白写"宣传员讲话"的稿子。以后,每期清样又都要送给王力审阅批准。王力后调北京中联部工作,1953年我由上海调北京后,两次在天安门庆祝"五一"、"十一"观礼时见到过他并握手寒暄。但始终未去找过他。这时,他是"中央文革"的红人,我虽自己处境不佳,总觉得这些人野心大踩钢丝不会有好下场,也从未想到要去找他。因为我有我自己的操守,所以决不趋炎附势,甚至也未对人说起过我同他认识。这样做当然正确,因为后来王力并未善终。他成了被打倒入狱的"小爬虫"、"变色龙",在"四人帮"垮台前早就政治上完蛋了!这是题外的话。

武汉的"7·20事件"消息传来以后,形势更加波动,"反军"的浪潮更高。"五大"更将"七大"看作是保守组织,更将自己看作是响当当的造反组织。"七大"自然不肯承认自己是保守组织,也强调自己是造反组织。两派的斗争更加公开、激烈。但部队明摆着除少数人外都是支持"七大"的,"五大"的矛头就更对着部队,要求部队支持,指摘部队"一碗水端不平",反对"四个通告"。

事态的发展,终于到了"五大"发动成员到野战军部队营房门口去"静坐绝食"的地步。这时,全国搞"静坐绝食"压部队的造反派组织已经不少。实际也有逼迫部队犯错误来制造又一次"7·20事件"的用心。

在部队营房门口静坐绝食,其实也很笑话。当时"五大联司"里有个"小学教师革命造反团",简称"小教团",组成者全是小学教师,静坐绝食时,小学教师组织全体小学生(当时叫"红小兵")到野战军部队营房门口去静坐绝食。那些小学生被大太阳晒得头晕眼花,问他们为什么要静坐绝食,他们也说不清,只说是"老师叫去不准不去"。

我和妻住在校内,对外面这些事都只能一知半解,搞不太清楚。当时,只知学校"东方红"指挥部号召全体师生去野战军部队营房门口静坐绝食。高音大喇叭声音震天响:"快快快!全体革命师生!快排队集合，到部队门口静坐绝食！"我同妻商量：我们不要去！一是这种事我们不感兴趣！不该去向部队示威；二是我是干部，不要自己惹事！这样，我们都藏在屋里，不出外露面。辛家祥跑到我住处门口吆喝，要我去参加静坐。我说："我身体不好，病了！"婉言拒绝了他，他悻悻而去，眼里凶光毕露，使我心寒。

外边静坐绝食到第三天。我家里没有吃的东西了。我从学校后门出外，拟到集市上悄悄去买点吃食回来。谁知走到集市附近的地方，遇到学校的一群学生抬了一个晕倒的学生回来。太阳大，天气热，那晕倒的学生脸色苍白满面是汗，两目紧闭。我虽已不是校长，但那种习惯性的责任感仍在。我说："快送医院！"学生中有一个初中的学生名叫曹行剑，是干部子弟，上来告诉我："何校长！同学中呕吐和晕倒的不少。没人管！不得了啦！"

时近中午，阳光强烈，30℃以上的高温，静坐绝食的人不吃不喝，晒着太阳，如何支持得久？听说晕倒的学生人数多，我不放心了，这是要出人命的！我本可不管，不去，因为我不是校长无此责任，但一种关心学生的心情油然而生，我不敢也无法反对或制止静坐绝食，但不能不去看看晕倒的人，并发动些师生把晕倒的人抬送医院去医治，免得出人命。我遂由曹行剑陪同匆匆向农校方向赶去。部队的营房就在农校对面，离得很近，走去时，遇到学校有些教工队的人也去农校。我告诉他们：晕倒的人必须赶快救治，就与他们一起走到农校门口。农校和部队营房门口坐满了学生，正在七零八落有气无力地同声唱着语录歌："下定决心，不怕牺牲，排除万难，去争取胜利。"一遍遍地唱，学生们都戴着红卫兵袖章，哭的、呻吟的都有。我果然看到两个女生昏晕在地，头发汗湿了沾在额前，口眼紧闭，边上围着些女生有的在哭鼻子，我遂急忙招呼一些师生快将昏晕的学生抬到离开阳光曝晒的地方，送到地区医院抢救。但学生正在不断有人昏晕，那种局面无法收拾。我也只好为抢救这两个女生随同去了医院。

这件事当时就这么做了，但绝未想到，后来竟成了我参加"静坐绝食"的罪状，变成"反军"的罪行，霉倒得不轻，苦吃得很大。

"五大"的静坐绝食，使野战军部队很尴尬。但这静坐绝食显然得到了王效禹的支持。于是，部队忍下一口气，勉强做了些应诺式的表态，静坐绝食终于在"五大"宣扬胜利的情况下结束。

部队与"七大"当然是不服气的。更大的斗争风浪正在激荡和酝酿。形势的火辣与炎热的气温成正比。一环扣一环的不幸继续降临。

回溯"文革"，武斗的激烈，罪魁祸首江青是难辞其咎的。1967年7月22日凌晨，江青在北京接见河南代表团时，说："我们不能太天真烂漫，"她提出了"文攻武卫"的口号，毛主席所讲的"要文斗，不要武斗"被否定、抛弃了！"文攻武卫"实际就是"武卫"和"武斗"的行动口号！江青这次谈话，印成传单散发全国，报纸也纷纷登载"文攻武卫"的口号，她的讲话为武斗提供了理论根据和"文革"的指示性命令。她挑动群众斗群众，于是全国的武斗风大刮特刮，不可遏制，而且愈来愈烈。

在本地，当然也不例外。由部队支持的"七大"，领导力量本来就较强，谢雪山之流本是地委的老干部，有斗争经验。军分区又直接领导全区的民兵。"七大"的人数本来比"五大"多。"五大"实际上不过六七千人，"七大"要多出若干倍。在农村的基干民兵都被"七大"掌握。此时，一个用武力消灭"五大"的计划遂在形成并实现。

"七大"调动农民进城消灭被他们叫作"五小乌合"的"五大"，进城农民达数万人。每人手执棍棒一根，以武装民兵的姿态列队出动，由东南西北四面包围L市全城。要用武斗来消灭"五大"。

我正蹲在家中，忽然听到大喇叭广播："快快快，全体革命师生，快排队集合，到农校会合！"大喇叭连续广播多次，声调气急慌忙，一听就像大祸临头的呼喊。

一会儿，"七大"观点的鲍圭远老师匆匆来告诉我和妻："'五大'

都到农校集中了，听说要武斗！"我问他是怎么回事，他说："听说'七大'从农村调了大批人马来要消灭'五大'，'五大'集中兵力去守农校！"我说："你怎么办？"他说："我不去农校！武斗是干不得的！我也不赞成'五大'反军！听说农校里连做实验的硫酸都打算拿来武斗用了！"我说："对！我也不去！"正谈着，与我们住在同一排宿舍房子里的隋呼匆匆跑来告诉我："'五大'全部要到农校集中，'七大'进城武斗了！农校里筑了防御工事，为了安全，你们还是跟着到农校去吧！"

他是好意，但我考虑了一下，我是干部，决不能去农校参加武斗。我说："不！我不去农校！武斗的事我不愿涉及！我就在家里蹲着算了！"

隋呼也不勉强，匆匆走了。这时，辛家祥出现了！他是逐排宿舍巡视动员人去农校的，见到我同鲍圭远在谈话，他知道鲍圭远虽是逍遥派却是"七大"观点，脸色严肃地说："快集合去农校！"他那张胖胖的长脸很凶，话是命令式的。

我敷衍地"嗯"了一声，他转身走了，我就同鲍圭远一起进了房。我和妻同鲍圭远老师说："我们住得近，随时有消息大家就通通气！"鲍老师说："好！"他回身去住处躲起来了。

中学由于"东方红"红卫兵和教工队掌握大权，绝大多数是"五大"的，无论是否具有"观点"，形式上都是"五大"统治下的臣民。听说"七大"要打来，人心惶惶，觉得在校不安全，去农校人多势众安全，故而随大流听命令去的人占绝大多数。其实，真正想搞武斗的是很少的。

我同妻带了两个孩子在家，心里焦灼不安，但想到我们并不涉及什么，不卷入武斗是对的，也就定心了。我认识到，"文革"中有条怪逻辑，任何坏事都要抓"黑后台"，"黑后台"总是放到当权派身上。如果我也为了安全跟着去农校，那即使居心不参加武斗也说你参加了，有口是难辩的，后果必然严重。所以我就拿定了主意。

但，一会儿又有红卫兵来下命令了，叫我快去农校，我见他态度蛮横，点头佯作答应，他走后，我觉得无处可以躲藏。妻去找赵冰老师，赵冰老师慨然答应我到她家里躲藏一下。赵冰老师因被扣上"保皇"帽子，做了"公社社员"仍受孤立，"东方红"红卫兵也不管她的安全与否，并不催她去农校。而且她对"五大"的观点是不同意的。故在她那里比较安全，"东方红"红卫兵不会去搜寻我的。她是位女老师，允许我到她房里躲藏，这种信任和慷慨，我是很感激的。

"东方红"红卫兵和教工队匆匆列队去农校后，学校里空荡荡的，留下未去的只是少数坚决反对武斗的人，一些被扣过"保皇"帽子的人，一些逍遥派和持"七大"观点的人，人数不多，都"猫"在屋里不出来。校园里已风声鹤唳一片凄凉了。

在赵冰老师房里，她反锁上门自己躲到别的女教师房里去了。我看看天渐渐地晚了，草草吃了一点妻让大女儿晓林送来的馒头。已经听得到蝉声渐渐因天擦黑而停歇下来。我想学校是"东方红"红卫兵的大本营，住在校里是不安全的，我让晓林把妻找来，商量后，我决定邀鲍圭远老师同到学校东面大沙河边上树林里去躲避。这是夏天，去大沙河边上既凉快又可洗澡濯脚。大沙河岸边有大片郁郁苍苍的白杨树林，浓荫密集，可以隐藏。我同鲍老师翻过东墙向大沙河边的沙滩地带走去。妻则带了两个女儿在家闭门不出。她历来遇到大事都能平静，又总是先为我考虑，只要我安全走开她就放心。她说："我在家带着两个孩子不要紧的！你快走！一切当心！"

急火火跑到大沙河边的沙滩地带和白杨树林时，我才发现学校里的男教职员在此的不少，计有汪家山（原语文教师，后调做政治工作）、卢家虚、汪家坤、翟任余也在。形势严峻，我们互相都沉默着不谈什么。天已漆黑，没有月亮，大沙河水浅，但流动的水光烁烁，淌过哗哗喧响的苇滩。蹲在水里凉快舒适。看着黑影幢幢的L古城，我心头涌来古老的忧伤和苍灰色的诗意。我同鲍老师一直在一起。洗了澡，就在河中央的沙滩上休息。黑暗包裹着我，一切都在静谧中。也不知为什么，我突然想起了一句从小说中看来的句子："我遗失的许许多多和得来的许许多多，都在我生与死的无边的夜里。"当时为什么这样想，也说不清楚，也许只是一种心情所造成的吧！这时，忽然看见从河东独树头镇方向来了大批"七大"调来的进城武斗的农民队伍。都高举火把，高呼口号，高诵语录，步伐整齐，声震天地，唱的语录歌是："下定决心，不怕牺牲，排除万难，去争取胜利！"真有意思，早些日子，在部队营房门口绝食的"五大"群众唱的是这支歌，现在来武斗的"七大"也唱这支歌。一样的语录，各有各的活学活用了！

我放眼越过黑暗望去，火光照耀下，"七大"调来的武斗大军，浩浩荡荡，井然有序，威武极了！那人数真多！我知道这场武斗一定十分激烈，"五大"是无从抵挡"七大"这场进攻的。农校很有可能被踩平！

仰天眺望，天幕为火把的光焰辉映，带有透明的微红的光泽。古老的L城完全笼罩在紧张的杀气中。疯狂的武斗叫喊声使我心里发颤。参加革命这么多年，何曾想到会有这种自相武斗的局面出现。对"文革"我本来反感，对武斗更加反感。我看不出这场武斗有什么必要，会有什么样的惨状和损失，我的心情忐忑不安。看着黑暗中打着火把列队行进的农民进城队伍络绎不绝，我估计到"五大"就是用硫酸防御，也毫无用处，被消灭的命运是无可挽回的了！

真是难忘的一夜。口号声、脚步声、人声……一直不断，近天亮时，声音安静了！鲍老师先跑回学校"侦察"，回来告诉我说校园里一切平静，妻和孩子都好，我决定回去。夜间在河边沙滩和树林里等待和躲藏的其他教师也同我一起回校。我们仍翻墙入校，校园里寂静无人，我悄悄溜进家里躲着，同妻和两个孩子在一起虽感到一种乱世特有的温暖，却又无法预料以后会怎么样。

这天白昼，不断得到消息：进城的"七大"农民队伍不但围攻了农校，全部消灭了守农校的"五大"队伍，而且攻打了京剧院。守京剧院的是由"五大"之一——"革命文艺司令部"指挥下的人马，结局同农校一样，全部被打垮投降。

据说，在京剧院门前，"七大"处理"五大"投降的战俘，用的方法是让缴械投降的人不分男女逐一列队举着双手走出来，每人都先挨一棍子或两棍子接受教训，规定能打痛打伤，但不可打得致残或打死。然后，把"俘虏"中老弱的和一般的人释放，强壮的或顽固的再或头头们，由进城的农民押回乡下，去管制劳改。至于当权派，凡在农校里抓到查出来的，次日就用卡车押了挂着牌子揪着头发，一面殴打一面游街，像农校的张校长，就是如此，他被指摘为"五大"的走资派黑后台。说"武斗"是"走资派"挑起的，并已抓到了人证云云，其实那位张校长住在农校，他也并非"五大"的人。

学校里"东方红"教工队的成员去农校挨了打陆续有被放回来的，都很颓丧，有的还带着伤。"五大"就这样被"消灭"了，并正在到处搜抓"五大"的一些在逃的头头。"七大"已经统一天下。据说农校和京剧院那儿由于武斗一片凄凉，但并无一人死亡。说明"七大"对这场战役组织得是很成功的。"五大"曾将农校化学实验室的硫酸等瓶罐全部拿出要用来投掷武斗，结果并未使用就被缴械了。传说"五大"躲进农校是上了野战军师政委孙子膑的当。孙子膑是支持"七大"的，在"五大"听说"七大"要调农民进城武斗时，向孙子膑求援。孙子膑建议"五大"集中到农校，说农校在部队营房对面，可以在必要时派部队保护。但实际是使"五大"乖乖地成了瓮中之鳖被一网打尽。确否无法查证，形势的发展确是如此。

学校里冷冷清清，城里武斗后也冷冷清清，上街的人不多。听说四乡通公路的地方"七大"都设了岗在查找"五大"的头头。

住在学校里很不安心，真是度日如年。"文革"搞了一年，工农业都已开始凋敝，学校开课无望，恢复不了正常，我心里烦躁而不安。

妻建议说:"带着晓亮去一次上海吧!妈和妹妹们也想念你。而且主要是这里不安全,谁知还会发生什么事!"我犹豫着说:"你和晓林怎么办呢?"她说:"不要紧的!我们在这,自己注意就行,你放心走就是!"我仍决定不了,但她已开始为我整理衣物了,说:"问问鲍老师吧?他也许也想回上海家里同妻女团聚呢!你同他一路走最好,互相好有个照顾。"说着,她停下整理衣物,去找鲍圭远了。

鲍老师大学毕业后由省城分配来学校教数学。他家在上海,妻女也在上海,他父亲是开火车的司机。他决定同我一起去上海。也不去管这是不是犯"自由主义"或"无组织无纪律"了。因为此时根本也无人管我们,我们也找不到组织或上级领导了。从"文革"开始,在上海的妈妈一直为我在担惊受怕。这时,我决定回上海看看妈妈和大妹、二妹。妻又担当了带着大女儿晓林在学校里看家的任务。有她在校,可以随时给我写信。如果学校里恢复正常开始上课,我可以及时回来。我们又商量决定:五岁的晓亮由我带往上海住一段时间。

我化装了一番,戴了副平光眼镜,戴顶草帽,带着晓亮,与鲍老师步行到城西汽车站上长途公共汽车去江苏新沂。去汽车站途经农校,校墙上武斗伤痕刺眼,地上砖瓦碎片狼藉。路上行人极少。我们到了车站买了票,上了汽车打算到新沂后转陇海路到徐州再转往上海。途中,果然遇到过两次查抄,都是些戴旧军帽、穿旧军衣却又不是军人的壮汉,但我们不是他们要抓的人,也侥幸没有遇到熟人,平安无事。我会怎样?查书本是查不到答案的!观察事物本身是做不出分析的!一路上,坐在公共汽车上我老是在想一句西洋格言:"我看见的使我盲目,我听见的使我耳聋。"我耽于沉思,并不笨,却想不出一个答案来。

七、上海咏叹调

　　怀着逃亡的心情，我带着可爱的晓亮坐公共汽车到江苏新沂，又由新沂坐火车到徐州。新沂和徐州仍是那种贫穷与混乱的局面。

　　车站乞丐特别多。许多蜡黄苍白的人脸，都漠然没有表情。火车上肮脏、拥挤，这是慢车，逢小站都停。车上既无水喝，也无吃食卖，厕所也挤得停止开放。我和五岁的晓亮跟着鲍老师饿着到了徐州。

　　徐州的"好派"和"踢派"正在大打派仗。"踢派"的游行队伍与"好派"的游行队伍都疯狂地在街上唱语录歌、呼口号做宣传，互相攻击。

　　我们从徐州转火车到南京。火车"乞卡乞卡"误点驶行。入夜后，天黑沉沉的，像一口阴暗的大铁锅扣罩了一切。劣质香烟熏人，硬座坐得人很累，晓亮疲倦了，倚在我怀中就睡着了。我们是天亮时分到达南京的。

　　远处传来正在掉头的火车头如泣如诉的汽笛声。墨染的沉沉夜色褪去了。坐了一夜火车，空气坏，人异常困倦疲劳。天炎热，下车后，见有卖西瓜的摊子，红瓤的西瓜切开成一牙一牙的卖。从前我嫌这样卖的西瓜不干净，现在无所谓了，我给晓亮买了一牙西瓜解渴。正在这时，忽见好几辆卡车满载戴藤柳安全帽手执长梭标的武斗人员飞也似的向车站驶来。一会儿，防守车站的和进攻车站的两派武斗起来。进攻的一派人多势大，只听见乒乓哐啷玻璃全部砸碎，武斗人员已冲进车站二楼。怕遭误伤，我和鲍圭远带着晓亮连忙随人流奔跑闪开，等到武斗告一段落，才又进火车站上车。

由南京开往上海的火车里人挤得像沙丁鱼罐头。话声嘈杂，烟味呛人，也没有乘务员供水。火车开开停停，已早就不按行车时刻表运行了。到苏州时，正近傍晚，火车刚靠定，就听见武斗的枪声噼啪作响。车中乘客都十分惊恐。因为想不到苏州的武斗是用的枪支，流弹乱飞，比徐州的铁矛棍棒厉害多了！苏州人习惯被人视为文雅软弱，动口不动手，一向连打架都少见，想不到一场"文革"竟使两派真刀真枪武斗了！火车停在车站半个多小时，枪声停后许久，才继续开往上海，所幸我们坐的车厢流弹未曾伤人。只有一扇窗上的玻璃被子弹打了个窟窿有了裂缝。

在上海火车站同鲍老师告别，我感谢了他对我的关心与友谊。他回浦东家里去，我同他互留地址，约定：有信息互相告知。然后，我带了晓亮走出车站。晓亮脚上一双塑料绿凉鞋已破得不能再穿，L市连塑料凉鞋都买不到。为了到妈妈那里不致太寒酸，我带晓亮在车站的一家百货店里买了一双新的绿色塑料凉鞋换上。我对孩子因我的厄运而受到的不幸心中愧疚。然后，我们搭有轨电车到淮海中路。

熟悉的淮海中路上，布满店面的街道从绿溶溶的法国梧桐树下透出来。电车拖着两条长长的铁臂倏然远去。店家高声播放着语录歌，一遍遍唱的是："要奋斗就会有牺牲，死人的事是经常发生的，但是我们想到人民的利益，想到大多数人民的痛苦，我们为人民而死，就是死得其所。……"看到贴着的大字报和传单，原来是为武斗中被杀死的两个"烈士"开追悼会。这算什么烈士呢？除了死者家属外，街上的人似乎不会为这哀伤！而"大多数人民的痛苦"，我觉得倒是确实存在的！语录歌一遍遍地播放，哀乐一遍遍放，使人十分压抑。街上到处可见戴着"工总司"红袖章的造反派，气氛紧张而不安宁，似孕育着什么爆炸性的局势。天下似无安静土了！

妈妈带了大妹和二妹住在淮海中路成都南路的一个弄堂里。到了淮海电影院附近，天热，晓亮口渴了，我带她到冷饮店里买了一杯冰镇酸梅汤给她喝。她喝得很高兴，我也休息了一会，给她拭净了脸上的汗。我不想带着孩子十分狼狈地回到家里。

妈妈带着妹妹是在抗战时期大约 1942 年搬到这弄堂里住的。向二房东陈家租了三楼全部及楼下的厢房。二房东陈家的男主人是同济大学的教授，夫妇之外有好几个儿女。我那做中学教师的大妹已经结婚，大妹夫是位锅炉工程师，此时他们已有一个女儿。二妹在上海一家钢铁厂做会计，二妹夫是南京一所军事院校的教师，他们也有了一个女儿。此时，哥哥船生正受冲击。他原在北京通县炮校做教师。"文革"开始，军事院校卷入后因他出身不好就整了他。他忍受不了，同嫂嫂逃跑出来，带着二女儿和三女儿在北京我三妹和四妹家躲藏。两个女儿住在三妹家，哥哥和嫂嫂则由四妹将他们藏在四妹夫的一位做木工的弟弟家。哥哥的小儿子此时不过十岁左右，就在上海寄养于妈妈处。哥哥的大女儿，从小随我母亲长大，但初中毕业后被动员到新疆插队已经多年，此时在新疆农一师文工团里随许多一起工作的红卫兵串联回到上海，但不常在家里住。

"文革"开始后，我们这一家，有些人遭到冲击，大哥的情况已如上述。大妹在上海一所中学教英语，"文革"开始，就不断受到歧视、侮辱与打击。二妹平安无事，但二妹夫因不愿参加军事院校的武斗，由南京回到上海家中居住。三妹在北京一所著名大学的西语系执教，她爱人是西语系党总支书记，这时正受冲击。四妹和四妹夫在北京中央某部工作，四妹夫属于当权派也受到冲击。五妹在长春做医生，她爱人在兽医大学任教。这时，长春武斗，五妹夫妇也回到了上海。于是，我们这一大家人就有不少此时都在上海团聚了！

妈妈对"文革"简直不能理解，对她的儿女辈受冲击更不能理解和忍受，她心情十分恶劣。我带晓亮回到她身边，把经历讲给她听。她忽惊忽忧，忽悲忽喜，最后说："唉，你总算平安回来了！但愿今后不要再出什么事了！"

　　她第一次看到晓亮，夸晓亮生得秀气。家中雇的保姆，我们叫她"阿朱阿姨"，替晓亮洗澡时，见晓亮黑瘦，问："你怎么又瘦又黑？"晓亮天真地回答："因为我爸爸是牛鬼蛇神……"阿朱阿姨把晓亮的回答讲给大家听时，大家都笑了。孩子说的是实话，我听了，虽苦笑却心酸。

　　酷暑天，家中人多拥挤，有的就铺席子在地板上打地铺睡。妈妈每天操劳忙着做饭，我住着感到心很不安。那时，外祖母还健在，已是九十以上高龄。她本来是跟妈妈住，这时回去跟舅舅在乡下住。她在家乡川沙，年龄大了，不外出。舅舅等都是大队干部，外祖母在"文革"初期，听大家闲谈，知道外边很乱，她老是摇头叹气。尤其听说红卫兵在上海把公墓全都挖了，使死人的骸骨都暴露地上，她更想不通。她要回乡住，是觉得上海太乱，她不理解，我其实也不理解，我常想，这场反常的"文革"，隔上几十年，我们的后代恐怕都很难弄明白这是怎么一回事了。因为现在连我们身临其境的人也弄不明白为什么要这样前无古人的乱搞呀！

　　经过"文革"初期的大灾大难，我这样一个对革命有过狂热，对理想有过向往，对信仰做出坚定抉择的人，尽管鲜血依然常常沸腾，也不时产生一种看破红尘、心如止水，想学苏曼殊、李叔同出家远离喧嚣人间的异想。但现实不可能使人有逃避之处。据悉，名山大刹或偏僻小庙，所有和尚、尼姑都被赶去还俗，菩萨塑像大都被毁。我怎么可以对世事紧闭双眼？我怎么能够找得到可以安全栖息的去处？

　　到上海后的第二天，为了想了解上海的情况，我带晓亮在外边逛了一天。

　　似乎常常感到匆匆踽行在街边的行人脸上独多惆怅，也有不少人发出沉重无声的叹息。未曾发疯的人究竟是看不惯疯狂行为的！

我曾在外滩江边海关总署旁的上海总工会里工作过。那幢青灰色的大楼我是亲切而熟悉的。我带晓亮来到了大楼门口，谁知当时上总的一些领导干部正在集体挨斗，像张祺、沈涵等同志，我1949年在上总工作时，曾为他们起草过讲话稿，都是熟悉的。他们都是很好的干部，我不忍看他们那种被虐待和侮辱的场面，连忙拉了晓亮的手匆匆离开。我带晓亮又到了西藏东路工人文化宫，谁知也在开批斗大会，而且原来设在文化宫内的"上海工运史料展览会"已全部被砸。看墙上的大字报，造反派说："工运史料展览会是为刘少奇的白区工作树碑立传"、"李立三一贯反对毛主席现已畏罪自杀了"、"王孝和不是烈士是叛徒"。是非混淆，许多事都颠倒过来了！我尝过混淆黑白的滋味，对这些都感到倒胃口！

我走到人民广场，只见人头济济，到处有一群群一伙伙的人在唇枪舌剑地激烈辩论，每每辩论得面红耳赤要打架。"上柴联司"（上海柴油机厂工人革命联合造反司令部）和"支联站"的造反派人数很多。"支联站"是许多单位组织了支持"上柴联司"的。王洪文领导下的"工总司"同"上柴联司"对峙，分庭抗礼。双方在辩论时，都说自己忠于毛主席，都说对方反毛泽东思想。我听那些人辩论并无兴趣，只觉得火药味很浓，似要发生什么祸事，就匆匆带了晓亮离开。

上海是张春桥、王洪文、姚文元等的大本营。此时，张春桥已是"上海市革命委员会"的主任，姚文元、徐景贤（"文革"前是中共上海市委宣传部文艺处处长）为副主任。王洪文也以"工总司"头目的身份爬上了上海市革委副主任的高位。

"上柴联司"一直是以王洪文等的对立面姿态出现的。尤其是在上海的"一月风暴"中公开地反对了王洪文等。

1967年1月4日，毛泽东委派张春桥、姚文元等亲自处理上海"文革"中的问题。他们先夺到了《文汇报》和《解放日报》的权，制造舆论。1月6日，在张春桥、姚文元直接策划指挥下，以原上海国棉十七厂保卫科干事王洪文为头头的"工总司"组织了百万群众，在人民广场召开了"高举毛泽东思想伟大红旗，彻底打倒以陈丕显、曹荻秋为首的上海市委大会"，批斗市委和市政府领导干部陈丕显、曹荻秋和魏文伯等，掀起所谓"一月风暴"，造反派夺取了上海市许多机关的权力。1月8日，毛泽东同志支持这次夺权，说："由'左'派夺权，这个方向是好的。"《人民日报》在头版头条，由毛主席亲自决定向全国广播了张春桥、姚文元等在上海炮制的《告上海市人民书》，并加了毛泽东亲自审定的编者按，肯定了上海的夺权，说："这不仅是上海市的问题，而且是全国性的问题。""这是一个大革命。这件大事必将对于整个华东、对于全国各省市的无产阶级'文化大革命'运动的发展，起着巨大的推动作用。"

可是，上海"一月风暴"夺权以后，"上柴联司"一直处于反对地位。1967年1月24日，王洪文策动"工总司"等组织的一万余名不明真相的群众去砸掉"上柴联司"，但未成功。到3月，王洪文单方面宣布"联司"的"大方向错了"，想在上海搞一统天下，又未成功。6月中旬，王洪文派心腹打入"支联总部"，为摧毁"上柴联司"积极活动，宣传"'联司'要搞'三停'——停水、停电、停产"、"'联司'要在上海制造第二次大乱"、"联司是反动组织"。"上柴联司"也不让步，拼命"揭露"王洪文一伙煽众破坏生产、阻断交通、挑动武斗。结果，出乎张春桥、王洪文等预料，参加"支联站"的群众竟越来越多。这是逆反心理造成的吗？弄不清了！

王洪文与张春桥等容不得在上海有反对力量存在，恨得眼红。恰在这时，上海柴油机厂7月18日工具车间的两派群众因为贴大字报发生分歧导致武斗。车间工段党支部书记解福喜武斗中被打死。王洪文等抓住这事在7月21日以上海市革委政治指挥部名义发了通令，说："上柴联司"总部私设公堂，严刑拷打解福喜惨死，命令"上柴联司"负责人立即交代打人致死过程，交出杀人犯名单听候审讯。并在人民广场召开了有数十万群众参加的解福喜追悼会，想借机发动武斗，消灭对手！

就在这时，江青在 7 月 22 日凌晨发表了她那著名的起极大恶劣影响的"文攻武卫"的讲话。张春桥、王洪文等就决定借这"东风"砸烂"上柴联司"，形势对他们是很有利的。

我到上海正是张春桥与王洪文要大规模用武斗手段解决"上柴联司"问题的当口。当时，上海人心浮躁，人民广场附近天天日以继夜人群齐集，展开辩论，标语、传单满天飞。野心家都像唐朝诗人刘知几诗中说的"奋飞出草泽，啸咤驭群雄。淮阴既附凤，黥彭亦攀龙。一朝逢运会，南面皆王公"。[1] 我目睹这种情景，想到的却是"英雄气短莫须有，明哲保身归去来"[2]。

从 L 市大规模武斗后逃到上海，想不到在上海又见到了规模非常巨大的武斗。8 月 4 日凌晨，在张春桥支持下，由王洪文等担任现场指挥，发动了代号为"888"的血洗"上柴联司"的"革命行动"。王洪文带领十万不明真相的工人，打着"工总司"旗号，由水陆两路进攻"上柴"（上海柴油机厂）。无数辆汽车满载武斗人员。许多汽轮船也满载武斗人员，都打着"文攻武卫"旗帜，包围了"上柴"。"上柴联司"也用武斗回击。双方的高音大喇叭齐声广播。早八点多，王洪文下令进攻。厂门口发生激战，厂里的"联司"成员用弹弓、砖头、螺帽出击。王洪文派大吊车撞开工厂铁门，"敢死队员"用大木头和大铲车撞开厂墙。武斗惨烈，打到晚上快六点半钟，才基本结束，双方伤亡都很惨重。"联司"群众全部被俘，并遭到"头上开花"、"面部挂彩"的毒打。男的上衣剥光，女的上衣撕破，做举手投降的姿势拍照。接着，"支联站"也都遭到清洗和解散。参加的人轻的受到审查、批判，重的受到游街、

---

① 唐刘知几诗《读〈汉书〉作》。
② 明清之际诗人尤侗《题韩蕲王庙》七律。

毒打、批斗，甚至送到公安局关押。"集体灭绝"基本成功。

"联司"被消灭后，上海的报纸上发表了张春桥说"联司""反对毛泽东思想"是"反革命组织"的讲话。上海的"文革"小报上登了不少武斗的照片。我看到"联司"的头头"全向东"等都光着脊梁被棍棒打得眼青鼻肿的照片。

8月4日消灭"上柴联司"的这场战斗，造成"上柴"全厂停工停产两个月，减少产值五百万元，利润降低了一百七十几万元，物资损失三百几十万元。房屋设备损坏的费用还未计在内。

更严重的是：上海的武斗在全国的影响比我们鲁南的武斗影响要大。武斗这时遍布全国，许多省份发生了造反派抢夺部队枪支、抢战备仓库，甚至拦截援助越南军车的事，大规模真枪实弹武斗的事也层出不穷了。

我从武斗过的 L 市跑到上海，万万想不到又看到腥风血雨惊心动魄的武斗。同时，看到上海的批斗会规模大、火力猛。当时原上海市委、市府领导人，原华东局领导人与许多文艺界著名人士如巴金、赵丹等等，都在挨批斗。一些小报上大登特登《巴金的反共真面目》《巴金和彭德怀的反革命勾搭》《大文霸巴金是反动的文化资本家》等满纸谣言秽语的文章。批斗时，每个人都挂牌、弯腰，电视不断转播。我对这种人身污辱与摧残十分痛恨。为什么要这样迫害干部与知识分子？他们都是有过贡献的人，为什么要一笔抹杀无中生有地来迫害？对"文革"的反感，常常涌塞心胸。因为寂寞，在家里看着母亲整日操劳心里不安，我常带着晓亮在外面逛，她没有见过轮船，一天傍晚，我特地带她到黄浦江边看轮船、看江水，她感到新鲜，兴致很高。我看着滔滔东逝的江水，却不禁有晚唐诗人薛莹诗中的感慨："落日五湖游，烟波处处愁。浮沉千古事，谁与问东流。"

有一天，哥哥那在新疆插队参加了农一师文工团的大女儿给我们几张票，让到原天蟾舞台看他们"毛泽东思想宣传队"的演出。因为大侄女也参加演出，我就陪妈妈去了。

从"文革"开始以后，由于对"文艺黑线"的批判和对所有文艺界名人的批斗迫害，"革命"已经革得文艺园地一片荒芜。去世了的梅兰芳虽死也在受鞭挞，把他说成是"刘少奇司令部树起的大黑旗"，是"漏网右派"，是"反动文化的狂热吹鼓手"。说他的《穆桂英挂帅》是为彭德怀招魂与《海瑞罢官》异曲同工。著名的京剧演员周信芳、言慧珠和著名的越剧演员竺水招都是在残酷批斗迫害中自杀身亡的。剩下在舞台上活动的，是许多所谓"毛泽东思想宣传队"。演出的节目不外是唱语录歌，唱毛泽东诗词谱的歌曲，跳高喊"造反"和"杀杀杀"的舞蹈。这次，看这批经新疆来的"红卫兵毛泽东思想宣传队"的演出，谈不到有什么启示，当然更没有美感和娱乐性。其中压轴的一个大型节目，是反映新疆红卫兵因为造反遭到镇压的情况。演的不外是红卫兵"心向党、心向毛主席"，许许多多化装成负了伤的红卫兵，用红墨水染成鲜血淋漓的绷带裹着头部和手臂或大腿，男男女女手捧"红宝书"出现在舞台上，满目血淋淋，武斗伤残的惨景给人强烈的刺激。看着这种节目，我不能不想：中国的文艺事业今后怎么办？文艺是否只表现为几个"样板戏"和这样一些"革命"节目？

记得一天早上，打开收音机，听到一阵叮叮咚咚的钢琴声。二妹的小女儿用上海话告诉我："这是江青伴唱《红灯记》！"我听了半晌，才明白是钢琴伴奏《红灯记》。上海话的"江青"与"钢琴"声音相似。说实话，用钢琴伴奏《红灯记》不伦不类，似是创造实在不妙。事实上，它是短命的，推广保留不久也就夭折了！江青的"创新"也就是这种水平！

我闲得发慌。中年壮年的好岁月就在迷茫、寂寞、渴望、期盼中水也似的流淌走了吗？多难过的岁月哟！我经常只能在街上无聊地逛着看看那一个个大批判宣传栏。街上的高音喇叭里一遍遍播放着《大海航行靠舵手》和语录歌，无尽无休。生活实在是太贫乏了！我要了解"文革"的情况，想做出一些估计和判断，却摸不着东西南北，无从找到结论性的脉络。淮海中路上人山人海，四面八方口音的都有。我估计许多人恐怕类似我的状况，也是逃来上海当避风港的。大批判宣传栏很大很高，都用大红字写着"独有英雄驱虎豹，更无豪杰怕熊罴"、"四海翻腾云水怒，五洲震荡风雷激"等骈句，上面常刊登一些"文革"最新的消息，包括毛主席的"最高指示"，林彪、江青之流的"最新讲话"，外地"文革"动态和武斗情况。记得当时在大批判宣传栏上看到过彭德怀遭批斗、张闻天遭揪斗的消息。说彭德怀是"大阴谋家、大野心家、大军阀"，说他"几十年来一贯反对毛主席"等等。我也在大批判宣传栏上看到北京建工学院"八一战斗团"在中南海西门扎营要揪刘少奇出中南海的报道以及8月5日毛泽东《炮打司令部》的大字报张贴一周年在北京天安门广场召开三百万人誓师大会并在中南海里批斗刘少奇、邓小平、陶铸的情况报道。报道中说：刘少奇、王光美被押到会场一角，刘少奇被打伤，鞋被踩掉。……我实在无法相信这许许多多往日印象中极好的革命者忽然个个都成了"大坏蛋"，自然也无法相信全国上下怎么只有那么一些男女才是"大好蛋"！究竟要做到哪一步才住手？这答案当时自然是得不到的！

"文革"中判断一个人是革命抑反革命，一切仰赖于对毛主席的态度如何而定。少奇同志等的被打倒，是由于说他们"反对毛主席"，于是就万劫不复。林彪走红，是由于他能用特殊的语言和方式搞个人崇拜，那时无数冤假错案都同这分不开。上海一个中学教师无意中说："我的领口袖口太脏了"，被说成是"恶毒攻击伟大领袖"，扣上了"污蔑领袖的现行反革命"罪。一个女演员见家里桌子上的毛主席石膏像脸上有个小洞，用大头针挑了石膏修补，一个追求她未能成功的男人诬告她"用大头针刺毛主席的脸"。女演员出身不好，竟成了"现行反革命"。南京一个工人在一个石灰窑旁边劳动，那天刮东风，石灰吹得一身。他说："鬼天气！怎么不刮西风！"被诬告反对毛泽东思想，因为毛主席说:"东风压倒西风。"真是"个人迷信"的危害已被有些人运用到了无可理喻的地步了!

在上海家中住着,心情无聊,也急躁不安,总感到自己像无根浮萍漂浮在汪洋大海中。偶尔在堆着杂物的书架上发现一本自己青年时代在家中阅读过丢下的残本宋词,封面早没有了。这实际也是"文革"中母亲焚书毁书后劫后侥幸存在的一本破书。在"文革"中这本"四旧",此时对我就是最佳的精神食粮了。宋人的词,过去读熟了的词此刻给我带来不少精神上的慰藉和愉悦。我格外喜欢的是李清照的《渔家傲》:"天接云涛连晓雾,星河欲转千帆舞。仿佛梦魂归帝所。闻天语。殷勤问我归何处。 我报路长嗟日暮。学诗漫有惊人句。九万里风鹏正举。风休住。篷舟吹取三山去。"

如今读来,路长日暮是我的切身感慨。李清照这词作于南渡之次年,亲人去世,有弥天哀痛,国事日非,不知身将何依,甚至有想死的思想。当时我除亲人未去世与她不同之外,其他痛心疾首的感情,是与她相通的。

辛弃疾的词在那时更令我陶醉。我喜欢他词意的豪放、含蓄与无限坦荡的胸怀。他的爱国心使我共鸣不已。记得一天夜雨淅沥,打得窗上玻璃萧瑟作响。我住在三楼上凭高眺望,听着雨声愁思郁积,想起辛弃疾《水龙吟》中的:"……过危楼,欲飞还敛。元龙老矣,不妨高卧,冰壶凉簟。千古兴亡,百年悲笑,一时登览。问何人又卸,片帆沙岸,系斜阳缆。"悲愤沉痛,心上呜咽,忧国之感,无以复加。

八月里,收到妻从 L 市来信,信上说:地区的局势又产生了极大变化。由于"七大"发动几万农民进城,"五大"说临沂发生的是"小武汉事件",野战军部队政委孙子膑是"陈再道式的人物"。"五大"的许多头头及"五大"的造反派都一批批到省城和北京告状。王效禹表了态,形势一下子就翻了过来。"五大"忽然由失败者变成了胜利者;"七大"一下子由胜利者变成了失败者。"五大"又掌权了!最后,妻在信上说：你不要急于回来，目前这里仍很乱。"五大"为了报复，正在找"七大"出气。"七大"的人常被殴打。学校里也很恐怖，人们把我们的校园叫作"加温厂"。"加温"就是"殴打"的代名词。抓到"七大"的人，就揪到校园里来放在实验室里关起门来"加温"，惨叫声常彻夜不绝，什么政策等等都不讲。……

妻信上还说：你走后，有一段此地极混乱。附近地区来了一支与"五大"同观点的"飞虎队"来支援"五大"同"七大"作对。"飞虎队"的人都精通武术，高墙一跃而上，电线杆能飞快爬上顶端。小的武斗发生过多次，家里门口附近常有用大弹弓发射的铁弹飞来，玻璃也被砸碎过。……

妻最后叮嘱：你带着晓亮在上海安心多住些日子，等此地平静了你可以回来时我再给你写信。我和晓林都好，你放心。……

读了妻的信，我只好尽量使自己安心在上海住下去。妻的性格我知道，她是个不愿诉说苦难的人。她信上写得平静，其实那里的动乱与恐怖是可以想象到的。"五大"对"七大"加温，这种报复将伊于胡底！

夜里睡觉前，总陪妈妈谈谈。一次，妈讲了一个故事给我听：传说妈的家乡川沙海边有两口井，一口甜水井，一口苦水井，井水都不多，有条规定：只许一天喝甜水井的水，一天喝苦水井的水。反正，不是先甜后苦，就是先苦后甜。我似乎懂得妈的意思。我感慨地想：这也许就是人生！妈讲的许多话我都记不清了，这个传说却仍记得清。唉，妈妈，可怜的妈妈！

八月下旬，我与五妹及五妹夫正立一起回了一趟妈妈的家乡，上海宝山县北川沙。外祖母与小舅父及我表弟在那里居住。我们是专程看望他们去的。

我们从上海坐公共汽车到罗店。有馨姨母在罗店居住。她原在上海一所中学教体育。"文革"中遭到过冲击，就退休回家不干了。现在倒反而逍遥，过着养老的退休生活。谈起"文革"，她也是怨尤很多，不明白为什么好好的非要把天下搞得如此大乱。罗店镇上也是两派在闹。有时也有小的武斗。馨姨母住房后面有一块小竹林地。我当时再也想不到，后来，到妈妈患肺癌病故后，竟就将骨灰盒埋在这片小竹林里。馨姨母的母亲，我们叫她"罗店好婆"，也年近九十了，是外祖母的亲妹妹，一个十分善良而且生活一直很艰难的老太太。她对妈妈最有感情，因为妈妈也一直关心她的生活。见到我们去了她十分高兴。做了好多菜给我们吃。两年以后，妈妈去世了，又过了几年，罗店好婆逝世。她的骨灰盒就葬在妈妈骨灰盒的旁边。

小舅父派他的子女骑自行车来载我们到北川沙去。小舅舅是大队的会计，子女也都务农。我们到北川沙后，外祖母亲自到门口接我们，九旬老人依然康健。耳不聋、眼不花。见到我们十分高兴。北川沙也有造反派分成了两派，互相指责。但尚未大乱，农民也依然种田，不误农时。我当时不禁想：中国要不是幅员广大，要不是有那么多春种秋收按时播种收割的农民，这场"文革"早把一个国家的命断送了。我们去的那天，骄阳如火，田里农民都头顶烈日在锄草保墒。只是一些农业中学的老师都造反忙着"革命"去了，学生都不上课也去"革命"了。总的来看，北川沙这样的农村尚算平静，许多农民仍在耕种田地。我们去到小舅父和表弟鼎洪家，也未引起什么注意。带了些吃食给外祖母和小舅父等，吃了他们备下的丰盛菜肴，当晚我们就又赶返了上海。

我很想念在上海的一些熟识的朋友，但走了一圈，了解到一些熟人的情况后，既不能去看望，也不能去帮助，也就打消了访亲问友的意愿。比如，作家协会的一些熟人，有的已作为"反革命"逮捕，有的正在批斗或蹲"牛棚"。比如，上海总工会过去的一些熟人，有的正挨批斗，有的个别的因为沾了新贵们的光，也成了新贵，我也不愿去看望。因此，在上海这样一个人口逾数百万而熙来攘往的城市里，我感到非常寂寞孤独，虽在暑热天气，却有秋风萧瑟之感。

一天，听说原先在上海总工会领导过我工作的吴从云同志死得极惨。老吴与我1949—1953年春在一起工作，办过一家出版社，他是副社长、总编辑，我曾任副总编辑。1953年同调北京，他也领导过我。1957年他调合肥师院任党委书记，后又调到上海师范学院任党委书记。"文革"开始，红卫兵冲击了他。有一天开会时，他坐在沙发上突然死了。是自杀抑或他杀？弄不清。"文革"中独多这种不明不白的死。我在L市时，有人来外调过他的材料。他是个精明强干的人，我随他工作的时间较长，对他的死，我自然感到十分难过。我到他在淮海中路附近的旧居去，想打听他的妻子与儿女的情况，好看望一下，却无从打听得到，只好怅然回来。

全国都在乱，乱得厉害。当时，流传过这样一件事：青岛某单位一采购员冬天出省采购货物，途中在安徽遇窃，大衣被小偷偷走。大衣内有语录本等。语录本上有采购员的单位及名字。小偷穿此大衣不慎在蚌埠火车站穿越铁轨时被火车辗死，血肉模糊，面貌无从辨认。人们从大衣语录本中得知死者系某单位某人，遂电告青岛该单位，该单位通知家属同时到蚌埠认尸。但尸体血肉模糊无法确认面目，看到大衣及语录本等遂肯定是某人无误。火化遗体后带回骨灰在单位开了追悼会。其实，此时，该采购员正在皖、浙、赣等省办理业务，交通不便常常堵塞停运，武斗频仍电讯也不通。好不容易经过一个多月办定业务赶回家来，到单位时正是深夜。单位内因二派武斗，一派走了，一派留下掌权，人很少，已不办公。正有几个人打扑克玩，见他来了，以为是鬼，皆吓跑了。他奇怪地回家叫门，妻带女儿已睡。听到他喊叫开门，以为是鬼，妻吓得大叫："你别吓唬我们娘俩了！"此时，那几个打扑克的人已叫来一伙人手执棍棒要打鬼。经过解释，才知是一场误会。这流传的故事，反映了当时的乱，真假无人考证，传说是很广的。

处在大混乱时期，我在上海寂寞无聊地住着，常使我想起过去从书刊上看到、知道的许多中外革命者度过的流亡生活、流浪岁月。整天没事可干，也无书可看。能看的只是马路上随处可以买到的造谣生事的"文革"小报。越住越加苦闷，但又不能回去。因为 L 市那里依然乱糟糟的。妻来信说，学校里教师外出归来的不多。她整天不外出，只是晚上找住得近的未走的女老师赵冰、汪兴玉、吴曼琳等聊聊。"五大"仍在报复，天天殴打"七大"的人。她认为总要等打风平歇一些而且离校的老师等都陆续回来了，我回去才合适。她并让我告诉鲍圭远，由于他是"七大"观点，听说有"五大"的红卫兵扬言等他回来也要给他"加温"。她信上说："他们'加温'都加红了眼！转告鲍老师千万勿贸然回来！"

我给鲍圭远写了一封信约他到我家里见面，把学校的情况告诉了他。鲍圭远有点紧张。我提出：将来我能回去时，我就先回去。回去后，我了解一下情况，并尽量找些"五大"的教师做做工作，请他们务必讲政策。如果行，再写信通知他回去。在我思想上，什么"五大"、"七大"，我都不感兴趣。我头脑里有的仍旧是中学那个整体。教师之间无论如何不应自相火并残害。鲍老师同意我的想法。他虽是"七大"观点，但并未有过什么行动来针对"五大"。只是因为他的学生中有"红旗"红卫兵的，同他比较亲善友好，因此"五大"中的极"左"分子就要对他下手了！派性之危害由此可见。

我在上海的阶段，八月里，《红旗》杂志发表了"揪军内一小撮"的社论，8月7日，中央文革小组成员王力在外交部发表讲话，支持姚登山夺了外交部陈毅部长的权。王力在讲话中恶语攻击陈老总，而且把矛头指向周恩来总理。听说引起了毛主席的注意，他懂得，在打倒刘少奇、邓小平等未获全胜的形势下，如不抵制"揪军内一小撮"和阻止反对周恩来活动的蔓延，势必要出大问题，所以决定制止。王力和关锋遂都栽跟头下了台。

王力疯狂跟随江青，尤其在武汉事件后，简直得意忘形。他自己以为跟随江青不会错，可是一下子成为"小爬虫"、"变色龙"，垮了台入了狱。有人说他这样的人是在"混战中自己太混账"！

九月下旬，收到妻由鲁南又一次来信，说："离校教师大半回校，局势比较平静了，校园里也未再听见打人的惨叫声了。有些人已在问我：你为什么不回校？在上海干什么？……"为此，她希望我离沪返校。

我在上海实在也住够了。于是，就写信向鲍圭远打个招呼告别，离别妈妈和妹妹等，我带着晓亮踏上回 L 市的归途。

未来如何，对我是一个猜不透的谜，是一个求不尽的未知数。我是在一种惶惑、孤独而又不知所措的心态下回去的。

八、跳"忠字舞"

那是流金溢彩的秋天。我带着可爱的晓亮，又回到中学的校园里来了！

盼望已久的团聚实现，见到了妻和晓林。晓林似乎又长高了一些，妻变得更加恬静而憔悴，但仍然美丽。重逢自然高兴，但此外，也使我感到处境的严酷与人性的残暴。

我走时是暑天，此时已是秋季。人们有不少也因派性而横了心、红了眼。

"五大"打人"加温"之风比起前一阵已好得多了，但并未完全停止。在外边，常听说有人被打伤送往医院治疗。在学校里，"东方红"已"勒令""红旗"的成员回来"复课闹革命"，所谓要他们回来"复课闹革命"，实际是要他们来"人人过关"，每人挨一次批斗和殴打。用好听的借口来干卑鄙的事在"文革"中是一种"流行病"。

我看到，学校的各个教室里，都成了批斗场。"红旗"的成员站在台上，大弯腰或脖子上挂着破稻草席（象征他们是"捞稻草"的人，这种破稻草席是从学生宿舍里取来的。学生床上都垫着草席）在挨斗挨打骂。吆喝声配合着语录声，打人声配合着语录歌声汇成了交响乐。

"红旗"的一些头头，被叫作"坏头头"。那种凶猛殴打十分可怕。例如，对靳玉德就是这样。回家的第三天下午，我从屋里出来，见一伙"东方红"的学生包括辛家祥在内正拼命殴打一个人。被打的人满脸被涂着黑墨汁，浑身尘土与墨汁，已被打得歪歪倒倒不能支持了，打人的人仍在猛追猛赶、劈头盖脸地用木棍追着打。挨打的人腿瘸了，一跳一跳地逃像一只兔子似的飞奔，打人的人仍不放过。我仔细看着，认出被打的是靳玉德。虽明知我上去劝阻会引起"东方红"不满，但我觉得我本是校长，看到学生要被打死不能无动于衷，不能不管。我忍不住奔跑上去拦阻，我高叫："不能打！再打要打死他了！"好不容易自己臂膀上挨了两下才保护了靳玉德免再挨打。但他的伤势已极严重。他一瘸一拐地慢慢地走了回去。后来听说他在回去的路上又继续遭到殴打，被打得死去活来，内脏也受了伤。

靳玉德本来的模样挺清秀的。隔了两三年，我又见到他时，他的模样、性格都变了。他脸上满是疙瘩。据他告诉我：这是打伤了内脏造成的。他说："当人是兽时，比兽还坏！"

对学生是这样，对"七大"观点的教师更凶残。

体育教师曹守学是"七大"观点参加"红旗"红卫兵的，"七大"垮台，他逃回家乡躲了几天，被通知"勒令"回校。他一回校立刻被"东方红"红卫兵和教工队抓到一间空屋里，用一只破篮球套在头上，这就什么也看不到了！然后，几个人站在屋的四角，你打过来，我打过去，像打球似的"加温"。拳打脚踢不够，又用棍棒打。几乎打死，打得全是内伤。曹守学本是个年轻强壮的体育教师。从那次挨打后，人就变得苍老了！脸色难看，皱纹很多，头发秃顶。打他的人多数是学生红卫兵，但也有教工队的人，如语文教师华岐。当时，女教师汪兴玉从空房窗户缝里看到后，怕出人命，急急火火跑来找我说："何校长，学生和华岐在打曹守学，我怕要打死了！你是不是去劝劝？"她这是一种习惯造成的反应，因为我本是校长，也许我说话学生和华岐能够听得进，而且她知道我阻挡学生打靳玉德的事，认为这事我也会管的。我感到人命关天，斟酌了一下，觉得我去是无用的。例如华岐这人，"文革"初曾吓得自杀，但后来一直极"左"，要给翟任余平反时，他是最最极力反对的。这时被派性已烧得毫无人性了，我去劝必然会受到他的反击甚至侮辱，我觉得只有找教工队的隋呼有用。隋呼身强力壮有魄力，就住在我这排宿舍的西头，他比较正直，学生中喜欢他的人不少。他是反对武斗的。有一次，学生在城里有发生大规模武斗的可能，形势危险。他得到消息后，未为自己的安全考虑，马上跑步赶去制止，把一批去武斗的"东方红"红卫兵说服回校。我找到了隋呼，请他务必救救曹守学。他马上跑到井边殴打曹守学的那间空房，冲进去劝阻，把曹守学保护出来。不然，那天曹守学被打死也是可能的。

曹守学不但遭到殴打，更可怜的是红卫兵竟把他的全部衣物砸烂抢光，连箱子都砸散丢在室外，还赶他搬到校门口一间阴暗潮湿的空草棚里去住。曹守学连被褥和替换的衣服都没有，却不敢说一个"不"字。当时，妻恰巧路过曹守学原先住的宿舍门口，看到曹守学的一只空箱子被扔在那儿。妻是个好心人，趁四下无人时替他把箱子拾了放在图书馆里保存，后来送还了他，成了他劫后剩余的唯一"财产"。

厉音玉乖巧，听说"五大"打人厉害，就不知躲到乡下什么亲戚处去了。他出头露面较晚，"加温"已受遏止。他同"红旗"的一些晚来的学生一起在有的班级上低头挨斗，较容易地过了关，未受到曹守学那样大的摧残。

天，很快就冷了，曹守学穿的还是夏衣，瑟瑟发抖。我和妻知道后，心中难过。我们商量后，妻特将我身上的一件棉衣脱下来趁晚上给他送去。他收了我这件带体温的棉衣当然千恩万谢。当时，确无人这么关心他。但我们悄悄做了，仅仅是出于同情。只不过后来当曹守学因"七大"又上台掌权得势时，不知出于什么心理支配，派性发作，竟忘恩负义了。他说，当时我送棉衣给他等等，是"猫哭老鼠"。更无中生有地说：那时他挨打实际暗中一定是我指挥的。如果不是我指挥的，为什么我敢叫隋呼出面阻止？又怎么会停止打他？他忘恩负义胡扯一通的动机是什么？我始终弄不明白。他那些反常而无根据的话无损于我，也未得到别人的同情。因为人们都知道当时的事实真相。但这件事也伤了我的心，一场"文革"使许许多多的人都变得坏到透顶！人性沦亡恩将仇报的事莫此为甚了吧！曹守学两年后请求调到外县一所师范专科学校去了，而且很怕见到我。我想也许是他心中有愧的表现吧！

正是由于"五大"这样疯狂殴打"七大"成员，"七大"的许多人都纷纷逃亡上了郯城的马陵山。马陵山是一座山脉，南北走向，南抵江苏宿迁，海拔在 80 米—180 米之间，地形平险相间，沟壑纵横。马陵山之名，始见于北魏郦道元的《水经注》。清乾隆年间修的地方志载："齐伐魏，孙子胜庞涓于此。"这里常能挖到古代箭镞等旧兵器。"七大"得到野战军和军分区的部分支持，进入马陵山作根据地，有了枪支弹药及食物等供应，扬言要运用毛主席的"农村包围城市"战略和游击战的战术来对付"五大"。这样，"五大"虽在地区掌了大权，实际并不巩固，蕴藏着动摇的危机。

由于"七大"突然垮台，"五大"一派掌权，龙世泽等下了台，地革委由"五大"的严世征、汪胜林以及军分区副司令员巩西钧等掌权，野战军部队中持"五大"观点的雷雨、汪名启之流也在师部掌了大权，师政委孙子膑居然成反革命挨了斗。不过，不久以后，由于野战军部队大部分人支持"七大"的观点，这支部队被调走了，接替调来的是另一个师。调走的部队，以后由于王效禹的垮台，雷雨、汪名启二人均作为"反军分子"挨斗受审查，被囚禁折磨。最后，听说二人都死于肝病。

"五大"派性闹得严重，除殴打"七大"之外，领导班子也不行。我回校后，见到黄永华，他曾到"五大联司"保卫部工作。这"保卫部"在"五大"殴打"七大"的人时是个关押审问人的机关。有一天，我忍不住对黄永华说："我劝你不要干这种事，还是干点正派的事好。"

黄永华当时答："坏事和打人的事我是劝阻而且不干的。"我碰到隋呼，他说他到了地革委文教组当头头了。这文教组相当原来的文教局。他问我是否愿去那里工作。我谢绝了，说："我只想等'文革'结束，能去当个售货员什么的，不想再当干部或干教育工作了。"他也没有勉强我去，因为他了解我是不愿介入派性交战的。在学校里，匡军民当上了中学革委会主任。他更加飞扬跋扈，只见他整天背个大黄挎包进进出出。这时，按照毛主席的指示，革委会要搞"三结合"，必须要结合一个"革命干部"当革委会的副主任。远超此时还是"党内走资派"在挨斗，薛礼平日师生们对他印象都坏，结合自然都不考虑。我不是党员，出身不好，也不考虑。袁先扬因为出身尚可，又有"琉璃蛋哲学"，又是党员，更主要的是他能跟着学生由着学生干。学生干任何不讲政策或无原则的事，他都是赞成或不反对的。匡军民等就决定"解放"他，叫他先"亮相"。所谓"亮相"，就是开他一次批斗会，他要把自己的"罪行"老老实实全部包下来，并且作一次深刻的"触及灵魂"的检讨。说来也有趣，远超和我每逢不符合事实的地方，总要实事求是说清一下，决不胡乱承认的。袁先扬却历来总是大包大揽的。比如红卫兵说"你是三反分子！"他就喃喃地说："对，我是地地道道不折不扣的三反分子！"红卫兵说："你反党！"他就点头道："对！我不但反党，我还反对过毛主席！"如此等等，红卫兵听了很开心，说他"认罪态度好"。他就靠这种亮相，在检讨时，把全部罪状都包了下来。于是，袁先扬忽然得到了"解放"，成了学校革委会结合的老干部，革委会副主任，二把手了！于是，我明白，学校里的颠倒黑白与胡乱来的局面还将继续下去。

学校里这时由地革委分配来两个大学刚毕业的新教师。一个叫胡绥之，出身较好，阴鸷的模样，省城师范学校中文系毕业，在大学时干过红卫兵头头，是敢打敢闯的人物；一个叫钱学林，出身也好，教数学，大学时也是到处杀砍的红卫兵，模样比较圆滑。这两个人一来，就同学生中的红卫兵头头打得火热，到处"摸敌情"。

在学校校革委里，语文教师杨忠明和政治教师徐庆林两人都代表教工队参加校革委成了常委。杨对徐言听计从，徐是个有野心想再往高处爬的人物。杨和徐与黄永华、隋呼有矛盾，因为隋呼与黄永华在地区"五大联司"和在学校里都有势力，杨、徐二人想打倒、排斥隋、黄二人好攫取更大的权力。我预感到他们之间的争权夺利的斗争会激烈起来。我就决定同谁都保持距离，不把关系搞亲密，可以超然一些。

在这同时，我又感到校革委里的红卫兵头头匡军民、汪兵等对我态度都很不好。有教师告诉我，听匡军民和汪兵说："何旺是过去统治学校的资产阶级知识分子，也是资产阶级反动权威……"这使我明白自己的处境是始终居于危险的边缘的。但觉得自己实际并无问题，也就坦然些了。

"五大"在地区各县这时都解放了一批干部出来亮相。"结合"到革委会里去。E县的一个县委副书记被批斗了好几个月，忽然将他解放、结合了。他感激涕零，但第一次主持大规模的批斗会批斗原来县委第一把手时，他太紧张、兴奋了，喊口号："打倒刘少奇！毛主席万岁！"竟喊颠倒了，该喊万岁的喊打倒，该喊打倒的喊了万岁！当场立刻又被揪斗，成了"现行反革命分子"！

当时，掌权的造反派良莠不齐，有的只想借此机会当官来谋私利抓权。"五大"掌权后，京剧团一个姓马的，不识字，平时上台至多让他演一个"家丁"或"快马报子"的角色。哪怕给他讲一句话他也总要说错。比如"有请太师爷！"他会一开口变了"有请师太爷！"引得台下观众大声哄笑。由于他不识字，只好让他贴海报，他总是把海报贴倒了。为了这，原来的京剧团团长批评过他，"文革"来了，他造反时就说自己一直"受气受压"，"受走资派迫害"。所以造反就特别凶恶。打起人来往死里揍，说自己造反性最强。他既造反，就一心想当京剧团团长，却当不上，一肚牢骚。有天，京剧团的造反派约定开他玩笑，骗他说中央来了红头文件，出身好、造反性特强的人可以当单位的一把手，并说："听说地革委决定任命你了！"他本来将信将疑，但骗他的人拿一张红头文件给他看。他不识字，觉得这是真的了，于是感动得流泪，说："毛主席啊！您老人家万寿无疆！您可真是我们造反派的知心人啊！我老马一定用生命捍卫您的革命路线！"说着，去毛主席像前叩了三个头。骗他的人说："你这下该请客喝酒吃烧鸡了吧？要不，群众万一不拥护你干呢？"他说："行！以后我当了团长，大家多担待些！"于是买了好几只烧鸡和几瓶烧酒请客。等到吃完，才告诉他："是骗你的！"害得他大声骂娘，又哭又跳。这也足见造反派中一种人的心态和表现了！其实，学校里的革委会、红卫兵头头匡军民之流也是类似的角色。

1967年9月，江青一再提出说："还有一部分人在背后乱搞，以极'左'面貌出现的就是'五一六'。"这可能指的是北京有个"首都红卫兵五一六兵团"的组织。江青说："'五一六'这个反革命组织是以极'左'的面貌出现的……'五一六'就是这样一个反革命组织。"这传单我看到了并未引起注意。

到9月8日，《人民日报》三个版发表了姚文元的《评陶铸的两本书》，文章不但诬陷陶铸，而且说："现在有一小撮反革命分子也采用陶铸的反革命两面派的办法。""他的貌似极'左'而实质极右的口号，刮起'怀疑一切'的妖风，炮打无产阶级司令部，挑拨离间，浑水摸鱼，妄想动摇和分裂以毛主席为首的无产阶级司令部，达到其不可告人的罪恶目的，所谓'五一六'的组织者与操纵者，就是这样一个搞阴谋的反革命集团。"看了文章，我觉得嗅到了强烈的火药味。

"运动"中的事历来总是：上边有什么号召，下边就按上边号召来办，上边抓得到什么，下边也就抓得到什么。上边既说有"五一六"反革命组织，下边就必然要抓出许多"五一六"来！从这，一切所谓反对"毛主席司令部"，对林彪一伙、江青一伙，对"新生的革命委员会"稍有怀疑或持有反对情绪的人都被称作"五一六"分子，打入万劫不复之地。这不能不使我想起看过的《斯特凡大公》一书中的一件事：一个苦行僧谒见教皇，反映所见的种种不平之事。教皇听后说：我对你的痛苦也深感痛心。你说得对！你不应当看见人世间这种卑鄙龌龊的事情。根据教皇命令，执事将苦行僧带到圣彼得教堂黑牢最底层暗屋里，从此再无人见到过他。……清查"五一六"分子反反复复进行着，从60年代末到70年代初，不知多少冤案。1970年，1971年……严格地说，一直持续到1976年"四人帮"完蛋才不了了之。

一面清查"五一六"分子，在1968年春开始，又展开了残暴的"清理阶级队伍"。这是一次十分广泛的血淋淋的受反动血统论指导的迫害干部和群众的运动。自从提出"要清理阶级队伍"，江青1967年11月27日在一次讲话中说："在整个无产阶级'文化大革命'的过程中，都要逐渐地清理阶级队伍，有党内，也有党外。"

刚提出这，我是不懂的。后来才懂得，这就是在"文化大革命"进程中，以各种名义、各种方式搞"阶级斗争"，搞"无产阶级专政"，把他们认为的一切地、富、反、坏、右、特务、叛徒、走资派、漏网右派、资产阶级反动权威、资产阶级知识分子、国民党残渣余孽、牛鬼蛇神……来一次大清查、大清洗，并无明确界限，可以无限扩大化。凡要清洗的要排斥的人都可扣上一些这方面的笼统而含糊不清的帽子。诬陷和迫害猖狂进行，打击和摧残连同逼供信一并使用，昏天黑地。清理阶级队伍开始后，"文革"中已受过冲击的人都又被重新"清理"一遍，未受冲击的人也扩大卷入"清洗"，火力之猛与蔑视法制、民主达到了前所未有的高度。

我从上海回到学校后，一直努力使自己成为一个百事不涉的逍遥派，也极力避免与人多接触，因为我意识到校内校外人事关系复杂。我无论与教职员还是红卫兵接触，都不合适。搞得不好，会惹出是非。有时实在苦闷，想唱唱歌，可是有什么可唱的呢？再说，大声唱歌会

引起注意，怕有人会说："他为什么这么高兴？"那种时日既不能不高兴
又不能高兴的。既然无事可做又无书可看、无歌可唱，我每天把主要
精力用来做饭。我做萝卜干吃。从集上买了青萝卜来，用刀切成一条
条的晒起来。晒到有五六成干时收下来，用盐加上香料炒热拌合，将
萝卜干腌起来。然后用大口玻璃瓶一瓶瓶装起来，一下子能做十瓶八
瓶。全家都很爱吃。……我也到妻工作的图书馆里，帮她把书造册贴
上标签分类整整齐齐理上书架……

　　谁知，就这样也逃脱不了厄运。

　　1968年春季的一天，我听一个去参加红卫兵广场开大会的教师说：
"要开始清理阶级队伍了！……"我总觉得花样翻新不知要出什么鬼！

　　接着，校园里张贴的一张省城出版的《红卫兵》报上，有一篇在显
著地位刊登的特稿，是"王效禹同志答本报记者问"。文章中有这样一
则回答：记者问："在学校中清理阶级队伍，哪些人属于清理的范围？"

　　这位"王二麻子"居然回答说："在学校中，除地、富、反、坏、
右外，要清理领导班子中刘少奇教育黑线的黑班底。学校原来领导班
子中的人，四十五岁以上的一律要清！"

　　也不知这算什么清理标准！？我看报后，头里一"轰"。这时，刚进
入1968年，我正是四十五岁！真巧，也真倒霉！我为什么刚巧四十五
岁呢！？小一岁不好吗？

　　其实，这时还有一则插曲，我当时并不知道，而是隔了两年才知
道的，那就是地革委开了一次关于"清理阶级队伍"的会，巩西钧这个
军分区副司令如今是地革委副主任，在会上以权威的口吻对匡军民等
说："你们学校那个校长何旺，听说跟台湾有点什么关系，这种人就应
当清！"他连起码事实也未弄清，起码政策也不讲，就胡乱指示了，对
待人命如草芥，如儿戏。这位巩西钧后来在王效禹垮台后，被囚禁到
省城审查了好几年，自己差点把命送掉。这是后话。但当"清队"时他
对我发表的这点"指示"，对我影响是很大的。匡军民之流回校后马上

就照办了。

在这当中，自然也夹杂着人与人之间私仇和私愤以及不正当的杂念。比如，杨忠明、徐庆林为了要打倒隋呼、黄永华，就由徐庆林出了一条毒计，先拿我开刀，打倒我，再把我同隋呼、黄永华挂起钩来，打倒隋、黄二人，这是他们"五大"头头之间的争权夺利，与我何干？可是却要把我这个过去的"当权派"充作隋呼、黄永华的"黑后台"，给隋、黄二人硬安上一个"黑后台"，用来打倒他俩。我与隋呼、黄永华之间，那时并无深交，他们做的事我也并不清楚更未过问。只不过，我觉得隋、黄二人为人尚正直，且对隋呼告诉我远超陷害我的内幕，使我有点感激他。所以，当学生打"红旗"红卫兵及打曹守学时我曾找过隋呼。想不到这些却也会成为我与隋、黄等关系密切而且是"黑后台"的证据了。

而且，杨忠明对翟任余是不好的。为什么他对翟任余不好我也弄不清。翟任余此时同我感情上倒是比较亲近，因为他本是教导主任协助我抓教学的，"文革"中，两人一起"劳改"过。他解放平反时有阻力，我曾为他仗义直言。这时的翟任余，很得一些红卫兵的赏识，把他调在校外帮助编小报，杨、徐二人想把隋呼、黄永华、翟任余都扫除掉，好使他们自己的势力由校内扩展到校外去。就开始想对翟任余下手！对翟任余下手就也想从我这里先开刀，把翟的"黑后台"也说成是我。我成了"阶级敌人"被清理了，用打我的这块大石头再将隋、黄、翟三人一起打倒！说来说去，我又是替死鬼了！

为了加强势力，杨忠明、徐庆林同匡军民、辛家祥结成同盟，抓住了新来校的教师胡绥之、钱学林等不明真相的新来的野心勃勃的年轻教师做干将，又起用了"红旗"观点的厉音玉，让他将功折罪。厉音玉是个凶狠毒辣能赤膊上阵的打手。重用了他，他一方面要争取表现，一方面出于观点不同对隋呼、黄永华及翟任余有潜在的仇恨。另一方面，他"文革"前因工作上的问题，例如我改动他的对学生极"左"的操行评语等事对我不满，"文革"开始后，他协助工作组及远超整我到十分残酷的地步，他觉得得罪了我。此刻鼓动他又来搞我，正合他的"一不做，二不休"的心愿，自然卖力，恨不得立刻置我于死地。于是，一支"清理阶级队伍"的杀手队伍就这样形成了一个核心。

1968年的早春及初春是十分寒冷的。经过"文革"洗礼显得陈旧破烂与冷落萧条的校园里，有一天，忽然墙上大字报铺天盖地而来，大字报主要是对着我的，全点了我的名：

"揪出漏网右派何旺示众！"

"揪出国民党残渣余孽何旺示众！"

"千万不要忘记阶级斗争！清队要从何旺开始！"

……

在"清队"中又出现了两个类似"牛鬼蛇神"一样含混不清的无界限可区分的帽子，这就是"漏网右派"和"国民党残渣余孽"。这两个帽子给谁戴随便做某种解释都是可以的。我感到坐在火山口上，随时都有无情的岩浆喷发会将我灼死烧伤！

与这大批大字报一同出现的是大批大幅的漫画。画的不外仍是以前画过的那一套，只是又添了些臆造出来的更可怕的画面。

既是"漏网右派"，于是就出现了我持刀要杀人的场面，上写："何旺要杀共产党！"

既是"国民党残渣余孽"就出现了我用收发报机给台湾拍发情报的画面……

既有这样的画面，我就觉得他们可以马上逮捕我并执行死刑了！这些大字报和漫画，都溅着火星极尽夸大诬陷挖空心思栽赃置我于死地之能事。可是我却无法申辩。"文革"已将宪法都丢弃了！我却还想着什么诬陷有罪，实在是书生气十足了！

似有迷蒙的烟雾在我面前缭绕，悲哀的浪头扑到我心上。我手冰凉，脸发烫，明白：他们又要反复地搞我了！而且一定十分凶残。但越在这时候，越要镇定。我回到家里，把外边情况告诉了妻，并要她别着急，准备迎接更大的暴风雨。我尽力使自己变得冷峻，使心灵保持沉默，等待着不幸飞来。

这一天，安然无事。但我蹲在家里每一分钟都很难熬。我再次地想：如果真在敌人面前，我可以视死如归。可是如今却是在我所追求革命的我所选择的共产党领导的"文革"中，并非敌人的人，将我视为敌人，而他们又并非代表着共产党，我既不能拼命，又不能辩白，我能怎么办？我能怎么办？？？？？……

我十分痛苦，我意识到，袁先扬也正夹在里边兴致勃勃地搞我。因为我看到有一张大字报上写的是"何旺曾对革命干部袁先扬副主任实施阶级报复！……"我明白，为平反的事我到他家里找他要求平反的那次，我是进一步得罪了他，他现在要报一箭之仇了！我看看面色苍白的妻，又看看两个天真可爱的孩子。孩子们也都不声不响地坐着，她们没有再去上学上幼儿园，似乎也预感到爸爸的厄运又要来临。那种情绪、气氛和秋天的情调是很一致的。我看着孩子，感到我倒没有什么，她们太可怜了！我当然认识到：有人在利用"清队"整我、害我，但主要是上边要搞"清队"，给了他们可乘之机。王效禹的回答未必一定代表"最高"，但至少也代表一种意见，就是要把学校的领导班子全部重换。远超、薛礼尚未解放，他们当然已被划入"清队"范围。袁先扬虽早已过了四十五岁，但已经"结合"，成了新领导班子的成员，不会再被"清"，那要"清"的自然非我莫属。有侥幸之想那是太幼稚了！这样想着以后，我决定横下一条心等待着挨整。

第二天，又出了许许多多点我名的大字报。那矛头既是对着我，又是对着隋呼、黄永华和翟任余的了！

大字报上写着："何旺和隋呼、黄永华是什么关系？""何旺和翟任余是什么关系？""何旺是谁的黑后台？""必须揭开何旺做隋、黄、翟黑后台的画皮！"……胡绥之贴出一张篇幅特大、字也特大的大字报，字下都用红笔加了耸人的杠杠，醒目地写着："强烈要求把隋呼、黄永华、翟任余揪回学校批斗！"

我在看大字报时，人又都变得离我远远的，好像我身染瘟疫，怕沾我传染。看了这些写得杀气腾腾血淋淋的大字报，像一个吃素的人走进了屠宰场时那样的恶心、恐怖，我知道：徐庆林等有计划有步骤安排的战役开始了！我看到徐庆林得意扬扬地在附近同匡军民、汪兵等窃窃私语，显得高兴、活跃。匡军民是个头脑简单只擅长冲杀的红卫兵，有了徐庆林做军师，他是会言听计从的。我想：这次，不但我要倒大霉，隋呼、黄永华与翟任余等也要倒大霉了，因为这三个人不像徐庆林诡计多端，而且他们没有有意识拉帮结伙，势必力量单薄。其实，他们都是"五大"的，但上行下效，同室操戈，在"文革"中本是家常便饭嘛！

中午，突然来了几个红卫兵，拎着糨糊桶捧着白纸黑字的大对联，在我门口张贴起来，淋得满地糨糊，对联是："金猴奋起千钧棒，玉宇澄清万里埃"。我明白：事态进一步恶化了！

果然，下午约莫三点来钟，胡绥之带了一伙初中一年级的学生到家里来揪我去教室批斗，说是要挖出我这颗"定时炸弹"。他是初一的一个班的班主任。一伙既不明真相又十分无知的刚进校不久的初一红卫兵，被一个大学毕业长胡子的红卫兵操纵指挥得滴溜溜转。将我又扯又推，又拽又拉地拖到教室。胡绥之动手揪我的头，强迫我弯腰站着，他带领学生念了十几条语录，都是阶级斗争方面的语录，诸如"千万不要忘记阶级斗争"啦，"在拿枪的敌人被消灭以后，不拿枪的敌人依然存在"啦等等，念完，就要我"交代罪行"。交代我是怎样破坏"文革"的？怎么与隋呼、黄永华、翟任余勾结并做他们的黑后台的？怎么为国民党树碑立传写大毒草的？怎么插黑手搞垮新生的革命委员会的？怎么迫害革命干部袁先扬的？……

"文革"中的混账做法始终是先把你放在反革命的地位，然后叫你交代反革命的事实，既不容申辩和否定，也不容你反抗。承认了你不得了，不承认你也不得了。

没有影儿的事怎么交代呢？交代不出，就是殴打。胡绥之阴鸷的脸上透着杀气，凶恶得像要打死我。他的拳头好几次猛砸在我的太阳穴上。头被打得发晕，眼也模糊了。那些小学生用牛皮弹弓也开弓打我，小石块尖利地射向我的脸上、头上和手上，疼得麻木了。我心中积淤着委屈和怨恨。最后，在胡绥之高声吆喝声中，我才踉踉跄跄地转弯抹角沿着墙走回家来。我恨我自己是个孬种！受到这么多污辱竟还忍受而不能拿起一把刀来反抗！

从此，全校二十几个班都轮流抢着"揪"我去开批斗会。这叫作"复课闹革命"要"大批判开路"，使我做"反面教员"来教育学生。所谓批斗会，就是先念一番语录，少则三五条，多则十余条，然后，造反派的教师和红卫兵们都来念批判稿。稿大多抄自报纸上的批判稿拼凑而成，喊的是空洞的革命口号。批判稿的开头千篇一律总是"万里东风扫残云"，"形势大好，越来越好"……"批"过了就开始"斗"，所谓"斗"，就是逼着我交代和承认一些莫须有的问题，我拒绝了，就说："这家伙死不认账，是花岗岩脑袋！揍他！"于是，殴打一顿助兴。有时，这个班尚未斗完，好几个班就在外边等着"揪"我这个"活靶子"了！为了揪斗，好像我突然成了稀世珍宝，他们互相还争吵拉扯抢夺，恨不得将我分成几片才能满足供应。

这种武斗式的批斗反复多次后，我也积累了经验，为求少受皮肉之苦，重要事我一定实事求是，打死也不承认。大帽子空空洞洞，我却学袁先扬的样子，可以接受。比如："你为什么要反党反社会主义反对毛主席？"我就慨然回答："我想篡党篡国，使中国变色！"……但这方法后来也不灵了。胡绥之说："这家伙，大帽子下边开小差！狡猾！"于是，又是一顿急风暴雨式的殴打。我只能保护着头部、心脏等要害部位，将臂膀、屁股做出牺牲。

这中间，居然也碰到了浑水摸鱼的人。红卫兵头头、校革委副主任汪兵是高一的学生。一天，将我揪到高一去批斗。我被打得很厉害，汪兵忽然出来阻止，说："要文斗，不要武斗！"我回来后，心里正感激他讲政策，他却跑到我家来看我了，问："打伤没有？"我说："还好！"他忽然轻声问："我家在乡下，没有煤烧。我要搞些煤运回去！你可以给我多少？"煤是定量供应，我是城市户口，当然每月有煤供应。汪兵是农业户，无煤供应。给他还是不给？给他，我怕要担"腐蚀红卫兵小将"的罪名，而且对他这种伪装讲政策实际却是有所勒索的行为我反感。同时，煤给了他妻将无煤可烧，我们怎么吃饭？因此，我犹豫了！见我犹豫，他骂了一声"他妈的"，转身就走了！我知道要遭殃，果然，第二天一早，他就亲自指挥高一学生将我揪去批斗，开"主题批斗会"，批斗我的"成名成家思想毒害师生的滔天罪行"。从早上一直批斗殴打到中午，身上、手上全打伤了，并且宣布要再同我"血战到底"。从此，要"不断拿我从各个角度各个方面各种罪行来批斗"，借以"教育师生，肃清流毒"。

　　我真想对他大声高喊："你快把煤拿去吧！别这么报复我了！"但我知道如果这么做，势必打得更凶，只好忍住不说，吃着闷亏，咬牙承受殴打。

　　大字报的确是了不起的"武器"！我一面挨批斗，一面挨大字报袭击。家里被铺天盖地的大字报贴满了，连过了夏天尚未卸下的蚊帐上也贴上了大字报。窗户全被大字报封死，不能开了！因为撕坏了大字报，就是破坏"文革"的"滔天罪行"。我住房的门也被一些红卫兵踢坏了。于是，只好"夜不闭户"了！我们全家只好都和衣而卧。

　　我就这样又被揪斗成为"阶级敌人"了！一个新中国成立前就参加革命的"阶级敌人"！一个50年代就被委任为中央处级干部的"阶级敌人"，一个做了多年校级干部的"阶级敌人"！

　　这次不同的是未集中去住牛棚关押，但批斗之频繁残忍，遭殴打之凶狠，是超越以前的。厉音玉也带学生来揪我。这些学生也都是初中的，同原先"文革"开始时的红卫兵不同，那些学生多少对我还有些感情，其中对我同情的不少。现在这些初中生是新进校的，在小学时经过红小兵的"训练"，已会殴打人、批斗人，恶作剧更是拿手，有带胡子的红卫兵老师教唆，叫他们动刀杀人他们也高兴。厉音玉把我揪到一间教室，也同胡绥之一样，拼命握拳打我的头。我明白：他是暗中使坏，想使我成为傻子，将我打成痴呆，我也怕被打成痴呆。我忍受着一下又一下的拳击，无法躲避或还手。厉音玉旧调重弹，说我的"要害"是"利用小说反党"，仍围绕着《一去不复返的时代》，说我是一颗"定时炸弹"，要"挖出"我的"黑心"，要我"坦白交代"为什么"要为国民党树碑立传"？他那张脸有点像张春桥，只是比张春桥宽些黑些，我当时想：他如果做拳击手肯定比做教师称职得多！

天已渐冷，我被封锁在家中，批斗时随叫随到，有时一天连斗六七场，心力交瘁到几乎不能支撑的地步。但我觉得无论是为妻和孩子还是为我自己都不能倒下，更不能死去。我忍受了一切批斗中的虐待与殴打及凌辱，有些情况回家并不告诉妻，带着浑身的伤痛支撑着。

对外界情况我已毫无所知，只能靠妻去图书馆工作来回看到大字报及其他情况，讲些给我听。反正，隋呼、黄永华与翟任余都从外边回校来了。他们也贴了大字报，一方面同徐庆林、杨忠明等辩论交锋，一方面却也有矛头指向了我，意在说明：他们与我毫无关系，像我这样的人，原来是当权派，出身不好，又是"资产阶级知识分子"，年龄是四十五岁，清队理应作为对象云云。我也很能体谅他们的苦衷。这年头，人人都变得无比革命又无比自私了！他们为了使自己免遭厄运，也只能这么办。"文革"中这类事例太多了！我不能气量太狭小！

杨忠明、徐庆林加上匡军民等同隋呼、黄永华等的斗争十分激烈。到底怎么斗的，也弄不清。反正隋呼、黄永华是败阵吃了大亏的。最后，据说他们按照徐庆林的要求，杀了我的"回马枪"，承认我是一只

"黑手"，想篡夺中学校革委的领导权。但表示我并非他们的"黑后台"，他们同我也无特殊瓜葛。隔了几年后，外语教师吴曼琳告诉我和妻一件事：当时黄永华被整得无法招架了，曾写了一张大字报拟出去张贴，他按照徐庆林等的意思，编造说我已组织了一个班子准备夺校革委的权。那班子中包括翟任余等许多人。这是他胡乱编造的，因徐庆林等答应他承认了这些就可以放他过关。这大字报如果当时张贴了，我准被殴打批斗得更惨。所幸当时黄永华贴出大字报前征求吴曼琳的意见时，吴曼琳对黄永华说："你这太缺德！你不能无中生有这样做！你要慎重！"大字报才未张贴。后来，隋呼、黄永华与徐庆林、杨忠明等双方好像妥协了一段。由于隋呼、黄永华在外边也有一定的力量，可能是让出了学校的地盘由杨忠明、徐庆林占领。但徐庆林计谋很多，始终在摇动鹅毛扇，最后，他成了胜利者。隋呼虽未被打成反革命，也未扫入被清理阶级队伍的人中，终因受到大字报的不断围攻，心情抑郁。一天，他患了急性盲肠炎，肚子疼时还吃了街上买来的不卫生的熟食。送到医院后，由于医院的"文革"将所有技术较好的外科医生全部打成了"反革命"，在清队中做了清理一律劳改，执刀的是一个瘸脚的医生，替隋呼开了刀，结果手术失败，隋呼竟然这样死了。他死后，黄永华和翟任余始终也就处在一种挨整的倒霉境地里了。

隋呼是青岛人，有一个姐姐在台湾。可能由于这原因，他大学毕业后未能回青岛而被分配到了鲁南。他是独子。父母年迈，在他死后，父母来校将儿子骨灰携往青岛，我曾看到过他父母当时来校痛哭儿子不幸早亡的悲惨情景。

我每日都在各班挨打挨批斗，身上总是带着伤。每次"批斗"，常常等于进一次私设的公堂遭受酷刑和审讯。总是逼着我"竹筒倒豆子""脱裤子割尾巴"。这时，工宣队入校了。工宣队是按照毛主席的"最新指示"入校做领导斗批改工作的。来学校的工宣队由一伙戴黄军帽的地区建筑公司的工人和另一伙电厂的工人所组成。建筑公司来的工人有的文化低、粗野而不讲政策。一天，叫我去谈话，为首的一个大胖子说："你就是这所中学的苏修。我们，是来收拾你的！欧洲的明灯阿巴尔尼亚（他把阿尔巴尼亚念成阿巴尔尼亚了）敢同苏修斗，我们工人阶级会怕你吗？"我只好回答："不怕！"他打了我一拳："不怕？你不怕？"我忙答："怕！"他又打我一拳："怕？我会怕你？"我只好闭口什么也不说了。电厂的工人文化比较高，由一个姓任的八级老师傅任队长。姓任的队长也不知什么原因看到我就很仇视，但大多数电厂工人文化较高，政策观念还是较强的。这些工人，无论建筑公司的还是电厂的，都是"五大"观点。据说，给"七大"加温时，建筑公司的工人都是"加温"的能手，打人都打红了眼。厉音玉这时就跳出来同野蛮的建筑公司工宣队员攀上了关系。一天下午，他来喊我到教室去。我去后，发现一伙建筑公司的工宣队员都坐在那里一个个像刽子手似的。厉音玉揿我的头让我弯下腰，阴狠着脸挑动，说我写小说"为国民党树碑立传"。两个打手一般的建筑公司工宣队员就一定要我交代为什么和怎样为国民党树碑立传？我解释：不是那么回事，马上遭到厉音玉和工宣队员的狠打。一个高大粗壮的建筑工人用手掐住我脖子，一俯一仰险些将我掐死。我脸色由红变紫，舌头也拖出来了。最后，又猛打一顿结束。次日，在"教工之家"会议室开会批斗，全体工宣队员出席，建筑公司工人仍旧掐我脖子并殴打，我舌头又伸得老长，这引起了电厂工人反感，予以阻止，认为损害工宣队形象，太不讲政策。于是由电厂工宣队员和建筑公司工宣队员开会辩论。最后，由电厂单一派工宣队员驻校，以军分区的一个姓赵的军医为指导员，队长仍是那个姓任的八级工。建筑公司的工宣队员全部撤回，换了电厂的工宣队员，殴打现象有所改善，但批斗仍旧未曾减轻。

作为"清队"，被扫入劳改队伍的人逐渐增多。一些所谓"死老虎"，除远超、薛礼、屠春、徐大杰、秦有才、曾文生等之外，又增加了原团委书记邹家田、数学老教师汪友林、人事干事宜汇英、语文教师陈茂流、生物教师沈心俊、伙房工人龚会如、会计王一石等，真是洋洋大观，所有的人一律都进行劳改。妻受我连累，一度也有两天被扫入劳改队伍之中，只是不知何故未受批斗并且很快获得了自由。每天，我同远超固定挨斗的次数最多，有时则远超、我、薛礼、邹家田四人一起挨斗。只要广播大喇叭高声一喊："快快快，反革命分子远超和何旺快到大礼堂接受革命师生批斗！"我俩就从劳动的地点赶快跑到指定地点去挨斗。

偶尔，也被押到红卫兵广场去接受批斗。同台批斗的是地区的原党政领导干部和三名三高的演员等。挨斗之前，京剧团的造反派照例先在台上唱一段西皮，戏词是："首先敬祝我们心中最红最红的红太阳毛主席万寿无疆！万寿无疆！再祝我们的副统帅林彪同志永远健康！永远健康！"还有一次，居然加上了一段："也祝我们无产阶级'文化大革命'的旗手江青同志灿烂辉煌！灿烂辉煌！"那味儿真像一盆甜羹里撒满了花椒盐与辣椒粉，怪得叫人难以忍受。不过这些西皮，似乎并未得到好评，以后就很少再听到唱了！倒是批斗会上一男一女呼叫口号声："打倒×××！""×××不投降就叫他灭亡！""谁反对毛主席就打倒谁！"那种尖厉、粗大的口号声，听了叫人浑身难受，留下的印象是难以磨灭的。有人笑说那是"韭菜炒大葱，乖乖隆的咚！"

那时，已派人在校门口用木头和黄泥做了两个大模型。高的是刘少奇，矮的是邓小平，都漫画化了的。平时放在校门口让他们"低头认罪"。每到挨斗，规定我和远超必须赶快跑到校门口，他抱少奇、我抱小平，同到挨斗的地方，将木头偶像放在自己身旁一同接受批斗。若干年后，邓小平同志已经出山，有人同我开玩笑说："如果老邓知道你当年抱他大腿抱得那么紧，你找到他，他一定会提拔你的。"虽是笑话，我听了回忆往事却感到别有一番辛酸滋味在心头。

像生活在风沙扑面的冬天，心上老像有刀子在剜剖。我只有自己努力挺立在寒风中，像掉在冰河的激流中，精力全耗尽在不被没顶的挣扎中。有一天批斗，我看到袁先扬得意地去参加我的批斗会，并边走边对别人说："哈哈，今天再狠狠斗斗何旺！……"这时，有个学生疯狗似的迎面冲上来，用脚踢我，又用一根棍棒，像掷标枪似的不断猛戳我。用力如此猛，每戳一下我身上就是一个紫血斑。他忽的对我心口猛地飞起一脚，幸亏语文教师汪家坤此时已是增补的校革委副主任了，他为人善良，飞跑过来拦阻，将学生一推，脚未踢中。他又将那学生劝走。那次我挨斗时，又遭殴打侮辱，回到家中，我想起唐诗中有卢照邻的一首短诗，中有"岁去忧来兮东流水，地久天长兮人共死"一句。他是因风疾缠身不堪折磨而自杀的。"文革"的折磨，使我也实在不想活了。我觉得我过去所衷心追求的革命不应当是这样的！这种失望使我丧失了生活下去的勇气和兴趣。我感到十分冤屈，十分失望。更感到心灵和皮肉上所受的折磨太大太深。这场史无前例的"文革"，像无底的苦牢和深渊，步履艰难，我看不到一点希望，而人性之沦丧变异成兽性，又令我发指。我忽然想到罗马神话中的英雄西西弗，他被罚不停地将一块巨石推上山顶，周而复始，老是这样反复地干劳苦艰难的无效劳动。我们这场"文革"不也是类似的悲剧吗？我内心悲苦消沉，我的心和身体都太累了！我决定一死以求解脱！

这个阶段，晓林和晓亮十分可怜。我受凌辱，她们也受凌辱。生活如此黑暗而辛酸，大脑神经的弦，始终绷得紧紧的。我自信无罪，正因自信无罪，才能活着。但到这时，我虽自信无罪，已被打骂凌辱得忍受到了极限了！同妻商量后，决定让晓林带晓亮去上海妈妈处生活，然后我俩就自杀。解脱苦恼，了此残生！

晓林当时仅十一岁，可爱的晓亮仅五岁。晓林是个伶俐能干的孩子。只是去上海路途遥远，交通不便，要先坐长途公共汽车到新沂转火车往徐州，然后才能由徐州坐火车到南京、上海。世道极乱，两个这么小的女孩上路能平安？大小孩带小小孩能行吗？都是问题，但已管不得许多了！我心上像有鞭子猛烈抽打。我写了一封绝命书封交孩子带给妈妈，告诉妈妈我和妻决定自杀及我们的冤屈。我们将一些积蓄及值钱的东西、衣物交给晓林，又将较为好些的绒线衣等尽量给两个孩子穿在身上。那时天已有点热，是 1968 年 5 月下旬。一天黎明，就让晓林带了妹妹晓亮，由学校后门北墙豁口处偷偷爬墙出去。两个孩子对父母依依不舍，我同妻也对骨肉依依不舍。孩子们今后将是没有父母的孤儿了！对父母只能留下袅袅如烟的相思了！而我的母亲和兄妹今后也将看不到我们夫妇了！孩子们路上会不会遇到坏人出事，谁能预卜呢？我暗自在心里说：亲爱的孩子！别恨你们的爸妈！我们无罪，都是好人！我们曾付出重大牺牲献身革命！我们都是好的干部，不计个人利益，只知为人民服务。但我们不能理解这场"文革"，我们厌世了！原谅我们！将来忘掉我们吧！等你们成人，我们相信，中国一定会变得比现在好，你们要努力，要做好人，做对社会对人民有贡献的人！……那真是伤心至极的情景！

那天清晨有雾。透过北窗，在淡淡的白色的晨雾中，看到两个孩子小小的身影负着提包走着，渐渐在北墙豁口那边隐没，我和妻都恻然泪下了！

没人发现两个孩子已经离开。在孩子走后的那天白天，一早仍有红卫兵来骚扰，揪我去批斗，但我尽量使自己气度洒脱，批斗时造反派揪我的头要我弯腰，我总是昂头挺胸站着，挨了打也不在乎。死都不怕，我就无所顾忌了！我早预备了一瓶安眠药，足够我和妻两人服用的。傍晚时分，我们也没吃晚饭。我对妻说："我们一块走吧！到了那个世界，我们再在一起！"但妻突然平静贤惠地说："我愿意陪你一起死，只是我们无罪！你再慎重考虑考虑，是不是死？因为两个孩子太小，我们既有了她们，又甩下她们，我们死了她们太可怜了！"

我听了她的话，心里一怔，悲从中来，思绪乱极了！我们相互有火一般的注视。我看到她墨玉般的眼睛里闪着坚毅的光，但我没有立刻回答她。我们默不作声。那是无声的哭泣！只是我却沮丧了！我想起了初识妻时的那年轻时代的欢乐，我想起了新中国成立前为革命出生入死的冒险经历，我想起了她回来后 50 年代时我们一同走在洒满阳光的北京王府井大街上的情景。我们一家也曾同在新建的华丽的人民大会堂里欢乐地参加春节晚会……

天黑了！夜晚又是停电，只能点蜡烛。烛光摇曳。有飞蛾来扑火，烧死在火中的身体发出"吱吱"的声音。我忽发奇想：飞蛾执着地寻求光明的信仰是受尽历代文人歌颂的，但这种愚蠢的行为太可悲了！我们的"文革"像不像一场飞蛾扑火的勾当呢？如果我们自杀，是不是也像飞蛾一样呢？……

我"呼"的吹灭了蜡烛，同妻一起默默坐在漆黑的夜里。……

考虑了整整一夜，装在茶杯里的水放在桌上，安眠药瓶始终握在我的手中。到第二天拂晓，我经过冷静的反复思考，觉得如果自杀就会被指为"自绝于党"、"叛徒"，就会使妈妈伤心，就会影响兄妹们的政治前途，更会使两个可爱的孩子更加可怜。妻舍弃了许多独自从台湾回来与我结合，当然不是为了求得这样悲惨的结局！我对妻说："你的想法是对的！我们不能死！我已下定决心，再苦也要活受下去！"

第二天，仍是"揪"我去批斗，而且让我戴一顶一丈多高的马粪纸卷成的高帽子去挨斗。这是恶作剧，高帽子太高，要用双手扶撑着才能戴在头上。我很痛苦，台上台下的"革命师生"有不少却在哈哈地笑得高兴。这时，他们已经发现我的两个孩子不见了！批斗时就审问我孩子哪里去了！我估计孩子已在途中他们无法去追赶回来，就坦率地说："我让孩子投奔祖母去了！"这当然又增加了"罪"，批斗中有人反复打我，我咬着牙忍耐，用阿 Q 精神在想：打吧！这比古代的"下油锅"、"炮烙"等酷刑究竟舒服得多！有什么不能忍受的!?

学校里家属院的一些不懂事的孩子们，从六七岁到十来岁，起哄看热闹，也来参与"阶级斗争"了！有的舀些屎搽在我坐的小板凳上，有的捉了几十只活蛤蟆从开着的气窗里扔进我的住房。我挨斗回家后，一开门只见满屋蛤蟆，只好一只只捉了扔出屋去。我心中感慨：种花得花，种刺得刺！这些孩子们被培养成了多么坏、多么恶劣的人了呀！这样的人长大后，社会能不深受其害吗？我心里发怵，但下定决心，再苦的作践也要忍住！我要用袁先扬那种老油条战术：抽象地自我批判，胡乱上纲上线，但没有具体事实，只求在批斗中拖长时间蒙混过关。看来，人生本是一种惩罚和考验嘛！

从那，我心中总结了十六个字作自己的人生座右铭："真理有限，谬误无穷，热烈追求，冷静行动！"

晓林带晓亮于 5 月 23 日平安抵达上海，妈妈和我二妹等问知情况并看到我写的绝笔后焦灼万分。妈妈和二妹立刻打长途电话到中学找革委会负责人，严肃提出"希望你们能注意政策！如果你们这样冤枉干部而且殴打折磨，他死了要由你们负一切责任！……"这当然并不起作用，因为截至此时，全地区在"清队"中因过火而自杀的已有数百人之多。像师范的党员副校长李某，在被囚禁中愤而用砖将一根长铁钉打入太阳穴中自杀，死后作为"叛徒"处理送去火化不准家属收尸。R县一中的校长江某及副校长吕某，"文革"前都是教育战线的红旗，"清队"中忍受不住批斗的折磨两人先后都跳井自杀。我们学校的数学老教师包成业，就住在我们后面一排宿舍中，其实还未"清"到他，但他认为自己难免被"清"，用剪刀自己刺喉部自杀，将喉部刺成一个窟窿，送至医院抢救，未死，但又第二次用同样的方法自杀。包成业为人朴实，教学勤恳负责，就是出身不好，采用这种残忍的方法自杀，可以想见他的心态。

大字报常常总是一批新的换一批旧的，总是重复雷同的污蔑、谩骂、谣言和"批判"。看多了反倒不刺眼了。我常回到儿时的梦境，有时心在晓林、晓亮身边徘徊，也在上海和外地的母亲及兄妹们的身边荡漾。我在过一种不情愿过的残酷岁月，何日是个尽头？

当时的红卫兵和造反派把毛主席叫作"红司令"、"我们心中最红最红的红太阳"。除了有的是坏人施虐外，他们的打砸和视人命如草芥，是源于"左"的思想指导和对"红太阳"的忠心，也是表示自己的忠心。正是由于这，"忠"得干了许许多多十分愚昧野蛮的事，使死亡的阴影在无数遭迫害者的面前飞翔。"文革"期间，死神在狂笑，死神获得了大丰收。那场"清理阶级队伍"，无异于一场恐怖的大屠杀。

在全国范围展开的"清队"中，叫天天不应，叫地地不灵，自杀的人是难以数计的。在安徽，黄梅戏著名表演艺术家严凤英和乒坛三杰傅其芳、姜永宁、容国团都是在清队高潮——1968年春末夏季自杀的。以这些人的成就说，他们决非意志薄弱心理素质差的人，但都在殴打凌辱到不可忍受时出此下策，是谁之过，说得清也说不清！

有个典型例子：国民党有个军统上校，原是长春警备司令部督察长，名叫关梦龄。此人1948年9月长春被困后投降，投降后入狱改造了十多年，到了1961年冬被特赦。他改造得很好，对往昔颇多忏悔。狱中囚禁那么多年，并未自杀，只有悔过。但到"文革"里，重新成了专政对象，却就自杀了。这是为什么？除了说明"文革"中的青红皂白不分，反复无常、不讲政策、殴打污蔑登峰造极令人难以忍受和痛苦延续漫漫无期外，是无法作另外的解释的。

大批人自杀，促使全地区的"清队"变得和缓一些，但并未停止，而且也仍是疾风暴雨式的。由于家中母亲和二妹打了长途电话，把我叫去训话。胡绥之阴沉着脸，眼光如鹰，说："你要死就死！死了也是不耻于人类的狗屎堆！"但我心里在说："我决不死了！我要活着看看你们这些混蛋有什么好下场！"

我不信因果报应，也不能预见到以后"文革"结束时事态的发展，我只是要赌一口气！你们要我死我就偏不死了！钉上十字架我也不死！

"文革"中，那种削尖脑袋觅缝想往上爬的人太多了！这时，出现了一个与厉音玉同样可怕的小人物，就是仪器室的管理员范反帝。他原名范学美，就是在"文革"中改名为"范反帝"的那一位。从他改名这一细节已可看出他的作派为人。问题是此时他拿出了一份密藏着的过去的我的黑材料献给了厉音玉和工宣队。这份黑材料即"文革"初工作组和远超等让厉音玉等专案组人员整理的那一份无中生有、无限上纲的黑材料，主要是说我的长篇小说如何为国民党树碑立传，如何仇恨共产党云云。在工作组和党支部为我平反时，这黑材料已宣布作废并销毁。他却暗藏了一份，此时拿出来献宝邀功。据他对人说："何旺做校长时对我好严格，批评我实验用品准备得不及时！这下我可得报仇！"

那是一个太阳吐血的黄昏，西边晚霞血一样鲜红，色彩浓艳得要往下流淌。我恰好硬着头皮去食堂买饭。忽听广播大喇叭里，红卫兵和厉音玉等在大加表扬范学美即范反帝。我看到范学美也在伙房附近同人聊天，一脸沾沾自喜。广播里说：范反帝"有功"，提供了打倒何旺的重磅炮弹。就在这夜，他们趁热打铁，凶狠地把我揪到教工队的办公室，根据范反帝提供的材料批斗我，并要我逐条"认罪"揿上手印给我定案。

厉音玉、范反帝之流再一次使我想起了清代"文字狱"中那些邀功行赏的坏蛋。人性堕落到无耻的地步。那晚批斗我后，回到家里我通宵失眠，想起不少历史上的故事。康熙朝有名的庄延钺《明史辑略》案，是由于一个湖州府学教授赵君宋为了邀功，买了《明史辑略》检阅勘磨，搞出了数十条罪状，出榜列于学内，等于用大字报公诸于众进行揭发检举，跟着又有人为立功检举无中生有地陷害告发，遂使此案牵连数百人，使浙杭数十家被祸的庄延钺案正式开场。这范反帝、厉音玉之流怎么能不使我想到赵君宋之流!? ……

我的人生道路铺满悲哀。要命的是《一去不复返的时代》烧掉了，不存在了！工宣队的人也看不到这部书的手稿，过去作废了的黑材料此时竟成了响当当的"铁证"。厉音玉十分得意，胡绥之也不落后。每次批斗会上，他俩都趾高气扬，将背熟了的一套"为国民党树碑立传"的谬论宣扬一通，开口闭口说我"怀着刻骨仇恨"，"是阶级敌人"，大有不杀我头不足以平民愤之恨。我不禁想：我参加革命的时候你们在哪里？我写的小说你们看懂没有？……

罪状又多了一大条："畏罪毁灭罪证！"那逻辑是：如果这小说不是为国民党树碑立传你为什么要毁去？

灾星降临！我的罪行严重到可以"万死"。于是押我出校外到城里京剧院开批斗大会。我站在宽广的舞台上只看到台下满满的一双双绿光莹莹的眼睛。那天，上台批判的人一个个磨刀霍霍，阴森森的吆喝，热辣辣的口号。L市满街贴出的打倒我的大字标语，用黑字写的每个字有一米多高。我的名字上像死囚犯似的都被打上红色的××！"风头"真是出足了！

一天，又押着我游街，拉到红卫兵广场上开大会批斗。胸口像压着巨大的石磨，我屏住呼吸亲眼看到巩西钧之流穿着军装出席批斗会，含笑得意，神采飞扬。批斗完毕，我满身疲惫，我的心很累。巩西钧竟走到我面前用手扳住我的脸侮辱性地看看我，然后才走。这个人后来在部队的派仗中垮了台，被作为"反军"分子处理，一直被软禁了二三年，随王效禹成了殉葬品，没有落得好下场。而当时站在台上挨斗的人，无论是教育界的、文艺界的或是地专机关的干部，总算大都有了善终。

中国式的愚忠在中国历史上造就了许许多多忠臣名将的死！就是死时也要三呼万岁跪地叩头感谢赐死的。这种"愚忠"在"文革"期间可说是发展到了顶峰。武斗时，有的红卫兵被对立派打败了纵身跳楼自杀，嘴里也喊："毛主席万岁！"有的"黑帮"自杀时留下遗书："毛主席，我是忠于您的！"这里面有真也有假。但真的是大多数或多数。那是长期搞运动搞思想改造和宣扬个人迷信，耳濡目染所造成。"文革"中，对愚忠的宣扬更是贯彻始终不遗余力的。而我，常梦魂萦绕的仍是我那自愿奔向红色的过去。我的头脑里也依然盘旋存在着神化、迷信的愚昧意识。我曾对古代的愚民政策予以否定，可是自己陷身于愚昧并不自觉。一个头脑复杂的知识分子受迷信之毒会如此之深，说明宣传教育工作确有水滴石穿之功效。但当我从神化、迷信中幡然醒悟过来时，就会更感到愚昧之可笑与迷信之可悲了！

在这个阶段，工宣队员给每户人家的大门玻璃窗上都刷上毛泽东的彩色军装头像和一个红色的大"忠"字，还刷上"斗私批修"的字样，我们的家当然是不刷的。我竟感到很失落、很悲伤，仿佛少了我应有的一份光荣。我不愿被剥夺这种权利。其实，那又有什么意思！提这，是说明我当时的愚昧与虚荣而已。工宣队当时还带着大跳"忠"字舞，"向毛主席献忠心"。我远远看见过他们带着男女教师跳，很有趣。他们胸佩巨大的毛主席像章，手捧语录本，围成一个象征忠心的圆圈，一边高唱"亲爱的毛主席，我们心中的红太阳"，一边反复转圈，同时做出表示献忠心的舞步、手势等动作。也不知为什么，尽管对门上未刷"忠"字，我感到失落，对这种"忠"字舞我却感到看了以后汗毛立正、皮肤发痒。这大概是过分的讨好、献媚的行为，使人肉麻的原因吧!？这种"献忠心"的"忠"字舞，表达的感情太虚假、太做作。只见风行了很短的一段时间，就未见再跳了。显然，它不属于高雅艺术吧!？

被"清"出"队伍"的人，没有这种值不得羡慕的把肉麻当有趣的"权利"。我们有的权利是每天"早请示、晚汇报"，每天要"天天读"。起先让"天天读"（读语录），后来又说"不能让阶级敌人有这种读红宝书的权利"，于是把"天天读"改成"请罪"。每天早晚两次要列队在校园里新建的一个巨大的毛泽东立像前低头认罪。"请罪"的方式就是每个人嘴里念念有词把自己的"罪行"叙述一遍，然后说些"敬爱的毛主席啊！我有罪啊！对不起您老人家啊！……"一类的话。开头，有红卫兵和造反派监督着，大家嘴里还有声音，后来无人监督了，大家实际是在那儿静默三分钟。我自问无罪，没有对不起毛主席的罪行，要我"请罪"心里不服，开头有人监督时我嘴在动却既不发音也不说话，后来无人监督，我就只好对着像做气功人静似的休息三分钟了。

这时，工宣队又发动家家成立"宝书台"：糊上一个神龛似的纸台，祭牌位似的置放红宝书。那时，家家都有红宝书，而且每人有好几本或更多。但我们也是没资格设立"宝书台"的。后来，这规定放松了，你设置了"宝书台"，也没人管你或取缔。不过，我已失去了建"宝书台"的兴趣。其实，学习毛主席著作我是一贯认真努力的，对毛泽东思想我一直是珍视的，只是我发现工宣队搞的一切，除批斗外，就是让大家整天搞献忠心读红宝书，颇像和尚庙里老和尚用来管理小和尚的那一套，并非真正在学习毛泽东思想。

当我挨斗最苦的这个漫长而坎坷的阶段，妻始终陪随着我，这是使我得以度过那段可怕岁月的重要条件。我想，如果只有我独自一人，是很容易死的。有了她，有时我们在深夜时还可以附耳轻轻谈心。厉音玉有一次曾阴险地偷偷躲在我窗下偷听我们谈话，被我无意中开窗时发现了。从此，我们要谈话只敢半夜在床上耳语！真怕墙上、地上、屋顶上都有坏蛋偷听陷害！多么不堪令人想起的岁月哟！

批斗、劳改！劳改、批斗！我在呻吟中挣扎着生存。这样活着实在可怜而且卑下！但我已经经受过了"锻炼"，最大的收获是皮厚一些了，什么羞耻等等似都不存在了！我曾经对妻说过："除了未被他们强奸，什么混蛋的事他们都做了！我现在已经能忍受一切了！"其实，话虽这么说，要"忍受"，我还是非常非常吃不消的！因为我的皮无论如何竟总是不能厚成牛皮！

九、凄凉岁月

　　在我遭到的无数次批斗中，最恐怖的一次，是发生在 1968 年秋初。

　　那是一个伸手不见五指的深夜，我和妻正和衣而卧。两个孩子早去了上海，我们住的房里被抄家抄得物件东倒西歪。大门踢掉了，我们睡的是无门之屋。窗户都被大字报紧封着。忽然，来了几个红卫兵男学生，野蛮吆喝着我："快出来！"我一出门，他们架着我就跑，说是高一学生集体举行批斗会。高一学生是新入校的，全是在初中经历过冲冲杀杀的红卫兵。为什么选半夜来开批斗会呢？我懵懵懂懂地被架着跑，心里认为一定有什么花样翻新，心情不觉沉重起来。

　　预料不错，在黑暗中，我被几个学生挟持推搡着奔向离我住处前面约五百米处的一片梨树林旁，经过三排苏联式的教室。奔得太快，我跟跟跄跄地呻吟着，走到半途，就看到前边梨树林那儿人头拥挤，像鬼影憧憧。红色横幅高挂，写着"牛鬼蛇神批斗大会"，红卫兵的袖章红得刺眼，他们将电灯接线扯出来在外边照得雪亮。电灯全用的是二百瓦大灯泡。

　　我明白要受苦了，对拉扯我的学生说："我有心脏病，你们要把我整死了，你们要负责！"明知道这话并无用，但想不到说了后他们竟放慢了步伐。

　　等到临近那个用大灯泡照耀着的刑场似的批斗现场，只听到戴着红袖章的红卫兵和造反派的口号声此起彼落，像狂风呼啸。再仔细一看，吓了一跳。只见远超、薛礼、周家田、徐大杰、沈心俊、龚会如、陈茂流、秦有才等一大批被称为"定时炸弹"的人，都一个个挨次一长溜跪在地上，像在杀场上临刑前的犯人。他们一个个脸上额上都是泥土，有的鲜血糊满一脸，有的淌着鼻血。这简直是可以组成一个中学的班子，书记、校长、团委书记、各门教师、伙房工人、会计人员俱全，但一个个都已糟蹋得不像人样了。我明白，是殴打和"砸烂狗头"搞成这样的。现在，该我出场唱"主角"了吧！？

我被狠狠摔倒在批斗场的中央。听到人群中的蠢蠢哄哄声。有人杀气腾腾大声领着念语录了："在拿枪的敌人被消灭以后，不拿枪的敌人依然存……""一切反动派都是纸老虎……""革命不是请客吃饭……"我知道，今夜我这个"不拿枪的敌人"，是"反动派"，是一定要武斗成"纸老虎"了！口号声又响了一阵，坐在一排审判桌子中央的几个戴红袖章的红卫兵和造反派教师姿态高傲地吆喝起来，七嘴八舌要我交代"滔天罪行"。

什么是我的"滔天罪行"呢？真是讲不清子丑寅卯了！我哪有什么"滔天罪行"呀！？

我心好像被揪着，只好从我"执行教育黑线"交代到我"执行文艺黑线"，一件件事，一篇篇文章地"交代"，"交代"了一会，他们不耐烦了，说："闭上你的狗嘴！"几个红卫兵将我拖到一边也揪着我跪下。

为什么没有"别烧鸡"、没有"砸烂"我的"狗头"？不知道，莫非是我说我有心脏病使这"侍候"我的几个红卫兵发了善心"优待"了我？弄不清。

只见审判桌上的人高叫："把王洪九的警备大队长沈心俊拉来示众！"原来，我的"戏"暂时告一段落，又轮到沈心俊"唱戏"了！

沈心俊是生物教师，抗战时投考过当时的"中央军校阜阳分校"，他不是王洪九的警备大队长，那完全是无中生有的事。王洪九，是国民党当年这个地区的专员兼保安司令，反共坚决，屠杀过许多人，后来去了台湾。

可是，高一学生是新来的，执行的红卫兵不认识沈心俊，拉错了人，把徐大杰一下子连拖带拉别着烧鸡拉到了批斗场地中央，不由分说，一个"喷气式"将徐大杰头着地嘴啃泥地摔在地上。

徐大杰说话结巴，越急越口吃，结巴得说不出话来。他又气又急嘴巴战栗想要辩解："我……我……我"却没说出话来，审判席上的红卫兵又在高叫了："砸烂沈心俊的狗头！"

红卫兵如狼似虎地将徐大杰臂膀拽着，将他的头在地上"咚咚咚咚"用力猛砸。

我想起了鲁达拳打镇关西时的那种开油酱铺、开彩帛铺、做全堂水陆道场的滋味，心里悸颤、打着寒噤。只见徐大杰额上脸上全是泥土，鼻血流淌下来。砸完，徐大杰头抬起来，话才说出口："我……我是徐大杰，不……不是沈心俊！"真是糊涂官乱审案子拉郎配，连人都弄错了！

听他一说，红卫兵中那种残忍的"哄"的哈哈大笑声飞扬起来，审判席上的红卫兵又高声大叫："错了也是活该！快将沈心俊揪出来示众！"

沈心俊当然免不了也被"砸烂狗头"。

沈心俊论理没有什么问题。他进过中央军校阜阳分校，是抗日战争时期为了抗日，后来也不是军人，是个老教师。但也许是受到这种非人的虐待与迫害及凌辱太多。后来他是自杀而死的。日子我已记不清了，有一天早晨，发现他上吊死了。吊死在我住房的后排那溜房的一间他的寝室里。听看到的人说："眼睛不闭，舌头是拖得很长的！"

伙房工人龚会如那夜被打断了臂膀，会计王一石被打耳光把脸打肿了，这个那个折腾了约莫个把钟点，我暗自庆幸没有再来整我，跪着的两腿不但疼痛酸麻而且冰凉，寒气由膝盖袭上大腿。我觉得开头恐怖的气氛这时已好了一些，只以为可以幸运地结束了。谁知，审判席上的红卫兵吆喝着把除我以外的"黑帮"、"反革命"、"阶级敌人"都押回去让他们"滚蛋"，我却留了下来，我就察觉不妙了！他们想把我怎样呢？

果然，突然审判席上高喊："快坦白交代罪行！"原来是要我唱大轴，唱压台戏！

我说："刚才交代过了！"

审判席上的声音凶恶地说："要爆炸性的罪行！""要你干特务、杀人的材料！""不要听刚才那些！……"

我说："没有！"心里气愤地想：你们真是混账王八蛋！剜舌挖眼吧！没有的事随你们怎么胡栽到我头上我死也不会承认的！

"没有？再说没有，就活埋你！"于是，"他妈的"、"不老实"、"反动"、"混蛋"……骂声倾盆而来。

不知什么时候，我突然发现天上有了月亮，望着暗淡冰冷的月光，我不说话了，沉默着摇摇头。

又听到杀气腾腾大声念语录了："如果他们要打，就把他们彻底消灭！……"我想：我哪想打呢？

想不到一念完，一个尖厉的声音竟真的下了命令："活埋！""把他活埋！"……活埋？我一千个没想到！一万个没想到！

几个红卫兵把我猛拽起来。我两腿跪的时间太长，已麻木得无法行走。他们架着我往旁边的梨树林里去。梨园里到处是我们劳动时为给梨树施肥挖的深沟。每个深沟都有一口棺材那么长那么宽。他们架着把我扔进"棺材"。我挣扎着爬起来，又被他们揿了下去。而且，真的有人动铁锹铲土扔进"棺材"里来了。土石天女散花般地扔得我身上都是。这使我想起过去看到过的日寇南京大屠杀时活埋中国人的照片！我想，逃不脱劫难，就被埋在这里朽化成泥土吧！

斑驳的树影在我身上画出烦乱无奈的心绪。我有一种林冲在野猪林里要遭受董超、薛霸谋害的感觉。我闭上了眼。我觉得他们也许不敢真埋，是威吓我；可是又觉得他们什么坏事都敢干的！他们鲁莽无知，无法无天，杀一个人，对这伙已被"文革"训练得完全人性变异了的无知者是无所谓的。武斗中常常死人，"牛鬼蛇神"死得不明不白的并不少，何况早在"文革"之初，身为中央公安部部长的谢富治就公开说过："群众打死人，我不赞成，但群众对坏人恨之入骨，我们劝阻不住，就不要勉强。"那么，给我加上一个"坏人"的帽子，活埋了又有多大了不起呢！

有闪烁的鬼火在树丛中的衰草里绿莹莹浮动。我觉得疲劳了！太累了！想彻底休息了！受到命运的拨弄与损害，倨傲的心产生出抗拒的激情。我怀着仇恨的心，仇恨这些把中华大地破坏得无以复加的罪人们。我闭上眼睛，等待着活埋，既无畏惧，也不悲伤。

但，看来他们只是为了开一个残酷的玩笑，为了取乐。又忽然把我从坑里拽上来，踢了一脚，揶揄地高声吆喝："滚！何校长！"这声"何校长"当然是一种讽刺！在嘻嘻哈哈的笑声中，沐着深夜的透骨秋风，我这个何校长迈步踉跄走回家去。

自从决定不自杀以后，我觉得自己越来越坚强了。我没有把经过告诉妻。她和衣坐在漆黑的房中的床上，等候着我回来，担惊受怕地说："你回来啦？我好不放心……"在黑暗中，我只告诉她："没什么，睡吧！"因为我怕她担心和伤心，我自己已经太伤心了，何必再使她多受痛苦呢？但我听到她发出了一声令我心碎的呻吟和叹息。

什么叫失落感？我是在这天夜里被活埋后，明白得最深刻的。感到仿佛什么都失落了！什么都没有了！死神曾站在我的身上狞笑过。我说不清失落了什么，但很明显：我觉得我曾拥有并喜爱、钦敬过的一切都失落了！我的心冰冷，真正的冰冷了！

之后的一天夜里，我又被揪到"教工之家"审讯，灯光雪亮，一排审讯者都是教工队的"革命教师"，凶神恶煞，气氛恐怖。一顿"杀威棒"过后，别了"烧鸡"，我满身尘土被揪着脑袋像只大虾似的弯腰站在那里。

"查了你的档案，你1949年本来要去美国哥伦比亚新闻学院留学，为什么后来不去？"

"那时，上海快要解放，为了迎接共和国的诞生……"

"胡说！"问话的一个姓魏的教师指着我鼻子，"难道你能这么爱国吗？快坦白，你留下来的目的是什么？是不是为了潜伏下来贯彻黑线搞资本主义复辟？这问题你老是回避！今夜你必须承认！"

荒谬得可笑，我不承认，又挨了一顿揍。第二天，说我不好好"交代"，被戴上高帽由红卫兵押了上街"游街"，远超、薛礼、周家田等也一同去了。远超走第一个，叫他边走边敲小锣。除我之外，他们都戴着鸭舌干部帽。红卫兵大喝："你们这些乌龟王八蛋！把帽子都给我反过来戴！"于是，远超他们马上把帽子反转，鸭舌戴到脑后，那样子确实滑稽难看。远超腿瘸，走路一高一低，红卫兵老是用鞭子抽他。但街上的群众看的并不多，各单位常押人游街，既然常见也就不新鲜了！

电厂的工宣队员有的心慈些，有的心硬些。那个赵指导员为人倒还颇有点人情味。只要他在场，武斗殴打他是不同意的。只可惜他后来没有好下场，他是军分区"五大"观点的，当一年以后"五大"垮台，"七大"后来又掌权时，他遭到批斗后转业遣送回家乡。他好像是莒县人。回家乡后肯定没有好果子吃。只是我却不禁有时会怀念他。我遭"活埋"，是一些人瞒着他干的。

那个秋天，常有缠绵的秋雨，似乎老天爷总是要哭，夜雨总叹息似的常敲打玻璃窗。雨的凄切，心的孤独，折磨着我和妻。我很想念江南。江南那种诗意的蒙蒙烟雨总在我的眼前，但鲁南总是下着抽泣似的冷雨，使人忧愁，叫人抵御不了苦寂的噩梦，叫人感到生机已经死绝。

我住的这一排宿舍，共十间房。我家在我平反后又恢复了占有两间，工宣队员住了七间。隋呼、黄永华原来住的一间在隋呼死后，黄永华搬走了，改成了"红卫兵复课闹革命大队部"。两个孩子去上海后，妻每月将我俩的工资大部汇往上海给妈妈作为抚养两个孩子的生活费。我们剩下的只是每月起码的饭食费。好的是这次并未扣我的工资。每月我仍有一百二十六元十五级干部的工资，所以有一天批斗我时，一个押解我的红卫兵半真半假地对我说："要是我能拿你这样高的工资，天天挨斗我也情愿！"一天清早，妻去食堂买稀饭馒头了，"红卫兵复课闹革命大队"的一个熟识的红卫兵钱新潮突然跑来通知我："马上要开你的批斗会，你快去上上厕所就去大礼堂等着！"钱新潮往日有偷窃行为，如今则是响当当的红卫兵！

我听了，决定去北面远处的厕所里小便一下，准备去大礼堂上台挨斗。一时疏忽，也未等妻回来就走了。谁知竟上了钱新潮调虎离山计的当！我一离房间，他就进房翻找，将我们仅有的放在床头柜抽屉里的全部五六十元现钞的饭菜票、粮票一起"革命"革掉了。等我从厕所回家，妻也从食堂回家，见他慌张从家里出来，妻进房后发现抽屉等均被翻过。我去大礼堂挨斗回来，与妻商量后，去校革委为失窃报案。结果派来查案子的竟就是钱新潮，他像个秉公执法的法官来查案，案子当然是破不了的。偷东西的人就是法官！这不禁使我想起克雷洛夫寓言上的一个故事：狐狸偷吃了鱼，却又来审案子追查是谁偷吃了鱼。

我们失窃后造成的后果是：一连吃了十几天的地瓜（红薯）面糊。因为我俩一个钱也没有，一斤粮票也没有。无法再向食堂购买饭菜票。只好将一些以前配给而未吃的含着泥沙的地瓜面拿来煮成糊充饥。在那种处境下，人与人之间的同情即使存在也无法兑现。同情我们的人是不能借钱送吃的给我们的。因为那涉及立场问题，搞不好会引火烧身出政治问题的。我们怕牵连人家倒霉，也不愿向人求援的。

我的心变成了一片不毛之地。日子很容易打发，又很难打发。夜里我不是失眠，就是睡睡醒醒。常做噩梦，在黑黝黝的大森林里转，总是转不出来。

广播喇叭里，有时可以听到林彪那种带点沙哑的、古怪的、忽而急促、忽而迟缓的讲话的声音；有时也可以听到女扮男装戴军帽打扮得不伦不类的江青的那种神经质的、尖厉的讲话声。我想到了"黄钟毁弃、瓦釜雷鸣"的话，又觉得十分悲哀。也不知为什么，听到他们的讲话声，我老是想到白居易的《放言》诗中的一首："朝真暮伪何人辨，古往今来底事无。但爱藏生能诈圣，可知宁不解佯愚。草萤有耀终非火，荷露虽团岂是珠。不敢燋柴兼照乘，可怜光彩亦何殊。"我默默在心中诵诗，那种感情很特殊。

当然，我很卑鄙，卑鄙得把自己的想法埋在心里一点不漏、一丝不露。"文革"使我学会了必须隐去真诚与坦率，必须做两面人。如果说真话袒露真的感情，谁都是可能蒙冤入狱甚至被枪毙的！我不能不卑鄙地保护自己！

批斗是无尽无期始终未断的，我简直厌烦极了！古罗马对奴隶的折磨也不过是使奴隶在角斗场上互相角斗流血而死，而无尽无休的批斗，在心灵和精神上的折磨摧残比那要厉害得多！写"交代"材料也是无尽无期始终不断的。我已无法计算自己写了多少万字的"交代"。"斗倒、斗垮、斗臭"和"批深、批透、批倒、批臭"，都是"天才的发明"，都是"创造性的发展"，这我是深有体会的。自从上边肯定了"六厂二校"①的经验在文件报章上传达后，批斗会和批判会就更掀起高潮。但逐渐"文明"一点了！殴打减少了！大弯腰改成了给个小板凳坐。我那顶用硬马粪纸做的烟筒似的一丈多高的高帽子被我悄悄毁了，也无人过问，门口刘少奇、邓小平的两个泥塑木头像不知怎的也看不见了。我与远超无需再抱着去挨斗。在这个阶段，劳动开始增多。我

① "六厂二校"是指北京新华印刷厂、北京针织总厂、北京化工三厂、南口机车车辆机械厂、北郊木材厂、北京长辛店二七机车车辆厂及北京大学、清华大学。他们的"清队"经验是上边做了肯定推广的。

与远超又恢复了友谊，互相似乎都有点同情，也能有时相濡以沫。也许，只有经历过尖锐痛苦的人，才会具有深沉博大的同情心。我变得并不恨他了。我们常在一起劳动。他腿跛，铲地翻地有困难，却总是认认真真地掘。我就帮助他。他头疼，我带头疼片给他吃。有时休息，同坐在一起，也悄悄谈谈心。我问过他："你真以为我是什么三反分子？"他苦笑笑，摇摇头说："不！你恐怕也不会认为我是黑帮吧？不过，运动嘛！就是这样搞的！"他的话实事求是，我也就不再难为他了。有一天，他挨斗时遭了殴打，散会后我们一同劳动时，他忽然叹口气，阴郁地对我说："唉，也怪不得谁，就是我们在这学校里负责，也得这么搞，不这么搞行吗?!"

我明白他的意思：他是说，怪下边是不公平的！这是上边让这样搞的，你不搞也不行！你如果右了当然不行，不极"左"也不行！

他这也许就是向我解释为什么"文革"之初，他要那么搞我的原因吧，能说他的话不对吗？我哑口无言，想得却很多。

我们一边挨批斗，一边劳改，当时的劳动，除了翻地外，主要是制造"颗粒肥料"。学校里师生员工及家属人多，所以厕所中的大粪很多，从十六七个厕所里将粪便挖出来后堆在东南角一大片空地上。我们的任务就是先将粪便堆积起来，挖土盖上封闭，使它内部发酵，然后启封，将粪便与细土拌和搅匀，然后就成为颗粒施到地里。粪便臭，干久了却也不闻其臭了！臭的好处是造反派和红卫兵都少来光顾，我们遂得到了自由。

中学里有一百几十亩地的校园，有大片桃林、梨林、苹果林，还有些菜地，都要上肥料，我们不但被利用来制肥，还要施肥。

书记、校长、教师、职员十几个人，大家干活时，各想各的心思。粪便既臭又脏，有的还是稀的，颜色则红黄绿黑都有。细菌病毒有多少就不堪想象了。鞋底上常常踩满粪便，衣服上常带粪味。红卫兵说："你们这些家伙过惯了剥削生活，就该这么改造改造！"又特别指指我：

"你篡夺校长的领导权，拿高工资，更应当这么改造!"我怎么也想不明白：我过的怎么是剥削生活？好在无可理喻的事太多，何必认真，听了沉默就是。"言行不一"、"表里不一"、"好话说尽，坏事做绝"是"文革"中的一种表现上的特点。没有谁去多计较的。红卫兵用本地腔的普通话难听地在休息时间带着我们远远离开粪场去学语录。他念一句让我们跟着念一句："凡是敌人反对的，我们就要拥护，凡是敌人拥护的，我们就要反对。"他总把"反对"念成"反帝"，把"拥护"念成"掩护"。他又常带着念这样一段："一个正确的认识，往往需要经过由物质到精神，由精神到物质，即由实践到认识，由认识到实践这样多次的反复，才能够完成。"他总把"物质"念成"无耻"，把"精神"念成"谨慎"。当他念到"我们需要的是热烈而镇定的情绪，紧张而有秩序的工作。……"又总是把"情绪"念成"谦虚"。毛主席的语录应当学，但说来有趣，红卫兵用这种乱七八糟的读法领读，越学我就似乎有点明白又更糊涂了!

所谓"六厂二校"经验，好像有那么一点要给知识分子放一条生路的意思，可是在我印象中留下的却是彻底、干净、全面地迫害知识分子，尤其是高级知识分子。它把"文革"中被打倒的各级干部子女名之曰"可以教育好的子女"! 对知识分子，用施舍乞丐的态度给予一条所谓"发挥一技之长"的"给出路"的政策，但还规定必须要在"批倒、批透、批臭、批深"之后才能给"出路"。是否想到没有知识分子，尤其没有高级知识分子，这个国家、这个中华民族会变得多么落后、多么愚昧？不放心有思想能思考的知识分子，加以迫害、排斥、打击，其实是最最愚蠢的做法! 秦始皇的"焚书坑儒"同"文革"的摧残知识分子比确实是算不了什么的! 秦始皇只不过坑了那么一点儒，焚了那么一点书。而"文革"几乎要整遍中国大陆高级知识分子，几乎要斩断整个中华文化的连续性! 那魄力确实大得多，危害也大得多的!

1967 年 1 月初传出过一句名言，认为"右派也就是百分之一、二、三"。听来百分之一、二、三，人数自然是很少的。实际拿中国这样一个人口众多的国家来说，百分之一、二、三就是几十个阿尔巴尼亚的人口，就是欧洲好多个小国的人口总和，就比整个南北朝鲜三千里江山的全部人口还多！中国人为什么要遭这样的史无前例的浩劫？

"清队"一直搞得热火朝天。直到 1968 年 10 月党的八届扩大十二中全会上，毛泽东主席说话了："清理阶级队伍的运动，一是要抓紧，二是要注意政策。"可是，我的体会是抓紧倒是抓了，政策是不讲的！只是从这以后，批斗减少了一些，改为劳改。

我们的劳改仍由程金声出面安排。他靠着手中的权力可以讨好一些红卫兵甚至工宣队，他又是袁先扬的亲信，始终在校革委后勤组工作，成了一个"不倒翁"。他差遣过我独自到较远的南坛去拉土、拉煤，差遣我佝偻着背拉一辆地排车到遥远的河东苗圃去拉树苗。我是地区的一个有名的大知识分子干部，这时成了"最软的柿子"，可以捏了又捏，任凭岁月无情地流逝。他派我去附近的烈士陵园打扫墓园、锄草，派我到苍苍郁郁杨树成林的大沙河边上去拉河沙。离开学校到野外去干这些活，我倒喜欢那点自由。有时我会对着宇宙沉思默想，有时会对大自然心醉神迷。用这排遣心上的痛苦。但有一次，突然又派我去做泥水匠的活，替实验室外边的自来水管子砌一个砖的保护塔。不给新砖，要我在全校范围内拾旧砖，然后要我独自挑水和泥来砌砖塔。那水管本来就有些歪斜。我又没干过泥水匠活。天冷，寒气无声无息地袭来，冻得手和脸都发青发紫，好不容易砌出的砖塔有一人多高，歪歪扭扭地像座古老的"比萨斜塔"，路过的人看了都笑，我也只好陪着苦笑。确实砌得不太像样。当日暮袭来临收工时，砖塔总算勉强砌好了。可是第二天，那"比萨斜塔"就因地心吸力成了"雷峰塔"全部倒塌了！程金声扬起下巴颏儿，龇着牙，用君临天下睥睨四海的神气大摇其头说："何旺，你不行的！"从此，再没有放手让我再干泥水匠的活，这倒便宜了我。

"样板戏"开始由"文艺旗手"江青搞"京剧革命"推行，一个、两个一直发展到以后的八个：《红灯记》《智取威虎山》《龙江颂》《海港》《奇袭白虎团》《杜鹃山》《沙家浜》《红色娘子军》。这时，每当听到《沙家浜》时，我总会想到：那位英勇机智做地下工作的阿庆嫂，如果确有其人今天还活着，她一定是在挨整受审查。我那好动笔头的坏习惯当时使我手痒。真想写一出《沙家浜》的"续集"，写写阿庆嫂在"文革"中受审查变为"叛徒"、"牛鬼蛇神"的遭遇。这当然仅仅是一种滑稽的空想，并不能兑现的。全中国大陆的文艺似乎就只有"样板戏"了！你不听也得听。打开收音机，听得到，外边的广播大喇叭，也听得到。我竟无聊得将样板戏中的有些唱段背得滚瓜烂熟。因为除了"样板戏"，只有那些"不忘阶级苦，牢记血泪仇"之类的忆苦思甜与进行阶级斗争以及学习毛主席语录的歌曲。只要听到那种带哭声的"天上布满星，月儿亮晶晶，生产队里开大会，诉苦把冤伸"或老一套的《战士爱读"老三篇"》等歌曲，我就宁可选"样板戏"了！无论如何，李玉和一家三代的故事还是能使我激动。尽管我的心上早已长满了荒草，人是不能没有文化生活、文艺生活的。

林彪、江青之流的封建法西斯文化专制主义的残暴统治、挥舞大棒屠杀摧残了一切革命文艺作品和革命文艺工作者，造成一场浩劫。林彪肉麻地捧江青捧到极点，江青也肉麻地捧林彪捧到极点。在解放战争时期，我对林彪的印象挺好，但"文革"中林彪"左"得可怕，出了许多歪点子，讲了许多作用十分坏的话，做了许多罪不容诛的坏事，在当时就给人留下了十分恶劣的印象。

林彪讲话有一种特殊的腔调，很怪，他的用词也有一种特殊的方式，很怪。那个时候，从广播大喇叭里听到他的讲话，许多人最初都被他吓一跳！他讲话时，忽快忽慢，拖起长调来拖得很长，声音忽低又忽高，抑扬顿挫毫无规则。学校食堂有个姓陆的厨师，会烧一手好菜，调到市里第三招待所掌勺。一天，听到大喇叭里播林彪的讲话，他说："呀！这是什么家伙，讲话这么难听！"结果，差点因"恶攻"（恶毒地攻击）副统帅罪逮捕判刑。尽管如此，当时仍悄悄流传着一个政治笑话，表现了人们对林彪的鄙视和蔑视：朱德和陈毅等老帅参加开会时听到林彪正在用他的怪腔怪调大声讲话。陈毅闭眼打瞌睡，忽被林彪的声音惊醒，闭着眼问坐在身旁的朱老总："是谁在叽哩哇啦乱吼？"朱老总轻蔑地答："还有谁呗！是一连长！"

这是说，井冈山时林彪仅仅只是一连长，老帅们对他在"文革"中的飞扬跋扈是瞧不起的。

秋风萧瑟，日子过得很快。"文化大革命"像一本深奥的书，我总是读不懂。其他的书我什么也没有！我只好什么书也不看，什么正经事也不干。就是劳动，实际也常常是没事找点事干，为让我们劳动而劳动。有一次，实在没事干了，程金声抽着烟道："把那片翻过的地再翻一遍吧！"于是，就再翻一遍。人不值钱，何况劳动！

时光像水一样流逝，日子既过得快，又很难打发。说日子难打发，那自然是批斗和阢陧的迫害处境所造成。怀着一颗带伤的心，过的是不正常的非人生活，要想过正常人生活的我，怎么能够忍受？我当时就讽刺幽默地想起了那个"两个海员的故事"。一个老是盼望出发，一个老是盼望到达。而我呢？我是既不能出发，又不能到达！就像那个"卡"字，不上不下。

那段时日，白昼因我思虑太多而变得可怕，梦乡反倒能给我带来慰藉。我总是借着繁重劳动和残酷批斗后的沉沉睡眠摆脱痛苦和辛酸。失眠是常有的，但睡熟的时候就是一种享受。我常在梦魂之中向往着许多美好的景物。只有在梦中，我才有了人的起码的尊严和权利。这就是我尚有生命活力之由来。我想呼吸自由新鲜的空气，想听，想看，想寻觅真的美的善的东西。想甩掉精神和心灵上遭受奸污的痛苦！我在梦里，常常仿佛自己回到了童年时生活过的江南水乡，见到淡蓝色的湖面上，轻舟荡漾，芳草如茵的绿坪，柳丝垂拂；泛着紫金色的青山，野花盛开；湿润的空气里弥漫着松针的香气。……

我常奇怪地想：所幸还不能对梦境实行"全面专政"，还不能取缔人们脑细胞活动的自由，受凌辱的革命者在自己的心田里还可以保持初衷，还可以埋存着他们掠夺不去的信息、理想和希望。要不，所有被这样折磨的人恐怕都会被现实生活的苦难送往九泉去了！

"七大"与"五大"的派性斗争，那种动刀动枪似乎不是你死就是我活的狂热斗争，始终在激烈进行。有了马陵山游击队，就意味着要有流血的惨剧发生。著名的郯城血案就发生在那个阶段。有十几个马陵山游击队"七大"的战士被"五大"打死。打死后据说暴尸多日，拿尸体打靶，并有挖眼等惨事。仇恨如此之深，真不知仇从何来。

有一夜，城内突起枪声，次日听说城内中心地带邮电局附近来了马陵山的人，结果被打死了一个，其余的跑了。这是"夜袭"，"夜袭"失败，"五大"很高兴。并听说农校有个教师，是"七大"的"坐探"，被逮住打得半死。

冬季开始后，有一天，调防了的那支野战军部队突然徒步拉练回来，来到 L 市里！这支野战军部队原是因支持"七大"才调走的，如今又来，显然有示威作用，引起了"五大"的恐慌，但也不敢得罪。他们要住在中学的校园里，程金声来给我打招呼："部队要来了！不许外出！不许接触！"

谁知，当晚就有部队的战士笑脸相向地来敲门，要借鸡蛋和素油。原因是有个部队的首长是回族，要炒鸡蛋给他吃。不借吧！鸡蛋偏偏有几个就放在看得见的地方，油瓶也竖在那里，借吧，禁令怎么办？而且会不会栽赃说你用"糖衣炮弹"拉拢部队？结果，当然借给他们了！第二天一早，部队走了，临走，再三来道谢，用铅桶还了满满一桶酱油来抵偿鸡蛋和素油。不肯收，却硬丢下就走了。所幸这一切未被人看见，没出什么事。

那个阶段，多次在西门大操场开过"镇反大会"，"镇压反革命"！

每次开这种会，总是广播大喇叭高播语录歌，红绿彩旗飞扬，敲锣打鼓，拳头攒动。各个单位都押着本单位的"牛鬼蛇神"前去开会。中国封建时代那种野蛮的人身侮辱的做法就会出现了！被镇压要枪毙的男犯总是赤裸着上身，用铅丝勒着嘴，怕他叫喊，反绑着插着死标架在大卡车上缓缓游街。哪有一点点我想象中的社会主义文明呢！每次开大会，都要杀人！先公审公判，然后游街示众，然后去枪毙。这里边，有的是有罪的，有的也许是不该杀的，谁弄得清呢。

所谓"公审"、"公判"，主观的因素起作用。逼供信横行无阻，当事人无法为自己辩护，也无人敢为他辩护，派性又大发作，是无法谈到公正的。"反对毛主席"和"反对林副主席"、"反对旗手江青"或"为刘少奇翻案"，全可处死刑。何谓"反对"？有人诬告可以扣上"反对"，说一句怀疑的话也可说是"反对"，界限不清，无限上纲，人命不如蝼蚁，并非夸张之辞。"文革"高潮中，中国变成了"无法官、无法律、无检察官、无辩护人"的"四无"国家，因为"公检法"全砸烂了，检察院与法院全部瘫痪，公安机关则被造反派接管。于是，抓人、杀人实际都可以随心所欲，法制本来就很不健全，此时就根本沦丧了！

每次开"镇反"大会，我们这批人就都得押去"受教育"。目的是使我们害怕、受到威慑。我老是想不通：革命干部为什么突然会拿来当反革命对待？如果心脏病严重的人，押去开野蛮的"镇反"大会，很容易被吓死。其中还有"七大"的头头常常"陪绑"。例如谢雪山，就曾绑去与死刑犯一同"陪斩"。事先也不告诉他是"陪斩"，把他与死刑犯放到一起，跪在那里开枪打死了他身边的死刑犯，再把他半死不活地拖起来拉回监牢。谢雪山做地委机关党委书记时，我认识。经历过"五大"的殴打与这种野蛮的"陪斩"迫害后，身体垮了，人的相貌变了，因大量服用激素治病成了一个虚胖黄肿的人。他后来一直是"七大"的头头，"四人帮"垮台后，作为派性头头处理！未得善终，其实也是一本糊涂账，未必十分公允。

开"镇反大会"时，犯人均押在台上站着或跪着。有的"犯人"实际是对立派别不同观点的人。枪毙人纯粹是为了起镇压对立面的作用。有一次，枪毙的是些监狱中关押了多年的国民党时期的县长、汪伪时期的伪军中队长等。这些人本来未判死罪，这时也许因为要开镇反大会，要借他们的性命一用，就即改成死刑犯，立即执行。一次，判死刑的是杀人犯，除有的刑事犯罪分子外，也有"七大"的小头头在武斗中有杀人行为的。这些犯人游街时，身上五花大绑，打的是一种活结，只要用力一拉，就能将犯人捆勒得透不过气来。

犯人游街后，一般都拉到大沙河边附近的沙滩地上枪决。枪毙了的人一般向家属收子弹费但不准家属收尸。派性作祟，加上封建意识愚昧，像鲁迅小说中写的用人血蘸馒头的固然有，像施耐庵在《水浒传》中写的挖出人心吃的也有。竟没有人禁止惩罚。兽性的发展和产生当然不是偶然的！

我无法懂得历史的玄机、生活的深奥，只是觉得十分愁苦。生活是如此的凄凉，如此的窝囊，又如此的寂寞。静下来时，天籁之声令人浮想联翩，却又无法像僧人坐禅入定那样超脱，有的只是对未来的渺茫与对现实的惶惑。于是，总是更加苦闷。

有一天，突然有一只小麻雀飞到我的屋里。它太小了，嘴上带着黄唇，羽毛未丰。被我关上门窗逮住以后，我与妻就喂养了它。是出于怜悯，也是出于无聊。我们也不用绳拴它或用笼子囚它。只是亲切地喂它东西吃，轻轻抚摸它的羽毛，使它感到我们可亲而不会伤害它。麻雀很有灵性，竟家养了，驯顺得很。我们家中没有来客干扰，它也得到了一块宁静的天地。它同我和妻都熟了，一点不怕我们。平时会飞到我的手上，尾巴一翘栖落在掌心上来啄食。只要我"嘘"的一吹口哨，它就展翅一滑飞到我身上或掌上来栖息，毫不害怕。如果开了门放它飞出去。它振翅在外边飞绕了一圈竟又会飞回来。自从有了它，那些日子它就成了我们生活中的一点点乐趣。我有了个"鸟朋友"！我同麻雀做朋友了！从它身上我竟能体会到一点从人世中得不到的情和味。

可是，不幸得很，有一天，来了几个红卫兵，发现了我的这个"秘密"。其中的一个竟十分有兴趣地硬要将小麻雀讨了去。我最初不肯，但见他们自己要动手，最后只好答应，仅提出了一个条件：一定要好好喂养它。

那红卫兵是个初中学生，很干脆地一口应诺："当然！我一定好好养它！"我十分舍不得地看着他把小麻雀带走了。当然是用一根麻线拴着走的，小麻雀被夺走后，我和妻心里都空落落的，像少了样什么重要东西！

几天后，我就得知，那只麻雀已经被它的新主人烧着吃了！

这使我和妻很久心里都难过。无聊而灰暗的岁月哟！对小生灵毫无爱心的那个红卫兵哟！我们在当时又失去了那么一点点偶尔获得的可怜的生活乐趣。掠夺者何其残酷！

有一天，妻从街上买菜回来，带来了一只可爱的母鸡，深黄柔软的羽毛，黑花的尾巴，通红的雌冠。我明白：妻是要用这只母鸡来代替那只麻雀，找回一点失落了的情趣。我们将它喂养在门前的苹果树下。这鸡不但长得美丽，也通人性。每到天黑，就会自己来敲门，要进屋来过夜。啄门声"啄——啄——"、"啄——啄"很有趣。使我感到鸡比那些凶恶横暴的人要高一筹。可惜，一天，鸡也不见了，也许是被红卫兵中的"时迁"偷偷宰了吃了吧？在那种年月，人命低贱，何况一只鸡！但那只美丽的母鸡的形象，迄今仍在我的脑海中清晰存留。

大约是 1968 年秋末冬初，天已寒冷。急骤尖锐的风呼啸吹过，带着凄厉怒恨。残破的大字报被风刮得七零八落。校园里显得十分冷落，人都猫在屋里不大出来时，远超突然福星高照，被工宣队"解放"了！

工宣队认为他"叛徒"的事不能成立，而且认为他这个老干部确实比袁先扬能力要强，在群众中原来威信也高。再说，工宣队入校以后总不能毫无成绩呀。于是，他们要远超亮相，叫他作一次"触及灵魂"的检查。所谓"触及灵魂"的检查，就是将揭发出来的他的"三反"罪行，全部包下来。这点，早先远超思想是不通的。过去，他对袁先扬居然大包大揽承认自己是"三反分子"、"反革命罪行"等等大惑不解，甚至鄙夷其为人。可是如今，当已经受了"九蒸九晒"，说要解放他了，他怎么能舍得放弃这种机会呢？好在这场"文革"怪就怪在这里，凡不承认是"三反"的干部，都要不断挨斗挨打，凡是勇于承认"三反"的反而每每解放得早。所以，远超的"亮相"，我并不觉得奇怪。

忽然间，"远超同志的解放是毛主席革命路线的伟大胜利！"由工宣队署名的大字标语贴满校园。远超不但解放，而且一下子就进了校革委，成了名次排列于袁先扬之上的革命老干部了！

解放远超我认为是对的，结合他，名列袁先扬之上，也是对的。但远超解放了，我未解放，我心里一片霜雪，思想很复杂。我认为我并无问题，也早应解放，我找工宣队姓任的队长谈话，说："我觉得我也该解放了！"他蔑视地朝我看看，说："你不行！你得好好改造！"我说："改造到哪一天呢？"他说："改造是无止境的！你急也无用！"我只好生气地回来。我内心认为这个阶段与远超成了"患难之交"，互相了解也增进了。他现在解放了，看来以后又要上台当学校的书记，他理应很快会解放我。但我也有顾虑：人心可怕，远超解放了，他会不会产生反复，又来报复我？谁知道呢？谁能说呢？卑鄙的心理又出现了！我真希望：我不解放他也别解放！他一解放，我实在太孤立了！

我仍在劳动，也仍在叫我写检查，老说不深刻，老说还有未检查到的地方。回顾往事，我最多的写作时间和精力都是献给了"文革"的。一是毁了一百几十万字的书稿，一是写了不知多少无用的检查、交代和自我批判。加起来出几本厚厚的书是决无问题的。

批斗终于因为实在无味而停止了！而且红卫兵从1969年1月，六六届、六七届、六八届中学毕业生在统一安排下正在开始"上山下乡"、

"到农村广阔天地中去接受贫下中农再教育"，而无暇顾及什么"斗批改"了！红卫兵是"天兵天将"，被尊称为"小将"，一度娇纵得他们什么事都敢干，但在使用"小将"打倒那些要打倒的人后，终于他们也要到"广阔天地"里去了！当时最流行的最高指示，也是有些小将们最怕听的最高指示是："知识青年到农村去，接受贫下中农的再教育，很有必要。"中学生里，除了掌权的如匡军民等极少数人留了下来，毕业了的学生都带着悲壮色彩，在一种被强制遣送的沉重心情下去"天高任鸟飞"了！年轻人看生活就像彩虹那样，总以为绚丽的就是真实的。其实，错了！不少红卫兵当时逐渐已对"文革"中的种种骇人听闻现象反感，对派性斗争厌倦。他们未必不想早点恢复正常学习生活，可是去哪里呢？他们没有学到多少科学文化知识，他们离开家、离开学校被敲锣打鼓送去上山下乡了！见到大批红卫兵有的斗志昂扬戴着红花，有的黯然神伤悲悲戚戚，一同走向艰苦的农村，我却似乎也能体会到他们的欢乐与痛苦了！

我的劳动情况有所改善。程金声忽然先叫我参加看守果园，后来又叫我打钟，这都属于"高等劳动"，同打扫厕所、去远处拉煤不可同日而语了！这既不累又不脏，实际并非劳动，也可不出汗。

看守果园比较清闲悠然。我带一杯水一只藤椅坐在果园里。苹果和梨熟后，夜里也要看守。没有外人来偷，来偷的只是学生，果园里夜间常有群狗跑来撕咬聚会。我很怕狗咬人，只好带根棍棒防身。每每守夜到天明，才带着倦意回家睡觉。

果子收摘后就改为打钟，打钟本是由六十岁的老传达郑仲三干的。一天打二十四遍钟，包括早上的起床钟与晚上的熄灯钟。每节课是四十分钟，打上课钟与下课钟。上午上课前与下午上课前各有一遍预备钟。此外，就是早、中、晚三遍吃饭钟。钟声是有区分的。起床、熄灯及吃饭连打四下；上课三下，下课两下。我历来做事总是认真负责成了习惯的。起早睡晚打钟时，为了准确，用一只钟和一只表，又对着无线电上的时辰校正时间，这当然十分准确。中学钟架上的那只大钟，是解放战争时期留下的废炮弹壳。"当当"一敲，远处也听得清。我做了打油诗说："我为革命来打钟，起早睡晚也轻松……"其实，心里沉重并不轻松，这是阿Q精神而已。从那开始，我打了约两三年的钟，一直在对我进行劳动惩罚。附近的部队医院、烈士陵园、木材加工厂、师范附小、干扰台、地区医院、运输公司等等，都知道中学里我打的钟最准。有的干脆用我的钟声来对表。于是后来出现了一句歇后语——"何校长打钟——准！"

自从打钟以后，使我同别的牛鬼蛇神又有了些"区别"，他们仍在劳动。屠春是有专门技术的，会果树栽培、剪枝及接种等，就干他的技术活，徐大杰等仍在继续由程金声支派着劳动，干所有的杂活。我同他们不放在一起劳动，虽然是故意做出的"区别"。我的卑鄙心理又来了，能不同他们一起劳动，我感到高兴，感到一种卑微的自豪。其实，他们在"文革"中又有什么罪呢？他们自从我到这学校做校长后，从未干过坏事，只做出过贡献，这我是心里明白的！但我却宁愿同他们有"区别"。"区别"在几十年的革命生涯中，我是体会得很深的。党内党外有区别，党内同志间也有区别，党外群众间也有区别。出身好和出身不好的有区别，知识高的和知识低的有区别（这倒不是知识分子高的占便宜，不，恰巧相反），有问题同无问题的有区别。总之，我是处在比屠春等高的区别地位上了！这使我暗自有点高兴。那种卑微的感情如同沉船时抢着离开沉船抱上一块木板，不甘心做最后离开沉船的人一样。

人间自有真情在。在那段灰暗倒霉的日子里，原来的朋友同我拉开了距离，却有一个姓耿的三十岁左右的人来看望我。他的名字我早记不清了，他的感情却使我永难忘却。有一天，他出现在我的门口，像个青年农民的朴实模样，说要找"何校长"。我惊讶于这时还有陌生人这样称呼我。我问他有什么事，他说："我特地来看看你。"我说：

"你在这学校上过学?"他摇头说:"没有!"又问:"我可以进屋坐坐吗?"我无法拒绝说:"请进来吧!"我们在两只小板凳上坐着谈天。我的眼仍紧盯着桌上的钟和手上的表,怕误了打钟。我又问他有什么事找我。他说:"我爱好文学,过去也听人说起你为人很好。现在你受难了,所以不能不来看看你。"我说:"我尚未解放,还是牛鬼蛇神,你别来的好!"他说:"我怕什么!我出身好,又一穷二白,我不怕!"这以后,他一连来了好几次,每次来,总是叫我"校长",很有礼貌,谈的都是文学作品,他问我:"你对《青春之歌》怎么看,那是毒草吗?"又问:"为什么以前那么多好小说好电影一下子都成了毒草了呢?"我都不敢也不能回答,只说:"我是个随时会被再批判的人,我已不想再搞文学,这些事我现在既不想也不愿谈。我们别谈的好。"但他总是虚心抱着请教的态度问许多问题。我感到:这决不是一个要来害我的坏人,可以谈谈心里话了。我告诉他:你在想的许多问题也正是我在想的许多问题。我们应当自己找正确的答案,而不是人云亦云。以后,他问起外国文学和唐诗宋词上的一些问题时,我就比较坦率地谈点自己的体会。他也每次都能得点满足地听着。有一天,甚至说:"唉,如今把你们这些有学问的校长、老师都整成这样,我们想求点知识,既无书看,也无人请教,真叫人气不平!……"我这才知道,他是个外校的高中毕业生,在家务农,但爱好文学也想丰富知识。我对他说:"我现在无法帮助你,也无法教你很多,因为我处境不好。将来要是有机会,我愿意同你一起探讨文学。"有一天,他突然骑车装了一大麻袋新掰下来的玉米专程来送给我。我在做校长期间,历来的习惯是决不收礼,学生送的任何东西,一针一线也不收。这次当然也如此。谁知,他生气了,说:"要是不收,我以后就不来了!我这是表示一点学生的心意!你一定得收!"局面很僵,妻调和一下,说:"收下几只吧!"我仍摇头,想不到,他竟十分生气,出门将一麻袋玉米远远地扔得满地都是,骑上车就跑了!从那,就未再来找我,直到今天也如此。我心里深有悔意。每每回忆起"文革"中的经历时，想到这位不知名字的年轻人，我就难忘他当时那种对我的信任和厚爱。但他在哪里呢？我曾想写篇散文追叙这段事，题目就叫《寻找老耿……》，因忙未如愿写出，但心中是常想起他的！

1968年10月13日至10月31日，北京召开了中共八届十二中全会，毛主席亲自主持会议。会议认为毛主席在"文化大革命"中各个时期的一系列指示都是正确的。两年来的"文革"成果就在于"在以毛主席为首、林副主席为副的无产阶级司令部的领导下"，终于摧毁了以刘少奇为代表的妄图篡党、篡权、篡军的资产阶级司令部及其在各地的代理人，夺回了被他们篡夺的那一部分权力，全会还批准了中央专案审查小组关于刘少奇罪行的审查报告，决定将叛徒、内奸、工贼刘少奇永远开除出党。1968年11月2日，各报头版头条套红刊登了全会公报。刘少奇是"叛徒、内奸、工贼"吗？我思想上是接受不了的！按常识来说，我也不信的。但我这么一个小干部不信有什么用？刘少奇同志怎么了？当时无法知道。实际他已生病关押，一年后就独自凄惨地病死在开封市人委大楼的一间底层屋子里了。这次党的全会，认为毛主席在"文革"中各个时期的一系列指示都是正确的。这样的决议也使我产生忧虑。天下事最可怕的是无是非，明明错了却坚持说是对的，这就丧失了改正错误的机会，造成了不可估量的损失。"文革"再坚持错下去。将会伊于胡底呢？唯心的德国哲学家施蒂纳（M. Stirner）有句名言："倘若在我眼中这是正确的，这就是正确的！"我们能这样吗？

大约总算认为我不能算是"叛徒、内奸、工贼"刘少奇的"代理人"吧？有一天，工宣队的赵指导员把我找去谈话，态度很好地说："我们考虑要解放你，你要好好亮亮相，做触及灵魂的检查！"

但要我把大字报上所谓揭发而胡乱栽在我头上的"罪行"都包揽下来，我实在接受不了。由于一再反复，一再发动贴我的大字报最多，内中夹杂的陷害、污蔑、无中生有、无事生非的种种罪名都有。我由于想要坚持实事求是的原则，吃的苦头最多。正是由于要解释，不肯胡乱承认，我遭到的殴打侮辱也最多。在"清队"中，有一次，胡绥之组织学生批斗我，他把几个不肯胡乱揭发我的教师划为"保"我的人，说是我的"小爬虫"。他的嗓音总是故意拐个长弯，来增加神秘色彩，挑动学生的偏激情绪。他鼓动学生把英语教师浦茂华揪来，强迫浦茂华绕着我在地上爬了三圈，又要浦茂华立即进行揭发。浦茂华当场表示无可揭发，这本来就是如此。但胡绥之等对他施加了压力，勒令他第二天一定要揭发出"爆炸性材料"来。第二天，又开我的批斗会，果然浦茂华狼狈地站在台上我身边指着我说："我今天揭发他三个爆炸性材料！第一件，他曾与某某女教师有暧昧关系；第二件，他有个秘密计划，想篡夺校革委的权力；第三件，他家里藏有秘密收发报机！"

强迫人陷害别人，强迫人出卖无辜，这种手法在"文革"中做到最高水平了！我当场自然都摇头不承认，其实在场的人也都知道这全是胡编乱扯的（包括浦茂华本人在内，他也是出于无奈），却仍有人跟着胡绥之发出一片杂乱沉重的"呵呵"声，跟着大叫："打倒何旺！"我也依然当场遭到一顿殴打与侮辱。

至于厉音玉在《一去不复返的时代》上的纠缠那就更多了！他把这作为致我于死地的利器，坚持以这给我定罪，认为我应当是死罪。但我无论他怎么殴打侮辱又挑动人来武斗，我却一直实事求是不承认，只是如今叫我"亮相"，我怎么办？我能拿出袁先扬的法宝——"琉璃蛋"哲学来吗？

我一夜未睡，忍着寒冷写了一份检讨材料交到工宣队。其实并不实事求是，我说我以前工作做得不好，路线觉悟不高，贯彻了黑线，就是反对了党，反对了社会主义，反对了毛主席。我的目的不外是想通过检讨得到解放。可是材料交去后，赵指导员叫我去办公室。那位戴黄军帽的工宣队任队长跷着二郎腿，声音低沉得像从水底里发出来的，大训了我一顿，说："你这检讨很不深刻、很不老实，态度很不端正。……"看来，赵指导员与任队长之间在"解放"我的事上有分歧。训了一顿后，任队长把黄军帽往额上一掀，板脸说："你的检查不是深挖，是搔痒！这样不行，加深认识！重写！你要把你放在三反分子的地位上写，写三反罪行，深刻批判！你现在写的全是放屁！靠放屁别想蒙混过关！"

我肺都气炸了，挨着训，红着脸，心想：你这才是放屁呢！但怎么办呢？

这种放屁的工宣队长当时是相当普遍存在的，任队长可能还不算最坏的。"文革"末期，一个政治笑话说某地有个工宣队长，口头语就是"放屁"，做一次报告，用了几十个"放屁"，结果用得不是地方，有人告他"污蔑了旗手江青同志"，遂被免职回厂劳动。他宣称："从今我再说放屁就不是人！"但某日有人告诉他："你知道吗？人背后都叫你'放屁队长'！"他发火了，大声吼："放——"说了个"放"字，想起那个"屁"字说不得，马上改口为"放——气"！于是，有人作打油诗讽之曰："队长开口就放屁，冒犯江青犯大忌，今后不敢说放屁，放屁改口成放气！"

所以，任队长训话后，我明白：我的"解放问题"又搁浅了！

"解放"虽不能实现，但处境确有改善。从那以后，批斗既已停止。我就像一个敲钟的校工了！我倒宁愿如此："做校工，来打钟，不用脑，不怕揪！"我同妻商量，做校工比做校长安全得多，决定让晓林和晓亮从上海回来团聚。我们太想两个可怜的孩子，两个孩子也太想我们了！

我的心常悬在遥远的地方，我的心也老是像浸泡在冰水里一样发颤。两个孩子在上海的处境是十分可怜的。当时，在上海一所女中教外语的大妹受冲击，哥哥和三妹夫也受冲击，我又如此倒霉，妈妈心情极坏。她本是极其爱护子女懂得做人之道的老人，此时身体不好，精神痛苦，对晓林、晓亮也就不那么喜欢。晓林在上海，等于给大妹做带孩子的小保姆了，整日抱着大妹的胖女孩，而吃穿并未受到同等待遇。我们每月几乎把全部工资汇寄上海，那钱其实足够两个孩子用而绰绰有余的，却并未花在孩子头上。晓林个性强，不懂事的大妹还常在妈面前挑弄妈妈生气，有时少不了会打一顿晓林。虽然二妹对晓林姐妹较好，但也无济于事。这使我们深深感到孩子如果没有自己的亲身父母，实在可怜。所以，这时我就去信上海，减轻妈妈的劳累，让晓林带晓亮回来。

那是 1968 年 12 月 5 日，可爱的俩姐妹一同回到亲爱的父母身边。见到两个孩子，我和妻又喜又悲。喜的是一家人终于在苦难中又团聚了。回首前尘，如同一场噩梦。悲的是，我的心似乎已经化为灰烬，我始终仍未解放。两个孩子看到爸妈都苍老了，而我们看到的两个孩子呢？活泼的晓林因为年岁小，给大妹抱一个胖得异常的女儿，长期下来，背也驼了，胸也凹了，而娴静的晓亮瘦得可怜，脸色也不好。

晓亮能说一口纯粹的上海话了！从孩子们口中，知道妈妈脾气很大，而且身体不适，对妈妈的脾气大，我们能体谅。她的心情不好还是由于我和哥哥及大妹等受到冲击，而且，她挑的担子也太重。要管一家人的伙食，要带大妹和我们的孩子。她太劳累，体力和精神都支撑不住过度的负荷。妈妈在新中国成立前掩护过、搭救过党的地下工作者，为党保存过文件、房契等物件，但"文革"中，掩护过的地下党员忽然变成了"叛徒"遭揪，外调的人因妈妈坚持实事求是常找妈妈的麻烦。妈妈却一概顶撞，里弄中有些人极"左"而又无知，闲言碎语加上歧视和欺侮，妈妈个性强受不了人家的气，自然常常发火。对妈妈身体不适，我未曾太多留意。其实，妈妈此时已经患了肝癌，只是未曾大爆发而已。

妈妈后来在上海家中病倒了！病倒后她的好友邱家珍阿姨，本是医生，出于好心替她注射进口的 B_{12} 针剂。其实此时妈妈既是肝癌，不能注射这种针药的。结果竟在 1969 年 2 月 1 日病逝。

妈妈病逝时，大妹和二妹均在机关，不在家中。家中仅有保姆阿朱阿姨在侧。在大学中任教、对德国文学深有研究的三妹闻知妈妈病危，从北京坐火车赶回上海家中探视，其他子女均因"文革"无法回去。三妹坐的火车因大雪误点，到家里妈妈已经去世。她见妈妈头发已全部变得雪白。妈妈心中燥热，自己用剪刀剪短了头发。房里阳台的立地玻璃窗门大开着，那是妈妈死前要求开门让她呼吸点冷空气的。她一定憋得太凶了！房里桌上放着用大玻璃瓶装着的白雪，是妈妈叫舀了放在那里给她看的。她心里一定火烧火辣。妈妈因肝癌太疼，死前服用了麻醉性止疼药物，故死时宛如入梦，一句遗言也未留下，默默而去。

　　三妹寄到中学给我的报丧信，是由工宣队拆阅后交给妻的。当时我心情恶劣，处境不好，妻怕我得知噩耗后受不了，将信藏着，是在妈妈逝世后第七十六天才告诉我的。那还是因为我的在新疆工作的大侄女来信，信上提到了她祖母的死，信件到了我手中，妻才苍白着脸心酸地告知真相并将三妹的报丧信给我看了。母亲像一盏残破的灯，终于耗尽灯油般地熄灭了，我当时热血狂卷，五脏六腑似被人掏走，只剩下一副空空骨架，那天下雨，雨哗哗地泻下屋檐，我呻吟着痛哭，泪水无法抑止。

　　妈妈是个爱国者，新中国成立前掩护党的地下工作者，思想进步。她是抱着怨恨、抱着对子女的爱、抱着对"文革"的憎恶与不理解去世的。死前未留遗言，死后未留遗书。她是无话可说了吗？啊！啊！想起她的死，我如万箭穿身、百忧攻心，我能不归罪于这场万恶的"文革"吗？

　　曾经爱过，才知道失去了妈妈是多么痛苦；曾经被爱，才知道妈妈给我的养育多么值得珍惜。

　　1969 年的春天，我是在无限悲伤中度过的。虽又一家团圆，仍无一点高兴。这日子，就像断了线的风筝，虚飘飘的。

我学会了更加沉默，有时整天能不说一句话。"祸从口出"，因说话而惹祸的事"文革"中太多了！许多事，只要上纲上线是无罪也变成了有罪。上纲者，上阶级斗争这个"纲"，即毛主席说的"阶级斗争，一抓就灵！""纲举目张"。上线者，即是"毛主席的革命路线"亦"资产阶级反动路线"？一样的话，出身不好的人说了，用阶级观点一上纲就有了罪。"动辄得咎"在"文革"中可说是充分兑现。你说"太阳本身有黑点"，就是"污蔑红太阳"或"把社会主义看得一团漆黑"。你画上猫头鹰一眼睁一眼闭，就说是"咒骂伟大领袖"或"对社会主义翻白眼"，是"黑画"。有个出身不好的演员演过《天仙配》，说她是宣扬"阶级调和论"。有个歌唱演员唱了"马儿啊你慢些走"，就说她是"攻击大跃进"。河北省有出新编戏《三上桃峰》，因王光美去过桃园搞"四清"，竟批判这戏"为刘少奇歌功颂德"。风马牛不相及的事，都能扯到一起乱批判，真是荒唐到极点。却又是当时真实的现实。我沉默，自然不仅是为害怕"祸从口出"，我实际已遭如此大祸，我是伤心！伤心得不愿开口！

1969 年 4 月，党的"九大"在北京召开。这次会上在报纸上发表的照片是这样的：毛主席左边坐的是林彪、陈伯达、康生、江青、张春桥、姚文元、谢富治、黄永胜、吴法宪、叶群等；右边是周恩来、董必武、刘伯承、朱德、陈云、李富春、陈毅、李先念、徐向前、聂荣臻、叶剑英等。营垒分明，似乎告诉人们：左边的是"左"派，右边的是右派。但显然左边的是假"左"派，而右边的却是功勋彪炳的在人们心目中一直富有威信的党和国家的领导人。为什么做出如此安排？我百思不得其解。这次会上，毛主席发出了"团结起来，争取更大的胜利"的号召。但又说："过若干年，也许又要进行革命！"我的思想是完全跟不上的。读报后，简直不知该喜还是忧。确有"世事茫茫难自料，春愁黯黯独成眠"之感。

革命真难啊！我想：难道这就是革命？我在黯淡的心情下消磨时

582

日。从春到夏，又到初秋，每天打钟。这中间，薛礼得到了解放，但未结合，整天蹲在家里说是身体不好不出来。他的"解放"算是沾了他是党员的光。工宣队说："无论如何，他是党员！他总该在非党员的何旺之前解放！"他解放后，忽又停止我再去打钟。赵指导员来告诉我："以后你不要再打钟了！我们要解放你！"

这时已是1969年的深秋了！金风萧瑟，落叶纷纷。毛泽东的"知识青年上山下乡"和"接受贫下中农再教育"的运动从上一年已经执行。学校里已送走了两批毕业生去到农村的"广阔天地"里。中学里的学生大都送到贫穷的山区县里去。在那里，吃苦固不必说，年轻男女混杂出事的不少，父母都不放心，有的女青年受到农村坏干部侮辱的自然也有。实际上，去的学生多数都是家长再努力设法开后门使之重新回城。"走后门"之风最初泛滥，应说是从这开始的吧？

有部分能去参军的学生兴致比下农村的高，有的甚至做好了争取入党提干的打算。同我熟识的学生这时早不把我当校长看了，所以还坦率地同我交朋友。一个学生真实地告诉我："到部队后，我打算天天记日记，写学毛著的心得，然后，假装把日记丢失，让连长捡到，准会把我当作好苗子提拔。……"红卫兵经过"文革"的冲杀起伏，从被捧受宠到被贬下放，明白了人情冷暖，知道了红与黑、香与臭，有的竟悟出了这么一种向上爬的窍门了！

那真是苍凉无比的岁月。我不出外打钟了，白天呆呆地坐着看那屋角沾着尘垢的蛛网飘动，通过窗户看日出和日落，看那飘浮在天空上不断变幻的云彩……拿到每一张报纸就连每一个字都要读到……随着悲伤和怅惘的感情反复冲击，我一心等待着"解放"，每当夜晚，看着皎洁的月光幽幽动人，我常常彻夜难眠。但我发现"五大"观点的人很不稳定，也发现工宣队很不稳定，惶惶然，似在要有剧变。

妻与大女儿从外边听到一些传闻，说"七大"要从马陵山杀回来。又说：王效禹这个王二麻子是错了！所以"五大"也是错了！说本地的形势又要像烤烙饼似的翻一个个儿了！这些与我们相干吗？好像并不相干！但却又密切有关！

有一天，公鸡打鸣以后，我在果园那儿遇到工宣队的赵指导员。我不打钟了，但我找了把铁锹自己找点事在干，我在给果树松土。他走过来，我见他面色阴沉气色很坏，心事重重的模样。他问我："累吗？"我说："不累！我是自己找点事在干！"他说："你是干部，觉悟是该高些！"接着忽然对我说："本来，就要解放你的。可是，现在不可能了！解放你也没有用了！也不能算的！因为'老七'要从马陵山回来了！你就索性再耐心等等，再接受接受考验吧！你是干部！现在根据我们的了解，你是应当属于好的和比较好的干部的。我想，你是经得住考验的！"真是谢谢他的表扬，我简直受不了！

什么时候我又被了解为好的和比较好的干部了呢？我瞠目相对，心思沉沉。说实话，这种"考验"我早经不住啦！但我不知该问些什么，也不知道说些什么。看着他懊丧地走了，我也只能懊丧地扛着铁锹走回家去。西风瑟瑟，心情寥落而凄凉。我像漂泅在海上，又像被悬挂在空中。

果然，"七大"的人旋风似的从马陵山回来了！他们是以胜利者的姿态回来的，队伍浩浩荡荡。学校里原先"七大"观点的人也活跃起来了。像厉音玉，始终像"三代元老"一样。"文革"开始时，很红，"五大"掌权时，他也投靠得很积极。此时，"七大"来了，他打出自己原先本是"七大"战士的招牌，就又红了！胡绥之这时也公开宣称，他是赞同"七大"观点的！厉音玉和胡绥之等抱在一起，活动频繁，走路也趾高气扬。此外，数学教师陈维光、传达吉隆章及体育教师曹守学等，都像惊蛰过后从冬眠中苏醒过来的虫豸，马上扛出"七大"的旗号，用藏龙卧虎下海出山的姿态占据了几间办公室，俨然要主宰学校的命运了！

此时，在校外城里，"七大"早已夺取权力，接管了各个部门。谢雪山被作为革命英雄似的放着鞭炮从监牢里迎出来了！"五大"的人都变得灰溜溜惶惶不可终日，不知会面临怎样的厄运，据说有的已去北京、省城上访告状。但从"王二麻子"垮台的形势来看（他的老婆刘某本与江青等关系密切，此时已经被捕下狱。王效禹本人后来免去一切职务被囚禁，又被安排到河北，据说在一个养鸡场里养鸡了），通过"打倒王二麻子"，"五大"的被打倒也是肯定无疑的了！

学校里原来属于"红旗"红卫兵的成员又组织起来开始活动。不少人都陆续回到学校来亮相了！厉音玉同他们在一起，他那张紫黑色的老是阴沉着的戴眼镜的脸上露出骄矜和得意。有一天，"红旗"红卫兵接手了广播室。播音员声调昂扬地宣告："'五小乌合'已经彻底完蛋！王二麻子罪恶滔天必须清算！我们已经接管广播室！……"但，就在这次广播以后，校园里又看不到"红旗"红卫兵的人了！原来，谢雪山等及时将"红旗"红卫兵等全部集中去地委大楼学习，向他们进行政策教育，不许他们打人报复。这使我深深感到他不愧是老干部，确有政策水平。"五大"凶恶打人是不得人心的，"七大"不如此做，是太对了！我对妻说："这下好了！我的解放看来不会有问题了！他们讲政策！一定会很快解放我的！"

绝未想到，当派性发作时，政策都是为我所用各取所需而不是真正按政策办事的。"七大"虽禁止打人，却决心要把"五大"的人"打"成"反革命"！这种"打"比那种"打"更加厉害。这是我后来才懂得的！哈哈，用心打人比用拳头打人高明呀！

十、荒谬故事

　　1970 年的春天，常有惊雷暴雨。每每一个霹雳将天裂成两半，倾盆大雨直落下来。天时和"文革"中人的处境倒似乎十分合拍。但我屋门口的美人蕉却以顽强的生命力经过一冬的严寒，如今又冒出许多新芽来了！这些美人蕉，是我从教师宿舍区移种过来的。从来不去浇水灌溉，听任它自生自长。但每个春天，它却总是强壮地返青发芽，给人一种春天充满蓬勃朝气的遐想和希望。然后，从春到夏，就会开美丽的花，黄的、红的，给人美感，它越长越大，一丛丛的，每过一个冬天就似乎又大了一些密了一些，它似乎给了我一种鼓励和慰藉。花犹如此，人该如何！

　　每天清晨，广播喇叭总是高放《东方红》唱片，然后是女播音员用本地口音的普通话祝毛主席万寿无疆、林副主席永远健康，再后，总是播放语录，一天就开始了！这样的开头，每天不变，但每天的内容，却常常是变化莫测的。

　　"文革"的特点之一，就是任何人都无法料定自己什么时候会有大祸临头。而且，好像快要平安无事了却又突然降下更大的奇祸。这种周而复始，常常会重复不断。

　　对我来说，就是典型的这样。

　　"五大"掌权时，从未把我看作是他们的臣民。他们一而再再而三地整我整得要命。"七大"来了，我只以为我会处境有所改善，谁知

"七大"来后，却又把我当作"黑手"、"黑后台"，当作"走资派还在走"的"走资派"，整我整得决不亚于"五大"。

当然孙膑在马陵山怎么打败庞涓的，弄不清。但"七大"在马陵山以农村包围城市确是打败了"五大"。学校里"五大"的队伍冰化雪消，没人敢再出头组织人同"七大"抗衡。"七大"的人虽在学校是少数，却树起了大旗，成员有陈维光（数学教师）、燕丘（语文教师）、厉音玉、曹守学、吉龙章、宿林（语文教师）、阮仲华（会计）等。鲍圭远是"七大"观点，但他对"文革"没兴趣，宁可做逍遥派，并不去参加活动。胡绥之和钱学林之流则马上宣布投靠"七大"，参与了活动。原来"五大"掌权的匡军民、杨忠明、徐庆林等像霜打过似的蔫了情绪。在外边工作的黄永华和翟任余等，黯然无声地回到了学校，似在等待"七大"的处置。至于远超、薛礼和袁先扬，这时都躲在家里不出来。在"七大"眼中，袁先扬是"五大"第一个结合的，应属于"五大"的干部，就甩在一边。薛礼是"五大"解放的，但无所作用，"五大"也未结合他，"七大"也不想要。远超虽是"五大"解放结合的，但"七大"中的陈维光等一直是远超的心腹，"七大"的战士们认为远超是老干部、老党员、级别高、有能力，也有威信，就决定把他再抬出来。

中学的形势当然反映了外边的形势。外边"七大"掌权的形势也影响了中学"七大"的行动。做法都是一样的。

那是1970年初春的一个夜晚。我在家里坐着，突然被吉龙章叫到一间大办公室里。"七大"的一伙人都在。燕丘、宿林等态度较好，陈维光、厉音玉则眼睛吐出猫头鹰般的磷光，很凶恶。吉龙章、阮仲华和曹守学采取沉默。陈维光和厉音玉逼我站着"交代罪行"。

我表示无罪行可以交代。

他们则说："你是'五大'的黑后台！不然为什么'五大'的工宣队打算要解放你？"陈维光说："要把你作为'五大'的黑手来搞！要把所有'五大'的教工队员以及红卫兵的所作所为都同你挂起钩来清查！"

厉音玉更凶狠地说："你为国民党树碑立传的事一定要定罪！'五大'包庇了你！我们一定要打倒你！"他开口成了"智者"，我沉默成了愚者，我真搞不懂！

我心里冒火，眼里烧着火焰，但自己努力克制。我觉得这其实也不能全怪他们。当时由上到下，许许多多单位都是这样搞的。这种搞法成了一种固定的公式，这种公式是从"中央文革"的做法套用来的。

只是对我来说，颇有《鲁滨逊漂流记》中鲁滨逊在遭到海难后在无人小岛上孤单生活盼望了二十三年的那个冬天里的情感了！这是那本书里我认为最动人心弦的一章。鲁滨逊天天盼着有人来到岛上救他，这天在沙滩上真的发现了人的脚印！他好高兴啊！但，这不是来救他的人，却是一伙来到岛上的吃人生番！他们在岛上烹煮人肉来吃，离去时留下满地的鲜血、骨头和人肉……

我是如此的失望！我的无边苦难要熬受到哪一天才是尽头呢？……

那夜，他们没有达到目的。我被放回去后，忧心忡忡，知道事情会有发展。我把情况同妻说了。她摇头叹息，说："真是无端又来大风大浪，真是莫名其妙！真是想不到！……"一连说了三个"真是"！是呀！真是要我的命！

三天后，在学校大操场召开了声势浩大的"控诉大会"。来参加的除中学全体师生（包括全部"五大"及"七大"）外，有一两千外单位的群众。大会由"七大"的陈维光主持。火药味极浓。我本来在家蹲着，只以为这大会同我无关，想不到厉音玉带了一伙红卫兵突然来到我房里，他大声吼叫："走！"将我揪着衣领押到会场并且押到大土台上用手硬揿着我的头使我弯腰站着。在人的海洋中，口号声尖厉地喊了起来："向反革命分子何旺讨还血债！""坚决镇压反革命分子！""坚决控诉揭发'五大'黑后台何旺的滔天罪行！"……这时我才发现，台上红布横幅写的就是向我讨还血债！我起先以为看错了！仔细看看一点没错。

我又成了有"血债"的"反革命"了？我的大脑里茫茫一片空白，我的天！我怎么成了"五大"的黑后台又要向我讨还血债了呢？真是随心所欲，信口雌黄了！我全身三万六千个毛孔都紧张地张开了！简直糊涂得发晕！

上台来痛哭流涕哀伤愤怒控诉的都是"七大"的群众，主要是外单位的。都在麦克风前控诉他们被"加温"殴打的经历。有的伤了，有的残了！嘶哑的哭诉，刺耳揪心，熠熠的目光，仇恨未消！每个控诉都像响雷，像闪电，对着我而来。我心里一片迷茫，却又像灌满了铅，无比沉重，听着听着，才有点明白了！原来控诉的都是"五大"胜利掌权初期把中学作为"加温厂"时，将外单位的人绑来校中关押殴打的事。这些事我都是以前略有所闻而不知其详的。只听妻说过：那时"七大"的人被"五大"加温，校园里经常响起撕裂人心的惨叫，具体情况毫无所知。可是现在这个"讨还血债"的控诉会却把矛头对着我，岂非荒唐，从何说起呢!？那个阶段，我根本不在学校。自从农校大武斗后，我去了上海，在上海住了很久，现在却想把这些罪行全胡乱栽到我头上，太滑稽太不讲理了！只听到口号声愤怒得像沸水开了锅。台上台下有些人的表情都像要杀死我！我不禁想：此时如果不让我辩护，如果听任台上台下那些人殴打我，打死砸死也是不稀奇的。我心里为这种毫无民主与法制及毫无人权保障的野蛮"文革"悲哀！按捺着心头的气恼与愤怒站在那里。什么控诉和口号我都听不进去了！我觉得面对的是疯子！我自己也要气疯了！

想不到，控诉完毕，陈维光突然对着我吼叫："快坦白交代你指挥打人的滔天罪行！把瞒天过海的事招出来！"他将我用力推到麦克风前，要我马上交代！

这时的口号声又响彻云霄，要我坦白交代，要向我讨还血债。……

我产生了一种惶悚感，但镇定下来走到麦克风前，高昂着头，掩饰不住内心深处的气愤与愤慨，高声说："这些事我都不知道！也没参与！那时候，我在上海，不在这儿！我是过了夏天到秋天才回来的。回来时，学校里已经不是加温厂了！"

这事，有人是的确不明真相的，有人却是故意胡搅！我的回答一出来，反响也是各式各样的。有人愤怒地高叫："揍死他！"有人则感到滑稽，张口笑了，大约在想：这跟他有什么关系呀！……有一块鸡蛋大的石头从人群中扔到台上来了，但没砸到我！

陈维光制止下面扔石子，他被动了！他也许的确不太了解情况。因为他本来算是远超的"保皇狗"被整得不轻，"五大"又因为他是"七大"观点，也未让他参加教工队。他可能听了厉音玉之流的胡说八道。厉音玉既下死力整了我，总想把我整死最好，不然怕我又被"解放"来报复他。"五大"掌权时，他是如此，现在"七大"掌权，他又想如此，他在陷害人上确是有天才的。这当然挑动得不明真相的陈维光真的把我当作什么有"血债"的黑后台了！这时，陈维光十分被动，却也十分聪明，忽然大声说："你是后台指挥！手法隐蔽！你别以为你在上海就逃得脱干系！你那是遥控！你在上海遥控指挥！你是加温厂的真正老板！加温厂的黑后台！"

总算这么被他用"遥控"的罪名将我"打倒"了！口号声震天，比土改时斗恶霸地主场面更热烈，我被押下台后，迈着沉甸甸的步伐被放回家去，心里五味俱全，控诉大会到此结束。

实在没法同这种云谲波诡的命运抗争了！

他们究竟是无知呢，还是昧着良心说瞎话？究竟是"演戏"呢，还是拿人死活开玩笑？我一点也弄不清。好的是以后竟没有再提向我讨还血债的事！看来，陈维光等终于明白，他们是拿我开了一场大玩笑，我确与"加温厂"完全无涉。他们自己也是开了场自己的大玩笑。

但我无法克制心里的悲哀。春夜漫长难熬，我常醒来叹息。树在风中摇曳，我听来都似乎在发出轻微的呻吟。我为自己悲哀，也为国家民族悲哀，为这些在"文革"中发疯的闹派性的人悲哀！为所谓"无产阶级专政下继续革命"悲哀！

门前道路两旁的合欢树又是开花时节了。那些红花的怪味总是又随风吹进屋来，使我闻了难受。我整日闷在家里，很后悔又把两个可爱的孩子从上海接回来。但又想想，妈妈已经去世，孩子势必也不可能留在上海。但现在我处境又更恶劣了，孩子又要受我拖累，遭人歧视、侮辱，我怎么能不深深负疚？

"七大"开始了"冤冤相报"，"高明"地用打"反革命"的方法来对付"五大"。凡"五大"的头头与骨干，都看作是"反军乱军的反革命"，都是"王二麻子"的爪牙。凡"五大"结合的干部，大部都算是"五大"的人，不但不重用，还要整一整。

恰好，上面指示"办学习班"。于是"毛泽东思想学习班"成了整人的一种最好最巧妙的形式。那种编织谎言、制造痛苦的大字报、大批判又畅行无阻，成了家常便饭。毛主席要办学习班的本意是要两派"斗私批修"、"大团结"。但我深深体会到：利用上边的话各取所需的手法在此时向顶峰大发展。这对以后许多年都有影响。上边的话可以被下边用来办私货！"令行禁止"是不起作用的了！

"文革"中的"毛泽东思想学习班"究竟逼死整死多少人？无人统计过也无法统计。但那数字从全国来说肯定很大。论理，既是学习毛泽东思想，必定是贯彻实事求是精神的地方。其实不是！那是变相的私设公堂，搞逼供信的地方，取伪证的地方。要你承认什么你就得承认什么，不然就不能"毕业"，无限期地整下去。名谓"毛泽东思想学习班"，被他们挂了羊头卖狗肉，败坏了马列主义、毛泽东思想的名声。

"七大"用"毛泽东思想学习班"整"五大"，那是非常策略的，既冠冕堂皇，又整得"五大"彻底垮台。当然，"五大"的派性头头，干的坏事不少，谁也无须为他们辩护。问题是像我这种人，夹在中间倒霉受罪，确是别有一番滋味在心头！

最初，"七大"来了一个工作组到中学，负责人名叫聂英华，原是县里的一个干部，这时是来中学抓"五大"的反革命的。威风凛凛，脸上寒霜厚厚的没有笑容，魄力惊人。来后，找我谈话，也找妻谈话。总而言之，听了不知谁的挑唆，误认为我是"五大"的黑后台，罪恶严重。他对我说："你反军！曾参加过部队的静坐绝食！你又是加温厂的老板！我们必须打倒你！你要坦白交代！"

聂英华也许粗鲁一些，偏听了有的人提供的错误情况，但他不阴险，还比较实事求是。我对他坦率讲了自己的全部情况，他同我谈了一通，就没兴趣了。因为我没有真正的"罪状"，油水不多。他就转移目标了！

翟任余和黄永华因为是"五大"观点去校外参加工作的，被整得很凶。整他们的大字报上，居然说我是"黑司令"，他俩是我的一文一武两个大将。于是画了一幅大漫画张贴在校园里，中间是我，一边一个站着门神似的文臣翟任余和武将黄永华。他俩天天在学习班里"学习"，老是毕不了业。

匡军民、汪兵是"红卫兵小将"，又都是"脓包"，让他们回家乡"修地球"（种地）去了！学校里不再看到匡军民背个黄色军用大挎包的身影了！也听不到他训话时说"谁比我强的，就站出来，我让他干"了！

教工队的头头们：杨忠明、徐庆林、张若水（历史老师）、郁伯诚（数学老师）、童仑迁（数学教师）、田兆本（物理教师）等，都在学习班里挨整。互相揭发，自我交代。那些好"战友"们，互相为了自己都反目为仇。童仑迁揭发：有一次杨忠明看报时，见到毛主席的一张照片，竟然说："毛主席怎么挺着肚子格愣着眼呀！"于是，杨忠明顿时有了"反革命罪行"。但杨忠明始终不肯承认有这事，就只好拖在学习班里每天"接受同志们的帮助",永远毕不了业。

袁先扬本来似乎是"七大"不可信任的干部了,偏偏依赖他的"琉璃蛋"哲学和"不倒翁"的本领。小小检查一下就过了关。"七大"的人说他:"他没啥水平!路线觉悟不高,犯错改了就好!……"他仍嘻嘻哈哈同"七大"的人上上下下打成一片,晚上喝酒把脸喝得红红的睡觉。

远超名义上维持了一把手的地位,只是实际有多大权力,还叫人摸不透。我有时远远看到他一跛一瘸在走路,似乎老在低头想问题,沉默而沉闷,他尽量不在外边露脸。

学习班的逼供信,弄出的全是假材料!真话一句不要,越假越轰动越好。甚至有的人为了争取表现互相勾结捏造出假材料来,或者干脆沿着"七大"主事者的意思顺着竿往上爬。编造出的假材料漫天飞舞。

比如,有一天我突然又被关押起来。这次关在校园北面后门旁的一排教室中的一间里,离家较远,处于校园偏僻的角落里了。忽又将我押到前边在仪器室里开办的学习班里去了。在那里,面对面地听原来"五大"教工队的头头郁伯诚和田兆本揭发。他们揭发了我在"五大"掌权时期的所谓"反动言行",居然有时间、有地点,而且两人串通起来互相交叉做证。

我听了,气愤摇头,说:"完全是捏造!"

郁伯诚和田兆本竟一口咬定不放。

当天,我囚禁处门口就有学生来贴对联了,贴的是:"可上九天揽月,可下五洋捉鳖",横批是"揪出黑后台",我又成了"鳖"了!

于是,我算是关押着隔离审查,不准回家,每天写"交代"。写不出,就只好僵持。常被胡乱提审,人来大声吆喝,"出来!走!"使我每次提审都会想起《红灯记》中李玉和的唱词:"狱警传,似狼嗥,我迈步出监……"好的是这时学校外边到处在办"学习班",所有"交代材料"各单位之间都在互相串联通气核对。"外调"的人员也在满天飞，我竟没有被外边任何单位任何人或事牵涉，时日久了，事情不弄清也弄清了，只不过就算弄清了他们也不想轻易放你！因为他们要演戏总少不了找个有点名气的大演员呀！

远超被推到前台当了革委会负责人，他好像管事也好像不管事。聂英华在时听任聂英华做主。聂英华走了他仍让"七大"的陈维光等一伙人跳跳蹦蹦。这是因为又上台的老干部，一方面办事顾虑大，心态仍未正常；另一方面因为那些派性的头头陈维光等也不会把全部权力都交给远超。他只能采取这种态度。总的来说，陈维光、燕丘、宿林等人比起"五大"时为非作歹的那伙人要讲点政策。厉音玉、胡绥之、徐庆林等人所实施的殴打和残酷侮辱，在审问我时未再使用。使用是要受到干涉的！

对我的"提审"是三天两头进行的，使我觉得威胁和压迫老在身边轻步潜行。起初，是成立了个专案组，由陈维光负责，加上语文教师张世美、曲荣帆，"提审"我时，突然又要我交代"历史政治问题"，他们可笑地拍着桌上一卷卷宗说："现在已经查出你把严重历史政治问题隐瞒了，必须立刻交代！坦白从宽，抗拒从严！不然，我们抛出材料你后悔就晚了！"

怪就怪在我实在不明白他们究竟要搞我什么问题。我坦然回答："我没有历史政治问题，更没有隐瞒！你们如果掌握了材料，抛出来就是！"

这当然使他们的讹诈失败！

专案组三天就撤销了！

我被关押着，妻被他们弄去住集体女教师宿舍办毛泽东思想学习班。要我揭发妻，又要妻"斗私批修"揭发我。然后把两方面的材料对照起来，看是否一致。妻丢下了晓林和晓亮去学习班，每天由十多岁的晓林给她送饭。她和孩子的情况我当然都是事后知道的。那时，天常下雨。孩子小，姐妹俩住在家里，晓亮总是害怕。妻在学习班里实际是受着监视，看着天像号啕大哭似的下着倾盆大雨，想着我和孩子，心情可想而知。

常有大会在雨后校园潮湿的大操场上举行。广播喇叭一遍遍放着流行的歌曲："太阳出来照四方，毛主席的思想闪金光。"或者"公社是棵长青藤，社员都是向阳花。……"大会都是"七大"愤怒声讨控诉王效禹和"五大"的。倒没有押我去参加，说明他们已认为这同我无关。我关在校园后门旁的教室里，每天由伙房的"七大"观点的工人看守。倒有点优待，每天让屠春给我挑水灌满水瓮，并让他每天给我到伙房打饭送来。开头天天逼我写材料，后来见我写的都不合要求，知道逼也无用，骂我："你写得又臭又长！可是一点事实也没有！……"干脆什么材料也不要我写了。

过了些日子，忽然派来了一个军代表，是个二十多岁的年轻的连长，姓张，唇上胡须还像黑色汗毛。中学本是省属重点中学，这时被降低规格下放到县里了！所以军代表竟只是一个连级干部，他官虽小，仍权威得很，虽然连讲几句话都讲不好，每次讲话前总是先大段大段念上十几条语录，水平低，声音抖颤，派性却不小。学习班就是由他亲自掌握的。他一来，情况既不明，水平又太低，更是"左"得异常。一次，给我挂上"现行反革命和历史反革命"的牌子押到京剧院批斗。一次，同我谈话，限令我立即交代"滔天罪行"。我说："没有可交代的！"他说："你参加了向解放军静坐绝食的反军乱军行动！"我说："没有！"他说："抵赖！"我说："可以调查，确实没有参加。"我把那天抢救学生的事说了。想不到他竟一拍桌子，厉声说："你不说实话马上逮捕你！"我也气了，太阳穴上血管突突地跳，说："逮捕就逮捕！"那时确实感到逮捕坐牢也比这样不断折磨好，况且我已被关押了这么久，等于已坐了监牢。说完，我不顾一切地离开了他，带上了门，大门"砰"的一声像放了一炮。押解我的人追赶着我，把我又押回关押地方。我回到房里，一心等着他来逮捕，因为我认为他是可能这样做的。结果，他的话却没有兑现。据后来了解，当时远超对这位连长很不感冒，意见常有分歧。后来有关方面也发觉姓张的连长不称职，这位军代表也就滚蛋了！他如活着，现在胡须该不像汗毛了吧？

1970年夏天时，常下箭杆似大暴雨，哗哗哗，让人听了心烦意乱。"七大"居然又办了一个全地区性的极大的"毛泽东思想学习班"。这个学习班将城里、乡下所有中学、小学、中专的教职员工，约计一千多人一起集中起来，以中学校园为这个大"毛泽东思想学习班"的主要会场。目的是要弄清"五大"反军反党反毛泽东思想以及搞打砸的罪行。"七大"领导学习，"五大"的人要在学习班里人人过关。所有参加学习班的人，都集中起来吃、住、开会学习。这种大学习班真是组织得异常严密，又异常细致，学习班开学第一天，先吃忆苦饭。是晒干的地瓜秧（红薯秧）切碎了煮熟当忆苦饭吃。那东西又脏（夹着泥沙）又老，气味古怪，稀里糊涂嚼了一通，吃了会大便堵塞的，但大家都乖乖的自己用大碗盛着吃。我吃了一碗，一个"七大"的造反派头头走来问："好吃吗？"我说："好吃！"我又做了一次两面派。谁知他笑笑摇摇头："谁信你的！"我也不禁笑了。是呀！本来大家都在说假话嘛！我哪敢例外！

我在这个大学习班上，始终被关押着没有自由，而且我本来出名，这时当然更引人注意。因为中学参加学习班的"五大"头头们，为了逃避自己被整，想找我做替罪羊，所以贴出的大字报上，都常常把矛头对着我，把我说成是他们的黑后台，说我领导大家参加了静坐绝食反军乱军罪恶滔天等等。这我当然懂得：落水鬼总是要抓个活人做替身的。而且像唱戏一样，要有出名的主角才热闹。明知我没有什么问题，但为了热闹和轰动，也要借我的名用一用，好在造谣无罪、毁谤有功，是"文革"的特色。何况又有些人希望把自己弄成无罪，那么只要朝着我用手一指大喝一声："抓他！"也就解脱了他们自己。昧着良心完成任务写我的大字报对他们有益无损，何乐而不为呢？

大学习班办得真是轰轰烈烈。大字报之多，排山倒海。天天发动大家写贴，发动大家去看。"七大"的人都是学习班各级负责人，也是各个学习小组的小组长，每个学习小组都是既有"七大"的人也有"五大"的人。"七大"人数多过"五大"，而且是"七大"整"五大"。声讨"王二麻子"的罪行，实际就是声讨"五大"的罪行。"反革命分子"的帽子是大量用来扣在"五大"成员的头上的。空气紧张得使人窒息。我被囚禁着，常有些"七大"的人走到门口像看动物园老虎似的看我。当然，我也发现，许多人并不仇恨而只是好奇，因为他们参加了"七大"与"五大"的斗争，心里明白我并非什么"五大"的"黑后台"或"幕后指挥者"。我只不过是一个倒霉的做过省属重点中学校长的党外知识分子干部而已。

但，事情也有出人意外的。事隔三年后，我才知道，就在这个大学习班上，地区公安局竟有人来到中学，找到远超，要他这个革委会负责人同意逮捕我和黄永华、翟任余。其根据就是大字报和漫画上历数的完全无中生有的罪状。可见"文革"中冤假错案之多是什么原因了。林彪说的"谣言三遍成真理"，是可以验证的。

当时，远超是讲原则顶住了的，"七大"领导学习班的人也还讲政策。远超说："我不能同意！因为没有确凿证据可以证明他们三个是一伙，也不能证明他们有该逮捕的罪！"

当时，被逮捕的人不少，中学校园的大学习班里，逮了三个人。其中一个是九中的一个姓章的副校长。此人是民主人士，早年做过国民党的区长，但给共产党办事搞两面政权有功。新中国成立后却一直在运动中挨整。原因是他出身不好，社会关系复杂，两面政权时的事又时过境迁弄不清楚，逮捕他当然也是杀鸡吓猴。因为他这样的人竟敢站在"五大"一边，岂能不予镇压！开逮捕大会那天，他被五花大绑脱光上衣游街。他很胖，皮肤雪白，绑的时候很像小时候我看《水浒传》的绣像画上宋江在大名府被绑赴刑场的模样，真是吓人。我当时是被押着去参加在运动场开的镇反大会时途中见到这场面的。后来，他蹲了一段监狱。"四人帮"粉碎后，我有一次偶然见到他，他已出狱平反退休，谈起坐牢情况，只谨慎地说了四个字："非人待遇"。问他当时因何事逮捕，他也只说了四个字："莫名其妙!"

确实，我当时如果被逮捕入狱，是否能活到现在，是难说的。那里的监狱，阴暗潮湿，当时囚犯多，吃的差，又时有非法的虐待，确是非人待遇。学校地理教师吴曼琳的丈夫房烈，是北京煤矿学院毕业生，分配在矿务局工作，一个很优秀的工程技术人员，"文革"初因出身不好受迫害，成了牛鬼蛇神，被一个姓谢的同事陷害，后来平反，参加了"五大"。谢某是"七大"头头，此时将房烈定为"反革命"逮捕入狱。数年后房烈出狱告诉我：在牢里没有吃的，连棉絮、稻草都嚼了吞了!……

"五大"、"七大"都是派性产物，可恶的是两派中利用派性为非作歹的人，当然，两派中好的人也是多数，有的确是抱着"忠心"在干事的。"观点"问题，是个很难说清的问题，"文革"本身就是一场混战嘛!我说好人，比如"五大"工宣队那个赵指导员，给我的印象就较深，未见他作威作福，未见他以权谋私，未见他不讲政策。又比如"七大"吧，师范附小当时的校长姓张，属"七大"观点上台的。一天，她见到晓亮失学在家，就主动地说："孩子，来上学吧!我收你入学!"又比如我的一个姓王的学生，是"七大"头头，做了农机厂厂长，晓林读完小学六年级后受到我株连无法再升学。招工时，别的厂政审通不过都不收。他却破格收晓林去农机厂做学徒工。可怜的孩子，当时仅13岁，要扛60斤重一块的铁板，扛损了腰。后来学钳工，几乎天天身上带伤。

这次大学习班办的时间极长，有一天，就在中学总务处办公室旁的杏树上，清晨发现夜间吊死了两个小学教师，舌头拖着，眼睛睁着。

县里的"小教团"（即"小学教师革命造反团"）本是"五大"中的一个"大"，"文革"中确跟王效禹很紧，所以学习班中凡"小教团"的成员都得挨整。这两个自杀的是何许人，弄不清楚，也许他们有什么罪，但他们是受不了学习班折磨之苦而自杀寻求解脱的，当无疑问，人既自杀，属于"畏罪自杀"，死了还要加上"反革命"帽子，当时也是顺理成章的事。

那次规模巨大的"毛泽东思想学习班"后来终于"胜利"结束了，一场疯狂的红色恐怖又已过去。校园里剩下的到处是大字报的残痕和碎片在秋风中瑟瑟发抖，满是参加学习班的人遗留下来的废纸片、牙膏皮、垃圾、破鞋、烂袜……从那以后，"七大"巩固了统治，而且一直成为政权的代表，也容纳了一些"五大"的他们认为可以工作的人，外加一些未涉及派性的人，作为政权的掌握者推动着全区的"文革"，一直到"文革"以后。"五大"垮了台，不服气的闹派性的始终在上告或思图反攻，但人数少，基础差，所作所为又不得人心，王效禹垮台去养鸡了，再也没有翻身重新上台的可能了！我深深感到，不参加这种"学习班"不知何为精神折磨，不押到斗争会场，不知何为"触灵魂"！在学习班期间，我始终像死了一样活着，像做梦似的醒着。

大学习班宣布结束，我觉得我真的够资格毕业了！我像药材被又蒸又晒已经炼成了金丹。我像苦行僧历经风霜雨雪真正四大皆空。如今，什么批斗我都不怕了！自杀对我已绝对不会再去钟情。我早已皮厚心坚，什么打击也不在乎了！说我是"老牛筋"、"老油条"、"运动员"、"硬核桃"，甚至"花岗岩"，我都可以接受。并无太大反感了。

有一天，伙房工人"七大"观点的季志友和丛克学（他俩在看守我时待我都较好。季志友本是京剧团学过武生，但只会翻筋斗不会唱戏，年岁大了些，淘汰到学校做了伙房工人）通知我："放你回家了！我们帮你扛行李！"

路上，季志友对我说："校长，你是个好人！"

我奇怪地看着他那张憨厚的胖胖的脸，惶惑不解地说："怎么呢?"经历过无数次的侮辱、折磨后，我已绝对想不到还有人会把"好人"这顶桂冠戴到我的头上了!

他认真地说："这场'文革'，大字报铺天盖地，真的事假的事都掀了出来，加给你的'三反'罪名，我看冤枉得很。可是尽管火烧炮轰，也没谁说你干过一件肮脏龌龊的事，什么贪赃枉法、男女关系你一件也不沾，不是好人是什么?"

看来，人总是有是非感的。可是我却只能对他苦笑笑。

于是，我又回到了家，但同时又接受了任务：打钟，我又重操旧业了!

我明白：我并没有什么问题。热闹一场、胡扯一通、乱整一气，把我当个演员或道具用一用，用毕，我还是我。我也明白，我的解放看来还是遥遥无期的!

于是，每天叮叮当当打钟，度过了1970年那个严酷寒冷的冬天，又度过了1971年的春天，人们又都在说："钟敲得真准!"据说也有人建议："就让他打钟好了! 这就是发挥一技之长嘛!"

来外调找我写材料的人仍有。印象最深的是从河北唐山来的两个造反派，仍要我证明节振国烈士是叛徒，因为我写过节振国的传记小说。我说："谁都知道节振国抗日十分英勇，是民族英雄，怎么能说他是叛徒? 以前唐山来人我早这么写过了!"他俩态度恶劣，又说："如果没有确证，也不要紧，有可能怀疑之处你就写出来，这可以算是你的主动表现!"我夜里写了材料，把节振国抗日中的英雄事迹又都说了一遍，做好思想准备明天要挨整。想不到那两个造反派拿走了材料未再出现。

妻的处境这时已有改善。从大学习班结束后，远超叫她恢复工作仍回图书馆负责。她工作一直认真细致，远超开会还口头表扬了她。这使她的工作减少了些困难。当时，图书馆原有的书全部成为"毒草"，只有毛主席著作、马列著作、样板戏剧本及浩然的《金光大道》等小说出借，主要是开放阅览室，摆些《红旗》《人民日报》等给师生阅读。师生们在当地本来视野已经狭窄，见闻也少。这一来，"文革"的后果是使他们连中外古今的名人名著都不知道了，即使识几个字，能不算"文盲"吗？课本当时一直在"改革"，所谓"改革"，"去除封资修毒素"，实际是将课本完全改去丰富的内容，降低水平，单纯从实用出发（如物理课只教一点拖拉机与水泵的原理与操作），违反各门学科衔接、互通与循序渐进的原则，英语课本从头到尾只是教几句"毛主席万岁"、"打倒帝国主义"、"打倒修正主义"一类的中国式英语。语文课本改得学生无法读懂文言文。专家都早被打倒，去改编课本的是些水平不高的外行。学生读了这种课本，知识贫乏、水平降低是必然的，大多数高中生，错别字连篇，将"舅舅"写成"鼻鼻"，将"老娘"写成"老狼"的并不稀奇。这责任不在学生，当然也不在老师。

我思想上对这问题是有认识有意见的，但要我批判"黑线"并自我批判"资产阶级教育思想"时，我总是违心地说："现在如何如何好，以前如何如何坏。"……为了想自己过关，违心的话总是说了又说，是非黑白颠倒也不管了！这是把水在搅浑，"文革"的"乱"与"糟"，我这种人决不能负什么大责任，但也不能说一点小责任也没有！

回想当我被整得最厉害的时候，有一次，凶神恶煞般的厉音玉带着学生揪斗我时，动手打我，我手上皮被剜破带着血回到家里，与我愿同生同灭同苦同难的妻在夜间曾哀怨地对我说："唉！我们还算是中国人吗？我老觉得我们已不被看作是中国人了！我也觉得中国已经不像中国了！"她和我甚至都一再后悔不该有孩子！因为让孩子们受的罪太大了！而且孩子们处在这样一个恶劣的环境里太造孽了！其实，这场史无前例的"文革"，何止使我们不像中国人呢？它是封建主义专制阴魂抬头的十年！野蛮践踏了文明，愚昧控制了科学，兽性蹂躏了人性！那是个是非颠倒、黑白混淆的荒谬年代！一些年后，我看到传抄着的一首梁漱溟写于"文革"中《吟"臭老九"》的诗："九儒十丐古已有，而今又名臭老九。古之老九犹如人，今之老九不如狗。专政全凭知识无，反动皆因文化有。假若马列生今世，也要揪出满街走。"诗冷隽酸辛，是春秋笔法，经过"文革"煎熬的我，读后猛烈震动啼笑皆非。

十一、可悲的滑稽与可怜的欢乐

　　1970 年末和 1971 年初，总是下着纷纷的大雪。厚重的积雪压断树枝发出呻吟，我听来树似也在叫苦。路上有了积雪，我总常被程金声叫去和那些未解放的教师陈茂流、屠春等一起打扫积雪。校园大，扫尽路上的积雪很费力气，我总是干得浑身大汗。

　　"外调"的人员仍在满天飞，一天，来了两个上海总工会的外调人员，一个年老，一个年轻，态度都较好。尤其那位五十多岁的老头，态度是温和的。他们来调查两件事，一是王孝和烈士是否是叛徒？二是当年上海总工会的工运史料在"文革"中损失了，他们想了解我 1949—1952 年在上海总工会掌握的工运史料后来移交给谁了？他们说："当年上总的老同志像你这样在筹委会时代就工作的人现在不多了，所以有些事要找你查证清楚。"我说："王孝和决非叛徒。当时我们收集工运史料，从《大公报》等报纸上找到许多摄影记者马赓伯、宣相权等拍的照片，那些照片从王孝和受审讯到被杀害都有。从照片上看，王孝和一直是仇视敌人坚贞不屈的。只要看到他对敌人始终怒目而视临刑时仍高声抗议的照片就明白了！"他们说："照片等等现在都不全了！"按照他们的要求，我把工运史料移交时的情况及来接收者的名字都写给了他们。他们认为我实事求是的态度是对的。这是"文革"中我唯一一次遇到的公正的外调人员。但写材料时，我很感慨，连王孝和烈士都要说成是叛徒并审查，"文革"中人妖颠倒、是非混淆，这该算是一个典型例子。

我的解放依然遥遥无期。夜里我常做梦，梦见萤火虫，梦见大鹏鸟，梦见黑黢黢的大森林。梦见萤火虫是我向往光明吗？梦见大鹏鸟是我希冀自由飞翔吗？梦见黑黢黢的大森林是我感到前途茫茫吗？……有时梦见童年时捉蜻蜓、采野花，无忧无虑笑逐颜开的天真，那就是我暂时感到最欢畅的时刻了！

已有大胆善良的教职员开始敢同我和妻接触了！以前，我固然常被囚禁，妻在默默无语中总是满怀一种期望与等待。她虽未被完全剥夺自由，却等于也被孤立。开会时，她往那里一坐，身边常常是空着的，没人敢沾她。如今，有了变化，一些过去关系较好的教师，一些比较和善的教师，都敢见面讲上几句话了。有的甚至说："何校长没问题的！不久总要解放的！"

妻听到这样的话就要高兴地告诉我，她有时也拿些各种各样的红卫兵小报和造反组织印刷出版的小册子给我看。我们之间似有一条共有的通道互相输送营养支持生命。我们两人的灵魂重叠在一起，不分你我也在互相支撑，依靠爱情，站立并且生活。

1971 年的夏天降临时，给我印象最深的事莫过于七月间得悉美国国务卿基辛格曾秘密访华而美国总统尼克松发表了声明。美国方面采取了主动！打开了建立中美两国间正常关系的大门，并宣布尼克松将于 1972 年 5 月前的适当时间访问中国，谋求两国关系的正常化。中美之间在相互隔绝 22 年后，在"文革"中出现了这样的一个变化，不能不使人感到意外。当时，"文革"的结束还遥遥无期，我这中学校长在学校里的任务仍是看守果园和打钟，国家大事与我似乎无涉。夏夜，有些教师带了孩子把席子铺在大树下的地上坐着乘凉。一个名叫沈新运的数学教师，是个逍遥派。他六七岁的儿子乘凉时老在唱电影《闪闪的红星》中的插曲："红星照我去战斗。"身处逆境，似乎革命已与我分袂，我已是革命的对象，歌声遂使我有一种说不出的特别感受，悲凉而凄怆。

看守果园，实在寂寞无聊，那整个夏季，白天听着蝉声噪鸣，"知了——知了——知了——"。有时天气特别炎热，半夜蝉声也不断，不禁使我想起朱自清《荷塘月色》中谈到的蝉的夜鸣引起争议的旧事，深深感到什么事都需要亲历其境才有体会。既然寂寞无聊，我就天天把精力用在观察蝉的生长上。那倒是解除了不少寂寞的，而且使我悟到处处都有学问，只要你去钻研、发现。

本地从古有吃蝉的习惯。我想这同当地自古贫困多灾有关。我看过《县志》，那上面的记载，常有"××年，灾情严重，人与人相食"一类的记载。灾荒年，人缺少吃的，连人都能相食，岂有不向吃昆虫方面发展之理。本地人，历来将蝉及豆虫、金龟子、蝗虫、蚂蚱、蝎子等视为可食之物，如蝉及豆虫还列为美味。尤其是蝉，普遍都爱吃，而且从它的幼虫吃到成虫。

蝉的幼虫本地人叫"唧溜核"。"唧溜核"脱下的壳是"蝉蜕"，可以入药。蝉和"唧溜核"都可以吃。粗糙的吃法是拿来在火上一烧一烤就吃。我刚来做校长时，正是夏日，常见学生用火烧蝉吃，也烧"唧溜核"吃，起初觉得奇怪，后来却自己也尝尝了！高级的吃法是：将"唧溜核"洗净用盐水泡上一天后，放铁锅中用油炸炒熟，然后喷上糖醋酱油吃。"唧溜核"是蝉的幼虫，嫩而好吃，尤其颈部的一块肉，很有嚼头，鲜美可口，炸炒得好，颇似炸虾的滋味。蝉则老一些，滋味逊色得多。但"唧溜核"在黎明前蜕去壳刚钻出来的蝉颜色是白色或淡青色的，不但色美，也鲜嫩。到天明后其色就渐变深变黑，那就老了。我见齐白石画的蝉，有黑色的，也有这种刚蜕壳的淡青发白的嫩蝉。看来他是仔细观察过蝉的蜕变生长的。

蝉这种昆虫，自古即与文学有密切关系。唐代诗人虞世南有《咏蝉》诗："垂缕饮清露，流响出疏桐。居高声自远，非是藉秋风。"短短二十字，开拓了启人幽思的主题。最难忘的自是唐朝骆宾王的《在狱咏蝉》："西陆蝉声唱，南冠客思深。那堪玄鬓影，来对白头吟。露重飞难进，风多响易沉。无人信高洁，谁为表予心。"我在看守果园的不自由状态中，每每吟诵骆宾王的诗就想长叹短吁。好一个"谁为表予心"哟！

蝉的特殊的繁殖方法与生长规律十分有趣，蝉的受精卵是由雌蝉用尾管插入树枝皮层内产下的，每次要产很多（据说是先由雄蝉选择适当的树枝并用嘴管在树枝上刺孔。孔成后，雌蝉才去产卵）。凡被蝉下了卵的树枝就会发黄枯死，然后随风折断掉落在地（据说，是数日后，蝉咬落树枝使之落地。但我看到是树枝枯死然后落地的），经过一些时日枯枝就埋入土内。妙的是蝉的卵化为幼虫后要在地下十几年（据说要13—17年）才出世。幼虫在地下据说要蜕好几次壳，它们在地下的幼虫从植物根部吸吮富有营养的汁液维持生命。然后，到破土而出时，就用两只带锯齿的爪子打开一个光滑的隧道似的洞爬出地面，爬到附近的树上，利用夜色蜕去壳变成蝉（蜕下的壳叫"蝉蜕"，中药认为能明目、止渴，治风疹块），然后在天明前飞到树上去。在树上，雄蝉会鸣叫，雌蝉是"哑吧"，雄蝉鸣叫是为了吸引雌蝉交尾。

嫣红的落日，浓重的暮色，每每在雨后，"唧溜核"就大量从地下爬出来。校园旁大沙河边上简直成千成万只"唧溜核"出洞。如用扫帚扫或用铁锹挖，收获就更多。蝉为什么这样繁殖？可能完全是为了防备像鸟这样的敌人来吃掉它们。不过"唧溜核"在出洞时，癞蛤蟆就会吞食它。我亲眼多次在夜晚见到癞蛤蟆在树下一跃而起用舌头将爬歇在树干上的"唧溜核"整只吞在嘴里咽到肚里去。很大的一只"唧溜核"，癞蛤蟆用大嘴囫囵吞下去，吞得很快，似是一种美食。

"唧溜核"很干净，因它吸食的只是植物根部的汁液。它是高蛋白食品，中医又说它能明目、清凉。蝉当然也很干净，因为它吸食的也是树枝上的汁液。它们显然是一种对树木有害的害虫，但只是一种对树木无大害的害虫，只爱在白杨树、苹果树、梨树等树木上栖息，像臭椿树等看不到有蝉依附。

那个夏天到秋天，我观察着蝉，常常夜间看果园时捉了许多"唧溜核"回家由妻炸炒了吃。真是苦中作乐了！我还画了些蝉的成长图，目的是什么？说不清！反正解解寂寞吧！但我确曾想过：倘若放在一块旅游地域，在大森林畔有一片特殊的高级餐饮馆，专门出售一道名菜佳肴——油炸"唧溜核"，味美而营养丰富，取个好听的名字为"美味蝉餐"，那一定会吸引游客和食客的。这想法当时怎么会有的？实在奇怪！我从来没有想做商人，却会冒出这么一个做生意的想法。如果被人知道了，肯定又要批判。这想法当时有什么意义呢？可说什么也没有，只是一种可怜的欢乐而已！

历代文人，像曹大家、谢灵运、张九龄、李白、杜甫、白居易、陈子昂、贾岛、李商隐、苏轼、陆游等，以及一些帝王如魏武帝、晋明帝、唐太宗等都有咏蝉名作。他们在蝉的身上找到了可以寄托他们爱憎与信仰的东西，以及可以抒发品格和节操的特质。有的写蝉以言情，有的颂蝉以喻志，比如陆游的《蝉赋》曰："头上有绥，则其文也；含气饮露，则其清也；黍稷不享，则其廉也；处不巢居，则其俭也；应候守节，则其信也；加以冠冕，则其容也。君则其操可以事君，可以立身，岂非至德之虫哉。"这是最过誉的了！诟骂蝉的诗词歌赋则还没有见过，但我在当时那种逆境下，一方面也觉得从蝉的身上可以体会到一种对生命的"感物吟志"，如司空图说的："今朝蝉忽鸣"、"便觉十年老"；如李白的"秋蝉号阶轩"，"感物忧不歇"；如白乐天的"一闻愁意结，再听乡心起"。这些感觉我都有过。但另一方面，对蝉却有另一种鄙夷的看法。这种外貌并不美丽的昆虫，在阴暗的地下蹲藏了那么久的年月，出来却只是短寿匆匆，一个夏天就死了。它在短短的生存时期里，无所事事，雄性只是鸣叫，鸣叫只是为了交配繁殖后代，似乎这就是它生存的唯一目的、唯一乐趣。它是靠吸食树木的浆液维持生命的，为数多了就有害于树木，它产过卵的树枝就总是枯死。它

607

没有防范敌人袭击的能力，有鸟啄食或有人要黏捕，它最多只会"喳——"一叫飞逸而逃。它很孬种。我忽然觉得那些从阴暗处钻出来在当时政治舞台上夸夸其谈吱吱喳喳大出风头的造反派头头也颇像蝉了！他们的寿命不会很长的！……但在那种处境中，我却又觉得我比蝉还可怜。我既无力靠自己摆脱黑暗的处境，甚至连蝉那种自由自在的歌唱生活——哪怕是短暂的也丧失了！而且，蝉还能自由自在逃避袭击，"喳——"的一声逃走，我却只有像处在囹圄中似的听凭凌辱与折磨。蝉危害于树木，我在过往的年代中，对人民只做过好事，从未做过坏事，如今却莫须有地成了"打倒"的对象。比起蝉来，它要幸运得多。……这些胡思乱想，不免偏颇，当然都只放在心里，我是一只"寒蝉"，除了对妻，向谁也无法倾诉。

有好几个夏夜，一些学生要吃蝉，采用了一种十分简单的办法，弄许多干草和木料、树枝来，堆在大柳树下烧起了一堆火，摇打树干树枝，说也有趣，大批鸣蝉下雨似的飞掉下来扑进火堆，烧得吱吱乱叫。学生们嘻嘻哈哈拾起烧焦了的蝉来就吃，其实，这一点在荀子的散文中，曾经提到过："耀蝉者，务明其火，振其树；若火不明，虽振无益。人有明德者，则天下归之，若蝉归明火也。"荀子是在这里借蝉之投火比喻一种道理。当时，我看着学生的烧火吃蝉，想起荀子的话，心里蕴含着一种急切的盼望，多么盼望能有明智伟大的人出来结束"文革"的动乱局面，使中国朝着安定富强的方向走，那"天下"必然"归之"！我就是像蝉一样在火中烧死，也是心甘情愿的哟！

可惜，在当时还似乎非常非常渺茫。

秋天嘶哑的蝉鸣是动听的，一会儿高扬，一会儿跌落，心里便浮起伤秋的悲凉情绪。"秋风未动蝉先觉"，蝉先是不叫了，真如成语说的"噤若寒蝉"，后来就没有踪影了！看到树下躺着的一只只鸣蝉的尸体，我难免不有凭吊之情。

与看守果园观察蝉的生长的同时，我对考古怀着浓烈的兴趣。只是没有考古书和资料。我凭记忆，写了些有关这方面的材料并绘了些图画。我想：将来我该怎样呢？中学校长的工作我是绝对不干也不会让我干的了！我愿意去当售货员，我愿意去考古。这个地区，春秋战国时的古墓、文物不少。1972年4月间，在L市的银雀山发掘出了两座汉墓。汉墓的时间，相当于西汉武帝初年，距今两千一百年。出土竹简四千九百多枚，有《墨子》《管子》《晏子》《尉缭子》《六韬》等，其中失传已一千七百多年的《孙膑兵法》有四百四十余枚。汉墓的时间，上距秦始皇焚书不过几十年，这处汉墓中竟仍随葬了许多书籍，既可说明焚书并未彻底奏效，也可说明秦始皇的焚书集中打击的只是儒家孔学之书，并不涉及先秦诸子，而且确实可能是"禁在民，不禁在官"（袁枚《随园诗话·卷五》）；更可说明书籍之埋藏也计倒是保存到后世的一个好方式。我对考证颇有兴趣，去考考古总还不至于出什么问题。对于"文革"这种政治运动，我厌倦透了，我想远离开它，我只想"苟全性命于乱世"了！

我的心情颇像蹲在一副激流中的木排上。看看外边，是滔滔激流，看看自身坐的地方，却可偷得半点平静，但木排会不会被激流打散落水，不得而知。木排前驶，何处是尽头，也不得而知。我有心不问世事，一句当时的"最新指示"，说"'文化大革命'今后必然要进行多次"，使我感到中国这样绝无生机和希望。我委实不明白，为什么要把自己做出过巨大贡献的革命事业送进死胡同。中国已被"文革"害成一个遍体鳞伤、生产凋敝的国家了！难道不为此痛心吗？

终于，1971年10月上旬，天外飞来了林彪的死讯。他宛如一只死蝉坠地。

林彪是在1971年9月13日，据云在他想谋杀毛主席未遂之后，乘三叉戟飞机叛逃到蒙古温都尔汗时，因机毁坠地死亡的。事实到底如何，反正老百姓也搞不清。林彪当时是"文革"中国的第二号人物，1949年新中国成立后，他就是"十大元帅"之一。1959年，取代彭德怀同志任国防部长，1966 年，为党的副主席，1969 年"文革"中被正式任命为毛主席的接班人、副统帅。反正，林彪死去的消息最初秘而不宣，传出来后，到我们那里已是 10 月了。这年国庆的检阅、游行都取消了！为什么呢？想不出答案。10 月上旬，地委和地革委组织大批共产党员借我们这个中学开秘密会议，传达、讨论这件"大事"，会议十分秘密，放了岗哨，禁止学校里的党外群众和有问题的人走近大礼堂附近。会议开了好几天，会议开到半当中，就看到有些党员干部常在学校里那只放置《人民画报》展出的玻璃橱窗前看着画廊里的江青拍摄的林彪秃着脑袋学毛选的一张大照片叽叽咕咕。他们的神态使人感到神秘而不安。接着，妻得到通知，让她快将那个玻璃橱窗中展出的林彪的那些图照全部立即换掉。也就是在开那次秘密会的同时，本来每天开会或上课时都要念："首先祝我们的伟大领袖毛主席万寿无疆！再祝我们的副统帅林彪同志身体健康！"现在，突然把祝林彪的那句话取消了！只有个别党外的造反派头头还不知道，每次开会仍摇着红宝书念经似的领着众人喊叫："……再祝我们的林副统帅永远健康！永远健康！"

妻负责的那个图书馆门口的展览橱窗里展出的是七、八月份合刊的《人民画报》和《解放军画报》。画报上刊有江青用"峻岭"笔名拍摄的林彪秃着头学习毛选的大相片，题为《孜孜不倦》，林彪在照片上那种忠心耿耿满腔热诚学毛著的样子，联系起他的"口正心邪"，想起也觉得滑稽。他真应当是世界上第一流的名演员！既是喜剧名演员又是悲剧名演员了！玻璃橱窗里林彪的照片拿掉，那句"永远健康"的祝辞取消，意味着什么呢？

《人民日报》第一版在 9 月中下旬曾刊登过黄永胜等的一张照片，黄永胜一副魂不附体、神不守舍的模样，使人察觉出林彪和他的亲信都出了严重问题，我的第六感觉送给我这种猜疑。

"文革"中，什么事都保不住密也是特点之一。终于，听说了林彪事件的枝枝节节，起先难以全信，终又不能不信。1972年1月，中央才迟迟发出文件，引述由林立果拟订的"五七一工程纪要"，说林彪拟暗杀毛主席，未果后企图逃往苏联，飞机在蒙古人民共和国境内温都尔汗坠毁，他与叶群等一起死亡。最后，到1972年6月26日，林彪死后十个月时，中央才发了一份完全详细的"林彪事件"报告，名为"林彪反党集团反革命政变的罪证"，让党员听后向群众传达。

由于群众对高层政治所知甚少，听来像内幕消息的事就相信，简直不敢也无法怀疑真伪。文件讲述林彪的生活方式腐化，他的伪装巧妙，他的手段毒辣，使人吃惊，随着林彪案与后来对江青等"四人帮"的揭露，才知他们过的是与平民百姓多么不同的奢侈淫逸的生活。

我听了林彪的事，不禁伸舌。看到林彪在"文革"中的种种表演，从在天安门城楼上跟在毛泽东主席后面挥摇"红宝书"，到江青给他拍摄这张秃头学毛著的照片，不禁感到这比最精彩的惊险小说还惊险、还出人意料。一部小说，倘突然这样写出林彪的结局来，读者可能会说是"胡编乱造，极不真实"了！可是，事实就是这样，这说明了什么问题呢！一场"文革"，搞掉了刘少奇同志等等一大批无产阶级革命元勋，树了个林彪，而终于，林彪又背叛了！这又说明了什么问题呢？这岂不是可悲的滑稽吗？

我觉得生活在"文革"中，真是生活在一个充满谎言与欺骗的奇境里，而一切表面上都好像合乎道德和伦理，合乎革命的利益，为什么一切都颠倒了呢？

林彪事件后，老人家的衰老一下子就突出表现出来了。此后在报上出现的老人家的照片，全身显得迟钝、忧郁，脸上总显得呆板。那种以前常有的著名的得意的笑容丧失了，显得严肃。尤其是在1972年2月21日，会见美国总统尼克松时，从纪录片的形象上及当时报上刊登的照片上，都明显的使人感到他心灵上受到了严重的打击。

也许，正是由于出了这件事，揭露了林彪的罪行，会使人进行一些反省。这以后，在 1972 年 4 月 24 日《人民日报》发表了《惩前毖后，治病救人》的社论，5 月 1 日又在《红旗》杂志上发表了《执行"惩前毖后，治病救人"的方针》的评述，提出，要严格区分两类不同性质的矛盾，对一切犯错误的同志，都要坚持团结—批评—团结的方针。指出："经过长期革命斗争锻炼的老干部"，"是党的宝贵财富"。毛主席更说了那句"不但要看干部一时一事，而且要看干部的全部历史和全部工作"，不仅要解放干部，"还要正确使用"。

当时，是周恩来总理在这一"文革"中的短暂"波谷"时期主持中央日常工作，据说那些社论，都是他审定过的。周恩来是一个人民敬重的总理，他在"文革"中既抱着跟随毛主席拥护"文革"的态度，也因反对某些错误的做法而遭受攻击，更做了不少保护干部和民主人士等等的好事，在支持邓小平复出的工作上也出了大力。看来，"文革"的实践使他逐渐加深了认识，终于旗帜鲜明起来，也正因此，人民心里敬重他。

花开花落，时不我待。狡诈的命运在作弄我。我在这个阶段，有人说我看果园太轻松，有人说我钟打得准，我又奉派离开果园专职打钟了！每天二十四遍钟，从早到晚一下一下负责地敲打着。钟声沉重又悠长，恰似我过的这种生活。这场无尽无休的"文革"啊！抄家、批斗、关牛棚、上私设公堂受审、殴打、活埋、大字报围攻、游街、戴高帽子、被诬陷、逼供、燕飞、别烧鸡、劳役……所有"文革"特备的"菜肴"，一一都已尝遍，就差逮捕入狱了！但，还会怎么呢？心情是焦躁而苦闷的。

这是种人不人鬼不鬼死不死活不活的生活！

我是全靠坚强的忍耐与韧劲做着寒蝉在承受苦难的！

但，打钟又打钟，闲来无事，我头脑里不可能没有活动。我觉得这场"文革"迟早是要被否定的。从古到今，任何不合理的存在和不得民心的举措迟早总是会被否定的！"文革"给我的印象是它整死、整惨了大批党的好党员、好干部，它整死、整惨了广大有为的知识分子。它使党和国家及人民元气大伤。它是一个大教唆犯，教人做两面派，教人做打砸抢分子，教人出卖和陷害好人。它使中国传统道德全盘完结，它使中国传统文化全盘被排斥，它使人的素质走向低劣，它毁坏了青少年，它弄得中国处处有鬼，人人可以进监牢。它狂热造神、宣扬神化，乱搞阶级斗争。毛主席1963年5月在《浙江省七个关于干部参加劳动的好材料》的批语中说过："……少则几年，十几年，多则几十年，就不可避免地要出现全国性的反革命复辟，马列主义的党就一定会变成修正主义的党，变成法西斯党，整个中国就要改变颜色了。"他这指的是不搞阶级斗争会如此，其实，乱搞阶级斗争何尝不会如此呢？"文革"，革了文化的命，造成了当时中国大陆上一片文化沙漠。它使学生不读书，科学停滞，生产倒退，国力衰微，民主与法制从根本上被铲除，人人自危，如按"文革"中的步子走下去，中国将会如何？我曾为中国的革命献出了我的青春，做出了很大的牺牲，自己选择了社会主义共产主义作为信仰，而"文革"却使我后悔、惶惑与痛恨，这决不是我所要去实现理想的国家！

我的思索当然只能紧锁在心中，但就是在那么黑暗的日子里，我也坚信未来是要变的！一个那么伟大的共产党，志士能人那么多，不可能没有忠心耿耿的明智之士，这样的人一定会出现，然后一定会扭转这种可怕可耻又可鄙的局面，挽救国家于危难，挽救人民于水火！"文革"是要否定的！中国不会这么糟糕的滑向深渊的！中华民族是一个伟大的民族，中国共产党是久经考验的党，中华人民共和国是那么多烈士的鲜血铸成的伟大国家，物极必反，当有识之士起来时，就会制止这场荒谬的噩梦再往下进行了！

在苦难中想着这些时，我能略微得到些欣慰。我未解放，但人们都知道我并没有问题，只是徒然瞎折腾拿我开了一场大玩笑而已。小女儿晓亮这时已经入了少先队，戴上了红领巾，这说明了人们对我的看法。但无论如何，未被解放总是极大的痛苦。我是有知识和能力的人，仅仅打钟，而不能做出其他奉献，这不能不是我痛苦的根由了！

忍呀忍呀！忍到了1972年9月上旬，我无论如何忍不住啦！我的思绪炽热，像一条搁在沙漠上的船，风吹日晒，无法航行！我多么想下海去呀！我实在不明白，为什么我还不解放？我想不通，我还有什么辫子可抓？一天，一位好心的教师悄悄告诉我：有人曾向校革委政工处打听我什么时候解放？在政工处负责的一个曾做过语文教师的人说："还准备拖一拖，早呢！"听了这话，我十分愤怒。我怀疑这里边可能夹杂有远超的报复在内，他自己解放结合当了革委会负责人了，就报复我，不解放我！人心真是难测呀！我当时的情绪已经压抑得要爆炸了！要发疯了！我决定拼着命试一试了！我由于长期的遭受迫害，心情激愤得宁可死也不能再忍受了！我决定不再屈从、不再顺乎自然了！一个人连死都不怕，就是无所畏惧的！我决定要像海水涨潮似的去拍打礁石！虽然，我不免觉得自己颇像西班牙作家塞万提斯笔下的骑士唐·吉诃德，但也只有去同"风车"作战了！

我同妻商量，说我决定去争取解放！不愿再坐等了！她说："我的一生已经交给了你，你的一生也早已交给了我！我了解你，你去争取吧！还能坏到什么地步呢？我们有难同当好了！……"

当时，驻徐州那个军的副政委刘相调来担任地委书记"一把手"。我决定找刘相！

打听到了刘相的住处，一天下午，我就走火入魔般地昂首阔步走出校门，引起许多教职员的诧异，包括厉音玉。他用眼狠狠盯着我，却无可奈何地看着我昂首大步走出校门。后来，他对人说："何旺又气焰嚣张昂首阔步了，这是阶级斗争新动向。……"

我去到地委书记住的地委大院"书记楼"找刘相。恰巧，他在家，是一个穿军服个儿中等略显肥胖的人。我向他作了自我介绍，并叙述了我长期所遭到的非人迫害。我谈了我学习《人民日报》和《红旗》杂志两篇社论的体会，认为我是应该立即解放的，要求落实干部政策。他静静听了，忽然笑了，说："上边的政策是要让高级知识分子发挥一技之长的嘛！你肯定是属于有一技之长的人才嘛！你倒说说，你能发挥什么一技之长？"

我尴尬地想："这问题可真不好回答！我原先自认为有一根笔能写，能搞创作；我也有知识也能做校长工作和教学工作；我也曾做过多年的编辑出版工作……可是如今，既批了文艺黑线，又批了教育黑线，我的'一技之长'早批得完蛋了！我怎么回答呢？"我只好说："这两年，我学会了打钟，群众反映我钟打得不错！……"想不到刘相笑了，说："哈哈，别说了！打钟算什么你的一技之长！？乱弹琴！你的一技之长是知识，我可不能揣着宝贝不识货呢！……我会解放你的！"他答应在调查了解情况后给我答复。

事后，我听说他向已结合在地革委宣传组工作的史亦庆和在组织组工作的吴光惠同志了解我的情况。史亦庆同志"文革"前是地委宣传部副部长，"文革"初是派到中学的工作组长，吴光惠同志在我由北京下放来本地时，他是地委组织部负责分配我工作的干部科科长，是位非常诚恳能够关心知识分子的好人事干部。他们一定都如实反映了我的情况。这就使刘相决定解放我，并且派他的徐秘书来通知我再去谈话。

在找过刘相同志以后，我马上到县图书馆找远超的爱人老商。老商是在县图书馆当副馆长的。"文革"前，我与妻同老商熟识，关系应该说是比较融洽的，但此时已久不见面了！我在墙上贴满样板戏彩色剧照宣传画的办公室里找到老商。向她开门见山地说："我并没有问题，但到今天不解放，我认为这可能是老远报复我。我要请你转告他：我现在已经找了上边，如果他再坚持不解放我，我已下定决心，我要同他拼命！我忍受得够了！"

一缕午后的斜阳洒落在窗前的书桌上，老商态度很好，说："这决不是远超报复你！这场'文革'他吃的苦也不少。他不能迅速解放你确实不对。听说仍有人阻挡！我回去后同他讲，你放心！"

是谁阻挡？弄不清，反正总是厉音玉那类人物吧！老商回去怎么讲的，我也不清楚。反正，由于上边主张解放，远超同意解放，我又没有什么不应再不解放的理由。我立即得到了解放。那是一天下午刘相同志找我谈话时告诉我的，他让徐秘书把我请到家里，那是一幢二层的地委书记住的小洋楼，在会客室里，他对我说："我们研究过了！决定立刻解放你！你有什么要求没有？"

那时，暮霞凝血，灿烂无比。事情来得太突然，我真是喜出望外而又悲从中来，一场多么可笑可悲的滑稽戏哟！"解放"是那样困难，可又这样容易！我一时想不出什么"要求"，就提出了三点：一是我希望不再在中学工作，能调动一下；二是给我写个结论，将我档案清查一遍，不要将"文革"中那些莫须有的黑材料放进档案以后造成麻烦；三是我长期没有看过文件，对外边情况太不了解，希望能补看文件。此外，我附带提出：抄家时抄走的我的作品希望能还给我。

刘相同志五十多岁，面带笑容，爽朗地说："你的要求别的都可以办到。你写的作品叫他们还你，文件让你看！结论当然会做的，黑材料也一定不夹进你的档案里。只是你要求离开学校，你想去干什么呢？"

我说："当售货员也可以。另外，我见新建的那个展览馆很大，我是否可以去那里工作？"

刘相说："怎么能让你去做售货员呢？去展览馆也不行。你的级别高，放到那里不合适。馆长早任命了，才十八级！我的意思是仍恢复你的原职！在哪里跌倒就在哪里爬起来嘛！这不比什么都好？"

他的话打动了我的心，我终于点头说："好！"唉！像《艾丽丝漫游奇境记》，游了半天，仍在老地方！怎么说呢？

像蝉在地下黑暗中埋藏了许多年，如今离开黑暗见到了光明！我心里像藏着春天，仿佛久雨放晴，乌云退了，暖融融的，照着一片青山绿水。能得着这么一种心境，我觉得既宝贵，又满足。回到学校，快步回到家里，将情况告诉了妻。在"文革"中，我第一次在她的脸上看到了粲然的笑容。为了表示反抗，我去找了程金声，大声对程金声说："从今天开始！我不再打钟了！你另外找人打吧！"他发现我说这话料定必有来由，点头哈腰客气地说："怎么啦？"我说："你管不着！反正，你另外找人打钟吧！"我对这种劳动处罚十分反感，现在有意对程金声摆出架子说话，用一种居高临下的态度对他，心头觉得痛快。但细细一想，这也未免仍是阿Q精神，遂又有点悲哀了！我这个人啊！

过了几天，吴光惠代表上边来找到远超和我一起谈话，给我校长职务，让我主持工作。远超将他的办公室让给了我办公。这时，他将提升为地区文教办公室主任要离开中学了，对我表现得很友好。我仔细全面衡量了他的为人，感到他总的来说确还是一位比较好的干部。于是，我也高姿态，前嫌尽弃，握手言和。

原支部副书记薛礼也要调走。袁先扬仍任副校长留校管总务行政工作。他年岁大了，不久后就长期养病了，另调了别人来加强学校的工作。

我解放了，也同意留校工作了。对那些打我的、踩我的、陷害我的……我想起了鲁迅的打落水狗的名言。但我决定还是为了工作，为了政策，为了中国能前进而扫尽恩恩怨怨，宽宏大量。

另一方面，我心里仍余悸不消。一怕上边不知又会有什么新花样；二怕厉音玉这样的"狗"依然要伺机咬人。教育工作太难做，说不定哪天又要出问题。记得汉代东方朔有《嗟伯夷》诗说："穷隐处兮，窟穴自藏。与其随绥而得志兮，不若从孤竹于首阳。"我当时内心就深有这种心情。我很想甩挑子了，就提出：我长期遭受摧残，身心交瘁，而且母亲去世也未奔丧。我想休息一段，带两个女儿回一次上海。妻当然也支持我带孩子去一次上海。她要我散散心、养养身体，恢复一下精神上和心灵上的创伤;她也要我去向母亲的骨灰告别,并看望一下在上海的妹妹和亲友。她愿意独自留在学校。岁月在她姣好的脸上已经留下了一丝浅浅的皱纹,但她还是那样的优雅和沉着。

我的要求被批准了。9月27日那天,我特地带了两个孩子到附近华东烈士陵园里拍了一张照片留念。这照片我始终珍藏着,照片上的我瘦削而皱着眉头,似乎心上的伤口尚未平复,但眼光是瞩望着远方的。然后,在9月29日,我带了晓林、晓亮离校启程去江南。

我有一种鱼离开网的感觉。其实,已没有网罩在身上,但那种网罩着我的感觉,并不是很快很容易消除的。我觉得我仍是"噤若寒蝉"。我的目的是到上海为苦命的妈妈凭吊,并带吃尽了苦头的孩子到我梦中常常萦绕的苏州、杭州游览一次。晓林这时在农机厂做徒工,请了假;晓亮上小学实际每天上课都是学点"语录",别的并不学,也请了假。我的"解放"终于在我自己做了努力争取后就这样实现了!如果等着人来解放我,那就很难说是什么局面了!

虽然"解放"了,但几多凄楚,几多落魄,心中总是伤逝与寂寞。我们坐长途汽车到了徐州,满身灰尘,满脸疲倦地下车。徐州当时正从十分混乱的情况下开始恢复了点秩序。但,火车站里外挤满了逗留着的男女旅客,地上肮脏,空气混浊,乞丐很多,盲流的人更多。火车是时断时开的。因为一个叫作"火车头"的造反组织,大约是"踢派"观点的仍在破坏"抓革命、促生产"。结果,这个"火车头"组织的坏头头被抓了,据说要枪毙!火车就通行了!徐州火车站四面仍到处贴满了"打倒……"、"砸烂……"的大字标语,说明派仗仍在进行。

自从1971年9月发生了林彪事件后,江青进入"消沉阶段",有一度报上几乎看不到她的照片,看不到她的讲话。但在1972年10月,江青、张春桥、姚文元等又把批判"右倾回潮"的旗号打出来,为攻击、诬陷周恩来总理作准备了!

尽管到处仍在叫"形势大好,不是小好",实际形势已是很坏很不

618

好了！说假话说空话说大话已经成了"文革"中的一股风气。

在火车里，夜间惨淡乱摇的灯光，照着站满过道的打瞌睡、吸烟、咳嗽的人们，火车在荒郊中驶行。天，下起了大雨。雨中火车的汽笛声沉闷沙哑，像哮喘的老人拼命呼号。从火车上拥挤的人群的态度和表情来看，我能感到人们虽不敢多说什么，但话声和语气对"文革"是普遍不满的。所谓"大民主"，大家都已深恶痛绝。人们当然渴望民主，但不要冒牌货。所谓"大民主"，造成的是无政府状态，于是好人受气，坏人得志。所谓"大民主"，破坏了稳定，造成了混乱；在火车上，那种种担心工农业凋敝，担心物资缺乏供应无保障许多东西都买不到，担心破坏的想法，和对"文革"的厌烦情绪，都在群众的对话和表情及叹息声中看得出感觉得到。愁眉苦脸，摇头叹气，是那时最多见到的一种民心的表现。

火车路过南京，经过下关到和平门，过玄武湖时，只看到一片凄凉。龙盘虎踞，却王气全无。我心头不禁吟起李商隐的《咏史》诗来："北湖南埭水漫漫，一片降旗百尺竿。三百年间同晓梦，钟山何处有龙盘。"吟着，吟着，也不知为什么，心头感慨万千。新中国成立后，成就不小，但总是运动多曲折多。终于又来了史无前例的"文化大革命"。中国的事，外国来侵犯是一回事，自己将自己搞垮又是一回事。如今山川形势依然如同畴昔，但祸起萧墙，那么多功臣、名将都被斗倒斗垮斗臭甚至斗死，人民生活凋敝，却还一天到晚吹嘘"文革"如何如何好，打肿了脸充胖子要坚持到哪一天呢？

"文革"的发展，逐渐失控，到这时，谁说话也无人真的奉行了！尽管一天到晚将"最高指示"放在嘴上念了又念，那是假的！该武斗的仍武斗，想"打倒一切"仍"打倒一切"。有个政治笑话流传得很广：毛主席到上海，要请原上海市委负责人陈丕显出来工作，陈丕显红小鬼出身，"文革"中被批斗得很惨，早"打倒"了！陈拒绝再出来工作。毛主席来到他家中看望。陈丕显擀面条招待毛主席，问："这比长征时我擀的的面条高明多了吧？'文革'中我就会了这么一点本事。"毛主席沉默无言，饭后两人下象棋，陈丕显用当头炮，毛主席只会把卒子向前冲。陈丕显打掉了毛的老帅，毛也不管。陈丕显诧异地问："为什么这种下法？"毛主席叹口气回答："唉！老帅靠了边，车马炮都调不动了，不这么下怎么下？！"

　　我虽是小人物，那时也有陈丕显那种不愿再干的消极心情。我决心带着两个孩子到苏州游山玩水，那真是一种可怜的欢乐，心情是凄凉的。到苏州是在上午，我们父女三人下了火车，然后我带她俩游览了虎丘和拙政园。风景名胜处都是既脏又乱，一副败落景况。拙政园里正开放着黄色白色的菊花，红色的柱子不知为何都漆成黑色的了，黄白色加黑色有一种像开追悼会的颜色。我打听了一下我初中时代的语文老师范烟桥的情况，才知他与别的被视为"鸳鸯蝴蝶派"的作家都被打成"牛鬼神蛇"，早都死了。呜呼！烟桥老师！哀哉！

　　在苏州带两个孩子到"松鹤楼"吃饭。这是有名的馆子，论理应当吃点炒虾仁之类的江南水乡名菜。但如今只卖工农兵大锅菜，价钱也并不便宜，菜却粗糙无味，也不卫生。吃得很不舒服。出来后，人疲劳了，想找个住宿的地方，登记处却只能介绍到肮脏的浴室里去住。而且要父女分开，各住各的。没有办法，只好当夜坐火车赶到上海。

　　看到苏州那种肮脏、混乱、凋敝与不景气的状况，倒足了胃口，对去杭州我也丧失了兴趣。我在深夜带着两个孩子，怀着一颗破碎的心和强烈的亲情到了上海成都南路妈妈住处，高声叫门。

　　过去，只要我高声叫门，在三楼上的妈妈就会马上高声答应："来了！"但妈妈不在了！我叫了门，又敲门，手和心都因激动和悲伤而发抖。久久压下在心头的隐痛一时弥漫我整个胸膛，我心酸了，眼眶红了。来开门的是二妹和大妹。大妹也已"解放"，二妹安排我在三楼上住。妈妈是在三楼厢房里去世的。我在那里对着那张她患癌症离世前睡过的大床凝望了许久，心潮起伏，如烟的往事许许多多在一刹那间涌上心头。于是，我不禁又想起了李清照那首《渔家傲》的词来，眼眶止不住湿润了！

这真似一次告别归梦的旅行。那夜，我带晓林和晓亮睡在三楼客堂间里，那是妹妹们怕我触景伤情，故意不让我在三楼厢房里住的。一种巨大的失落感包围着我，窗外很静，夜在消逝。我整夜失眠不能入睡。我觉得在艰难时世中能坚持自己的信念和操守，同时能不断上下求索，校正自己的人生航向，这可能是我在"文革"中的唯一的一点收获。但我丧失的太多了！我失去了亲爱的妈妈，失去了这么多年的大好时光，失去了我拼搏写出的长篇作品，失去了健康，险些失去了生活的兴趣和勇气，长期被整得死去活来……我怎么能不悲痛？

记得第二天我上街，就在淮海路上，我见到一个约莫三十岁光景的年轻女人，背着油画画具，手里拿着一叠乐谱，蓬头散发，低头跪在路边人行道边的地上似是乞讨，但又好像是精神病患者。她穿着一件质料上乘但被撕破了的秋叶色破旗袍，无论从容貌或从气质上看，显然都是一个有教养的美丽的女性。围观的人很多，我发觉她两眼发直饱含着泪水，充满失望。从画具和乐谱看，我能意会到她很可能既会绘画又会弹奏乐器，可是她竟落到这种地步。我难过了！经过尖锐痛苦的人会更具有同情心。我无法同她谈什么，我只能匆匆将袋里的钱拿出一部分，急急忙忙轻轻塞到她的手里。周围的人看着我。我头也不回地匆匆走了。我愿意能帮她克服一点困难。哪怕给她仅仅一点温暖也好。这是那次到上海时的一件难忘的事，至今我仍清楚记得她的容貌和姿态。唉！不知她后来怎么样了？！

妈妈的骨灰，葬在上海郊区宝山县罗店镇馨姨母住屋的后园竹林里，馨姨母是妈妈的表妹。我带晓林、晓亮前去扫墓。大妹带了女儿陪我们去。去延安东路坐71路车到大世界，又转46路车到中山北路北区汽车站，坐长途车到罗店镇。

罗店镇上仍在闹派性，大喇叭广播，戴红袖章的造反派聚集着开会，大字报的痕迹到处都是。这也难怪，当时王洪文在上海仍在到处挑动群众想造成自己清一色的天下。他仍在强调要发挥"造反派的脾气"。上海的工人不上班的仍不少。王洪文在1972年12月就发表过讲话说："我要是工人，我也不上班，因为复辟资本主义嘛！"他的意思是不上班就是不为复辟资本主义出力！这样的人竟提拔到中央成为党的副主席，怎么得了？

我们到了馨姨母住的罗店水果弄22号，在那里，见到了显得苍老了的馨姨母和她的老母亲，我们叫她"罗店好婆"的。大家少不了都落下泪来。妈妈葬在小竹林里，幽静而凄凉。她的骨灰是用木盒子贮放后置于一只釉缸中，将缸盖用水泥密封后埋入地下的。没有立坟，也没有立碑，像一片平地，只作了标志。献上一盆小小的塑料花，淡黄的花瓣衬着浓黄的花芯，给我一种雅洁的感觉。我带着两个孩子在妈妈坟前默哀。我的心剧烈绞痛！如果不是"文革"，妈妈决不会这么早就去世的。我的坎坷遭遇，势必使妈妈受到莫大的刺激。对妈妈的死，我无从辞其咎！大妹当晚带晓林、晓亮和她的女儿回上海住，我却留下来住在馨姨母处。我想在妈妈身边陪伴几天。我也想静静地思索一下"文革"以来的经历。第二天下雨，苍穹广阔而安详，细密的雨丝在空间形成一片乳白。在妈妈葬身安息的竹林旁，地是湿润泥泞的，我的心空荡荡地思索着。

我想得最多的是认识到这场所谓"史无前例"的"文革"，它带来的灾难是多么深重。也许，搞"文革"的动机有好的方面，但法国有句谚语："地狱的路面是由良好的动机铺砌的！"我想得最多的是我们中国怎样才能不再发生这种可怕的政治灾难？不再有这种荒唐的个人迷信与个人神化？这责任主要是在上边，但同我们每个人的"素质"也有关。许多卷入"文革"中的人都并不正确，都是推波助澜的！当然，中国共产党并没有把这责任诿之于群众，诿之于人民，它在事后检讨了自己的领导责任，判定了毛泽东同志应负的责任，判定了林彪和"四人帮"的罪行，但作为人民中的每一个份子，是否该也有个实事求是的分析？我想得最多的，自然是我们最最需要的是高度的民主和高度的法制！我们也需要在教育上注意如何培养真正的人，如何提高人民的素质！

我不信佛，但曾读过些佛经和佛教书籍。《五灯会元卷十五》中有几则写禅门五家中开创"法眼宗"的云门文偃大师的故事，其中两则是这样的：

据说释迦牟尼佛刚刚出生的时候，就一手指天一手指地说："天上天下唯我独尊！"有一次，云门说完了这个传说，就对徒弟们说："我当时如果在场，我就一棒把那释迦打杀了给狗吃，以图个天下太平！"

又有一次，一个徒弟问云门："什么叫作佛？"云门回答："干屎橛！"干屎橛，是古代入厕时用来擦屎的短木，是卑微低贱的东西。佛门的这两则故事，我不能没有新的思索。

我丝毫没有动摇我对中国共产党的信赖与崇敬，这是一个曾有那么多伟大崇高的烈士为之献出生命热血的党；我也丝毫没有动摇我对社会主义共产主义理想的信念，因为这是马克思恩格斯研究社会与人类总结、归纳与创述出来的一种求得解放全人类的美好理想。但是我也认识到以"左"的面貌出现而欺骗人的违反、歪曲马克思主义的理论和实践是再也不应继续下去了，中国需要吹散"文革"那种假马克思主义的迷雾，按照真的马克思主义进行必须的改革！大刀阔斧做有利于人民改善生活谋取富强的改革！

忧国忧民之思伴随着我丧母之痛那夜澎湃在我的胸膛。我忽的又想起了蝉！由于得到了解放，我不觉得我比蝉可怜了，我也不觉得蝉比我幸运了！虽然我还是一只喋声的寒蝉，但秋天冬天总要过去的，蝉过不了冬天就死了！人却会经过严冬迎来春光重又恢复人的尊严的！我相信！

十二、游山玩水与"十年磨一戏"

早在 1972 年 6 月 8 日，毛主席会见当时斯里兰卡总理班达拉奈克夫人时说过："我们的'左'派是一些什么人呢？就是火烧美国代办处的那些人。今天要打倒周总理，明天要打倒陈毅，后天要打倒叶剑英。……这些所谓'左'派，其实就是反革命。他们的总后台是林彪，坐一架飞机往苏联去。"可是，"文革"并非当时就结束，或当时完全改变做法。林彪是完了，江青和同伙仍在，"文革"并未很快就结束。

我在 1972 年 9 月底解放后，10 月去上海等地度过。11 月就又回到了 L 市。

天空老是铅色般冻结，日光淡薄枯黄，校园里依然凄凉冷落。说是恢复原来职务，我却不想工作也不敢工作。原来已在学校掌着权的人也不想把权分给我来使用。不请示不汇报，你也就没有权。我则乐得闲来无事，做个解放了的逍遥干部。开学校办公会时，我不发言，免得被揪辫子。我听着已掌权的人说，他不征求意见，我也不谈任何主张。开完会，就跑回家，冷飕飕的家里是经历过"文革"折腾的一些残缺不全的破旧家具，墙壁毛糙不平，水泥地坑坑洼洼没有光泽而且潮湿，但我却觉得比外边温暖。好在家就在学校里，到家里"躲进小楼成一统"，主要是忙着做饭。一日三餐都由我来操持。妻则在图书馆里上班，两个孩子一个做工一个上学，回来吃现成的。正因这样，我倒学会了煮饭、下面条、炒几个可口的菜。

我保存了一张1972年12月30日欢送高二（三）班学生毕业的照片，我虽坐在中间，但人消瘦，脸上无笑容，可以想见当时的心情。

天寒岁暮，刀尖似的西风吹来吹去，有时风吹着雪花，轻轻地打在玻璃窗上，翘首云天，看不到来年会有什么新的希望、新的气象。"文革"还不知何日结束。何况，"以后还必然要有多次"，那么，中国会是什么模样？冬天萧瑟，树叶落尽，"烈烈寒风起，惨惨飞云浮"，想起许多亲朋好友，都断绝了往来和音讯。由于一字一句都会遭到不测，大家都不通信了，不禁有晏殊诗中说的："几日寂寥伤酒后，一番萧索禁烟中。鱼书欲寄何由达，水远山长处处同"之感了！

上午与午后，我常睡懒觉。"文革"使我身体状况大不如前，整日感到疲乏无力，怎么睡也似乎睡不够。我总是想起意大利古典艺术家米凯朗琪罗的《日》的杰作中那个沉睡着的云石雕像。雕像的底盘上刻着这样的话："只要世上还有苦难和羞辱，睡眠是甜蜜的。要能成为顽石，那就更好。一无所见，一无所感，倒是我的福气；因此，别惊醒我！"我真想自己能成为顽石，能有一无所见一无所感的好福气。

学校里的"牛鬼蛇神""解放"了大部，只剩屠春等几个被称为"死老虎"的仍毫无理由地留着不予解放，每天由程金声派他们劳动。这些人有的是1957年错划的"右派"，有的出身不好又有点历史问题。但在"文革"前本来都是工作着的，工作得一般来说也都很好，如今却揪着不放，放了怕人说"右"，不知算是什么政策。他们如果真是什么有罪恶的刑事犯，判上二三年、四五年、五六年徒刑也该坐满刑期了！可是无事端端地揪住不放，也不处理，也无罪可判刑，却一直在劳改。有法制的国家恐怕都没有这种处理办法的！反正，学校里剪果树、打扫厕所、拉煤、翻地，一切重活都由程金声派给他们干了！一方面，口头上把劳动说成神圣，一方面却实行劳动惩罚，把劳动看成低贱，以子之矛，攻子之盾，"文革"中普遍都是这么做的。我自己"解放"以后，每次见到他们仍像囚徒似的在劳动，而自己虽是个校长，却无力去使他们获得一点起码的做人做教师的权利，心中总不是滋味。我卑鄙地不敢提出这个问题，因为怕厉音玉、胡绥之之流借此又掀风作浪，但内心不能不为自己感到惭愧。因此，总是远远看到他们就尽量避开。我常想：我劳改时远超远远看到我总是避开，怕也是这种心态呢！

生活平淡如水，单调如钟摆。尤其文化生活的枯燥更使人难受，电影奇缺，"新闻简报"新的、旧的一起放映就是电影院的好节目。西哈努克——这位柬埔寨的元首亲王和他那美丽的王后莫尼克公主成了中国影坛的一流明星。他们游山玩水的纪录片一放再放。外国电影，只有阿尔巴尼亚的在上演。说实话，片子的艺术性实在不高。但我总算是解放复职了的干部，我总是争取花点时间陪妻和两个孩子跑跑电影院。

感到很苦恼。浑身有使不完的劲，却无处可用。中国此时最不值钱的似乎就是人，就是时间，尤其是有知识的人和他们的时间。不是说"知识越多越反动"吗？浪费人才、浪费时间，似乎绝不感到可惜！因为中国的人口最多吗？人的财富、知识的财富听任白白消耗流散，这个国家怎么可能变得富强呢？可是，理智使我筑起一片藩篱，谨慎要求我堆起一条堤坝，好保护我自己！这些话是说不得的！我这样的人，并没有自主权，而"文革"仍在进行，派性仍在闹得不可开交。做了不少坏事的"五大"，此刻他的成员大多成了不可使用与信任的人，而"七大"呢？掌了权派性也十分厉害，正用敌我矛盾的观点在处理派性。林彪生前在"文革"中说过一段"名言"："'文化革命'这个战场是不能停火的，是个不停火的战争，战场战争（指武装斗争）可以停火，思想战线不能停火，是打的方式不同，有时大打，有时小打，一定时间大打，一定时间小打，但不管大打、小打，一直要打下去，打到底。"

那时，我是在劳改打扫厕所时在人家用来擦屁股的传单上看到这段话的。现在"解放"了，我收集了一些旧报纸来看，借以了解我被囚禁阶段不知道的外界情况。从林彪叛逃坠死在蒙古之前红卫兵、造反派编印的小报上仍可见到这段语录，拿来对比国内形势，"文革"依然是一场"不停火的战争"。

1973年翩翩降临，《人民日报》、《红旗》杂志、《解放军报》元旦社论《新年献词》纷纷宣传"文革"的"完全必要"、"非常及时"，仍强调"批林彪"与"批刘少奇一类骗子"就是"批修"，"批判极右"。"文革"已经"左"得这样离谱了，仍在批极右，岂不南辕北辙？当时，周恩来总理在主持工作，他的工作肯定是很难办的！但整个工农业生产形势似乎出现了点转机。只是那种"山雨欲来风满楼"的气势与预兆并没有变！

我想过，如今我像被洪水冲涤过似的一无所有了！作品，全完了；我会编书，但无书可编了！教育工作，由于教育思想全盘被否定，我已无所遵循。做人之道，经过多次的揪斗、囚禁与斗倒斗垮斗臭，我觉得已无所适从。今后如何做人、如何工作、如何建立事业？我该怎么做？但我勉励自己：我为什么不能从头来过从零开始呢？我未必要为自己谋取什么东西，但我总应当重新寻找到我自己存在的价值。可是，我怎么办呢？我惶惑得很。还好，生活从来不会把一切门窗都堵死。突然，我感到生活有了一个转机。春寒料峭时分，一天，地区文化局有人来找我，很客气，很友好，说是上边让写一个土改戏，因为山东的两个样板戏：《奇袭白虎团》和《红云岗》（即《红嫂》）都写得不错，所以交下这个任务，要新搞一个土改题材的样板戏。而且说，这是毛主席的意旨，一定要把这任务完成好。所以成立了土改剧组，由地委李书记任组长，要调我参加土改剧组。

在那八亿人民只有八个样板戏的岁月里，让多写点戏出来，确实是需要的。考虑到学校这碗教育饭太难吃，我总觉得说不定哪天又要来大风暴，我正想摆脱，就很想点头答应。但想到动笔杆的事同样危

627

险，同样容易出事被打入地狱，我又犹豫了。我怎么办呢？我当时未答应，我说："请让我考虑考虑！"

谁知，过了一天，我被引去同地委李书记见面，他态度很好地说："听说你很能写，调你来土改剧组集体创作土改戏。学校的职务和名义仍旧挂着，但不去管事了，专门来创作，希望你能好好发挥一技之长（这是当时的流行口语。但我不禁想：从打钟的一技之长转变到写作的一技之长，似有了点进步，但我怎么只剩下写作这'一技'了呢？）。你们应该先出去深入生活，到一些应该去的地方看看，深入寻找素材，然后写出剧本来。生活是创作的源泉嘛！你是能写出好的东西来的！……"

我原来的担心一下子减弱了！一是集体创作，不是一个人担风险（当然也不排除出了问题人家把责任往我头上栽）；二是可以出去看看，深入生活；三是可以摆脱学校教育工作完全不管；四是我感到要倒霉不写东西也会倒霉，既然李书记这么重视我，何不干着再说。鲁迅说的"躲进小楼成一统，管他冬夏与春秋"，我就借此来实现吧！于是，抖落久积的怅惘，我欣然点头，说："好！那我就到土改剧组来！"

但，回家后，我就又犹豫了！我的灵感激情和想象力早被批斗、禁闭折磨得一点也没有了，我的笔头也因为写"交代"和"检查"变得干巴枯涩了！我的朝气和锐气及才华早消磨光了，我还能创作吗？……我把这讲给妻听，说："唉，我是在干力不胜任的工作呢！何况又是什么集体创作，这是世界少有的，我只好脚踩西瓜皮——滑到哪里算哪里了！……"

生活似乎就是这样，不论在一个什么样的起点上，总是要往前走下去的。

土改剧组一共有端木、老孟、老彭、老黄四人。他们原来都是地区创作组的，有个办公小楼在城西京剧院旁的地区豫剧团院内。他们中间，端木是党员，其余三个都是群众。但端木信任老孟，两人好得穿一条连裆裤子。老孟点子多，端木听他的。老彭、老黄年龄大些，虽是写戏的内行，"文革"中都挨过猛整，落拓而谨慎，很受端木和老孟的欺压。我去了，他们尊敬地叫我"校长"，从此我就开始了与他们"集体创作"的生活。

不正常的年代，常有不正常的做法、不正常的世态和心态。说起"集体创作"，"文革"也是发展到了"高峰"的。作品一律不署名，都署"集体创作"。有些地方搞集体创作，五场戏五个人来分写。也有的地方集体创作，你写第一稿，我写第二稿，他写第三稿，最后再由一个人来统一加工。有的集体创作是"干部出主题和思想，搞创作的出故事，会耍笔杆子的出技巧"，名为"三结合"。总之，各种古怪的集体创作方法都出笼了！有的把私人的作品掠夺过来作为"集体创作"，有的采用"杂八凑"的方法"集体创作"。稿费当然是没有的。反正，谁也不想戴"个人名利思想"的帽子，谁也不敢反对"集体创作"。我经历过了"文革"对"文艺黑线"的批判，对文学创作已经有被蛇咬了看到井绳的感觉。是不是集体创作已无所谓，只求在土改剧组能有一席容身之地混混日子避避风雨等到"文革"结束就行。本以为这下子就马上会出去深入生活了，谁知却是先要"学习"。这"学习"当然是比较自由、放松的。端木说："李书记委托我主持领导学习！我就算是个学习小组长吧！咱们大家一同来把学习搞好，为搞好创作打下良好的基础！……"这以后，端木就一直像个小组长似的，不但抓学习，还发文件，给大家报账，他还打扫办公室的卫生，很像个好的总务主任，为大家服务得很周到。

我们一连多少天每天像上班似的去办公室学习文件，虽无人管，却比较自觉。学习的是《毛泽东论文艺》，江青关于文艺工作的指示、样板戏的创作经验等等。在学习会上，我只是随大流讲些文件上同腔同调的话，每天坐在那里泡上一杯清茶，听着大家言不由衷地谈学习体会。常常跑题，一跑题就东拉西扯，把学习变成闲聊了。端木倒也随和，总要等大家闲扯到难以忍受的地步，才说："咳，咱们刚才聊得也不错，大家的学习还是很认真的。现在只剩半小时了，我们再回到文件上来议议。……"几十年来，学习的传统到"文革"就变得越来越下坡了！学习就是胡扯，从京剧团某女角打婆母扯到豫剧团某男演员很流氓，从赶集时如何能买到便宜鸡蛋扯到地区医院出了什么医疗事故。最后，端木打着呵欠说："好了！今天学得很有收获！明天再继续！……"

学了约莫一周，端木和老孟提出："学习就到这里了！大家回去后，每人都想一个方案。"我问："这方案怎么想？"个儿高大粗胖的老孟说："哈哈，校长，你是行家，还能不会？该想想，这个土改戏主题是什么？怎么写？最好先想个动人的精彩故事。人物设置也要想好！谁是一号人物？谁是二号人物？这是样板戏的经验。"端木说："对！一定要好好学习样板戏的经验！主题最重要！主题好不好，是成败关键。主题想好了，再配上个好故事，剧本基本上就没什么问题了！"

我说："我们不去深入生活收集素材了吗？"

老孟笑了，说："当然要去！那是第二步，先胸有成竹才行呀！方案想好了！我们集体讨论一次，在几个方案中选一个或集思广议凑一个，然后下去深入生活。回来后，校长你动笔哗啦哗啦一写，保险水平不低！"

老彭和老黄像两尊泥菩萨坐在那里不作声。他们是会写戏的人，但不敢得罪端木和老孟。

我想：不是强调先要深入生活吗？怎么颠倒了呢？但也不好多讲，我不愿新来乍到就把关系弄得紧张。暗忖：好在创作本无一定之规，怎么写都行。各人也可以有各人的创作方法，各人也可以有各种应付创作的方法。我也就沉默了！先找主题搞个方案比写无中生有的检查交代材料总容易得多呢！

端木说："给大家每人三天时间，回家后设计方案，三天后来拿出方案一起讨论!"

回去后,我就摊开纸笔设计起主题来,想起故事来,设置起人物来。

妻奇怪了,说:"怎么?已经在写剧本了?"

我苦笑,一五一十谈了情况,说:"非正式的!先让设计一个剧本的轮廓出来!"

我翻开语录本,在那上面寻找主题。既是写土改的戏,自然离不开阶级斗争。我深有所感地决定将"谁是我们的敌人?谁是我们的朋友?这个问题是革命的首要问题"作为剧本的主题。

这是从我在"文革"中的切身体会得出的主题。"文革"中混淆敌我太过分了!但用这作主题会不会有人揪我的辫子说我含沙射影呢?我考虑再三,觉得不怕!只要引用的是"最高指示",我又何必怕呢?主题就这样确定了。

土改戏当然得写阶级斗争。尽管反封建的土改是肯定的,但对极"左"的阶级斗争我早厌烦了!却还不能不写,我觉得我很可怜!我认为我是无法写好这个剧本的,我不可能放开写,也不可能带着激情写。只有单纯完成任务,带着被逼迫的情绪写,我怎么能创作出优秀的文学作品来呢?

这是春天。我看着屋外校园里的花草树木欣欣向荣的春情春意,心里却没有春天的喜悦。我把自己的房间作为憩栖的小窝,用来躲避外界"文革"中的种种是非。当然,报纸是每天仍在看的,但"文革"离我似乎远了,我已摆脱了"批斗"、"囚禁"、"大字报",外边怎么混乱都似乎与我无涉了。我的主要精力放在土改戏上,通过妻,征得学校同意,从图书馆劫后余生尚被封存的书里,我找到了几本关于土改方面的小说,剧本、纪实作品,如《槐树庄》啦,《老桑树下的故事》啦,《天翻地覆记》啦,《土地回老家》啦,《太阳照在桑干河上》啦……我读这些差不多都被批作是"毒草"的书,启发自己的文艺细胞复苏，三天后，又开了两三天会，真是"英雄所见略同"，大家一致找的都是阶级斗争的主题，都是最高指示，从"千万不要忘记阶级斗争"、"凡是反动的东西，你不打，他就不倒！"直到"谁是我们的敌人？……"但最后，都同意到我选的这个主题"谁是我们的敌人？谁是我们的朋友？这个问题是革命的首要问题"。原因是：既然毛主席说这是"革命的首要问题"，理应作为主题。

接着，按"三突出"的样板戏经验讨论，一致同意，一号人物——土改工作队队长应当是个女的。因为那些样板戏的一号人物，如《海港》《龙江颂》《杜鹃山》《红色娘子军》《红云岗》的一号人物都是女的。至于故事，大家方案中设计的轮廓也是"英雄所见略同"：表现土改全过程，某村土改，工作队进村，地主破坏，反复较量，最后地主失败。这很公式化，但正确无误。这么个开头，过程与结局，稳妥保险。文学创作的悲哀就在于这种"千人一面"、"大同小异"，不能超出雷池一步。

端木将情况汇报给李书记，回来后说："非常好！我们这个戏一定能够有很高的水平！"老孟说："大家心中有了底，这下可以开始深入生活了！"

幸亏江青说过："十年磨一戏。"有她这句话，从深入生活到写成剧本，大可慢慢悠着来。端木和老孟虽然急于求成想拿出剧本早早送到上边评功摆好，却也不能不应付一下"深入生活"和把戏写成后"磨一磨"。于是，深入生活开始，好在差旅费一切都可报销，我就随他们开始了游山玩水。真想不到"文革"未结束我却享受到公费旅游了！

经过研究，地主先要抓大的、典型的。我们决定先去曲阜，这是孔子的家乡，著名的"三孔"——孔府、孔林、孔庙闻名遐迩。要讲大地主，这自然是中国天下第一号的大地主，必须去看看的。孔子这时不能叫"孔子"，也不呼其名曰"孔丘"，只能叫"孔老二"，以示轻蔑和批判。去看"三孔"，我倒是有兴趣的！

曲阜在鲁西平原与鲁中山地的结合部上，背负泰岱，南引凫峰，东连尼防群山，西俯平野千畴，北枕泗水，南带沂河。三千多年前这儿是鲁国古都，春秋末年，孔子在曲阜首开私人讲学之风，"弟子三千"、"贤者七十二"，传为千古美谈。孔子晚年删《诗》《书》，修《春秋》，整理典籍，使曲阜成为文会荟萃之区、儒家学派的发源地。后世称鲁国为"孔孟之乡，礼义之邦"。可是，"文革"一来，这里就遭到罕见的大劫难了！

曲阜城又小又破旧，几乎没有什么新的建筑物。街道上也很冷落，一副贫穷落后的模样。那些破碎张贴着的大标语、大字报使人感到了"文革"在这里肆虐的残破状态。我们住在孔府后花园的招待所内。这儿早先是"国际旅行社曲阜分社"。设备比较讲究。可是现在，房间里一股霉烘烘的气味，尘封垢留，设备简陋，原先的设备大都破坏了！早无外地人来游曲阜了！我们住的地方还算不错，伙食也可以。但孔府里曾遭"破四旧"，一片残破景象，像经历了一场激烈炮战似的。后院内有许多古老的银杏树，大批灰鹤飞来栖息于树上，或绕树飞翔，鸣声悲哀，增加了肃穆悲凉的气氛。孔府院内许多地方都可以看到不少上等大瓷器的破裂碎片，显然都是"文革"初期"破四旧"时红卫兵砸碎打烂的遗迹。孔府是孔子后裔居住的家宅，始建于西汉景帝年间，现在的规模是明清两代完成的。总面积达16万平方米左右，据说有楼、堂、厅、房463间，前后九进院落，分左、中、右三路布局，酷似北京的故宫只是没那么巍峨壮丽和宽大的气派罢了。听说过去孔府内的前堂楼后堂楼陈列着许多孔府当年的生活用品和珠宝、瓷器、名人书画、鎏金宝塔等古玩、文物，还收藏陈列着元、明以来数以千计的各式衣冠靴屐。但现在均空空如也、杳不可见了！据说劫后曾收集起一部分来保存着，但我询问管理人员，回答是"不知道！"看来，这也许是管理人员的好心，怕"泄密"后又要遭到损失吧！

在封建社会里，孔家几乎代代得宠。自从孔子的第四十六代孙孔宗愿被宋朝仁宗皇帝封为"衍圣公"后，孔子的每代长子长孙都坐享其成，成了当然的圣人。孔府遂被称为"天下第一家"，有一般贵族所没有的特权。孔府大门上的对联很特别，是：

> 与国咸休安冨尊荣公府第，
> 同天并老文章道德圣人家。

对联中的"富"字上面少了一点变成了"冨"字。这是说孔府这个"天下第一家"富贵是不封顶的！可是，圣人哪能料到会有今天这种场面呢?!

我们一起到孔庙去看看，孔庙关闭着不开放，三殿一阁一坛、三祠、一庑、两堂、两斋宿所、十七亭、五十四门坊，四周围以凋敝剥落的红墙，一片雷击火烧后的惨景。原先大殿正中有明弘治年间的巨大孔子塑像，已不复存在。奎文阁旁的碑亭里的巨碑全由赑屃驮着，但巨碑全部被打断成二截或三截，也不知怎么毁成这副惨相的，使人觉得造反派真是"大力神"！

我想起了山东省的省委宣传部部长、副省长余修同志。他是个有学识的人，在"文革"中受到的迫害是极大的。因为"文革"前，曾向大殿上孔子的塑像鞠过躬。"文革"中，他是山东最先被"揪"出来的黑线人物的"后台"。在北京揪了邓拓、吴晗、廖沫沙所谓"三家村"后，他就接着在山东被揪了出来。此刻，到了曲阜孔庙，我不能不想起余修同志，他怎么了？他与那些来曲阜打砸抢的人相比，功罪谁与评说？

去看孔林是第二天上午了！孔林在曲阜城北门，有一条长约二华里的林道，苍松翠柏，夹道而立。孔林是孔子及其家族的专用墓地，整个园林占地三千亩，此刻荒草丛生，一片凋零。墓地被翻挖过，墓碑倒塌。有很大的坑，那是被挖过的坟，也有的坟被夷为平地。孔子的墓碑有两块。据云一块是明朝立的，一块是宋代所立，均已被砸碎。最厉害的是第七十六代"衍圣公"孔令贻的坟，被刨出后打开了棺材，暴尸于众，红卫兵小将们在上面拉屎拉尿。我到了孔林，忽然想起了《桃花扇》的作者清代的文学家孔尚任。他因这出名剧宣扬民族气节触怒了皇帝，引起了权贵不满，而被罢官免职。死后，也葬在孔林。我很想看看他的墓，但《桃花扇》在"文革"中早成了挨批的"大毒草"。他的墓自然不会有好下场。为了不想沾惹麻烦。我把心意放在心中毫未表露。找不到孔尚任的墓，也就算了！

曲阜"三孔"遭劫，发生在六年半前的1966年11月里。本来这里是国务院规定的全国重点文物保护单位，可是在大串联高潮的11月10日，北京师范大学"井冈山"战斗兵团的二百多名红卫兵，在当时的风云人物谭厚兰（1937—1982）率领下，秉呈中央文革"小爬虫"戚本禹的旨意，一阵风到了曲阜，召开了"彻底捣毁孔家店大会"，以"带头砸开孔府的重重大门"为口号，用粗绳索绑住巨碑，拉倒砸碎了孔子的墓碑和孔庙里的大批巨碑，砸烂了孔子像，又挖了孔林里的不少孔氏家族的坟墓。他们在曲阜闹腾了一个多月，将孔府里的古玩文物乱砸一通。破坏性之大，给中国人民和珍贵文物造成无可弥补的损失，进行的完全是一次摧毁文明与文化的活动。

计毁坏文物六千余件，烧毁古书两千七百余册，字画九百多轴，砸碑千余座，包括国家一级文物七十余件，珍版书笈一千七百多册。

谭厚兰1970年6月被隔离审查，1975年8月送到北京维尼经厂监督劳动；1978年4月逮狱下狱，1982年6月急于起诉，此前查出宫颈癌，使可回老家湖南湘潭治疗，1982年11月去世，终身未婚。1980年曲阜人民将她的"打砸烧"铭记在"三孔"游客告示牌上。

我们到后，正巧孔府在筹办"阶级教育展览"。正厅里是气氛森严的大堂，堂上有一把铺着斑斓虎皮的大圈椅和红漆公案。案上摆着大印、令旗、令箭、红绿签、戒尺、惊堂木，大堂两侧陈列着当年的仪仗，如金瓜、钺斧、鬼头刀、八棱锤及龙旗、蛇旗、虎旗、豹旗等。

既到曲阜来是为了深入生活，端木和老孟就去找了些姓孔的贫下中农来座谈，要他们提供孔府大地主剥削压迫农民的罪恶情况。孔府地主的生活情况当然十分奢侈。据云府内当时一席满汉酒席，就要用餐具404件，上菜肴196道。孔府中的东西两厢，有些阴暗潮湿的低矮小厢房，原来这里早先住的是"四路常催"，就是专管向佃户催征粮草和站堂、抓人的人。又有东西厅房，有掌握孔府一百余万亩土地的租税银粮的收交的。有百户厅，是专门掌管为孔府服役、打杂的奴户，如猪户、牛户、羊户、屠户、乐户、扫帚户、洒扫户、号丧户等等。

我历来并未把孔子作为自己头脑里树立的崇高偶像看待，但却也从来不否认孔子是位古代的伟大思想家、政治家、教育家、编辑家。我是个曾以教育家、编辑家自勉的人，目睹今日曲阜"三孔"的史无前例的浩劫，看着泗水河潺潺东流，想起当年孔子皓首穷经、缘事而发，曾咏叹地说过："逝者如斯夫，不舍昼夜。"心中不禁沧桑系之。《论语·阳货》上孔子说过："天何言哉！四时行焉，百物生焉，天何言哉！"说明孔子并不迷信，对自然的解释也基本上是妥当的。如今，一场"文革"造成了如此疮痍伤痕，真是"天何言哉"，而四时行焉，百物生焉，在历史的长河中谁又能阻挡自然规律的演进？

于是，照例将座谈记录都写在笔记本上。在曲阜游览之后，打道回家休息，几个人处得挺和气，大家心照不宣地都觉得这种游山玩水用"深入生活"做幌子是非常轻松愉快的，在紧张的"文革"中有这样的好机遇是值得人羡慕的。

这中间，有一天，我突然浑身发起了荨麻疹，痛苦得很，根源是一年多前处境阢陧时生过荨麻疹，但那时没条件去医院治疗，只好忍住痛苦熬了过去。如今复发，搽药吃药却很难治得彻底，落下了后遗症，皮肤常常发红点，痒得钻骨，加上血压又高，由于创作时间比较自由，无须每天上班，有利于治病和养病。我记得比较清楚，五月间，当我们又准备出发到下边一些县里去深入生活时，忽然听到说中央工作会议上，毛主席提出了批孔问题。报上也立刻出现了批孔的文章。我不禁想到：又批孔了！我们到曲阜去看"三孔"，会不会又触犯什么忌讳了呢？当然，这很好解释：我们不是为"尊孔"去的，是为"批孔"去的！去收集"批孔"的材料写土改戏去的！这么狡猾地一想，心里觉得那次去时未寻找孔尚任的墓也未在端木、老孟等面前多说什么完全正确。防人之心不可无！这种心理状态，那时常有的！总是凛凛自危，谁也不知什么时候自己会犯错误，会倒霉遭殃。何况，老彭、老黄悄悄告诉过我："老孟那人，厉害得很哪！……"

于是，我小心谨慎，守口如瓶。五月里，我们土改剧组的成员收拾行装又到了Q县。Q县原是老区，抗战时期叫"十字路"。Q县有个大店镇，这里有土改时期出名的庄阎王，据说有72家姓庄的大地主。有地主庄园，有许多当年土改时期的老干部和农会干部、贫下中农骨干可采访。我们到达Q县时，得到县委书记老严的欢迎。他派车把我们从Q县送到大店。在大店安排招待所住下后，前后住了半个月。开了好多个座谈会。从贫下中农谈话中，我感到"文革"那种"左"的情绪十分严重。他们都把庄家地主的后人一律叫作"地主分子"、"地主羔子"。哪怕很早就参加了革命做出过贡献、参加了部队的庄姓后人也是这样，一律视为"阶级敌人"、"坏人"。从中了解到：这些庄氏地主家参加了革命队伍的后人，有的在北京、有的在上海……有的本来已是不小的干部了，可是"文革"中几乎全被揪斗了。有的尚未解放，仍在做"牛鬼蛇神"。极"左"的阶级斗争，造成了革命阵营内部的矛盾和分裂。听了他们的谈话，如实记录，却无法发表任何符合政策的感想。

在大店镇看到的那些地主家留下来的老房，规格、规模都不大，在江南实际只能算是很小的地主家园。但这里贫穷，类此就是大地主了！从采访中收获倒是有的，抓住了一个比较典型的故事的轮廓。这个典型故事就是"平鹰坟"。

事情是这样的：庄家地主被贫下中农称为"庄阎王"，住的庄院叫"阎王院"。贫穷地方的地主对贫雇农的剥削压迫是十分凶狠的。一个庄阎王养了鹰打猎。鹰飞出去抓一户佃农的小鸡，被这佃农用铁锹将鹰打死。庄阎王大发雷霆，罚这佃户赔鹰。绑打了佃户，并要他为鹰出殡，让佃户披麻戴孝做孝子，并给鹰立碑建坟。后来，这佃户就逃出去参加革命了！土改时，共产党领导的工作队将这典型事例作教材，启发贫下中农提高仇恨地主的阶级觉悟。终于发动了群众，平掉了鹰坟，斗倒了庄阎王，将他枪毙！

　　有了这个故事，当然要用人物来填充故事。一号人物是女土改工作队长，男主角当然就是这个打死了鹰被迫害的佃农。阶级敌人就是老地主分子。此外，也安排了混入土改农民队伍中的内奸，也必然安排一个自私自利前怕狼后怕虎的中农。这样大家关上房门，公式化地你一言我一语地添枝加叶、丰富内容，觉得剧本就这样找到了"路子"，心里不愁了，情绪都不错。我自从离开学校改变了环境后，似乎得到了休养生息的机会。此时，邓小平同志复出担任国务院副总理，做了周总理的助手，国内形势起了一些好的变化。我们在Q县就觉得那种"文革"的混乱得到了整顿。以后，我们继续以深入生活为名游山玩水，到过E县、C县、H县、L县等县，每到一个地方，总不外是访问老干部和土改时的农会、妇救会成员，开座谈会，实地考察，然后再回去休整一段，讨论剧本的有关问题。将剧本分幕分场研究。春天过去，夏天来到。暑假时，实行了"文革"中第一次考试招生。在农机厂做工的晓林，这时动了继续求学的念头。学校里的一些老师都帮助她复习参加高考。晓林聪明，发奋努力准备后竟考取了山东师院和农机学院。师院招生的同志也愿意要她，但地区教育局姓姬的局长我顶撞过他，他仍抱着反动血统论不放，说她"出身不好"，政审竟不予通过。县教育局姓黄的局长倒是支持她上学。师院进不了，最后农机学院录取了她。这农机学院在兖州，晓林离家去兖州上学，我和妻都鼓励她好好读书。但通过她考学的事，再一次使我感到反动血统论的可怕和可恶。我觉得我虽解放了，实际仍被无形的枷锁囚禁着。我不认为我有力量来打破这种不合理的可恨的"理论"和实践，但我坚信总有一天这种混蛋逻辑和这种混账做法会被埋葬！经历过"文革"，许多老干部都成了"叛徒"、"走资派"、"黑帮"、"反革命"……他们的子女一下子都由"红五类"变成了"黑五类"，遭受到心灵的摧残和非人的待遇。我不相信那么多对革命有贡献的老同志永远都会被打倒得爬不起来。只要他们"出山"了，反思起这个"出身"问题来，他们是会要改变这种做法的！而知识分子、一切出身不好而要求革命并使中国富强的人，也是会要奋力改变这个做法的！

晓亮这年暑假小学毕业，我虽在土改样板戏剧组，但仍在学校里挂名是领导干部。晓亮总算凭她的优良成绩顺利地进了初一。她同鲍圭远老师的大女儿芳芳及校医室葛医生的女儿小瑾要好，总是在一起玩耍做功课，鲍圭远老师始终是我们的好友，我们总是互相关心，人间真情、友谊可贵。

我们这个家总算在"文革"的大风浪中历经艰辛与苦难平安驶出了港湾。妻仍每天负责管理她的图书馆和阅览室。"文革"虽不知何日结束，我也总有"干戈未定欲何之，一事无成两鬓丝"之感。总觉得前途还茫茫，一切都仍像在梦中，可是家未破碎，人未暴亡，就已感到无限欣慰了！那就清醒而带着糊涂地过吧！

从夏到秋，我们剧组仍在附近县里"深入生活"。由于是地委领导的土改样板戏剧组，每到一地，照例受到当地县委及宣传文化部门的欢迎与上等款待。每每白天访问座谈或游览，夜晚应邀吃请并去看县宣传队演出的样板戏或舞蹈节目。E县县委毛泽东思想宣传队，当初中央芭蕾舞团曾在深入生活时辅导过他们，所以演出的《白毛女》及一些拥军的芭蕾舞节目都颇有水平，但老是样板戏，老是相仿的舞蹈、歌唱节目，总感到单调枯燥。文化艺术上这样荒芜行吗？

我们不断讨论剧本提纲。剧本这时略具规模，起名为《换新天》，出自毛泽东的词："敢教日月换新天。"这时，人们普遍对"文革"厌倦了。派仗虽仍在打，大字报与大标语也仍在贴，毕竟比以前少得多也收敛得多了！学校里"复课闹革命"也走上正轨了！妻在学校的处境因我的处境改善而也得到改善，九月间，她曾与学校的一些女教师同到 E 县游览跋山水库。从当时所摄照片看来，她表情平静安详，无喜悦，但也并不愁眉纠结了。

　　10 月底到 11 月初，我们土改剧组到 C 县时，我特地在夜间到文化馆看过巫一。去之前，斟酌了一下，怕惹是非。但既到这里，不去看望在苦难中的他于心不忍，遂决定前去看望。

　　我的借口是：我是他的老领导，想了解一下他的近况。我找了文化馆的负责人，说了根由。他见是地区来的人，倒态度很好，说："巫一在北面房里住，你去找就行！他就是出身不好，拍了点照片，也没什么大问题，迟早是要解放的！"

　　巫一还是"牛鬼蛇神"，见到我喜出望外。快近六十的他穿得又脏又破烂，一套洗褪了色的蓝灰制服起了毛，袖口丁丁挂挂的。马上请我到他住的北房去，说："进屋谈！"这北房没有木门了，估计是"文革"中踢掉了。他用旧报纸加上糨糊粘成门框大小的一个纸帘。用钉钉在门框上。掀起纸帘可以钻进房去。进房一看，他竟将新华书店出售的马克思、恩格斯、斯大林、毛泽东的大幅彩色宣传画沿墙从下贴到顶，四壁满满的竟整整贴了几十张。我笑了，说："怎么贴这么多？"

　　他说："表示敬仰呢！"

　　我叹了口气，看看他的房间，不禁摇头，说："老巫，你这房太不卫生了！简直像座古墓！"那灰尘丁丁挂挂在梁上垂着、桌上积着。床上乱七八糟堆满了破被絮、脏衣和书报。桌上有吃过未洗的饭碗和很脏的茶杯，真像刚发掘出来的一穴古墓。房里不通气，臭烘烘的！

　　但，我突然发现他想要落泪了。我后悔自己的失言，他却克制住感情苦笑笑说："我是早已成了出不了土的文物了！"

我急忙把刚才文化馆长说的迟早要解放的话告诉了他。他也并无喜色，只说："我来洗茶杯给你倒水！"我说："不用了！"这时，我才发现他右臂不能动弹。我问："右臂怎么了？"

他说："批斗时，给人'别烧鸡'把右臂硬给扭断了！一直用绷带挂着，穿衣、生活都靠左手，最近刚拿掉绷带，但手还没有复原。"

我才感到先一会儿的话太冒失了！他断臂的事我听说过！他的右臂这样，好几年了！生活都难自理，怎么能把房间收拾干净呢？我问他："你怎么被揪的？"

他苦笑笑说："最初，抄家，发现了我练毛笔字抄录的几首诗，于是说是查抄到反党反社会主义反毛泽东思想的黑诗了！马上召开批斗会批斗我。哪知我一看，是鲁迅的几首诗，我说：这不是我的诗，是鲁迅的诗，他们傻了眼！使劲'别烧鸡'，'卡叭'一声，我右臂断了！我代鲁迅受过了！"

我心里叹息，说："我也碰到过这样的事！"

他说："这根辫子抓不住，又抓另一根！他们将我的摄影集拿来，作为罪证。我给赵丹、白杨、红线女等都拍过照片。于是罪名成立！我给牛鬼蛇神拍照，我也是牛鬼蛇神！从那，直到今天，这些年来我都是牛鬼！最近好些，不批斗了，未解放也未平反，安排在阅览室管报纸。"

我说："能有点工作干就好！看来问题也该解决了！他们也并没有给你扣什么帽子！"

他说："以前老威胁我，说：'把帽子拿在手上，随时要戴就给你戴上！'现在倒不说了。我只想快点解放了好回一次北京，我老是记挂着爱人和女儿！"

我问："她们好吗？"

老巫又苦笑笑："好什么？怎么会好！有趣得很，发明了一个'可教育子女'的称号，谁套上了这个称号，就好不了！我的女儿现在是

'可教育子女'，可是想当工人也没人要！……"

我说："你看这场'文革'怎么收拾？"

他摇头："看不出！没这本书！我只觉得就像一个疯子给另一个疯子治病！那是治不好的！这场'文革'呀！鲁迅如果活着，早是挨批斗的牛鬼了！"

互相谈了些"文革"中的遭遇及情况。他食量大，花在伙食上的钱多，自从成了牛鬼，工资减发，生活困难，我想告辞了，塞了些钱给他。他不肯要，我说："别客气！拿着用吧！要不你将来还我也行！"见我诚恳，他收下了钱。我同他告别，觉得也只有这样来表达我一点心意了，却忽然又想起了他介绍我读那本美国小说《王孙梦》的事来了。不由得叹了口气。

分别时，他突然问我："你知道最近外边传观的一首诗没有？"

我摇头问："什么诗？"

"说是毛主席的诗，是写给郭沫若的，内容是批孔的。"说着，他去抽屉废纸堆里找出一张纸来，说："你带着吧！这不是什么犯法的东西，是毛主席的。有些中学生来阅览室看报，他们油印了在散发，给了我几张，还要请我解释。我说：我不行，解释不了！请去找贫下中农给你们解释！"

同巫一分手。我把纸条带回来悄悄看了，诗是这样的："劝君莫骂秦始皇，焚书之事待商量。祖龙虽死魂犹在，孔丘名高实秕糠。百代数行秦政制，十批不是好文章。熟读唐人封建论，莫将子厚返文王。"

我当时觉得有点像毛主席的口气及风格，但无根据。只是现在流传这首诗，说明了一种风尚，看到"孔丘名高实秕糠"，知道这是批孔；看到"十批不是好文章"，是批评郭沫若的《十批判书》的。而秦始皇焚书坑儒的事诗中却是肯定的。我觉得"文革"的水真太深太不可测了！谁知以后要怎么发展呢？那要看老人家以后怎么想了！

1973 年，当我仆仆风尘奔波在深入生活的一些地方时，舆论在宣

642

传"反潮流"！报上正大肆宣传辽宁省锦州市兴城县一个公社的知青张铁生，说他交了白卷是反对"智育第一"，反对旧教育制度，是"反潮流"的英雄。"反潮流"似乎是大加提倡的事！而到年底，报上又大肆宣传北京市海淀区中关村第一小学五年级学生黄帅反对"师道尊严"的信——"一个小学生的来信和日记摘抄"。接着，把黄帅作为标兵和榜样大加宣传后，报上又大量陆续出现了"要警惕修正主义回潮"，要反对教育革命的"促退派"等文章，杀气腾腾。我住在中学校园里，只见校园里顿时乌云翻滚，阶级斗争浪潮又在高掀。批判"师道尊严"的大字报重复铺天盖地，使人触目惊心。本来学生已经很不尊师，现在再在学生中点火，大有又想叫学校里再大乱一乱的苗头。我庆幸自己不在学校干什么，又不禁为中国的教育事业忧愁忧思。学生已经学不到什么东西被引上斜路了！教师已经因动辄就错吓得胆战心惊了！还在大树特树张铁生、黄帅这种"样板"，打算把中国的教育引向何处去？听说辽宁省的实权人物是毛主席的侄子毛远新，他与江青关系十分亲密。他说："什么叫大学？大学就是大家都来学！"我不禁为这种无知的谬论感到可悲！

我很庆幸自己离开了教育岗位到了土改剧组。我至少在慢慢"磨"戏的过程中，得到一点安全感是完全可能的。无论如何，这比在学校里看到"山雨欲来风满楼"的局面重复出现而担惊受怕再可能被打倒要好得多！大学是大家都来学，中学是什么呢？

只是，对创作的那种热情迷恋与陶醉，经过"文革"的折腾，似乎已化为乌有了！对文艺的爱火并不可能完全熄灭，因为我太爱文学和艺术。正像舒伯特《音乐》歌词中说的："啊，美丽的艺术，/在多少灰暗的时候，/当我的生命为迷惘所包围，/你使我的心燃烧起温暖的爱，/将我带向一个更美好的世界。"我依然不能不有那种向往，可惜的是在当时的具体实践中，我却缺少热情，缺少欢乐，有的只是任务的重压、"三突出"创作方法的捆绑与谨小慎微的字斟句酌了！

十三、一种不清楚的感觉

时间总是同人作对，被期待的迟迟不来，被厌恶的久久不去。

夜空布满冷眼似的星星，冬日校园里沿路僵立着骷髅般的树。每一个寒夜，我仍常失眠。心里忍受着沉默的煎熬。1973年底至1974年初的冬天是寒冷的。年初，下过一次霰，雪树银花，到处都是冰霜世界，树上开了冰花似的，特别漂亮。这种霰，我早年在江南，抗战在四川，以至到鲁南之前在北京都未见过。但诗人墨客在这"文革"期间，面对这种美丽的自然景色也是无心欣赏的了！天冷，烧饭的煤炉提放到房里来取暖，但熏人的蜂窝煤的火力仅能驱散一点凉气，屋里脸盆中的水依然能够结冰。我看不出有多少未来攥在我的手中。那种我40年代参加革命时的豪迈壮丽的心情消磨尽了，50年代、60年代和"文革"前有过的激情也被"文革"的冰水泼灭了！

"文革"中，许许多多事都使人有一种不清不楚隐隐约约的感觉。由于报上常常不讲真话，由于高层之间的斗争不是我这种小干部所能知悉的；由于什么事都保密，实际有时又保不了密总是通过小道消息传出来；由于大多数人都成了噤口寒蝉，因此，对许多事即使有一种不清不楚隐隐约约的感觉，却无法对证印证，只能闷在心头自己捉摸。1974年这一年中，留给我最突出的印象，就是心中常有一种不清不楚隐隐约约的感觉：这种感觉归结起来，是江青伙同她亲近的张春桥、姚文元、王洪文之流，似乎在搞阴谋，她的野心看得出很大，想要掌握国家大权，想组阁，而批林批孔等等一些做法的矛头是针对周恩来总理的。邓小平同志1973年春天复出后，担任副总理协助周恩来总理做了不少工作，全国形势较前稳定些了，但他的做法好像并不被江青之流欢迎，江青之流似乎正在搞鬼，从照片和新闻纪录片上（当时很少有电影看，影院常集中放新闻纪录片）看，周恩来总理很憔悴，面带病容，很瘦削。传说周总理患病身体不好的消息也不胫而走。但究竟这些感觉对不对？在整个1974年中几乎是得不到印证的，只是这种感觉常常随着报纸上透露的信息与小道传闻一起缠绵在我的心中难以消散。

还能记得清，1974年1月1日"两报一刊"联合发表了元旦社论，强调在政治思想战线，无产阶级和资产阶级的斗争是长期的、曲折的，有时甚至是很激烈的，说要继续开展对尊孔反法思想的批判，说中外反动派和历次机会主义路线的头子都是尊孔的，"批孔"是"批林"的一个组成部分等等。接着，1月底，《人民日报》又发了一篇文章《孔子杀少正卯说明了什么》，把孔子写作宰相"儒"。这文章的题目很怪，宰相"儒"的提法也怪，这影射使人很明显地觉得指的是周总理。看了这社论和文章，那种火辣辣的言辞，叫人隐隐感到又有一种要磨刀霍霍掀起杀机的势头，而文章的曲曲折折、隐隐讳讳、吞吞吐吐、欲说还休，总使人感到内中有什么诡计。

果然，二月里，《红旗》杂志就发了《广泛深入开展批林批孔的斗争》的评论。《人民日报》也发了《把批林批孔的斗争进行到底》的社论。本来，批林批孔在下边早批得没劲了！我们土改剧组的"学习"，由于是自己掌握，每每都是由端木念念有关文件，然后大家扯扯闲点子，并未认真对待过。这次，来势可不同，上边传达"要认真学习"。外面都在传说："第十一次路线斗争开始了！"上海的报纸上发表王洪文的讲话，说"批林批孔运动是第二次'文化大革命'"。

我的天！"第二次'文化大革命'！？"端木和老孟在一次学习会上把

王洪文的讲话加以引用和阐发，强调了"第二次'文化大革命'"，强调了一定"要好好学习"。但，事实上他们也是虚张声势，我们的学习依然是东扯葫芦西扯瓢，不爱谈政治，也不敢多谈生活。有时谈谈样板戏，有时谈谈自己的病，有时谈谈我们在集体创作的土改戏。但看得出，对"第二次'文化大革命'"大家都是害怕的！都在观察、等待和琢磨。

　　的确弄不清是怎么回事，上边又想搞什么人呢？又要想达到什么目的呢？又要怎么"革命"呢？说实话，整个"文革"期间，我一直是糊糊涂涂弄不清究竟是要干什么、为什么要这样干？总觉得玄妙得很，无法窥知天机。有时，似乎事后明白了一点，但保不住很快又糊涂了！比如初期吧！本来完全不理解，后来渐渐有点明白了，提出反修防修，除掉刘少奇同志似乎是个目的。但后来看到打倒一切，否定面那么大，就又奇怪了！自己把自己的根基全毁掉行吗？明朝朱元璋大杀功臣究竟也是有限的一些人，我们为什么层层打倒得这么多呢？终于，周总理是保留着的，邓小平同志等也复出了，这是很好的。而如今，似乎又要采取针对周总理的行动了！又是"第二次'文化大革命'"了！江青他们又要搞掉哪些人呢？为什么？为什么呢？唉！唉！唉！唉！

　　春天，下着雪。白雪使人想起哀挽的白花。寒冷的苍茫中，北风常鸣鸣地叫，悲悲切切，心里的疑虑、惶恐与体验都无法说清。学校里的教职员中的那些过去处得较好的老师，一些毕业了已经在社会上工作的过去对我有感情的学生，以及"文革"中一同做过"牛鬼蛇神"的"难友"们，自从我出外去参加土改剧组后，陆续都开始来串门了！不在一个单位的人在一起说话总是少些顾虑。何况他们对我都有一定的信任，知道我不是一个会出卖人的干部，就是当我沦落为"牛鬼蛇神"时，我也总是实事求是对待自己。绝不陷害拖累别人，从不违心做事。因此，有什么事也愿意告诉我。有的说起一月间在北京工人体育馆召开"批林批孔"动员大会的事，说："听说在会上江青、姚文元和迟群等都影射辱骂周总理。"说的人只是客观叙述，不带任何自己的评述，也不带任何感情色彩。人有嘴，是要说话的；人有思想，也不能不表露。但"文革"的"悸"犹在。说了又怕背干系，采取一种不介入是非的表达方式，避免被揪辫子，是避祸防身的一种技巧。讲后，他们总是笑笑说："我刚才说了什么？哈哈，什么也没说！"我听了，当然也不发表任何意见，只是回答他们："是呀！你是没说什么！"于是，心照不宣，又无第三人在场，互相都取得一种安全的保证。许多小道消息、政治笑话每每都是这样知道的。传播小道信息和政治笑话，其实是充分反映了人民群众对"文革"及对江青之流的不满。这已是公开的秘密了！

那个阶段，我仍时常外出"深入生活"，或去地区创作组的小楼上学习和讨论《换新天》。有时，为一个剧名或细节，讨论上两三天。比如戏名究竟叫《狂飙》好还是叫《换新天》好？抑是叫《红色风暴》好？比如那个内奸丁大吹同地主勾结用什么方法通信联系才新颖而又可信？等等。这样，时光可以消磨，外界诸事可以用"剧本正在创作"为理由不闻不问。我虽住在学校里，但与学校无关，回到家中，仍"躲进小楼成一统，管他春夏与秋冬"了！

但是，学校里总不平静。本来，张铁生和黄帅的事对学校教师冲击已经很大。现在，又来"批林批孔"，触动更大。加上1974年春天，河南唐河县马振抚乡第一初中发生了一件事：一年前，也就是1973年春，这马振抚中学有个十五岁的女学生张玉琴，在英语试卷上信笔写了几句打油诗："我是中国人，何必学外文。不学ABC，也当接班人。"班主任杨天成发现后，十分生气，早操时批评了她。哪知，张玉琴竟跳水库自杀身亡了。在这件自杀案解决一年之后，江青闻讯，说："要向全国控诉！"王洪文说："要判重刑！"他们把这当作"教育黑线回潮"的靶子。马振抚笼罩在"知识分子就是反动"的阴影中。校长罗长奇被五花大绑游街批斗，江青曾主张要判他死刑，是周总理一句话："不能让学校负责", 才使他幸免一死①。这么一搞, 原来一些认真负责想把教学工作搞好的人, 都脸上阴云密布, 很怕被说成是"复辟"、"回潮", 都又不敢抓教学了! 我的暗自庆幸并没有错。如果叫我在校长的岗位上, 而我不去抓教学, 我是做不到的。我认为那是失职! 但如果我认真抓了教学, 这下子, 说不定我又成"黑帮"头子要被揪斗批判打倒在地了! 多么危险的工作, 多么反常的年代啊!

《换新天》的剧本, 在集体创作中进行。端木、老孟总是想尽方法去贴近李书记, 常去汇报, 常秉承旨意回来传达, 有时约我同去汇报, 我总尽量推辞, 因为他俩是想借此升官受到重用, 我则无此企图。他俩总把老彭、老黄排斥在外, 视为下属, 呼来喝去。对我, 则带三分尊敬, 不外是想要我多出力写剧本, 好为他们增光。本来, 我是想用江青的"十年磨一戏"的"指示"来多耗费些时日的, 但端木和老孟一天传达李书记"指示", 说:"年内要写成剧本并彩排!"并且确定初稿由我写出后集体讨论过再由我修改加工润色。彩排的任务则交由豫剧团执行。这样, 写作剧本的任务就紧张起来了。

大约四月份, 忽然传来了所谓批判"黑画"的文艺消息。说上海大批国画家, 创作了许多"黑画", 本来是拟作为大宾馆布置画用的。传说是周总理让搞的。可是现在发现这批画许许多多都是"黑画", 都是带着阴暗心理画的。有的画, 画的公鸡凶恶得很, 是寄托了国画家的仇恨心理。有的画, 画的是猫头鹰, 一只眼睁一只眼闭, 有影射意义, 恶毒非凡。江青等说:"文艺黑线已回潮了!""这是克己复礼!""这是翻案复辟!"……反正, 画国画的我觉得从此又不敢再画了! 这些被指摘为"黑画"的美术作品, 人为地用阶级斗争观念来制造问题, 我知道后不禁瞠目结舌。我对《换新天》要我执笔感到可怕! 经过我建议, 由我和老孟执笔, 我来加工修改, 大家集体讨论。老孟本想执笔, 他是

---

① 罗长奇于 1979 年冬在劳改中被宣布平反。

648

个年轻的名利思想极重的人，说过一句名言："只要能出名，挨批判我也不怕！中国的名作家都是批判过才出名的！"现在，我和他执笔写初稿，我答应修改加工，于是，皆大欢喜。他首先抢着把稿拿去"执笔"了。

当时，我住的校园里，大字报又雪片般的出笼，都是"批林批孔"的、批"克己复礼"的、"击退复辟逆流"的。但并不具体围攻谁，也不具体揪谁，大字报就多数内容空泛，不外抄抄报纸上的内容，火力不像"清队"时那样激烈，也有批"黑画"的，其实"黑画"根本未曾看到过，只是捕风捉影乱批一通而已，写大字报发展到这时候已经成了"例行公事"，成了"任务"，用"交账"的态度在应付场面了！除了少数人，大多数人都不去费大力气动心思写大字报。我们土改剧组的人强调创作忙，大家都不写大字报，这倒比较安逸。不过，既是搞创作写剧本，对触及文艺黑线的事我总提醒自己要特别小心，于是话更少说，事更少做，动笔时字斟句酌，力求不出问题。四月到五月，老孟强调要排除干扰再去下边深入生活，同时他答应写出初稿来，约我同到莒南县厉家寨去修改。其实，除写《换新天》剧本外，他在写改一个个人的关于厉家寨愚公移山精神的剧本，他打算下去后要我也帮他改他个人的剧本。我觉得下去也好，对学校里那种大字报贴得到处都是的阵势我很厌恶。我就答应与老孟一同下去。我有心把厉家寨当作"桃花源"去躲一躲。落得个悠闲和自由。

厉家寨有很好的招待所。住在招待所里，我们经常东看看，西看看，间或采访点人，听人讲讲厉家寨的故事和历史，也间或去爬大山。听说山上有种野花名叫"燕子红"，特别美丽，我们决心去看，但花在大山的顶端，山势险峻，越往上爬越难攀登。我终于知难而止，只能远远观看那山顶悬崖上一簇簇鲜红似火的"燕子红"在风中摇曳招展。"文革"中我能在厉家寨如此安定闲适地度过光阴，依然有爬山观景的兴致，我觉得颇不容易。

这厉家寨，原先1961年冬我来参观过。当时大队的团支部书记厉××陪我参观时，他口口声声叫我"首长"，我向他说："我不是首长，请别这么叫！"他仍是客气地这么称呼。后来，1973年，我再到厉家寨时，他已是莒南县委副书记了。见面后，很客气，学土改剧组的同志的口气，叫我"校长"。但此时他已提升为省革委会副主任，又是省委副书记了。他恰巧也到了厉家寨。见面时，仍认识我，只是架子大了，说话摆出一种居高临下的姿态，也直呼我的名字了！态度当然还算可以，而且陪同吃晚饭，用著名的"煮全羊"招待我们。只是回顾与他相识的这个过程，我感到人的地位变了，一切都会变的。这不仅仅反映在称呼我的问题上。他本来是个能艰苦劳动有一定能力的人，但到省城后，连家属都非轿车不愿坐了！以后他因工作能力及派性等问题离开省城去到一个县里工作，我在省城又遇到过他。他情绪很懊丧，似乎有意避开我。他这位"文革"中曾风云一时的人物，以后也就销声匿迹了！

厉家寨名声在外，是由于毛主席有个指示："愚公移山，改造中国，厉家寨是个好例。"于是，人人以老愚公自诩自勉，干的也确是愚公移山的事。比如，"竖水横流"，就是一例。大山上的山洪每到雨季都会凶猛地冲下来为害下边的庄稼良田。为了使竖冲下来的水横流，"愚公"们就战天斗地，决定在巍峨的大山上在岩间拦腰劈开一条环绕山中央一匝的渠道，砌上水泥石块的围堤，下大雨时山洪竖着猛冲下来，冲到渠里水就横流了。这确是愚公精神的壮举，"活愚公"们手上虎口都在劈山开岩时震裂了，我看到的贫下中农们的手，个个都是结成厚厚的老茧。可惜实际效益并不大，花的工夫与资金、劳力，如果移作他用更加合算。再如引水跨越两山之间的大渡槽，目的是把水引到东岭上去浇灌东岭上的旱地。但电灌站把水打上去，成本太高，水贵于油。因此，电灌站停着，大渡槽虽然凌空架着，却无实效。只有当上边来人参观时，表演式地开动一下电灌站的机器把水扬上去，"表演"

一番，博得个好名声。

　　当时的事，大抵如此，虚夸成绩，弄虚作假，成了家常便饭。"文革"中吹牛之风更盛，厉家寨在外界听到的吹嘘似乎农民生活极好。我们住在那里，深入农家看看，生活是很穷苦的。更令人担忧的是农民的子女都不读书了。"文革"革掉了他们读书上学的机会。加上家里穷，缺少劳动力。一个劳动力挣的还不够吃的，如去读书，经济上更难负担。看到这里，我不禁担心长此以往，下辈都成文盲，国家怎么得了！难道这是流血牺牲革命想得到的结果吗？"文革"革了文化的命，这个后遗症以后是要用许多年来补偿的！

　　我深深感到厉家寨人的勤劳与奋发的精神反映了中华民族不屈不挠英勇淳朴的民族性，但正因如此，看到他们的艰苦生活和子女不再读书，更感到太不公平，心里怀着气恼。

　　在厉家寨住了些天，回去后，我就蹲在家里开始执笔写剧本。老孟说好是执笔起草的，但他实际只写了一个非常粗糙的轮廓，存有依赖心理要我动笔。因此实际上我是需要重写的。我写时由于顾虑多，既放不开，笔头也艰涩。平时，我从早到晚脚不出户，埋头写作。天气渐热，偶尔到校园里走走透口气。尽管处境早已改观，人见了我都很客气，我总仍落落寡欢。校园对我来说，易使我想起许多痛苦的事。看到大操场上的大土台和大礼堂那青砖轮廓，我立刻会想到被揪上去批斗的情景；看到教室，会想到挨斗的情景，看到苹果园和梨树，会想到被活埋和夜间看守果园；看到图书馆阅览室，又会想到那个黑夜被揪去那里的私设公堂中审讯，途中，一个大眼睛姓李的红卫兵猛的一掌将我打得一丈多远趴在地上。……

　　校园里由于连续多年的"文革"，房屋未整修过已变得灰溜溜了，到处是大标语和大字报的残迹，所有墙壁都涂得乌七八糟，篮球架腐朽了，双杠歪斜了！实验室一直锁着，教室里原来的毛玻璃大黑板一块不剩，窗户有的用苇席遮住，桌椅都残缺不全……我常想，"文革"

进行已经八年了，哪天是个头呢？回想抗战八年，那八年十分漫长、艰苦，可到底干了一件打败日本侵略者的了不起的事。可是这八年，过得何其匆匆呀！这八年国家伤了好大的元气，人民受了这么多的磨难，究竟干了些什么呢？天下之治乱，在万民之忧乐。现在呢？

投入工作，就像一只船鼓起了风帆！天上也许有不测风云，水下也许有什么可怕的暗礁，但船在航行，虽心中有警惕，也顾不得太多了。夏天里，土改剧组的同志们为集体讨论剧本草稿又一同到海边的日照县去深入生活。住在县委招待所里，可以不受干扰，也可吃到海鲜。到日照县，我就想起了历史上的吕母起义。在海边，可以看到奎山。我想起了清人丁泰有《登奎山》的一首五律诗，诗中后四句是："人与星相聚，天随海共宽。登临莫长啸，足底有龙蟠。"其实，今天看奎山，山并不高峻，"人与星相聚"一句就不切实际。但"足底有龙蟠"一句，却使我联系"文革"局势有不少联想。

日照的两派仍在鼓着派性余勇拼命打派仗。两座对峙的三层楼的楼顶上，每方都架着几个大高音喇叭，整天互相广播攻击谩骂，所好没有武斗。我们刚去嫌吵，听惯了把它当作京剧舞台上的锣鼓也就充耳不闻了。常到海边看看，仍有出海的鱼船捕鱼归来。但捕到的鱼不多，对虾和梭子蟹更少。纪律松弛，水产公司渔船载回的虾蟹和鲜鱼，渔工们都用网袋一袋袋装了在渔船抵岸时私自交付给了等在海岸边的家人拿回去吃。越"斗私"，似乎人越会自私自利了！

这年天不太热，日照海洋性气候，早晚凉爽，住着很舒服。在这过程中，从日照县革委看到不少印刷品，都是上边发来的，像《儒法斗争史讲稿》等，又看到北京、上海报上的一些文章，不外是颂法家批儒家的，还有吹捧吕后、吹捧武则天的文章。有的报上还报道：江青亲自设计了一种仿唐宋元女服特点的"梅花白褶拖地大袍裙"，拟加以提倡。心照不宣，总使人觉得江青似乎极想做女皇，她的野心似正驱使她在干一些不可知也不可预料的卑鄙勾当！

与此同时，工农业生产和国民经济的发展情况不好从生活中就越来越感觉到了！附近的丁县本来是余粮县，但缺粮很多，老百姓都得吃返销粮。生活日用品奇缺。火柴竟买不到！肥皂偶尔有，但多半时间没有。我同妻去百货公司看看，想买点吃食，只看到山楂干、苹果干之类没有人买的东西。饼干、糕点不见踪影，罐头也极少。据说，很多地方都在宣传"不为错误路线生产！""宁长社会主义的草，不栽资本主义的苗"等等口号。所以尽管中央再次发出《关于抓革命、促生产的通知》，生产一点也促不起来。社会主义积累的资本似乎要被坐吃山空了！当然，确实的数字是无从知道的，报上登的依然是吹牛的谎话，而生产之下降、局面之阢陧，江青一伙存心要同周总理、邓小平同志为难进行干扰破坏的小动作，依然在我心上也只是一种不清不楚隐隐约约的感觉。

难怪那支令人好笑的、嗤之以鼻的歌《"文化大革命"就是好来就是好》出现了！歌词颠来倒去只有"就是好来就是好"，讲不出好的理由，就只好不讲理了！这支歌电台播放，上海吹捧得最凶！可是听到的人有的摇头，有的苦笑。在歌曲的历史上，这可算是一个"文革"的第一流特产！泰戈尔说过："真理是严酷的！"我们的可悲往往在于自我欺骗！"文革"中的许多事，连同"文革"，其实都是如此！"就是好来就是好！就是好来就是好！"

我仍旧埋头反复从事《换新天》剧本的写作和加工，仍旧参加一次再次的集体讨论。有事干，总比闲着好。效率不高，戏也写得平淡而且老套，但总算有了初稿作为修改的基础。集体创作的特点是：慢！因为一切都要讨论、争论，这种创作当时并无大的名利，我凭着一种习惯的责任心苦干。前几年身体折腾坏了，这时血压总是大幅度波动，心脏也常不适。我却负责地尽最大努力在集体创作中注入力量。

记得在8月初，土改剧组的五个人：端木、老孟、老彭、老黄和我就带着剧本到省城听取省里对《换新天》的意见了。当时住在省城最好的豪华宾馆——南郊宾馆里，随行的还有地区文化局的有关负责人和豫剧团团长老郭。听取省里文艺界和戏剧界一些人士的意见，目的是取得省里的"认可"。这样就可带着剧本回来让豫剧团彩排，戏经过彩排站起来了，就可听取广泛的意见再作进一步的修改加工。

省里有关方面的同志听着我们逐场逐幕念了剧本，认为总的感觉不错，特别是这个剧本有地方的特点。他们认为大店土改的斗争那时是全省的典型。认为我们多次深入生活访贫问苦进行创作和修改，看起来有成绩，政治上无大问题，剧本基本是不错的。

这次赴省城听取意见，取得了肯定。省委副书记厉××还特地到宾馆看望我们并说了不少鼓励和支持的话。

回来后，我们一同到李书记处汇报。端木和老孟建议立刻交豫剧团彩排。文化局本来不愿，因要花一万数千元才行。可是李书记做了决定，豫剧团只好接受任务。

大约一二个月，戏排成后，在城里最大的剧场京剧院演出。称是内部演出征求意见，实际是公开售票演出。不敢说是公开演出，因为内部演出万一上边指摘剧本有问题可以辩解，公开演出就得负散布毒素的罪名了！

戏并不精彩，又是豫剧。只是在当时，缺戏少戏无戏看的情况下，人们总觉得看看也新鲜。学校里、地区人民医院里的许多朋友，都来向我讨票，我只好自己贴钱买了七十多张票送人。妻带晓亮同去看了《换新天》，她说："平平！六十分！"但晓亮十分兴奋。这是爸爸写的戏！我挽着她的手在街上走，她似乎很自豪，看戏时，她更高兴。每晚她都想去看，睁大美丽的眼睛全神贯注地看，回来笑着学戏中演员的河南唱腔。她快初中毕业了，但除了样板戏外，孤陋寡闻到还没有看过别的戏呢！

《换新天》既没有人夸它十分好，也没有人说它很糟。"六十分好，六十分好，不露尖，也垮不了！"戏既如此，"十年磨一戏"，那就继续往下"磨"吧！秋天多雨，惹人愁思，雨水淋洒好像加速了时光的流逝。这一年就这么流水似的在消逝。

快近年底时，哥哥穿着领口有两面红旗的军装和嫂嫂带了他们的小儿子特地从宁夏贺兰山五七干校来看望我们。他们在那里浪费了多年宝贵时光，吃了很多苦，无异于是劳改了一场。这时，哥哥调到石家庄一所军事院校，他是专业技术十分优秀的火炮专家，立过多次功的军籍人员。弟兄姐妹见面，恍若隔世。他们来时，正逢传说邓小平同志要出任第一副总理。传说毛主席说："邓小平人才难得！"邓小平同志如重用，使人感到一种安慰。形势可不可能变得好一点呢？

哥哥同我相聚的短短几天里，我们谈得很多，都为"文革"的破坏替国家担忧。他说："世界科学技术日新月异，我却多年未看到过一点外国资料，这样闭关锁国，中国唯有落后！但愿今后能安定些，能使知识分子科技人员有为国家人民真正好好效力的机会。……"但"文革"尚未结束，谁知什么时候才有这种机会呢？

我们兄弟是在惶惑、忧虑中依依不舍地挥手告别的。颇有"明日隔山岳，世事两茫茫"之感。

十四、坏的变好

想起国家的朝政如同儿戏，忠臣招谤，奸臣当道，我在心情忐忑中创作剧本，是一种痛苦的实践。

最难忘的是 1975 年 1 月中旬在北京召开的四届人民代表大会一次会议。会议上周恩来总理作《政府工作报告》时报上发表的那幅照片。他形体消瘦，但目光炯炯。病况一定是十分沉重了！他衰老憔悴得使人看了难过。这是周恩来总理最后一次公开露面了吧？当时，我心里就有一种不祥的感觉。这是一张使人看了痛心的照片，留下非常深刻的印象。

这一年的风云人物应当说是邓小平同志，1 月 5 日，中共中央任命邓小平为中央军委副主席兼人民解放军总参谋长，掌握了军权。1 月 8 日至 10 日，在周恩来总理主持下，北京召开了党的十届二中全会，邓小平被选为中共中央副主席、中央政治局常委。在 1 月中旬举行的四届人大会议上，选举了以朱德同志为委员长的全国人大常委会，选出周恩来为总理，邓小平为副总理。实际，听说周总理病重住院，主持党政日常工作的是邓小平同志。

应当说，"文革"进行到这时，中央人事做了这样的安排，是深得民心大孚众望的。这本来应该是有转机的一年。邓小平同志上来主持工作后，按照毛泽东提出的要安定团结、要把国民经济搞上去的意见，努力对交通、工业、农业、科技、军事等各条战线进行整顿。"安定团结"和"国民经济要搞上去"确是当务之急，也是人民深感必须立即解决的问题。

本来，铁路交通十分混乱，经常停车。离我们那儿不远的徐州，造反派胡作非为大闹派性，使铁路动脉说堵塞就堵塞，但逮捕打击了造反派中的坏头头，问题就解决了。"整顿"的口号深入人心，恢复疮痍，符合人民心中的要求，人们都盼望全面整顿，一切恢复"文革"前的正常。本来，整顿进行得比较顺利，中国的经济形势眼看渐渐有所好转，人民都寄予了希望。

当时，在我的感觉上，邓小平能搞整顿，显然毛泽东主席是支持的。进行了八年多的"文革"，中国大地已经百孔千疮，快要垮了。中国人民怎么不盼望赶快安定进步。但，大约是在春末夏初，敲锣打鼓上街游行，新的"最高指示"下来了，是"三要三不要"："要搞马列主义，不要搞修正主义；要团结，不要分裂；要光明正大，不要搞阴谋诡计。"这掐头去尾、断章取句的"三要三不要"，内涵意义究竟是什么！是针对什么人什么事说的呢？我琢磨来琢磨去，总是不大明白。只是仍隐隐感到中央高层领导中有人被指摘为搞修正主义，有人被指摘为搞分裂、搞阴谋诡计。这三条，本来在党的九大、十大也讲过。只是这次分量似乎更重。是怎么一回事呢？只有揣个闷葫芦。

从报上看，邓小平同志主持工作似乎有职有权。江青、张春桥之流似乎气焰有所收敛。

《换新天》彩排以后，听取了多方面的意见，需要继续修改。这重任务就又压在我的肩上。改也就是"磨"，好在"十年磨一剑"，时间有的是。我就继续潜心于"深入生活"和"集体讨论"之中。但，无论如何，对国家大事不能不关心。心中总有一种对美好形势的向往，有一颗躁动不安的心，企望国家民族摆脱灾难。看到经济形势有点好转，心里总有些高兴，希望这场"史无前例"能早点结束混战，逐渐恢复到好一些的生活中去。

春天时，二妹从上海到北京看望在大学教书的三妹后，转道来 L 市看望我们，手足情谊可感。她谈起三妹夫妇在大学里也受过冲击，大学教授中自杀的不少。现在，他们的处境也较好了。听了使我又悲又喜。二妹住了不几天就回上海了。据她说，上海方面，张春桥、姚文元、王洪文都有许多亲信把持权力，把上海当作基地。她本来集体参加过王洪文把持的"工总司"下属组织，但早就无兴趣，现在是在做逍遥派了！二妹走后，我与土改剧组的同志们仍旧是"深入生活"。我们又到了厉家寨及 H 县的王家坊前、高家柳沟收集素材，熟悉当地生活，趁这机会，我忽然手又发痒，心里也跃跃欲试，又想写小说了，可见人之积习难改！我酝酿构思着一个以土改为题材的长篇小说；又酝酿构思着一个以"农业学大寨"为题材的长篇小说。后者以厉家寨为背景，以厉家寨发生的种种人和事加以概括和集中。每每夜间点了灯写作提纲。回到学校家中后，我也整日写作。夏天多雨，我在房里开了门也开了窗写作，四下里很安静，除了哗哗的雨声和清新的水气外，一切都寂寂无声息，对我来说，我虽仍在这学校挂着职务，但只是我的住地，其他均同我无涉了。只不过，在"文革"尚未结束而且无法预测未来还会有什么变动的时候，能享受到宁静，仍是可喜可贵的。面对阢陧，我只能向自身求助。

以厉家寨为背景写"农业学大寨"的长篇，先后花了两三年时间，我想：写"农业学大寨"总是不会犯错误的。谁知内容总跟不上形势。我写的是一个大队，而后来，"农业学大寨"是以县来学习，于是写一个大队的"农业学大寨"就不行了！我这小说写了七十万字，成了废品，浪费了时间和生命。配合政治任务的作品势必大都是如此。

"文革"的惊恐犹在，由于工作需要，我本来不敢再写日记，但却又不能不恢复写工作日志似的日记了。日记我尽量写得短，写得简单，有时只是一个备忘的日志以备查考而已。我尽量不发表论述，不表露思想，只偶尔在记下不会出问题的部分才写得详细一点。从当时残存的日记中选录几天如下，可见一斑：

1975 年 4 月 22 日　星期二　晴

晨 10 时至长途汽车站，12 时与老孟同到 H 县转车来厉家寨，下午 4 时许抵达，住招待所三号屋。麦苗青，菜花黄，社员正种花生、地瓜。桃花有的未开，有的已谢，苹果花如白雪满树。厉家寨与上次来一切无变化。晚饭吃食堂的素包子，不咸不淡。饭后绕庄散步一圈。社员生活十分简朴。

1975 年 4 月 28 日　星期一　晴

听说一件事：厉家寨出名的钢六队队长绰号"老钢"的厉永谦，认为他儿子不能掌权，选举时，厉不同意其子，要自己掌权。人说："你们父子还争权夺利？"厉答："我争的是无产阶级之权，夺的是社会主义之利！"

1975 年 6 月 2 日　晴

来到 H 县王家坊前大队深入生活，访问"老社长"王同昌。他 1942 年担任农会长，后领导农民成立互助组合作社。1955 年 4 月，毛主席在《解决生产资金不足的困难》一篇报告上写下过批示。今年，王同昌 79 岁高龄，仍任公社党委委员、大队党支委，分管林业队，天天劳动。每年还拾粪 6000 多斤。两个在南方做领导工作的儿子，觉得他年高有病，一再来信，要接他去到身边安度晚年。他说："社员们都在战天斗地地学大寨，不怕苦，不怕累，争当新愚公，我怎能搁下革命担子去享清福？"儿子寄钱来，他也投到队里。自己捡了老伴死后撇下的一件旧棉袄穿了五年，一双旧鞋补了补穿了六年，吃饭十分节约。社员夸他很会守业。

1975 年 6 月 10 日　阴

今天由王家坊前来到高家柳沟匆匆一看。高家柳沟由两个自然村组成，共 16 个生产队 435 户，2032 人。1953 年，高家柳沟办起了红旗农业生产合作社，为解决缺少记工员的困难，团支部创办了"记工学习班"。1955 年，毛主席对高家柳沟创办记工学习班经验写下了按语。指出这个经验应当普遍推行。1971 年，这里介绍说基本扫除了文盲。老孟说：在这里，能感觉到"文化大革命"两派大联合的气息。

以上这些日记，都是当时记的，没有我的主观论述，但有潜台词："社员生活十分简朴"，是当时社员生活十分艰苦的印象。王同昌"一件旧棉袄穿了五年，一双旧鞋补了补穿了六年"，是当时农村老干部艰苦朴素风格的写照，也反映了社员生活未曾得到改善的情况。农村老干部本质是好的，但文化低，守业而不会创业，年龄太大，工作是搞不好的。厉永谦说的话，当时是很流行的"革命"豪言壮语，但实际也反映了"文革"中的一些关于权和利争夺的状况及思想状态。

我外出深入生活一个阶段后，就回家休整一些日子。我觉得自己过得其实并不紧张，人却依然较过去苍老。主要是心里总是存在愁苦和忧虑，活得沉重而不轻松。我本是个精力充沛的人。此时浑身的活力仍用不完。因此在前几年焚稿时的那种思想又起了点变化：觉得还是只有写点东西，不然精神更无所寄托，生活太空虚贫乏，只有写东西，生活可能会活得充实些。但，各行各业都在整顿，文艺如何？心中无数！大约在七八月间，在文化局看到一个毛主席 1975 年 7 月 14 日对于文艺工作的批示，说："党的文艺政策应当调整一下，一年，两年，三年，逐步扩大文艺节目。缺少诗歌，缺少小说，缺少散文，缺少文艺评论。对于作家，要惩前毖后，治病救人，如果不是暗藏的有严重反革命行为的反革命分子，就要帮助。"并且随之听说电影剧本《创业》

作者张天民曾为《创业》上书邓小平同志转毛主席，对于当时文化部不让《创业》印制拷贝、不许《创业》出国，电视台、电台也停止播，报纸上不许发表评论，他表示不理解。听说，毛主席对此做了批示，认为可以发行，不要求全责备。这样，算是对我的创作情绪鼓了鼓劲，但仍心存观望，想看看再说。我成了不是凭知识而是凭感觉行动的人了！

妻告诉我：浩然的《金光大道》和《艳阳天》等，师生借阅的很多。我也拿来阅读。还有一部《大刀记》也走红，说明人民群众不能没有小说看，但被批判否定的小说成千上万，被肯定的却只有这么可怜的一点点。对人口这么多的中华人民共和国能行吗？我惶惑得很。

后来不久，电影院放映《创业》，我和妻带晓亮看了。说实话，在当时那种文化上一片沙漠的情况下，《创业》不啻一棵绿树，宣扬的那种"独立自主，自力更生"的创业精神，是使我鼓舞的，影片中宣扬的中国人民要有志气的英雄气概也是使人感动的。我多么希望文艺有所复苏，又多么希望革命重新走上正确的航道啊！

我觉得我实在热爱文学，我离不开创作！只要有可能，我还是要写点我想写的东西！我无心于名利，但却认为这是一种事业。我舍不得割弃，我心坎里埋着仍想继续创作的种子。我那颗原来献给缪斯却已被折磨成死灰的心灵又开始要复燃了！

秋天时，多雨。小道消息也像雨水那么多。听到这些小道消息，觉得并不像谣言。人们偷偷在背下里传。学校的一些老师晚上来我住处闲谈时，有的就讲起了江青和《红都女皇》一书的事。虽不甚详，但好似她是有些失宠了，有些收敛了！回顾去年有一度江青销声匿迹并不大露面的情况来看，更感到这个妖婆恐怕是出了什么问题。

凭我观察，真正对江青从心里面喝彩的或喜欢她的人，在我接触的人中确实是极少极少的。只是有的人想拍马求得往上爬的机会，有的人随大流胁于她的权势为了保全自己而不得不在口头上说说假话，或者捧捧场。有了小道传言，看得出，人们并不傻，都是暗暗高兴的。

但，我的头脑里突然又糊涂起来了！与江青十分亲密的姚文元这根"棍子"，突然又在他主持领导的《红旗》杂志上发表了毛主席关于《水浒传》的谈话及同意评《水浒传》的批示。

毛主席说："《水浒传》这本书，好就好在投降。做反面教材，使人民都知道投降派。《水浒传》只反贪官，不反皇帝。摒晁盖于一百零八人之外。宋江投降，搞修正主义，把晁盖的聚义厅改为忠义堂，让人招安了。宋江同高俅的斗争，是地主阶级内部这一派反对那一派的斗争。宋江投降了，就去打方腊。这支农民起义队伍的领袖不好，投降。李逵、吴用、阮小二、阮小五、阮小七是好的，不愿意投降。"等等。

毛主席在这时候说这番话是什么意思？实在难以了解。我很鄙视自己的水平为什么总是这么低？

接着，《红旗》《人民日报》上的文章都在掀起评《水浒传》的高潮。江青突然从不露面又露面了！报上登了她在大寨参加一次劳动的照片，她在大寨也对评《水浒传》问题讲话了，说的是："批《水浒传》就是要大家知道我们党内就是有投降派。"她大谈宋江架空晁盖，似是暗示有人现在要架空毛主席！真是玄透了！

这人是谁？虽然隐隐好像使人感到指的是当时整顿得很有成绩的邓小平同志，但又不明确。江青等是否得到支持这么说的？弄不清楚。但有这种印象，使我这个小干部担心，我很怕整顿会造成一种否定"文革"的印象，引起上头的不快。但听说邓小平谈整顿时说："这样做，无非有人讲'还乡团'回来了、复辟了！""老干部要横下一条心，拼老命，'敢'字当头，不怕，无非是第二次再被打倒。……"话说得披肝沥胆、勇敢果断而无私无畏，是否也有所指？两相对照，我就不能不敏感地为小平同志担心了！

又有一种风云险恶的感觉来临了！一天夜里，我同妻轻轻谈心，把自己的看法说了。她忧愁地说："才好一点，又要出事，可怎么办呢？"我只能苦笑笑摇摇头。我说："我们这样的人，始终像是一袋面粉中的一小粒面粉，与大家揉在一起，可能烤成面包、蒸成馒头，晒在太阳里会干，沾了雨点会潮，有大风来，就会吹走。我们是希望能成为面包、馒头，对人类有利，可是风真要吹来，将我们吹入沟渠，我们又有什么办法！？"

那夜，我是情绪低沉的。

谁知，第二天一早，地革委办公室来通知：地革委常委兼文教办公室徐主任要同我谈要紧的事，让我上午九点到地革委去。

摸不清什么事，但从通知者的态度看，不会是什么倒霉的事。徐伯衡主任是"文革"前的文教专员，当地文教界的著名人士。"文革"中因为说他是"叛徒"，被红卫兵和造反派不断揪斗，命都差点断送。后来，好不容易弄清了不是叛徒，解放结合。他同我私交尚好，我在九点钟准时到地革委大楼。那天是 9 月 15 日，到那里，他正在开常委会，听说我去了，出来接见，说："要评《水浒传》了！想找些'秀才'写批判文章。《水浒传》上记载我们地区的沂水县是李逵家乡。李逵是革命派，宋江是投降派，你快去沂水，查查李逵历史，看看他是怎么革命的？怎么反对宋江投降的？通过调查研究和分析，写有分量的论文。打算给你组织一个十人写作班子，由你当组长。这是地革委常委会决定的，任务光荣，要努力完成。……"

他讲这些时，就像放留声机唱片，说明他是秉承地革委常委会意志办的，而非他的主意。但我听了大为惶惑。我说："《水浒传》是文学作品，是小说，不是史书，李逵的历史怎么查法？"

徐主任说："常委研究决定了，只要写出文章，怎么查法都行！"

看来是没理讲了，我问："我土改剧组的任务怎么办？"

他说："已同他们打了招呼。你完成了评《水浒传》的任务，再去继续干就是。"

我说:"我不想要一个十个人的班子,人多未必好办事。干脆请调一个年轻点有水平的人给我,我带着去。两个人足矣!"

他斟酌了一下,说:"那也好!"又说,"你们首先要抓好学习,要学好毛主席指示,《红旗》《人民日报》文章,学好《在延安文艺座谈会上的讲话》,写批判文章时,要能联系当前阶级斗争!"

我问:"这指的什么?怎么联系?"

他支支吾吾哼哼哈哈,没有说出什么来,答非所问地说:"你们先学习,先去调查,以后再及时汇报好了!"

事就这么决定了。我回到家里,中午吃饭时把事情一五一十告诉了妻。她犯愁了,说:"干这事不会有什么不好吧?"我们相亲相爱,有温馨的记忆,有真挚的爱情。她是个能苦乐由之、荣辱不惊的人。我懂得她的心。我们精神上始终是能交流的。我有沧桑之感、悲凉之叹,克制住不表露,只安慰她说:"我想没什么不好的!我自己谨慎小心就是!"

一会儿,我又由衷地对妻说:"我这人,许多人都说我好。我自己也觉得我这人绝对不坏。也有人觉得我这个人相当幸运,没有犯大错误。历次运动没有倒下去、扣上帽子,大小都还在当一个领导干部,又写过些东西,大小算个作家,可是真正剖析内心世界,我觉得自己这个'不犯错误的好干部'很可怜,也很可悲。我看到许多不满的事,却不敢坦率说出自己的内心真话;我感到许多不平不合理的事,却不能挺身勇敢地站出来要求改变或去参与改变。我私字很重,有了个小家就怕窠破人亡,怕因我连累妻女家人。于是,谨小慎微,总是如履薄冰、如临深渊。当然,这是老搞这些狂风暴雨般的运动的缘故!使我像别的许多人一样,老是生活在无安全感无保障匮乏自由和支配自己生活和生命的权利的环境中。要是哪天这一条解决了,那可能才是人民之福!我这种人,对社会的进步发展不能说未尽一份力,但实际是没有尽到心,也没有尽到力!我生存于世无法影响环境的改变,却只能听任环境的摆布，我总是自己做不了自己的主，被人使用，自己一点办法也没有。怕被随便扣上一个什么帽子！想想真是窝囊！"

妻叹气说："别把你自己说得那么坏！但我们确实可怜！"

我说："哪一天，我们感到自己不可怜了，那国家也就好了！我们一直感到匮乏，匮乏的东西，不仅是物质，更重要的是精神上的！……"

妻不再说话。

那时候，谁说点愤激的话就会有意想不到的可怕后果！我真想自己是瞎子、聋子、哑巴、傻子！但实际上不傻不呆，只有痛苦。最后，我吁一口气思索着说："反正，我先去调查，暂时还不写！看来，阶级斗争又要大搞特搞，不知什么重要人物又会栽跟斗了！"

我到土改剧组去了一次，拿出我又修改加工过的剧本。端木和老孟很高兴，我有种感觉：有的人一方面想拽住我出力改动剧本；一方面想获得成果自己占有，见剧本改好，说："校长，有事我们会找你的！没事我们自己就来动笔了！你不必费心记挂了！"倒是老彭和老黄却透露出一种惜别情绪。老黄送我出来时，悄声说："校长，有你在，我们日子都好过些！你还是得早些回来！剧本给他们搞是写不好的！……他们历来是别人写了东西他们就来摘桃子的！……"我听了心中有数，却不好说什么。

我走马上任要去沂水调研李逵了！

我知道沂水县是《水浒传》上一百零八将中的四员将的故乡。他们是黑旋风李逵、旱地忽律朱贵、笑面虎朱富（朱贵的兄弟，在县西门外开酒店），还有青眼虎李云，他是县都头。《水浒传》中说李逵的家乡是"沂水县百丈村董店东"。李逵杀四虎的沂岭，也在沂水县。

在家等了一天，师范的一位姓邢的语文教师来了，说地革委通知他随我同去沂水调研。于是，9月17日就与妻及晓亮告别，前去沂水了。

对姓邢的老师，我素无成见，历来知道他是师范教语文的中年骨干，但前几年师范揪斗画家、美术教师古小黄时，我曾被押去红卫兵广场看批斗会接受教育，当场见到邢老师在台上揭发古小黄，说古小黄在一张刊物封面上故意写了自己的名字，封面上有毛主席像，古小黄将"小"字中间的"亅"写在毛主席鼻子上，将小字的两个点，点在毛主席的两只眼睛上。又说，一次开会，大家喊毛主席万岁！他在古小黄身旁，听到古小黄嘴里轻声地说："一岁！"这两件事听来就像假的，本不可信，我认为像是故意陷害，但他的揭发，当时起了轰动效应，台下革命群众有的大叫："枪毙古小黄！"后来古小黄当场被逮捕戴上手铐，判了七年刑。现在还在乡下养猪。因此，对邢老师我不能不存有戒心，我的话少，他话也不多。但总算是和平共处，他表示得也尊重我，我们就一同到了沂水县。

沂水是个大县。这里战略地位重要，是几条公路的连接点。城东十里有个谭家寨，相传是宋朝时穆桂英大破天门阵的安营扎寨处，不时还出土一些古代兵器。

我们坐清晨 6：40 长途汽车到沂水时已是 10：00。在县委会晤宣传部长老徐、老王，招待我们住东岭。这东岭上的客房，"文革"前写《铁道游击队》的刘知侠总是住在这里被县委作为上宾招待。他在这里写作，有时带了猎枪出去打猎。1961 年冬，我刚由北京下放到鲁南改行到省属重点中学做校长，知侠陪同曾任省委宣传部副部长的老燕到 L市，我们曾在 L 市第一招待所长谈。1964 年，我因为奉命要创作一个剧本去参加华东调演，曾到沂水深入生活，在东岭上同知侠也有过长谈。他还热情请我在这里吃过一顿饭。"文革"中，诬陷知侠写的作品是"大毒草"，知侠在受到巨大冲击后，遭遇十分悲惨。来到东岭，想起往事，又想起"文革"似乎又要掀起风暴，看到冷冷清清的东岭，我有一种说不出的感慨。

住定后，县委宣传部的部长徐、王二位来看望。知道我们来的任务是搞社会调查评《水浒传》，就告诉我们：县委也动起来了！有一个七人调查组已经组成并且行动。其中有二人已到诸葛区了解李逵杀虎处及民间流传的传说故事。并说关于李逵杀虎处的传说极多，李逵家乡村庄在哪里的说法也颇多。我说："众说纷纭，都是传说。我们可以听一听、看一看。但不想作烦琐的考证，因为这不是历史人物，李逵是个艺术形象……"以后的几天，我同邢老师就在沂水到处访问老人、说唱艺人及文化馆退休了的老工作人员，收集关于李逵的种种传说故事。听到的并不少，但基本都是脱胎于《水浒传》的。我们在县委宣传部副部长老王陪同下，还到"虎洞"一带去看看传说当年李逵杀虎处。这一带现在已是一个郁郁葱葱的大苹果园了！

在沂水专心搞调研，花了不少时间。回去后，整理了一份调查报告并附拍摄的照片多幅，算是向地革委交了差。谁知徐主任说："要赶快写出文章来，用地区写作组的名义，争取在报纸上发一发！"我让邢老师去写初稿，由我改定。两人研讨了提纲，文章题目决定为《论李逵》。写成后，我们又一同二次到了沂水。这次到沂水，是继续调研收集材料，主要是有关李逵的故事和传说，并且将初稿念给当地有关部门的同志听，请他们提意见。由于有心慢吞吞地干，这工作干到10月初，回去后继续修改稿件，10月中旬我同邢老师才一同到了省城。目的是争取将文章在省报上发表。

到省城后，住在宾馆。我想去看望一些文艺界的朋友，却因弄不清他们的情况，不敢贸然去，免得沾上是非，惹来麻烦。只听说许多人都还未解放。看来，我解放还是早的。邢老师有家在省城，他回家去住了。怕无端惹出麻烦，我一人在宾馆也不外出逛街。第二天，到省报找到编辑部负责这方面工作的理论组负责人联系。他看了稿，说："这稿看得出你们是费了时间、精力写成的，社会调查很充分，有地方特点特色，文章对李逵的论述也较全面，看得出你们是下了功夫的。缺点是联系实际联系阶级斗争不足。不过，我们还是决定采用！"

大功告成，我和邢老师回去向徐主任做了汇报。评《水浒传》的事就告一段落。但事实上，省报后来并未发表这篇稿，原因说是"战斗力不强！""针对性不强！"

这倒是确实的！因为这篇文章确无意借评《水浒传》来批判谁，而只是容纳了许多收集来的民间传说歌颂了一下李逵的"革命性"及其在群众中的影响，并附带论述了李逵这个人物的局限性。它确是不会符合当时那种特定的阶级斗争的要求的！

从沂水回来不久，突然见到了在吉林长春做医生的五妹。她是我们最小的妹妹，我们之间感情特深，她是特地远途仆仆风尘来探望我们的。大家见面，欢谈1967年在上海别后的种种情况，又谈起妈的病故，感情总是十分复杂。这时，晓林考进的农机学院下了马改成了农机学校，她在农机学校毕业后被分配到费县一个农机厂当技术员。五妹又特地去费县看望了晓林才回东北。五妹是个感情细腻又极重感情的人，千辛万苦来看望我们后，说是放心了，这才依依分别。从她那里，知道东北生活很苦，物资和生活用品都缺乏，供应很差，如果"文革"继续乱搞下去，不知将如何得了！民心普遍都早已厌恶"文革"，可是评《水浒传》似是一种又要大搞阶级斗争的信号，我把这想法告诉五妹后，她也只有摇头叹息。

我结束评《水浒传》工作后，休息了一些天，11月初又回到土改剧组。这时，戏仍在"磨"，但我发现并无进步，研究后，认为一方面继续磨戏，一方面可以把我修改定稿的剧本交给上海电影制片厂看看能否改编成电影剧本试试。上影厂导演，以演反派角色出名的老夏，"文革"前到过鲁南拍过纪录片，同他联系后，他就起程从上海来了！

当时因为创作首先要强调深入生活，我们先陪老夏到H县厉家寨等地看看。地委朱书记将他的轿车给我们坐了去H县。在H县，看望了患严重肝病的县委书记老严。老严带病陪我们去厉家寨。盛大招待，晚上看县宣传队演出的《红云岗》样板戏。我们又陪老夏逛厉家寨一圈。当时，重拍后的《渡江侦察记》已在当地放映过，影片里有老夏饰演的敌军长角色，他在厉家寨逛时，人们远远见了都笑着叫"军座！""军座！"晚上，我与他同住一室，忽然看见窗户上出现了许多人脸，吓了一跳。原来是社员们为了要看他都来趴窗户张望！群众对文化生活的需要由此可见。第二天，在厉家寨又盘桓一天，老夏说："这里真好！不像上海！这里不紧张，日子过得比较轻松！……"我懂得他说的是什么意思，他对上海那种强烈的"文革"气氛是厌恶的。我听了他的话，感到自己还算幸运：当人们还在批这批那，从事"文革"中那些最令人讨厌最无聊的勾当时，我却超然于这些之外，岂不幸运！

第三天，我们离开了厉家寨回来。老夏对《换新天》改编为电影剧本有兴趣，对剧本提了些意见。在个别与我谈话时。他说："要使电影剧本能成功，希望由您执笔！"我说："可以！"在土改剧组讨论时，端木和老孟也一再要我执笔，只是又再三强调："这是集体创作！"好在，我丝毫不想计较这些，我将电影剧本定名为《平鹰坟》，决心争取明年一月份拿出初稿交给上影。为此，我开始潜心于创作之中，付出了很艰苦的劳动。地委朱书记是位有威信有水平的老干部，这时对我的写作给予了特殊的关注。他明确下达了三条：我想写什么就可以写什么，不要干预；想去哪里采访或深入生活，都给予方便，报销车旅费；在政治上，给予高的待遇，阅读文件给予方便。

我的处境越来越得到改善，谁知突然收到哥哥从石家庄市来信，原来他那个军事单位里的造反派中有嫉妒他的人，竟嫌他这个知识分子太"大"，要把他下放到我们家乡的一家小农机厂里去当技术员。这真是天大的笑话，哥哥是一个突出的高级兵工专家，过去做出过极大的贡献，立过多次功的，把他下放到一个县的小农机厂里能干什么呢？我收到信后心情久久不能平定，斟酌再三，我决定写信向邓小平同志反映，我写了一封信介绍了哥哥的情况，并提出下放他是错误的，请求责成他那个单位改变成命。

信发出了，能不能成功，谁知道呢？我只有耐心等待。但，这种耐心却变成了焦虑。我感觉政治风云又有变幻，说不真切，却明显觉得中央可能又出了什么大事！

在这过程中，11月里的一天，上边传达了一个文件，是毛主席的一个批示，关于北京清华大学的工作的，原来该校党委副书记刘冰等人反映该校党委书记迟群、副书记谢静宜的问题写了一封信给毛主席。可是毛主席做了批示，表示了对迟、谢的支持，批评了刘冰等人，那意思是说："一些同志，主要是老同志思想还停止在资产阶级民主革命阶段，对社会主义革命不理解，有抵触，甚至反对。对'文化大革命'，有两种态度，一是不满意，二是算账，算'文化大革命'的账。"说清华大学这件事涉及的问题不是孤立的，是当前两条路线斗争的反映。还说："迟群不能走，迟群走了不是又要搞第二次'文化大革命'了吗？"甚至说："他们骂迟群，实际上是反对我，可又不敢，就把气发到迟群身上……"听了这个传达，当时也懂也不懂。当然知道迟群、谢静宜是江青的宠儿，但毛主席却如此厚爱他们，这是为何？批示中提到的问题，并不是就事论事，涉及的是"老同志思想还停留在资产阶级民主革命阶段"，是"对'文化大革命'有两种态度"，为什么这样提？不久，就明白了！原来，这便是"批邓、反击右倾翻案风"的开始。不久，便听到说"邓小平是还乡团的总团长"及"民主派就是走资派"一类的话。到12月，《人民日报》转载了《红旗》上的《教育革命的方向不容篡改》一文，我细读了全文，就感到通过整顿刚刚平静安定一点的天下又要大乱了！

很久很久，都不见周恩来总理露面。他的病情如何了？不知道！这件事与经过整顿产生了的好形势似乎又将变坏，同样使人烧心！

想起国家的朝政如同儿戏！我在心情阢陧中创作电影剧本，感到痛苦。从豫剧剧本到电影剧本，基本是完全另起炉灶的重新创作。何况我对豫剧剧本本来极不满意，集体创作中不能不有许多妥协和稀泥的部分，端木又支持老孟塞进一些格调低的私货。这时，写电影剧本，我放开了思绪和手脚，就删去了丢弃了那些不行的部分，重新构思新的部分。但我在看报时总心里在为江青、张春桥、王洪文之流上蹿下跳胡作非为的言行生气。

冬天非常冷。12月里，房里无火取暖，我膝上盖条小被絮，双腿双脚冰凉。我从早到晚，一天工作十多小时。上床后，两脚总是冰冰冷直到天明。有时因高血压失眠，想东想西，想起国家就烦躁得辗转反侧。坏的本来渐渐在变好，难道好的又将变坏？

我得不到答案！只有抱着看着瞧的态度看下文分解！人们少见多怪，多见怪应该见怪而不怪，可是我做不到！我知道，许多人身上都同我一样有相似的感情。外国有个幽默大师说过："两眼漆黑自有其妙，糊涂常是最大的福分。"我则太欠缺这种"妙"和"福分"！

十五、难忘的 1976 年

日复一日，年复一年。那个冬季很冷！枝杈空空的雾湿的冬林，岁末凛冽的北风整夜呼啸，我总是常常难过地熬着失眠之夜。

迄今，那 1976 年元旦清晨中央人民广播电台播放毛主席发表的《重上井岗山》《鸟儿问答》词二首时的播音员的话声仍在我耳边回响。

但，1 月 9 日电台就高声播放使人心酸压抑的哀乐并广播了周恩来总理于 1 月 8 日上午 9 时 57 分病故的讣告。

这时，我正在上海电影制片厂永福路 59 号文学部三楼 306 室的房间里，从我随身携带的半导体收音机里收听到他去世的噩耗。哀乐回旋，这完全出乎我的意外。砭人肌骨的寒气和阴惨的天色，使我有一种断指裂肤的感觉。我当时，情不自禁地眼眶湿润了。此时此地，我感到"文革"中出的坏人太多，死的好人不少！而一位伟大的好人，人民对他寄予希望，始终把"为人民服务"的牌子挂在胸前的周总理，如今却撒手西去了！人民少了他，中央少了他，我总觉得这将会给中国带来更大的不幸！

我到上海，是带去《平鹰坟》剧本初稿送给上影。原打算听取意见后带回去修改，但老夏告诉我：意见不可能这么快听到，现在干什么事工作效率都很低。他对这剧本是满意的。他愿意做导演，但还要经厂党委研究。当时厂党委书记是老江，他是鲁南费县人，老江自己也打算好好看一看剧本，估计 3 月份可以听到意见，要我 3 月份再到上海。

在上影文学部时，看到、听到许多情况：上官云珠早已自杀，舒绣文早已病故，名演员顾也鲁在给我们住在文学部的作者干点买车票等服务工作。黄蜀芹因是佐临的女儿在文学部不被重视，编剧杨华是50年代初从香港为爱国回来的，回来后1957年以为被错划为"右派"，后来又发现并未划成"右派"，可是他却已当了多年"右派"了！此刻，他被安排在门房当传达。赵丹尚未解放，刘琼整日没事给他做，老看到他在参加学习会……一位从S省来的作家，讲给我听农村农民对"文革"中上台的干部不满。他背诵了一首顺口溜给我听："大干部，小干部，一人一条尼龙裤！前边是日本，后边是尿素，染黑的，染黄的，就是没俺社员的！"当时，由日本进口大量尿素，是用尼龙袋装的，乡干部分了空的尼龙尿素袋做衣，已经很可怜，但社员连这都没有，对干部的"特权"不满，可见农民生活之穷苦了！我听时笑了，笑罢却心中辛酸。

更怪的是，文学部的人为悼念周总理要设灵堂，献白花，戴黑纱悼念，上边居然不许这样做，说是收到通知不这样做。当时，韩非的爱人李婉君等在文学部为这事气得都哭了！韩非当时还未解放，李婉君却什么也不怕，她同其他一些人设了灵堂，扎了白花，戴了黑纱，举行追悼仪式。这使我看到了中国人的良知与良心。见他们这样，我自己也做了一朵白花去献在灵堂里的周总理遗像前。这时，上海群众中已经传出：中央要"批邓"的消息了！这类消息，每每总是首先传到上海，并且散布得飞快的，据说是从江青之流通过张春桥、姚文元、王洪文等传到上海来的。我听了，不禁目瞪口呆，感叹而吃惊！

妙的是，接着，报上登出了在北京人民大会堂举行周总理追悼会的消息报道，居然是邓小平同志代表中共中央致悼词。这使我心里着实兴奋了一阵。我厌恶"批邓"，为他被批感到不平和不安。因我不希望看到又一次混乱和滑坡。见到小平同志露面，我以为不会再有打倒他的事。却未想到仍有以后的"批邓"怪事！

我由于要等到 3 月才能听到关于剧本的消息，就离开上海回家了。到家后，听说学校里本来也设了灵堂的，但后来奉命撤销了！周恩来总理是什么人？为什么他去世竟不准群众悼唁呢？我注意到：这么一件大事，人民的好总理逝世了！人民沉浸在悲痛中，《人民日报》却用低调在反映，并未当作一件大事来悼念。只是人们见面都会哀伤地叹息说："总理去世了！……"

传说，周总理去世前，想听一听《洪湖赤卫队》歌剧中《洪湖水，浪打浪》那首歌曲，可是江青之流阻挠，竟连这点愿望都未实现。这类事是传说，确否未考证，但却触怒了群众。

后来，隔了些时候，看到了周总理遗体送往八宝山的新闻纪录片。我注意到了江青之流阴沉冰冷的表情，在遗体送往八宝山的途中，在严寒吐气成为白雾的日子里，北京市民"十里长街流泪相送"的深情壮观场面，使人看了心潮澎湃，热泪坠下，我觉得民心所向，亲与仇已经很鲜明了！火山迟早是要爆发的！

2 月初，中央正式文件下达：华国锋任国务院代总理，主持中央日常工作。接着，"批邓"逐渐明朗化了。上边召开"批邓打招呼会"，先"吹风"，"风"一直"吹"到下面。新花样真是层出不穷。到 2 月底，点名批判邓小平。文学方面，大力提倡写"与走资派作斗争的作品"，全国掀起了一场所谓"反击右倾翻案风"的运动，说"走资派还在走"！我叮嘱自己：多加小心，千万别有言行被人揪为"走资派还在走"，其实，好与坏，正确与错误，光明正大与阴谋诡计，人们心中是有比较的。即使在那种"文革"时期特有的高压和恐怖气氛布满周围的环境中，人们也在窃窃私语吐露着不满。当时有些学生来看望。这些学生"文革"中都"喝过水"、栽过跟头。此刻，有的已在工作岗位上。比如靳玉德，他本是"红旗"红卫兵，派性斗争中被"东方红"红卫兵打得重伤，后来到过马陵山打游击，回来后派性很大。此时，则对派性已渐渐没有兴趣了，他说话是无顾忌的，有一天来告诉我，说是外边传说有个周总理的遗言，抄了一份带给我看。遗言说："小平同志一年来几方面工作都很好，特别是贯彻主席的三项指示（这指的是毛主席1975年时的三条重要指示，一条是理论问题的，一条是关于安定团结的，一条是把国民经济搞上去的），抓得比较坚决，这充分证明了主席判断的正确。要保持那么一股劲，要多请示主席，多关心同志，多承担责任。今后，小平同志压力更大，但只要路线正确，什么困难都会克服。"这个遗言，从语气来看，当时我觉得不太像周总理的，但心中却宁可相信这是真的！后来，江青之流垮台后才知道这是一位爱国青年伪造的，但这类事反映了当时的民心是绝无问题的，江青之流使人仇恨已经到了无以复加的地步了。

一天，地革委组织组的负责人吴光惠来了！老吴平时轻易不来。我从北京来到鲁南时，那时他在地委组织部任干部科科长。他为人极好，极讲政策。以后我们有一定的友谊。他对我也有所了解。他来后，蹙紧眉头，闷闷吸烟，一支又一支，我敏感到是有什么事，忍不住问了他。他终于说："你写信的事出问题了！"

我这才明白：我写给小平同志的控告信转到了哥哥单位，那里又将信转来地革委，附信要在"批邓"中追查惩处我，并要我提供哥哥有无反党言行的材料，发现问题严重，我将哥哥的情况及事情经过如实告诉了老吴。老吴对"批邓"是不满的，对科技知识分子是重视的。终于，他临走时沉重地说："我不会将你交出去的！这件事，我就压它一压！比如没有收到！……"

我当然衷心感激。在那种乌云滔天的时候，如果他将这信交出，我被重新揪斗完全可能！但他保护了我！这种原则性、政策性和友情是难忘的！江青之流后来覆灭，十一届三中全会后，哥哥成了全军英模代表、全国人大代表，我觉得可以肯定我那时写这封信给邓小平同志是完全正确的了！

"文革"的疯狂，使我额头上写满了岁月的沧桑，我仍旧埋头在家里考虑修改电影剧本。房里基调空虚、单调、死板而冷漠。雪白的粉墙上一无所有，总让我感到缺点什么。一切绘画艺术作品均被"文革"用"封、资、修"的名称打倒了！除非挂样板戏的彩色宣传画，而那我却嫌俗气，每当写作时，我总希望眼前能有点诗意和美景存在。但挂什么呢？样板戏？领袖像？我多想有一幅优美的风景画哟！但是没有！脱离政治的单纯风景画是被否定的！因此，我甚至想用空镜框放一条过去存下的上边有杭州西湖风景的毛巾嵌在镜框内挂在墙上。这想法，晓亮和妻知道后笑了。以后，若干年后还拿这件事笑话过我。她们似乎对我当时的心态是不了解的。

　　因为身体不好，每天主要时间用于躺着睡觉和思考，对整个"文革"的往事，我在这阶段做了些回顾，我身体上的枷锁此时早因"解放"处于一种已解开而未解开的状况。心灵上的枷锁则依旧庭园深锁。"文革"确是史无前例罕见的时代，步履太艰难，单从折磨挫伤人的心灵来说，古今中外，是几乎未曾有过的。真是浩劫！真是混战！"文革"对国家人民有什么教训呢？"文革"从我个人来说有什么教训呢？千头万绪，像一团乱麻，我觉得可思考的太多了！而结论却很难一下子就清理归纳得出来。

　　3月初，收到老夏从上海来信，让去上海听取意见。当时，上海正是批邓反击右倾翻案风高潮期，我与端木、老孟去后，见到了上影厂党委书记老江，又听取了上影文学部同志的意见。他们基本肯定了这个剧本，提了些意见，要求6月里拿出新的修改稿来，年内定稿。

　　在上海，住了一段时日，听到很多消息，因为当时的上海《文汇报》在3月25日刊登的题为《走资派还在走，我们就要同他斗》的文章中，竟有"党内那个走资派要把被打倒的至今不肯改悔的走资派挟上台"这样恶毒的语句。大家知道当时的《文汇报》负责人是听令于张春桥的，所以全国各地抗议信纷纷寄往《文汇报》。

江青及其一伙是野心家的面目大暴露。据说，南京的大学生等都上街演讲并刷标语。标语写的是"谁反对周总理就打倒谁！""警惕野心家篡夺党和国家最高领导权！"连南来北往的火车上也被刷上了醒目的口号、标语。我离上海回家，是在4月初，亲眼看到有的火车上刷着油漆涂写的大字标语："谁反对周总理就砸烂谁的狗头！""周总理永远活在我们心中！"……那大字标语是被洗刷铲除过的，但残迹十分清晰，大胆的人不少，火车上就有人在谈南京学生"闹事"，虽不多说什么，似乎是"客观评述"，思想感情却表达得很清楚，对大学生的行动显然是支持和同情的。反对什么虽未公开说出却大家都心照不宣！在"文革"中，开始把矛头指向江青一伙，这样公开、鲜明而且大规模，这是我亲眼所见的第一次，其意义自然不同寻常：对"批邓"的不满，也充分表达出来了！

我回到家里，将见闻告诉了妻。我们是兴奋的，我说："中国是有希望的！从这些事上，我完全相信有希望！"

我回来后，将电影剧本的事向地委李书记做了汇报，就回家关上门开始按上影的意见修改新的剧本。但心里是不安宁的。在我的家乡江苏的土地上，似乎人民正在动作！那熊熊怒火是烧向谁的表露得非常明显！人民群众尤其大学生已经十分厌恶江青之流的为非作歹，已经十分厌恶"文革"本身，已经十分盼望国家安定团结，已经十分渴望拨乱反正，已经十分希望有邓小平这样的思路正确而且有才能有威信的老干部出来主持工作了！……想着这些，我简直不能安心改写剧本了！可是，任务在肩，压得沉重！而且，我只有关上门安下心才能改剧本。那可是我创作中最费力最艰苦的一次创作了！心里并不想写，头脑里想的事儿很多，问题很多，可是却得定下心来写作。

终于，传来了北京天安门前人民悼念周总理的事件。详情不尽了解，但有些学生来访却告诉我了一些内幕，使我清醒。清明到了！从前，学校里总要组织全体师生到附近的烈士陵园去扫墓的。"文革"后，这个规模宏大的华东烈士陵园里，刘少奇、陈毅等同志的题词全早被铲挖砸烂，但扫幕活动开头几年停了，后来基本还是进行的。现在，又来了通知，说清明扫墓是旧传统、旧习惯，不举行了！实际却是防止人民闹事，对北京千千万万群众丙辰清明在天安门前发动的"四五"运动，到处都有风闻，虽然并不很清楚。而且很快从《人民日报》上得知天安门事件遭到了镇压，把这说成是"反革命事件"。《人民日报》发表了《天安门广场的反革命政治事件》一文，收音机里也收听到了中共中央4月7日做出的两个决议：一是华国锋任中共中央第一副主席、国务院总理；一是撤销邓小平党内外一切职务，保留党籍以观后效。天安门事件是"反革命事件"吗？显然不是！那是北京的干部、学生、工人、农民甚至军人类似南京事件的那种表态。那是反对江青一伙打倒周恩来总理并"批邓"！那是借悼念周总理表达对"文革"的不满，那是反对江青一伙篡党夺权！……对镇压，我心里十分难过，却又担心不知会不会有亲友倒霉！捍卫、悼念周总理无罪，批判迫害邓小平不得人心！《易经》上说："天作孽，犹可违；自作孽，不可活。"日本谚语说："因果如车轮，种什么因得什么果。"天理昭彰，逃避无方。恶劣手段得来的东西，必然带来恶劣的报应！我并不是迷信因果报应，但种蒺藜者，收获的必然是刺，我是坚信不移的！

　　接连几天，那些早已毕业现今在社会上工作的学生不断来看望，说，有人去北京，在北京看到天安门前悼念周总理的盛况，人如何多，花圈如何多，如何如何悲壮。也有的来说，本地公安机关正在布置要"注重形势发展，搞好治安，清查反革命！"很快，L市也布置了"清查"，传说某单位有两个出差去北京的人，到天安门"看热闹"，被北京市公安局逮捕后，押送了回来，正在审讯处理中。这时，端木骑自行车来通知我，上边布置要学习座谈，让我去土改剧组参加学习。我在第二天早上准时去了，还好土改剧组的几个人自己管自己的学习，稀稀松松并不认真。按照上边要求，要了解每个人"四五"前后的活动情况，大家都官样文章地走了过场，我的回答十分简单："我正在家改电影剧本！"座谈学习结束时，端木用一种玩世不恭的态度说："我们这里的同志一个都没问题！校长的一句话足以代表大家：'我们都在改电影剧本'！我就把这汇报上去！"

毛主席这时健康状况已经很坏了。五月里，有人从电视上看到他。他同新加坡总理李光耀及巴基斯坦总理布托见面，说他已经衰老得厉害，脸上憔悴极了，动作也不灵活，从这以后，报上未见再刊登过他会见外宾的照片。他这种健康状态，还有精力领导中国的"文革"吗？我觉得江青一伙正在利用毛主席的衰老采取狡猾手法加紧在夺取权力并施展诡计，这使我心中非常担忧。

中国变得乱糟糟又乱糟糟，我心里这时明确觉得"文革"一天不结束，人民就一天受苦难，江青、张春桥、王洪文、姚文元之流上台，人民将如同生活在地狱里！但南京、北京的事使我感到：黑的总是黑的！红的总是红的！中国共产党里有无数热血正义的好党员，中国人民里有无数不怕死的爱国者。许许多多追求真理、明白是非的人，就是中国的希望所在。"民可使由之，不可使知之"的日子是不会久长的！人民如水，可以载舟，也可覆舟！民心在哪一边，哪边就胜利！失民心者再强梁也是不会久长的！当年，人民抛弃了国民党蒋介石，倾心跟随共产党！国民党蒋介石虽是庞然大物也垮了台。如今，民心不在江青之流身上，民心不在搞什么"文化大革命"，也许我们还要受苦，但总不会再受十年苦吧？

暑热难熬，我在 7 月前夕挥汗将剧本改出，自觉比早先要好得多。于是，土改剧组又讨论一通，每天喝喝茶，聊聊剧本，也说说闲话，反正是消耗时日而已。时间，在"文革"时期对于我是最不怕浪费的了！

土改剧组的同志们认为电影剧本改得不错。我内心觉得欣慰的却是：这是写历史，不是写现实，我无需来联系当前的阶级斗争，不必去写"同走资派作斗争"，也无需去影射什么当今江青之流的政治需要，无需在剧本上去抓什么小"邓小平"！人做不好的事，心会不安，此是良心。写《平鹰坟》，我并不喜欢这个题材，但却无悖于良心。

7月初，突然听到广播喇叭又放哀乐！传来的是朱德同志逝世的消息。这位享有盛誉的老革命家，一直给人忠厚长者泱泱大度不争名利权势之风。他的去世，使人觉得死得凄凉冷落。我内心窃想：为什么不让坏蛋死掉，而总是传来这种好人去世的噩耗呢！我始终认为朱老总是一位拥有卓越心灵的、襟怀坦荡的长者，他的心是光明洁净的，整个"文革"中，他也被侮辱过，他几乎常处在一种销声匿迹的地位，但他的良知未曾丧失，他的形象未曾玷污。

电影剧本改出后，当然仍在"磨"，我不时要做一些小小的改动和修饰，但土改剧组中有人想把这个集体创作由我主要执笔的剧本采取"拿来主义"，排斥我而全部攫取占有它了！这其实也不稀奇。在"文革"中，江青就是这么干的，像《红灯记》等其实原先都有作者付出了辛勤劳动，她却全部抹杀抢来放在自己的名下，写在自己的功劳簿上。上行下效，老孟唆使端木同意由他来独占剧本，我就见怪不怪了！出力大小，人都心中有数。老孟能不能写出那样的剧本，人也心中有数。我觉得这可鄙视却也无需同老孟闹得面红耳赤。他在本地土生土长，广交游、善逢迎、手段多，端木也含糊他，不能不顺着他干。他要抢剧本，我就比如遇到了剪径的强盗，让他拿去算了！"文革"中培养了不少这种可怕的人物，我已无愧于事、无愧于身，也无愧于心，让他去欺世瞒人实际却是暴露自己的丑恶面目就是。于是，我决定用一种已完成任务退出的办法离开土改剧组，因为实际上此时老孟已经效法江青，用"拿来主义"，把剧本拿去不再让我插手了！

我向地委提出：电影剧本的任务我已完成，我想重写一下节振国这位抗日民族英雄的事迹。50年代时，我写了节振国事迹的小说《赤胆忠心》，虽然当时有了较轰动的效应，但写得是简单粗糙的。"文革"中，唐山的两个红卫兵来调查节振国是"叛徒"的材料时，那种邪气和流氓作风，使我愤慨。此时，我想：如果能重新采访，重写节振国的长篇小说，该是件好事！我应当有决心，把历史还它本来面目。我很想到冀东去旧地重游，去唐山和滦县、丰润等地，重新采访，重写节振国。我想：如有这么一个任务干，起码我可以再排遣三四年。我希望过安定、安全的生活！再有三四年，"文革"总该结束了吧？其实，这时要重写节振国，是与江青之流的创作方向背道而驰的。但我却决定要这么干！我要告诉那些随便把抗日民族英雄污蔑为叛徒的人，你们错了！绝对错了！

谁知，7月28日，河北唐山、丰南地区突然发生了前所未有的强烈地震，并波及了天津、北京。那地震灾情真大！尽管宣传机器隐瞒真相，但死伤惨重的情况很快透露出来了！传说一百万人口的唐山房屋基本毁灭了，死伤人数没法估计！没几天，收到在东北吉林医学院做医生的五妹来信，她奉派参加医疗队去唐山救死扶伤。唐山大地震继周总理、朱德委员长的去世而来，使我感到我们的祖国实在太多灾多难了！而这时，"批邓"、"反击右倾翻案风"仍在加劲，那些热衷于搞"文革"的人，似乎是心肝全无，他们的兴趣只在为自己赶快抢班夺政！

我暗自忖度，我去唐山采访并写节振国，别被人诬陷为属于"右倾翻案"，但又想：写出作品将在二三年或三四年后，我怕什么？这样，决心就未动摇。

L市在"纳新"，发展新党员。"文革"中学校里上蹿下跳的干将厉音玉、胡绥之之流这时积极要钻进党内去。有人讽刺他说："厉音玉和胡绥之入党，毁了党的队伍，却纯洁了群众的队伍。"我也为大量"纳"这种"新"担忧！这对我们的党，是祸而不是福！好的党员死了不少，坏的家伙混进党内！大量允许坏人入党，党势必要衰微的。但是，看来上边的野心家、阴谋家江青之流，需要的是厉音玉、胡绥之这类"打手"，这种品质极端恶劣、昧良心的凶神恶煞，夫复何言！我似乎能看到这种人将来会以"两面"姿态使我们的党蒙受意想不到的损失。

许多以前不知道的消息，逐渐都知道了！贺龙元帅早在1969年就已被整死，他有严重的糖尿病却连水也不给他喝！1972年陈毅元帅去世，实际也是整死的。他曾被下放石家庄当工人劳动，他的追悼会，毛主席是出席表示哀悼的，但惨淡凄凉，一代儒将，豪放的诗人，死得令人伤心。我总想起在上海解放初期听他做报告的情景。1974年，令人敬仰的彭德怀元帅也是被迫害致死的！这位艰苦朴素、身经百战、无私无畏的大将军，曾在朝鲜战场使武装到牙齿的美国为首的"联合国"军丧胆，却被污辱折磨得含冤归西……而刘少奇同志怎么个情况当时还弄不清！这场"文革"残害自己的顶梁柱就是这样有劲！那时，有个政治笑话：传说江青有一天收到一个台湾寄来的礼品木盒，打开一看，有张纸，上写"谢谢你，江青同志！"信下，是一枚青天白日勋章，绶带上写着"功在党国"四个大字，并附小字一行："我们想办而办不到的事，你给办到了！特予嘉奖！"

　　江青之流，嚣张跋扈！她那张戴着眼镜露出凶光满脸歇斯底里神情的瘦脸，跟张春桥的阴暗凶狠合配成一种毒辣、残暴的印象。此时，江青与亲密的同伙张春桥、姚文元、王洪文等既红得发紫，却又日子并不好过。尽管他们控制下的上海电台里仍常播"文化大革命就是好来就是好"的歌，真正心里说好的人寥寥！对江青之流不满，对"文革"现实不满，对个人迷信与个人神化不满，已在街谈巷议中越来越广泛了！当然，人们沉默还是主要的，因为怕惹祸，沉默，正如萧伯纳说的："是表示轻视的最好方法！"

　　那时的中国，实际是无声的！智者都以无声来抗议。当然，发出巨声的勇者也未必不是智者，在我印象中，一位年轻少女的死，她的勇敢与无畏就给了我永生难忘的深刻印象。

　　"文革"期间，常常公开杀人，举行"镇反"大会。有的犯人是杀得不冤枉的，例如重大的刑事犯，但"文革"中的"镇"反大会，这实际是一种威慑手法，一种杀鸡吓猴的做法。体现"千万不要忘记阶级斗

682

争"。江青之流后来就用这来强迫群众"顺从"他们。杀的人，起先是一些囚禁在监牢里的死缓犯或无期徒刑犯，这时加刑予以枪决。甚至有国民党时期的县长，敌伪时期的汉奸大队长等等，本来未判死刑的，这时因镇反需要，遂借来杀了！但这些人杀完后，就得杀新的了！这当中，冤狱自然是存在的。我亲眼目睹并了解的这个少女的死，就是一大冤狱。她的死，使我至今不能忘却。

那是 1976 年夏季。一天，我在街上看到"文革"中盛行的那种枪毙人游街的做法又在进行。

一辆缓缓行驶的卡车上，五花大绑着一个剪短发的年轻姑娘，姑娘不过二十来岁，长得出乎寻常的漂亮。大眼睛，白里泛红的脸。背后插着枪毙的死标，但她似乎毫不在乎，那姿势十分像样板戏《杜鹃山》里的党代表柯湘。昂着头挺着胸，一甩黑发，目光四射，宛如去就义。游行的卡车在围观的两边夹道群众中缓缓驶去，有些人跟着卡车跑，卡车渐渐隐没。街边张贴着打着红××的判决死刑的公告，我不禁走上去同许多人一起围观。

原来这"死刑犯"是学生出身，红卫兵，后在沂源县一个工厂当工人。她的"罪行"是"攻击林副统帅"，"攻击无产阶级司令部"，"为刘少奇鸣冤喊屈"，"把矛头对准了我们心中最红最红的红太阳毛主席"，说"刘少奇是好人"，曾因"恶攻（恶毒攻击）"罪被判处二十年徒刑。但在监牢劳改中，"始终无认罪表现"，"不服管教"，"辱骂殴打管理人员"，并且"组织反革命集团"，"散布封建迷信思想"。因此，改判死刑云云。

林彪不是死了吗？她"攻击林副统帅"还有罪吗？将这样一个活生生的美丽的年轻姑娘杀掉，我这做过中学校长的人能无动于衷吗？

我有个学生名叫孙强，在劳改队工作。恰巧，隔日他来看我。我就向他问起这个名叫红霞的姑娘的事。

孙强说："他们认为她为刘少奇鸣冤叫屈，说刘少奇好，就有罪；

认为这就是反对毛主席和无产阶级司令部。林彪虽死了，他们认为不能拿今天的情况来翻以前的案！"

我问："她打骂管理人员吗？"

孙强回答："她是红卫兵出身，哥哥是南京军区的一个师长。她对被判刑一直不服，用口水唾过管理人员。"

我问："她怎么散布封建迷信？"

孙强叹口气答："她会画画，画得不错。她在牢里画了一张'飞天'，他们说这就是宣传封建迷信！"

"飞天"是佛教壁画或石刻上在空中飞舞的神，身为女体，形象美丽，婀娜多姿，凭借飘拂的长带凌空飞舞。梵语称神为提婆，因为提婆有"天"的意思，人们把这一类凌空飞舞的神像称为"飞天"。这是古代的艺术画师们以丰富的想象力创造出的圣洁美好的形象和自由翱翔的意境。我听了孙强的话，不禁浩然长叹，我不能不想起一句西方格言："无知为一切不幸和罪恶的主源！"

我又问："她哥哥知道这事吗？"

孙强回答："知道，因为他哥哥是师长，判死刑前，把她哥哥从南京请来了！她哥哥认为应当站稳立场！"

被世人仰慕的真理如今是屈辱地低下头了！民主消失得干干净净，法律推翻得干干净净！我长叹之余，更深切地痛感：不！决不能再这样了！我们的革命，决不允许胡乱把人命当作儿戏！我们不能这样乱搞什么阶级斗争！

名叫红霞的这位姑娘未绑到河边沙滩上枪毙，而是绑在监牢里将犯人集中到一起当众看着她枪毙的。那是为了使其他犯人都乖乖地听话服从管教。

据孙强说：枪决红霞时，一片死寂，所谓"反革命集团"，就是她有几个较接近的女犯对她较好。一声枪响时，好几个女犯当场都悚然猛叫晕死过去了！

这是"文革"后期使我印象特别深刻的一件事。许多事忆及了，又忘掉了！这件事总怎么也忘不掉！想起时是凄切茫然的，血压都会升高！若干年后，由于否定了华国锋提出的两个"凡是"，拨乱反正，红霞的案情在纠正冤假错案中"平反"了！（因为那时刘少奇同志已经昭雪平反了！）据说赔偿了三四千元给她父母。但红霞已经早就尸骨乌有化为大地上的尘埃了！她是个"寄蜉蝣于天地，渺沧海之一粟"的人！记起她这件事的人恐怕肯定不多！但她是与张志新、遇罗克等类似的一种人！

唐山大地震后不久，我去到唐山和冀东采访，重写节振国。过天津时，住天津饭店。这儿隔壁的一幢高楼在唐山地震时坍塌了一半，留下一半，晚上看去像站着的一个死神的鬼影。天津经历了地震，又受到唐山地震悲惨情况的震慑，满街都是破烂的防震棚，许多人均睡在街上防震棚内。我在天津饭店同房住的是位内蒙古军分区的副司令员，雪茄烟抽得满屋浓裂的烟味。却怕感冒不肯开窗。我憋闷得受不了，第二天清晨就离开天津坐火车去到唐山。

到唐山后，满目疮痍，遍地废墟，那真是惨绝人寰的景象。毁灭性的大地震，使我看了心中发颤发酸。我住在市委临时招待所——实际是帐篷里。用水困难，水里全是漂白粉，放出水来像牛奶一样，过一会儿才能澄清。一个招待所的女服务员，是市委一个干部的女儿，全家死于地震，她疯了，总是坐在那里哭。天热，我到冀东烈士陵园，只闻到尸臭味，原先华丽巍峨的纪念堂、陵园的办公室全部从根倾圮。烈士的墓，如包森司令员的已开裂，许多墓碑均已倒塌，我找到节振国烈士墓前，只见墓尚完好，但碑也倒了。四周无人，烈士陵园据说大地震后曾作为停尸场，虽消毒喷洒过药物，臭味仍浓。我想扶起节振国烈士的墓碑，却无力完成，只能怅然走回招待所。当时，各地支援唐山的解放军、工人队伍，正在清理废墟，每天都从废墟中发掘出尸首来。我想寻找参加医疗队来此的五妹，却无处打听得到。余震不断，对人思想、心理上仍有威胁。我带了一张五六十人的名单去，都是50年代时我熟悉的唐山朋友，却一个也无处可寻觅。有人告诉我：节振国的妻子刘玉兰在地震中也死了（后来我又去唐山一带才知未死，去了外地），子女也无处可找，使我心中恻然，那情况是无法工作的。来非其时，我只好匆匆又离唐山回家。

一路上，火车上真是怨恨满人间，人的牢骚多，人的生活苦，车上人满为患，拥挤非凡。我浑身汗臭，由铁路转公路回到 L 市家中。妻告诉我：上影的导演老傅和老夏都来了！老傅和老夏坚持要我再亲自动手改剧本，不愿意别人代笔。发生了这样的情况，我只得又接受任务，开始再改剧本。

但，当时地震已在全国引起敏感的反应。L 市常有小震频繁发生，据报当地可能要发生特大地震，传说李四光生前曾预言中国有几个地方要有特大地震，包括鲁南。其他地方如营口、唐山等地皆被言中，L 市自然分外恐慌。家家都不敢在家住了，都在屋外搭地震棚睡觉。我们也搭了地震棚在门外大柳树旁，生活十分狼狈。我改稿就在地震棚里干，艰苦得很。老傅、老夏住在招待所，我改完一部分就拿去给他们看一部分，由他们来定稿。有趣的是老孟玩了个伎俩：凡我改过的稿由他派人取去送给老傅、老夏审看之前，他都让人重抄一遍，毁去我的原稿。这样就为以后吞没剧本打下基础，借以证明稿件并无我的笔迹，这种"台上握手台下踢脚"的本领，我知道后只好摇头。后来，电影是拍了，出版剧本的稿费他们也拿去了，在署名上本来老孟拟独署他的名字，但上影的导演提出意见，地委领导批评了老孟，才算将我的名字放在主要执笔的地位。

我专心于改剧本，谁知 9 月 9 日中午，学校大喇叭反复播放，说"下午三时有重要广播"。到下午三时，果然听到了毛泽东同志在 9 月 9 日 0 时 10 分去世的讣告，哀乐回旋，播音员用低沉压抑的语调念着讣告……执政 27 年，发动"文革"的中华人民共和国和中国共产党的最高领导人毛泽东逝世了！我是震动的！这1976年实在是太不平凡了！这一年来，一连有三位国家和党的最高领导人去世，又来了一个惨绝人寰的唐山大地震！现在，中国会怎么样呢？这场"文革"看来权力是可能要掌在江青一伙坏东西的手里了！这是我不希望看到的！这也是人民群众不希望看到的！但不希望看到的，未必就不会实现呀！我感到自己太渺小，太可怜！却也相信：江青之流倒行逆施，是迟早要有报应的！这报应是事物发展的必然！老虎吃人吃多了迟早要被猎人打死的！对民心和民意，我是能清醒看到的！

人民对坏事做绝的"四人帮"的仇恨日益加深，从下面这则政治笑话中可以看出。这是山东一位作家同我在上海见面时亲口讲给我听的。我听后对他说："真绝！这作者是个天才！"

政治笑话是这样的：被王洪文在上海提拔成市革委常委的陈阿大，是个粗鲁下流的打手。一次，来了个外宾由陈阿大接待。陈阿大说话常带骂娘的口头禅："戳那"（上海话"×你妈"的意思）和"娘格×"（即"妈的×"）。外宾常听他"戳那戳那"或"娘格×"、"娘格×"，就追问翻译这是什么意思？翻译无奈，只能骗外宾说："'戳那'在中国话就是'祝贺你'的意思；'娘格×'是'健康'或'长寿'的意思。"后来，此外宾到了北京，江青、张春桥、王洪文与姚文元请外宾在钓鱼台国宾馆吃饭。席间，外宾举杯祝酒，向"四人帮"高声说："戳那娘格×！"

这笑话格调不高，但骂得痛快！是无名作家的杰作！

恶行可以在美好的词汇及伪装下欺骗人，但恶行也自掘着它肮脏深邃的坟墓。"报应"来得很快，10月6日，粉碎了"四人帮"，将江青、王洪文、张春桥、姚文元等及其党羽全部逮捕。

十年光阴，匆匆恍如一梦，艰辛如赤脚踩行荆棘，真是五味俱全啊！

以后，江青被公审判处死缓后，在秦城监狱中为工厂加工布娃娃。

有人作五言律诗讽之曰:"独坐秦城里,含情忆故家。官园一片柳,宾客满台花。霸业黄粱梦,声名赤炼蛇。久违样板戏,且弄布娃娃。"这是恰如其分的八句真实之作。

事实证明:"文革"是一场由领导者错误发动,被反革命集团利用,给党、国家和各族人民带来严重苦难和灾祸的内乱。

"四人帮"的覆灭意味着"文革"的结束!也意味着中国得救了!

这以后,邓小平等一批无产阶级革命家结束了"文革",否定了两个"凡是"(即"凡是毛主席做出的决策,我们都坚决拥护,凡是毛主席的指示,我们都始终不渝地遵循")的错误方针,拨乱反正,果断地停止使用"以阶级斗争为纲"这个不适用于社会主义社会的口号,平反了大批冤假错案。接着,使党的工作重点转移到社会主义现代化建设上来,着重提出了健全社会主义民主和加强社会主义法制的任务,打破闭关锁国,实行改革开放,这些功劳可以列举出长长一批功臣的名单来,是应当永记在中国历史上的。中国才又有了希望,并以昂然的姿态开始向前进步与发展。

历朝历代,像"文革"开始期间这样,使每个中国人都感到要参与和投入到关心国家大事中去,是史无前例的,那同党和毛主席当时的威信有关,同人民群众一心想使国家富强进步有关。"革命"二字对人民的吸引力是极强的。"天下兴亡,匹夫有责",因此拼命投入与参与,也正因为如此,"文革"之大乱,之混战,绝大多数人都不能说自己毫无责任。等到事后冷静下来反思,否定了"文革",也就感到自己多少也曾干了错事。这错主要由发动者负责,但参与者似也不应辞其咎。正因如此,"文革"这样的大动乱之后,人们虽否定它,否定江青、林彪反革命集团,否定发动者的发动,却感到不能否定共产党,而且正由于"文革"中一度"踢开党委闹革命",造成了十分糟糕的无政府局面,十分糟糕的形势,人们深受其害,对"大民主"深恶痛绝,更感到需要党的正确领导,才可能换得国家的富强与繁荣及人民的安居乐业。

这也就是西方有些记者和观察家不明白：为何经历了"文革"中国人民都还肯定和拥护中国共产党？为何经历了"文革"中国人民对毛泽东依然做出马列主义的三七开分析的原因。这是不能忽略的很重要的一点吧！？

生活真像一本巨大深博的神奇之书。十年来，一页一页永远翻不完也永远新鲜。飘逝了十个春夏秋冬，好可怕！好心酸！好像一场噩梦！好像梦中漫游一次奇境！十年岁月，就像流淌的河水，没有晶莹的浪花，只有灰色的漩涡，把我壮年时的诗与梦全部丢入了火焰中燃烧得灰飞烟灭。这十年呀！能活着看到"文革"的结束，对我来说是不易的！岁月已把昨天抛向遥远的天际，十年遥长，十年也匆匆。经历过这场"史无前例"的错误的"革命"，是人生的大不幸！但从另一方面说，经历过"文革"，我更深地意识到要把亿万人民的心凝聚在一起，这是使我们的祖国昌盛、人民幸福必不可少的条件。而要做到这，没有一个坚强的政党——中国共产党来领导是不行的，"文革"中"踢开党委闹革命"的无政府状态以及党的机能受阻而给人民带来的痛苦太多了！当然，我们的党必须懂得如何深得人心，必须在改善自身的领导方面，在扩大党内民主消除个人神化与人民民主及完善法制方面要进一步做更多更好的工作。有着十多亿人口的中国的安定团结，本身就是对世界的一种贡献！中国不再需要混乱的"大民主"，中国需要的是安定、团结，潜心于不断消除"文革"造成的副作用，努力从事使国家富强的经济建设。通过"文革"，我产生了一种对于祖国和民族、政治和经济、文化和科学、现状和历史的再认识！这又何尝不是人生的一次难得的机遇。写这部书时，我感到自己像一块燃烧的炭团，正在燃烧着感情，燃烧着肌体内脏，燃烧着生命，猛烈燃烧着。

我对祖国寄有希望，对中国共产党寄有希望。"亦余心之所善兮，虽九死其犹未悔。"当"文革"被否定，我们党做出了正确的结论后，我觉得这是一种伟大！不怕错误，只怕不改！这昭示着党和国家都是会前进的！

我欣慰自己能活着记述下这场红色大疯狂的经历，它也许仅仅只能作为一部粗略的野史留存人间，但它是真实的。正因如此，它或有价值。它的价值可能在于它有助于帮助以后的年轻人了解"文革"是怎么一回事，又能从一个小当权派的角度记录下他独特的遭遇与心态，它也从一个知识分子的角度提出了应有的控诉与比较实事求是的反思，希望人们从中得到哪怕是一点点的彻悟。

写完这部文稿时，正是冬季一个暴风雪的夜晚。我静听着暴风雪的呼啸。我以往的日子和思绪就像这暴风雪一样动荡不安。但我想到：经过这一切之后，春天来了，森林又是一片葱茂，草地和田野又是一片碧绿。现在的中国大陆，正是一个蓬勃向前的态势。世事难测，隔世之叹使我的眼泪因感动激奋而潸然流下。

历史已经无法把撕下的那些页还给我了！"文革"已像一个逝去的充满眼泪、恐怖、冤案的悲惨故事，有拂之不去的悲凉！生活中有许多偶然，偶然中往往蕴含着必然，生活中有许多发现，发现又往往离不开寻找。我这部文稿，涉的仅仅是全部"文革"中的一角一部分。但会因其真实而存在。站在今天，回顾过去，召唤未来，它有我的恩恩怨怨、爱、恨和泪，也有我的期望、企盼。

我写下这些，目的不是给我自己留下什么痕迹，只是要给人民、给历史、给"文革"留下一些什么。